괴물
공작가의
계약 공녀

괴물 공작가의 계약 공녀 2

2020년 02월 17일 초판 1쇄 발행
2021년 04월 14일 초판 2쇄 인쇄

지은이 리아란
발행인 이종주

기획 편집 송영경
경영 지원 배진경
마케팅 김정수

발행처 (주)로크미디어
출판 등록 2003년 3월 24일
주소 서울시 마포구 성암로 330 DMC첨단산업센터 318호
편집문의 (070)7863-0342 **구입문의** (02)3273-5135
홈페이지 rokmedia.blog.me
E-mail queens@rokmedia.com

값 12,500원

ISBN 979-11-354-5844-6 04810 (2권)
ISBN 979-11-354-5842-2 04810 (세트)

II

괴물
공작가의
계약 공녀

리아란 장편소설

Queen's
Selection

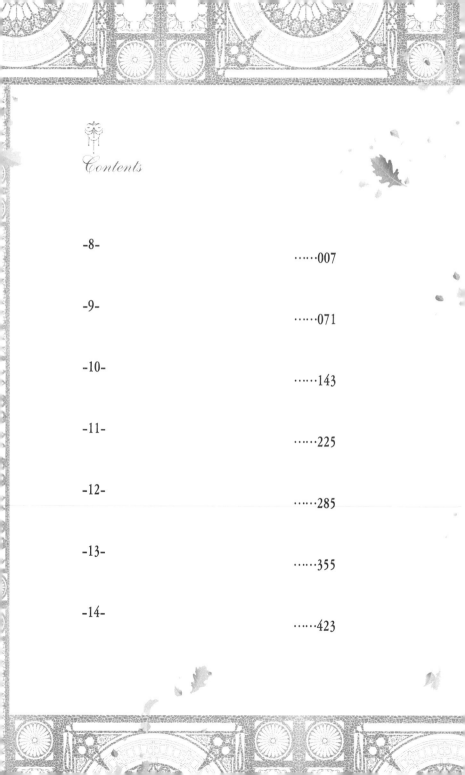

Contents

-8-

환하게 천사처럼 웃으며 엘리는 말을 이었다. 엘리의 목소리는 정말 즐거운 듯 발랄하게 방에 울려 퍼졌다.

"레슬리 그것을 불에 넣어 태워 죽여 버려요. 그러면 우리는 살 수 있어요."

스페라도 후작은 이해가 안 된다는 듯 눈을 느리게 떴다가 감았다.

"아이참, 아버지도. 생각을 해 보세요. 왜 이런 사달이 났는지를요. 어디서부터 잘못됐다고 생각하시는 거예요. 바로 레슬리 그년이 불 속에서 튀어나왔을 때부디지 않아요?"

엘리는 활짝 웃었다. 그래, 이 모든 건 다 레슬리가 죽어야 할 때, 죽지 않고 살아난 탓이었다. 제물로 바쳐지기 위해 태어난 주제에 도망치고 자신의 얼굴에 먹칠 한 죗값은 반드시 받아 낼 생각이었다.

"그러니까 원래대로 돌려놓자고요! 레슬리 그것을 그 제물의 불에 넣어 버리면 힘은 나에게 오고 레슬리 따위 죽어 버리니 얼마나 좋아요?"

7

골치 아픈 그것은 사라지고 힘은 자신에게 돌아온다. 이게 얼마나 좋은 소리인가. 자신이 마땅히 있어야 할 자리를 찾아가는 소리였다.

"제가 제국의 유일한 어둠술사가 된다면 황제 폐하와 거래를 해 보겠어요."

엘리는 완벽한 어둠술사가 되어 황실에 입궁하는 제 모습을 그려 보았다. 귀하디귀한 어둠술사였다. 자신은 분명 환영받으리라. 레슬리 그것이 무슨 이유로 어둠술사라고 스스로 밝히지 않는지는 모르겠지만, 자신에게는 기회였다.

엘리는 웃어 보였다. 어떤 사람도 녹일 수 있는 아름다운 미소였다.

"우리 가문을 다시 일으켜 달라고 말이죠! 그러면 제가 충성을 바치겠다고 하겠어요. 그럼 분명 황제 폐하께서는 감동하시겠지요. 그 즉시 아렌도 황자님과 제 결혼을 진행해 주시고 우리 가문의 영광을 돌려주실 거예요. 아버지도 말씀하셨잖아요. 가문의 영광을, 가문의 봄을 돌려주는 건 저라고."

처음 레슬리 그것이 불에서 빠져나와 살았을 때 6개월을 기다리려고 했던 자신이 어리석었다. 굳이 반년을 기다릴 필요는 없었다. 반년 후 예정된 날은 엘리가 레슬리를 제물로 바치고 얻을 힘이 가장 큰 날이었다. 그때가 아니라면 흡수되는 힘이 적어지겠지만.

'레슬리 그것은 엄청난 힘을 가지고 있는걸.'

엘리는 눈을 찡그렸다. 처음 레슬리가 자신에게 그 힘을 보여 줬을 때, 태어나 처음으로 엘리는 절망했다. 레슬리와 자신이 가지고 있는 어둠의 힘은 그 차이가 너무도 극명했기 때문이었다.

'뭐 어때, 어차피 곧 내 힘이 될 텐데.'

아주 조금, 아주 조금만 자신에게 돌아와도 자신은 충분히 강해질 것이다. 거기다 대륙에서 단 한 명뿐인 어둠술사. 단 한 명. 그 단어의 울림이 어찌나 좋은지.

엘리는 몇 번이고 입안에서 그 말을 되새김질했다. 강하고 아름다운 자신, 엘리 데아른 스페라도.

엘리는 벌써 제가 레슬리를 삼킨 어둠술사가 된 것처럼 우쭐거렸다.

"그리고 집안이 일어서야 어머니도 친정에서 돌아오죠."

"하지만 어떻게……."

걸레 빤 물과 얼음물로는 후작의 정신을 차리게 할 수 없었는지, 후작의 말투는 어린아이처럼 어눌했다. 하지만 엘리가 말한 그 뜻만큼은 확실하게 전달된 모양이었다.

"마차에 불을 지르셨지요?"

마차 사건. 그 사건을 말하자 스페라도 후작이 움찔거렸다. 그 망할 사건은 레슬리가 셀바토르 공작가에 머무르는 원인이 되었고, 귀족 재판에서 망신을 당하면서 지게 된 주원인이었다. 제가 베스라온에게 말해 레슬리를 구해 낸 탓에 아버지가 이렇게 된 거지만 엘리는 아무런 잘못이 없다는 듯 고개를 치켜들고 말을 이었다.

"그때처럼 해요. 마차든, 방이든, 집이든. 그 아이가 어디 한정된 공간에 있을 때 그 불을 질러 버리면 되는 거 아니에요? 아버지에게는 그 아이가 힘을 못 쓰게 만들 방법이 있잖아요?"

분명 우리 가문이라면 그런 게 있을 텐데. 엘리의 말에 후작이 멍한 눈으로 천천히 고개를 끄덕였다.

"이, 있지……. 그래, 있어……. 그 사슬로 잡아다가 힘을 억누르게 하면……."

후작의 머리가 점점 돌아오고 있었다. 그는 빠르게 정신을 차리며 계획을 세우고 있었다. 그래, 자신을 이렇게 망신시킨 둘째 딸은 차라리 죽어 마땅하다. 죽어서 사랑스러운 첫째에게 힘을 주는 게 맞지. 그러려고 만든 아이 아닌가. 제 아비가 중얼중얼하는 모습을 보며 엘리는 방긋 미소를 지었다.
됐다.

⚜

지금 레슬리는 조금 흥분한 상태였다.
"으악!"
사방으로 날아다니는 셀바토르 공작가의 기사들을 보면서 레슬리는 두근거림을 멈출 수가 없었다.
연무장 한가운데에서 셀바토르 공작이 몸을 풀고 있었다. 문제는 주변 사람들에게는 몸을 푸는 수준이 아니라는 것이었다.
"버, 버텨! 끄악!"
"선배님! 껙!"
결국 마지막까지 남은 두 기사가 한 번에 쓰러졌다. 다른 기사 둘이 잽싸게 쓰러진 기사 둘을 끌고 연무장에서 나왔다.
"휴우."
이제 연무장 한가운데에 홀로 서 있는 셀바토르 공작은 언짢은 듯 미간에 주름을 잡더니, 공작가의 기사단을 바라보았다.
"제대로 연습은 하는 건가?"
"보통 인간하고 셀바토르의 대련 아닙니까, 공작님. 거기다 손속에 자비를 두지도 않으셨으면서."
웃으며 셀바토르 공작에게 대꾸하는 사람은 바로 기사단장 하르트로엔 베레비엔이었다. 그는 웃으며 제 뺨을 긁적거렸다.
"몸은 이만하면 풀리지 않으셨습니까?"
"조금 부족한데……."
셀바토르 공작이 연습용 봉을 들고 몸을 쭉쭉 늘렸다. 그러더니 시선을 하르트에게 보내왔다.

"이런, 저는 봐주십시오. 그리고 지금은 훈련으로 내려오신 게 아니라 레슬리 아가씨를 가르쳐 주시러 오신 거 아닙니까."

하르트가 몸을 빼며 뒤에 서 있는 레슬리에게 시선을 던졌다. 그제야 셀바토르 공작의 시선이 레슬리에게 닿았다.

"이런, 왔구나. 훈련에 집중하느라고 온 줄 몰랐네. 레슬리."

"네!"

레슬리는 셀바토르 공작의 부름에 그녀 옆으로 쪼르르 달려가 섰다. 셀바토르 공작도, 레슬리도 똑같은 디자인의 옷을 입고 있었는데, 그게 마냥 좋아 레슬리는 웃음을 흘렸다. 마치 어머니처럼 강해질 수 있다는 기분이 들어서.

곧 상상 속의 자신처럼 되지 않을까. 키는 베스라온 오라버니만 하고 힘도 세고, 어둠도 잘 다루면서 공부도 열심히 하는 자신의 모습을 상상하고 레슬리는 다시 활짝 웃었다.

그런 레슬리를 보며 공작과의 대련으로 엉망진창이 된 사람들이 작게 한숨을 흘렸다. 귀엽다. 그래, 너무도 귀여웠다.

기사단이 머무르는 숙소가 있는 연무장과 저택의 거리는 떨어져 있는 데다가 갖은 훈련과 경비, 사냥 등 다양한 이유로 저택을 오래 떠나 있던 사람도 있는 터라 다들 레슬리를 직접 본 적이 없어 궁금해했었다. 몽실몽실하고 하얗다는 말은 들었는데, 그들이 보기엔 그 말이 딱 맞아떨어졌다.

그 모습을 잠시 바라보던 셀바토르 공작은 아무래도 기강이 빠진 것 같다는 말을 흘렸다.

"그리고 보니 정식으로 인사한 적이 없지. 셀바토르 기사단이란다."

공작의 시선 끝에는 헤벌쭉한 얼굴로 레슬리를 바라보는 십 수 명의 사람들이 있었다. 그중 가장 앞에 있던 남자가 꾸벅 허리를 숙였다.

"인사는 처음이지요, 레슬리 아가씨. 셀바토르 기사단의 기사단장을 맡은 하르트 로엔 베레비엔입니다."

어딘가 평온해 보이는 남자였다. 전혀 기사답지 않은 온화한 분위기였음에도 어쩐지 무서워 레슬리는 눈을 깜빡거리다 제 옆에 선 셀바토르 공작의 옷깃을 꼭 잡았다. 그리고 용기 내 시선을 맞췄다.

"안녕하세요. 레슬리 슈야 셀바토르입니다. 앞으로 잘 부탁드려요, 하르트 님."

그 인사에 하르트의 갈빛 눈동자가 커지더니 옆으로 고개를 기울였다. 그의 얼굴에 신기하다는 듯 미소가 꽃 피워졌다.

"정말 안 무서워하시는군요."

"나도 괜찮아했다니까."

그러면서 셀바토르 공작은 제 가면을 톡톡 건드렸다. 그 말에 하르트는 공작을 한 번, 레슬리를 한 번 바라보더니 화사하게 웃었다.

"부디 하르트 경이라 불러 주십시오, 레슬리 아가씨. 모시게 될 공녀님께 존대를 들으면 잠자리가 편하지 않습니다."

아, 이제 안 무섭다. 뭔가가 신기해 레슬리는 고개를 끄덕거렸다. 그 모습에 하르트의 미소가 더 진해졌다.

"네, 하르트 경."

하르트의 인사가 끝나자 뒤에 있던 십 수 명의 기사들이 앞다투어 인사했고 레슬리는 한 명 한 명에게 자랑스럽게 제 이름을 말했다. 답 인사로 예쁜 이름이라는 말과 귀엽다는 말을 들었다. 셀바토르 공녀에게는 조금 무례할지 모르는 태도였으나, 듣는 본인이 개의치 않아 했기에 다들 넘어갔다.

"자, 그럼 시작해 볼까?"

인사가 전부 끝나고 난 후 셀바토르 공작은 레슬리의 머리를 쓰다듬었다. 이제 준비가 되었냐는 눈빛에 레슬리는 고개를 끄덕였다.

기대되기 시작했다. 자신은 어떤 무기를 받게 될까? 처음이니까 진검을 주지는 않겠지. 그렇다면 아까 봤던 뭉툭해 보이는 철검일까, 아니면 훈련할 때 주로 보였던 훈련용 봉일까.

아니면 책에서 봤던 얇은 검도 괜찮을 것 같았다. 자신은 체력이 없으니까. 그래도 그 정도는 가볍게 다루지 않을까? 뭐가 됐든 주기만 하면 멋지게 휘두를 자신이 있었다. 그런 레슬리의 라일락색 눈동자를 바라보며 셀바토르 공작이 옅게 웃었다.

"가볍게 연무장 스무 바퀴만 돌아보자꾸나."

기대하고 고대하던 훈련은 지옥으로 끝이 났다. 레슬리는 연무장 한 편에서 숨을 가쁘게 고르고 있었다. 겨울인데도 몸에서 연기가 날 정도였다.

"열심히 하시더군요."

하르트가 웃으며 레슬리에게 차가운 물을 건네주었다. 이 날씨에 차가운 물을 마시면 감기에 걸릴지도 모른다고 서올리가 말해 줬지만, 레슬리는 단숨에 들이켰다. 그제야 뜨겁던 몸이 조금 식는 것 같았다.

"살 것 같아요."

"훈련 중 물 한 잔은 달콤하지요."

그렇게 말하며 다시 하르트는 웃었다. 지금 그는 겉으로 보이는 표정과는 다르게 조금 놀라고 있는 중이었다.

비록 하르트가 셀바토르의 기준을 적용하지 말라고 싸워 준 덕에 다섯 바퀴로 줄이긴 했지만, 그걸 다 돌 줄은 몰랐다. 비틀거리면서도 멈추지 않았다. 내일은 분명 몸살이 나겠지.

그걸 고려해 하녀 몇에게 뜨거운 물로 목욕을 할 수 있게 준비시킨 상태였다. 물을 끓이고 커다란 욕조를 가득 채우려면 시간이 조금 걸릴 것이다. 그동안 하르트는 레슬리하고 이야기를 해 보기로 마음먹었다.

"레슬리 아가씨."

붉어진 뺨을 만지작거리며 시선을 맞춰 온다. 그 동그란 눈동자를 보다가 하르트는 제 물음을 던졌다.

"레슬리 아가씨는 공작님처럼 되고 싶으신 거지요?"

"네."

바로 대답이 나왔다. 그는 물음을 조금 바꿔 보기로 했다.

"정말 셀바토르 공작님처럼 될 수 있다고 생각하시나요?"

"네."

이번에도 바로 대답이 나왔다. 레슬리는 다른 기사가 건네준 수건으로 땀을 훔치며 맑게 웃어 보였다.

"저는 꼭 어머니처럼 될 거예요."

"될 수 있다고 생각하시는군요."

하르트 기사단장은 신기하다는 듯 레슬리를 바라보았다. 시선이 칼날처럼 쏟아져 내렸다. 하지만 그 시선에도 레슬리가 눈을 피하지 않고 기사단장을 바라보자, 다시 하르트는 웃음을 머금었다.

"너무 무리하지 마세요, 레슬리 아가씨."

"제가 어머니처럼 될 수 없을 거라 생각하시는군요."

"맞습니다."

즉답이 돌아왔다. 하르트는 입꼬리를 올리며 말을 이었다. 아까부터 든 생각인데 정말로 사람이 좋아 보이는 따뜻한 웃음이었다. 하지만 쏟아지는 말은 마음을 시리게 할 정도로 차가워, 그 간극에 레슬리는 몸을 살짝 움츠렸다.

"셀바토르는 괜히 셀바토르가 아닙니다. 인간은 범접하기 힘든 영역을 뛰어넘는 괴물들이죠. 아가씨는 그걸 따라 하다가 다칠 수도 있어요."

그렇게 말하면서 하르트는 제 가슴을 엄지손가락으로 쿡 찌르며 씩 웃어 보였다.

"특히 여기가요."

웃챠. 레슬리가 뭐라고 대답하기도 전에 하르트는 몸을 일으켜 뚜벅뚜벅 연무장 한가운데로 걸어 들어갔다.

"다들 소드마스터, 소드마스터 하는데, 정작 셀바토르 공작가에서는 소드마스터가 나온 적이 없습니다. 왜인지 알고 계십니까?"

하르트가 목소리를 조금 더 높이자, 텅 빈 연무장이 하르트의 목소리로 가득 찼고 레슬리는 고개를 저었다.

"이미 그들은 태어날 때부터 소드마스터를 뛰어넘는 힘을 가지고 있으니까요. 말 그대로 괴물인 겁니다. 예를 들어 볼까요."

그렇게 말하며 하르트는 자신의 검을 빼 들고 가볍게 휘둘렀다. 분명 동작 자체는 가볍고 부드러워 보였는데, 바람을 가르는 소리는 오싹할 정도로 살벌하게 들렸다.

"현 셀바토르 공작님, 아셀라 벤칸 셀바토르 님은 마검사입니다."

'마검사.'

레슬리는 눈을 깜빡거렸다. 읽은 적은 있으나, 실제로 들어 본 적은 없는 단어였다. 그만큼 마검사는 희귀했다. 마법과 검술, 그 두 가지를 조화롭게 쓸 수 있는 사람은 드물었다. 하르트는 다시 자세를 잡더니 날카롭게 검을 휘둘렀다.

"마법과 검을 같이 쓰는 거죠. 검을 휘두르기 위한 힘과 마법을 쓰기 위한 마력이 한 몸에 동시에 존재하는 겁니다. 그런 인재는 희귀하지요. 심지어 이 셀바토르 공작가에서도 말입니다. 다른 분들은 베스라온 님처럼 괴력을 가지고 있다거나, 루엔티 마법사님처럼 마력을 지니고 있지요. 단 한 가지만 가지고 있는 경우가 대부분입니다. 두 가지를 타고 태어나도 한쪽은 그다지 쓸모가 없을 정도로 미약하지요."

횡! 다시 날카로운 검이 차디찬 겨울의 바람을 갈라냈다. 그 소리가 날카롭게 들려 레슬리는 눈을 감고 싶었지만, 하르트의 검은 눈을 뗄 수 없게 만드는 마력이 있었다.

"하지만 공작님은 그 두 가지를 전부 타고 태어난 희귀한 마검사이 며, 혼란의 시대를 종결시킨 한 사람이기도 합니다."

거기까지 말한 하르트는 검을 검집에 집어넣었다. 그마저도 군더기 가 없는 깔끔한 동작이라 레슬리는 괜스레 박수를 보내고 싶었다.

"아가씨는 그런 분을 닮고 싶다고 한 거예요."

하르트는 그런 레슬리를 보며 웃었다. 저 반짝반짝해 보이는 라일 락색 눈동자를 보고 있자면 어째서 공작저의 사용인들과 기사들까지 그렇게 난리를 치는지 쉽게 이해할 수가 있었다.

저렇게 해가 없어 보이는, 색조차 귀여운 아이라니. 저렇게 순진한 분이라니.

하르트는 성큼성큼 레슬리에게 다시 다가왔다. 그리고 이번엔 눈높 이를 맞춰 주지 않은 채 고개만 숙여 레슬리를 바라보았다.

"제 말이 무슨 말인지 이해하셨습니까, 아가씨?"

잠시 하르트의 눈을 바라보던 레슬리는 다시 고개를 끄덕였다. 어 딘가 답을 찾은 듯한, 맑아 보이는 얼굴이었다.

"네, 알겠어요. 하르트 경도 어머니가 좋은 거지요?"

하르트가 생각한 것과 전혀 다른 대답이 들려와, 하르트의 고개가 다시 옆으로 기울었다. 그런 하르트를 보며 레슬리는 맑게 웃음을 터 트렸다.

"저도 어머니가 너무 좋아요!"

레슬리의 웃음에 하르트는 같이 웃음을 터트리며 제 볼을 긁었다. 좋은 의미의 웃음은 아니라는 걸 그의 눈이 말해 주고 있었다.

"제가 말하고자 하는 건 그게 아니랍니다, 아가씨."

"하지만 그렇게 들리는 것 같았어요."

레슬리는 당황한 듯 보이는 하르트를 보며 말을 이었다. 레슬리의 눈동자가 쏟아지는 겨울 햇빛에 반짝거렸다.

"아니면 혹여나 제가 너무 과한 목표를 세운 게 아닐까, 나중에 좌절하고 크게 마음을 다치는 게 아닐까, 하고 미리 염려해 주신 것 같아요. 미리 좌절해 본 선배로서요."

"……잘 아시는군요. 하지만 아가씨를 위한 걱정뿐이 아닙니다."

하르트는 의외라는 듯 대답하며 제 뺨을 긁적였다.

"셀바토르 공작님은 젊었을 적부터 동경하는 사람이 많았습니다. 적군까지도요. 하지만 나중에 가면 거의 다 한 가지로 몰리더군요."

그 말에 레슬리는 고개를 갸웃거렸다. 한 가지로 치우친다라. 하르트의 말은 절대로 긍정적인 게 아니었으니, 답은 한 가지뿐이었다.

"적……인가요?"

"네, 동경이 극에 치우치고 자신이 그 그림자조차 따라갈 수 없다는 걸 깨달은 사람들이 가장 최악의 적이 되곤 하였죠."

그렇게 말하며 하르트는 제 뺨을 톡톡 쳤다. 늘 공작이 가면으로 가리고 다니는 쪽이었다.

"그 뺨의 상처도 그런 사람에게 얻은 상처였습니다. 아마 뺨보다는 마음의 상처가 더 깊으셨을 겁니다. 그래서입니다."

"그렇군요."

레슬리는 잠시 뭔가를 생각하더니 곧 고개를 끄덕였다.

"네, 하르트 경. 저는 절대 그렇게 되지 않을게요. 그러니 너무 걱정 마세요."

맑은 레슬리의 웃음에 하르트가 할 말을 잃어버렸다는 듯 작은 아이를 바라보았다.

"그리고 걱정해 주셔서 감사합니다. 너무 무리하지 않게 할게요."

레슬리는 아까 공작님에게 슬그머니 말을 건네던 하르트를 기억하고 있었다.

'스무 바퀴라니요. 누누이 셀바토르의 기준으로 보통 사람을 다루지 말라고 말씀드렸지 않습니까.'

덕분에 레슬리는 연무장을 다섯 바퀴만 돌아도 되었다. 시간제한 없이 천천히 뛰는 것이었는데도, 금방 지쳐 헐떡거리긴 했지만. 하르트는 제 뺨을 긁적거리기만 했다.

"너무 제 말을 좋게 해석하시는군요."

"저에게는 꼭 그렇게 들려서요."

그러면서 레슬리는 아직 짧은 다리를 동동 움직였다. 스페라도 후작가에서 얻은 단 하나 좋은 것이 이것이었다. 그 사람이 정말로 나를 싫어하는지, 아니면 겉으로만 그렇게 여기는지, 그 감정이 나름 빠르게 파악되었다.

지금 눈앞에 있는 하르트 경은 자신에게 모질게 말했지만, 진심은 아니었다. 오히려 걱정이 섞여 있었지. 그 말을 들은 하르트가 머쓱한 표정을 지었다.

"……기억해 두시는 게 좋을 겁니다. 아가씨가 동경하고 있는 사람은 너무 높은 경지에 있는 사람이라는 걸요. 지금 말씀드리기엔 조금 이르다고는 생각했지만……."

그러더니 하르트는 다시 한 번 레슬리를 훑었다.

"아무리 봐도 쉽게 포기하실 것 같지 않은 분이라."

레슬리는 그 말에 고개를 끄덕였다. 그리고 궁금한 것이 있다는 눈빛으로 하르트를 바라보았다.

"그런데 하르트 경, 아까 검술은 왜 보여 주신 거예요?"

"아……."

하르트는 조금 부끄럽다는 듯 눈동자를 이리저리 돌리면서 머리를 벅벅 긁기 시작했다.

"그냥 앉아서 대화하기가 좀 부끄러워서요. 그래도 제 검술 나름 멋있지 않았습니까? 셀바토르 공작가의 검술입니다."

"멋있었어요."

레슬리가 다시 하르트를 보며 까륵 웃자, 하르트는 어쩔 수 없다는 듯 숨을 푹 쉬더니 두 손을 들었다. 무언의 항복이었다.

"그럼 들어가실까요? 슬슬 땀이 식어서 추우실 겁니다."

하르트의 말이 맞았다. 막 연무장을 돌았을 때는 더워서 땀이 흘렀지만, 이야기하던 도중 열기는 점점 가라앉았고 슬슬 몸에 한기가 돌고 있었다. 땀이 식으면서 그 속도가 더욱 빨라졌다. 몸을 일으켜 저택 안으로 들어가려는 레슬리를 하르트가 붙잡았다.

"아, 아가씨. 공작님이 계시지 않을 때는 제가 아가씨를 가르쳐 드릴 겁니다. 앞으로…… 그, 잘 부탁드립니다. 아가씨."

"네, 저 역시 잘 부탁드려요, 하르트 경."

레슬리가 인사를 하고 연무장을 벗어나자, 구석에 있던 몇 명의 셀바토르 공작가의 기사들이 우르르 하르트에게 달려들었다.

"단장님!"

"뭐, 이놈들아!"

하르트의 목에 매달린 갈색 머리 기사가 간절하게 외쳤다. 그의 눈에는 다급함만이 가득 들어 있었다.

"저러다 우시면 어쩌려고 그렇게 모질게 대하셨어요! 기사단은 이상한 놈들이라 생각하면 우리 손해잖아요!"

"맞아요!"

뒤에 서 있던, 금발 머리를 하나로 질끈 묶은 기사가 그 말을 이어받았다.

"그러면 우리는 아가씨를 자주 뵐 수가 없잖아요. 안 그래도 아가씨가 검을 배우신다고 해서 얼마나 기대했는데! 공작님도, 아가씨도 가까이에서 볼 수 있는 절호의 기회였다고요!"

그 절박한 외침이 왜일까, 요정 같은 희귀한 무언가를 가까이에서 볼 기회를 잃어버렸다는 듯 슬프게 들렸다.

"아가씨도 제대로 알아야지!"

하르트는 그렇게 달려드는 기사들이 귀찮은지 몸을 털었지만, 과연 셀바토르 공작가의 기사들. 쉽게 떨어져 나가지 않았다. 그간의 고된 훈련은 헛되지 않았다.

그러자 하르트는 한 명 한 명 제 몸에 매달린 기사들을 떼어 내며 말을 이었다.

"무작정 동경으로 시작하는 게 얼마나 힘든데! 거기다 너희도 봤잖아! 그 몸, 이미 너무 혹사당했어. 지금부터라도 제대로 먹고 몸 관리를 한다 해도 검을 잡긴 힘들 거다."

결국, 제 목에 매달린 갈색 머리 기사까지 떼어 낸 하르트는 거친 숨을 몰아쉬며 손을 탁탁 털었다.

그 말에 바닥에 널브러진 기사들이 울음을 삼켰다.

마른 몸이었다. 저 몸으로는 제대로 검을 잡기 힘들 거라는 걸 다른 기사들도 알고 있었다. 거기다 스페라도 후작가는 태생적으로 검과는 어울리지 않는 가문이었다. 유전에, 그간 혹사당한 몸까지.

"그래도…… 끄흡."

널브러진 기사 몇이 입을 주먹으로 막고 끅끅거리기 시작했다. 유일하게 하르트에게 달려들지 않아 멀쩡히 서 있던 기사 한 명이 한 발로 바닥을 톡톡 치며 말을 꺼냈다.

"그러고 보니 스페라도 가문의 기사들이 자주 모이는 술집이 있지 않나요?"

그 말에 바닥에 누워 있던 기사들이 한꺼번에 그녀에게 눈길을 보냈다. 지렁이가 시선을 보내면 저런 느낌일까. 그렇게 생각한 기사는 제 머리끝을 만지작거리며 말을 이었다.

"그리고 우리는 곧 있으면 회식하는 날이죠? 바로크의 둘째가 태어난 기념으로 한잔하기로 했잖아요?"

부인이 당분간 금주를 하게 되었으니 자신도 금주를 해야 한다며 외치던 바로크가, 아이가 태어난 기념, 그리고 장기간의 육아 휴직 기념으로 셀바토르 기사단에서 마지막으로 술을 마시는 날이었다.

"거기로 가자!"

갈색 머리 기사가 용수철처럼 벌떡 몸을 일으켰다. 그리고 흥분한 채 크게 외쳤다.

"거기로 가서 시비를 거는 순간 그놈들 이빨을 털어 주자고!"

"기사복은 벗고 일반 복장으로 가자! 기사인 거 알면 시비를 안 걸어올 거 아니야!"

"꾀죄죄한 옷을 입고 가는 거야! 만만하게 보여야 해!"

"머리에 진흙을 바르고 가는 건 어떨까?"

그 말을 시작으로 누워 있던 기사들이 잉어가 튀어 오르듯 몸을 일으키더니, '어떻게 하면 만만한 인상이 되는가'에 대해 진지하게 토론하기 시작했다.

그 모습을 바라보던 하르트는 적어도 저놈들이 제정신이 들 때까지라도 회식은 당분간 뒤로 미뤄야겠다고 생각했다.

"레슬리 아가씨."

"우웅?"

따끈한 욕조에서 빠져나오자마자 졸음이 몽실몽실 밀려오기 시작한 레슬리가 서올리의 부름에 고개를 들고 작게 하품했다. 마델이 닦아 주는 수건이 부드러웠던 탓인지 아니면 오늘 고된 훈련을 했기 때문인지 점점 더 졸음이 쏟아져 내렸다.

"편지가 왔어요."

하지만 이어지는 서올리의 말에 레슬리는 눈을 번쩍 떴다. 정말 서올리의 손에는 편지 봉투가 들려 있었다.

"편지?"

레슬리는 냉큼 손을 내밀었다. 삼촌이 보내 준, 눈물을 쏟게 만든 그 편지를 제외하고는 남에게서 받는 첫 편지였다.

스페라도 후작가에 있을 때 집사가 은쟁반으로 편지를 가져다주는 것을 본 적이 있었다. 꽃잎을 말려서 만든 비싼 편지지에 은은한 향수까지 뿌린 편지. 그 편지를 받을 때마다 엘리는 어딘가 뿌듯한지 우쭐거리는 표정을 짓기도 했고, 즐거워서 웃음을 터트리기도 했다.

그래서 늘 궁금했었다. 저 작은 종이에 뭐가 적혀 있기에 늘 엘리는 저걸 받으면 즐거워하는지. 너무도 궁금해 버려진 엘리의 편지를, 쓰레기통을 뒤져 가며 읽어 본 적도 있었다.

하지만 엘리가 웃었던 것처럼 레슬리는 웃을 수가 없었다. 그 편지는 레슬리를 위해 써진 게 아니었으니까. 그저 엘리는 이런 이야기를 나눴구나 하고 깨달았을 뿐이었다.

그래서 늘 바라고 있었다. 누군가가 나를 위해 편지를 써 주기를, 그리고 그 편지를 읽으며 자신도 웃어 보기를, 늘 바라고 있었다.

첫 번째 편지는 가슴이 아려 오게 했지만, 두 번째는 어떨지 몰라 레슬리는 눈을 반짝 떴다.

'그런데 누구지?'

서올리에게서 조심스레 편지를 건네받으며 레슬리는 눈을 깜빡였다. 서올리가 뭐라고 말해 주기도 전에 빠르게 편지 봉투를 살펴 가문의 인장을 찾아보았다.

크림색에 푸른색이 입혀진 편지는 여태 레슬리가 본 편지 중에서 가장 고급스러워 보였다. 그리고 그 편지 한가운데에 찍혀 있는 인장.

'아이테라 대공가다!'

콘라드 경이야. 레슬리가 반짝거리는 얼굴로 손을 내밀자 서올리가 페이퍼 나이프도 레슬리의 손에 쥐여 주었다.

"조심하셔야 해요."

서올리는 걱정이 되는지 작은 잔소리를 붙였지만, 레슬리는 괜찮다는 듯 웃으며 고개를 끄덕였다.

엘리가 받던 편지처럼 가문의 인장이 찍혀 있고, 페이퍼 나이프를 써서 열어야 하는 편지는 처음이었다. 심장이 두근두근 뛰기 시작했다.

찌이익— 페이퍼 나이프에 편지 봉투가 뜯기고, 레슬리는 천천히 반쯤 접혀 있는 편지를 꺼내 들었다. 상쾌한 향기가 서서히 퍼지기 시작했다.

'콘라드 경 냄새다.'

평소 콘라드가 곁에 있을 때 풍기는 냄새였다. 비 온 후 부는 바람의 느낌이라고 해야 하나.

좀 더 명확한 표현이 있을 것 같은데. 레슬리는 잠시 단어를 고민하다가 편지를 펼쳤다. 지금 중요한 건 그게 아니었으니까.

편지 봉투와 똑같은 크림색의 편지지 가장 윗부분에는 유려한 글씨로 '레슬리 양에게'라고 적혀 있었다. 그 부분만 읽었는데도 웃음이 터져 나올 것 같았다. '엘리에게'가 아니었다.

"아."

하지만 첫인상과는 다르게 편지의 내용은 조금 서글픈 것이었다.

예기치 못한 일이 생겨, 다음 신학 수업은 뒤로 미루고 싶다는 편지였다.

'이름…… 제대로 말해 주지도 못했는데.'

성을 받고 나서 첫 만남이라 기대했었다. 이번엔 또박또박하게 자신의 이름을 말해 줘야지. 레슬리 스페라도가 아니라 레슬리 슈야 셀바토르라고, 그렇게 인사해야지. 그렇게 기대했었는데.

순식간에 기대감이 무너져 내렸다. 거기다 스페라도 후작가에 있을 때부터 기대하고 있던 편지가 이런 내용이라 실망감이 더 크게 느껴졌다.

레슬리의 우울한 표정을 보고 대강의 내용을 짐작했는지 마델과 서올리가 서로 눈치를 보기 시작했다. 그러다가 뭔가를 떠올린 듯 마델이 방긋 웃음을 머금었다.

"아가씨, 답장을 쓰지 않으실래요?"

아직 편지를 꼭 쥐고 있는 레슬리가 그 말에 고개를 들고 마델과 시선을 맞췄다.

"편지?"

"네! 지금 마음을 적어서 아이테라 공작님에게 보내도록 해요."

"지금의 마음을……."

레슬리는 다시 편지지를 바라보았다. 마델이 슬그머니 다시 레슬리에게 물었다.

"어떤 마음이 드세요?"

"수업이 취소돼서 조금은 서운해……."

레슬리의 대답에 마델과 서올리가 작게 안도의 한숨을 쉬었다. 레슬리의 얼굴이 어두워지니 제안은 했는데, 어떤 감정인지는 잘 몰랐었다.

"그러면 그걸 써서 보내 볼까요?"

레슬리가 고개를 끄덕이자, 서올리는 재빠르게 제나에게서 셀바토르 공작가의 인장이 찍힌 편지지를 받아 왔다.

"다음엔 번화가에 나가서 예쁜 편지지를 사 봐요. 압화된 꽃이 들어간 것도 있고, 처음부터 향을 입힌 편지지도 있어요. 색도 다양해서 아가씨의 눈 색을 닮은 라일락색 편지지도 많아요."

"정말?"

"그럼요."

레슬리와 이야기를 나누면서도 서올리는 손을 쉬지 않고 편지지와 잉크, 그리고 깃펜을 레슬리 앞에 내려놓았다. 그런데 깃펜을 쥔 레슬리는 편지지를 내려다보며 굳어 버렸다.

"아가씨?"

마델이 뭔가 이상해 레슬리를 부르자, 레슬리가 시선을 맞추며 부끄럽다는 듯 웃었다.

"뭐라고 써야 할지 잘 알 수 없어서."

하고 싶은 말과 알리고 싶은 마음은 넘쳐 나는데, 그걸 막상 쓰려니 어떻게 써야 할지 몰라 레슬리는 눈을 깜빡였다.

"차라리 철학서를 외워 전부 쓰는 게 낫겠어."

레슬리는 빈 편지지를 내려다보며 웅얼거렸다. 그게 나을지도 모른다. 철학서를 전부 외우는 건 자신 있으니까. 고작 요만한 편지지 따위 금방 가득 차 버릴 것이다.

레슬리가 고민에 빠지자, 마델과 서올리도 같이 고민에 빠지기 시작했다. 그녀들도 편지는 많이 주고받았지만 이번 상대는 귀족이었다. 미간에 주름까지 잡고 고민하던 마델이 슬그머니 제 의견을 흘렸다.

"일단 날씨 이야기를 써 보는 게 어떨까요?"

날씨라. 그 말에 레슬리는 고개를 들어 창문 밖을 바라보았다. 아까 연무장을 돌 때, 조금씩 떨어지던 눈송이가 제법 굵어져 있었다.

"눈……이 많이 오고 있어요."

레슬리가 조심스레 적어 내리자, 서올리가 응원하듯 말을 이었다.

"그리고 수업이 취소돼서 아쉽다는 말을 적어 주세요."

"응, 알았어."

고개를 끄덕인 레슬리는 천천히 편지를 채워 나갔다.

마델과 서올리가 제나의 부름을 받고 자리를 비워도 레슬리는 계속 편지를 써 내려갔다. 너무 고심하다 몇 번은 깃펜에서 잉크가 줄줄 새 버려 새로 쓰기도 하고, 몇 번은 문장을 틀려 다시 쓰다 보니 시간이 훌쩍 지나 있었다.

"다 썼다."

휴, 작게 숨을 내쉬며 레슬리는 방긋 웃었다. 실패해 구겨 버린 편지가 주변에 한가득이라서 조금은 부끄러웠지만, 곧 설렁줄을 당겨 편지를 봉할 것을 가져와 달라고 부탁했다.

서올리가 실링와스를 가지러 간 사이 레슬리는 다시 한 번 더 편지를 읽어 내렸다. 틀린 단어는 없는지, 이상한 내용은 아닌지.

그렇게 몇 번을 읽어 내리는데, 편지의 맨 밑에 남은 여백이 신경 쓰이기 시작했다. 잠시 그 여백을 바라보다 레슬리는 다시 깃펜을 들 었다.

다음에 오시면, 제 이름을 전부 말해 드릴게요.
ㅡ레슬리가.

✣

"도련님."

마침 복도를 지나고 있던 콘라드는 그윈의 목소리에 발을 멈추고 몸을 돌렸다. 그윈이 은쟁반 위에 놓인 한 통의 편지를 콘라드에게 내밀었다.

"편지가 왔습니다."

"편지?"

그윈이 웃으며 고개를 끄덕였다.

어디서 온 편지일까. 신전인가? 궁금함이 담긴 손길로 콘라드가 편지를 집어 들었다. 그리고 편지에 찍힌 셀바토르 공작가의 인장을 보는 순간부터 궁금증에 손길이 빨라졌다.

'정말 레슬리 양이네.'

프리트가 열이 오르는 바람에 이번 수업은 쉬겠다고 편지를 보낸 게 어제였는데.

비록 프리트는 가도 괜찮다고 떠밀었지만, 콘라드는 수업을 취소하기로 했다. 지금 어머니는 친정의 일로 자리를 비웠고, 아버지는 침몰당한 무역선으로 정신이 없었으니까. 자신마저 가 버리면 프리트는 내심 상처를 받을 게 뻔했다.

그윈과 하녀들이 있다며 다시 프리트가 콘라드를 떠밀었지만 콘라드는 아직 어린 동생이 나을 때까지 저택에 있기로 했다. 그래서 어제 셀바토르 공작에게 편지를 보내는 김에 레슬리에게도 편지를 보냈다.

'설마 답장을 받을 줄이야.'

어떤 내용일까. 콘라드는 호기심을 못 이기고 그 자리에서 편지를 뜯어보았다. 평소라면 하지 않을 행동에 그윈의 눈동자가 놀란 듯 커졌지만, 제 작은 주인을 제지하지는 않았다.

안녕하세요, 콘라드 경.

편지의 첫머리를 읽는데, 또박또박하고 어딘가 부드러운 목소리가 들려온 듯했다. 편지 곳곳에 잉크가 번진 자국이 있는 걸로 봐서 고심하고 또 고심하며 쓴 듯했다.

콘라드는 한 장짜리 편지를 단숨에 읽어 내렸다. 눈이 많이 내린다는 말과 이런 날에는 코코아를 마셔야 한다는 말, 그리고 수업을 쉬게 되어 아쉽다는 말이 적혀 있었다. 하지만 그중에서도 가장 눈길을 끄는 것은 추신처럼 적혀 있는 마지막 말이었다.

"다음에 오면 제 이름을 전부 말해 드릴게요."

콘라드는 괜스레 그 마지막 문장을 소리 내 읽어 보았다. 그래, 이름을 이제 떳떳하게 말해 주시겠구나. 이제 레슬리는 축복의 이름도 가지고 있었고 스페라도가의 사람도 아니었으니까. 저번처럼 부끄러워하며 이름만 말하지 않겠구나.

자랑스럽게, 그러면서 조금은 우쭐거리며 제 이름을 소개할 레슬리가 너무도 손쉽게 그려져 콘라드는 작게 웃음을 터트렸다.

그때 콘라드의 아버지, 아이테라 대공이 복도 저편에서 걸어오는 게 보였다.

"여기서 뭘 하는 거냐."

어디 중요한 약속이라도 있는지, 반듯한 외출복 차림의 아이테라 대공은 자신의 첫째 아들을 무덤덤한 눈길로 바라보았다. 그러다 콘라드가 손에 들고 있는 편지에 시선이 닿았다.

"그건 누구에게서 온 편지지?"

"신전입니다."

콘라드는 황금색 눈동자에 웃음을 머금으며 대답했다.

"슬슬 사제님들이 옛 분쟁 지역으로 봉사를 나갈 시기라, 호위에 관한 이야기가 적혀 있습니다."

"……."

"한번 읽어 보시겠습니까?"

아버지가 고개만 끄덕인다면 바로 보여 주겠다는 듯 콘라드가 대답했다. 그러자 아이테라 대공은 그저 말없이 몸을 돌려 그윈을 바라보았다.

"그윈, 마차는?"

"준비되어 있습니다."

"그래. 중요한 손님을 만나느라고 늦을 거다."

아들에게는 답이 없었으면서 그윈에게는 늦을 거란 언질까지 준 아이테라 대공은 그대로 몸을 돌려 밖으로 나가 버렸다. 어쩌다 보니 아이테라 대공과 콘라드의 사이에 낀 그윈은 안절부절못하고 콘라드를 바라보았다.

"도, 도련님⋯⋯."

"괜찮아, 그윈."

콘라드는 눈이 내리는 차디찬 날씨에 땀을 절절 흘리는 그윈을 바라보며 웃었다.

"알고 있어. 이건 다 풍랑 때문이잖아."

그래, 이건 다 풍랑 때문이었다. 무역선을 가라앉힌 그 풍랑 때문이 아니라, 아버지 주위에서 불기 시작한 풍랑. 그게 뭔지는 모르겠지만, 철산과도 같았던 아버지를 뒤흔들고 있다는 것을 콘라드는 어렴풋이 알아챘다.

✤

아이테라 대공의 저택을 빠져나온 마차는 한참을 달리고 달려 한 허름한 저택 앞에 멈춰 섰다. 마차에서 내린 아이테라 대공은 동전 몇 개를 마부에게 건네주었다.

"추우니 적당한 곳에 가 있게."

그 말에 마부는 동전을 받아 들면서 넙죽 고개를 숙였다.

'오늘 친구분을 만나시는 건가?'

마부가 마차를 몬 이 저택은 귀족들의 사교장으로 자주 이용되는 저택이었다. 수도 몇 곳에는 이런 저택이 있었는데, 그중 한 저택에 아이테라 대공이 들른 것이었다.

'뭐가 되었든 난 좋지.'

이 정도 동전이라면 근처 찻집에 들어가 점원과 노닥거려도 되었고, 아니면 술집에서 가볍게 술 한 잔과 식사를 즐겨도 남는 금액이었다.

"감사합니다, 주인님."

동전을 받아 든 마부가 적당한 찻집을 찾아 떠나자 아이테라 대공은 발을 옮겨 저택 안으로 들어갔다. 지독한 시가 냄새가 저택을 가득 메우고 있었다.

사실 이 저택은 아이테라 대공이 방문을 꺼리는 저택 중 한 곳이었다. 이곳에서는 다들 도박과 사채 등의 이야기를 나누었고 냄새가 지독한 시가가 유행이었으니까. 거기다 이곳은 스페라도 후작이 빈번히 드나들던 저택이기도 했다.

눈살을 찌푸린 아이테라 대공이 시가를 피워 대며 천박한 이야기를 나누는 무리를 재빠르게 지나치려는데, 대공을 알아본 한 사람이 크게 대공을 불렀다.

"아이테라 대공님!"

술과 담배 때문에 시뻘건 얼굴의 남자는, 라본 백작이었다. 그는 휘적휘적한 걸음걸이로 아이테라 대공에게 다가왔다. 옷에 술을 엎질렀는지, 그가 걸을 때마다 알싸한 알코올 냄새가 풍겨 왔다.

"아이테라 대공님, 오랜만에 뵙습니다."

그 와중에 발음만은 또박또박했고, 행동 역시 흐트러짐이 없었다. 잠시 손을 내미는 라본 백작을 한심한 눈으로 내려다보던 아이테라 대공은 어쩔 수 없이 그의 손을 잡고 악수했다.

"라본 백작도 오랜만이군. 최근 재판장에서 활약했다지."

"아하하하!"

그 말에 라본은 갑자기 웃음을 터트렸다. 저 멀리 앉아 있던 사람들마저 놀라 그를 바라볼 정도로 큰 웃음이었다.

"그렇죠. 제가 이번 귀족 재판에서 큰 역할을 했습니다."

라본은 뭐가 그리도 웃긴지 몇 번이나 주저앉으며 폭소했고, 아이테라 대공은 그 모습을 보며 작게 혀를 찼다.

"술이 과한 것 같소, 백작."

"아니, 아니, 아닙니다."

그 말에 라본은 몇 번이나 고개를 흔들면서 웃더니 아이테라 대공을 바라보았다.

"제가 어떤 역할을 한지 아십니까. 셀바토르 공작님에겐 죄송하지만, 제가 막을 내리는 역할을 좀 했습니다. 네, 네. 그렇고말고요."

라본은 토할 것 같은지 잠시 고개를 숙이고 있다가 이내 다시 고개를 들고 아이테라 대공을 바라보았다.

"덕분에 스페라도 후작님이 우는 것을 보았습니다. 아, 얼마나 좋던…… 아니, 아니, 얼마나 가슴이 아프던지요. 재판 이후 술독에 빠져 계신다고 하던데, 친우 된 도리로 같이 술독에 빠지고 있었습니다."

필요 없는 말까지 줄줄이 쏟아 내는 라본 백작을 더 감당할 자신이 없었다. 그는 빨리 이 자리를 뜨고 싶을 뿐이었다. 그녀는 왜 이딴 곳을 만남의 장소로 잡아서 자신을 이리도 곤란하게 하는지, 이해할 수가 없었다.

"그래서인지 스페라도 후작이 요즘 묘한 일을 하더군요. 제 하인이 편지를 가지러 갔었는데, 정원을 파헤치고 이상한 정자를 짓기 시작했다더라고요……. 그 정자가 또 이상하대요. 히끅."

슬슬 목소리에도 취기가 섞이기 시작했다.

아이테라 대공은 짜증이 난 눈길로 라본 백작을 바라보았으나 그를 쉽게 내치지는 못했다. 어엿한 귀족이기도 하고, 지금 이 저택에는 아직도 십 수 명의 사람들 이 둘을 바라보고 있었으니까. 이대로 내친다면 좋지 못한 소문이 돌 것이다.

"지금 정원을 꾸밀 때가 아닌데 말입니다. 스페라도 후작의 그 여유로움은 참 좋아요, 좋아. 언제까지 그럴지는 모르겠지만요. 그런데 대공님은 왜 여기 계신 겁니까?"

"친우의 초대를 받았지. 이튼 백작 말이네. 새 오페라가 극장에 올라설 때니까."

"아하! 이튼 백작님! 언제 저도 모임에 한번 끼워 주십시오. 저도 오페라를 정말 좋아합니다. 그래서 말입니다, 아이테라 대공님……. 우웩!"

주절주절 자신의 이야기를 늘어놓던 라본 백작이 크게 헛구역질을 하였다. 천만다행인지 그는 토하지는 않았지만 털퍼덕, 바닥 위에 쓰러졌다. 그와 같이 온 일행처럼 보이는 몇 명이 라본 백작을 끌고 휴게실로 간 후에야 아이테라 대공은 라본 백작과 떨어질 수 있었다.

라본 백작이 설치던 방을 지나, 긴 복도로 들어서기 전 그는 끼고 있던 장갑을 벗어 쓰레기통에 넣었다. 라본이 잡고 흔든 장갑은 대공에게 있어 이미 쓰지 못할 물건이었다.

"어서 오십시오."

복도 가장 끝 방, 푸른색의 문 앞에 서자 한 남자가 기다리고 있었다는 듯 아이테라 대공을 맞이했다.

"그분은 이미 안쪽에서 기다리고 계십니다."

문을 열고 들어가자, 머리를 지끈거리게 하던 시가 냄새가 사라졌다. 대신 은은한 향냄새와 가림막이 쳐진 공간이 보였다.

"오랜만입니다. 대공."

"……다시는 이런 만남을 가지지 않겠다고 말씀드렸을 텐데요."

단호한 대답에 가림막 뒤에 숨은 사람이 작게 웃음을 터트렸다.

"긴 이야기가 될 테니 앉아서 이야기하는 것은 어떤가요."

"거절하겠습니다. 계속 편지를 보내오시기에 그걸 막으러 온 것뿐, 앉아서 이야기를 나눌 마음은 추호도 없습니다."

그러더니 아이테라 대공은 자세를 다시 바로잡았다. 그게 그녀의 눈에는 흔들리는 마음을 다잡기 위해 자세라도 고쳐 잡는 것처럼 보여 작게 웃음을 터트렸다.

"이제 이 자리에 나왔으니 제가 곤란할 편지는 그만 보내 주시기 바랍니다. 저는 황가에 분란을 가져오기를 원치 않습니다."

"분란이라니요. 말이 이상해요, 아이테라 대공. 그저 늘 일어나는 권력 싸움이에요."

여자는 미소 지으며 천천히 말을 흘렸다.

"슬슬 피스토레 황제 폐하는 황태자를 정할 때가 되었고, 나는 내가 미는 자가 황제가 되었으면 하는 작은 소망이 있을 뿐입니다. 뭐가 이상하다는 거죠? 늘 일어나는 그렇고 그런 싸움인데."

여자의 말은 진실이었다. 피스토레 황제는 오랫동안 제1황자 아렌도와 제2황자 콘스텐 사이에서 황태자를 정하지 못하고 있었다. 하지만 이제 더는 미룰 수가 없었고, 이미 1황자와 2황자의 사이에서는 은밀한 기 싸움이 일어나고 있었다.

그러니 여자의 말은 이상할 것 하나 없는, 어찌 보면 그저 평범한 권력 싸움이었지만, 아이테라 대공은 이내 고개를 저었다.

"당신은 그 뒤에 뭔가를 더 숨기고 있으니까요. 위험한 냄새가 납니다. 대화는 여기까지 하는 거로 하죠."

아이테라 대공은 가림막 뒤에 있는 여자에게 마지막 말을 건넸다.

더는 할 말이 없었으니까. 여기까지 들어 준 것만 해도 상대방의 지위를 인정하고 최대한 인내를 발휘한 결과였다. 자신은 충분히, 할 만큼 했다.

상대방의 동의도 없이 먼저 대화를 끝마친 아이테라 대공은 몸을 돌려 나가려고 했다. 상대방이 한마디만 꺼내지 않았더라면 분명 그리했을지도 몰랐다.

"자신의 위에 사람이 있는 게 거치적거리지 않습니까, 대공."

그 말에 아이테라 대공은 천천히 몸을 돌렸다. 가림막 때문에 여자의 얼굴은 보이지 않으나, 분명 자신만만한 표정을 짓고 있을 것이다. 그런 사람이니까.

"……지금 발언은 굉장히 위험한 발언입니다. 알고 계신 겁니까?"

"모를 리가요. 그래서 자아, 어떻게 하시겠습니까. 이야기를 더 들어 볼 건가요, 아니면 지금이라도 이 방을 빠져나가 피스토레 황제 밑에 무릎을 꿇고 사는, 그런 삶을 영위할 건가요."

대공은 나가지 않을 것이다. 그는 그런 남자니까.

가림막 뒤의 여자는 부채로 입을 가리고 웃었다.

피스토레 황제의 할아버지인, 선선대 황제에게는 같은 시간에 태어난 쌍둥이 자식이 있었다. 그리고 당연한 이야기지만, 그 둘 중 한 명만이 르카디우스 제국의 황제 자리를 차지할 수 있었다.

그 둘이 얼마나 사이가 좋았든, 좋지 않았든 간에.

두 명은 황제의 자리를 두고 선의의 경쟁을 벌였고, 오랜 싸움 끝에 어이없는 실수로 동생은 황제 자리에 오르지 못했다.

쌍둥이 동생임에도 황제의 자리에 오르지 못한 것을 안타깝게 여긴 선선대 황제는 그에게 대공의 자리를 내렸고, 그는 새 성을 하사받아 초대 아이테라 대공이 되었다. 그게 현 아이테라 대공의 아버지였다.

"현 황제에게 충성을 맹세하나, 그래도 자신의 머리 위에 누군가가 있다는 게 꺼림칙하지 않습니까, 대공!"

아이테라 대공은 진심으로 황가를 모시고 있는 고지식한 성격이었다. 하지만 오랜 시간 동안 하나의 실수에 괴로워하는 아버지를 보아 왔고, 그의 피는 계속해서 그에게 속살거렸을 것이다. 저건 네 자리라고.

왕족, 그리고 황족 들은 그 피의 탓인지, 자신이 언제나 그 정점에 서 있어야 했다. 그 성격은 이제 막 핏줄이 갈라져 나온 방계에도 해당하였다. 그러니 자신의 제안은 달콤하다 못해 중독적일 것이다.

아이테라 대공은 오랫동안 말을 잇지 못했다. 그리고 오랜 침묵은 곧 긍정이 되어 그녀에게 들려왔다. 소리 내 웃고 싶은 것을 꾹 눌러 참은 여자는 대신 다정한 목소리로 말을 이었다.

"만일 저를 돕는다면, 아이테라 대공가를 황권의 밑에서 독립시켜 드리지요. 대공국을 세워 드리겠다는 소리입니다."

그곳에서 너는 왕이 되리라. 비록 르카디우스 제국의 황제만은 못하겠지만 그래도 그 좁디좁은 우리 안에서는 누구도 대공을 건드릴 수 없을 것이다.

"제가 그딴 제안에 흔들릴 거라 생각했습니까. 생각보다 더 어리석은 분이었군요."

하지만 그렇게 말하는 아이테라 대공의 목소리는 작게 떨리고 있었다. 그 떨림은 보통 사람이었다면 모르고 지나갈 만큼 미세하였으나, 여자는 빠르게 그걸 간파하였다.

"어쩔 수 없군요. 제가 잘못 생각했나 봅니다."

지금은 저 고지식한 아이테라 대공에게 숨을 돌릴 시간을 줄 때였다. 그리고 다른 미끼도 던져 볼 때였다.

"그러고 보니 대공비께서는 안녕하신지요."

안녕할 리가. 스웰라 대공비는 지금 케아리엔 백작 영토에 내려가 있었다. 그녀의 친정이자 곡창지대로 유명한 케아리엔 영토에 전염병이 돌기 시작했고, 그걸 수습하기 위해 사제들을 데리고 내려간 것이었다. 아내를 걱정해 계속 편지를 보냈지만 요즈음 들어서 답장하는 기간이 점점 눈에 띄게 길어지고 있었다.

안 그래도 그 일로 불안함을 느끼는데, 그녀가 아이테라 공작의 불안함을 파고든 것이다.

"내가 본디 버려야 할 것들을 거의 다 버리긴 했지만, 필요한 것은 가지고 있었지요. 그중 하나가 전염병에 관한 이야기입니다."

거기까지 말한 여자는 가림막 뒤에서 환하게 웃었다. 비록 아이테라 대공은 자신의 모습을 보지는 못해도 지금 자신이 얼마나 환하게 웃고 있는지 느낄 수 있을 것이다.

"우리가 동맹이 된다면 나는 더 쉽게 당신을 도울 수 있습니다, 아이테라 대공."

아이테라 대공을 바라보는 그녀의 헤이즐넛빛 눈동자가 번들거렸다.

✦

사각거리는 소리가 온 방에 울려 퍼졌다. 늦은 밤이었지만, 레슬리 방의 등은 꺼질 줄을 몰랐다.

"그러니까 5대 르카디우스 황제는 열다섯 권의 일기를 기록했는데, 그중 첫 번째가……."

외워지지 않는 역사서의 부분을 몇 번이나 쓰고, 읽고, 생각하다가 레슬리는 깃펜을 내려놓았다. 역사는 다 좋은데 자잘하게 외워야 할 게 너무 많아서 그 점이 시간을 자꾸 잡아먹게 했다.

"휴우우."

자신이 왜 다섯 번째 황제가 쓴 열다섯 개의 일기 제목을 전부 외워야 하는 걸까. 자신이 5대 황제였다면, 남이 내 일기를 보고 외우는 게 싫었을 텐데.

잠시 머리가 지끈거려 레슬리는 얼굴을 찡그렸다.

'아니, 아니야.'

아라벨라의 후보 시험. 레슬리는 거기에 어떤 문제가 나올지 몰랐다.

'실망하게 해 드려서는 안 돼.'

그리고 그게 지금 자신이 셀바토르 공작가에 있을 수 있는 이유였고 이걸 잘하면 계약의 내용을 바꿀 수도 있었다.

'계약은 신중히 해야 합니다. 두 사람의 합의가 없으면 그 내용을 바꿀 수 없기 때문이지요. 도장을 찍으면 무를 수 없다는 걸 늘 명심하세요!'

레슬리는 계약 때문에 찾아 읽어 본 책의 한 구절을 떠올리며 고개를 끄덕였다. 합의가 없으면 바꿀 수 없다는 말은 합의가 되면 내용을 바꿀 수 있다는 뜻이었으니까.

'그러니까 이번 일을 잘해서, 다시 이야기해 보자.'

이번엔 계약 공녀가 아니라 진짜로 받아 달라고, 그렇게 이야기해 보자. 그리고 일단 그러려면 여기 있는 열다섯 권의 책을 전부 외워야 했다.

"첫 번째 책은 《도나서》라고 불렸고……. 주로 이 책은 전술을 기록한 것이 높은 평가를……."

툭.

열심히 중얼거리며 외우고 있는데, 갑자기 책상 위에 붉은 피가 뚝하고 떨어졌다. 무리했는지, 코피가 뚝뚝 떨어지고 있었다.

"아……."

책에 안 묻어서 다행이다. 그렇게 생각한 레슬리는 책상 밑에서 못 쓰는 천 뭉치를 꺼내 책상에 묻은 피를 닦고서 익숙하게 코를 막았다. 스페라도 후작가에서도 종종 코피를 터트렸던지라, 덤덤하게 다시 책을 읽어 내려가기 시작했다.

'자주 코피가 쏟아지는 걸 보니 아무래도 나는 코가 약한 편인 것 같아.'

그게 코피를 보고 든 유일한 생각이었다. 이내 레슬리는 고개를 숙이고 다시 책을 바라보았다. 집중, 집중하자. 열다섯 개나 되는 책을 전부 외워야 오늘 잘 수 있을 것이다.

'좋아. 해 보자. 나는 할 수 있어.'

"그리고 두 번째 책은 《관로》라 불렸는데……."

오래도록 레슬리의 방에는 책을 읽어 내리는 작은 목소리가 울려 퍼졌다.

⚜

"……레슬리?"

사이레인에게 있어 오늘 아침은 기분이 좋은 아침이었다.

요 며칠 사이 레슬리 옆에 앉기 경쟁에서 연달아 밀려난 사이레인은 어제 바타를 잡고 하소연을 시작했다. 금방 끝날 줄 알았던 하소연은 점점 길어지기 시작했고, 처음엔 고개를 끄덕이던 바타도 불안한 눈빛으로 오븐을 힐끗힐끗 바라보기 시작했다.

그렇게 몇 시간을 넘게 바타를 잡고 하소연을 한 결과, 사이레인은 레슬리가 좋아한다는 과일 젤리를 얻어 낼 수 있었다.

오늘 아침 레슬리 앞에서 과일 젤리를 보여 주자, 레슬리는 눈동자를 빛내며 자연스레 자신의 옆자리에 앉았다.

'귀여워.'

두 뺨이 오물오물 움직였다. 제나가 뒤에서 식사 전에 간식부터 주면 안 된다고 잔소리를 했으나, 사이레인은 그 잔소리를 귀에서 밀어냈다.

한번 볼을 콕 찔러 보면 안 될까. 귀찮게 생각하려나. 그런 오만 가지 생각이 머리를 스쳤고, 그건 제 앞에 앉아 있는 베스라온도, 그리고 루엔티도 마찬가지인 모양이었다.

"맛있어요."

레슬리는 네 사람을 보며 배시시 웃어 보였다. 눈에 가득한 웃음이, 터질 듯한 볼이 너무너무 귀여워 사이레인은 제 식사도 잊어버린 채 몸을 떨었다.

"크흐흐흐."

역시, 4층을 전부 레슬리를 위한 방으로 꾸며야 했다. 정 방을 쓸 용도가 없으면 방 몇 개를 이어 붙여 커다란 놀이터를 만들어 주면 되겠지. 쓸데없이 큰 정원 한 곳을 레슬리를 위한 정원으로 꾸며도 되겠다. 그리고 온실과 방 안에는 뭘 채워 넣지?

'여자아이들은 뭘 좋아하더라?'

꽃과 달콤한 것, 인형, 보석……. 아니, 보석은 남녀 공통으로 좋아했지. 뭐, 어때 일단 넣고 보자. 또 뭘 좋아하더라? 사이레인의 시선이 아직 졸린 듯 눈을 감고 스튜를 먹고 있는 자신의 아내에게 닿았다.

검! 그래, 검이다. 아셀라는 검과 새로운 무기라면 늘 눈을 반짝 빛냈다. 아셀라가 그러니 분명 레슬리도 그렇겠지.

만족스럽게 답을 내린 사이레인은 다음 외출 때, 검을 사다 주기로 마음먹었다. 그사이 아셀라가 밀려오는 졸음에 비틀거리자, 사이레인은 잽싸게 아내님을 받아 냈다.

요즘 일이 많아져서 그런가. 어디서 기력 회복에 좋은 약초라도 구해다가 먹여야겠다. 사이레인은 그렇게 생각하며 작게 한숨을 쉬고는, 다시 레슬리에게 선물할 검을 생각해 보았다.

아직 어리니 작고 예쁘면서 날이 제대로 선 검이 좋겠지. 단검류도 괜찮겠다. 오랜 용병 생활로 검을 골라내는 건 자신이 있었다.

대장간에 가는 김에 제 도끼도 한번 상태를 확인해 봐야겠다. 꾸준히 관리는 해 주었지만, 사용한 지 오래되어 조금은 불안했다.

혹여나 스페라도 후작이 분쟁 지역에 발을 내디디면 깔끔하게 잘라 줘야 할 게 아닌가. 그때 날이 무뎌져 있다면, 자신도 그리고 스페라도 후작도 슬플 것이다.

'그래, 살다 보면 한 번쯤은 분쟁 지역에 발을 내딛겠지.'

그때를 노리고 있자. 숨을 참고 기다리는 건 자신의 특기였다.

"어? 야!"

이런저런 생각을 하는데, 갑자기 루엔티가 크게 소리 질렀다. 놀란 사이레인이 루엔티의 시선을 따라 고개를 돌리니 레슬리가 멍하니 제 손에 묻은 피를 바라보고 있었다. 작은 코에서 쉴 새 없이 핏물이 뚝뚝 떨어져 크림색 원피스를 적시고 있었다.

"꺅! 아가씨!"

뒤에 서 있던 마렐과 다른 하녀들이 재빠르게 천을 가져와 레슬리의 얼굴을 닦았고, 졸음에 빠져 있던 공작도 일어나 레슬리의 상태를 살폈다. 그건 세 남자도 마찬가지였다. 특히 사이레인은 갑자기 몸을 벌떡 일으키더니 어디론가 순식간에 사라져 버렸다.

"아……."

하지만 그러는 와중에도 레슬리는 혼자 담담했다.

오늘 또 코피가 터질 걸 알고 있었다. 한번 코피가 나면 며칠 동안 계속해서 피가 흘렀으니까.

이 상황에서 레슬리가 그저 안타까웠던 것은 자신의 어여쁜 크림색 원피스였다.

'밝은색은 피를 빼도 흔적이 남던데……..'

스페라도 후작가에서 코피가 났을 때 레슬리는 저 혼자 옷에 묻은 피를 빨아야 했다. 처음에는 하녀들에게 부탁해 봤지만 그들은 얼굴을 찡그리며 물을 대충 묻혀 와 '빨았어요.' 하고 다시 레슬리에게 던져 주었다.

레슬리는 몇 번의 실패 후, 피는 따뜻한 물보다는 찬물에 잘 빠진다는 걸 알아냈고, 밝은색은 빨리 피를 빼도 그 흔적이 남아 보기 싫다는 것도 알아냈다.

그런데 하필 오늘 처음 입은 크림색 원피스에 핏자국이 남은 것이다.

그냥 검은 옷을 입을걸. 오늘따라 이 원피스가 눈에 밟혀 입었는데, 잘못된 선택이 되어 버렸다.

속상한 마음에 레슬리는 컵에 든 물을 손에 묻혀 벅벅 원피스 자락을 문지르기 시작했다. 그런데 셀바토르 공작이 레슬리의 손을 잡았다.

"레슬리, 이건 네가 할 필요가 없는 일이란다. 제나!"

"하지만 빨리 빼지 않으면 자국이 남을 거예요."

레슬리의 말에 셀바토르 공작은 고개를 저었다.

"원피스는 급한 게 아니란다. 지금 급한 건 네 건강이지."

그렇게 말하며 셀바토르 공작은 손수 레슬리의 얼굴에 묻은 피를 닦아 냈다. 혹여나 청록빛 로브에 피가 묻을까 레슬리가 몸을 뒤로 젖히는데, 공작은 그런 것 따위 신경 쓰지 않는다는 듯 계속해서 피를 조심스레 닦아 주었다.

"제나, 자일로를 데려와야겠어."

쾅! 그 말이 끝나기가 무섭게 사이레인이 거칠게 식당 문을 열고 들어왔다. 그의 어깨에는 사람이 들려 있었는데, 이상한 신음을 낸 채 들린 사람은 셀바토르 공작저의 주치의이자 저택에서 가장 나이가 많은 자일로였다.

옷도 갈아입지 않고 느긋하게 아침 식사를 하다 잡혀 온 건지, 얼굴에 치즈가 붙어 있는 자일로는 허어억 소리를 내며 몸을 떨고 있었다.

아까 피를 보자마자 어딜 가는 건가 했더니, 자일로를 데리러 다녀온 모양이었다.

"레슬리! 자일로를 데려왔단다!"

그러면서 자일로를 큰 소리 나게 레슬리 앞에 내려놓았다. 이제 슬슬 제나와 함께 은퇴를 고민하던 자일로는 갑자기 닥쳐온 충격에 무릎을 잡고 잠시 몸을 떨었다.

"그래서…… 아가씨가 코피를 쏟으셨다고요?"

아직 천 뭉치로 코를 막고 있는 레슬리를 요리조리 살펴본 자일로는 방긋 웃으며 고개를 끄덕였다.

"과로입니다."

"과로요……?"

처음 듣는 말이었다. 아니, 누군가가 자신에게 처음 해 주는 말이었다.

"네, 과로. 최근 몇 시에 주무셨습니까, 아가씨?"

자일로의 물음에 레슬리는 대강 셈을 하더니 이내 입을 열었다.

"샛별이 뜨기 전에는 잤어요."

그 말을 듣고 다들 신음을 삼켰다. 샛별이라니. 한밤중을 훌쩍 넘긴 때였다. 거기서 시간이 조금만 더 지나면 해가 뜨기 시작한다.

모두의 분위기가 이상하다는 걸 알아챈 레슬리는 조심스레 입을 열었다.

"그때 자면 괜찮아요. 그보다 더 늦게 자면 다음 날 피곤하긴 한

42

데……. 그 전에 자면 그래도 움직일 만해서……."

아, 이건 아닌가? 레슬리는 슬그머니 눈치를 보았다. 아니구나.

"마델."

레슬리의 변명은 오히려 다른 효과를 가지고 왔다. 나지막이 마델의 이름을 부른 루엔티는 마델을 보며 씩 웃었다.

"당분간 레슬리 방에 양초와 모든 등을 빼 버려."

"네, 알겠습니다, 루엔티 님."

"서재 문도 일정 시간 외에는 잠가 두도록."

"방에 있는 양피지와 잉크도 전부 가져와. 아니, 책상을 빼 버리지."

거기에 베스라온에 사이레인까지 합세했다. 사이레인은 당장이라도 레슬리 방에 있는 책상을 부숴 버릴 기세였다.

졸지에 등불도, 공부할 수 있는 책도 빼앗겨 버린 레슬리는 눈을 깜빡거리다 가장 가까이에 있던 베스라온의 옷자락을 덥석 잡았다.

"저, 저는 공부를 어떻게 해요?"

그리고 그 절박한 외침의 답은 너무도 간결한 것이었다.

"하지 마."

"안 해도 돼."

"그런 건 필요 없단다."

동시에 대답한 세 남자를 바라보던 셀바토르 공작마저 고개를 끄덕였다.

"레슬리, 그런 건 너에게 중요하지 않단다."

그 말이 끝나자마자, 공작은 웃으며 제나를 바라보았다. 그 웃음에 제나와 몇 사용인들이 걸음을 옮겼다. 모두의 말대로 서재에 자물쇠를 잠그고 레슬리 방에 있는 작은 책상과 양피지를 가지러 가는 모양이었다.

"안 돼요!"

이번에 레슬리는 셀바토르 공작에게 매달렸다. 공작의 팔을 꼭 껴안고 안 된다는 듯 필사적으로 고개를 저었다.

"방에 있는 책상하고 양피지, 잉크는 가져가지 말아 주세요……."

말끝을 흐리며 레슬리는 고개를 살짝 들고 눈물이 그렁그렁한 눈으로 셀바토르 공작을 바라보았다.

"편지를 써야 한단 말이에요……."

안 그래도 레슬리는 요즘 편지를 주고받는 재미에 푹 빠져 있었다. 상대는 삼촌인 테론과 콘라드였다. 매일매일 편지를 보내는 레슬리가 귀찮을 만도 하건만, 두 사람은 그런 내색 없이 꾸준히 답장을 해 주고 있었다.

특히 콘라드는 레슬리가 좋아할 법한 이야기를 가득 담아 보냈고, 그건 레슬리의 큰 즐거움 중 하나가 되었다.

"편지?"

공작이 묻자 레슬리는 고개를 끄덕이더니 조심스레 대답했다.

"테론 삼촌과 콘라드 경이랑 편지를 주고받고 있어요."

"안 돼!"

레슬리의 대답과 함께 사이레인이 괴성을 지르며 고개를 저었다.

마치 곰이 꿀단지를 빼앗긴 듯 날뛰는 모습에 제나가 놀라 크게 몸을 움찔거렸다.

"안 돼! 테론은 되지만, 콘라드는 안 돼! 책상도 부숴 버려! 내, 내 딸은 안 돼!"

베스라온은 자기는 말릴 수 없다는 듯 뒤로 물러났고, 루엔티는 잽싸게 자신이 먹던 그릇을 들고 대피했다.

"안 되긴."

그런 사이레인을 제압한 건 가주, 셀바토르였다. 가볍게 사이레인의 이마를 찰싹 때리자, 곧 곰은 순순한 개처럼 변했다.

"여보야……."

두 눈에 눈물이 그렁그렁한 남편을 제쳐 두고 셀바토르 공작은 손을 내저었다.

"일단 그 방에 있는 테이블과 편지지는 내버려 두고 전부 치우렴. 그리고 레슬리, 넌 오늘 강제 휴식이란다."

강제 휴식. 생전 처음 들어보는 말이었다. 너무 놀라 공작과 사이레인에게 '정말요?' 하고 묻자, 둘 다 웃으면서 '정말.' 이렇게 답을 해 주었다. 두 사람은 물론 베스라온과 루엔티 역시 강경해 보였다.

결국 강제 휴식을 받은 레슬리는 멍하니 정원에 앉아 베스라온이 선물해 준 토끼 인형을 끌어안고 정원 의자에 앉아 있게 되었다.

'뭘 해야 하지?'

이렇게 아무것도 하지 않아도 되는 시간은 처음이라 당황스럽기만 했다. 다른 사람의 기분을 살펴보지 않아도 되고, 공부도, 매 맞는 것도 아무것도 안 해도 되는 시간.

처음에 이 시간을 받자마자 레슬리는 눈을 깜빡이면서 10분을 넘게 복도에 서 있었다.

책이라도 읽을까 했더니 자신의 서재는 물론 다른 서재의 입장도 금지당했고, 체력 단련이라도 해 볼까 했더니 하르트가 웃으며 레슬리를 쫓아냈다. 마델의 일을 도와주겠다고 했더니 다들 순식간에 사라져 버렸다.

졸지에 갈 곳이 없어진 레슬리는 정원 의자에 앉아 다리를 동동 굴렸다. 예쁜 정원이었지만, 벌써 1시간째 보고 있다 보니 슬슬 질리고 있었다.

'잠을 잘까?'

그런데 낮잠을 자는 건 시간이 좀 아까운데. 그렇다고 이렇게 정원만 보고 있는 것도 아깝고…….

"레슬리."

그런데 저 멀리서 구원이 들려왔다. 고개를 돌리자, 베스라온이 레슬리를 향해 걸어오고 있었다. 처음 만났을 때와 똑같은 갑주와 망토를 차려입은 그에게 자동으로 쪼르르 달려가 덥석 안겼다. 익숙한 듯이 레슬리를 안아 든 베스라온이 차디찬 바람에 나부끼는 은발을 쓰다듬었다.

"추운데 나와서 뭘 하고 있던 거야."

"정원을 구경하고 있었어요."

"정원을?"

그 말에 베스라온의 암녹색 시선이 정원을 훑었다. 눈이 쌓이는 겨울의 정원은 그 나름대로 운치가 있긴 했지만, 계속해서 보고 있을 만한 것은 아니었다.

"뭘 해야 할지 모르는구나."

베스라온의 말에 레슬리는 고개를 끄덕였다. 조금 부끄럽긴 했지만, 사실이었으니까.

그러자 베스라온의 눈가가 뭔가를 생각하듯 가늘어졌다.

"흠……. 그럼 황궁에 가 볼래? 정확히는 린체 기사단에 가서 구경할래, 레슬리?"

"린체 기사단이요?"

"그래, 지금 갔다가 중요한 것만 처리하고 나올 거야. 그사이 황실과 기사단을 구경하고, 갈 때 같이 집에 가자꾸나. 가면서 코코아도 사 줄게."

코코아. 그 말에 레슬리는 작게 고개를 끄덕였다. 지난번에 마델과 베스라온과 먹었던 케이크도 맛있었는데. 그때 생각을 하니 눈사람 쿠키 때문에 조금 부끄럽기도 기분이 좋기도 했다.

"그래, 그럼 가자. 마침 잘되었어! 너에게 소개해 주고 싶은 사람들도 있었거든. 다들 널 보고 싶어 해서."

베스라온은 성큼성큼 레슬리를 안아 든 채 걸음을 옮기기 시작했다. 마치 레슬리의 무게 따위 느껴지지 않는다는 듯 가벼운 발걸음이었다.

루엔티가 한번 안아서 이동시켜 준 적이 있었는데, 확실히 그때보다 더욱 안정적이었다.

'미안해요. 루엔티 오라버니.'

이런 생각을 했다는 걸 알면 루엔티가 화를 낼 것 같아 레슬리는 조심스레 속으로 사과했다. 루엔티는 마법사니까 자기 생각을 읽을 수 있지 않을까. 그런 생각이 들자 레슬리는 슬그머니 고개를 숙이고 토끼 인형으로 제 머리를 가렸다. 이러면 못 읽지 않을까?

"어떤 분이 저를 보고 싶어 하나요……?"

하지만 궁금증은 두려움을 이겨 냈다. 토끼 인형 귀 사이로 슬그머니 시선을 맞추며 묻자 베스라온이 귀엽다는 듯 웃음을 머금었다.

"저번에 너를 마차에서 구해 줄 때 같이 있던 놈들이야. 그중 한 명은 재판에 증인으로 서기도 했고."

그제야 레슬리는 자신의 재판 때 증인으로 섰던 기사 한 명을 떠올렸다. 맞다, 린체의 기사단이라고 했었지.

마차로 향하던 중 레슬리는 급하게 베스라온의 망토 깃을 잡았다. 그리고 반짝거리는 눈으로 베스라온을 바라보았다.

"저, 베스라온 오라버니. 가기 전에 맛있는 거 사 가도 될까요?"

"아, 베스라온 단장님."

베스라온이 린체 기사단 집무실로 들어오자마자, 미리 와 있던 기사 몇이 그를 반겼다. 다들 답답한 갑주를 벗어던지고 편한 복장으로 서류를 바라보고 있었다.

"잠시 이것만 좀 봐 주시면⋯⋯."

서류를 들고 베스라온에게 다가가려 했던 한 기사가 걸음을 멈추더니 수상쩍다는 눈길로 베스라온을 바라보았다. 베스라온 손에 주렁주렁 들려 있는 케이크와 디저트가 그 첫 번째 이유였고, 두 번째는⋯⋯.

"안녕하세요."

뒤에서 쏙 튀어나온 하얀 물체 때문이었다. 베스라온의 몸에 완벽히 가려져 있던 소녀를 보자마자 기사 몇이 눈을 끔뻑거렸다. 그리고 맹렬하게 레슬리를 기억해 내기 시작했다.

"아, 아아!"

"세상에!"

손에 들고 있던 서류를 내팽개치고 베스라온의 발치 밑에 모여든 기사들은 반짝거리는 눈으로 레슬리를 바라보았다.

"세상에, 작아!"

"귀여워."

그러더니 마치 귀여운 길고양이를 보듯 손을 내밀기도 했다. 베스라온이 짜증스러운 얼굴로 밟아 버리겠다는 듯 발을 들자 손은 잽싸게 사라졌다.

"다들 최근 불미스러운 사건으로 알고 있겠지만, 내 동생 레슬리다."

베스라온이 가볍게 소개하고 레슬리를 향해 턱짓하자 레슬리는 슬그머니 앞으로 나와 틸레이얼 자작 부인에게서 배운 대로 치맛자락을 잡고 살짝 무릎을 굽혔다. 손에 들고 있는 토끼 인형 때문에 조금 모양새가 망가졌지만.

그래도 어떤가. 감사하는 마음이 먼저였다.

"방금 소개받은 레슬리 슈야 셀바토르입니다. 저를 마차에서 구해 주시고, 증언까지 서 주셔서 정말 감사드립니다."

생각해 보면 린체의 기사단은 레슬리에게 있어서 생명의 은인이나 다름없었다.

레슬리의 정중한 인사를 받자 증인으로 섰던 남자가 이런 건 아무 일도 아니라는 듯 미소를 지었다.

"도움이 필요한 분께 도움을 드렸을 뿐입니다."

"맞아요. 너무 신경 쓰지 마세요, 셀바토르 공녀님."

다른 기사들 역시 왁자지껄하게 레슬리를 감싸고 떠들기 시작했다. 그들의 대화의 반은 스페라도 후작에 대한 욕이었으며, 나머지 절반은 레슬리가 귀여워 죽는 이야기였다.

대놓고 칭찬을 듣자 다시 부끄러워져 레슬리는 재빠르게 선물로 사온 디저트들을 내밀었다.

"저, 이거 감사의 뜻으로 사 온 거예요."

"단장님이 무슨 바람으로 이런 걸 가져오신 건가 했더니 공녀님 덕 분이었군요. 감사합니다."

"저는 단장님이 이거 들고 올 때 다른 사람인 줄 알았잖아요."

잠시 자기들끼리 왁자지껄하게 떠들기 시작한 기사들을 무시하고 베스라온은 레슬리를 내려다보았다.

"지금부터 중요한 이야기를 해야 해. 호위를 붙여 줄 테니, 잠시 황 궁 구경을 하고 오렴. 갔다 오면 직접 기사단을 내가 소개해 주마."

레슬리의 머리를 쓰다듬으며 미안하다는 목소리로 베스라온이 말했 다. 레슬리는 그 말에 웃으며 고개를 끄덕였다.

"펠론."

"넵!"

49

베스라온의 말에 한 기사가 케이크 한 조각을 입에 물고 벌떡 일어났다.

레슬리를 위해 증언대에 선 남자였다.

"보고 사항은 다 끝났겠지? 레슬리를 잠시 부탁하지. 근처 정원이라도 좀 안내해 줘. 도서관도 괜찮고."

"넹, 알겠습니당."

케이크 한 조각을 우물우물하며 잽싸게 망토를 집어 든 펠론이 레슬리 근처까지 왔을 때는, 입에 물려 있던 커다란 케이크 조각은 사라진 지 오래였다. 마법인가? 레슬리가 놀라 펠론을 바라보는데 펠론은 아무렇지도 않다는 듯 씩 웃으며 손을 내밀었다.

"자, 가실까요. 셀바토르 공녀님."

펠론은 익숙하게 레슬리를 이곳저곳으로 안내했다. 겨울인데도 꽃이 피어 있는 정원과 황금으로 만든 동상이 양옆으로 쭉 늘어진 복도, 햇빛에 따라 색이 바뀌는 창문 그리고 얼지 않고 가동되고 있는 엄청나게 큰 분수. 모든 것이 레슬리에겐 신기해 보였다.

"역대 황제 폐하의 초상화가 있는 복도입니다."

길고 긴 복도 하나가 초상화들로 가득 메워져 있었다. 황제와 황후의 초상화 그리고 그 밑에는 자식들의 초상화가 작게 걸려 있었다.

레슬리는 한 명 한 명을 꼼꼼히 보다가 역사서에서 본 사람들이라는 걸 깨닫고 새삼 다시 놀라워했다.

복도를 지나다니는 사람 몇 명이 레슬리를 알아보고 그녀에게 말을 걸려고 했지만, 펠론이 막아서 레슬리는 알지 못했다. 그저 초대 황제의 얼굴을 보고 싶다는 마음에 조금 빠르게 발걸음을 옮겼다.

"이분이 초대 황제 폐하군요."

레슬리는 가장 큰 초상화 앞에 멈춰 섰다. 르카디우스 황실을 의미하는 황금색과 푸른색이 어우러진 액자 속의 남자는 더없이 늠름하고도 노련해 보였다.

"맞습니다. 그리고 이분이, 초대 셀바토르 공작님이지요."

그 옆에는 초대 황제보다는 작지만, 그래도 역대 다른 황제들보다는 조금 큰 크기의 초상화가 하나 걸려 있었는데, 셀바토르 공작가를 의미하는 암녹색 액자에 끼워져 있었다.

'어머니를 조금 닮은 것 같기도……?'

검은 머리라 그럴까. 레슬리는 고개를 갸웃거리며 본격적으로 초대 셀바토르 공작을 바라보았다. 얼굴형은…… 베스라온 오라버니를 닮은 것 같기도 하고.

그런데 그때, 누군가가 레슬리의 뒤에 서 있던 펠론을 불렀다.

"펠론 경. 잠시만……."

중요한 이야기를 해야 하는지 다른 기사 한 명이 펠론을 레슬리와 조금 떨어진 곳으로 이끌었다. 시야에서 벗어난 것도 아니고 펠론이 뛴다면 10초도 걸리지 않을 거리라, 레슬리는 다시 초상화에 집중했다.

'머리카락 색이 닮았어. 눈매도 어머니와 비슷한 것 같아.'

잠시 그렇게 생각하는데, 누군가의 그림자가 빛을 가렸다. 자연스레 레슬리는 고개를 들어 자신 옆에 선 사람을 바라보고 얼굴을 찡그렸다. 엘리와 르아였다.

레슬리는 그 둘을 보자마자 속으로 감탄사를 보냈다. 어쩜 인간의 얼굴이 저리도 두꺼울까. 재판이 끝난 지 고작 2주 정도가 지났을 뿐인데, 벌써 고개를 들고 황실을 활보하다니.

"휴."

저절로 숨이 입을 타고 퍼졌다. 그리고 몸을 벌떡 일으켜 펠론 경 쪽으로 가려고 했다.

"지금 도망치는 거야?"

그 말 한마디가 발목을 잡지 않았더라면, 분명 그렇게 했을 텐데.

레슬리는 고개를 획 돌려 엘리를 바라보고는 차가운 목소리로 말을 내뱉었다.

"놀랍네. 용케 고개를 들고 다니는 게, 너무 놀라워. 내가 아는 너라면 집 안에 틀어박혀 아무것도 못 할 줄 알았는데."

그 말에 엘리가 입꼬리를 뒤틀어 웃어 보였다. 어딘가 패를 숨긴 듯한 얼굴에 레슬리는 눈가를 움찔거렸다.

"내가 누구 좋으라고? 미쳤니?"

"응, 내가 보기엔 너 미친 것 같네. 더 할 말 없어."

다시 몸을 돌리자, 엘리가 거칠게 레슬리의 팔목을 낚아챘다.

"야, 너……."

"무례를 저지르지 마세요, 스페라도 영애."

일부러 레슬리는 자세를 바로잡고 목소리를 키웠다. 지나가던 사람들은 물론, 멀리서 이야기하던 펠론과 다른 기사의 시선도 세 사람에게 닿았다.

"……지금 공녀가 됐다고 유세를 부리나 본데."

"유세가 아니라 당연한 권리를 행사하는 겁니다. 제가 저번에 말하지 않았나요? 나는 이제 이 제국의 유일한 공녀라고."

그렇게 말하며 레슬리는 거칠게 엘리의 팔을 쳐 냈다. 엘리의 얼굴이 일그러졌지만, 레슬리는 덤덤하게 냉담한 눈으로 엘리를 바라보았다.

"내게 하고 싶은 말이 있다면, 셀바토르 공작가로 편지를 보내 약속을 잡으세요. 무례하게 이렇게 사람을 불러 세우지 말고. 그리고 스페라도 영애는 제대로 인사를 하는 법조차 배우지 못한 모양이에요. 가장 기초적인 예법서에도 나와 있는 예절인데."

그제야 레슬리의 입가에 작은 미소가 서렸다. 평소의 웃음이 아니라 명백한 조롱이 담긴 웃음이었다. 엘리의 지식은 레슬리였으니까. 엘리는 지금 아무것도 모르는 무지렁이와 같은 상태였다.

지나가던 사람의 시선이 모였다. 그리고 펠론과 기사 한 명이 점점 이쪽으로 다가오는 게 보였다.

까득. 작게 이를 간 엘리는 고개를 되레 치켜세우더니 레슬리에게 속삭였다.

"네가 언제까지 그 가짜 공녀 노릇을 할 수 있을까? 언제까지 셀바토르 공작의 보호 아래 있을 수 있을 거라 생각해? 그리고 잊지 말렴."

갑자기 엘리는 레슬리를 보며 사랑스러운 미소를 흘렸다. 때마침 창문을 타고 들어온 햇빛이 마치 성자처럼 엘리를 감싸 안았다. 하지만 레슬리에게 속삭이는 말은 너무도 소름끼치는 말이었다.

"아무리 네가 셀바토르라는 고귀한 이름으로 포장을 해도, 네 몸에 흐르고 있는 피는 스페라도 가문의 것. 네가 그렇게 외치던 살인마들의 피란 말이야. 그 피를 언제까지 네가 숨길 수 있을까?"

후후. 다시 작은 웃음을 흘리며 이번엔 엘리가 목소리를 높였다.

"그래, 언제까지라 생각하시나요, 셀바토르 공녀님?"

왜 '셀바토르 공녀님'이라는 말이 레슬리 귀에는 가짜라고 들리는지, 알 수가 없었다.

"……내가 너희들과 같은 족속이라고?"

"아니야?"

엘리는 다시 비꼬는 웃음을 머금더니, 레슬리의 귀에 대고 속살거렸다.

"맞잖아. 네가 아무리 부정해도, 네 몸속에 흐르는 피는 스페라도 후작가의 피지. 고귀한 셀바토르 공작가의 피가 아니라. 안 그러니, 레슬리?"

거기까지 말한 엘리는 낮게 웃었다. 분명 목소리도 성별도 다른데 어딘가 스페라도 후작이 생각나는 목소리라 레슬리는 몸이 잘게 떨리는 게 느껴졌다.

"어디 두고 보자고. 언제까지 네가 고귀한 척, 하나뿐인 공녀인 척, 얼굴을 들고 살 수 있는지 말이야. 아, 뻔뻔한 우리 가문의 피라서 계속할 수도 있겠구나!"

엘리는 막 깨달았다는 듯 에메랄드빛 눈동자를 동그랗게 뜨더니 눈을 두어 번 깜빡였다. 그러고는 누구나 녹여 내는, 매력적인 미소를 녹여 눈과 입술에 머금었다.

"그럼 다음에 곧 보자, 내 사랑하는 동생 레슬리. 이 언니는 너의 첫 번째 연극을 뒤에서 응원하고 있을게."

작게 손 키스까지 날린 엘리는 굳어 버린 레슬리 옆을 웃음소리와 함께 지나갔다. 그 뒤를 쫓아가던 르아의 시선이 레슬리에게 잠시 머물렀지만, 이내 발을 옮겨 엘리의 뒤를 따라 나갔다.

그 자리에 남겨진 레슬리는 그대로 굳어 버렸다. 그 어떤 말보다 더 충격적인 말이라 아무 생각도 할 수가 없었다. 그저 할 수 있는 거라곤 느리게 눈을 감았다 떴다 하는 일뿐이었다.

어찌 보면 당연한 사실이었는데, 엘리의 입에서 들으니 충격으로 다가왔다.

"공녀님."

펠론이 나지막이 레슬리의 이름을 불렀다.

"그만 베스라온 단장님에게 돌아가도록 하죠."

❧

"……지금 뭐라고 했니?"

막 볼일을 보고 돌아온 셀바토르 공작이 맨 처음 마주한 사람은 얼

54

굴을 굳힌 채 자신을 맞이하는 베스라온이었다.

"죄송합니다, 어머니."

하필 잠시 회의를 하는 동안 스페라도 영애를 만날 줄이야. 베스라온은 얼굴을 구기며 미간을 좁혔다.

"설마 이렇게 빨리 회복해 황궁을 돌아다닐 줄은 몰랐습니다."

재판이 끝난 지 겨우 2주를 넘긴 시점이었다. 보통의 귀족이라면 명예 사형이라 불리는 귀족 재판에서 지고, 또 셀바토르 공작가가 요구한 엄청난 금액의 보상금 때문에 제정신을 차리기 힘든 시기였다. 거기다 제 동생과 친딸을 학대한 죄로 곧 내려질 벌도 있었다.

대부분 귀족이라면 함부로 몸을 움직이지 않고, 저택에 박혀 있을 터였다. 하지만 어찌 된 일인지 스페라도 후작가는 더 빨리 일어섰고, 뻔뻔하게 다시 황궁 출입을 시작했다. 그리고 오늘 레슬리와 마주쳤다.

"……듣기로는 당당하게 도발까지 한 모양이더군요."

"저런."

제나에게 털 망토를 건네며 셀바토르 공작은 눈을 찡그렸다. 겨우 스페라도 후작의 손에서 벗어날 수 있게 되었는데 그 기쁨을 만끽하기도 전에 스페라도 후작가가 다시 일어설 줄이야.

"그래서 레슬리는?"

공작의 물음에 제나가 속상하다는 듯 작게 한숨 쉬며 답했다.

"돌아오시자마자 그냥 방에서 책을 읽으시더군요. 일단 보기에는 괜찮아 보이셨습니다만……."

그건 다행이군. 셀바토르 공작은 그 말에 고개를 끄덕이며 눈을 가늘게 떴다. 왜 벌써부터 후작가가 움직이기 시작한 걸까.

"내가 배상금을 너무 적게 불렀나?"

스페라도 영토에서 얻을 수 있는 3년 치 금액을 불렀는데. 셀바토르 공작은 제 뺨을 톡톡 두드렸다.

　사실은 말이 3년이지 후작은 그보다 더 오래 고통받을 것이 뻔했다.

　평소 스페라도 후작은 제 명예에 맞는 삶을 살아야 한다며 황실만큼 호화스러운 삶을 살았었는데, 그 생활을 영위하기 위해 진 빚이 엄청 났다.

　은행서부터 다른 귀족들, 그리고 몇 남지 않은 가신들에게까지 부끄러움 없이 손을 벌렸고, 그들은 풍족한 스페라도 영토와 명예를 보고 막대한 돈을 빌려주었다.

　그런 상황에서 스페라도 후작은 셀바토르 공작에게 엄청난 배상금을 물게 된 것이다. 그러니 자신의 돈을 받지 못하게 될까, 은행과 다른 귀족들은 미친 듯이 독촉 편지를 보냈을 것이 분명했다. 가신들 역시 은근히 눈치를 줬겠지.

　그리고 그건 전부 셀바토르 공작이 의도한 그대로였다. 그렇게 여태 축적한 거대한 빚과 배상금으로, 당분간 정신을 못 차릴 정도로 휘청거릴 거라 생각했는데.

　"생각보다도 더 빠르게 정신을 차렸군."

　이유를 찾아보려는 듯 암녹색 눈이 가늘어졌다.

　"제나."

　"지켜보시는 쪽은 아직 아무 움직임이 없습니다. 스페라도 후작가에서는 상환 기간을 뒤로 늦춰 달라는 편지가 왔습니다. 무역선이 항구에 도착하면 그 물건을 팔아 보상금을 내겠다고 하더군요."

　무역선이라니? 셀바토르 공작과 베스라온의 눈이 가늘어졌다.

　스페라도 후작가의 주 수입원은 영토에서 나는 세금과 곡물, 그리고 땔감용 나무였다. 무역은 그의 주 수입이 아니었다. 스페라도 후작가에 있어서 무역은 오히려 계속 자금을 까먹고 있는 분야였다. 그런 상태의 무역선이 도착해 봤자, 배상금과 그 엄청난 빚들을 갚을 정도가 되지 않을 것이다.

제나는 고개를 갸웃거리며 말을 이었다.

"그리고 은행과 돈을 빌려준 다른 귀족들 역시 무역선을 핑계로 해서 후에 돈을 갚겠다고 한 모양이더군요. 그런데 무역선이 도착하는 날짜가 그렇게 멀지 않았습니다. 봄의 초입에 도착한다고 적혀 있었어요."

"봄의 초입이라……."

그 말에 셀바토르 공작은 고개를 들어 창가를 바라보았다. 겨울은 지나가기 전 마지막 힘을 내어 제 위세를 떨치고 있었다. 저 추위가 조금 꺾이고 나면 곧 봄이 올 것이다.

"무슨 생각인 거지, 스페라도 후작은?"

"글쎄요……."

그 말에 제나는 말을 흐렸다. 그녀조차 스페라도 후작이 무슨 생각을 하는지 짐작할 수가 없었다.

봄의 초입이라면 셀바토르 공작가에서 요구한 상납 기간보다 조금 뒤였다. 굳이 미루기도 애매한 기간을 스페라도 후작은 편지까지 보내가며 뒤로 미룬 것이다.

"하지만 스페라도 후작가에서 그동안 쌓아 놨던 사치품들을 팔기 시작한 것 같더군요. 스페라도 저택이 요 근래 번잡스럽다고 했습니다."

"흐음. 제나, 베스."

생각의 정리가 끝난 공작이 뭔가를 말하려고 입을 여는데, 누군가가 졸음에 잠긴 작은 목소리로 그녀를 불렀다.

"어머니이……."

소리가 나는 쪽을 바라보니, 제 몸보다 거대한 숄을 두른 레슬리가 인형을 끌어안고 그녀에게 걸어오고 있었다. 자다가 일어난 것인지 라일락색 눈동자가 졸음으로 가득했다.

"오셨어요?"

하암. 작게 하품한 레슬리는 숄 자락을 바닥에 끌면서 자연스럽게 셀바토르 공작 앞에 서서 그녀를 올려다보았다.

"이런, 자고 있는데 왜 일어났니."

공작이 물 흐르듯 레슬리를 안아 들고는 어서 자라는 듯 등을 두드려 주자, 다시 레슬리가 작게 하품했다.

"마차 소리가 들려서요. 어머니가 오시는구나 했어요……."

졸음에 이어지는 말끝이 흐려졌다. 레슬리는 잠이 쏟아져 셀바토르 공작의 품에 얼굴을 파묻었다.

"인사를 드리고 싶……어서……."

이런. 셀바토르 공작은 다시 제나에게서 받아 든 털 망토를 레슬리에게 덮어 주며 작게 웃었다. 아까까지만 해도 얼굴을 구기고 있던 베스라온도, 제나도 어느새 다시 웃고 있었다.

"졸리면 가서 자야지."

그 말에 레슬리가 뭔가를 웅얼거렸다. 아마도 공작의 말에 저 나름대로 대답을 한 모양인데, 졸음에 먹혀 잘 들리지 않은 듯했다. 거기다 털 망토를 덮어 주니 순식간에 잠든 듯 작게 코를 고는 소리가 들려왔다.

그 모습을 본 제나가 손을 내밀었다. 자신에게 레슬리를 맡기고 방으로 올라가라는 의미였다. 그 손짓에 고개를 흔든 공작은 레슬리 방으로 천천히 걸어갔다.

"어머니……. 저어, 부탁드리고 싶은 게 있어요."

그 말에 공작의 걸음이 멈추었다. 뒤따라오던 제나도, 그리고 베스라온도 눈을 크게 뜨더니 레슬리를 바라보았다. 부탁이라니, 레슬리의 입에서는 처음 듣는 말이었다.

"소풍을 가고 싶어요."

"……소풍?"

"네, 아니면 공작령에 들러 보고 싶어요……. 책에서 봤는데요. 음, 나쁜 일이 있으면 좋은 기억으로 덮으라고…… 써져 있었어요."

아. 그래서 방에 들어가 책을 보기 시작했구나. 공작은 웃으며 미끄러지는 레슬리를 다시 추켜 안았다. 그러자 레슬리는 한 팔을 공작의 목에 두르며 다시 말을 이었다.

"그래서 좋은 기억이 필요해요. 저, 소풍 꼭…… 가 보고 싶었거든요. 도시락……이라는 것도 꼭 먹어 보고 싶었어요……."

소풍과 도시락, 그게 레슬리가 생각해 낸 방법이었다.

이유는 모르겠지만 엘리는 자신을 도발하고 있었다. 도발해서 자신이 원하는 대로 끌고 가려는 그 얄팍한 수가 눈에 보일 정도였다. 차라리 끌려가 줄까 잠시 생각도 했지만 이내 고개를 저었다.

스페라도 후작가는 큰 배상금을 물게 되었다고 제나가 말해 주었으니 최대한 피하는 것이 맞는 듯했다. 그러니 즐거운 일로 이 심란하고도 짜증 나는 마음을 덮어 두자.

'그래도 좀 충격이었어.'

잘 알고 있는 사실이었는데, 자신이 스페라도 후작의 피라는 걸 잘 알고 있다고 생각했는데, 그걸 엘리의 입에서 들으니 새삼 충격으로 다가왔다.

"졸리면 일단 자고 내일 이야기하자꾸나."

그 말에 레슬리는 고개를 저었다. 하지만 졸음에 자꾸만 눈이 감겨 왔다. 느슨해진 손에서 툭 하고 끌어안고 있던 토끼 인형이 떨어졌다.

"소풍은 언제든 갈 수 있으니까. 너무 걱정 말고 오늘은 자렴."

그 검은 토끼 인형을 주워 주며 베스라온이 말을 이었다. 공작의 어깨 너머로 베스라온과 눈이 마주친 레슬리는 옅게 웃어 보였다.

"오라버니…… 저는 괜찮아요."

아까 해야 했던 말인데. 마차에서 해야 했던 말인데, 그때는 기분이 너무 참담해서 말하지 못했었다.

베스라온이 걱정스러운 얼굴로 자신을 보고 있다는 걸 알았는데도 입이 떨어지지 않았다. 그래서 이제야 입을 뗐다.

조금 생뚱맞은 때였는지 베스라온의 암녹색 눈동자가 동그래졌다.

"아니, 아니다. 내가 너를 잘 신경 써 주지 못한 탓이지."

하지만 곧 베스라온도 미소를 머금었다. 그리고 다시 공작의 어깨 너머로 팔을 뻗는 레슬리의 손에 토끼 인형을 들려 주었다.

"다음에 황궁에 가게 된다면, 내가 직접 소개해 주마."

레슬리는 헤실헤실 웃었다. 엘리만 만나지 않았더라면 황실은 분명 좋은 곳 같았으니까.

어느새 레슬리의 방 앞에 도착한 공작이 문을 열었다. 책상은 정말로 치워 버렸는지 캐노피가 달린 커다란 침대와 소파, 그리고 창문 의자와 작은 테이블이 전부였다.

테이블 위에는 아까 레슬리가 보던 책과 편지지 몇 장 그리고 잉크 병과 깃펜이 놓여 있었다. 푸른 책의 제목은 《행복해지는 방법》이었다.

그 책을 보며 공작은 웃음을 흘리다가 조심스레 침대에 레슬리를 눕혔다. 그리고 이불을 덮어 주며 머리를 토닥였다.

"일단 자거라. 내일은 신전에 가야 하니까. 아침을 먹으며 느긋하게 이야기해 보자꾸나."

레슬리는 두어 번 느리게 눈을 깜빡이더니, 작게 셀바토르 공작을 불렀다. 그리고 뭔가를 말하듯 작게 입술을 움직였다.

공작이 레슬리의 작은 웅얼거림을 듣기 위해 고개를 숙이자 레슬리가 몸을 살짝 일으켜 공작의 뺨에 작게 뽀뽀했다. 그리고 부끄러운지 순식간에 이불을 뒤집어썼다.

"안녕히 주무세요……."

이불 속에서 부끄러워하는 목소리가 흘러나왔다. 그 목소리를 들으며 공작은 환하게 웃었다.

"잘 자렴, 귀여운 내 딸아."

✤

침대에 누워 있던 레슬리는 눈을 깜빡였다. 엘리가 나오는 꿈을 꾸는 바람에 잠에서 깨고 말았다. 몸을 일으키자 안고 있던 토끼 인형이 데굴 굴러 침대 밑으로 떨어졌다.

'몇 시지?'

토끼 인형을 주울 겸 침대에서 내려와 커튼을 걷어 보니 이미 샛별이 뜬 지 오래였다. 조금 더 있으면 일출이 시작될 것이다.

잠은 못 자더라도 마델이 깨우러 올 때까지 조금 더 누워 있을까. 레슬리는 토끼 인형의 팔을 잡으며 작게 하품했다.

어제는 소풍 이야기를 하다가 잠들었지. 침대에 누워 인형을 꼭 끌어안고 몸을 이리저리 굴렀다. 커다란 침대는 레슬리가 아무리 굴러도 끝날 기미가 보이지 않았다. 한참을 구르다 레슬리는 토끼 인형을 보며 말을 걸었다.

"소풍은 어디로 가게 될까? 음, 나는 동화책에서 보던 숲이나 호수를 가 보고 싶은데, 너는 어때?"

당연하지만 대답은 들려오지 않았다. 하지만 침대에 올라오지 못한 어둠이 대답하듯 일렁거렸다. 레슬리는 반 바퀴 굴러 바닥을 내려다보았다. 인형은 품에 꼭 안고 있는 상태였다. 그 어둠을 보며 레슬리는 말을 이었다.

"엘리는 나를 화나게 만들고 싶은 거야. 어둠이, 너도 그렇게 생각하지?"

어둠이. 레슬리가 고민 끝에 제 힘에게 지어 준 이름이었다. 레슬리의 말에 동의하듯 다시 어둠이 일렁거렸다.

"조심해야 해. 무슨 꿍꿍이를 꾸미고 있을지 모르니까."

조심, 또 조심해야 했다. 스페라도 후작과 후작 부인, 엘리는 끈질기니까. 세 사람은 자신의 명예와 부를 위해서라면 무엇이든 할 사람이었다. 친딸을 학대하다가 불 속에 던져 넣은 일 따위 그들에겐 아무것도 아니겠지.

레슬리는 눈을 찡그렸다. 잠시 다락방에서 겪었던 괴로운 나날이 떠올랐다. 그러자 어둠이 위로하듯 잔잔하게 일렁거렸다.

"위로해 주는 거야? 나는 괜찮아."

그 말에 반응하듯 더욱 세차게 어둠은 일렁거렸다.

"정말 괜찮아."

다시 웃으면서 어둠을 생각해 산 토끼 인형을 보란 듯 꼬옥 끌어안자, 그제야 어둠은 조금 잠잠해졌다. 어쩐지 다독임을 받는 기분이라 레슬리는 다시 옅게 웃었다.

그러는 사이, 일출이 시작되었다. 새벽 별빛으로 물들었던 은발은 일몰에 붉게 물들었다.

잠시 그 일출을 바라보고 있다가 레슬리는 옷장을 열어 두꺼운 숄을 꺼냈다. 잠을 자기엔 이미 틀린 것 같아, 아침 식사 전까지 서재에서 책을 읽을 생각이었다.

일단 역사서를 다시 읽어 보자. 신학서를 읽고 모르는 부분에 별을 그려 놔야지. 콘라드 경에게 바로 물어볼 수 있게 정리를 해 놓고 그다음은⋯⋯.

방문을 나서려다가 레슬리는 눈을 깜빡였다. 얼마 전 제나가 서재

문에 자물쇠를 잠그던 것이 떠올랐다. 레슬리가 제 서재를 이용할 수 있는 시간은 아침 식사 후부터 저녁 식사 전까지였다.

"으음……."

어쩌지. 잠시 고개를 갸웃거리던 레슬리의 시선이 테이블 위에 닿았다. 어제 레슬리의 기분이 안 좋다는 걸 안 제나가 허락해 준 한 권의 책과 콘라드와 테론 삼촌에게 보낼 편지가 놓여 있었다. 앉아서 책을 읽을까, 아니면 편지를 더 쓸까.

잠시 고민하던 레슬리는 문을 열고 복도로 걸어 나갔다. 차라리 복도를 걷는 게 나을 것 같았다.

난로가 있던 방에서 복도로 나가자마자 서늘한 새벽 공기가 뺨에 닿아 레슬리는 목을 움츠렸다. 바람결에 열린 것인지, 하녀가 실수로 열린 것을 확인하지 못한 것인지, 복도에 나 있는 창문 중 하나가 조금 열려 있었다. 손을 뻗어 창문을 닫으려는데.

"아."

창문으로 고개를 내민 레슬리는 눈을 깜빡였다. 베스라온과 다른 기사들이 연무장 방향으로 걸어가고 있었다. 아침 훈련인 걸까? 잠시 입술을 달싹이다가 레슬리는 크게 베스라온을 불렀다.

"오라버니!"

목소리가 작았는지, 그 누구도 걸음을 멈추지 않았다. 레슬리는 잠시 목을 가다듬고 다시 크게 베스라온을 불렀다.

"베스라온 오라버니……!"

"레슬리."

이번엔 바로 베스라온이 고개를 들고 수많은 창문 중 하나에서 레슬리를 찾아내었다. 레슬리가 손을 흔들자 베스라온이 웃으며 손을 흔들었다. 뒤에 있는 기사들 역시 폴짝 뛰며 레슬리에게 격렬하게 팔을 흔들었다.

"저도 같이 가도 되나요?"

레슬리가 크게 소리치자, 곧 베스라온이 고개를 끄덕였다.

"그럼."

"환영합니다, 아가씨!"

자신을 반겨 주는 베스라온과 기사단을 보며 레슬리는 웃음을 흘렸다. 그리고 곧 다리를 움직여 재빠르게 1층으로 내려갔다. 달려가 베스라온의 앞에 서자 베스라온은 어린 여동생을 보며 연신 웃음을 흘렸다.

"추워 보이는데."

"어, 음. 생각보다 숄이 따뜻해요. 안에는 털도 달려 있고……."

레슬리가 숄 안쪽을 보여 주자 고개를 끄덕인 베스라온이 숄을 다시 걸쳐 주었다. 혹여나 작은 몸이 추위에 노출될까 너무 꽁꽁 싸맨 탓에 레슬리는 눈을 깜빡였다.

숄 사이로 간신히 손을 내민 레슬리는 베스라온과 손을 잡고 걸어 연무장에 도착했다.

기사들은 흩어져 몸을 풀기 시작했고, 그건 베스라온도 마찬가지였다. 레슬리도 저 무리에 끼고 싶었으나, 아직 강제 휴식령이 끝나지 않은 상태였다. 그래서 레슬리는 연무장 구석에 있는 긴 벤치에 앉아 몸을 웅크렸다. 저절로 새하얀 입김이 퍼져 나갔다.

제 입을 통해 빠져나가는 입김이 새삼스레 신기해 레슬리는 다시 입김을 불었다.

"아가씨. 추우십니까?"

한 기사가 다가와 묻자 레슬리는 고개를 끄덕였다. 가만히 앉아 있으려니 조금 추웠기에 지나다니는 하녀에게 덮을 만한 것을 가져와 달라고 할 참이었다.

"조금요."

"그렇다면 아가씨, 이걸 두르고 계시겠습니까?"

레슬리의 대답에 그녀는 웃으면서 제 기사단 망토를 내밀었다.

셀바토르 공작의 눈이 떠오르는 암녹색 망토를 레슬리는 웃으며 받아 들었다.

"감사합니다, 경. 잘 덮고 있을게요."

"부디 레소라고 불러 주세요."

웃으며 자신의 소개를 하는 여자의 금발이, 막 떠오르기 시작한 햇빛을 받아 반짝반짝 빛났다.

"레소 경. 감사합니다."

레슬리가 웃으며 고개를 끄덕이자, 뒤에서 흘깃흘깃 두 사람을 바라보기만 했던 기사들이 우르르 레슬리에게 다가왔다. 모두 망토를 들고 있었는데, 그새 방에 갔다 온 것인지 개인 담요를 들고 있는 사람도 있었다.

"제 망토도 받아 주십시오."

"제 것도 있답니다!"

"제건 망토가 아니라 털 담요랍니다. 따듯해요!"

망토가 한 겹, 두 겹 레슬리의 몸 위에 쌓였고 순식간에 레슬리의 작은 몸이 망토와 담요에 묻혀 버렸다.

"이, 이건 너무 무거워요……."

레슬리는 간신히 고개만 내밀고 손을 바동거렸다. 그러자 저쪽에서 몸을 풀고 있던 베스라온이 다가와 담요와 망토 더미 안에서 레슬리를 번쩍 안아 들었다. 숨이 막힐 정도로 쌓여 있던 망토와 담요 속에서 간신히 탈출한 레슬리는 후하, 하고 작게 숨을 내쉬었다.

"다들 자리로 돌아가도록."

그 모습을 보고 작게 웃은 베스라온은 다시 정성스레 레슬리 위에 숄을 걸쳐 주었다. 그리고 이번엔 기사들이 가져온 담요와 망토를 적절하게 덮어 주자, 더 이상 무겁지 않았다. 몸에 온기가 돌기 시작했다.

베스라온은 지나가는 하녀를 불러 코코아를 진하게 타 오라고 시켰다. 레슬리가 하녀에게서 마시멜로가 잔뜩 들어간 코코아를 받았을 때는, 모든 기사가 연무장에서 체력 단련을 시작한 때였다.

"그런데 아가씨."

코코아를 홀짝이는데, 늦게 도착한 하르트가 레슬리에게 말을 걸었다. 뭔가를 처리하고 온 듯 피곤해 보이는 얼굴로 하르트는 레슬리의 옆에서 몸을 풀기 시작했다.

"왜 안 주무시는 겁니까?"

"그냥 좀 답답해서요."

"아가씨 나이 때 잠이 안 올 정도로 답답하면 안 될 텐데요."

레슬리는 그 말에 코코아를 내려다보며 웃었다.

"하르트 경, 경은 싫은 사람이 자꾸 떠오르면 어떻게 하나요?"

잊어 보려고 하는데 자꾸만 눈에 보이고, 제 머릿속에서 나갈 생각을 하지 않는다. 레슬리는 미간을 찡그렸다. 좋게 생각해 보려는데 자꾸 찌꺼기처럼 달라붙는다.

레슬리의 말에 하르트는 왜 레슬리가 답답해하는지 단박에 알 수 있었다.

"그 스페라도 후작가의 인간들 말인가요?"

"맞아요. 잊어 보려고 하는데 자꾸만 떠올라서 짜증 나요. 속이 좀 답답하기도 하고……. 거기다 저는."

"그럴 땐 말입니다, 아가씨."

하르트는 팔을 쭉 뻗고 몸을 풀며 말을 이었다.

"셀바토르가의 마음을 배우고 행동하십시오."

셀바토르가의 마음? 당황한 듯, 그리고 이해가 되지 않는다는 듯 눈동자가 양옆으로 흔들거리기 시작했다.

"음……. 이걸 인간인 제가 뭐라고 정의하긴 어려운데 말이죠."

끄응, 하르트의 미간에 주름이 잡혔다. 이리저리 움직이던 몸도 멈춘 채, 고민에 빠진 하르트는 눈매를 가늘게 떴다. 잠시 입을 열었다가 도로 닫고, 다시 열었다가 않는 소리와 함께 도로 다물기를 몇 차례, 하르트는 결국 작은 한숨과 함께 말을 꺼냈다.

"간단히 말해서 아가씨가 원하는 대로 하라는 소리입니다."

"원하는 대로……."

"예, 생각해 보십시오. 공작님이나 다른 분들이 누군가의 눈치를 보며 몸을 사리는 모습을요."

그 말에 레슬리는 눈을 가늘게 뜨며 공작님이 황제의 눈치를 보는 모습을 상상해 보려다가 실패했다. 상상 속에서도 셀바토르 공작은 멋졌고, 빛났으며, 황제의 멱살을 잡고 있었다.

하르트는 몸을 일으키며 말을 이었다.

"루엔티 도련님은 마법사의 저택에서 자신에게 누명을 씌우려고 한 놈의 얼굴을 가볍게 만져 주었고, 셀바토르 공작님은 황제 폐하의 멱살을 잡았지요."

자신이 무슨 장면을 떠올린 것인지 하르트는 아는 걸까? 레슬리의 눈이 동그래졌다. 그리고 루엔티 오라버니도 비슷한 일을 한 모양이었다.

"아가씨가 그 스페라도 후작에게 각목을 좀 휘둘러 머리를 가볍게 만져 줘도, 뭐 누가 뭐라고 하겠습니까. 만일 누가 뭐라 하거든 이렇게 하십시오."

하르트는 몸을 빙글 돌려 레슬리를 바라보더니 제 손을 허리에 짚고 당당하게 외쳤다.

"'나는 레슬리 슈야 셀바토르야!'라고 외치면 다들 입 다물고 갈 겁

67

니다."

제 목소리를 흉내 낸 듯한 하르트의 목소리에 레슬리는 꺄르륵 웃음을 터트리고 말았다. 그 모습을 보며 하르트는 씩 웃었다.

"그리고 누가 뭐라 해도 아가씨는 이미 우리 셀바토르 공작가의 일원이라는 걸 잊으면 안 됩니다. 과거가 어떻든 간에요."

과거. 그 말에 레슬리는 하르트를 바라보았다. 그가 말한 과거에는 피도 포함된 걸까.

"하르트 경, 제가 셀바토르의 피가 아니라 다른 피여도 그런 마음을 가질 수 있을까요?"

그 말에 잠시 하르트의 눈동자가 커졌다가 다시 가늘어졌다. 그는 어제 공작저를 떠나 있었기 때문에 레슬리의 이야기를 듣지 못했었다. 하지만 피라는 이야기에 레슬리가 무엇을 말하는지 쉽게 짐작할 수 있었다.

자칫 무거운 이야기가 될 텐데, 하르트는 거침없이 대답하며 입꼬리를 올려 웃었다.

"피도 포함되어 있습니다. 그거 아십니까? 아가씨, 사실 저는 제국인이 아닙니다. 지금은 사라진 이트바나 왕국의 출신입니다."

제국인이 아니었어? 레슬리는 놀라 하르트를 바라보았다. 제국인이 아니라고 생각하고 바라보니 조금 이국적으로 보이기도 하였다. 르카디우스 제국에서는 제국인과 제국인이 아닌 자들의 차별이 심했기에 다들 그 사실을 숨기고 다녔으니까.

하아. 하르트의 입에서도 하얀 입김이 흘렀다가 흩어졌다.

"저는 셀바토르 공작님을 따라 이곳에 정착했습니다. 그리고 공작님의 도움으로 기사 작위를 받았지요. 아가씨는 제가 가지고 있는 이방인의 피가 꺼림칙하십니까?"

그 말에 레슬리는 코코아를 꼬옥 쥐고 고개를 저었다.

늘 스페라도 후작가의 가정교사들은 제국인이 아닌 이방인은 더러운 피를 가지고 있으며, 게으르고 범죄만을 저지르는 사람들이라고 말했었다. 하지만 하르트는 전혀 그렇지 않았다. 게다가 스페라도 후작가에서 가정교사들이 주입하듯 흘려 넣은 상식은 믿을 것이 못 된다는 걸 깨달은 지 오래였다.

"아, 예시가 조금 엉성하긴 한데, 제가 하고 싶은 말은 피는 중요하지 않다는 것입니다. 어떻게 살아가느냐가 더욱 중요하죠. 제 말을…… 이해하셨습니까?"

하르트의 말에 레슬리는 고개를 끄덕였다. 그가 하고 싶은 말이 마음 한편에 닿았다.

"네, 이해했어요. 고마워요, 하르트 경."

레슬리가 웃자, 하르트는 멋쩍은 듯 제 목을 매만지며 말을 이었다.

"걱정이 조금 가라앉았으면 어서 들어가서 주무십시오, 공녀님. 오늘은 대기도 날이니까요. 기도하다가 졸면 안 되지 않습니까."

"대기도 날이요?"

그게, 오늘이었나?

-9-

오늘이었다.

저택 안으로 들어가고 아침 식사를 끝내자 마델이 '오늘은 대기도 날이에요. 아가씨. 잊지 않으셨죠?'라고 말하며 옷을 꺼내 입는 것을 도와주었다.

콘라드와 주고받던 편지에도 쓰여 있었고 어제도 셀바토르 공작이 말해 줬었지만, 레슬리는 오늘이 대기도 날이라는 걸 잊어버리고 있었다.

신전에 도착한 레슬리는 장갑을 들고 있는 작은 손으로 입을 가렸다. 새벽부터 깨어 있었더니 이제야 피곤이 몰려들었다. 살짝 하품하자 다른 손을 잡고 같이 걷던 베스라온이 레슬리를 내려다보았다.

"하아암."

"이런, 졸립구나."

"조금요. 음, 그래도 기도하면서 졸진 않을게요. 걱정 마세요."

레슬리는 제 앞에 놓인 계단을 폴짝 뛰어오르며 대답했다. 폴짝 뛰어 계단을 오른 탓에 보닛에 달린 커다란 보랏빛 리본이 춤추듯 흔들렸다. 베스라온보다 몇 계단 위에 서니 시선이 비슷해진 착각이 들어 레슬리는 만족스러운 웃음을 터트렸다.

"소풍 이야기 말이다."

레슬리가 두어 번 뛰어서 오른 계단을 한걸음에 올라온 베스라온이 레슬리의 손을 다시 잡았다. 순식간에 원래대로 돌아온 키 차이에 레슬리가 삐죽 입술을 내밀자, 귀엽다는 듯 베스라온이 미소를 머금었다. 레슬리가 다시 뛰어 계단을 올라갈 수 있게 손을 잡아 주면서 베스라온은 말을 이었다.

"티로스 별장은 어떻겠니. 수도에서 얼마 떨어지지 않은 곳에 티로스 별장이 하나 있어. 호숫가 근처라 조용하고도 지내기 좋았던 별장으로 기억하지."

베스라온은 다시 한걸음에 레슬리가 올라간 계단을 따라잡으려다가 일부러 한 칸 밑으로 올라왔다.

"좋아요. 그곳으로 갈게요."

이번엔 레슬리의 입술이 삐죽 튀어나오지 않았다. 베스라온은 그 모습이 귀여워 손을 내밀어 머리를 쓰다듬으려다가 멈칫했다. 레슬리의 머리에는 커다란 보닛이 씌워져 있었다.

"그런데 오라버니, 그곳은 겨울에 가도 괜찮을까요?"

으음, 레슬리의 물음에 베스라온이 잠시 생각하더니 이번엔 같이 계단을 오르며 고개를 끄덕였다.

"겨울에 한 번 가 본 적이 있었는데, 괜찮더구나."

"그럼 봄은요?"

"봄은…… 더 아름답지. 주변이 숲인 데다가 들꽃이 군락을 이뤄서 너도 분명 좋아할 거야."

레슬리는 잠시 생각에 잠긴 듯 눈을 가늘게 뜨더니 이내 베스라온을 바라보며 말을 이었다.

"그러면 저는 봄에 갈래요. 어머니랑 아버지께도 제가 그렇게 말씀드릴게요, 오라버니."

폴짝. 레슬리는 다시 계단을 뛰어올랐다. 신전 계단을 많이 오른 터라 넘어지면 위험할 테지만, 든든한 손이 자신을 잡고 있어 줘서 무서움 따윈 느껴지지 않았다.

"사실 오늘 아침에 하르트 경이 좋은 말을 해 주셨어요. 덕분에 이제 괜찮아졌어요."

"정말로 괜찮겠어?"

"그럼요!"

어느새 계단을 전부 오른 레슬리가 베스라온을 보며 어딘가 시원해 보이는 웃음을 머금었다. 때마침 불어온 바람이 잘 정돈된 은발을 흐트러트렸다. 차디찬 겨울바람에 새하얀 은발이 나부꼈다.

"저는 오라버니의 여동생이자 셀바토르가의 막내잖아요."

"그래."

베스라온이 미소로 대답하며 나머지 계단을 오르려다가 살짝 휘청거렸다. 누가 흘린 것인지, 동그란 구슬 장식을 밟아 버린 탓이었다. 놀란 듯 레슬리가 베스라온의 손을 꽉 잡았다.

"오라버니! 제, 제가 잡았어요. 걱정 마세요!"

마치 베스라온이 천 길 낭떠러지로 떨어지는 듯한 다급한 표정을 지으며, 손에 들고 있던 자신의 장갑도 떨어트리고는 두 손으로 베스라온의 큰 손을 덥석 잡았다.

그리고 그런 레슬리를 보고 베스라온은 작게 웃음을 터트렸다. 구슬 장식 때문에 몸이 휘청거렸지만, 이 정도로 꼴사납게 구를 그가 아니었다. 하지만 저를 필사적으로 도와주려는 여동생이 귀여워서, 너무도 귀여워서 베스라온은 그 작은 두 손을 꽉 잡았다.

"그래, 고마워. 덕분에 넘어지지 않았다."

"조심히 올라오세요."

"그래, 그래."

베스라온은 레슬리의 손을 잡고 나머지 계단을 한 칸, 한 칸 올라갔다. 앞서 걷고 있던 셀바토르 공작이 그 모습을 보고 웃음을 흘린 게 베스라온의 눈에 들어왔으나, 뭐 어떤가. 자신의 여동생이 이렇게도 귀여운데.

"오라버니, 혹시 오늘 콘라드 경도 만날 수 있을까요?"

"만날 수 있을 거야. 아이테라 공자는 테센트루아 성기사단 소속이니까. 성기사단은 대기도 때 경비를 서곤 하지."

신전에 들어온 레슬리는 소곤거리며 베스라온에게 물었다.

이제 아까처럼 폴짝폴짝 뛸 수는 없었다. 계단을 오를 때까지만 해도 사람이 별로 없었는데, 신전에 들어오니 먼저 도착한 사람들로 가득 차 있었기 때문이다.

이렇게 많은 사람들이 몰려 있는 건 처음 보았다. 스페라도 후작가에 있을 때, 후작은 마음이 내키면 대기도에도 참여하곤 하였다. 그때도 사람이 이렇게 많지는 않았는데…….

'기도실까지 갈 수 있을까?'

저절로 그런 걱정이 들 정도였다. 하지만 이내 레슬리는 그 걱정은 쓸모없다는 걸 깨달았다. 앞서 있는 셀바토르 공작이 한 걸음 내디딜 때마다 인파가 반으로 나뉘었으니까. 다들 그녀에게 인사를 나누고 싶어 은근한 시선을 보냈지만, 공작의 기세에 눌린 듯 쉽게 나서는 사람이 없었다.

"공작님!"

저 멀리서 사제 몇 명이 헐레벌떡 뛰어오더니 웃으며 셀바토르 공작을 반겼다. 맨 앞에 서 있는 사제는 방문록을 공작에게 내밀면서 맞이했다.

"오랜만에 뵙습니다, 공작님. 대기도 때가 아니라 평소 기도 날에도 나와 주시면 좋을 텐데요."

"영 귀찮아서. 그리고 기도라는 건 집에서도 할 수 있는 거니까."

깃펜으로 제 이름을 적어 내며 셀바토르 공작은 말을 이었다. 기도가 귀찮다는 말은 아니었다. 그저 자신이 움직일 때마다 쏟아지는 시선이 이젠 조금은 지겹고도 귀찮았다.

"그래도 신전에서 기도하는 게 더 낫지 않습니까. 그리고 이제 겨울 대기도는 이걸로 끝인걸요. 봄의 중순이나 되어야 대기도가 열릴 겁니다."

"근래에 들은 말 중 가장 즐거운 소식이야."

서명을 마친 공작이 뒤를 돌아 레슬리를 바라보았다. 그리고 나지막이 레슬리를 불렀다.

"레슬리."

잠시 베스라온과 손장난을 치던 레슬리가 공작의 말을 듣자마자 쪼르르 움직여 공작의 옆에 섰다.

"이미 알고 있겠지만 내 딸, 레슬리네."

공작이 다정하게 레슬리의 어깨를 다독이며 사제에게 레슬리를 소개했다. 왜 자신을 사제에게 소개하는 걸까. 잠시 의문이 들었지만, 레슬리는 틸레리얼 자작 부인에게 배운 대로 우아하게 인사를 건넸다.

"방금 소개받은 레슬리 슈야 셀바토르입니다. 신의 길을 가는 분을 뵙습니다."

"충실한 신의 종이, 레슬리 슈야 셀바토르 공녀님을 뵙습니다."

인사를 끝내자 여기저기에서 작은 소곤거림이 들려왔다. 그리고 그 소곤거림과 함께 레슬리는 왜 셀바토르 공작이 자신에게 인사를 시켰는지 알 수 있었다.

지금 공작은 자신을 이 모든 사람에게 소개한 것이나 다름없었다. 이제 저 사람들 머릿속에는 재판장에서 떨며 울던 레슬리 스페라도가 아니라 레슬리 슈야 셀바토르가 자리 잡을 것이 분명했다.

"자, 인사도 마쳤겠다. 들어갈까."

이번엔 셀바토르 공작의 손을 잡은 채 레슬리는 긴 기도실로 들어갔다. 기도실 가운데에 있는 화려한 스테인드글라스를 통해 아름다운 색을 입은 햇빛이 쏟아져 내렸다.

귀족들은 기도실 정중앙 붉은 카펫이 깔린 곳에 자리를 잡았고, 그들을 따라온 하녀, 하인 그리고 마부들은 벽 쪽에 자리 잡았다.

레슬리는 슬그머니 그 자리를 바라보았다. 불과 몇 달 전까지만 해도 자신은 저기에 섞여 있었다. 졸지도 않았는데, 졸지 말라며 허벅지를 꼬집는 르아와 저를 무시하는 하녀들 사이에서 레슬리는 손을 모으고 간절히 기도했었다.

'제발, 제가 실수하지 않게 해 주세요.'

가정교사의 물음에도 척척 대답하고, 가족들의 심기도 거스르지 않게 해 주세요. 특히, 아버지에게 밉보이지 않게 해 주세요.

그래서 어머니가 저에게 감자와 수프 말고도 고기를 좀 주기를, 그리고 아버지가 아니, 가족 모두가 자신을 더는 때리지 말고 사랑해 주기를 간절하게 빌었다.

정말 온 힘을 다해 빌고, 또 빌었다. 기도가 끝나 모두가 자리를 뜰 때까지 레슬리는 못 박힌 듯 그 자리에 무릎을 꿇고 앉아 신을 향해 빌었다. 신께서 도와주신다면 자신의 작은 소망을 이룰 수 있을 거라고 생각했었다.

'제발, 나를 사랑해 주세요.'

참다못한 르아가 레슬리를 잡아당길 때까지 레슬리의 기도는 이어졌다.

잠시 벽 쪽 자리를 바라보다가 레슬리는 고개를 돌려 정면을 바라보았다. 화려하게 꾸며진 스테인드글라스가 한눈에 들어왔다.

지금 그녀는 귀족들 사이에서도 가장 앞쪽에 있었기에 그 누구도 레슬리의 시야를 가리지 못했다. 앞에는 셀바토르 공작과 사이레인, 단 둘뿐이었고 베스라온과 루엔티는 자신과 같은 위치에 있었다.

'이 스테인드글라스가 이렇게 예뻤구나.'

스페라도 후작은 대기도에 참여하게 되면 혹여나 레슬리가 눈에 띌까 봐 하녀들로 주변을 채운 데다가 가장 뒤편에서 기도를 올리게 했다. 그래서 그간은 사람들에게 가려져 제대로 볼 수 없었고, 기도가 끝났을 때는 빛이 이렇게 화사하게 들어오지 않아 이만큼 아름답지 않았다.

잠시 스테인드글라스를 바라보던 레슬리는 무릎을 꿇고 기도를 시작했다.

감사합니다, 신이시여. 제가 말한 소원을 들어주지 않아 주셔서요. 감사합니다. 새 가족을 만나 사랑받게 해 주셔서요.

'이제 저는 행복해질 수 있어요.'

난생처음으로 올리는, 따스한 기도였다.

✢

기도가 끝나고 칼같이 돌아가려는 셀바토르 공작가의 사람들을 신전을 가득 메운 귀족들과 사제들이 막았다. 다들 어쩌다 한 번씩 있는 셀바토르 공작과의 만남을 놓치고 싶지 않은 모습이었다.

특히 다들 레슬리를 보며 눈을 번뜩였는데, 드물게도 빠르게 눈치를 챈 사이레인이 레슬리의 등을 살짝 떠밀어 준 덕분에 그 자리를 벗어날 수 있었다.

그래서 지금 레슬리는 홀로 신전의 정원을 거닐고 있었다.

'벌써 눈을 다 치웠네.'

신전에 올 때까지만 해도 몸을 감싸는 바람이 너무도 추웠는데, 기도를 끝내고 나니 제법 햇볕이 따스했다.

'콘라드 경은 어디 있지?'

레슬리는 주변을 돌아보았다. 베스라온에게 듣기로 분명 테센트루아 성기사단은 대기도 때 경비를 선다고 들었는데……. 그 말이 진실이라는 걸 보여 주듯 정원 중간마다 낯익은 제복을 입은 사람들이 경비를 서듯 걸어 다니는 게 눈에 들어왔다.

이 주변에 콘라드가 있지 않을까, 레슬리는 기대에 젖어 주변을 돌아보았다. 이쯤에 있을 것 같은데…….

만나면 무슨 이야길 먼저 할까. 레슬리는 기대감이 조금씩 차오르는 것을 느꼈다.

먼저 편지로 이미 수도 없이 말했지만, 재판을 도와줘서 고맙다고 이야기하자. 그리고 자신의 풀 네임을 말해 줘야지.

"셀바토르 공녀님?"

잠시 즐거운 기분에 젖어 걸음을 옮기는데 누군가가 자신을 불렀다. 뒤를 돌아보니 한 무리의 소녀들이 그녀를 바라보고 있었다. 보아하니 자신처럼 어른들의 이야기에 끼고 싶지 않아 정원 산책을 나온 사람들로 보였다.

그 무리 중 가장 앞에 서 있는 갈색 머리의 소녀가 환하게 웃으며 레슬리를 불렀다. 그녀의 푸른 눈은 레슬리를 보고 반짝이고 있었지만,

레슬리는 눈을 찡그렸다.

"정말 셀바토르 공녀님이 맞네요. 공녀님, 저를 기억 못 하시나요?"

모를 리가. 잘 알고 있었다. 그녀의 이름은 세레아 케본 파텔로트, 엘리의 친한 친구 중 한 명이었다.

"……기억을 못 할 리가요."

레슬리는 눈을 깜빡이며 제 앞에 서 있는 세레아를 바라보았다. 엘리의 친한 친구이자, 유일하게 저를 알고 있는 사람이었다. 단 한 번이지만, 시선이 마주친 적이 있었으니까.

엘리의 생일 파티는 언제나 화려하고 성대하게 치러졌었다. 스페라도 후작가의 넓은 정원을 전부 개방함과 동시에 유명한 극단과 악사들을 저택으로 초대했고, 성대하게 마법석으로 불을 밝히며 온갖 산해진미를 준비했다.

하녀 중 한 명이 엘리의 생일 파티는 마치 작은 축제 같다고 말했던 것을 레슬리는 떠올렸다. 그만큼 화려했고, 내로라하는 모든 귀족이 참여했으며, 모두가 즐겁던 하루였으니까.

주인공인 엘리는 물론이고, 모든 귀족 앞에서 제 부를 과시하는 스페라도 후작과 자신의 아름다움을 뽐내던 후작 부인까지. 심지어 르아도 맛있는 음식을 먹고 금일봉을 받을 수 있다며 엘리의 생일을 좋아했다. 당연하게도 그 무리에서 레슬리는 제외되었다.

모든 정원을 개방하는 날이라, 다락방의 유일한 창이 있던 정원 뒤편까지 손님이 드나들었다. 스페라도 후작은 혹시라도 누군가가 레슬리를 볼까 봐 레슬리에게 절대로 창문을 열지 말라고 말했었다. 레슬리는 착실하게 그걸 지켰다. 하지만 단 한 번, 후작의 말을 어긴 적이 있었다.

그날따라 레슬리는 심하게 굶주렸었다. 스페라도 후작 부인이 며칠 전부터 제대로 음식을 주지 않았던 탓이었다. 왜 그랬더라. 이유는 잘 기억이 나지 않았다. 언제나 작은 이유로 자신을 굶겼던 후작 부인이라 그때도 작은 이유였을 것이다.

그나마 물만은 자유롭게 마실 수 있었기에, 레슬리는 긴 고민 끝에 창문을 열었다. 밑에서 올라오는 맛있는 냄새를 맡으며 물을 들이켤 생각이었다. 거기까지는 괜찮았다. 그래, 거기까지는.

하지만 창문을 열자마자 쏟아지는 맛있는 냄새에 레슬리의 작은 몸이 앞으로 저절로 기울었다. 정원에서 고기를 굽는지 맛있는 냄새가 코에 닿았기 때문이다.

침을 삼키며 그 냄새를 정신없이 맡고 있는데, 갑자기 시선이 밑에 닿았다. 누군가가 경악스러운 얼굴로 자신을 올려다보고 있었다. 시선이 마주치자 여자는 섬뜩할 정도로 미소를 지었다.

급하게 창문을 닫고 방으로 숨었지만, 그 여자의 얼굴은 오래도록 기억에 남았다. 마지막에 자신에게 보여 줬던 그 미소는 주로 자신을 때리기 전 사람들이 주로 보여 주던 표정이었으니까.

그리고 파티가 끝나자마자 엘리는 레슬리를 불렀다. 엘리가 기다리고 있다는 방에 들어서자마자 레슬리는 한 하녀에게 발길질을 당했다. 한참을 그렇게 하녀들에게 발길질을 당한 후 쓰러져 있는 레슬리를 향해 엘리는 악에 받친 목소리로 소리 질렀다.

'지금 네가 제정신이야? 네 더러운 꼴을 누구에게 보인 거야! 그나마 세레아가 아니라 다른 사람이었다면 벌써 소문이 퍼졌을 거라고!'

한참을 그렇게 소리 지르고도 분이 덜 풀렸는지 엘리는 부채를 레슬리에게 내던졌다.

'짜증 나. 너 때문에 새 아르롱의 드레스를 세레아에게 넘기게 되었

잖아! 들어가, 네 방에서 나오지 마!'

그게 그날 들었던 마지막 목소리였다. 그대로 레슬리는 기절해 버리고 말았으니까.

하지만 그 이후로도 엘리는 번번이 하녀들을 데려와 레슬리를 매질했다. 세레아가 계속해서 엘리의 보석과 드레스들을 노린 탓이었다.

그래서 우습게도 레슬리는 세레아가 가져간 장신구와 드레스들을 전부 알고 있었다. 하녀들이 매질하면서 엘리는 제가 빼앗겨 버린 것들을 소리쳤고, 맞으면서 들었던 것은 생각보다 잘 잊히지 않았다.

그랬던 그녀가 왜, 지금 여기에.

레슬리는 웃으며 다가오는 세레아를 보고 얼굴을 찌푸렸다.

"다행이다. 저를 기억하시는군요, 공녀님."

세레아는 방긋방긋 웃으며 자연스럽게 레슬리의 팔짱을 꼈다. 레슬리가 놀란 얼굴로 바라보았지만, 그런 건 신경 쓰이지도 않는다는 듯 몸을 빙글 돌려 자신이 이끌고 온 무리를 바라보았다. 그리고 뽐내듯 목에 힘을 주고 웃음을 흘렸다.

"후후후, 사실은 저를 기억해 주실 줄 알았어요. 우리가 보통 인연이던가요?"

무슨 인연이냐고 대꾸하려는데 세레아는 웃으며 레슬리를 바라보았다. 팔짱을 낀 그녀의 팔에 힘이 들어가 레슬리는 작게 눈을 찡그렸다. 그런 모습이 친해 보였던지, 세레아를 따라온 몇몇 사람들이 부럽다는 눈으로 두 사람을 바라보았다.

레슬리는 요즈음 가장 화제의 인물이었다. 하지만 그녀에 대해 아는 사람은 없었다. 스페라도 후작가에서는 늘 숨어 있었고, 셀바토르 공작가는 아예 손님을 받지 않았으니까.

그렇게 소문만 무성하다가 재판 때 모습을 한 번 보였고, 그 이후로 레슬리에 대한 궁금증은 하늘을 찌르고 있었다. 그런 상황에서 처음, 레슬리를 안다고 한 사람이 나타난 것이다.

모두의 궁금증은 부러움으로 변질하여 그 한 사람에게 쏟아졌다. 레슬리의 팔짱을 끼고 있는 세레아의 얼굴에는 미소가 더 짙게 깔렸다.

"두 분은 어떻게 아시는 사인가요?"

한 푸른 드레스를 입은 소녀가 부럽다는 듯 묻자, 세레아는 부끄러운 듯 볼을 붉히며 말을 이었다.

"제가 셀바토르 공녀님을 도와 드린 적이 있거든요. 그렇죠, 공녀님?"

그 말에 레슬리의 라일락빛 눈동자가 동그래졌다. 자신을 도왔다니 그게 무슨 소린지 알 수가 없었다.

"세상에, 파텔로트 영애께서 셀바토르 공녀님을요?"

"네에, 어쩌다 그리된 거지만요. 부끄럽네요. 하지만 이렇게 인연이 닿게 되어 너무 좋아요."

순진한 소녀들은 세레아의 말에 눈을 반짝였다. 한껏 그 눈빛을 즐기다 세레아는 고개를 휙 돌려 다시 레슬리를 바라보았다. 그리고 예의 그 섬뜩한 미소를 지었다.

"저희는 저곳에서 쉴 예정인데, 셀바토르 공녀님도 같이 쉬어요. 아버님과 어머님의 대화가 끝날 때까지 저희와 어울려 주세요. 당연히 그래 주실 거죠, 공녀님?"

그리고 레슬리의 대답 따윈 필요 없다는 듯 레슬리의 손목을 꽉 잡더니 막무가내로 끌어당기며 벤치를 향해 걸었다. 생각보다 무지막지한 힘에 레슬리의 몸이 크게 휘청거렸다.

"공녀님, 제가 공녀님 이야기를 듣고 얼마나 기뻤는지 아세요? 저는 공녀님의 유일한 친구잖아요."

친구? 레슬리는 그 말에 입술을 잘근 물었다. 스페라도 후작가 다락방 속에서만 지내던 자신이라면 모를까, 지금은 친구라는 게 이렇게 행동하지 않는다는 걸 아주 잘 알고 있었다. 거기다 이런 사람이 친구라면, 자신은 친구 따위 필요 없었다.

"가서 이야기를 해 봐요. 셀바토르 공작님은 어떤 분이세요? 베스라온 님과 루엔티 님의 이야기도요. 야앗!"

레슬리는 손톱을 세워 세레아의 팔목을 잡았다. 작은 고통을 느낀 세레아가 걸음을 멈추고 팔을 조금 느슨하게 한 순간, 레슬리는 팔을 뒤틀어 빼냈다.

"나는 안 가요."

간신히 손을 빼내고 나니 손목에는 붉은 손자국이 진하게 남아 있었다.

"안 가신다고요? 왜 그러세요, 공녀님."

가야죠. 세레아는 이상하다는 듯 웃으며 물었다. 마치 지금 네가 감히 내 말을 거부하냐는 듯한 말투에 레슬리는 자세를 바르게 하고 세레아를 바라보았다. 평소에 후작 부부와 엘리 그리고 르아에게 단련된 탓일까, 세레아 정도는 너무도 가볍게 보였다.

"갈 필요가 없으니까요. 저는 당신과 친구도 아니고요."

"……제가 공녀님을 도와 드린 걸 잊어버리셨나 봐요."

마치 지신이 아직도 레슬리의 우위에 있다는 듯한 말투와 행동에 레슬리는 헛웃음을 흘렸다.

자신의 학대를 방관해 주고, 황자에게 비밀로 해 준 것으로 드레스와 보석을 그렇게 뜯어 가 놓고선, 이젠 가짜 친구 노릇을 하면서 레슬리를 손에 넣고 휘두르려고 하고 있었다. 후작가에서 학대당했다는 비밀 아닌 비밀 하나를 손에 쥐고서.

엘리가 하던 행동과 똑같았다. 여태 엘리에게 휘둘리는 레슬리를 봤으니, 자신의 손에도 레슬리가 쉽게 휘둘려 줄 거라 단단히 착각한 듯 보였다. 레슬리는 더러운 것이 묻었다는 듯 손을 탁탁 털며 대꾸했다.

"보통은 제 이야기를 퍼트리지 않았다는 걸 두고 도와줬다고 하지 않죠."

레슬리의 덤덤한 눈동자가 세레아의 얼굴에 닿았다. 누가 친구 아니랄까 봐, 엘리와 성질이 비슷해 보였다. 하긴 그러니까 그런 착각을 하는 거겠지.

세레아는 그 말에 작게 하, 한숨을 픽 내쉬더니 곧 고개를 치켜들었다. 세레아의 푸른 눈이 자신들을 뒤따라오는 몇몇 레이디들에게 닿았다.

"그걸 지금 말해도 되는 건가요, 셀바토르 공녀님?"

거기까지 말한 세레아는 생글생글 웃으며 고개를 숙여 레슬리의 귀에 대고 속살거렸다.

"제가 공녀님의 비밀을 이야기하지 않게 저를 도와주세요, 공녀님."

그러더니 이내 고개를 들고 환하게 웃어 보였다.

"자아, 어서 약속해 주세요. 뒤에 듣는 귀가 많답니다?"

세레아가 억지로 레슬리를 끌고 와서 조금 거리가 있긴 했지만, 목소리가 안 들릴 정도는 아니었다. 실제로 소녀들은 이상한 기류를 눈치채고 조금 뒤에 멈춰 있었다.

하. 레슬리는 짧게 숨을 내뱉고선 세레아를 바라보았다. 당연 자신의 제안에 따를 거라고 생각했는지, 세레아의 얼굴에는 승리감이 가득 차 있었다.

'이런 걸로 나를 흔들 수 있다고 생각할까.'

레슬리는 차가운 눈으로 세레아를 내려다보았다.

"그게 뭐 어때서요. 이미 재판에서 제 이야기는 다 밝혀졌는데. 오히려 영애가 날 팔아넘겼다는 게 알려지면 큰일 나지 않을까요?”

“……팔아넘겼다니요. 말이 너무 지나치세요, 공녀님.”

“그게 팔아넘긴 거죠, 파텔로트 영애.”

레슬리가 한 발 가까이 세레아에게 다가가자, 세레아는 몸을 움찔거리더니 반걸음 뒤로 물러났다. 하지만 곧 자신이 물러날 이유가 없다고 생각했는지 오히려 두 발 앞으로 다가왔다. 두 사람의 거리가 순식간에 좁혀졌다.

“아르롱의 드레스 몇 벌과 보석을 받고 내 일에 대해 침묵했잖아요. 안 그런가요, 파텔로트 영애?”

“스페라도 후작님의 명예를 떨어트리지 않으려는 조치였을 뿐이에요. 그리고 저는 공녀님께서 학대당하고 있다는 사실은 조금도…….”

세레아는 뭔가를 중얼중얼 늘어 두려다가 입을 닫았다. 싸늘한 시선에, 그리고 냉랭한 말투에 저절로 입이 닫혔다. 세레아의 눈가가 움찔거렸다.

“정말로 제가 학대당하는 걸 몰랐다고요?”

그럴 리가 없을 텐데. 그때 자신의 꼴이 어땠는데, 얼마나 처참한 짓을 당하고 있었는데. 그걸 보고도 자신이 스페라도 후작에게 학대당하는 걸 알지 못했다고?

레슬리는 그런 세레아를 보며 입꼬리를 뒤틀어 웃음을 머금었다. 셀바토르 공작이 스페라도 후작을 보며 그리했던 것을 무의식적으로 따라 했다. 그리고 공작처럼 몸을 바르게 하고 상대방을 내려다보았다.

“제가 어떻게 할 수 있는 방도도 없었고…….”

입술을 잘근잘근 씹으며 세레아가 레슬리의 눈을 피하기 시작했다. 저보다 세 살이나 어리고, 몸짓도 또래보다 훨씬 작은데 이상하게 주눅이 들기 시작했다. 마지막으로 봤을 때와 너무도 다른 모습이었다.

세레아는 저도 모르게 변명을 늘어 두기 시작했다.

"아시다시피 저희 가문은 스페라도 후작가보다 세력이 약한……걸 요. 그렇다고 제가 스페라도 후작가로 들어가 공녀님을 도와줄 방법이 없으니까……. 그래서 그냥 받을 수 있는걸 받아 두자 싶어서……."

"그래서 도와주지는 못하니, 드레스와 각종 보석을 받고 제 이야기 에 대해 입을 다무셨군요."

"그런 뜻이 아니잖아요! 그, 그러니까."

짜증이 일어 세레아는 제 손등을 박박 긁었다. 왜 내가 이러고 있 지? 그런 생각이 들어 고개를 번쩍 드니, 냉랭한 시선과 마주쳤다. 왜 인지 자연스럽게 다시 고개가 숙여졌다.

"목걸이 예쁘네요."

"네?"

그런데 갑자기 레슬리가 세레아의 목걸이를 칭찬하기 시작했다. 무 슨 일인지 몰라 세레아는 멍하니 눈을 깜빡였다. 갑자기 왜 자신의 목 걸이를 칭찬하는 걸까.

"백금에 루비를 박아 넣은 게 정말 예뻐요. 어디서 구하셨나요, 영 애?"

"아, 이 목걸이는……."

세레아는 바로 대답하려다가 말문이 막혔다. 그리고 얼굴이 새하얗 게 질리기 시작했다.

세레아의 표정을 보고 레슬리가 다시 웃으며 나지막하게 속삭였다.

"저를 팔아넘겨서 받은 거라고 답하지는 않으시군요."

엘리에게 레슬리의 일을 비밀로 해 주는 대신 받은 물건 중 하나였 다. 레슬리는 손을 뻗어 목걸이를 움켜잡았다. 순식간에 세레아의 몸 이 레슬리 쪽으로 기울었다.

"이런 걸 차고 저를 만나러 왔다는 뜻은 내가, 그리고 우리 셀바토르 공작가가 만만치 않게 우스워 보인다는 뜻인가요, 영애?"

"아, 아니, 아니에요!"

세레아는 창백한 얼굴로 고개를 흔들었다. 그녀의 푸른 눈에서 눈물이 떨어질 것 같았다. 어쩌다 이렇게 돼 버린 걸까.

세레아는 처음 본 그 순간부터 레슬리를 얕잡아 보고 있었다. 열린 창문으로 침만 꼴깍 삼키며 냄새만 맡는 아이는 온몸으로 자신이 최하층이라는 걸 표현하고 있었다. 그리고 보통 그런 아이는 가문에서 숨기고 싶어 하는 수치였다.

그 점을 빠르게 떠올린 세레아는 파티를 즐기고 있는 엘리에게 다가가 레슬리의 이야기를 흘렸다. 불쌍해 보이고 가련해 보이는 아이를 봤다고 말이다. 그리고 단 한마디를 더 흘렸다.

'이걸 황자님도 아실지 몰라아……?'

약혼자의 이름이 들먹여지자, 그제야 엘리의 얼굴에 있던 여유로움이 사라졌다. 엘리는 눈물을 머금으며 황자에겐 비밀로 해 달라고 하더니 세레아가 원하던 아르롱의 드레스와 보석들을 쥐여 주었다.

그런 드레스와 보석들을 받고 나니, 마음이 풍족해져서 세레아는 레슬리에 대해 말을 아주 잘해 줬다. 밥을 내리 굶은 듯 연약해 보이고, 그 머리카락은 마치 노인처럼 보이는 불쌍한 아이라고 말이다.

그러니 레슬리는 좀 덜 맞았을 수도 있고, 안 맞았을 수도 있다. 자신은 드레스를 받고, 저 아이는 실수를 저질렀는데도 덜 맞고, 엘리는 비밀이 지켜져서 좋고. 세레아가 생각하기로는 모두가 만족하는 좋은 거래였다.

그 뒤로 자신은 만져 보지 못할 드레스 몇 벌과 보석이 박힌 장신구를 더 받아 낼 수 있었고, 드레스와 보석의 값으로 자신은 충실히 그 약속을 지켰다.

그 후로 엘리는 세레아에게 레슬리의 험담을 마음 놓고 했는데, 대부분이 느리고 아둔하며 쓸모없다는 내용이었다. 엘리는 뭔가 중요한 걸 숨기고 있는 모양이었지만, 세레아는 거기까지 파헤칠 생각은 없었다. 그저 레슬리의 첫인상이 빗나가지 않았음에 기뻐하며 엘리의 험담에 즐겁게 어울려 줄 뿐이었다.

그러던 어느 날 스페라도 가문의 차녀가 셀바토르 공작가에 입양되었다는 소문이 들려왔다.

믿기지 않는 소문은 귀족 재판으로 진실이라는 걸 보여 줬고, 재판의 결과를 듣자마자 세레아는 몰락해 가는 엘리와 거리를 뒀다.

그러던 중 신전 정원에서 혼자 거니는 레슬리를 발견한 것이다.

'사람은 쉽게 변하지 않지.'

세레아는 웃으며 레슬리에게 다가갔다. 일부러 자신이 레슬리를 안다는 걸 자랑하기 위해 다른 영애들까지 끌고 레슬리의 뒤를 쫓았다.

자신은 과거에 레슬리를 도와줬으니, 유일한 공녀의 첫 번째 친구 자리는 제가 가져도 될 것이다. 황제조차 초대받기 힘들다는 셀바토르 공작저에 매일같이 초대받고, 유명한 셀바토르 경과 천재라는 루엔티와 이야기를 나눌 수 있을 것이 분명했다.

모두가 부러워하는 자신을 상상하며 레슬리에게 다가갔건만…… 상황은 정반대가 되었다.

"셀바토르 공작가를 우습게 여기는 것도 아니면서, 나에게 이런 행동을 하는 건가요?"

매일 울고 쓸모가 없어서 매일 맞는다던 아이는 차갑고도 시린 눈으로 자신을 바라보고 있었다. 자랑하려고 데려온 소녀들은 이제 자신을 보고 수군거리기 시작했다.

더 비참한 것은 저 라일락색 시선에 자신이 자꾸만 고개가 저절로 숙여진다는 것이었다.

"그것도 아니면 영애께서는 제 학대에 침묵으로 가담했다고 말하고 싶은 건가요."

세레아는 고개를 번쩍 들었다. 스페라도 후작과 공범이라니! 안 될 말이었다.

셀바토르 공작가는 스페라도 후작가에게 엄청난 배상금을 요구했다고 들었다. 그런 스페라도 후작과 공범이 되면 분명 같은 벌을 받아 같은 금액의 배상금을 물지도 몰랐다. 그렇게 된다면 자신의 가문은 그 배상금의 일부도 갚지 못하고 파산을 해야 할 게 뻔했다.

거기다 공녀의 학대를 침묵한 죄로 추후 또 어떤 벌이 떨어질지 몰랐다. 그건 분명 끔찍한 벌일지도 모른다는 생각에 세레아의 몸이 덜덜 떨리기 시작했다.

"아닙니다, 공녀님!"

결국 세레아는 레슬리를 보며 빌기 시작했다. 아까까지만 해도 오만함으로 가득 차 있던 눈은 눈물로 가득 차 버렸다.

"제가 실수를 했습니다. 망언했어요! 부디 넓은 아량으로 용서해 주세요……."

뒤에서 웅성거리는 소리가 들려왔지만, 세레아는 그런 건 들리지 않는다는 듯 허둥지둥 제 목걸이를 움켜잡았다.

"이, 이것도 돌려 드릴 테니까, 저택에 돌아가면 드레스와 보석 장신구를 전부 돌려 드릴게요. 그러니까……."

"나는 그런 더러운 물건은 필요 없어요."

레슬리는 날카롭게 세레아의 말을 끊어 냈다. 자신의 학대를 방관하고 그걸 빌미로 드레스와 보석을 뜯어냈으며, 지금 레슬리의 상황이 좋아지자 엘리 대신 자신을 휘두르려고 다가온 세레아였다. 레슬리는 입술을 잘끈 깨물었다.

"파텔로트 영애."

레슬리는 나지막이 그녀의 이름을 불렀다. 안쓰러울 정도로 세레아가 몸을 떨었으나 동정심 따위는 생기지 않았다.

"부디 앞으로는 상대를 가늠하세요, 파텔로트 영애."

레슬리의 몸이 조금씩 세레아 쪽으로 다가갔다.

"과연 이 상대가 자신의 발밑에 들어올 상대인가, 아닌가. 그렇게 고민해 보고 삼킬 생각을 하세요. 아니면 지금처럼 제가 파텔로트 영애를 먹어 치울 수도 있잖아요."

그렇게 말하며 레슬리는 흐트러진 제 은발을 정리해 귀 뒤로 넘기며 다시 세레아를 바라보았다. 세레아의 얼굴이 더욱더 창백해졌다.

레슬리의 입가가 움직여 아주 작은 미소를 그려 냈다. 그 미소에 세레아는 완벽하게 겁에 질린 듯 얕은 숨을 내쉬었다.

"이 일은 신전으로 돌아가자마자 어머니께 말씀을 드릴 거니까 그렇게 아세요."

그리고 휙 몸을 돌려, 왔던 방향으로 걸어가기 시작했다. 뒤에서 울음소리가 울려 퍼졌으나 그 울음소리는 레슬리의 발걸음을 멈추지 못했다.

한참을 걸어서 울음소리가 들리지 않는 곳까지 와서야 레슬리는 걸음을 멈췄다. 그리고 콩닥거리던 가슴을 쓸어내렸다.

세레아를 뿌리치는 것이 어렵지는 않았으나, 엘리와 만난 이후 셀바토르의 이름을 올린 건 처음이라 두근거렸다.

만약 아침에 하르트에게서 이야기를 듣지 않았더라면 어땠을까.

무언가를 하나 더 떨쳐 낸 느낌이라 괜스레 입술을 매만지며 웃었다. 지금 자신이 달려가서 이 일을 이야기하면 다들 어떻게 반응해 줄까.

'화내 주겠지?'

어머니도, 아버지도, 오라버니들도 화를 내는 광경이 눈에 선해 레슬리는 기분이 한결 나아졌다.

　누군가가 자신을 위해 화내 주는 것이 이렇게 즐거운 일인지는 몰랐다.

　"레슬리 양."

　즐거운 기분에 젖어 아무 곳으로나 발걸음을 옮기는데, 자신의 이름이 들려왔다. 소리가 나는 쪽을 바라보니 콘라드가 웃으면서 레슬리 쪽으로 걸어오고 있었다. 레슬리를 바라보는 콘라드의 황금빛 눈이 살포시 휘었다.

　"그 안쪽은 사제님들만을 위한 공간입니다."

　레슬리가 서 있는 곳에서 몇 발자국 떨어지지 않은 곳에는 작은 울타리가 놓여 있었다. 그리고 그 울타리를 경계로 두 곳의 분위기가 확연하게 차이가 났다.

　그러고 보니 사제들만이 들어갈 수 있는 공간이 신전 안쪽에 있다고 했었지. 레슬리는 슬그머니 발을 돌려 콘라드 쪽으로 다가갔다.

　"감사합니다, 콘라드 경."

　"그저 알려 드린 것뿐인걸요."

　웃으면서 콘라드는 레슬리와 시선을 맞췄다.

　"그런데 이렇게 안쪽까지는 무슨 일이십니까?"

　"경을 만나러 왔어요."

　레슬리가 웃으며 대답하자 콘라드의 고개가 살짝 옆으로 기울었다.

　"저를요?"

　"네에, 오랫동안 못 만났잖아요."

　그 말에 날짜를 가늠해 보려는 듯 콘라드의 눈이 잠시 가늘게 변했다.

　"그렇지요. 벌써 2주 넘게 못 만났었군요. 죄송합니다, 레슬리 양.

선생의 입장으로 부족한 면을 보이게 돼서요."

"아니에요. 동생분께서 아프다고 하셨으니까요. 저는 괜찮아요."

그 말을 끝으로 레슬리는 잠시 입을 다물었다. 제 이름을 말해 주고 싶은데, 어떻게 이야기의 서두를 꺼내야 할지 잘 감이 오지 않았다. 갑자기 제 이름을 외칠 수도 없고, 어떻게 운을 떼야 좋을까.

작은 머리로 끙끙거리며 고민하는데 콘라드가 신전 쪽을 바라보며 먼저 입을 뗐다.

"그러고 보니 레슬리 양. 슬슬 신전으로 돌아가셔야 할 겁니다. 마차들이 하나둘씩 출발하기 시작했거든요."

"벌써 시간이 그렇게 됐나요?"

분명 자신의 등을 밀어 주며 사이레인은 오래 걸릴 테니 느긋하게 구경하다 오라고 말해 줬다. 그래서 시간이 넉넉한 줄 알았는데……

'아무래도 아까 그 쓸데없는 사건 때문에 시간을 다 버린 것 같아.'

비록 남는 시간이긴 했지만, 그 시간도 세레아에게 쏟았던 게 아까워 레슬리는 작게 투덜거렸다. 거기다 콘라드를 만나고 나니, 경에게 자신의 이름을 자랑할 시간까지 빼앗긴 것 같았다. 레슬리의 미간에 작은 주름이 잡혔다.

"가실까요? 제가 신전까지 안내해 드리겠습니다, 레슬리 양."

콘라드가 안내역을 자처하고 나섰다. 레슬리로는 거절할 이유가 없었기에 두 사람은 천천히 신전을 향해 걷기 시작했다.

"동생분은 이제 괜찮으신가요?"

"네, 레슬리 양께서 염려해 주신 덕분에 이제 건강해졌습니다. 가벼운 감기였거든요."

"그렇군요. 다행이에요."

콘라드의 말을 듣던 레슬리의 고개가 옆으로 기울었다. 콘라드는 신력을 가지고 있었는데, 왜 자신의 동생을 치료해 주지 않은 걸까?

"자연 치유로 나을 수 있는 수준이라면 기다리는 게 좋습니다. 신력에 너무 의지하면 좋지 않으니까요."

콘라드는 레슬리와 시선을 맞추며 미소를 흘렸다. 콘라드를 바라보는 레슬리의 눈동자가 동그래졌다.

"어떻게……."

"너무 궁금해하시는 얼굴이기에."

아. 레슬리는 괜스레 제 뺨을 쓸어 보았다. 그 모습을 보는 콘라드의 미소가 짙어졌다.

"그리고 프리트는 좀 앓아도 괜찮았습니다. 유모 몰래 셔벗을 몇 번이나 가져다 먹은 모양이더군요. 이렇게 날씨가 추운데도 말이죠."

"셔벗을 몇 번이나요?"

레슬리는 공작저에서 단 한 번 먹었던 레몬 셔벗을 떠올렸다. 여러 과일이 들어가 새콤달콤하고 맛있긴 했지만, 먹고 나니 몸이 떨리는 건 어쩔 수가 없었다. 그런데 그걸 이 날씨에 몇 번이나 먹었다니.

"예, 워낙 차가운 걸 좋아해서요. 덕분에 겨울에는 몇 번씩 앓아눕고는 합니다. 말리면 주방에 숨어들어 가 먹더군요."

어쩔 수 없다는 듯 투덜거리는 목소리에 레슬리는 웃음을 터트렸다. 그런 레슬리를 바라보던 콘라드가 다시 말을 이었다.

"셔벗 이야기가 나와서 그런데, 예전에 루엔티 님도 셔벗을 너무 드셔서 배탈이 심하게 난 적이 있었지요. 제가 치료해 드린 적이 있어서 기억이 납니다."

레슬리는 눈을 반짝거렸다. 루엔티 오라버니가 그런 적이 있단 말이야? 자신은 모르는 가족의 이야기라 저도 모르게 몸이 콘라드 쪽으로 기울었다.

"몇 년 전이었을 겁니다. 그때 루엔티 님이 다른 마법사님과 신전에 들리신 적이 있습니다."

레슬리는 이어지는 콘라드의 말을 경청하며 눈을 깜빡였다. 루엔티가 앓은 적이 있다니. 분명 사람이니 아픈 적이 있겠지만, 전혀 상상이 가지 않아 레슬리는 점점 콘라드의 말에 빠져들었다.

"셔벗을 손님용으로 잔뜩 만들어 두었거든요. 그런데……."

말을 이어 가던 콘라드가 갑자기 입을 멈추었다. 왜 그런 걸까.

그런데 그제야 붉어진 콘라드의 얼굴이 들어왔다. 그리고 자신이 얼마나 가까이에 있었는지도. 시선이 바로 코앞이었다.

"그…… 레슬리 양, 너무 가까워서……."

콘라드가 붉어진 얼굴을 가리려고 고개를 푹 숙인 채 말을 이었다. 목소리가 정처 없이 떨리고 있었다.

"죄송해요!"

레슬리는 재빠르게 뒤로 두어 걸음 물러났다. 덩달아 레슬리의 얼굴도 붉어졌다. 바람은 차가운데, 바람이 닿는 뺨은 점점 달아올랐다.

"그…… 갈까요."

"네, 네에."

어색한 침묵이 두 사람 사이에 흘렀다. 레슬리는 시선을 바닥에 고정한 채 앞으로 천천히 걸었고, 콘라드는 부끄러운지 제 머리를 헝클어트렸다. 그렇게 침묵 속에서 두 사람은 신전 정원 입구에 도착했다.

"그럼, 저는 이만."

콘라드가 먼저 허리를 숙이며 작별 인사를 건넸다. 레슬리 역시 잠시 불안한 듯 시선을 돌리더니 무릎을 살짝 굽혔다. 하지만 입가는 바싹바싹 마르고 있었다.

결국, 레슬리는 제 입술을 살짝 물었다가 돌아가는 콘라드를 크게 불렀다.

"콘라드 경!"

콘라드가 걸음을 멈추었고, 그 앞으로 뛰어간 레슬리는 고개를 들어 시선을 맞췄다.

"슈야예요. 레슬리 슈야 셀바토르. 그게 제 이름이에요!"

어쩐지 많이 늦어 버린 레슬리의 소개에 콘라드의 황금빛 눈동자가 잠시 동그래졌다가 이내 맑은 웃음을 머금고 휘었다.

"드디어 말해 주시는군요. 사실 말해 주시지 않는 건가 해서 조금 슬펐습니다."

"말을 안 할 리가요. 콘라드 경은 재판에서 절 도와주시기도 하셨고, 제 친구잖아요!"

그래, 콘라드와 자신은 친구가 아니던가. 레슬리는 확신에 찬 얼굴로 고개를 끄덕였다. 자신을 도와주고 이야기를 들어 주며 친근한 존재. 그게 레슬리가 생각하던 친구였다.

레슬리는 저 혼자 콘라드가 친구라고 확신하고 있었다.

"……그렇죠. 친구."

아까의 맑은 미소와는 다른 어색한 미소와 함께 콘라드가 고개를 끄덕였다.

⚜

대기도를 다녀온 이후로는 평온한 나날이 이어졌다. 레슬리는 공작저에서 틸레리얼 부인에게서 귀족적인 예절을 배웠고, 루엔티는 레슬리에게 필요한 기본적인 상식들을 알려 줌과 동시에 지식의 깊이를 더해 주었다.

하르트는 레슬리의 부족한 체력을 채워 주었고, 요리사인 바타는 반드시 레슬리를 살찌우겠다는 일념하에 매일 새롭고 입이 즐거운 음식들을 준비해 주었다. 그래서 공작저에서 레슬리는 아라벨라가 되는 일과 잘 먹고 잘 자는 일에만 집중했다.

그리고 요즘은.

'공부하는 게 즐거워.'

레슬리는 막 해독한 고어를 다시 읽으며 웃었다. 후작가에서는 몇 시간을 붙잡고 있어도 어려웠던 것이 요즘은 가뿐히 해석되었다.

스페라도 후작가에서는 필사적으로 공부를 했었다. 그때는 즐거운 것도, 이걸 자신이 왜 배워야 하는 것도 모른 채 꾸역꾸역 머릿속에 집어넣었다.

간혹 나히로키아의 책같이 재밌는 책도 있었지만, 그건 아주 일부였다. 나머지 지식들은 밤새 울면서 외우고 또 외워야 했다. 그럼에도 칭찬은커녕, 부족하다는 말만 들었으니 흥미가 떨어질 수밖에 없었다.

그렇게 울면서 했던 공부도, 이젠 여유를 가지고 보니 꽤 즐거운 일이라는 걸 깨달을 수 있었다. 고어를 해석하는 것도, 신어를 읽는 것도 생각보다 재밌었다.

'아직 역사서를 달달 외우는 건 싫지만.'

그래도 콘라드가 수업 중간중간에 들려주는 야사들 덕분에 조금씩 외우기가 편해졌다. 완벽한 줄만 알았던 황제들의 작은 이야기를 듣다 보니 저절로 외워진 것이다. 거기다 이해하기 힘들었던 신학의 구절도 쉽게 배울 수 있었다.

잠시 웃다가 레슬리는 책을 덮었다. 이제 저녁 식사 시간이 다가오고 있었다.

'나중에 선생님이 되어도 괜찮지 않을까.'

스페라도 후작가의 가정교사들처럼 매질하고 윽박지르는 사람이 아니라 루엔티 오라버니처럼, 그리고 콘라드 경처럼 하나하나 차근히 알려 주는 선생님.

'괜찮을 것 같아.'

레슬리는 괜스레 읽고 있던 신학서의 표지를 손으로 쓸어 보았다.

이 공작저를 나가면 자신도 먹고살 방도가 있어야 했으니까. 하지만 가장 되고 싶은 건 '진짜'였다.

"아가씨, 저녁 식사 준비가 끝났어요."

마델의 목소리에 레슬리는 손에 쥐고 있던 신학서를 책상 위에 올려 두고 몸을 빙글 돌렸다.

"응, 지금 갈게."

"오늘은 바타 요리사님이 아가씨를 위해서 특제 요리를 준비했대요."

마델이 서재 문을 닫으며 레슬리를 보고 방긋 웃었다.

"정말?"

"네, 아가씨 저번에 잘 드시던 새고기 요리 기억나시죠? 그걸 무슨 나라의 특별한 요리법으로 구웠다던데, 냄새가 정말 좋더라고요."

바타의 특별 요리라는 말을 듣고 레슬리는 눈을 반짝거렸다. 이제 굶지도 않는데도 먹을 것만 보면 저절로 배가 꼬록거렸다. 거기다 그 바타의 특별 요리라니, 분명 맛있겠지.

저번에 먹었던 새고기를 떠올리며 레슬리는 배시시 웃음을 터트렸다. 그런 레슬리가 귀여운지, 마델 역시 웃음을 머금으며 말을 이었다.

"그리고 디저트도 준비해 두었어요. 이번엔 수플레 팬케이크랑 아가씨가 좋아하는 초콜릿을 잔뜩 넣은 머핀이랑……."

디저트만으로도 배가 차는 게 아닐까, 레슬리는 그런 생각을 하며 다시 웃음을 머금었다. 그렇게 저녁 식사에 대해 이야기를 하다 보니 어느새 식당 앞에 도착해 있었다.

마델이 레슬리를 위해 문을 열어 주었고, 레슬리는 그 안으로 들어가려다가 멈춰 섰다.

'뭐지?'

어쩐지 오늘은 분위기가 이상했다. 레슬리는 식탁에 앉은 공작가의 사람들을 보며 눈을 깜빡였다.

사이레인은 보이지 않았고, 베스라온과 루엔티는 대놓고 기분 나쁘다는 얼굴로 의자에 앉아 있었다. 식사를 도와주러 온 다른 하녀들 역시 무언가가 못마땅한 듯 얼굴을 찡그리고 있는 사람도 많았다.

평소라면 그런 행동을 나무랄 제나 역시 뭔가 석연치 않아 보이는 얼굴로 공작에게 물을 따라 주고 있었다.

오직 그 속에서 셀바토르 공작만이 도도하게 제 손에 들린 편지 한 통을 바라보고 있었고, 다른 편지 한 통은 공작의 앞에 놓여 있었다.

웬 편지일까. 레슬리는 눈을 깜빡였다. 아무리 바쁜 공작이라지만, 식당까지 일거리를 가지고 들어온 적은 없었다.

"왔니, 레슬리?"

가장 먼저 레슬리를 발견한 셀바토르 공작이 웃자, 레슬리는 슬그머니 안쪽으로 들어가며 세 사람의 눈치를 살폈다. 무슨 일이 있는 걸까.

"네에…….."

사이레인은 어디 간 걸까. 라일락색 눈동자가 커다란 식당 여기저기를 훑었지만, 사이레인은 보이지 않았다. 아침 식사 때도 같이 식사를 했는데.

'낮에 외출을 하셨나?'

그럴 리가. 사이레인은 단 몇 시간만이라도 공작저를 떠나게 되면 레슬리를 찾아와 인사를 하고 외출을 했다. 그리고 돌아올 때는 산더미 같은 선물을 가져왔다.

조심스레 베스라온과 루엔티의 맞은편에 레슬리가 앉자, 셀바토르 공작은 제 손에 들려 있던 한 통의 편지를 내밀었다.

"받으렴. 너에게 온 거란다."

편지? 자신에게 편지를 보내 줄 사람은 몇 없는데. 레슬리는 손을 뻗어 꽃향기가 나는 편지를 받아 들었다.

고급 편지와 봉투를 쓴 건지, 촛불을 반사하는 편지지가 반짝였다. 그리고 편지 봉투에는 유려한 글씨체로 '로데론'이라고 적혀 있었다.

'로데론이면…… 찻잎 무역으로 유명한 로데론 백작가 아니야?'

가문의 이름을 알고는 있으나, 실제로 만난 적은 없는 가문이었다. 그런 백작가에서 자신에게 왜 편지를 보낸 걸까. 뜯어도 되는 거겠지.

레슬리가 조심스레 겉봉을 찢는데 제나가 따라 준 물을 마시며 셀바토르 공작이 말을 이었다.

"너에게 온 청혼서란다."

그 말에 레슬리는 눈을 동그랗게 뜨고 셀바토르 공작을 바라보았다. 청혼서? 청혼서라니. 너무 충격이라 제 손에서 편지가 떨어지는 것도 모르고 있었다.

"저, 저에게요?"

레슬리가 묻자 공작은 고개를 끄덕거리더니, 이내 말을 이어 갔다.

"로데론가의 장남이 너에게 보내온 청혼서란다. 아직 네가 어리니 약혼을 해 두고 데뷔탕트를 치르면 결혼을 하자더구나."

"그런……."

얼굴 한 번 보지 못한 사람과 결혼하는 게 가능한 일인가. 동그랗게 변한 눈동자는 좀처럼 원래 크기로 돌아올 기미를 보이지 않았다. 오히려 양옆으로 흔들리기 시작했다.

"저는 반대예요!"

결국 루엔티가 더는 못 참겠다는 듯 몸을 벌떡 일으키며 식탁을 내리쳤다. 요란한 소리가 울려 퍼져 레슬리가 놀라 몸을 움찔거렸다.

"아직 레슬리는 열두 살밖에 안 됐다구요! 거기다 그놈, 올해 스물다섯 살인 놈이잖아! 레슬리가 데뷔탕트를 치르는 열여덟 살이 되면 그놈은 서른한 살이라고요. 미친놈 아니야? 모가지를 분질러 버려야 해!"

루엔티의 과격한 발언에 뒤에서 하녀들이 '맞아요, 맞아! 조져 버려요!' 하고 작게 응원하는 말이 들렸다. 어느새 다들 사이레인의 말투에 물든 것 같았다.

"분명 그 새끼, 우리 공작가가 가지고 있는 항구를 저렴하게 이용하려고 우리 막내에게 수작부리는 거예요, 어머니!"

우드득. 갑자기 기괴한 소리가 나서 레슬리가 고개를 돌리자, 베스라온의 손에 쥐어진 금속 잔이 요란한 소리를 내며 우그러들고 있었다. 저게 저렇게 우그러들 수 있는 잔이던가, 레슬리는 제 앞에 놓인 잔을 바라보다가 톡톡 건드려 보았다.

"……로데론."

베스라온이 나지막하게 부르자 어딘가 뒷목이 오싹해져 레슬리는 몸을 작게 떨었다. 그리고.

"으아아아아아!"

어디선가 괴성이 들려오기 시작했다. 마치 곰이 뛰어오는 듯 바닥이 흔들거려, 레슬리는 놀라서 재빠르게 셀바토르 공작에게 달려가 안겼다. 다른 곳이 아니라 여기가 가장 안전해 보였기 때문이었다.

그걸 알아채기라도 한 듯 공작은 웃으며 레슬리를 꼭 안아 주었다. 그러면서 나지막이 읊조렸다.

"이런, 자물쇠로는 안 되나."

자물쇠? 레슬리가 놀라 셀바토르 공작을 올려다보는데 굉음과 함께 식당 문이 열렸다. 전에도 이런 일이 있었던 것 같은데.

가련한 식당 문은 사이레인의 힘을 이겨 내지 못하고 어딘가 부러진 듯 크게 덜컹거렸다.

"힉!"

하지만 레슬리가 제대로 겁을 먹은 이유는 따로 있었다.

사이레인의 손에는 도끼가 한 자루 들려 있었는데, 흉흉할 정도로

100

크고 날카로워 보였다. 한눈에 보기에도 나무를 패기 위한 것이 아니라 다른 용도로 쓰이는 도끼라는 걸 알 수 있었다.

"그래서, 어디라고? 그 로레인인지 로데론인지 거시기인지가 어디서 산다고?"

청록색 눈을 번뜩이며 도끼 자루를 쥔 사이레인이 웃었다. 아니, 저게 웃는 건가? 레슬리는 그 모습을 보고 더욱 공작의 품으로 파고들었다.

"제가 알아요! 같이 갑시다!"

루엔티가 손을 들며 벌떡 일어났다. 두 사람은 지금 당장이라도 로데론으로 쳐들어가겠다는 듯 흉흉한 기세였다.

"일단 내가 가서 정문을 박살내마. 루엔티, 너는 그놈 얼굴을 알고 있으니 들어가 그놈을 끌고 나오너라. 그리고 베스라온, 너는 다른 기사들을 막도록 하고. 모가지는 내가 치마."

사이레인이 나름 침착하게 작전을 짜기 시작했다. 하지만 들어 보면 작전이랄 것도 없이 그냥 쳐들어가서 장남을 끌고 나오는 것이었다.

열두 살짜리에게 청혼을 하는 양심을 팔아먹은 놈을 반드시 봐야겠다며, 마델과 다른 하녀들까지 따라갈 기세였다. 마델은 어느새 가져온 것인지 빨래를 할 때 쓰는 방망이를 들고 있었다.

"그만."

그 사태를 느긋이 보고 있던 셀바토르 공작이 나지막이 모두를 말렸다.

"여보!"

"어머니……."

사이레인과 베스라온이 바로 공작을 바라보았고, 루엔티는 그냥 가겠다는 듯 식당 문을 나서려다가 제나에게 붙잡혔다.

"레슬리가 겁을 먹었잖니."

그러면서 공작은 제 품에 안긴 레슬리를 보여 주었다. 작은 몸을 웅크린 채 덜덜 떨고 있는 레슬리를 보자마자 사이레인은 도끼를 창문 밖으로 던져 버렸고, 베스라온 역시 어느새 꺼내 든 검을 밑으로 떨어트림과 동시에 발로 차서 복도로 내보냈으며, 루엔티는 홀로 뚱한 얼굴로 로데론 백작저가 있을 만한 방향을 노려보았다.

"그리고 당연하지만 결혼은 진행시키지 않을 거란다."

그 말에 사람들은 그제야 마음이 풀렸다는 듯 웃으며 제자리로 돌아갔다. 아직 불만이 남은 루엔티만이 입술을 빼죽 내밀고 있었다.

"이걸 레슬리에게 보여 준 이유는, 앞으로 레슬리는 계속해서 청혼을 받을 테니까. 그래서 보여 준 거란다."

"저……에게요?"

레슬리는 눈을 깜빡였다. 자신은 고작 열두 살이고, 아직 사교계는 커녕 작은 티 파티에도 나가 본 적이 없었다. 알고 있는 귀족이라고는 셀바토르 공작가의 사람들과 틸레이얼 자작부인, 그리고 콘라드가 유일했다.

"어떻게든 인연을 만들어 보겠다는 얄팍한 수작들이지."

사이레인이 팔짱을 끼고 짜증 난다는 듯 눈을 찡그렸다. 그러는 사이 음식이 하나둘씩 놓이기 시작했다. 하지만 공작은 레슬리를 내려 주지 않았고, 레슬리 역시 그게 좋아 계속 무릎에 앉아 있었다.

"너는 앞으로 많은 사람들을 만날 테고, 청혼도 많이 받겠지."

셀바토르 공작은 덤덤하게 제 앞에 놓인 스테이크를 작게 잘라 레슬리의 입에 넣어 주었다. 레슬리는 아기 새가 어미 새에게 먹이를 받아 먹듯 그 스테이크를 오물거렸다.

"그때마다 이런 귀여운 반응을 보이면 안 되니까."

공작은 웃으며 이제는 완전히 살이 오른 레슬리의 뺨을 쓰다듬었다.

귀엽다니. 레슬리는 갑자기 뺨이 붉어지는 것 같은 기분이 들었다. 손부채로 팔랑팔랑 달궈진 뺨을 식히는데, 셀바토르 공작은 스테이크를 한 입 더 먹여 주며 말을 이었다.

"얼굴이 붉어지는 걸 승낙으로 아는 멍청한 놈들도 많으니까 말이야."

"그렇단다. 레슬리. 거기다 착한 척, 자기는 상냥한 척 너를 꼬시는 인간도 나올 게 분명해!"

사이레인이 소리치자, 베스라온도 고개를 끄덕이는 거로 사이레인의 말에 동의했다.

"이 세상엔 좋은 사람도 많지만, 미친놈도 많단다."

"그래, 이상한 별별 놈들이 너무 많지. 예를 들면 스물다섯 살이면서 열두 살인 아이에게 청혼하는 놈 같은 것들."

루엔티가 제 앞에 놓인 작은 새고기를 질겅질겅 씹으며 말을 이었다.

"너는 아직 어리고 경험이 부족해서 잘 모를 테니, 이상한 놈들이 있으면 발길질을 해 버려."

베스라온이 진지하게 말하자 레슬리는 고개를 끄덕였다.

"그리고 너에게 청혼하는 놈이 있다면 우리에게 말해 주렴, 레슬리. 이 아버지가 좋은 사람인지 아닌지 확인해 주마."

사이레인은 새고기를 통째로 뜯어먹으며 환하게 웃음을 지었다. 그 말이 왜일까. 청혼한 사람을 찾아가겠다는 말로 들려 레슬리는 이번엔 좀처럼 고개를 쉽게 끄덕일 수 없었다.

그사이 셀바토르 공작은 레슬리가 좋아하는 새고기를 먹여 주었다. 무슨 소스를 뿌린 것인지, 저번에 먹었던 것보다 레슬리의 입맛에 더 맞았다.

"음, 그러면요……."

103

잠시 새고기를 오물오물하다가 꿀꺽 삼킨 레슬리가 세 남자와 셀바토르 공작을 바라보았다.

"어떤 남자가 좋은 사람인 거예요?"

그 물음에 베스라온과 루엔티의 미간에 주름이 잡혔지만, 사이레인은 고민 없이 당당하게 외쳤다.

"이 아버지보다 힘이 세야지!"

그 말에 힌트를 얻었는지, 베스라온과 루엔티 역시 연달아 말을 이었다.

"나보다 키는 커야지."

"그리고 나보단 똑똑해야지. 그래야 너랑 이야기가 통할 테니까."

그러니까 종합해 보면 '괜찮은 남자'란 사이레인보다 힘이 세고, 베스라온보다 키가 크고, 루엔티보다 똑똑한 남자였다.

'……이 세상에 존재하긴 하는 걸까.'

아무리 이성에 대해 무지한 레슬리라도 저런 사람이 존재하지 않는다는 것쯤은 알았다.

'나 결혼할 수 있을까.'

다들 결혼해야 행복해진다던데……. 레슬리는 고개를 갸웃거리다가 셀바토르 공작을 바라보았다. 아직 공작의 이야기를 듣지 못했다.

레슬리의 시선에 담긴 의미를 파악한 셀바토르 공작은 환하게 웃으며 레슬리의 은발을 쓰다듬었다.

"남자는 말이다, 레슬리."

자신보다 강한 사람? 힘이 센 사람? 아니면 권력을 가진 남자를 말할까? 식당에 있는 모두가 셀바토르 공작을 바라보았고, 곧 공작은 웃음을 머금으며 답을 해 주었다.

"귀여우면 끝이란다."

✥

"여보……."

사이레인은 눈물이 그렁그렁한 얼굴로 제 아내를 바라보고 있었다.

"왜?"

하지만 공작의 시선은 서류에 고정되어 있었다. 생각보다 홍수 피해 복구 사업이 늦어져 일거리가 늘어나고 있었다. 덕분에 레슬리를 자신이 가르친다고 큰소리를 쳐 놓고는 제대로 가르친 적은 손에 꼽을 정도였다.

얼른 처리하고 레슬리랑 놀아 줘야겠다는 일념으로 서류를 보는데, 저녁 식사 이후로 사이레인은 공작의 집무실 소파에 앉아 나갈 생각을 안 하고 있었다.

"여보야……."

공작이 시선조차 주지 않자 사이레인의 간절한 목소리가 짙어졌다. 그제야 공작의 시선이 긴 소파에 몸을 구기고 앉아 있는 사이레인에게 닿았다.

"여보는 내가 귀여워서 나랑 결혼한 거야?"

사이레인의 물음에 잠시 셀바토르 공작은 침묵했다. 거의 2미터에 가까운 키에, 남들의 두 배는 되는 덩치를 가진 험악한 인상의 남자가 눈물을 글썽인 채 자신을 보고 있었으니까.

하지만 침묵은 찰나였고, 셀바토르 공작은 웃으며 고개를 저었다.

"우리 남편은 멋져서 데리고 살지."

"정말?"

"그럼. 혼란의 시대 때 여보가 얼마나 멋있고 강했는데."

강했지. 자신과 검을 몇 번이나 마주치고도 살아남은 남자였으니까.

"그렇지. 내가 좀 세긴 하지. 여보야랑 검을 맞대고도 상처 하나 남은 사람은 드물잖아?"

사이레인은 만족스러운 얼굴로 고개를 끄덕였다. 그의 턱에서 뺨으로 이어지는 부분에 상흔을 남긴 건 다름 아닌 자신의 아내였다. 하지만 그는 만족스러웠다. 제 아내가 남겨 준 상처라니! 그리고 그 아내님은 얼마나 강한지!

마치 제 털을 자랑하는 강아지처럼 고개를 치켜세우는 남자를 보고 공작은 웃음을 흘렸다.

만족스러운 대답을 들은 사이레인은 제 일을 하러 집무실을 발랄한 발걸음으로 나갔고, 공작은 계속 서류와 씨름하기 시작했다.

제나를 불러 진하게 차를 타 오라고 해야겠다. 그런 생각을 하며 설렁줄을 잡아당기려는데 문이 열리며 누군가 집무실 안으로 들어왔다.

"어머니."

두 번째 손님은 레슬리였다. 크림색 잠옷에 양 갈래 머리를 한 레슬리가 작게 하품하며 집무실로 들어왔다. 공작은 바로 서류에서 시선을 떼고 레슬리를 바라보았다.

"그래, 왔니?"

"네에……."

꽤 졸린지 작은 몸이 조금 휘청거렸다. 저렇게 잠이 많으면서 여태 샛별이 떴을 때까지 공부를 했다는 게 믿기지 않았다.

공작은 잠시 제 딸을 귀엽게 바라보다가 아까 식당에서 잊혔던 편지를 내밀었다. 레슬리는 감긴 눈으로 그걸 받아 들었다.

"신전에서 온 거란다. 아라벨라 후보 시험을 치는 날짜가 정해졌어."

그 말에 눈이 번뜩 떠졌다. 이미 공작이 먼저 읽었는지 편지는 개봉되어 있었다.

'최초의 사제들'의 후보를 뽑는 시험이 겨울 마지막 날에 치러집니다. 장소는 '신레프 신전'에서 치러지니…….

"신레프 신전이요?"

시험이 겨울 마지막 날에 치러지는 건 알고 있었는데, 신레프 신전에서 치러지는지는 몰랐다. 수도 신전에서 할 줄 알았는데.

"신레프 신전은 마차를 타고 하루는 가야 하지 않나요?"

"그래. 맞아."

공작은 웃으며 고개를 끄덕였다.

"말을 타고 반나절, 마차를 타고는 하루가 걸리는 거리지. 거기서 시험이 치러질 거야. 과목은…… 간단한 수학과 신학 그리고 신어와 상식이란다."

신어와 신학, 수학 그리고 상식. 레슬리는 그걸 중점적으로 훑어봐야겠다고 생각하며 눈을 찡그렸다.

"하지만 걱정할 건 없단다, 레슬리. 너라면 가뿐히 통과할 테니까."

레슬리는 다른 사람도 아니라 공작이 그렇게 말해 준다는 것에 기분이 좋아졌다. 부족하다고 생각했던 자존감마저 보충되는 기분이었다.

"그런데 어머니, 저 궁금한 게 있는데요."

그 말에 공작은 시선을 맞추는 것으로 대답을 대신했다.

"처음에는 최초의 사제를 뽑을 때, 평민과 귀족들을 섞어서 뽑다가 점점 고귀한 피 위주로 뽑게 되었잖아요."

"그렇지."

"그렇다면 그냥 고귀한 피로 뽑으면 되는 건데 왜 시험을 보는 건가요……?"

그 말대로라면 시험 없이 그냥 줄을 세워서 자르는 게 편할 텐데. 레슬리의 물음에 셀바토르 공작은 웃으며 대답했다.

"아주 옛날에는 그렇게 최초의 사제를 선발했는데, 그러다 보니 아주 멍청한 애가 하나 섞여 들어갔지. 로텐 황제 때였나, 축성을 읊던 아이가 로텐 황제를 보고 '암그렘펠 황제 폐하! 부디 이 제국을 번영하게 해 주시옵소서!' 하고 외쳤거든."

히끅!

레슬리는 놀라 제 입을 틀어막았다. 황제의 이름을 틀린 것도 놀라운데, 하필 그 대상이 로텐 황제라 더욱 그러했다.

자신의 친동생인 암그렘펠이 형인 로텐을 제치고 황제의 자리에 오르자, 로텐은 암그렘펠을 죽여 버렸다. 그리고 다른 친척들과 형제들마저 다 죽이고 나서 황좌에 올랐다.

그런데 그런 황제에게 암그렘펠의 이름을 입에 올리다니.

'아니 그 전에 현 황제였잖아? 그런데 그걸 몰랐다고?'

"사람들은 때로 정말 멍청한 짓을 잘 벌이곤 한단다."

이번에도 공작이 제 머릿속을 읽는지, 웃으면서 대답했다.

"그래서 간단한 수준의 시험을 보기 시작했는데, 그러다가 과열이 돼서 지금 이 지경이 된 거지."

그제야 레슬리는 왜 고귀한 피를 뽑는다면서도 시험을 보는지 이해할 수 있었다.

그런데 한 가지 의문이 다시 피어났다. 엘리는 어떻게 시험을 통과한 걸까.

엘리의 무지에 대해선 레슬리가 가장 잘 알고 있었다. 엘리는 두 줄이 넘어가는 신어는 해석하지 못했고, 초대 황제와 현 황제 빼고는 아무도 알지 못했다.

"엄청난 기부금을 내고 황실의 추천을 받으면 1차 시험을 통과시켜 주곤 했었지."

레슬리는 들려오는 공작의 대답에 놀라 제 얼굴을 매만져 보았다.

제 얼굴 어딘가에 질문이 쓰여 있는 건 아닐까?

"하지만 스페라도 영애는 이번엔 그렇게 통과하기가 힘들 거야. 황실의 추천은 물론이고 기부금을 낼 상황이 아니니까."

셀바토르 공작은 아직도 제 얼굴을 더듬고 있는 레슬리를 보며 옅게 웃었다.

"이제 궁금한 건 다 풀렸니? 레슬리."

그 말에 레슬리는 쭈뼛거리며 제 손가락을 만지작거렸다. 뭔가 물어볼 게 남은 모양이었다. 잠시 그렇게 손을 꼬물거리다 레슬리는 슬그머니 제 궁금증을 풀어놓았다.

"저, 어머니. 어머니는 정말 아버지가 귀여워서 결혼하신 거예요?"

"그렇단다."

사이레인이 물어봤을 때와는 다르게 이번에는 즉답이 돌아왔고, 웃으면서 공작은 고개를 끄덕였다.

대답에 고민에 빠진 듯 레슬리의 고개가 옆으로 기울었다. 그렇지만 곧 사이레인을 떠올리고 이해했는지 작게 고개를 끄덕였다.

그 모습을 보고 있던 공작이 이번엔 레슬리에게 물었다.

"그러고 보니, 예전에 나에게 결혼을 하는 삶을 살고 싶다고 했었지."

'저는 그저 성인이 돼서 사랑하는 사람을 만나 결혼하고, 아이를 낳고 좋아하는 책을 읽으며 제대로 된 음식을 먹는, 그런 삶을 살고 싶어요.'

"왜 그런 말을 했는지 물어봐도 되니? 레슬리."

갑자기 궁금해졌다. 여태 레슬리의 행동으로 봐서는 다른 사람들처럼 결혼에 목숨을 거는 것 같진 않았다. 아예 결혼에는 관심이 없어 보였는데, 왜 그 이야기를 꺼냈던 걸까.

"그게……. 다들 해야 한다고 해서요."

레슬리는 작게 대답했다. 엘리도, 르아도 그리고 다른 하인들과 하녀들마저도 일정 나이가 되면 전부 결혼 이야기를 했었다. 마치 행복해지기 위한 필수 조건처럼 결혼을 이야기했고, 그래서 레슬리 역시 자연스레 반드시 해야 하는 걸로 생각하고 있었다.

그런데 셀바토르 공작은 레슬리의 답을 듣더니 웃음을 흘렸다.

"굳이 할 필요는 없단다."

"네?"

처음 들어 보는 의견에 레슬리는 다시 고개를 갸웃거렸다.

"네가 하고 싶은 사람이 있다면 하는 것도 좋지만, 그럴 사람이 없는데도 주변 이야기에 휩쓸려 할 필요는 없단 말이야."

결혼할 필요가 없다니?

"어머님은 그럼 아버지를 못 만났다면 결혼을 하지 않으셨을 건가요?"

"그래."

이번에도 바로 답이 돌아왔다. 셀바토르 공작은 생긋 미소 지으며 레슬리를 바라보았다.

"굳이 할 필요가 없었다고 생각했거든."

그녀는 외동이었다. 그래서 굳이 경쟁할 상대도 없었고, 이미 셀바토르 공작가는 권력 유지를 위해 결혼을 이용할 필요도 없었으니 아셀라에게 있어서 결혼은 필수가 아니었다. 저보다 약한 남자들은 흥미가 생기지 않았고, 멍청한 남자들은 아예 보기조차 싫었다.

부모님이 결혼하라고 성화를 냈으면 한 번쯤 고려를 해 볼 만도 했건만, 아버지도 어머니도 딸의 결혼에 신경을 쓰지 않았다.

'하고 싶으면 하렴.'

그게 유일하게 들었던, 결혼에 관한 말이었다. 그러다 결국 혼란의 시대 때 사이레인을 만나 결혼하긴 했지만, 만약 만나지 않았더라면 자신은 아직도 미혼으로 남아 있었을 가능성이 컸다. 그러니 레슬리에게 반드시 결혼하라고 말하고 싶지 않았다.

"하지만 다들 해야 한다고 했는데⋯⋯."

"그 말을 한 사람들 중 결혼한 사람이 모두 행복해 보였니?"

공작의 물음에 레슬리는 잠시 고민하다가 고개를 저었다. 그건 아니었다.

반드시 예쁜 여자와 결혼을 하겠다고 외치고, 결국 그가 원하는 여자와 결혼했던 스페라도 후작가의 한 하인은 오히려 결혼 후 안색이 더욱 나빠지기 시작했다. 서로 성격이 상극이라고 했던가. 르아가 레슬리의 다락방에서 뒷담을 하던 게 떠올라 레슬리는 공작을 보며 고개를 저었다.

그 모습에 공작이 낮게 웃었다. 그러고는 집무실 의자에서 일어나 레슬리에게 다가갔다. 머리를 쓰다듬어 주자, 예쁜 라일락색 눈동자가 그녀에게 향했다.

"그러니 그런 자잘한 일은 잊어버리고 네가 원하는 대로 살렴, 내 딸아."

✾

요즈음 르아의 기분은 최악을 달리고 있었다. 이유는 당연하게도 너무 바뀌어 버린 스페라도 후작가의 분위기와 자신에게 쏟아진 과도한 일감 탓이었다.

레슬리 고년이 낳아 주고 키워 준 은혜를 홀라당 잊어버리고 셀바토르 공작에게 달려가 거짓말을 해 버린 탓에 이런 사달이 일어나고 말았다. 거기에 셀바토르 공작인지 뭔지 조신하지 못한 여자는 레슬리의 거짓말에 넘어가 일을 더 부추겼다.

그 결과, 스페라도 후작은 술과 약에 찌들었고, 후작 부인은 친정으로 가 버렸으며, 엘리는 이제 제 성격을 숨길 생각도 없는지 마구잡이로 성질을 부리고 있었다. 거기다 밀려들어 오는 빚 독촉은 덤이었다.

하루에도 수십 통의 편지가 스페라도 후작가로 들어왔는데, 그 편지는 전부 빚 독촉을 할 때 주로 쓰이는 붉은색 봉투에 담겨져 왔다. 은 쟁반 위에 가득 쌓이는 편지를 보며 노 집사는 한숨을 흘렸다.

그렇게 스페라도 후작가의 재정이 흔들흔들하고, 주인마저 제정신이 아니게 되자, 후작가에서 일하던 사람들은 하나둘씩 떠나기 시작했다.

"휴우……."

르아는 아침부터 계속 구부리고 있던 허리를 폈다. 허리를 펴자마자, 짜르르한 감각이 몰려왔다.

자연스럽게 허리를 두드리며 르아는 아직도 한참 남은 빨래 더미를 바라보았다.

대다수가 엘리의 값비싼 드레스라 막 빨 수도 없는 것들이었다. 혼자 저걸 다 세탁하려면 해가 저물 때까지 손을 쉬지 말아야 했다.

눈물이 핑 돌았다. 엘리와 레슬리의 유모가 되고 나서는 르아는 늦게까지 잘 수 있었고, 이런 중노동은 제외되었다. 그런데 이 사달이 나 손이 줄어 버리자, 르아까지 잡일을 맡게 되었다. 당장이라도 전부 뒤 엎고 뛰쳐나가 방에서 잠을 자고 싶었지만, 그럴 수도 없었다.

"흐윽."

결국 눈물 한 방울이 툭 떨어졌고, 르아는 신경질적으로 제 손에 들려 있던 푸른 드레스를 내팽개쳤다.

"내가 언제까지 이런 일을 해야 해!"

자신은 유모인데. 아이들을 키우고 관리하는 데만 신경 쓰면 되는 위치인데. 왜 자신이 말단 하녀나 할 법한 걸 해야 하는지 도무지 이해할 수가 없었다.

르아는 세탁실 한구석에 놓인 의자에 털썩 주저앉았다. 제 몸을 두들겨 패도 이런 일은 더 할 수가 없었다. 너무도 휴식이 간절했다.

훌쩍거리며 눈물을 훔치는데, 몇 명의 하녀와 하인들이 세탁실로 들어섰다. 그런데 한 앳돼 보이는 하녀의 손에는 세탁 바구니가 들려 있었다. 르아의 얼굴을 보고 잠시 우물쭈물하던 하녀는 슬그머니 제 손에 들린 세탁 바구니를 내밀었다.

"저…… 유모님. 이거 엘리 아가씨가 오전에 입은 거라고 당장 세탁하시래요."

세탁 바구니에는 한 벌의 연둣빛 드레스가 들려 있었다. 그 드레스를 내려다보며 르아는 입을 벌렸다.

"그리고 오후에도 두 번 더 갈아입으신다고……."

"미쳤어!"

르아는 버럭 소리 질렀다. 엘리 그것은 아직도 제가 대단한 후작가의 영애로 착각하고 있는 것이 분명했다. 그러니 르아마저 일하게 된 이 판국에 아직도 옷을 하루에 대여섯 번을 갈아입지.

르아가 꽥하고 소리 지르자, 아직 어린 하녀는 놀라 어깨를 움츠렸다.

"워, 워. 유모님. 그러지 마세요."

보다 못한 한 하인이 르아를 말렸지만 르아는 거칠게 하인의 팔을 쳐 냈다.

"워, 워 같은 소리 하고 자빠졌네! 진짜 나를 위한다면 이 빨래나 도

113

우라고!"

"그건 안 돼요, 유모님. 우리도 할 일이 잔뜩인걸요. 도대체 후작님이나 아가씨가 무슨 생각인지 모르겠는데, 이상한 걸 정원에 짓고 계시잖아요. 다 거기 가 봐야 해요."

스페라도 후작과 엘리는 뭐에 미쳤는지 안 그래도 부족한 손을 자꾸만 이상한 정자를 세우는 데 쓰고 있었다.

스페라도 후작가의 정원에는 어울리지 않는 정자는 뭔가를 전시하기 위해 만들어진 듯 유리창이 끼워져 있는 형태였다. 텅 빈 안쪽을 보며 저기에 짐승을 집어넣는 게 아니냐고 모두 수군거렸다.

"적어도 유모님은 나가서 정원의 돌을 나르지는 않잖아요."

하인이 르아를 진정시키는 동안 바구니를 건네준 하녀는 재빠르게 사람들 사이에 숨었다.

"맞아요, 전 유모님이 부러워요."

한 하녀가 주의를 돌리려는 듯 르아에게 말을 건넸다.

"내가 부럽다고? 지금 이 꼴을 보고도 그런 소리가 나와?"

"아니, 제 말은 그게 아니고요. 레슬리 아가씨 말이에요."

르아가 다시 거칠어질까, 하녀는 두 손을 내저으며 재빠르게 말을 이었다.

"유모님은 레슬리 아가씨랑 이 저택에서 가장 친하셨잖아요? 그러니까, 여길 벗어나 셀바토르 공작가로 갈 수 있으실 거 아니에요?"

아. 그 말에 르아는 눈을 느리게 깜빡거렸다. 다른 하인이 하녀의 말을 이어받았다.

"제가 거기서 일하는 애 한 명을 건너 건너 아는데, 거기 정말 최고래요. 월급도 여기에 3배고 가족까지 챙겨 준대요. 거기다 늘 좋은 음식을 주고 아프면 주치의도 만날 수 있게 해 준다고 해요."

그 말에 르아를 포함한 모든 사람이 그 하인을 바라보았다.

"진짜야? 진짜 그렇게 해 주는 가문이 있다고?"

"내가 거짓말을 할 리가 있나."

하녀의 물음에 하인은 어깨를 으쓱해 보였다.

'생각해 보니 굳이 내가 여기에 머무를 이유가 없잖아?'

그 뒤로 하인들과 하녀들이 더 뭔가를 떠들었지만, 르아는 제 생각에 잠겼다.

그녀는 예전처럼 스페라도 후작가에 충성을 할 생각이 없었다. 스페라도 후작은 미쳐서 르아에게 윽박지르고 물건을 던지기까지 했고, 그나마 자신과 가장 마음이 맞던 부인은 나가 버렸으니까.

'그리고 이제 엘리, 그년 싹퉁머리를 못 버티겠어.'

르아는 속으로 투덜거렸다. 이런 판국에도 계속해서 드레스를 갈아입다니. 그게 제정신으로 할 일인가. 거기다 레슬리는 자신을 이 저택에서 가장 좋아했다. 그러니 가면 자신을 받아 주는 게 당연했다.

'그래, 내가 여태까지 저에게 얼마나 잘해 줬는데!'

비록 레슬리가 이 저택을 나서기 직전에 조금 자신과 티격태격했지만, 그 정도는 가벼운 일이 아니던가.

'그럼 당연하고말고.'

레슬리의 유모가 르아였다. 당연히 레슬리는 그걸 기억하고 자신을 잘 대접해 줄 게 뻔했다. 분명 스페라도 후작가 못지않은 대우를 해 주겠지.

'볕이 잘 드는 커다란 개인용 방을 줄지도 몰라.'

지금도 개인용 방을 사용하고 있지만, 작아서 불편했다. 더 큰 가구에, 더 큰 침대를 두고 싶었다. 그런데 이야기를 들어 보니 셀바토르 공작가는 코딱지만 한 스페라도 후작가보다 훨씬 큰 모양이었다. 그리고 분명 레슬리 정도 되는 성격이라면 자신에게 하녀를 붙여 줄지도 몰랐다.

그 상상에 르아는 코끝이 찡해지는 걸 느꼈다.

'역시 우리 레슬리 아가씨야. 스페라도 후작가에 계실 때 좀 더 잘해 줄걸.'

먹을 것도 마님 몰래 좀 가져다주고 그럴 걸 그랬다. 자기 간식도 좀 주고.

단 걸 좋아했는데, 1년에 한두 번 먹을까 말까 했던 레슬리가 생각나 르아는 눈을 찌푸렸다.

잠시 르아가 자신의 옛 행동을 후회하고 있는데, 다른 하인 한 명이 세탁실로 들어왔다.

"도대체 여기서 다들 뭐 하는 거야! 지금 위에선 손이 부족해서 난린데, 여기서 다들 농땡이를 피우고 있어!"

고참인 하인이 빽 하고 소리 지르자 아직도 모여서 수다를 떨고 있던 다른 하녀와 하인들이 제 일을 찾아 우르르 세탁실을 벗어났다.

잠시 도망치듯 나가는 사람들의 뒷모습을 바라보고 있다가, 그 하인은 아직도 생각에 잠겨 있는 르아를 불렀다.

"유모님."

"왜."

제 상상을 방해받은 르아가 인상을 쓰며 하인을 째려보자 멋쩍은 듯 웃으며 하인은 위를 가리켰다.

"스페라도 후작님께서 유모님을 부르십니다."

"왜, 왜?"

"그건 저도 모르겠습니다. 하지만 지금 바로 올라오라고 하셨습니다."

그 말을 끝으로 용건을 마친 하인은 르아를 내버려 두고 위로 올라갔다. 혼자 남은 르아는 안절부절못하며 손가락을 물었다. 왜 부르는 걸까. 방금까지 스페라도 후작가를 떠나겠다는 생각을 하고 있어서 그런지 불안했다.

하지만 너무 늦게 올라가면 또 술병이 날아올게 분명해 르아는 바로 후작이 있는 방으로 향했다.

"왔어?"

그리고 스페라도 후작 옆에 앉아 자신을 맞이하는 엘리를 보고 눈을 찡그렸다. 그새 새 드레스를 꺼내 입은 모양이었다. 해가 지고 나면 저 드레스는 분명 세탁실로 직행하겠지.

"앉지. 할 이야기가 길어지니까."

며칠 전까지만 해도 약과 술에 절어 있던 스페라도 후작은 어느새 나름 말끔한 모습으로 돌아와 있었다. 아직 남은 약 기운에 안색은 파리했지만, 적어도 술 냄새는 나지 않았고, 미친 사람처럼 보이지도 않았다.

자신에게 의자를 권하는 스페라도 후작을 보다가 르아는 조심스레 자리에 앉았다. 스페라도 후작이 자신에게 앉으라고 권해 준 것은 처음이었기 때문이다.

'무슨 꿍꿍이인 걸까.'

르아가 눈을 흘기며 스페라도 후작과 엘리를 바라보았지만, 두 사람은 그런 르아를 무시한 채 말을 이었다.

"그래, 르아. 네가 우리 후작가에 온 지 얼마나 되었지?"

서기가 갑자기 저에 관해 물어보기에 르아는 눈가를 움찔거렸다. 분명 무슨 속셈이 있는 것 같았다. 하지만 주인의 말에 대답을 안 할 수는 없어 르아는 자신이 이 후작가에서 일한 날짜를 대강 추려 보았다.

'그러니까 남편이랑 이혼하고…… 레슬리가 세 살일 때쯤에 들어왔으니까……'

"9년 정도 되었지요."

르아의 대답에 이번엔 엘리가 르아에게 물었다.

"그럼 레슬리 그것은 얼마나 오랫동안 맡아서 키웠어?"

레슬리 그것이라니. 르아는 대놓고 입을 삐쭉거렸다. 그러고는 픽 토라진 목소리로 대답했다.

"역시 9년이에요. 저는 레슬리 아가씨가 세 살, 그리고 엘리 아가씨가 여섯 살일 때부터 봐 왔으니까요."

"9년이라."

르아의 대답에 엘리와 스페라도 후작의 눈가가 가늘어졌다.

"르아, 너 말고도 레슬리와 친했던 사람이 있어? 한 명이라도 더 있을 거 아니야. 그년이 정을 줬던 사람."

엘리의 물음에 르아는 속으로 삐쭉댔다. 레슬리를 조금이라도 동정하는 티를 보이면 별의별 트집을 잡아 괴롭히던 게 엘리였다. 그런데 레슬리와 친했던 사람을 찾는다니. 너무도 웃긴 일이었다.

"없지요. 제가 가장 레슬리 아가씨와 가까웠어요."

"한 명쯤은 더 있을 거 아냐. 잘 생각해 보라고! 여태까지 우리 저택을 나갔다 들어온 사람이 몇인데 왜 그런 것도 기억을 못 해?"

엘리는 이번에도 자신이 원하는 걸 얻지 못하자 눈을 찡그리며 소리 질렀다. 그 목소리에 귀가 따가워 틀어막고 싶었으나, 그랬다간 앞에 앉아 있는 스페라도 후작에게 무슨 짓을 당할지 몰랐다.

"자, 잠시만요."

르아는 빠르게 머리를 굴려 보았다. 레슬리와 친하게 지냈던 사람이 누가 있더라.

"아!"

르아는 생각났다는 듯 눈을 크게 떴다. 그래, 레슬리가 정을 줬을 법한 사람이 한 명 더 있었다.

"그…… 이름이 엠레였던가? 하여튼 엠으로 시작하는 하녀가 한 명

더 있었는데, 저택에 들어오고 얼마 안 돼 레슬리에게 빵과 버터 그리고 잼을 준 거로 쫓겨났어요."

르아는 그 하녀의 뒷모습을 기억하고 있었다. 하녀가 나가고 난 후에 레슬리가 두어 번 그녀의 행방을 물어봤기 때문이었다. 자꾸만 물어보니 짜증이 나서 너 때문에 쫓겨났다고 콕 찍어 말해 주었다. 그 말을 들음과 동시에 레슬리는 눈물을 뚝뚝 흘렸었다.

"그래?"

르아의 대답에 스페라도 후작과 엘리의 얼굴에는 화색이 돌았다.

"그렇단 말이지."

잠시 뭔가를 생각하듯 턱을 긁으면서 말꼬리를 흐리던 스페라도 후작은 르아를 향해 손짓했다.

"이제 가 봐도 좋아."

엘리마저 그 말에 고개를 끄덕이기에 르아는 슬그머니 일어나 고개를 숙이고는 방을 나왔다.

'도대체 무슨 일이지?'

갑자기 레슬리와 친한 사람은 왜 찾는 걸까. 고민에 빠져 걷는데, 창밖 너머로 몇 남지 않은 하인들과 기사들이 정자를 설치하는 게 눈에 들어왔다. 스페라도 후작의 자랑이던 정원은 흙과 모래로 엉망이 되어 있었다.

왜 정원을 다 파헤치며 정자는 왜 옮기려는 걸까. 도무지 알 수가 없었다. 하지만 르아는 이건 자신에게 기회가 될지도 모른다는 것을 직감했다.

'안 그래도 마지막에 헤어질 때 안 좋게 헤어져서 걱정했는데, 다행이야.'

르아는 신나 콧노래를 부르며 세탁실로 걸음을 옮겼다.

'아.'

레슬리는 침대에 누워 눈을 깜빡거렸다. 잠에서 깨 버렸다.

어제 일찍 잔 데다가 오늘은 오랜만에 콘라드와 신학 수업을 하는 날이라 잔뜩 기대하고 있는 덕분이었다.

콘라드의 동생이 아파 잠시 쉰 이후로 꾸준히 이어져 오던 신학 수업은 다시 천천히 진행되고 있었다. 최초의 사제들, 그러니까 아라벨라의 후보를 뽑는 1차 시험이 가까워짐에 따라 테센트루아 성기사단마저 분주해진 탓이었다.

'분명 테센트루아 성기사단에서 후보들을 보호해 준다고 했었어.'

그러면 신레프 신전에 가면 콘라드가 자신을 경호해 주는 걸까. 잠시 레슬리는 콘라드가 셀바토르 공작처럼 검을 쓰는 모습을 상상해 봤다가 이내 고개를 저었다.

주로 신학 선생으로 만나서 그런지, 콘라드가 검을 쓰는 모습은 잘 상상이 가지 않았다. 거기다 콘라드의 선한 인상은 더욱 그 상상을 방해했다.

'아니, 일단 중요한 건 그게 아니지.'

창 쪽으로 걸어간 레슬리는 창문을 열고 번화가 쪽을 바라보았다. 오늘 수업 장소는 공작저가 아니라 번화가였다.

번화가는 정말 오랜만이었다. 저번에 베스라온과 마델, 셋이서 나간 이후로 한 번 더 번화가를 방문했는데, 그게 마지막이었다.

'오늘 맛있는 디저트 가게에 데려가 주신다고 하셨지.'

바타는 뭐든 다 잘 만들었지만, 슬프게도 디저트에는 약한 편이었다.

'여태 나왔던 디저트도 맛있었지만, 그래도 다른 것도 먹어 보고 싶어.'

레슬리는 입맛을 다시며 생각했다. 하지만 어쩐지 바타를 배신하는 기분이 들어 조금 미안하기도 했다.

레슬리는 누워서 오늘 먹을 디저트에 대해 상상하다가 몸을 일으켰다.

이왕 일찍 눈이 떠진 김에 연무장에 갈 생각이었다. 강제 휴식령은 얼마 전에 풀렸고 그 뒤로부터 레슬리는 종종 연무장에 들렀다.

레슬리는 재빨리 옷 방으로 넘어가 검은 바지와 하얀 셔츠 그리고 그 위에 입을 만한 조끼를 꺼내 들었다. 양 갈래로 땋아 놨던 머리를 풀자 동그랗게 잘 말린 은발이 쏟아졌다. 그 머리를 높게 올려 묶은 후에 옷을 갈아입고는 그대로 연무장으로 달렸다.

종아리까지 오는 갈색 부츠를 신어서 그런가, 대리석으로 이뤄진 복도에 울려 퍼지는 제 발걸음 소리가 꽤 마음에 들었다.

"크하하하!"

그렇게 연무장을 향해 뛰는데 엄청난 웃음소리가 저택을 가득 메웠다.

'아버지도 와 계신가 보다.'

레슬리는 작게 웃으며 더 빨리 발을 놀렸다.

사이레인이나 베스라온이 아침 훈련에 참여하는 건 드물었다. 사이레인은 셀바토르 공작의 보좌로 바빴고, 베스라온은 황실 기사단인 린체 기사단 소속이었으니까. 혹여나 사이레인이 가 버릴까, 레슬리는 연무장으로 속도를 높였다.

"안녕하세요!"

"레슬리 아가씨, 좋은 아침입니다!"

레슬리가 들어오자마자 몸을 풀던 기사들은 전부 멈추고 레슬리에게 인사를 보냈다.

"레슬리! 우리 예쁜 딸!"

연무장 한가운데에서 곰 같은 웃음을 터트리고 있던 사이레인이 자신의 딸을 반겼다. 이미 훈련용 봉을 들고 있는 사이레인의 근처에는 기사 몇이 쓰러져 있었다. 그 뒤를 이어 베스라온이 레슬리에게 인사를 건넸다.

"레슬리, 잘 잤니?"

"그런데 왜 벌써 일어난 거니. 혹시 악몽이라도 꾼 거야?"

사이레인이 훈련용 봉을 들고 걱정스럽게 묻자 레슬리는 그를 보며 고개를 저었다. 고개를 끄덕이기만 하면 악몽도 사이레인이 저 봉으로 퇴치해 줄 것 같았다. 하지만 오늘은 악몽으로 깬 것은 아니었기에 레슬리는 환하게 웃으면서 사이레인을 바라보았다.

"오늘 번화가에 가는 날이라서요."

"그게 오늘이었나?"

레슬리는 신나 고개를 끄덕였다. 그때 레슬리의 옆에 서 있던 베스라온이 레슬리를 불렀다.

"레슬리. 이제 살도 좀 붙고 키도 조금 큰 것 같구나."

"정말요?"

레슬리는 눈을 반짝였다. 키가 컸다니. 그 얼마나 반가운 소리인가.

아직도 레슬리는 셀바토르 공작만큼 크고 싶었다. 거울을 볼 때마다 키가 클 기색이 없는 자신의 모습을 보며 투덜거렸었는데.

레슬리는 기뻐서 배시시 웃어 보였다.

"저는 앞으로 더 클걸요. 얼른 더 커서 베스라온 오라버니도 내려다볼 거예요!"

신나서 레슬리는 손을 동동 휘둘렀다. 베스라온과 다른 기사들은 그 모습이 귀여워 고개를 끄덕거렸다.

"그래, 그래. 언제쯤 그렇게 될지는 모르겠지만, 기대하고 있으마."

베스라온이 즐거운 목소리로 레슬리의 머리에 손을 얹었다. 명백한 도발이었다.

"금방 클 수 있어요. 조금만 기다려 주세요, 오라버니."

"그럼 그동안 나는 더 클 텐데?"

레슬리의 뾰로통한 목소리에 베스라온의 즐거움이 더 짙어졌다.

"네가 크는 동안 나도 크지 않을까? 레슬리."

그 말에 레슬리의 눈동자가 동그래졌다. 베스라온은 20대라 더 키가 크지 않을 수도 있었다. 으레 그쯤 되면 성장이 멈추고는 하니까. 하지만 눈앞에 있는 베스라온은 셀바토르가의 피를 이은 사람이었다.

레슬리는 슬그머니 머릿속으로 공작을 한 번 떠올렸다가, 사이레인을 한 번 보고 눈을 깜빡였다. 그러더니 하르트와 이야기를 끝마치고 온 사이레인에게 달려갔다.

"아버지."

레슬리는 사이레인의 앞에 서서 팔을 벌렸고, 사이레인은 자연스럽게 레슬리를 안아 들었다. 그런데도 눈높이는 비슷해지지 않았고 베스라온의 입술 끝에 걸려 있는 미소만 짙어졌다.

입술을 삐죽 내민 레슬리와 제 첫째 아들을 번갈아 바라보던 사이레인이 눈치를 채고 환하게 웃었다.

"으챠!"

순식간에 시야가 바뀌었다. 나무도, 사람도 심지어 베스라온조차 레슬리의 시야를 방해하지 못했다. 과장을 좀 더 보탠다면 공작저 너머 큰 길까지 보일 정도였다.

레슬리는 지금 목마를 타고 있었다. 2미터가 넘는 거구의 위에 올라간 거라 레슬리는 저도 모르게 침을 꼴깍 삼키며 사이레인의 팔을 꽉 붙잡았다.

떨, 떨어지면 어쩌지? 쉽게 떨어질 것 가진 않았지만, 그래도 무서웠다.

"위험합니다!"

몇몇 기사들이 놀라 사이레인을 말렸지만 사이레인은 오히려 괜찮다는 듯 고개를 저었다.

"어떠니, 레슬리! 뭐 거치적거리는 것도 없이 시원하지?"

그 말에 레슬리는 고개를 끄덕였다. 확실히 시야가 바뀜으로 세상이 다르게 보였다. 특히 레슬리의 마음에 든 것은 놀라 자신을 바라보는 베스라온을 내려다볼 수 있다는 것이었다. 그것 하나만으로도 레슬리는 뭔가 우쭐해져 미소를 흘렸다.

레슬리가 좋아한다는 걸 알았는지 사이레인은 갑자기 연무장을 돌기 시작했다. 어찌나 빨리 돌던지 레슬리는 잠시 눈만 깜빡이다가 이내 웃음을 터트렸다. 뺨에 닿는 겨울바람이 너무도 시원했고, 다들 놀라는 표정이 재밌었다. 거기에 이렇게 빠르게 움직이는 것은 처음이라 저절로 웃음소리가 높아졌다.

맑은 아이의 웃음소리가 셀바토르 공작저를 가득 메웠다. 얼마나 크게 웃었는지, 서재에서 밤을 새우던 루엔티가 놀라 뛰쳐나올 정도였다.

"뭐가 이렇게 시끄……."

안경을 쓴 채 숄을 대충 두르고 뛰쳐나온 루엔티가 레슬리를 보면서 눈을 찡그렸다. 안 그래도 큰 사이레인 위에 레슬리가 올라가 있자 정말로 거대해 보였다.

"루엔티 오라버니!"

레슬리는 환하게 루엔티를 보며 웃었다. 뭐가 저리 즐거울까.

"이거 보세요. 베스라온 오라버니도 제가 내려다볼 수 있어요!"

그 뒤로는 베스라온이 목말을 태워 주겠다고 손을 내밀었고, 루엔티 역시 레슬리를 태워 줄 수 있다며 다가왔다. 그러다가 어영부영 훈련 시간이 지나 버렸고, 번화가에 갈 시간이 되었다.

두 명의 셀바토르 기사가 레슬리의 호위로 따라왔는데, 그중 한 명은 자신이 원하던 레소 경이었고, 다른 한 명은 옅은 갈색 머리의 반트 경이였다. 오랜만의 번화가 외출에, 아침부터 즐거운 기분에, 맛있는 아침.

거기다 아침부터 아버지와 오라버니들과 즐겁게 놀아 레슬리는 기분이 굉장히 좋았다. 그래, 오늘은 즐거운 날이었다.

"아, 아가씨."

그러니까, 끔찍했던 스페라도 후작가에서 하나의 추억을 만들어 줬던 사람을 우연히 길거리에서 마주치는 것 정도는 이상한 일이 아닐 것이다.

❧

"마델, 이것 봐!"

레슬리는 눈을 반짝이고 있었다. 오늘 있을 콘라드와의 수업을 위해 번화가로 나온 건 좋은데, 마음이 들뜨는 바람에 조금 일찍 나왔다. 그 시간을 어떻게 지낼까 고민하다가 레슬리는 산책하기로 했다. 저번에 베스라온, 마델과 왔을 때 번화가를 많이 둘러보지 못한 게 내심 아쉬웠다.

오늘은 그 아쉬움을 채울 생각이었다. 그래서 지금 레슬리는 번화가를 뛰듯 산책하고 있었다. 한 가게 유리창 앞에 붙다시피 가까이 간 레슬리가 뭔가를 빤히 바라보았다.

"오르골이네요."

레슬리의 옆에 자리한 마델이 레슬리의 시선이 닿아 있는 오르골을 바라보았다. 섬세한 세공이 들어간 상자에 춤추는 작은 인형이 올라가 있었다. 한눈에 봐도 값비싸 보이는 오르골은 레슬리의 눈길을 사로잡았다.

"오르골."

책에서 본 적이 있는 물건이었다. 레슬리의 눈이 홀린 듯 오르골에 고정되었다. 좋은 원목으로 정성스럽게 만든 오르골 안에는 춤추는 무희의 조각이 있었다.

"그럼 저기서 음악이 흘러나오는 거야?"

"네! 분명 이렇게 춤추면서 음악이 흘러나올 거예요. 따라란-"

그 물음에 마델이 고개를 끄덕이더니 우아한 자세로 빙글빙글 돌았다. 마델의 그 모습에 레슬리도, 호위로 따라 나온 레소와 반트도 웃음을 터트렸다.

"하나 사 갈까요?"

충분히 돌았다고 생각한 마델이 빙글 도는 걸 멈추었다. 그게 조금 아쉬워 레슬리는 눈을 깜빡였다.

"나중에. 일주일 정도 자고 일어나도 가지고 싶으면 그때 살래."

바로 고개를 끄덕일 거란 마델의 예상과는 다르게 단호히 결정을 내린 레슬리가 몸을 돌려 다른 가게로 향했다.

두 번째로 레슬리 시선이 닿은 곳은 작은 가게였다. 그 작은 가게는 특이하게 손수건과 작은 장신구들만 파는 가게였다. 레슬리는 잠시 창을 통해 가게 안을 들여다보다가 냉큼 그 안으로 들어갔다.

"어서 오세요!"

마델의 또래쯤으로 보이는 남자가 레슬리를 맞이했다. 가볍게 주인에게 인사한 레슬리는 천천히 가게를 둘러보았다. 지금까지 레슬리가 살면서 봤던 손수건보다 더 많은 손수건이 가게에 진열되어 있었다.

"이 상품은 어떠신가요? 이번에 서방의 나라에서 들여온 제품인데, 마담과 레이디들 사이에서 인기랍니다."

레슬리가 자신이 쓸 손수건을 찾고 있다고 착각한 남자는 웃으면서 이국적인 그림이 수놓여 있는 손수건을 내밀었다. 마델이 눈을 동그랗게 뜨더니 손수건을 구경하기 시작했다. 하지만 레슬리는 고개를 저었다.

"이거 말고, 남자분이 쓸 걸 추천받고 싶어요."

레슬리의 말에 마델과 두 기사가 서로 속닥거리기 시작했다. 레슬리가 손수건을 선물할 남자라니.

"사이레인 님과 큰 도련님, 그리고 작은 도련님이 아닐까요?"

반트가 작게 속닥이자, 그제야 두 사람은 이해가 갔다는 듯 고개를 끄덕였다.

"선물용이신가 보군요. 혹시 원하시는 색이나 자수가 있으신가요?"

그 말에 레슬리는 고개를 살짝 기울이고 제가 받은 두 개의 손수건을 떠올렸다. 성기사단이라 그런 것인지, 아니면 원래 타고난 성격이 그런 것인지. 콘라드에게서 받은 손수건은 단정하고 차분한 느낌이 드는 색이었다.

"음, 푸른색이나 하얀색이 있나요?"

"있습니다. 잠시만 기다려 주십시오."

그러더니 주인은 몇 가지 제품을 가져와 늘어놓았다. 전부 섬세한 수가 놓인 것들이었는데, 그중 하나는 텅 비어 있었다. 레슬리가 시선을 그 손수건에 고정한 채 고개를 갸웃거리자 주인은 말을 꺼냈다.

"아, 이건 레이디들께서 수를 직접 놓거나 원하는 문양의 수를 저희 가게에 맡겨 주실 때 고르시는 손수건입니다."

"그렇군요……."

레슬리는 그 손수건을 빤히 바라보았다. 다른 것들도 예뻤지만, 저 손수건에 아이테라 대공 가문의 문양을 넣어도 괜찮을 것 같았다.

"이걸로 살까요, 아가씨?"

마델이 묻자 이번엔 레슬리가 고개를 끄덕였다. 곧 그 손수건은 리본으로 예쁘게 포장되어 레슬리의 손에 쥐여졌다.

"자, 그럼 나머지 두 개를 골라 볼까요?"

마델의 말에 레슬리는 고개를 갸웃거렸다. 손수건을 선물할 때는 여러 개를 선물해야 하는 걸까?

"큰 도련님과 사이레인 님 것을 골라 보죠!"

마델의 환한 웃음에 레슬리는 왜 마델이 두 개를 더 고르자고 한 건지 알 수 있었다.

"아니, 이거 하나만 살 거야."

레슬리는 단호하게 고개를 저었다.

"어머니는 몰라도 아버지는 손수건을 가지고 다닐 것 같지 않을걸."

그건 베스라온과 루엔티도 마찬가지였다.

"그러니까 아버지는 망토 핀으로 사고 베스라온 오라버니는…… 검에 다는 장신구가 좋겠다. 루엔티 오라버니는 안경 끈……."

레슬리는 재빠르게 제 손가락을 접어 가며 평소에 사 드리고 싶었던 물건을 나열했다.

사이레인은 종종 망토를 입는 모습을 보였으니 망토 핀을, 베스라온은 제복 장신구가 전부 정해져 있는 모양이니 검에 다는 장신구를, 그리고 안경을 자주 쓰는 루엔티는 안경 끈이 좋겠다.

"그리고…… 어머니는 깃펜! 매일 서류를 보시니까."

선물 이야기를 꺼내다 보니 테론 삼촌에게도 선물을 보내고 싶었다. 책에서 읽기로는 광부는 무척이나 힘든 직업이라 했으니, 맛있는 음식을 가득 보내 주면 되지 않을까?

마델과 서올리에게도 선물을 주고 싶다. 바타에게도! 매일 맛있는 음식을 주니 작은 선물을 사 가면 좋지 않을까.

'공작저에 있는 모두에게 선물을 주고 싶다.'

마지막으로 셀바토르 기사단에게도 선물을 주고 싶다는 생각을 하다가 이내 레슬리는 얼굴을 찡그렸다. 그러다가 자신이 셀바토르 공작가의 재산을 전부 써 버리는 건 아닐까?

레슬리의 고민을 알아챈 것인지, 마델이 웃으면서 레슬리에게 말을 걸었다.

"아가씨, 일단은 돌아갔다가 다음에 다시 올까요? 이제 곧 아이테라 경께서 도착하실 거예요."

"저도 같이 와서 골라 드릴게요. 아니면 수업 끝나고 나서 고르실까요?"

레소와 반트도 마델의 말에 동의하며 말을 보탰다. 레슬리는 작게 고개를 끄덕였다.

손수건 가게를 나선 레슬리는 자신이 가져온 작은 가방에 손수건을 집어넣었다.

'틸레이얼 자작 부인에게 수놓는 법을 알려 달라고 해야지.'

연습해 보다가 잘 놓게 되면 어머니랑 아버지에게도 선물하자. 오라버니들에게 줘도 괜찮을 거야. 레슬리는 괜스레 다시 한 번 더 자신의 가방 속을 바라보았다. 리본으로 예쁘게 포장된 손수건을 보니 기분이 좋아졌다.

"아가씨!"

옆에서 걷던 마델이 재빠르게 손을 뻗었지만 이미 레슬리는 앞에 걷던 사람과 부딪친 뒤였다. 레슬리의 시선은 가방 속 손수건에, 그리고 부딪친 상대의 시야는 로브에 가려진 탓이었다.

레슬리와 상대는 휘청거리긴 했지만, 다행히도 둘 다 넘어지진 않았다. 대신 상대의 손에 들려 있던 과일이 바닥으로 쏟아졌다.

"아가씨, 괜찮으신가요?"

마델이 놀라 레슬리를 부축하며 눈을 동그랗게 떴다. 그리고 뒤를 따라오던 두 명의 기사는 앞으로 나와 레슬리를 보호했다.

"아, 아! 죄송합니다!"

흔히 보이는 로브를 입은 여자는 정신을 차리자마자 바로 고개를 숙였다. 귀족과 부딪치게 되어 겁을 먹은 듯 목소리가 떨리고 있었다.

"제가 실수했습니다! 정말 죄송합니다!"

이대로 두면 바닥에 엎드려 잘못을 구할 기세라 레슬리는 천천히 그 앞에 가서 섰다.

"괜찮아요. 저기…… 그쪽은 다치지 않았나요?"

그 모습에 반트와 레소는 뒤로 한 걸음 물러났다.

"네, 네! 저는 괜찮은데, 아가씨께서……."

"나도 다치지 않았으니까, 그만 사과해도 괜찮아요."

레슬리는 바닥에 떨어진 사과 하나를 주워 주며 방긋 웃었다. 거기다 자신도 손수건에 정신이 팔려 실수하지 않았던가.

그와 별개로 사람이 덜덜 떠는 모습을 보는 건 레슬리에게 즐겁지 못한 일이었다. 과거의 자신이 떠올랐으니까.

'엘리와 후작은 다르지만…….'

다른 사람들은 그러지 않으면 좋겠어. 레슬리가 사과를 내밀며 웃자, 여자는 조심스레 손을 내밀어 사과를 받아 들었다.

"감사합니다, 아가씨."

사과를 건네며 시선이 마주쳤다. 여자의 눈동자가 동그래지더니, 단숨에 레슬리를 알아보았다.

"레, 레슬리 아가씨?"

나를 아는 사람일까? 레슬리의 고개가 옆으로 기울었다.

재판 사건으로 자신의 이름은 많이 알려져 있다지만, 얼굴까지 알려지지는 않았다. 소문은 초상화를 가지고 돌지 않으니까. 그런데 어떻게 자신을 알아봤을까.

레슬리와 마델이 수상쩍다는 얼굴로 여자를 바라보자, 그녀는 다급하게 자신의 이름을 외쳤다.

"저예요. 엠로아. 기억 못 하시나요? 그…… 아가씨에게 흰 빵을 드렸었는데."

흰 빵. 그제야 레슬리는 앞에 있는 여자를 기억해 냈다.

'아침 식사입니다.'

처음 보던 하녀는 웃으면서 레슬리 앞에 식사를 내려놓았고, 레슬리는 식사를 보고 굳어 버렸다. 새하얗고 보들보들한 흰 빵과 세 종류의 잼 그리고 작은 버터까지. 난생처음 받아 보는 풍족한 식사였다.

그간 레슬리의 식사로 올라왔던 빵은 사용인들도 먹기 싫어할 정도로 거칠하고 딱딱한 검은 빵이었다. 그걸 레슬리는 물에 불려 조금씩 뜯어 먹곤 했었다. 그렇지 않고서는 전혀 먹을 수가 없었으니까.

그러다가 처음 먹어 본 빵과 잼들, 그리고 버터. 그건 불 속에서도 행복했던 단 하나의 기억으로 떠오를 정도였다.

그랬던 레슬리가 처음 여자의 얼굴을 보고도 기억을 못 했던 이유는, 정말 미안하게도 레슬리는 그때 흰 빵에 정신이 팔려 있었기 때문이었다. 그리고 두 번째는 그녀가 그날 저녁 해고당하는 바람에 그 뒤로 얼굴을 보지 못했던 탓이었다.

"죄, 죄송합니다. 제가 반가운 마음에 알은척을 해 버렸네요. 기억 못 하시면……."

"아니야!"

레슬리는 엠로아의 손을 덥석 잡았다.

"기억하고 있어!"

못 할 리가. 못 할 리가 없었다. 자신 때문에 쫓겨난 사람을 어떻게 기억을 못 할 리가 있겠는가.

"기억……하고 있어."

레슬리는 잠시 입을 오물거리다가 엠로아를 바라보았다. 라일락색 눈동자에서 눈물이 툭, 툭 떨어졌다.

"있지. 그때…… 나 때문에 쫓겨나게 해서 미안했어."

레슬리가 시선을 맞추며 눈물진 뺨을 움직여 웃어 보았다.

"그리고 맛있는 빵을 줘서…… 정말 고마웠어."

드디어, 마음속에 담아 두었던 이야기를 본인에게 꺼낼 수 있었다.

레슬리가 울자 당황한 반트와 레소는 잽싸게 레슬리와 엠로아를 데리고 근처 카페로 들어갔다. 그리고 각종 달콤한 것과 따뜻한 음료를 시키고 두 사람 앞에 놓아주었다.

마델과 반트는 약속 장소가 바뀌었으니 콘라드를 데려오겠다며 카페를 나섰고 레소는 조금 떨어진 곳에 섰다. 그 덕분에 레슬리는 다른 이의 시선을 신경 쓰지 않고 엠로아와 이야기를 나눌 수 있었다.

"신경 쓰지 마세요!"

엠로아는 경쾌하게 웃으며 레슬리를 바라보았다.

"하지만 나 때문에 직장을 잃은 거잖아? 그것도 귀족가의 저택에서 쫓겨났으면 심각한 상황이잖아."

이제 레슬리는 여러 사람의 대화로 어느 정도의 상식을 갖추고 있었다. 그래서 귀족가의 저택에 사용인으로 들어오기 얼마나 힘든지도, 갑자기 해고되어 엠로아가 다음 일자리를 찾느라고 얼마나 힘들었을 지도 짐작할 수 있었다. 거기다 르아에게 듣기로는 해고 사유가 레슬리에게 있다고 했다.

그 모습을 보더니 엠로아는 레슬리를 보며 방긋 웃어 보였다.

"아가씨에게 빵을 드린 일로 저택을 나가게 돼서 힘들긴 했지만……
그래도 솔직히 쫓겨나서 잘됐다고 생각했어요."

"쫓겨나서 잘됐다고?"

레슬리의 고개가 옆으로 기울었다. 그 모습을 보면서 엠로아는 제 복슬복슬해 보이는 붉은 머리를 매만졌다.

"네, 처음에 거기 들어가고 기겁했거든요. 고모께서 추천장을 받아주셔서 들어간 것까지는 좋은데, 다른 저택에 비교해 봉급도 좀 적고…… 그 유모라는 분? 그분은 어찌나 깐깐하고 재수 없던지. 고작 반달도 일하지 않았는데 일하기가 정말 힘들었어요."

마치 기다리고 있었다는 듯 엠로아는 스페라도 후작가의 험담을 늘어 두었다.

"지금 와서 말하는 거지만, 솔직히 후작님도 좋은 분은 아니었어요. 손버릇도 나쁘고. 하녀를 때리다니, 질색이에요. 그 엘리 아가씨라는 분 역시 마찬가지였어요. 그리고 신고식을 한다기에 뭘 하려나 봤더니만……."

휴우우. 작게 한숨 쉬면서 종알종알 이야기하려다가 엠로아는 입을 다물었다.

'나에게 아침을 가져다주는 게 신고식이었구나.'

레슬리는 쓸쓸하게 웃었다. 어쩐지 가끔 처음 보는 사람들이 아침을 던져 주다시피 주고 사라지더라니. 잠시 제 목덜미를 만지작거리더니 이내 엠로아가 말을 이었다.

"……검은 빵이라니, 그거 물로 불리지 않으면 이빨 깨지는 음식이잖아요. 그래서 옆에 있던 흰 빵하고 바꿔치기했죠."

그렇게 말하더니 엠로아는 어딘가 슬픈 미소를 지었다.

"그리고 아까 아가씨가 저에게 사과하셨는데……. 아니에요, 사과할 사람은 저인걸요. 아가씨가 그렇게 학대당하고 있다는 사실을 알았는데도 저는……."

활발했던 목소리가 점차 내려앉더니 말끝이 흐려졌다. 그 흐려진 말 속에는 많은 의미가 내포되어 있었다. 스페라도 저택을 나가면서 자신에 관한 협박을 들었겠지. 거기다 엠로아는 평민이었다. 평민이 귀족을 상대로 뭘 할 수 있을까.

"괜찮아. 무사한 것만 해도 다행인걸. 그래 봬도 후작이잖아."

잠시 두 사람 사이에 침묵이 흘렀다. 그 모습을 안타깝게 보고 있던 레소는 눈을 찡그렸다.

'술집에 가야지.'

스페라도 후작이 저 정도로 레슬리를 학대하고 내버려 뒀다는 걸, 그 가문의 기사들이 모를 리가 없었다. 비록 하르트는 나중에 가자고 했지만, 오늘 다시 다른 기사들을 꾀어, 스페라도가 기사들이 자주 온 다는 술집을 며칠 내로 방문해야겠다.

엠로아는 일부러 더욱 환하게 웃어 보이며 레슬리를 바라보았다.

"아, 저 그래도 나쁘진 않았어요! 거기를 나온 후에 일하던 가게에 서 지금 남편을 만났거든요. 벌써 아기도 있는걸요? 만약 나오지 않았 으면 남편도, 아기도 만나지 못했을 거예요."

"잘됐다……!"

레슬리는 진심으로 환하게 웃었다. 자신 때문에 잘못됐으면 어쩌지 마음을 졸이던 게 이제야 보상을 받는 기분이었다.

"나도 잘 지내고 있어. 소문을 들었겠지만, 셀바토르 가문으로 들어 갔거든."

레슬리도 뺨을 붉히며 웃었다. 레슬리의 예상대로 소문을 들었는 지, 엠로아는 환한 얼굴로 고개를 끄덕였다.

"거기서는 잘 지내시나요?"

"응, 아주 잘 지내. 다들 친절해서 너무 좋아."

잘됐다. 서로가 서로를 보며 안도했다.

잠시 웃던 레슬리는 고개를 갸웃거렸다. 결혼하고 아기가 있다던 엠로아는 지금 홀로 있었다.

"그럼, 지금 아가랑 남편이랑 나온 거야?"

레슬리의 말에 갑자기 엠로아는 섧은 웃음을 머금으며 말끝을 흐렸다.

"남편은 불행한 사고로……."

물으면 안 될 것을 물었구나. 레슬리는 놀라 제 입을 막고는 미안해 어쩔 줄을 몰라 입술을 꽉 깨물었다.

"미, 미안해. 내가……."

"아니에요! 사실 오래전 일이라 이제 기억도 가물가물한걸요."

밝은 목소리로 말한 엠로아는 일부러 더 환하게 웃으며 고개를 끄덕 거렸다.

"지금 아가는 잠시 맡겨 두었어요. 얼마나 착하고 예쁜 아이인지. 보기만 해도 힘이 나요."

레슬리의 표정이 조금 나아지자, 밝은 분위기를 이끌어 가려는 듯 엠로아는 다시 활기찬 목소리로 대화를 이어 갔다.

"그리고 저 지금은 좀 작긴 한데 가게도 운영하고 있어요. 단골손님 도 꽤 많고요."

가게라니. 빈말이 아니라 제대로 잘 지내는 것 같아서 레슬리는 웃 었다.

"어떤 가게인데?"

"식당이에요. 작긴 한데 신전 근처에 자리를 잘 잡아서 먹고살 만해 요. 신전 방문객들이 자주 와 주시거든요."

"신전…… 수도 신전 근처면 이 근방이잖아."

레슬리가 눈을 깜빡이며 주변을 돌아보자, 재빠르게 엠로아가 손을 내저었다.

"아뇨! 신레프 신전 근처에 자리 잡았어요. 수도에는 잠시 일 때문 에 올라온 거고요."

신레프 신전. 그 신전은 얼마 후 자신도 가게 되는 곳이었다. 잠시 무언가를 생각하다 레슬리는 엠로아를 보며 환하게 웃었다.

"나, 가게에 들러도 될까? 아가도 보고 싶어."

"아가씨께서요?"

놀란 듯 엠로아의 눈동자가 동그래졌다.

"그…… 아가씨께서 오시기엔 좀 작고 누추할 텐데요. 음식도 입에 안 맞을지 모르는데……. 제가 직접 하는 음식인 데다가 저희 고향 음식이라 수도 분들에게는 안 맞을지도……."

"아니야. 알잖아, 내가 어떤 방에서 자라 왔는지. 안 될까, 응?"

레슬리는 조금 곤란해 보이는 엠로아를 보면서 눈을 반짝거렸다.

갈 때 선물을 가지고 갈 생각이었다. 이번엔 자신이 엠로아에게 좋은 기억을 심어 주고 싶었으니까.

식당을 하는 사람에게 가져가면 좋을 것을 제나에게 물어봐야지. 제나는 뭐든 잘 아니까, 이번에도 척척 대답해 줄 거야.

"으음……."

곤란하다는 듯 엠로아는 미간에 주름을 잡고서 시선을 이리저리 굴리더니, 이내 고개를 끄덕였다.

"좋아요, 아가씨. 대신 아가씨는 위험한 일도 겪고 하셨으니까. 공작님에게 허락받으시고 꼭, 꼭 몸을 지켜 주실 사람과 같이 오셔야 해요."

꼭이요. 엠로아는 어딘가 조금 불안해 보이는 목소리로, 그리고 한층 낮아진 목소리로 레슬리에게 거듭 당부했다.

"아, 저는 이만 가 봐야 할 것 같아요."

그 뒤로 더 이야기를 나누던 엠로아가 눈을 크게 떴다. 시간이 너무 흐른 듯 보였다. 아쉽지만 레슬리는 고개를 끄덕였다. 길을 가던 사람을 잡은 건 자신이었으니까.

"레소 경에게 말해서 데려다 달라고 할까?"

"아니에요! 평민인 제가 기사님의 호위를 받으면 너무 놀라서 심장이 멈출 거예요. 그리고 이 근처라서요."

그렇게 말하며 엠로아는 몸을 일으켰다. 레슬리는 그녀의 손을 꼭 잡고 환하게 웃었다.

"식당 꼭 놀러 갈게."

"네, 아가씨. 호위, 꼭 데려오셔야 해요?"

왜 호위를 자꾸 강조하는 걸까. 의구심이 들기도 전에 엠로아는 자리를 떠났고, 얼마 지나지 않아 마델과 반트가 콘라드를 데리고 카페로 들어왔다.

콘라드가 맞은편에 앉자마자 레슬리는 환하게 웃으며 여태 있던 일을 말해주었다.

"그래서 가시기로 하셨나요?"

콘라드의 물음에 레슬리는 고개를 끄덕거렸다.

"네, 공작님에게 말씀드리고 가려고요."

"흐음. 신레프 신전이라."

뭔가를 생각하려는 듯 미간에 주름을 잡으면서도 콘라드는 차를 따르는 손을 멈추지 않았다. 그리고 자연스럽게 작은 집게로 각설탕을 집었다. 정확히 네 개를 넣은 후 레슬리의 앞에 놓아 주었다. 늘 레슬리가 차에 넣던 숫자를 기억한 모양이었다.

"저도 얼마 후면 가는 곳이군요."

"혹시 그건 호위 때문인가요?"

레슬리는 각설탕을 잔뜩 집어넣은 차를 한 모금 마셨다. 입안 가득 퍼지는 달콤함에 다시 한 모금 더 차를 들이켜는데 불현듯 다른 사람들 생각이 떠올랐다. 공작님이나 다른 사람들은 늘 각설탕을 넣지도 않고 진하게 우린 차를 마시던데.

'무슨 맛인 걸까?'

콘라드 경도 차에 설탕을 넣어 드시지는 않지. 잠시 콘라드를 바라보는데, 콘라드가 시선을 맞춘 뒤 입가에 미소를 머금으며 대답했다.

"네, 맞습니다. 레슬리 양은 최초의 사제들의 후보 자격으로 가시는 거지요?"

"네, 콘라드 경, 저 그거 때문에 물어보고 싶은 게 있는데요."

"뭐든 물어보세요, 레슬리 양."

"최초의 사제가 되면 어떤 일을 하나요?"

아직 레슬리는 정확히 최초의 사제와 아라벨라가 정확히 무슨 일을 하는 건지 알지 못했다. 그 말에 콘라드의 눈매가 가늘어졌다. 그렇지만 금방 평소와 같은 웃음으로 가려졌다.

"축복의 날 최초의 사제로 뽑힌 분들은 식을 진행하는 동안 대사제의 보조를 돕게 됩니다."

콘라드는 웃으면서 말을 이었다.

"그리고 아라벨라는 축제의 마지막 날에 수도 신전 가장 안쪽으로 들어가게 됩니다. 평소에는 절대 열리지 않는 곳입니다만, 그날 단 하루 대사제와 아라벨라를 위해 문이 열립니다."

거기까지는 레슬리도 알고 있는 것이었다. 하지만 이어지는 말은 전혀 모르던, 처음 듣는 정보였다.

"신전 가장 안쪽에는 '에피알테스'가 있습니다. 신께서 직접 봉인하셨다고 전해지는 전염병이죠."

그 말에 레슬리는 힉 하고 작게 딸꾹질을 했다. 정말 그런 게 신전에 봉인되어 있다는 게 믿기지 않았다.

그게 귀여웠는지 작게 웃은 콘라드가 신학을 설명하고 있던 종이 위에 어설픈 솜씨로 브로치를 하나 그려 냈다.

"그리고 에피알테스가 있는 방에는 아라벨라께서 사용하셨다고 하는 브로치가 달린 상자가 하나 놓여 있습니다. 그 상자가 에피알테스를 봉인하고 있는 거죠."

안 그래도 동그랗던 레슬린의 눈동자가 더욱 동그래졌다. 신까지 내려와 수습한 전염병이 수도 신전 안쪽에 놓여 있다는 게 믿기지 않는 표정이었다. 그 얼굴을 본 콘라드의 입가에 걸린 웃음이 짙어졌다.

"진짜인지 아닌지 알 수는 없습니다. 다만 매번 축복의 날 때 의식을 치르는 이유가 에피알테스의 봉인을 굳건히 하기 위해서입니다. 축제를 벌이는 이유도 비슷하지요."

"신기해요."

그럼 8년마다 계속 에피알테스의 봉인이 덧씌워지는 걸까. 신께서 전염병을 봉인시켰다는 이야기는 전설이라는 이름이 붙을 정도로 까마득히 오래되었으니, 이제 와 에피알테스가 풀려날 걱정은 할 필요가 없겠지?

'그런데 얼마나 강했으면 이름이 따로 붙은 걸까.'

레슬리는 눈을 깜빡였다. 전염병에 이름을 붙이다니.

루엔티는 역사 수업 때, 아주 악독한 병에는 그때를 기억하기 위한 특별한 이름이 붙는다고 말해 주었다. 르카디우스 제국이 생기기도 전에 서부 미힐 지역에서 퍼졌던 전염병은 1백만에 가까운 사상자를 내고 나무와 땅 그리고 물마저 썩어 들어가게 만들어, 미힐이라는 특별한 이름으로 역사서에 기록되었다.

'지방 이름을 딴 것도 아니고 원래 악몽의 이름이었다니. 소름 끼쳐.'

하긴, 그 정도가 아니었다면 신께서 내려와 수습하지 않으셨겠지. 레슬리는 잠시 눈을 깜빡이며 다른 생각에 빠져 있었다.

"음, 다른 이야기를 하나 더 해 드릴까요?"

그런 레슬리의 반응이 마음에 들었는지, 콘라드가 이야기를 하나 더 꺼내 주었다.

"이 소문 역시 진실인지 아닌지는 모르지만, 아라벨라 님께서 썼던 브로치에는 에피알테스를 봉인하는 힘뿐만 아니라, 다른 힘도 있다고 합니다.”

그러면서 콘라드는 자신이 그렸던 브로치를 톡톡 펜으로 두드렸다.

“다른 힘이요?”

“무슨 힘인지는 밝혀지지 않았습니다. 이것도 거짓에 가깝습니다. 하지만 기록을 찾으면 또 모르죠.”

콘라드의 말에 레슬리는 고개를 끄덕였다.

“최초의 사제들과 아라벨라의 기록은 전 세계적으로 퍼져 있으니까요.”

최초의 사제들과 아라벨라는 신의 명령을 받들어 전 세계를 돌아다녔기에, 그들의 기록 역시 온갖 나라에 퍼져 있었다. 그나마 르카디우스 제국이 많은 나라를 복속시키면서 가장 많은 기록을 가지고 있었다.

완벽한 기록은 아녔다. 이곳저곳에 부족한 부분들이 남아 있었으니까.

“분명 다른 나라에는 아라벨라의 브로치에 관한 기록이 남아 있을 겁니다. 하지만 우리가 쉽게 얻을 수는 없겠죠.”

콘라드는 씁쓸하게 웃었다.

르카디우스 제국은 성장하는 과정에서 많은 진통을 겪었고 그 과정에서 기록이 많이 손실되기도 했다. 그러다 보니 몇 나라들은 르카디우스 제국에 강한 반발심을 가지고 있었다. 그게 혼란의 시대를 일으킨 가장 큰 이유였다.

한층 그 기세가 꺾인 지금도 분쟁 지역에서는 크고 작은 소모전이 펼쳐지고는 하였다. 그런 나라들이 자신들에게 소중한 기록을 쉽게 넘겨주지는 않을 것이 분명했다.

잠시 레슬리는 씁쓸하게 자신의 찻잔을 내려다보는 콘라드를 보다가 슬그머니 말을 돌렸다.

"콘라드 경, 저 하나 더 궁금한 게 있는데요. 그, 마력과 신력은 반발하는 법이잖아요. 그러면 어머니나 루엔티 오라버니같이 마력을 가지신 분들은 신력을 어떻게 이용하시는 거죠?"

못 하는 건 아녔다. 분명 공작은 가면 밑의 흉터를 보여 주면서 사제를 너무 늦게 만났다고 이야기했으니까. 레슬리의 질문에 콘라드는 천천히 설명을 해 주기 시작했다.

"마력의 소유자, 그러니까 마법사나 마검사 같은 분들은 신력으로 상처를 치료하는 데 별 무리가 없습니다. 루엔티 님은 불쾌감이 좀 든다고 말씀해 주셨습니다. 다만, 마법이 걸려 있는 상태라면 신력과 마력이 반발해, 신력이 그 효과를 내지 못합니다."

신력과 마력 그리고 반발. 그 말에 레슬리는 눈을 깜빡였다. 분명 자신은 재판장에서 고위 사제의 신력에 강한 반발을 일으켰다. 그건 휴게실에서 콘라드의 신력에도 마찬가지였다. 하지만 그 이후의 재판장에서, 그리고 축복의 이름을 받기 위해 들른 신전에서는 별 무리가 없었다.

'어머니랑 아버지는 그 사건에 대해 알아본다고는 했지만.'

신전을 쉽게 건들 수는 없을 텐데. 레슬리는 복잡한 마음에 눈을 찡그렸다.

-10-

공작은 지금 난감한 상황이었다. 분명 신학 수업을 한다며 번화가에 다녀온 레슬리가 갑자기 작은 식당에 가고 싶다고 조른 탓이었다.

무릎에 앉아 눈을 반짝이는 제 딸은 너무 귀여운데, 쉽게 바라볼 수가 없었다. 저도 모르게 고개를 끄덕일 것 같았으니까. 어려울 것 같다고 말을 했지만, 레슬리는 쉽게 포기할 기색이 아니었다.

"그래서, 가고 싶은데 안 될까요?"

레슬리가 제 두 손을 꼭 모으더니 시선을 맞추고 눈을 깜빡였다. 누구에게서 배운 것인지. 공작은 조금 곤란하다는 얼굴로 제 무릎에 올라온 레슬리를 바라보았다.

"안 될까요?"

레슬리의 고개가 옆으로 기울었다. 동시에 라일락색 눈동자가 반짝거렸다.

"으음."

셀바토르 공작은 딸의 첫 애교에 어딘가 좋으면서도 마냥 좋아할 수 없는, 복잡스러운 표정을 지어 보였다. 그 모습을 지켜보던 제나는 웃음을 흘렸고 사이레인은 부러운 듯 바라보았다.

"레슬리, 아까도 말했다시피 위험할 수도 있고……."

그 말에 바로 레슬리의 작은 고개가 시무룩하게 밑으로 떨어졌다. 그 모습에 레슬리를 달래려던 공작의 입이 막혔다.

"온종일은 안 되면 그럼 몇 시간만이라도……."

안 될까요? 다시 레슬리가 눈물이 그렁그렁한 얼굴로 공작을 바라보았다.

"잠깐만 보고 와서 금방 신전으로 돌아갈게요!"

언제 레슬리가 이렇게 간절하게 외치던 적이 있었던가. 그리고 언제 공작이 이렇게 당황한 적이 있었던가. 제나는 다시 터져 나오려는 웃음을 막았다.

셀바토르 공작을 아주 어릴 적부터 모셔 온 제나는 자신의 아가씨가 저런 모습을 보이는 게 몇 년 만인지 세어 보다가 그만두었다. 기억조차 가물가물할 정도로 오랜만이었으니까.

공작의 암녹색 눈동자가 제나에게 닿았다. 명백히 도와 달라는 그 간절한 눈빛에 제나는 작게 고개를 흔들더니 두 사람에게 걸어갔다.

"레슬리 아가씨."

그러더니 무릎에 앉아 있던 레슬리를 안아 들었다. 하지만 이내 몸을 한 번 비틀거리더니 바닥으로 내렸다. 그러고는 제 허리를 통통 두드리면서 몸을 숙여 레슬리와 시선을 맞추었다.

"레슬리 아가씨."

차분한 제나의 목소리를 들으며 공작은 살았다는 듯 작게 한숨을 내쉬었다.

"분명 공작님께서는 아가씨의 말을 들어주실 거예요."

하지만 이어지는 말에 공작의 눈이 흔들렸다. 그러거나 말거나, 제나는 생글생글한 얼굴로 말을 이었다.

"하지만 바로 가는 건 위험하니까, 곧 날짜와 호위를 정해서 갈 거랍니다. 그렇죠, 공작님?"

이제 사이레인은 웃음 때문에 뒤로 넘어가기 일보 직전이었고, 셀바토르 공작은 머리가 아프다는 듯 이마를 짚고 있었다.

결국, 항복한 듯 공작이 나지막이 고개를 끄덕였다.

"그래, 다녀오렴. 신레프 신전에 가기 며칠 전에 들르면 되겠지."

"정말요?"

공작의 말에 레슬리의 눈동자가 커다래졌다.

"감사합니다, 어머니!"

정말로 기쁜지 쪼르륵 다시 공작에게 달려간 레슬리는 공작의 뺨에 쪽 소리가 나게 입을 맞췄다. 그러자 다시 암녹색 눈동자가 동그래졌다가 이내 웃음으로 휘었다.

"레슬리, 아버지도, 아버지도!"

사이레인이 다급하게 외치자, 레슬리가 웃으며 사이레인의 볼에도 작게 뽀뽀했다. 그리고 부끄럽다는 듯 배시시 웃어 보였다. 이윽고 다시 한 번 크게 감사하다고 외치더니 마넬의 손을 잡고 집무실을 나섰다.

"……제나."

레슬리가 모습을 감추자 셀바토르 공작은 자신을 배신한 집사를 바라보았다. 그 눈빛에 제나는 작게 웃음을 터트렸다.

"사실 오늘 저는 레슬리 아가씨 편이랍니다. 뇌물을 받았거든요."

"뇌물?"

그 말에 제나는 제 뒤에 놓았던 작은 상자를 두 사람 앞에 내밀었다. 예쁜 리본으로 포장된 상자 안에는 사탕과 초콜릿 그리고 비스킷과 값비싼 코코아 가루가 잔뜩 들어 있었다.

"아가씨가 기사들과 사용인들에게 준 선물이에요."

제나는 특별히 집사라고 좀 더 큰 것을 받았다고 두 사람에게 자랑하기 시작했다.

"오늘 번화가에 다녀온 김에 선물을 사셨다고 하더라고요. 쿠키와 사탕, 초콜릿을 잔뜩 사셔서 마델과 직접 포장하셨습니다."

"나, 나는 못 받았는데……."

제나의 말에 사이레인이 실망스러운 기색으로 선물 상자를 바라보자, 제나는 혹여나 빼앗길까 제 선물 상자를 뒤로 숨기며 말을 이었다.

"공작님과 사이레인 님, 큰 도련님 그리고 작은 도련님에게는 다른 선물을 준비한 모양입니다. 잠시만 기다리면 되지 않을까요?"

제나가 웃자, 사이레인은 기대된다는 듯 환하게 웃었다.

"그래, 내 따님의 편인 제나 집사님. 그래서 레슬리가 만나고자 하는 사람은 누구지?"

공작이 조금은 비꼬는 기색으로 그리고 투덜거림을 담아 말하자 제나는 옅게 웃었다.

"엠로아 이작, 동부 출신으로 동생이 여러 명 있더군요. 그중 한 명이 레슬리 아가씨와 동갑입니다. 그래서 쉽게 아가씨에게 동정을 보인 것 같습니다. 고모가 작지만 건실한 상단을 하나 가지고 있어서 그 힘으로 스페라도 후작가의 하녀로 들어간 모양입니다. 급하게 조사한 거라 조금 부족하지만, 나중에 더 추가 사항을 올리겠습니다."

제나는 부끄럽다는 듯 웃었다. 하지만 레슬리가 엠로아의 이야기를 듣고 온 지 몇 시간도 되지 않은 상황에서 구한 것치고는 상당히 양질의 정보였다.

"흐음."

공작은 손가락으로 책상을 톡톡 두드렸다. 갑자기 스페라도 후작가를 나왔다기에 무슨 배짱인가 했더니, 믿을 만한 구석이 아예 없는 사람은 아니었다. 평민들에게 있어서 유명한 가문의 하인, 하녀로 들어가는 건 어찌 보면 아주 좋은 일거리를 얻는 거니까.

"아가씨가 말씀하신 대로 후작가를 나와 카페에서 일하다가 남편을 만났지만, 사별한 걸로 보입니다. 지금은 신레프 신전 골목에서 식당을 하고 있습니다. 스페라도 후작과 그 이후로 접촉한 기색은 보이지 않고 있습니다."

스페라도 후작과 만난 건 보이지 않는다라. 사이레인이 그 말을 중얼거리다가 이내 자신의 아내를 바라보았다.

"그러면 허락해 줘도 괜찮지 않을까?"

하지만 공작은 아직도 눈을 가늘게 뜨고 있었다.

쉽게 결정을 내리지 못하는 이유는 여러 가지였다. 하나는, 스페라도 후작 뒤에는 다른 사람이 있다는 것. 그리고 두 번째는 궁지에 몰린 인간은 어떤 힘을 발휘할지 예측할 수 없다는 것. 거기다 바쁜 일정으로 공작과 사이레인은 후보 시험 당일에만 갈 수 있다는 것.

베스라온은 아예 황실 호위로 신레프 신전까지는 가지 못했고, 루엔티 역시 마법사의 저택 일로 레슬리를 따라갈 수가 없었다.

"아직 란다의 꽃은 개화할 시기가 아닙니다. 움직임 역시 보이지 않았고요."

그 걱정을 덜어 주듯 제나가 입을 열었고, 사이레인도 고개를 끄덕였다.

"거기다 신전에 미리 통보하면 테센트루아 성기사단 중 몇 명을 호위로 파견해 주겠지. 거기에 우리 기사들도 붙이자고. 그러고도 정 불안하면 내가 일정을 앞당겨서 가도록 하지."

이어지는 사이레인의 말에 그제야 공작이 작게 고개를 끄덕였다.

"하르트에게 말해서 못해도 열 명은 붙이도록 하지."

성기사단까지 합쳐지면 너무 호위가 과하다는 느낌이 들겠지만, 그래도 걱정되었다. 자신이 같이 가 주면 좋으련만.

셀바토르 공작령의 홍수 피해가 제대로 복구가 되지 않았다. 그 일 때문에 사이레인과 루엔티가 몇 번 공작령에 내려갔었는데, 아무래도 자신이 한 번 직접 내려가 봐야 할 듯했다. 그리고 하필 그 시기가 신전 시험 시기와 맞물려 버렸다.

"휴우."

잠깐 한숨을 쉬며 어떤 놈을 호위로 뽑을지 고민하는데, 집무실 문이 살짝 열렸다. 그리고 그 사이로 레슬리가 안으로 들어왔다.

"어머니, 아버지."

배시시 웃으며 들어온 레슬리의 손에는 작은 선물 상자 두 개가 들려 있었다. 직접 포장을 한 것인지, 조금은 엉성해 보이는 리본이 달려 있었다.

"사실 선물을 사 왔는데 언제 드려야 할지 몰라서……."

그렇게 말하며 레슬리는 선물을 두 사람에게 건네주었다. 공작의 선물은 조금 긴 상자였고, 사이레인 것은 작았다.

"고맙구나."

"세상에, 이렇게 예쁜 망토 핀이라니……."

바로 포장을 뜯어 버린 사이레인은 눈을 반짝이며 자신의 상자 안에 들어 있는 망토 핀을 바라보았다. 꽃과 리본 그리고 토끼 인형이 작게 새겨진 망토 핀은 사이레인의 취향과는 너무도 먼 것이었지만, 지금 이 순간에는 가장 멋져 보였다.

망토를 입고 왔으면 좋았을 텐데. 사이레인은 아쉬움의 눈물을 뚝 뚝 흘리다가 일단 자신의 옷에 망토 핀을 꽂았다.

"그, 아버지는 종종 망토를 입으시니까요. 제가 열심히 골라 봤어요!"

레슬리는 부끄러운지 뺨을 붉히다가 환하게 웃었다. 사이레인의 반응이 흡족스러웠는지. 이번엔 셀바토르 공작을 보고 눈을 반짝거렸다. 어서 선물을 풀어 보라는 의미였다.

"내 것은 깃펜이구나."

긴 선물 상자에서 나온 것은 깃펜이었다. 긴 검은색 깃털에 황금색으로 문양을 새겨 넣은 깃펜을 공작은 바라보았다.

"네! 어머니는 늘 서류를 보시니까요!"

레슬리의 환한 대답에 공작은 조금 씁쓸하게 웃었다. 그런 이유일 줄이야.

그러면서 머리를 쓰다듬어 주자 레슬리의 입에서 작은 웃음이 흘러나왔다.

"그래, 잘 쓰마. 고맙다."

레슬리가 만족한 얼굴로 인사를 하자, 작은 망토 핀을 소중히 들고 있던 사이레인이 몸을 일으켰다.

"레슬리, 아버지랑 손잡고 방까지 같이 갈까?"

그 말에 레슬리는 고개를 끄덕였다. 사이레인이 손을 내밀자 곧 두꺼운 손에 작은 손이 얹혀졌다.

잠시 복도를 걷다가 레슬리가 사이레인을 바라보았다.

"그런데 아버지. 저, 궁금한 게 하나 있는데요……."

"뭔데? 뭐든 말해 보렴."

그 말에 레슬리는 잠시 입술을 달싹거리다가 말을 이었다. 오래전부터 묵혀 왔던 물음이었다.

"처음에 제가 왔을 때. 어머니의 결정에 오라버니들은 반대했거든요. 그런데 아버지는……."

'왜 그 말에 반대하지 않았나요?'

레슬리의 눈빛에 그 물음이 섞여 들어갔다.

조심스러운 목소리와 머뭇거리는 시선에 사이레인의 이마에 힘줄이 튀어나왔다. 나중에 베스라온과 루엔티를 연무장으로 불러야겠다고 생각하며 말을 이었다.

"흔한 이야기란다."

흔한 이야기? 레슬리는 고개를 갸웃거렸다. 그 모습을 보더니 사이레인이 씁쓸하게 웃으며 말을 바꿨다.

"평민, 고아, 그리고 전쟁. 이 세 가지가 합쳐지면 누구나 다 비슷한 상황을 겪게 되지."

사이레인의 부모는 떠돌이 용병이라 들었다. 실력은 좋지만, 그 성격 때문에 한곳에 정착을 못 한다고 했었나. 아니면 실력조차 없어 그랬다고 했던가.

잘 모르겠다. 분명 아주 어릴 적에 부모에 대해 들었지만, 기억이 나지 않았다. 그런 걸 기억할 정도로 평화로운 삶이 아니었다.

다행히도 어린 사이레인은 한 귀족이 후원하는 고아원에 들어갔다. 하지만 상황은 너무도 뻔한 것이었다. 후원금은 원장의 사치품을 구매하는 것으로 사라졌고, 아이들에게는 참담한 상황이 계속되었다. 하루 한 끼를 먹기 힘들었고, 조금만 잘못하면 손찌검이 돌아왔다.

"그런……."

레슬리는 눈을 동그랗게 뜨고 사이레인을 바라보았다.

"그나마 나는 타고난 체격과 힘이 있으니, 좀 크고 나서부터는 그런 일을 당하지 않았지."

사이레인이 자라 순식간에 작고 초라했던 원장의 키와 힘을 따라잡자, 겁에 질린 원장은 더는 손을 올리지 않았다. 대신 다른 아이들에게는 가차 없이 손을 내리쳤다.

"그래서 못 견디겠다 싶어서 그놈의 모가지를…… 큼, 큼! 아니, 한 대 때려 주고 친구들과 도망쳐 나왔지. 그렇게 용병 일을 시작했단다. 그 일 때문인지 고아원은 곧 문을 닫았지."

자신을 빤히 바라보는 레슬리의 시선을 피하며 사이레인은 급하게 말을 바꿨다.

분명 한 대 때렸다는 건, 가볍게 꿀밤을 때린 건 아닐 거야. 레슬리는 확신하며 고개를 끄덕였다.

사이레인은 다행히도 레슬리가 자신의 말실수를 못 들었다고 생각하고 말을 이었다.

"그래서 말이다. 나는 너의 마음을 이해하고 있단다."

그 기억은 고통스럽고 끔찍한 기억이니까. 거기까지 말하다가 사이레인은 멋쩍은 듯 제 뺨을 긁적거렸다.

"겨우 몇 년을 그러고 살았던 내가 너를 이해한다고 말하기가 좀 모호하지만."

그러자 레슬리는 아니라는 듯 고개를 젓더니 사이레인과 시선을 맞추며 배시시 웃어 보였다.

대견한 아이였다. 그조차도 견디기 힘든 시간을 버텨 준 아이였다.

그 모습을 바라보다가 사이레인은 씩 웃더니 레슬리를 번쩍 안아 들었다. 작은 웃음소리가 터졌다. 지나가던 하녀 둘이 두 사람에게 인사하자 레슬리는 사이레인의 어깨에서 작은 손을 내밀어 인사했다.

"그리고 말이다. 나는 딸이 가지고 싶었거든. 솔직히 날 닮은 아들놈들보단 우리 아내님을 닮은 딸들이 더 예쁠 테니까."

자신을 닮아 험악한 인상의 아들놈들보단 작고 귀여운 딸이 더 좋지 않은가?

같이 용병단에서 일하다 나간 동료가 자신의 딸을 보여 줬을 때, 사이레인은 고개를 갸웃거렸다. 아이를 본 건 처음이 아니었지만, 배시시 웃는 작은 얼굴에 말갛게 보이는 뺨이 사이레인은 너무도 신기했다. 보통의 아이는 그의 얼굴만 봐도 울었다.

사이레인만큼 험악한 인상의 아버지를 보고 자란 아이에게 사이레인은 그다지 무섭지 않은 사람이었지만, 사이레인에게는 아이가 저에게 다가오는 것이 처음이었다. 고아원에서 같이 자란 동생들도 종종 사이레인을 무서워했으니까. 그 아이가 웃으며 자신의 뺨을 매만졌을 때 반짝, 하고 사이레인의 눈에 별이 박혔다.

사이레인이 자신과 같이 딸 바보의 유전자를 가지고 있다는 걸 확신한 동료는 매일같이 찾아오며 딸을 자랑했고, 그 아이가 커 가는 모습을 보며 사이레인의 눈 속에 박힌 별은 점점 더 커졌다.

딸이다. 그래, 딸이야. 사이레인은 무조건 첫째는 딸을 가지고 싶었다.

그렇게 아셀라를 만나고 처음 아이를 가졌을 때, 사이레인은 좋은 꿈을 꾸었다. 잘 생각이 나지 않았지만, 꿈을 꾸고 분명 딸이라는 확신을 가졌다. 그래서 '엘리자베스'라는 예쁜 이름도 준비했었는데…….

"태어난 건 베스라온 놈이었지."

어딘가 속았다는 목소리에 레슬리는 작게 웃었다.

"두 번째도 좋은 꿈을 꾸었단다. 꽃밭에 서 있는 꿈이었지. 그래서 둘째도 기대가 컸는데……."

루엔티였다. 저를 쏙 닮은 루엔티를 보고 사이레인은 복잡 미묘한 마음에 조금 슬퍼졌다.

딸이 가지고 싶었지만, 이 이상 아내를 붙잡고 있을 수도 없었다. 아셀라는 이 넓은 제국의 공작이었으니까. 그리고 자신이 생각하기에도 아셀라는 공작저보다는 전쟁터에서 더 빛나는 사람이었다.

사이레인은 슬프지만 딸을 가지고 싶다는 희망을 버렸다.

그러다가 레슬리가 찾아온 것이었다. 작고 여린 아이. 그런데도 강한 아이. 그 아이는 자신의 얼굴을 많이 무서워하지도 않았다. 드디어, 사이레인의 꿈이 이뤄진 것이었다.

"그러니 내가 어찌 너를 거부할 수가 있겠니."

사이레인은 웃으면서 레슬리의 뺨에 작게 뽀뽀했다. 수염 때문에 간지러운지 레슬리가 작게 웃음을 터트렸다.

"후작 놈은 내가 반드시 조져 버…… 아니, 아니. 그게 아니라. 한 대 콩 때려 주마. 어차피 지금 상태로 둬도 몰락하겠지만, 그건 속 시원한 방법이 아니지 않니. 그러니까 너는 그런 걱정 하지 말고, 여기서 잘 살 생각만 하렴."

사이레인의 말에 레슬리는 고개를 끄덕였다.

"네, 알겠어요!"

다시 라일락색 눈동자가 사이레인을 보며 웃음을 머금고 휘었다.

"아버지가 모가지를 따는 걸 기대하고 있을게요!"

"……."

맑고 환한 목소리에 사이레인은 몸을 떨었다. 자신은 아내님에게 죽었다.

❦

"어머니께."

레슬리는 마차에서 조심스레 편지를 쓰고 있었다. 수도에서 신레프 신전까지 가는 길은 비교적 순탄한 길이었고, 셀바토르 공작가의 마차는 흔들거림이 거의 없었기에, 잉크병을 꺼내 두고 편지를 쓰는 사치를 부릴 수 있었다.

어머니, 아버지께.

저는 지금 무사히 신레프 신전으로 가고 있어요.

아직 겨울이라 날씨가 좀 춥긴 하지만, 어머니께서 신경을 많이 써 주셔서 감기에 걸리지는 않았어요. 제가 이르게 도착해서 아직 신전은 개방되지 않았지만, 아버지의 편지 덕에 헤센트루아 기사 몇 분을 미리 보내 주신다고 해요.

조금만 더 가면 엠로아의 식당에 도착해요. 약속대로 온종일 머물지 않고 몇 시간만 보고 정해 주신 숙소로 갈게요. 그러니 제 걱정은 하지 마세요. 부디 공작령의 일이 잘 해결되기를 바랄게요. 보고 싶어요.

―어머니와 아버지의 딸, 레슬리 슈야 셀바토르 올림.

"다 썼다!"

레슬리는 제 이름을 적어 놓고는 발을 동동거렸다. 즐겁고, 행복했다. 한때는 거들떠보기도 싫었던 제 이름을 적는 이 순간이 이리도 즐거워질 줄이야.

"다 쓰셨나요?"

맞은편에 앉아 레슬리가 실수로 잡아당겨 떨어진 장식을 보닛에 달고 있던 마델이 환하게 웃었다.

"응, 다 썼어. 이제 베스라온 오라버니랑 루엔티 오라버니에게 보낼 걸 써야지."

레슬리는 신나서 가방 안에 집어넣었던 편지지를 두어 장 더 꺼냈다. 그 모습을 보며 마델은 흐뭇하게 웃었다.

레슬리가 공작저를 출발한 건 고작 어제 아침이었지만, 셀바토르 공작과 사이레인은 공작령으로 출발한 지 며칠이 지났다.

두 사람이 공작령으로 내려간 날부터 레슬리는 매일 꾸준히 편지를 쓰고 있었다. 이제 두 오라버니와도 헤어졌으니, 두 사람에게도 편지를 보낼 생각인 듯했다.

"곧 마을에 도착한다고 하니까 그때 편지를 부치죠, 아가씨."

"알았어. 그런데, 마델. 신전에서도 편지를 쓸 수 있을까?"

"1차 후보 시험은 만 하루가 걸리지 않는다니 가능하실 거예요."

하지만 시험이 끝나고 나면 하루가 끝나기에 레슬리는 시험 이후에 바로 공작저로 갈 수가 없었다. 적어도 하룻밤은 신전이나 여관에서 머문 후에 출발해야했다.

"빨리 다들 보고 싶다."

후보 시험에 대한 걱정이 없어진 건 아니었지만, 며칠 떨어졌다고 모두에 대한 그리움이 더욱 컸다.

'시험은 레슬리 양 정도 되면 쉽게 통과하실 수 있을 겁니다. 제가 보증하지요.'

거기다 헤어지기 직전에 자신에게 콘라드가 해 준 말이 떠올랐다. 다른 사람도 아니라 테센트루아 성기사가 그렇게 확신을 심어 주니 불안하던 마음이 한층 가라앉았다.

"금방 다들 보실 수 있으실 거예요."

마델이 마지막으로 꽃을 달더니 환하게 웃으며 레슬리에게 보닛을 내밀었다.

"자! 다 됐어요! 아가씨, 씌워 드릴까요?"

마델의 말에 레슬리는 고개를 끄덕이더니 그 옆에 앉아 어서 씌워 달라는 듯 생글생글 웃었다. 마델은 그런 레슬리가 귀여워 작게 웃다가 조심스레 보닛을 씌워 주었다.

"고마워, 마델."

레슬리는 마델이 꺼내 준 거울에 비친 자신을 보며 환하게 웃었다. 오늘 그녀는 예뻐 보였다.

잠시 요리조리 고개를 돌려 제 얼굴을 바라보다가 마델을 다시 바라보았다.

"마델, 아가랑 엠로아에게 줄 선물은?"

"여기 있답니다!"

마델은 거대한 선물 상자를 꺼내 보여 주었다. 그 선물 상자를 보며 레슬리는 배시시 웃음을 흘렸다.

'좋아해 주겠지?'

제나와 마델, 서올리에 바타까지 서로 머리를 맞대고 고민해 준 결과 괜찮아 보이는 선물을 고를 수 있었다. 마델과 잠시 선물 상자를 내려다보는데, 누군가 마차 문을 노크했다.

"아가씨, 말씀하셨던 식당 근처에 도착했습니다."

마차 밖에서 들려오는 그 말에 레슬리는 눈을 빛냈다. 드디어, 원하던 곳에 도착했다.

레슬리는 빠르게 마차 창문 커튼을 걷고 창문을 열었다. 기대감에 심장이 두근거리기 시작했다.

익숙한 얼굴의 반트가 레슬리를 보자마자 씩 웃으며 말을 이었다.

"테센트루아 기사들은 조금 더 있어야 도착을 할 텐데, 기다렸다가 합류하면 가시겠어요?"

"아니, 먼저 식당을 방문할게요."

듣자 하니 자신 때문에 오늘 식당은 쉰다고 했다. 그러니 빨리 다녀와 주는 게 맞을 것 같았다. 레슬리의 말에 반트는 고개를 끄덕였다.

"그럼 그렇게 하도록 하겠습니다."

레슬리가 다시 커튼을 치자, 마델이 걱정스러운 목소리로 레슬리에게 말을 걸었다.

"그래도 아가씨, 혹 위험할 수 있으니 테센트루아 성기사단이 오고 가는 게 좋지 않을까요?"

"그렇지만 셀바토르 기사단이 일곱 분이나 와 준 데다가 엠로아의 식당은 일반 식당인걸."

레슬리는 웃었다. 처음 공작님은 열 명이 넘는 기사들을 붙여 주려고 했지만, 공작과 사이레인도 공작령에 내려가야 하는 데다가 모든 기사가 저택을 전부 비울 수는 없어 일곱만 따라왔다.

"그러니까 문제없어."

레슬리는 맑게 웃었다. 그 웃음을 보고 마델은 고개를 끄덕였다.

마차는 조금 더 달리고 나서 서서히 멈춰 섰다. 수도의 번화가처럼 잘 깔린 돌길에 상점과 식당 그리고 여관이 모여 있는 거리였다. 신전으로 가는 사람들을 주로 대상으로 하는지, 신전에 바칠 초와 꽃을 가지고 있는 사람들이 눈에 들어왔다.

"셀바토르?"

거대한 마차와 일곱이나 되는 기사들은 단박에 눈에 들어왔다. 셀바토르 공작가의 문양을 알아본 누군가가 중얼거렸다.

"왜 그 괴물들이……."

웅성거림은 레슬리가 내려오자마자 사그라들었다. 서올리와 마델의 꾸준한 관리로 반짝반짝해진 은발을 늘어뜨리고, 연보라와 연분홍이 섞인 오묘한 라일락색의 눈동자를 반짝이는 소녀. 다들 그 모습을 보고 눈을 깜빡였다. 자신들이 알고 있던 그 사람이 아니었으니까.

"누구지?"

"그 소문의……."

누군가가 그렇게 말을 꺼내고 나서야 다시 속닥거림이 커졌지만, 마델이 무섭게 노려보자 눈치를 보며 제 할 일을 하러 사라졌다.

"흥."

이상한 사람들을 쫓아낸 마델은 승리의 미소를 지어 보였다. 그사이 레슬리는 엠로아를 발견했다.

"엠로아!"

자신들을 마중 나온 것인지, 조금은 가벼운 차림에 숄을 두른 엠로아가 레슬리를 향해 걸어왔다.

"어서 오세요, 아가씨."

엠로아는 레슬리 앞에 서서 웃어 보였다. 그런데 어딘가 기운이 없어 보이는 웃음이었다. 처음 봤을 때보다 뭔가가 이상한 느낌에 레슬리는 엠로아를 보며 눈을 깜빡였다.

"엠로아, 혹시 많이 피곤해?"

혹여나 제가 오는 일로 무리를 한 건 아닐까 레슬리가 조심스레 바라보자, 제 눈가와 뺨을 한 번 쓸더니 엠로아는 격하게 고개를 저었다.

"아니, 아니에요! 요즘 저희 아가가 밤중에 종종 깨서요……."

부끄럽다는 듯 웃는 모습에 마델이 이해했다는 듯 레슬리의 뒤에서 고개를 끄덕였다.

"아기는 잠시 뒷집에 맡겨 두었어요. 대청소를 하느라고요. 어서 가요, 아가씨."

엠로아가 레슬리의 손을 잡고 이끌었다. 두 사람의 뒤를 마델과 일곱의 기사가 뒤따랐다.

"여기예요!"

마차가 세워진 대로변에서 한 구역 뒤로 들어가자, 엠로아의 식당이 나타났다.

"리아 식당……."

레슬리는 간판에 써진 식당 이름을 읽어 보았다.

"저희 딸 아이 이름을 땄어요."

엠로아는 웃으면서 어서 들어오라는 듯 가게 문을 활짝 열었다.

기사 다섯은 가게 주변을 지키기 위해 남았고, 레슬리와 마델 그리고 두 명의 기사, 레소와 반트가 가게 안으로 들어갔다.

"예쁘다."

레슬리는 눈을 깜빡였다. 엠로아가 말한 대로 식당은 작긴 했으나, 작은 다락방도 있는 모양이었고 구석구석 엠로아의 손이 닿지 않은 곳이 없어 보였다.

요리를 만드는 곳인지, 안쪽에서는 보글거리는 소리와 함께 맛있는 냄새가 피어올랐다. 벽에는 말린 허브가 걸려 있었고, 커다란 벽난로에서는 훈훈한 열기가 올라왔다.

철창에 막혀 안쪽이 잘 보이지는 않았지만, 불 때문에 꺼림칙한 기분이 들었다. 약한 불은 괜찮지만 저렇게 사람을 집어삼킬 정도로 거대한 불은 싫었다.

레슬리는 일부러 벽난로에서 조금 떨어진 자리에 가방을 내려 두고 본격적으로 식당을 둘러보기 시작했다.

"창문이 다 막혀 있네?"

레슬리가 고개를 갸웃거렸다. 그러자 마델이 웃으면서 대답해 주었다.

"한기가 들어오는 걸 방지해서 겨울에는 막아 두는 집도 많아요. 저희 공작저는 비싼 유리를 쓰기 때문에 저렇게 하지는 않지만, 다른 곳에서는 주로 창문을 막아 두지요."

마델의 설명에 레슬리는 고개를 끄덕였다.

"그렇구나……."

"특히 이 집은 아기가 있어서 그런가 좀 더 꼼꼼하게 막혀 있네요. 거기다 벽난로도 새것이고."

마델은 주변을 돌아보며 말을 흘렸다.

"하긴 아무래도 아기가 어리면 어릴수록 감기가 걱정되죠."

"네, 아가가 감기가 잘 걸리는 편이라 난방에 신경을 쓰고 있어요. 그나저나, 어떤가요? 제 식당이에요. 몇 년을 일해서 간신히 땅을 사고 건물을 세웠어요. 인부를 고용할 돈을 아끼기 위해 저도 나무를 날랐다니까요."

그 말에는 자부심이 들어 있었다. 엠로아는 레슬리와 마델을 보며 생긋 웃었다.

"아, 다들 배고프시죠? 제가 간단한 스튜를 끓여 놨어요."

엠로아는 안쪽으로 들어가더니 나무 그릇에 스튜를 가득 가져와 마델과 레슬리 앞에 내려놓았다.

"맛있겠다."

레슬리는 제 앞에 놓여 있는 스튜를 보고 눈을 빛냈다. 고기와 채소가 잔뜩 들어간 스튜는 한 그릇만 먹어도 배가 든든하게 찰 것 같았다.

"감사합니다, 아가씨. 저희 리아 식당의 명물 고기 스튜예요."

레슬리의 말이 기쁜지, 엠로아는 웃으면서 서 있는 두 명의 기사에게도 스튜를 권했다.

"죄송합니다."

하지만 그걸 반트는 단호하게 쳐 내면서 방긋 웃었다. 그러더니 레슬리가 앉아 있는 쪽으로 와 마법석을 들이밀었다.

"죄송합니다, 아가씨. 잠시 검사 좀 하겠습니다."

그 소리에 레슬리는 눈을 동그랗게 뜨고 반트와 마법석을 번갈아 바라보았다.

루엔티에게 듣기로는 마법석은 여러 용도로 만들어져서 유용하게 사용된다고 들었다. 그중에는 독극물이 들어 있는지 검사할 수 있는 마법석도 있다고 들었다. 이상한 게 있으면 마법석이 다른 색으로 물든다고 했던가.

그런데 그런 마법석을 왜 지금 꺼내는 것인지 레슬리는 이해할 수가 없었다. 레슬리에게 있어 그녀는 은인이었다. 그런 은인이 준 음식을 반트는 마치 독극물을 탄 음식처럼 대하고 있었다.

'어떻게 이럴 수가…….'

레슬리는 눈을 깜빡였다. 자신이 불구덩이에 떨어졌을 때 유일하게 떠오른 행복한 기억을 준 사람이 엠로아였다. 그런 엠로아가 자신을 해칠 리가 없는데!

엠로아 역시 반트의 행동에 충격을 받은 듯 작게 몸을 떨더니 일부러 괜찮다는 듯 방긋 웃었다.

"네, 네! 저는 괜찮아요. 그, 아가씨는 최근에 나쁜 일도 겪으셨고……."

하지만 얼굴은 붉어지고 눈가에는 눈물이 맺혀 있었다.

"반트 경!"

레슬리가 날카롭게 외치자 그릇에 마법석을 가져다 대던 반트의 손이 멈칫했다.

"이게 뭐 하는 짓이야!"

레슬리가 공작저의 사람들에게 소리를 지른 건 이번이 처음이었다. 화를 낸 것도. 하지만 반트는 방긋 웃었다.

"죄송합니다, 아가씨. 하지만 저는 명령에 따를 뿐입니다."

그러면서 반트는 마법석을 레슬리의 그릇에 가져다 대었다. 그러고 나서 마델의 앞에 있는 그릇을 조사하기 시작했다. 두 개의 마법석이 서서히 빛나기 시작했다.

레슬리의 얼굴이 붉게 물들었다. 입술을 한 번 꾹 깨물었다가 무서운 기세로 반트와 레소를 바라보았다.

"만약 이 그릇들에서 이상한 게 전혀 발견되지 않으면 엠로아에게 사과해. 두 사람 다."

"네, 그러도록 하겠습니다. 아가씨."

"그리고 둘 다 나가."

"그건 좀……."

반트가 뭐라고 하려다가 입을 다물었다. 레슬리가 무시무시한 기세로 반트와 레소를 노려보고 있었다. 반트와 레소가 슬쩍 시선을 교환하더니 이내 고개를 끄덕였다.

"네, 이상이 없다면 엠로아 씨에게 사과를 하고 이야기하는 동안 밖을 지키고 있겠습니다."

"좋아."

레슬리는 제 치맛자락을 꽉 잡고 검사가 끝나기를 기다렸다. 빛으로 물들었던 마법석은 그 빛이 사라질 때까지 아무런 반응을 보이지 않았다. 그 뒤로 스튜가 가득 냄비와 다른 음식들에서도 마법석은 다른 색으로 바뀌지 않았다.

"아무것도 나오지 않았네요."

결국, 가게 전부를 검사한 반트와 레소는 마법석을 도로 품에 집어넣으면서 작게 안도의 숨을 흘렸다. 그러고는 엠로아를 향해 고개를 숙였다.

"의심해서 죄송했습니다."

"아니에요!"

엠로아는 정말 기사들에게 사과를 받을지 몰랐던지 팔을 내저으며 괜찮다고 외치기 시작했다.

"아가씨는 조심하는 게 당연한걸요! 저는 정말 괜찮아요."

레슬리가 더 화를 내기도 전에 엠로아가 외치자, 레슬리도 결국 고개를 끄덕였다.

"그럼, 아가씨. 저희는 바로 앞에 있겠습니다."

"응."

레슬리는 반트와 레소의 인사에 일부러 획 하고 고개를 돌렸다.

두 사람이 나가면서 '결국 미움받고 말았네요.' 하고 작게 속삭이는 소리가 들렸으나 레슬리는 못 들은 척했다.

"미안해. 기분 나빴지?"

"아가씨, 정말 아니에요."

"그래도…… 나 이거 얼른 먹을게!"

레슬리는 재빠르게 스튜 그릇을 향해 손을 뻗다가 탁자 위에 올려 두었던 가방을 떨어뜨렸다. 편지와 자잘한 물건들이 바닥에 흩어졌다.

"이런."

마델과 엠로아가 재빠르게 떨어진 물건들을 줍다가 서로 시선을 마주치고 웃었다. 그러다 마델이 편지를 집어 들고는 레슬리를 바라보았다.

"아가씨, 편지는 오늘 보내도록 할까요? 신전과 마을은 거리가 있어서요. 오늘 보내고 신전에 올라가는 게 좋을 것 같아요."

"편지를 보내시게요? 바로 옆집에서 편지를 보낼 수 있어요. 제가 다녀올까요?"

엠로아의 말에 마델이 손을 내저었다.

"아가씨가 만나러 오신 분이 자리를 비우면 안 되지요! 이건 조금 이따가 제가 부치고 올게요. 아니면 기사님에게 부탁드려도 될 거예요."

"그럼 스튜 좀 드시고 가세요. 식은 것보단 따뜻한 게 좋으니까요."

그 말에 레슬리와 마델은 스튜를 먹기 시작했다. 엠로아는 무언가를 가지러 잠시 자리를 비웠다.

"맛있다."

검사를 하느라고 오래 기다렸지만, 이 겨울에 먹기 좋을 만큼 스튜는 따끈따끈했다. 따뜻한 게 배 속에 들어가자 기분이 절로 좋아졌다.

"그러게요. 어떻게 이런 풍미를 낸 건지 모르겠어요. 이건 동부에서 나는 감자 같은데."

마델은 신나서 스튜를 먹기 시작했다. 요리에 관심이 있었는지 고기는 양 같다, 동부 감자는 좀 더 달콤하다는 등 자신이 알고 있는 대화를 풀어놓았다.

그러는 사이 안쪽으로 들어갔다 온 엠로아가 돌아왔다. 그녀의 손에는 색색의 천을 엮어 만든 팔찌가 들려 있었다. 두 사람을 바라보며

163

엠로아가 웃었다.

"입에 맞으시는 것 같아 다행이에요."

"네, 엠로아 씨. 이거 정말 맛있네요. 동부 감자인가요?"

"맞아요. 이 근방에서 먹는 감자는 이런 맛이 안 나죠."

"그런데 엠로아. 그럼 아가는 계속 뒷집에 있는 거야?"

아가를 위해 아기 옷도 가져왔는데. 보고 건네주면 좋겠다.

레슬리의 말에 엠로아가 갑자기 눈을 크게 뜨더니 작게 중얼거렸다.

"아…… 그렇지. 지금 내 아가가……."

"엠로아 씨?"

하지만 그 표정은 찰나였다. 마델이 그녀를 부르자마자 그녀는 다시 방싯 웃었다.

"아. 사실은 저희 아가가 낯을 많이 가려서요. 아가씨는 몰라도 기사님들을 보면 울 것 같아요."

조금 이따가 아가씨에게만 살짝 보여 드릴게요. 그렇게 약속하며 엠로아는 레슬리의 손목에 자신이 가져온 팔찌를 감았다.

레슬리는 제 팔을 들어 팔찌를 바라보았다. 천으로 만들어진 팔찌는 생각보다 무거웠다.

"이게 뭐야?"

"선물이에요, 아가씨. 우리 고향에서는 이 팔찌를 선물하는 걸로 앞으로의 행운을 기원하거든요."

그 말에 레슬리와 마델은 눈을 동그랗게 뜨고 팔찌를 바라보았다. 다양한 색의 천을 일정하게 잘라서 엮어 만든 팔찌는 레슬리의 마음에 쏙 들었다. 그런데 왜 무거운 걸까?

"안에 딱딱한 걸 넣어서 모양을 고정해 봤는데, 혹시 무거우신가요?"

엠로아의 말에 레슬리는 납득했다. 아, 그래서 무거운 거구나. 레슬리는 괜찮다고 웃어 보이며 제 팔을 흔들어 보았다.

"사실 아가씨와 같이 하고 싶어서 이렇게 저도 차고 있어요."

엠로아는 부끄럽다는 듯 제 소매를 걷어 보였다. 그러자 똑같은 모양의 팔찌가 보였다.

"세트네."

레슬리는 눈을 반짝거리며 엠로아와 제 팔을 번갈아 바라보았다. 그 모습을 보며 엠로아는 고개를 끄덕였다.

"네, 세트예요. 제가 만들었어요, 아가씨."

"부럽네요."

마델이 눈을 빛내며 팔찌를 바라보았다. 자신도 서올리와 하고 싶은 모양이었다.

"제가 나중에 몇 개 만들어서 가져다 드릴게요. 아니면 만드는 법을 알려 드릴까요?"

"어머나! 그럼 알려 주실 수 있나요?"

"기꺼이요."

그런 마델의 마음을 알았는지 엠로아가 웃으며 친근하게 말을 붙였다. 그러는 사이 레슬리는 제 팔찌를 만지작거렸다.

무거워. 왜 이렇게 무거울까. 보석이 올라간 것도 아닌데, 돌덩이가 들은 것처럼 무거웠다. 안에 철 조각이라도 집어넣은 걸까?

'벗고 싶다.'

저도 모르게 그런 생각을 했다가 이내 고개를 저었다. 받은 선물인데 자신이 무슨 생각을 하는 건지.

"벗고 싶으면 저에게 말해 주세요. 그거 매듭이 까다로워서 벗기가 힘들거든요."

엠로아가 레슬리에게 말하자, 스튜를 먹고 있던 마델이 반응했다.

"많이 어려운가요? 저에게 알려 주세요."

레슬리의 팔찌를 가장 많이 벗겨 줄 사람은 마델이었기에, 엠로아는 마델에게 매듭을 푸는 법을 알려 주기 시작했다.

"이렇게 묶고 푸는 건가요? 생각보다 어렵네요."

"네에, 저희 지방에서 묶는 건데 어렵지요⋯⋯."

마델이 매듭에 정신을 쏟고 있는 사이, 엠로아는 불안한 얼굴로 레슬리를 힐끗 바라보았다. 하지만 레슬리는 스튜를 먹느라고 엠로아의 시선을 알아채지 못했다.

잠시 두 사람이 매듭을 풀고 다시 묶으면서 이야기를 나누는 동안, 스튜를 거의 다 먹은 레슬리는 자신이 잊어버린 물건을 떠올렸다.

'맞다. 선물.'

가지고 나오지 않았었나? 주변을 둘러보자, 선물 상자는 보이지 않았다. 지금 레슬리가 가지고 있는 가방은 작은 가방이라 선물 상자가 들어갈 일이 없었다.

'놓고 왔나 봐.'

아까 마델과 보고 어디다가 놨더라. 편지와 보닛 때문에 마델도 자신도 정신이 팔렸던 듯했다. 잠시 고민하던 레슬리는 아직도 매듭으로 열렬한 토론을 나누고 있는 두 사람에게 슬그머니 말을 꺼냈다.

"마델, 있잖아. 내가 선물 상자를 두고 온 것 같아."

레슬리의 말에 마델도 선물 상자를 찾아보려는 듯 주변을 둘러보더니 레슬리를 바라보았다.

"그러면 제가 다녀올게요. 마차 안쪽에 넣어 놔서 기사님들은 찾기 힘들 거예요."

가는 김에 편지도 부치고요. 말을 잇던 마델은 미안하다는 듯 엠로아를 바라보았다.

"그리고 죄송하지만, 기사분을 한 분 부를게요. 아가씨를 절대 혼자 두지 말라고 하셔서요."

"저는 괜찮아요. 편한 대로 해 주세요."

마델은 다녀오겠다고 인사를 하며 가게를 나섰다. 밖에서 기사와 이야기를 하는지 문 바로 앞에서 두런두런한 이야기가 들려왔다.

"엠로아. 있지, 아까……."

방금 있던 일을 다시 사과하자. 그렇게 다짐하며 엠로아를 부르는데, 자신의 목소리를 못 들었는지 엠로아가 문 쪽으로 다가갔다.

"엠로아?"

그 뒷모습이 뭔가가 이상했다. 휘적휘적 걷는 발걸음은 꼭 술에 취한 사람 같기도 했고 무언가 절망에 빠진 사람 같기도 했다.

레슬리는 불길한 느낌이 스멀스멀 퍼지는 걸 막을 수가 없었다. 갑자기 왜? 아니, 설마. 그럴 리가 없어.

하지만 본능에 따라 레슬리는 천천히 몸을 일으켰다. 그리고 제발 아니길 빌며 다시 엠로아를 불러 보았다.

"엠……로아? 내 말 들려?"

하지만 문까지 걸어간 엠로아는 손잡이에 손을 올리고 레슬리를 바라보았다.

"죄, 죄송해요, 아가씨."

자신을 바라보는 그녀의 눈동자는 눈물과 죄악감으로 젖어 있었다. 레슬리의 눈동자가 절로 떨리고 있었다.

"정말로 죄송해요."

찰칵. 소리를 내며 문이 잠겼다.

그건 레슬리에게 있어서 공작저에 들어와 처음 맛본 배신이었다. 발밑이 가라앉는 기분이었다.

레슬리는 멍하니 엠로아를 바라보았다. 왜냐고 입을 열어 묻고 싶었지만, 그러지를 못 했다. 그러는 동안에 엠로아는 문을 잠그더니 그대로 몸을 돌렸다.

"죄송해요, 아가씨……."

그 말을 중얼거리면서 다가오는 그녀를 보고 레슬리는 이를 갈았다. 일단은 여기서 벗어나야 했다. 왜 엠로아가 자신을 이곳에 가뒀는지 알아내는 것은 나중의 일이었다.

"정말 그렇게 미안하다면 나를 내보내 줘."

뒤로 물러나며 레슬리가 말하자, 엠로아가 슬픈 듯 웃으며 고개를 저었다.

"죄송해요. 그럴 수는 없어요."

"밖에는 셀바토르 기사들이 있어. 판자를 덧댔다고는 하지만, 나무 문쯤은 금방 뚫고 들어올 거야."

"그러겠지요."

엠로아는 중얼거렸다.

"하지만 쉽게 들어올 수는 없을 거예요."

챙! 그 말을 끝으로 갑자기 무언가가 깨지는 소리가 울려 퍼졌다. 그리고 이어지는 마델의 비명과 기사들이 검을 부딪치는 소리.

레슬리가 놀라서 움찔하는 사이 엠로아가 달려와 레슬리의 팔을 붙잡았다. 어디서 그런 힘이 쏟아난 것인지, 잡힌 팔에서 고통이 몰려와 레슬리는 작게 비명을 질렀다.

"놔…… 놔!"

"못 놔요. 죄송해요, 아가씨."

그렇게 말하며 덜덜 떨더니 눈물을 뚝뚝 떨구기 시작했다.

"나, 남편이 제 아이를 팔아넘겼어요……. 그 망할 새끼가……. 나는, 내, 내 아가를 찾아야 해요. 우리 리아를……."

'분명 뒷집에…….'

아니, 그 전에 남편은 죽었다고 하지 않았나? 도대체 어디서부터가 진실인지 거짓인지 알 수가 없었다. 일단 벗어나야겠다. 레슬리는 자신의 팔을 잡고 있는 엠로아의 손을 덥석 물어 버렸다.

"아악!"

짧은 비명이 터지고 엠로아가 손을 놓친 순간 레슬리는 문 쪽으로 뛰어갔다. 하지만 순식간에 다시 잡혀 버렸다. 엠로아는 이번엔 절대 놓치지 않겠다는 듯 레슬리의 허리를 꽉 안아 버렸다.

"놓으라고!"

레슬리가 팔다리를 휘두르며 엠로아에게 벗어나려고 했지만, 그러면 그럴수록 자신을 옥죄고 있는 팔의 힘은 강해졌다. 도대체 어디서 이런 힘이 생긴 건지 알 수가 없었다.

"놓으라고 하잖아!"

레슬리의 손이 정확히 엠로아의 얼굴을 때렸지만, 작은 신음만 흘릴 뿐 그녀는 놓지 않았다.

도대체 왜 이런 걸까. 아무리 밖에 수상한 자들이 급습했다고 하더라도 셀바토르 공작가의 기사들이었다. 누구와 싸우든 엠로아가 자신을 붙들어 놓은 시간은 찰나일 것이다.

'일단 벗어나야⋯⋯!'

그 생각을 하는데, 천장 위쪽, 다락방에서 무언가가 깨지는 소리가 울려 퍼졌다. 그리고 그걸 기다리고 있었다는 듯 벽난로에서 불이 세차게 타오르더니 기름을 먹고 식당에 퍼지기 시작했다.

"아⋯⋯."

레슬리는 그 불을 보고 굳어 버렸다. 자신도 알고 있는 것이었으니까.

'어서 집어넣어! 이러다가 해가 진다면 네놈을 저 불구덩이에 집어넣겠다!'

그 말이 저절로 떠오르는, 제물을 삼키는 검은 불이었다. 검은 불은 빠르게 레슬리가 있는 곳으로 다가오기 시작했다.

불은 천장에서도 타오르기 시작했다. 다락방에도 검은 불이 타오르고 있던 모양이었다. 천장에서 불똥이 뚝뚝 떨어졌다. 누군가가 불이 빠르게 번질 수 있도록 손을 쓴 모양이었다. 그리고 그럴 사람은 이 세상에 단 세 사람뿐이었다.

"후작!"

레슬리는 분노에 섞인 비명을 내질렀다. 스페라도 후작이었다. 자신을 이제 통제할 수 없다고 생각했는지, 원래 목적대로 제물로 삼을 생각이었다. 아마 멀리서 이 사태를 보고 있겠지.

"당장 이리로 오라고! 죽여 버릴 거야!"

레슬리는 자신의 목소리가 닿지 않을 것을 알면서도 소리 질렀다. 이런 함정에 빠진 자신이 너무도 한심하고 분해 눈물이 줄줄 흘렀다. 열기에 목소리가 저절로 갈라졌다.

"꺄악!"

다시 비명이 터졌다. 불길이 제 앞을 가려 버린 탓이었다. 건조한 겨울에 마를 대로 말라 버린 목조 건물은 순식간에 불길로 가득 찼다.

'어서 도망가야…… 하는데.'

숨이 가빠 왔다. 무서워, 무서워. 무섭다고 싫어!

'저, 정신을…….'

차려야 하는데. 도무지 저 불이 무서워 그럴 수가 없었다. 제발, 제발. 정신 차려. 보지 않으면 조금이라도 도움이 될까. 눈을 꽉 감고 가쁜 숨을 내쉬는데, 뒤에서 작은 목소리가 들려왔다.

"아가, 내 아가……."

자신을 꼭 끌어 앉은 채, 엠로아가 덜덜 몸을 떨고 있었다.

"미안해, 아가. 아가. 예쁜 내 딸……. 우리 리아……."

내 딸. 사랑스러운 딸. 그 말에 왜 공작과 사이레인이 떠오르는지. 연달아 베스라온과 루엔티가 생각나는지. 그리고 왜 눈물이 다시 터져 나오는지.

"에, 엠로아. 나랑 같이 죽을 생각이야?"

눈물이 떨어지는 것과 동시에 두려움이 조금 가라앉았다.

'그래, 나는 셀바토르 공작가의 아이야.'

불 따위 무섭지 않아. 나는 고귀한 수호자의 일원이니까. 레슬리는 눈물을 삼키며 엠로아를 다시 불렀다.

"엠로아!"

자신을 끌어안은 채 주저앉은 엠로아를 보니 정말 자신과 함께 불타 죽을 모양이었다. 자신의 이름을 부른 걸 듣지 못했는지 엠로아는 덜덜 떨며 자신의 아이를 부르고 있었다.

쿠웅! 천장이 무너지면서 입구가 막혀 버렸다.

"엠로아! 나랑 같이 죽을 거냐고!"

레슬리는 다시 팔을 휘둘러 굳어 버린 엠로아를 때렸다.

"이런다고 리아가 좋아할 리가 없잖아!"

"좋아할 거예요!"

딸이라는 말에 정신이 돌아왔는지, 그녀가 거칠게 레슬리를 몰아붙였다.

"제, 제 딸은 아파요, 아가씨. 너무너무 아파요. 그런 딸을 남편이 데려갔어요. 그 도박 빚에 미친 새끼가 제가 잠시 아파서 잠든 사이에……. 그런데 저, 저만 죽으면요. 아가씨랑 같이 죽으면요, 리아를 행복하게 살게 해 준대요. 아프지 않고 귀족처럼 살게 해 준대요. 지금 위태한 고모 상단도 살려 준다고 약속했어요."

엠로아는 덜덜 떠는 상태로 레슬리를 바라보며 옷자락을 쥐었다.

"그러니 저와 함께 죽어 주세요."

171

그 말에 레슬리는 눈을 찡그렸다가 눈물로 범벅인 된 눈가를 쓱 닦아 내고 고개를 저었다. 엠로아는 그런 레슬리를 초점이 없는 눈으로 바라보았다.

"아니, 나는 살 거야. 나는, 살고 싶어. 그래서 셀바토르 공작가로 갔고. 이제 나를 사랑해 주는 부모님과 가족을 만났어."

눈물로 목소리가 흐려지지 않게 또박또박 말하며 레슬리는 엠로아를 바라보았다. 어머니와 아버지, 그리고 두 오라버니들을 떠올릴 때마다 더욱더 두려움이 가라앉았다.

"그러니까 나는 살아남을 거야. 내가 죽으면 우리 부모님이 슬퍼하실 테니까."

거기까지 말한 레슬리가 거칠게 엠로아를 떨궈 냈다. 레슬리의 말이 충격이었는지, 쉽게 엠로아의 팔이 풀렸다.

'나갈 곳이……!'

나갈 곳을 찾기란 힘들었다. 불길은 여기저기 퍼져 있었으니까. 하지만 한 곳, 아직 불길이 번지지 않은 구석 창문을 발견한 레슬리는 그리로 뛰었다. 판자가 막혀 있었지만, 이 정도는 자신 있었다. 레슬리는 어둠을 일으켰다.

"……?"

하지만 일렁거리는 어둠은 판자에 닿기만 할 뿐, 판자를 부수고 레슬리에게 탈출로를 만들어 주지는 못했다.

'다, 다시.'

최대한 마음을 가라앉히고 어둠을 움직여 보았지만, 역시 일렁거리기만 할 뿐 어둠은 제대로 움직여지지가 않았다. 마치 힘을 잃어버린 듯했다.

'왜?'

레슬리가 제 손을 내려다보며 절망하는 사이 옷자락에 불이 붙었다. 아주 시커먼 불이.

　처음 레슬리가 봤던 검은 불은 저렇게 시커멓지 않았다. 마치 그때 있던 작은 손들이 다 떠나 버린 듯 보이는 불은 살아 있는 것처럼 레슬리를 붙잡았다.

　배고파.

　그렇게 말하는 것 같았다. 자신의 속에 든 게 텅 비었다는 듯 검은 불은 무서울 정도로 빠른 속도로 레슬리의 드레스를 타고 올라오기 시작했다.

　싫어! 레슬리는 재빠르게 드레스 자락에 붙은 불을 꺼 보려고 했다. 하지만 불은 점점 더 레슬리에게 다가왔다.

　그리고 그때 요란한 소리를 내며 차가운 물이 레슬리를 덮쳤다. 불이 꺼졌다. 레슬리가 눈을 깜빡이는데, 엠로아가 다시 레슬리의 팔을 붙잡았다.

　"도대체 언제쯤 포기할 거야!"

　레슬리가 거칠게 밀어냈지만, 이번에도 엠로아는 레슬리를 질질 끌고 갔다.

　"노, 놓으라고!"

　물어도, 꼬집어도 그녀의 손은 억세게 붙어 떨어지지 않았다. 안쪽으로 레슬리를 끌고 온 엠로아는 한 손은 레슬리를 잡은 채, 다른 한 손으로 바닥에 깔린 카펫을 벗겨 냈다. 그러자 그 밑에서 입구가 나타났다. 엠로아는 그 문을 열며 레슬리를 불렀다.

　"여기 들어가 계세요. 식료품을 저장하는 지하창고예요. 여기까지 불이 붙지는 않을 거예요."

　그러면서 어서 내려가라는 듯 손짓했다. 그녀의 눈에서도 눈물이 다시 떨어졌다. 왜, 갑자기 자신을 살리는 걸까.

　눈물을 쓱 훔치더니 엠로아가 말을 이었다.

"저도 부모니까요. 제 아이를 살리고는 싶지만……."

엠로아는 눈물과 함께 침을 삼키며 힘겹게 말을 이었다.

"다른 사람의 귀한 아이를 죽여서까지 그러고 싶진 않아요."

그러고는 억세게 다시 레슬리의 팔을 잡고 밑으로 내려가게 했다. 하지만 레슬리는 내려가지 않고 버렸다.

"믿을 수 없어. 갑자기 왜 그러는 거야?"

자신의 딸을 살리기 위해 레슬리를 죽이려고 했다가 갑자기 변한 게 믿기지 않았다. 저 밑에는 또 다른 검은 불이 있는 게 아닐까.

"……그, 아가씨. 대신 하나만 약속해 주세요. 제, 제 딸을 살려 주시면 안 될까요?"

"뭐……?"

갑자기 왜 자신에게 그런 말을 하는 걸까.

"아가씨의 말을 듣고 생각했어요. 이건 잘못된 방법이에요. 하지만 되돌리기엔 너무 많이 와 버렸고 이게 가장 나은 방법이에요. 그런데 제 딸…… 제 가엾은 딸이 너무 걸려요……. 그러니 제발……. 제 딸만 살려 주세요, 아가씨."

눈물에 헐떡거리며 엠로아는 레슬리를 바라보았다.

뒤늦게 약한 후회가 밀려왔다. 아무래도 자신은 아이가 사라지고 나서 남편에게서, 그리고 후작에게서 계속 협박 편지를 받고 정신이 나가 버린 게 분명했다. 하지만 이 상황에서 변명은 통하지 않겠지.

'벌을 받는 건 상관없어. 하지만…….'

내 딸은 어쩌지? 과연 후작이 그 약속을 지킬까? 유일한 리아의 보호자가 된 남편은 후작처럼 내 딸을 때리고 굶기지 않을 거라고 확신할 수 있을까?

레슬리의 말을 듣고 나서야 엠로아는 제정신을 차릴 수 있었다. 그리고 자신이 얼마나 최악의 짓을 저질렀는지도.

이 일을 수습하는 건 단 한 가지 방법밖에 없다는 걸 깨달았다. 바로 레슬리를 살리고 제가 죽는 방법이었다.

"제, 제가 몸을 꼭 웅크리고 죽을게요. 그럼 아마 제가 아가씨를 붙잡고 죽었다고 오해할지도 몰라요. 그러니까 어서, 어서……."

하지만 아직도 엠로아는 자신이 제일 무서웠다. 혹여나 다시 자신의 마음이 바뀔까. 그래서 다시 레슬리를 해치게 되진 않을까. 조금만 정신을 놓는다면 다시 레슬리를 껴안고 불 속으로 들어갈 것 같았다. 그래서 엠로아는 재촉하듯 레슬리의 등을 떠밀었다.

다행히도 그런 엠로아의 마음을 알았는지, 레슬리는 입구에서 잠시 머뭇거리다 마지막으로 그녀를 바라보았다.

"내가 꼭 리아를 구해 줄게."

"……정말요?"

고개를 끄덕이자 눈물이 같이 바닥에 떨어졌다. 뜨거운 열기 탓에 바닥에 닿자마자 눈물은 순식간에 사라졌다.

"정말로."

그 말에 고맙다는 듯 엠로아가 웃었다. 다시 그녀가 가라고 레슬리의 등을 떠미는 순간 천장이 두 사람 위로 무너져 내렸다. 레슬리는 외마디 비명도 지르지 못한 채 굳어 버렸고, 엠로아가 레슬리와 지하실 입구를 보호하듯 몸을 일으켰다.

"아악!"

검은 불이 붙은 판자가 엠로아의 등에 떨어졌다. 외마디 비명이 레슬리의 귀를 덮었다.

"아흐흑."

고통으로 생겨난 눈물이 레슬리의 뺨에 떨어졌다.

"어서 열고 가세요!"

엠로아는 레슬리를 독촉했다. 눈물에 젖은 그 목소리에 다시 레슬리는 몸을 움직였다.

분명 엠로아가 열어 줬는데, 입구가 닫혀 있었다. 아까 천장에서 물건이 떨어지면서 닫혀 버린 듯 보였다.

레슬리는 뜨거움도 잊어버리고 창고 문손잡이를 잡았다. 천천히 문이 다시 열리기 시작했다. 그사이 천장에 붙은 불이 더욱 세게 타올랐다. 검은 불은 마치 레슬리를 놓치고 싶지 않아 하는 듯 보였다.

처음보다 더 검은색으로, 그리고 악질적으로 변해 버린 것 같은 불은 슬금슬금 레슬리 주변으로 몰려들었다. 레슬리가 이를 악물고 문을 연 순간 정확히 레슬리를 노리고 불덩이가 천장에서 떨어졌고.

"이런, 우리 딸. 괜찮니?"

이 자리에는 있을 리가 없는 셀바토르 공작이 모습을 드러냈다.

이건 꿈일까? 레슬리는 눈을 깜빡이다 손을 뻗어 보았다. 그러자 공작이 웃으며 손을 마주 뻗어 레슬리의 작은 손을 잡아 주었다.

만져진다. 레슬리는 그게 너무도 신기했다. 공작령에 있어야 할 분이 왜 여기에 있는 걸까.

"연기를 너무 마셨나 보구나."

공작은 바닥에 쓰러진 레슬리를 안아 들었다. 그러면서 여유 있게 얼굴을 닦아 주기까지 했다.

"어머니, 여기는 위, 위험……."

"내가 있는데 무엇이 위험하겠니."

등을 토닥이며 말하자 정말 그럴 것 같다는 느낌이 들었다.

'아, 그런가? 나는 이제 안전하구나.'

레슬리는 품 안에 안겨 느리게 눈을 깜빡거렸다. 어쩐지 졸음이 몰려오기 시작했다. 아직도 무너지는 식당 안, 불길 속인데도 무섭지가 않았다. 아까보다 더욱 평온해졌다.

"나갈까."

레슬리가 안정된 걸 확인하자마자 공작이 걸음을 옮겼다. 불길이 다시 치솟았지만, 공작은 자신이 가져온 검으로 가볍게 불길을 갈라 길을 내었다.

그와 동시에 위에서 잔해들이 떨어졌다. 하지만 그 역시도 털끝만큼의 피해도 주지 못했다. 공작은 마치 산책이라도 나온 듯 느긋하게 걸음을 옮겼다.

레슬리는 공작의 품에 안겨 그 모습을 바라보았다. 소설을 보는 듯 현실감이 없었다.

"레슬리, 졸려도 눈을 뜨고 있으렴. 지금 자면 안 된단다."

공작의 말에 레슬리는 느리게 고개를 끄덕였다. 그러다가 시선이 공작 너머에 닿았다. 불타오르는 천장의 잔재들 밑에 엠로아가 쓰러져 있었다. 레슬리는 공작의 옷자락을 붙잡았다.

"어, 어머니! 엠로아를 살려 주세요!"

"너를 속인 사람을 말이니?"

셀바토르 공작은 레슬리를 보며 고개를 저었다.

"내 딸아, 증인이 필요하다면 일단 여기서 나가 남편이라는 놈을 잡으면 되고, 그걸로도 부족하다면 근방에 숨어 있는 스페라도 후작을 잡으면 될 일이란다."

그 말에 레슬리는 고개를 저었다.

"그런 게 아니에요. 엠로아는 저를 살려 주려고 했단 말이에요."

레슬리가 간절한 얼굴로 셀바토르 공작을 바라보자 공작의 눈매가 가늘어졌다. 그리고 다시 쓰러져 시음을 흘리고 있는 엠로아를 바라보았다.

"휴."

작게 한숨 쉰 공작은 검을 검집에 집어넣더니 한 팔로 엠로아의 손을 잡고 불타는 잔해 속에서 끄집어냈다. 그러더니 기절한 엠로아를 끌고 벽 쪽으로 다가갔고, 그대로 발로 벽을 부숴 버렸다.

쿠웅―!

아무리 나무로 만든 집이라지만, 화재로 약해져 있다지만, 발길질 몇 번에 벽이 무너져 내리는 모습을 보고 레슬리는 눈을 동그랗게 떴다.

밖이 보인다. 차가운 겨울바람이 뺨에 닿자 그나마 남아 있던 모든 긴장이 어이없이 풀려 버렸다.

'눈을…… 떠야 하는데…….'

어머니가 안 된다고 했는데, 어쩌지? 너무 졸려. 레슬리는 자신을 부르며 달려오는 마델과 기사들의 목소리를 들으며 눈을 감았다.

❖

'오늘이지.'

콘라드는 제복을 차려 입으며 달력을 확인했다. 레슬리가 도착한다고 편지로 말한 날이 오늘이었다. 무슨 식당에 들른다고 했던가. 예전의 은인을 우연히 만나 식당에 초대받게 되었다고 기뻐서 편지를 보낸 걸 기억하고 있었다.

'추신: 사실 엠로아의 식당에 가고 싶다고 어머니랑 아버지를 졸랐어요. 부끄러우니까 비밀이에요.'

뒤에 고백하듯 덧붙인 추신을 읽으며 웃음을 터트렸었지. 레슬리가 며칠 이르게 도착한다는 걸 알고 있었으니, 지원해서 호위로 오는 것까지는 간단했다.

'조금 찔리는걸.'

콘라드는 제 뺨을 긁적거리며 작게 앓는 소리를 냈다. 편법을 쓴 것 같은 기분이 들었다. 다들 귀족 영애 한둘쯤은 알고 있었으니까. 하지만 이런 식으로 움직이지는 않았다.

'아니. 이건 레슬리 양을 위해서야.'

레슬리는 낯을 많이 가리니까 모르는 사람들 사이에 섞여 있는 것보다 얼굴을 아는 자신이 가는 걸 더 기뻐할 것이다. 거기다 이제 중요한 시험을 앞두고 있으니 긴장을 풀어 주는 의미도 될 것이다. 그렇고말고. 잠시 고개를 끄덕이던 콘라드는 조금 씁쓸하게 웃었다.

'많이 찔리네.'

결국, 짧게나마 신에게 기도를 올리고 나서야 콘라드는 검과 망토를 챙겨 숙소를 나섰다. 그리고 이미 나갈 준비가 된 말이 있는 쪽으로 다가갔다. 몇 명의 기사는 준비를 다 마친 상태였다.

"그 화제의 셀바토르 공녀라며?"

테센트루아 성기사 중 한 명이 씩 웃으며 콘라드에게 말을 걸었다.

"아는 사이지?"

"조금요."

콘라드가 웃자, 그 기사의 입가에 걸린 미소가 더욱 짙어졌다.

"보통 아는 사이가 아닌 것 같던데. 그러니까 재판장에서 증인도 해주지."

"루엔티 마법사님으로 인연이 있을 뿐이에요."

사뿐히 말에 올라탄 콘라드는 고비를 쥐고 그 기사를 보며 웃었다.

"슬슬 가지 않으면 우리 늦지 않을까요?"

"말 돌리긴."

하지만 콘라드의 말이 사실이었기에, 다섯 명의 테센트루아 성기사단은 말을 몰아 신전을 빠져나갔다. 호위는 콘라드와 콘라드에게 말을 건 두 기사가 맡게 될 것이었지만, 레슬리가 있는 곳이 바로 신전 코앞이라 다섯이나 출발한 것이었다.

그런데 맨 앞에서 달리던 기사가 눈을 깜빡였다.

"어? 잠시 멈춰!"

그 말과 함께 다섯의 기사가 전부 멈추었다. 시원하게 달리다 급작스레 멈추자 말들이 마음에 안 드는지 푸르륵거렸다. 콘라드가 달래주려 목덜미를 두드리는데, 갑자기 한 남자가 기사들에게 매달리듯 달려들었다. 맨 앞에 있던 기사는 그 남자를 보고 급하게 말을 멈춘 듯 보였다.

"기사님들, 도와주십시오!"

남자가 간절하게 외쳤다.

"무슨 일입니까?"

"그 식당에…… 식당에 불이 나고 이상한 사람들이 막 사람을 공격하고 있습니다. 불길도 시커먼 것이…… 위험해요!"

차가운 겨울 날씨임에도 남자의 얼굴은 온통 땀투성이였다. 도움을 구하기 위해 급하게 신전으로 뛰어오던 것이 분명했다.

"식당 말입니까? 어느 식당인지 정확히 말해 주실 수 있으신가요?"

콘라드가 묻자 남자는 땀을 훔치며 고개를 끄덕였다.

"그…… 리아 식당입니다. 대로변에서 안쪽으로 들어가면 있는데……. 거기다 주변에 이상한 사람들이 싸우고 난리가 났습니다. 이상한 복면을 쓴 사람들이……."

남자의 이야기가 끝나자마자 콘라드가 말을 몰아 달려 나가기 시작했다.

"콘라드!"

아슬아슬하게 남자를 스쳐 지나가고 뒤에서 기사들이 그를 부르는 소리가 들렸으나, 이미 콘라드는 상점가를 향해 달리기 시작했다.

상점가에 도착하기도 전에 엄청난 검은 연기가 하늘로 치솟아 오르는 게 보였다.

연기가 치솟는 곳, 그곳에 펼쳐진 광경은 아비규환이었다. 보기에도 소름 끼치는 검은 불이 작은 식당 하나를 삼키고 있었다. 하필이면 마른바람이 불어 옆 목조 건물로 불이 옮겨 붙고 있었다. 안에 있던 사람들이 비명을 지르며 도망쳤다.

쿵! 바람에 '리아 식당'이라고 써진 간판이 큰 소리를 내며 바닥에 떨어져 산산조각 났다. 사방으로 파편과 불똥이 튀었지만, 도망가는 사람들의 비명과 검을 맞대고 싸우는 기사들의 함성에 묻혀 버렸다.

"죽여! 보내선 안 돼!"

외침이 귀를 따갑게 찔렀다. 셀바토르 기사들과 복면을 쓴 사람들이 검을 맞대고 있었다.

"도대체 이게……."

콘라드는 지금 상황이 이해가 가지 않았다.

"고, 공자님."

그런데 누군가가 콘라드의 발목을 잡았다. 마델이었다. 공격을 당한 건지, 마델의 하녀복은 한눈에 보기에도 처참해 보였다. 자세히 보니 어깨 쪽에서 피가 흐르고 있었다.

"저 안에 우…… 가씨…… 불 무서워하시는, 는데 공자…… 우리…… 구, 구해 주세……."

마델은 고통으로 일그러진 얼굴을 한 채 콘라드의 발을 잡았다. 콘라드는 바로 허리를 숙여 마델의 상처에 손을 뻗었다. 황금색 빛이 마델의 몸을 감싸 안았다.

"이제 괜찮으십니까?"

"네, 네!"

마델은 신력이 몸에 흡수되자마자 바로 고개를 끄덕이며 간절하게 외쳤다.

"저 안에 우리 아가씨가 있어요. 문은 안 열리고 이상한 놈들이 공격해 오고……. 아가씨 불 무서워하시는데 제발 우리 아가씨 좀……."

숨도 안 쉬고 빠르게 말을 하다 마델은 콜록거렸고 콘라드는 그런 마델을 토닥이며 몸을 일으키며 말했다.

"신력으로 상처를 치료했으나 당분간은 쉬어야 합니다. 그리고 레슬리 양은 제가 구할 테니 걱정 마시길."

거기까지 말한 콘라드는 검은 불로 휩싸인 식당으로 뛰어갔다. 멀리서도 그랬지만, 가까이 가면 갈수록 기분 나쁜 느낌이 강해졌다. 저절로 거부감이 들었다.

'도대체 이 불은 뭐지?'

마수인가? 잠시 검은 불을 바라보아 콘라드는 이를 깨물었다. 지금 이럴 때가 아니었다.

'일단 들어가서 레슬리 양부터…….'

거치적거리는 망토를 벗고 불 안으로 뛰어 들어갈 준비를 하는데, 누군가가 콘라드에게 검을 휘둘렀다. 아슬아슬하게 상체를 뒤로 젖혀 피하고 검을 뽑자, 다시 공격이 콘라드의 위로 떨어졌다.

캉! 칼이 돌이 깔릴 바닥을 치며 매섭게 울었다.

"이 무슨……!"

셀바토르 기사들과 싸우고 있던 복면 중 한 명이었다. 콘라드가 검을 빼 들자, 복면을 쓴 남자의 공격은 더욱 거칠게 쏟아졌다.

절대 식당 안으로 보내지 않겠다는 듯, 검을 휘두른 남자는 자신의 검을 막고 있는 콘라드를 향해 다른 손에 들려 있던 단검을 휘둘렀다. 단검은 뺨을 스치며 긴 자상을 만들어 냈다.

이럴 때가 아닌데. 콘라드가 남자를 떨어트려 내고 다시 식당 안으로 들어가려 하자, 남자는 검에 베이면서까지 콘라드를 막았다. 다시 거칠게 검이 내려쳐지고, 콘라드는 몸을 굴려 검을 피했다. 기껏 가까워졌던 식당에서 더 멀어져 버렸다.

시간 끌기다. 콘라드는 입술을 깨물었다.

'나를 죽이려 하기보다는, 못 들어가게 하기 위해서 이렇게 하는 거야.'

얼마나 되었지? 불이 저렇게 타오른 지, 레슬리가 저 안에 갇힌 지 얼마나 되었을까. 분명 울고 있을 텐데.

나머지 기사들이 도착만 하면 승기는 확실히 이쪽으로 넘어올 것이다.

콘라드는 검을 꽉 쥐었다. 남자는 자신을 보내 줄 생각 따위 하지 않았다. 그러니 남자부터 처리하고 들어가는 게 맞았지만……

'너무 많아.'

주변엔 십 수 명이나 되는 복면을 쓴 사람들이 있었다. 하나를 베어 내도 또 다른 하나가 달라붙을 것이다.

'그냥 한 번 검을 맞고……'

자신은 신력이 있으니까 괜찮지 않을까. 그런 생각을 하는데, 갑자기 자신과 대치하고 있던 복면을 쓴 남자가 피를 울컥 토하더니 그대로 쓰러졌다. 가슴팍에는 단검이 하나가 꽂혀 있었다.

"아이테라 공자."

사이레인이 남자의 가슴에 꽂힌 것과 똑같은 단검을 그리고 다른 한 손엔 도끼를 가지고 뚜벅뚜벅 걸어오더니 매서운 눈으로 콘라드를 내려다보았다.

"도움을 요청하지. 이 주변은 내가 처리할 테니까. 이 근방에 숨은 스페라도 새끼를 좀 찾아 주겠소? 나보다는 공자가 이곳 지리에 더 밝을 테니까."

콘라드는 바로 고개를 끄덕였다.

"저 안에 레슬리 양이 있습니다."

"우리 딸은 걱정 안 해도 돼."

사이레인은 자신과 콘라드에게 달려드는 복면을 쓴 사람의 가슴에 다시 단검을 던져 박아 주며, 매서운 눈길로 복면을 쓴 사람들을 바라보았다. 도끼를 쥔 사이레인의 손에 힘이 들어갔다.

"우리 아내님이 가셨거든."

❖

도망가야 해. 그 생각이 스페라도 후작의 머리를 뒤덮었다.

잘못되었다. 뭔가가 잘못되어도 단단히 잘못되었다.

르아인가 뭔가 하는 여자에게서 레슬리가 정을 줬을 법한 사람을 찾아내는 힌트를 발견했다. 걸릴 것이다. 그 아이에게 있어선 아마도 단한 번뿐인 좋은 기억일 테니까.

그 여자의 뒤를 파 보니, 남편은 도박과 약 중독으로 실종 상태가 오래되어 죽은 사람 취급을 받고 있었다. 기댈 만한 고모의 상단은 너무도 약해져 있었고, 하나뿐인 딸은 병약해 너무도 이용하기 좋은 상태였다.

엠로아에 대해 확인하자마자, 후작과 엘리는 고민에 빠졌다. 그 둘에게 있어선 이 일이 그들의 인생에서 가장 오랫동안 그리고 가장 심각하게 고민한 일이었다.

'식당을 하고 있다고 하니, 그 식당으로 꾀어서 제물의 불을 지르죠.'

엘리가 화사하게 후작을 보며 웃었다. 마침 겨울이니 나무는 잘 탈거라며 신께서 자신들을 도운다며 더욱 밝게 웃었다.

그 즉시 제물의 불을 옮기는 작업에 박차를 가했다. 검은 불은 따로 꺼내 옮기면, 이틀이 채 지나기도 전에 사그라들었다. 장작이나 석탄, 종이, 어느 것을 넣어 봐도 이틀이면 힘을 잃었다.

검은 불이 있는 정자는 스페라도 후작가와 거리가 있는 편이라 이틀을 버티는 것으로는 부족했다.

그래서 후작은 고민 끝에, 절벽에 있는 정자를 스페라도 후작가의 정원으로 옮겨 오기로 했던 것이다. 정자를 옮기다 몇이 죽었지만, 신경 쓰지 않았다. 어차피 대업을 위해 죽은 거니 저들도 기뻐하겠지.

정원을 파헤치고 정자를 옮기자, 신레프 신전까지의 거리도 말을 타고 반나절을 가면 되는 수준이 되었다.

제물의 불 문제가 끝나자, 후작은 엠로아를 회유하기 시작했다. 처음엔 단칼에 거절당했지만, 후작은 그 정도로 포기하지 않았다. 이번에는 회유가 아닌 다른 수를 썼다.

빚쟁이들을 피해 거지 굴에서 몸을 숨기고 있는 남편을 찾아, 돈과 약으로 아이를 훔쳐 오게 시켰다. 그리고 딸을 찾아 헤매는 여자를 데려와 아이의 건강과 고모의 상단을 걸고 레슬리를 꾀어내게 했다. 아이가 자신에게 있음을 알리자마자, 바로 답신이 돌아왔다.

'하겠습니다.'

오만불손할 정도로 짧은 편지였지만 만족스러웠다. 그 편지를 받은 날 후작은 오랜만에 뿌듯한 심정으로 잠자리에 들 수 있었다.

거기다 레슬리, 그것이 혹여나 어둠의 힘을 쓸까, 사슬을 부숴 팔찌 속에 숨겨 놨다. 엘리에게 시험해 보니 엘리 역시 힘을 쓰지 못하는 걸 보고 두 사람은 웃음을 터트렸다.

됐다. 이제 다시 높은 곳에 오를 수 있다. 비록 좌절된 일이 있었지만, 모든 영웅이 그렇듯 좌절 끝에 자신은 높게 날아오르리라.

'이 치욕은…… 나에게 치욕을 준 것들은 전부 잊지 않을 거다!'

라본 백작을 선두로 재판에서 자신에게 동조하지 않은 어리석은 자들. 그리고 자신에게 주제를 잊고 빚 독촉을 한 놈들.

'무엇보다 셀바토르 공작!'

레슬리는 불에 넣어 죽일 테니, 셀바토르 공작 하나만 남았다. 어떻게 그 목을 조를까, 즐거운 고민을 뒤로한 스페라도 후작은 레슬리의 힘을 받을 엘리와 신레프 신전 근처로 향했다.

사랑스러운 딸 엘리는 어여쁜 웃음을 머금고 자신을 바라보았다. 그리고 후작 역시 화답하듯 웃어 보였다. 그렇게 둘은 레슬리가 함정으로 빠져드는 걸 지켜보았다.

처음엔 생각보다 많은 셀바토르 기사들이 와 걱정했는데, 무슨 일이 있었는지 들어간 둘이 도로 밖으로 나와 숨을 돌렸다. 그들은 철통같이 밖을 지키고 있었지만 이미 제물의 불은 식당 다락방에 마련된 뒤였다.

후작이 손짓만 하면 화살이 날아가 불이 든 램프를 깨트릴 것이고, 주변의 마른 가지들과 종이들에 기름을 먹여 놨으니 순식간에 불은 옮겨 붙을 것이다. 모든 건 전부 자신을 위해 잘될 것이다.

그랬는데, 그래야 했는데.

"왜!"

스페라도 후작은 도망치고 있었다. 상점가를 벗어나 점점 인적이 드문 길로 달리고 있었다.

"후, 후작님. 제발 같이……!"

하인들이 넘어지고 자신을 따라온 기사들이 쓰러지는 소리가 들렸지만, 후작은 멈추지 않았다. 셀바토르 공작가의 기사들이, 그리고 콘라드가 무서운 기세로 후작과 엘리를 쫓고 있었다.

다시 날카로운 소리가 들리자, 후작은 제 옆에 달리던 하인을 방패로 삼았다. 아주 오랫동안 저택에서 일해 온 하인이었다.

"크악!"

하인의 피가 흩뿌려지며 스페라도 후작의 눈에 들어갔다.

"아악!"

후작은 그대로 나뒹굴었다. 온몸이 먼지와 흙으로 더럽혀졌다.

"에, 엘리. 아버지 좀 부축해 다오……."

후작은 간절한 눈빛으로 엘리를 바라보았지만, 되돌아오는 건 차디찬 시선이었다.

"엘리? 사랑하는 내 딸, 어서 이 아비를……."

다시 앞에 서 있는 딸에게 손을 내밀었지만, 로브를 뒤집어쓴 엘리는 스페라도 후작을 한 번 바라보더니 몸을 돌렸다.

"엘리!"

배신이다. 이건 배신이었다. 자신이 저를 위해 해 준 게 얼만데, 얼마나 많은 부와 명예 그리고 아름다움을 주었는데! 이 일도 엘리를 위한 일이 아니던가!

엘리는 지금 후작의 손을 잡으면 자신도 잡힌다는 걸 본능적으로 깨달았다.

아버지가 잡히는 건 너무도 슬픈 일이지만, 자신마저 잡히면 더 큰 일이 아니던가. 엘리는 그대로 후작을 무시하고 도망쳤다.

"엘리! 어떻게 네가 나에게!"

후작의 울부짖음에도 아랑곳하지 않고 도망치기 위해 다시 발을 뗄 때였다. 후작의 목소리 따윈 들리지 않는 듯한 발걸음이었다.

조금만 더 가면 숲이다. 거기까지 가면 자신을 찾지 못하겠지. 숲은 질척하고 더러운 벌레들이 많아 잘 들어오지 않으니까. 순진한 엘리는 그렇게 믿으며 걸음을 옮겼다.

하지만 후작의 바람대로 엘리는 몇 걸음 걷지도 못하고 멈춰 섰다.

"꺄아악!"

어느새 두 사람을 따라잡은 콘라드가 엘리 앞에서 나타났기 때문이었다.

차갑게 식은 황금빛 눈동자에, 손에 들린 검에서는 핏물이 뚝뚝 떨어졌다. 하얀 제복 역시 그을음과 피로 엉망이 되어 있었다.

처음 보는 잔혹한 모습에 놀란 엘리는 엉덩방아를 찧더니 도망칠 생각도 못 하고 그대로 덜덜 떨며 울기 시작했다.

"아, 아이테라 공자."

콘라드를 본 후작이 웃으며 콘라드를 불렀다.

"일단 그 무시무시한 걸 내려놓고 이야기하지. 응? 내 이야기를 들으면 내가 왜 이런 일을 저질렀는지 공자도 이해할 수 있을 거야."

그러면서 후작은 흘깃 자신의 옆쪽을 바라보았다. 건물들 사이로 작은 틈이 보였다. 후작이 간신히 지나갈 만한 틈이었다.

"공자도 알다시피 우리 집안엔 아픈 아이들이 태어나지 않나. 그 병을 치료하기 위한 수단이었다네. 일이 이렇게 커질 줄은 몰랐어. 공자가 눈을 한 번 감아 주면 다시는 이런 일을……."

아무 말이나 지껄이며 스페라도 후작은 슬금슬금 그 틈새로 몸을 움직였다. 조금씩, 아주 조금씩…….

"크악!"

몸을 움직이던 스페라도 후작은 비명을 지르며 다시 바닥으로 쓰러졌다. 콘라드가 제 검을 스페라도 후작 옆에 꽂은 탓이었다.

뺨이 스쳤을 뿐이지만, 마치 제 팔이 잘리기라도 한 듯 후작은 외마디 비명을 질렀다. 그걸 보는 콘라드의 입꼬리가 아주 조금 올라갔다.

"팔이 잘리고 싶은 게 아니라면 움직이지 마십시오, 스페라도 후작님."

오싹할 정도로 낮은 목소리가 목에서 흘러나왔다. 얼어붙을 정도로 차가운 눈동자가 후작에게 닿자 후작은 흠칫하며 몸을 떨었다.

"그리고 엘리 데아른 스페라도 양 역시 움직이지 마십시오. 거기서 조금이라도 더 움직인다면……."

뒷말이 다 나오지 않았지만 오히려 그게 더 효과적이었다. 숲을 향해 엉금엉금 기어가던 엘리가 두려움에 그대로 바닥에 몸을 웅크렸다.

"흐, 흐으윽. 억울해요. 저는 억울해요, 아이테라 공자. 저는 아무것도 몰랐단 말이에요."

그러더니 울음을 터트렸다. 하지만 그걸 가볍게 무시한 콘라드는 아직 제 발밑에 엎드려 있는 후작을 바라보았다.

"스페라도 후작님."

나지막이 부르자 스페라도 후작이 고개를 들어 콘라드를 바라보았다. 겁에 질린 그 모습을 보고 콘라드는 다시 웃음을 흘렸다.

닮았다. 너무도 우습게도 레슬리와 후작은 닮은 면이 있었다. 입매라든가, 눈을 크게 떴을 때의 표정이라든가. 작은 면에서 두 사람이 친부모와 친자식이라는 걸 알 수 있었다.

타인의 눈으로 보기에도 이렇게 닮았는데, 부모의 눈으로 보기엔 어땠을까. 그런데 그렇게 자신과 닮은 작고 여린 아이를 왜.

"후작님."

콘라드는 잠시 입을 다물었다가 다시 말을 흘렸다. 그의 머리 위에서 쏟아지는 햇빛 덕분에 후작을 내려다보는 얼굴은 어둠으로 차 있었다. 하지만 황금빛 눈동자는 번뜩임을 잃지 않고 후작을 응시했다.

"짐승도 제 새끼를 해치지는 않습니다."

"뭐, 뭐?"

이런 상황에서도 제 욕을 하는 걸 알았는지, 후작의 얼굴이 일그러졌다. 콘라드는 흙바닥에 꽂혀 있던 검을 뽑아 다시 내리박았다.

"아아악!"

이번엔 아까보다 더 애절한 비명이 울려 퍼졌다. 콘라드의 검이 정확히 스페라도 후작의 손을 꿰뚫었다. 그 모습을 보며 콘라드는 이를 갈았다.

"한마디로 당신은 짐승보다도 못하다는 거야, 후작."

✤

사방이 불이었다. 여기저기에서 불길이 치솟고 있었고 여기저기에서 작은 아이들의 비명이 울려 퍼졌다. 익숙한 꿈이었다. 레슬리는 몸을 웅크리고는 귀를 막았다.

'괜찮아.'

자신이 불안할 때마다 꾸는 꿈이니까. 일어나면 아무렇지도 않을 것이다. 자신을 다독이며 레슬리는 천천히 속으로 숫자를 세었다. 이렇게 숫자를 세다 보면 잠에서 깨곤 했다.

하지만 오늘따라 꿈은 더욱 끈질겼다. 비명은 가라앉을 생각을 하지 않았다. 레슬리는 더욱 몸을 웅크렸다.

그러자 비명이 더욱 커졌다. 불안한 마음이 자라나기 시작했다. 사방에서 불이 더욱 번져 가기 시작했다. 불길이 조금씩, 아주 조금씩 레슬리를 향해 왔다.

'괜찮아…….'

말끝이 흐려지고 있었다. 울음이 터질 것 같았다. 레슬리는 몸을 더욱 웅크렸다.

'나는…… 괜찮아. 괜찮아.'

필사적으로 외쳤지만, 오히려 불안감은, 비명은 더욱 커져만 갔다. 불길이 점점 가까워졌다.

뜨거워.

왜, 나는 레소 경과 반트 경의 말을 듣지 않았지. 왜, 엠로아를 의심하지 못하고 그녀를 믿었을까. 왜, 나는 이렇게도 멍청하고 어리석을까.

불길은 이제 레슬리의 발끝에 있었다. 아주 조금만 더 움직인다면 레슬리를 먹어 치울 것이었지만, 레슬리는 반항할 힘조차 남아 있지 않았다.

'괜찮단다.'

그런데 누군가가 레슬리의 머리를 쓰다듬어 주었다. 익숙한 목소리에 레슬리는 눈을 깜빡였다.

'내가 있는데 무엇이 위험하겠니.'

그런가? 그렇구나. 나는 안전하구나.

"아가씨!"

귓가에 울려 퍼지는 마델의 목소리를 들으며 레슬리는 눈을 떴다. 눈을 뜨자, 새하얀 천장이 맨 먼저 들어왔다. 그리고 눈물로 엉망이 된 마델의 얼굴이 뒤이어 레슬리의 눈에 들어왔다.

"아가씨이······."

"마······델."

"일어나셔서 정말 다행이에요."

마델을 부르는데 쇳소리가 들려왔다. 말 한 마디를 했을 뿐인데 목이 찢어지게 아파졌다. 자신을 걱정하는 목소리를 들으며 레슬리는 천천히 주변을 살폈다. 하얀 천장과 신전임을 알리는 문양이 눈에 들어왔다.

그렇구나. 나는 그 불을 벗어났구나. 안도에 빠진 레슬리는 느리게 눈을 깜박거렸다. 마델이 주는 따뜻한 물을 마시며 레슬리는 슬그머니 셀바토르 공작을 찾았다.

"······어머니는?"

"공작님은 지금 다른 분들과 스페라도 후작의 처벌을 논의하고 계세요."

거기까지 말하더니 마델은 몸을 기울여 작게 속삭였다.

"지금 황제 폐하도 이리 와 계세요."

그 말에 레슬리는 눈을 크게 떴다.

"황제 폐하가?"

"그렇다니까요. 듣기로는 종종 후보 시험을 참관하셨다는데, 마침 이번에도 후보 시험을 참관하러 오셨대요. 그런데 그런 일이 일어난 거죠."

마델은 얼굴을 찡그리며 말을 이었다.

"이번엔 절대 호락호락하게 넘어가지 않겠다고 다들 벼르고 계세요. 벌을 받는 동안 이렇게 움직일 거라고 다들 생각을 못 했대요. 스페라도 후작가는 그래도 3대 후작가 중 하나이자 대표적인 명문가잖아요. 그래서 자신의 명예를 위해 다들 자숙할 거라 예상했는데…….저도 그렇게 생각했거든요."

"그렇구나."

레슬리는 컵 안을 내려다보는 척하며 슬쩍 마델을 보았다.

"있지, 마델. 아까 다치지는 않았어?"

분명 마델의 비명을 들었는데. 레슬리의 말에 마델은 고개를 저었다.

"아니. 하나도 안 다쳤어요. 이거 보세요!"

그러면서 팔을 번쩍 들었다가 갑자기 몰려든 통증에 어깨를 쥐고 천천히 팔을 내렸다. 신력으로 치료했다지만, 아직 한동안은 조심해야 하는 탓이었다.

그 모습을 본 레슬리의 얼굴이 충격으로 물들었다.

그녀 때문이다.

알고 있었다. 후작이 움직일 거라는 걸 예상하였다. 레슬리는 그 스페라도 후작가에서 후작의 모든 면을 봐 왔으니까.

'그런데 내가 방심해서⋯⋯.'

모두 그녀를 지켜 주기 위해서 그렇게 행동했는데, 오히려 그녀는 다른 사람들을 방해했다. 그리고 위험에 스스로 들어갔다. 아무리 속았다지만, 미안하고 미안해 눈물이 차올랐다.

"있지, 마델. 나 때문에 다치게 해서 미안해."

레슬리는 마델의 소맷자락을 잡고 눈물을 흘렸다.

"정말로 미안해."

너무 미안해서 죽을 것 같았다. 자신 때문에 다치다니. 레슬리는 컵을 꼭 잡고 눈물을 뚝뚝 흘렸다. 그러자 마델이 당황한 듯 눈을 깜빡거리다가 레슬리의 손을 잡았다. 레슬리가 놀라 마델을 바라보자 마델은 밝게 웃었다.

"아니에요, 아가씨! 나쁜 건 스페라도 후작. 그놈이잖아요? 아가씨는 피해자니까 자책할 필요 따위 없어요."

그러면서 자연스럽게 레슬리를 꼭 안고 등을 토닥여 줬다.

"저는 제가 조금 다친 그것보다 아가씨가 마음 아파하면, 그게 더 괴로워요."

따뜻한 말에 레슬리는 울며 고개를 끄덕였다. 그리고 마델의 품에 얼굴을 묻었다.

"거기다 아이테라 공자님께서 치료해 주셔서 사실 그렇게 아프지도 않았어요."

"콘라드 경이 왔었어⋯⋯?"

마델은 제 품에서 그제야 레슬리를 떼어 놓으며 환하게 웃었다.

"네! 아이테라 공자님이 아가씨 호위시래요. 인사하러 가실래요, 아가씨? 그래요! 일단 식사부터 하고 공자님에게 인사 가도록 해요. 제가 식사를 가져올게요."

그 말에 잠시 고개를 숙이고 있다가 레슬리는 마델을 바라보았다.

"레소 경이랑 반트 경에게 들른 후에 밥 먹을래……."

"그럼 제가 레소 경과 반트 경을 제가 이리 불러올게요."

레슬리는 고개를 저었다. 사과하러 가는데 두 사람을 부르다니, 말이 안 되었다.

"그냥 내가 갈게."

레슬리의 말에 결국 마델은 고개를 끄덕였다. 그러고는 바로 옷장에서 레슬리의 코트를 꺼내 주고 천에 따뜻한 물을 묻혀 얼굴을 닦아 주었다.

레슬리는 비틀거리며 침대에서 일어나 마델의 손을 잡고 걸었다. 왜인지 다리에 힘이 들어가지 않았다. 마델이 그런 레슬리를 지탱해 주듯 레슬리를 잡은 손에 힘을 주었다.

두 사람은 방을 나서 천천히 복도를 걷기 시작했다. 분명 리아 식당에 들어갈 때는 낮이었는데, 어느새 어둠이 깔려 있었다.

"그러고 보니 마델, 나 얼마나 누워 있었어?"

레슬리의 물음에 마델은 조심스레 답해 주었다.

"이틀 정도 잠들어 계셨어요."

그렇구나. 레슬리는 고개를 끄덕였다. 저번에 사흘 정도를 잠들어 있던 것에 비교해서는 양호한 편이었다. 그간 체력 훈련을 한 게 효과를 보는 걸까? 더욱 열심히 연무장을 돌아야겠다.

얼마 걷지 않아 두 사람은 신전 뒤의 정원으로 나왔다. 지금쯤이면 기사들은 전부 휴식에 들어가 각자의 방에서 쉬고 있을 텐데. 왜 신전 뒤편으로 온 걸까. 레슬리는 눈을 깜빡였다.

"아, 저기 계신다. 여러분!"

시력이 좋은 마델이 손을 흔들었다. 그제야 레슬리는 정원 한편에 기사들을 위한 훈련 공간이 마련되어 있다는 걸 발견했다. 그리고 그와 동시에 성이 난 듯 서 있는 사이레인과 벌을 받는 듯한 셀바토르 기사들의 모습도.

"아가씨, 뛰시면 안 돼요!"

마넬이 소리쳤지만, 비틀거리면서도 레슬리는 사이레인에게 달려갔다.

"아버지!"

레슬리는 다행히도 넘어지지 않고 사이레인에게 도착해 그의 팔을 잡았고, 사이레인이 놀라 레슬리를 번쩍 안아 들었다.

"레슬리? 일어났니?"

"혼내시면 안 돼요!"

레슬리는 간절하게 고개를 저었다.

"제가 전부 나가라고 했어요. 레소 경이랑 반트 경이랑……. 제가 잘못한 거예요. 모두를 혼내지 마세요."

그 말에 사이레인이 눈을 찡그렸다.

"일단…… 몸이 안 좋으니 나중에 말하자꾸나."

그러더니 모두를 일어나게 했다. 얼마나 오랫동안 벌을 받고 있었던 건지, 모두의 얼굴에선 땀이 뚝뚝 떨어지고 가쁜 숨을 몰아쉬고 있었다.

"다들 미안해요."

사이레인의 품에서 내려온 레슬리는 모두의 앞에서 허리를 숙였다.

"아가씨!"

경악한 기사들이 웅성거리는 소리가 들렸지만, 레슬리는 그대로 말을 이었다.

"반트 경이랑 레소 경, 그리고 여러분은 할 일을 한 것뿐인데 그걸 불쾌하게 여기고 나가라 해서 미안해요."

그 말에 맨 앞에 서 있던 반트와 레소가 당황한 얼굴로 서로 시선을 주고받더니, 레소가 슬그머니 사이레인의 눈치를 보며 레슬리에게 다가갔다. 그리고 방긋 웃어 보였다.

"아닙니다, 아가씨. 저희는 밖에 있어도 괜찮겠다는 저희의 판단에 따른 것이었습니다."

밖을 지키고 당연히 안쪽도 주시하고 있었다. 마델이 나오면서 편지 이야기를 함과 동시에 사방에서 복면을 쓴 사람들이 쏟아져 나올 때까지만 해도 모두 자신이 있었다.

하지만 순식간에 식당을 불꽃이 먹어 치우고, 복면을 쓴 사람들이 자신들을 죽이기 위함이 아니라 발목을 잡으며 시간을 끌기 위한다는 걸 알자마자 마음이 조급해졌다. 자신들은 나가면 안 되는 거였다.

"저희는 어찌 보면 자만했습니다. 셀바토르 공작가의 기사가 되었고 그 명성에 맞는 실력을 갖추고 있었다고 착각했어요."

그 자리에 베스라온이, 그리고 기사단장인 하르트가 있었다면 어떻게 됐을까. 순식간에 레슬리는 안전해졌을 것이고, 이렇게 배신의 아픔을 가지지도 않아도 되었을 텐데.

"오히려 저희가 아가씨를 지켜 드리지 못해 죄송합니다."

레소는 허리를 숙였다. 그러자 나머지 여섯의 기사들도 따라서 허리를 숙이며 죄송하다고 외치기 시작했다. 레슬리는 손을 저었다.

"아니에요! 제가 잘못한 건데, 제가 전부 나가라고 해서……."

"아가씨의 화는 정당했습니다. 친구분을 저희가 의심했으니까요."

아직도 고개를 숙인 채 레소는 말을 이었다.

"자신의 친구가 의심받았다고 생각하면 저 역시 화를 냈을 겁니다."

그 말에 레슬리는 입술을 꽉 깨물었다. 다들 너무도 좋은 사람이었다.

"그만."

사이레인이 레슬리를 안아 들면서 모두를 일으켰다.

"우리 딸도 잘못했다고 말하니 이 일은 여기서 끝내도록 하지."

"감사합니다."

일곱의 기사들은 그제야 고개를 들고 자신의 방으로 돌아갔다.

"……."

하지만 레슬리는 아직도 입을 꼬옥 다문 채 씁쓸한 표정을 하고 있었다. 그러자 사이레인은 마델과 시선을 한 번 맞추더니 성큼성큼 식당으로 걸어가면서 레슬리를 다독였다.

"레슬리, 이 일은 너에게 있어서 큰 경험이 될 거란다."

레슬리는 사이레인과 눈을 맞췄다. 레슬리의 눈동자는 지금 사이레인이 무슨 말을 하는지 알 수 없다고 말하고 있었다.

"누구나 다 한 번쯤은 뒤통수를 맞아 본단다. 아니, 아니. 배신을 당해 보지."

"배신이요……."

자신은 이미 한 번 배신을 당했는데. 스페라도 후작과 후작 부인 엘리에게서 이미 그 경험을 얻었는데.

"저는 이미 얻었어요, 그 경험……."

두 번은 얻고 싶지 않았는데, 왜 엠로아를 걸러 내지 못했던 걸까.

"스페라도 후작이나 그 엘리? 그런 경우와는 다른 거란다. 그 엠로아라는 여자는 네 빛나는 추억 일부였지."

"맞아요."

스페라도 후작과 후작 부인 그리고 엘리는 레슬리가 매달린 거였지만, 엠로아의 경우는 처음 레슬리가 느껴 본 따스함이었다.

"제가 너무도 좋아하는…… 기억이었어요."

흰 빵과 세 가지 종류의 잼 그리고 버터. 그게 그렇게 반짝거리는 추억이 될 줄 레슬리도 모르고 있었다. 긍정하며 고개를 끄덕이는 레슬리를 보며 사이레인은 웃음을 지었다. 어딘가 씁쓸해 보이는 웃음이었다.

"누구나 다 한 번쯤은 반짝이는 추억에, 믿었던 사람에게 배신을 당하곤 한단다."

그건 자신도 그랬고, 아셀라도 당한 일이었다. 덕분에 자신은 한 번 죽을 고비를 넘겼고, 아셀라는 얼굴에 화상을 얻었다.

"그래, 누구나 다 그런단다. 이제 여기서 중요한 것은 말이다, 레슬리."

분위기를 바꿔 보려는 듯 사이레인이 눈을 찡긋거리며 씩 웃었다.

"두 번은 안 당하는 거지."

"두 번이요."

사이레인은 웃으면서 고개를 끄덕였다.

"무조건 사람들을 다 의심하라는 건 아니란다. 그랬다가는 정말 좋은 사람도 내쳐 버리는 실수를 저지르니까. 다만, 사람 보는 눈을 기르는 거지. 그건 경험에 의존하는 수밖에 없어. 만나고 헤어지고……. 그러면서 배우는 수밖에 없단다. 그건 정말 어려운 경험이지."

그렇구나. 사이레인의 말에 레슬리도 고개를 끄덕였고 옆에 따라오던 마델도 공감이 가는지 고개를 주억거렸다.

"마델도 그런 경험이 있는 거야?"

"그럼요!"

마델은 분하다는 듯 주먹을 꽉 쥐고 외쳤다.

"제가 어릴 적부터 친하게 지내는 친구가 있었거든요? 저는 정말 친한 친구라고 생각했는데, 어느 날부터인가 동네에 제 소문이 안 좋게 퍼지는 거예요!"

안 물어보면 큰일 날 뻔했다. 레슬리가 그런 생각을 할 정도로 열렬하게 마델은 자신의 경험을 말하기 시작했다.

"보니까 걔가 제 험담을 퍼트리고 있었어요! 왜 험담을 했냐고 물어보니까 '새 친구를 사귀는 데는 험담만큼 좋은 게 없잖아? 왜 이래, 친구끼리. 좀 이야기할 수 있는 거 아니야?' 이러는 거예요! 와, 제가 그때 너무너무 열 받아서 그 자리에서 걔랑 절교했어요. 그리고 저는 절대 처음부터 남 험담하는 사람과 사귀지 않아요!"

"그, 그렇구나."

레슬리는 눈을 깜빡거렸다. 사이레인은 조심스레 레슬리를 바닥에 내려놓았다. 주변을 살피니 어느새 식당에 도착해 있었다.

"그러니 이 경험을 바탕으로 사람 보는 눈을 키우면 된단다."

사이레인은 레슬리를 쓰다듬으면서 입꼬리를 올려 웃어 보였다. 그리고 커다란 손으로 레슬리의 머리를 쓰다듬었다.

"오늘은 일단 먹고, 쉬고, 자자꾸나. 알았지?"

신전에서 내어 준 식사는 따뜻한 국물이 있는 스튜 같은 음식이었다. 다른 음식도 많았지만 앓다 일어난 레슬리는 스튜를 골랐고, 고기와 채소 그리고 버섯이 잔뜩 들어간 음식을 조심스레 먹었다.

"따뜻하고 맛있어……."

이틀을 누워 있어서 그랬는지, 한 입 한 입 먹을 때마다 배 속에서 더 달라는 듯 꼬르륵거렸다.

"천천히 드세요, 아가씨."

"응, 응."

마델은 그런 레슬리가 체할까 물을 앞에 떠다 주었다. 대답은 열심히 하면서도 레슬리는 부지런히 수저를 움직였다. 큼지막하게 썰려 있는 고기를 입에 물고 우물거리고 국물을 한 모금 조심스레 마셨다.

"하아."

저절로 뺨이 붉어지며 만족스러운 숨이 터져나왔다. 차가웠던 몸에 따스한 국물이 들어가니 활기가 도는 것 같았다.

"너무 뜨겁진 않으세요?"

"날씨가 추워서 이 정도가 좋아."

레슬리는 배시시 웃으며 제 앞에 앉아 있는 마델을 바라보았다.

"마델도 어서 먹어. 식으면 안 되잖아."

그러자 마델은 제 앞에 놓인, 레슬리의 음식과 똑같은 음식을 바라보았다. 분명 마델도 배가 고플 텐데 보기만 할 뿐 쉽게 수저를 들지 못했다.

지금 마델과 레슬리는 같이 식사를 하고 있었다. 사이레인은 스페라도 후작의 처벌이 정해졌는지 보러 갔고, 레슬리와 마델만 식당으로 왔다.

마델은 레슬리가 다 먹고 잠들고 나면 다시 식당으로 올 생각이었지만, 배는 주인을 배신했다. 꼬르륵! 우렁차게 울려 퍼진 소리를 레슬리도 들어 버린 것이다.

레슬리는 같이 먹자고 했으나, 마델은 거절했다. 그도 그럴 것이 하녀가 고용인과 같이 밥을 먹는다는 건 있어서는 안 될 일이었으니까.

'그렇지만…… 나는 같이 먹고 싶은데…….'

레슬리가 고개를 푹 숙인 채 울먹울먹하자 마델은 손을 들었다. 제나 집사님에게만 안 들키면 되는 거 아닐까.

그렇게 자신을 토닥이며 음식을 받아 온 것까지는 좋은데, 쉽게 손이 움직이지 않았다.

"어서 먹어 봐. 정말 맛있어."

레슬리가 계속 재촉하자 그제야 마델도 제 앞에 놓여 있는 음식을 조심스레 떠서 먹어 보았다.

"맛있네요!"

"그치."

마델의 눈이 동그래졌다. 신전 음식이라서 맛이 없을 줄 알았는데, 또 그건 아닌 모양이었다. 레슬리와 함께 마델도 덩달아 빠르게 손을 놀렸다.

"고기도 잔뜩 들어 있고……. 버터에 한 번 볶은 걸까요? 그런 것 같은 맛은 아닌데 풍미가 살아 있네요."

"글쎄, 어떻게 한 걸까. 이거 바타에게 말해 주면 이대로 해 주지 않을까?"

레슬리는 이 음식이 정말로 마음에 들었다. 이틀을 굶고 나서 먹은 음식이라 그런 걸지도 몰랐다.

"직접 드셔 보지 않는 이상 보통은 무리일 거예요. 그런데 바타 요리사님은 보통이 아니시니까……."

마델이 당근을 씹으며 말을 이었다. 잠시 두 사람은 바타에게 어떻게 이 맛을 전해 줄지 머리를 맞대고 궁리했다. 그러면서도 손은 쉬지 않았기에 그릇은 이내 텅 비어 버렸다.

"다 먹었다."

레슬리는 제 앞에 놓인 텅 빈 그릇을 바라보았다. 받았을 때까지만 해도 다 먹을 수 있을까, 의문이 들었는데 괜한 걱정이었다.

레슬리와 마델은 식당을 나와 천천히 신전 복도를 걸었다. 마을과 떨어진 곳이라 그런지, 공작저와 비슷한 느낌이 났다. 사람이 많이 없는 고요한 신전이었다.

잠시 달을 바라보던 레슬리가 입을 열었다.

"그런데 마델. 어머니 아버지가 어떻게 내가 위험에 처한 걸 알고 바로 오신 거야?"

마치 자신을 구원해 주는 영웅처럼 나타난 어머니와 아버지는 어떻게 안 것일까. 거기다 공작령에 계신 게 아니었나. 배가 부르고 나자 뒤늦게 의문들이 떠올랐다.

"그게, 제나 집사장님이 엠로아의 남편과 스페라도 후작의 끄나풀이 만난 걸 알아채셨대요. 그리고 스페라도 후작가 쪽에서도 밀고자가 나왔거든요. 덕분에 공작님과 사이레인 님이 늦지 않게 도착하신 거예요."

"밀고자?"

레슬리는 마델의 말에 눈을 깜빡거렸다. 밀고자? 밀고자라니. 누가 스페라도 후작을 밀고했을까. 레슬리는 머리를 굴려 의심이 갈 만한 사람을 떠올렸다. 하지만 너무 많은 사람이 떠올라 금방 그만두었다.

"그래서 밀고자란 사람은 누구야?"

레슬리의 물음에 마델은 환하게 웃으면 예상치 못한 답을 꺼냈다.

"르아라는 분이었어요."

마델의 말에 레슬리의 눈동자가 커졌다. 누구? 누구라고?

"레슬리 아가씨의 유모였다는데, 목숨을 걸고 셀바토르가로 왔다고 그러시더라고요. 아가씨가 자신을 가장 아끼셨다고 그러시던데요. 그래서 공작님이 어떤 자리를 줄지 고민하고 계세요."

"……그 여자 지금 여기에 있어?"

"셀바토르 공작저에 계신다고 들었어요."

돌아가면 쫓아내자. 레슬리는 이를 아득 물었다. 어떻게 자신의 이름을 팔아 셀바토르 공작가에 빌붙을 생각을 하는 건지. 르아가 여태까지 한 짓을 떠올리면 분노로 몸이 저절로 떨릴 정도였다.

어머니께 말해서, 진실을 전부 말해서 어머니의 판단에 맡기는 것도 나쁘지 않겠다. 그렇게 생각하며 레슬리는 계속 걸음을 옮겼다. 그러는 도중 한 가지 의문이 더 떠올랐다.

"마델, 그럼 스페라도 후작과 엘리는 어디에 있어?"

이번엔 마델도 즉시 대답해 주지 못했다. 입을 다문 채 시선을 이리
저리 움직이는 마델의 치맛자락을 잡아당기며 레슬리는 대답을 재촉
했다.

"마델, 어서. 응?"

"그…… 지하 감옥에 계신다고는 들었는데……."

"그렇구나. 지하 감옥."

레슬리는 작게 중얼거렸다. 지하 감옥.

"나 거기 가 보고 싶어, 마델."

"아, 안 돼요! 아가씨, 거기가 얼마나 위험한데……. 완전 끔찍해요.
아가씨가 보시면 놀라서 잠도 못 자실 거예요."

마델은 조금 횡설수설하며 열심히 레슬리를 설득시키기 시작했다.
쥐와 벌레, 그리고 습한 공기에 울부짖는 죄수들의 이야기까지. 하지
만 레슬리 역시 완강했다.

"나는 더 끔찍한 일도 많이 겪었는걸. 꼭, 나는 두 사람의 끝을 보고
싶어서 그래."

이 이상 자신에게 끔찍한 일이 무엇이 있을까. 그런데 누군가가 두
사람에 대화에 끼어들었다.

"레슬리 양, 아쉽게도 엘리 데아른 스페라도는 지금 지하 감옥에 없
습니다."

"콘라드 경."

복도 저편에서 콘라드가 걸어왔다. 편한 복장에 머리를 손질하지
않은 콘라드는 처음 본 것이라 레슬리는 눈을 깜빡였다.

"지하 감옥에 엘리가 없다는 말은 무슨 말인가요?"

"말 그대로입니다. 지금 엘리 데아른 스페라도와 트라 베쉬 스페라
도는 황제의 앞에 있습니다."

왜 둘이 황제 앞에? 잠시 눈을 깜빡이다가 레슬리는 이내 그 이유를

알아차렸다.

"최후의 변론인가요?"

"네, 그렇습니다. 주로 중죄가 확정된 자들에게 주어지는 마지막 변론이죠."

최후의 변론은 사이레인에게 들어서 잘 알고 있었다.

'어차피 가실 분이니, 헛소리 한 번쯤은 들어 드립니다, 하는 의미로 주는 변론의 시간이란다.'

최후의 변론에 관해 물어본 레슬리에게 그렇게 설명해 주고 제나에게 눈총을 받던 사이레인이었다. 도무지 잊을 수가 없는 기억이었다.

'최후의 변론이 주어지는 건 성을 박탈당하거나 감옥에 갇혀서 못 나오는 자들. 그리고……'

사형수. 레슬리는 눈을 깜빡였다.

"그러니 레슬리 양은 들어가 쉬시는 게 좋을 것 같습니다. 오늘 많은 일을 겪으셨으니까요."

"그래도……"

콘라드의 말에 레슬리는 고개를 들었다가 무언가를 발견했다. 뺨에 난 기다란 자상. 신전은 불을 밝게 켜 두는 편이 아니라서 콘라드가 자신의 앞까지 오고 나서야 얼굴을 자세히 볼 수 있었다.

"콘라드 경. 상처가 나셨어요."

레슬리의 말에 콘라드는 제 뺨을 한 번 손으로 훑더니 씩 웃어 보였다.

"이 정도는 괜찮습니다. 심한 것도 아니니까요. 며칠 내로 나을 겁니다."

"그래도 아파 보이는데……"

잠시 레슬리는 입을 꾹 다물더니 마델에게 말해서 뭔가를 가져오게 시켰고, 이미 신전의 길을 다 익힌 것인지 빠르게 방에 다녀온 마델은 레슬리에게 작은 상자를 건네주었다.

　'뭐지?'

　콘라드는 이젠 레슬리의 손에 들린 납작한 상자를 바라보았다. 상자를 받아 든 순간부터 레슬리의 얼굴이 붉게 물들어 있었다.

　"제가 번화가에서 산 거예요. 그…… 자수가 엉성하게 놓여서 부끄럽지만……."

　레슬리가 준 상자를 받아본 콘라드는 상자를 열어 보았다. 크림색 상자 안에는 푸른 손수건이 들어 있었는데, 손수건의 한쪽 면에는 아이테라 대공가의 문양과 콘라드의 이름이 자수로 놓여 있었다.

　흐릿한 신전의 불빛 때문에 자수가 잘 보이지 않았다. 더 가까이 보고 싶은 마음에 상자에서 손수건을 꺼내자, 레슬리의 얼굴이 더 붉게 물들었다.

　"아……."

　한눈에 보기에도 서툴러 보이는 솜씨였다. 그렇지만, 마음에 들었다. 푸른색의 손수건도, 제 눈을 닮은 황금색 실로 자수를 놓은 것도, 상자가 크림색인 것도, 지금 지나가는 바람도 달빛도 모든 것이 전부다. 너무도 마음에 들었다.

　"제, 제가!"

　콘라드가 아무 말 없이 손수건을 바라보고 있자, 레슬리가 황급히 입을 열었다.

　"자수를 이제 막 배우기 시작해서요! 틸레이얼 자작 부인께서 수를 알려 주셨는데, 그래도 잘 놓는 거라고……. 아, 틸레이얼 자작 부인이 누구냐면 제게 예법을 알려 주시는 분인데 저는 선생님이라 부르거든요……."

부끄러움에 아무 말이나 나가기 시작했다. 하지만 이내 레슬리는 입을 멈추고 콘라드를 바라보았다.

"괜찮습니다."

흐릿한 촛불 아래에서 콘라드가 웃고 있었다.

"저는 정말로 마음에 들어요, 레슬리 양. 소중히 간직하겠습니다."

그럴 이유가 없는데도, 콘라드의 눈가가 붉게 물들어 있었다.

⚜

황제는 늘어진 채 눈을 깜빡거렸다.

"하아. 좀 업무에서 도망 나오고 싶어서 후보 시험을 들먹이고 온 건데, 도대체 이게 무슨 꼴인가, 후작 그리고 스페라도 영애."

피스토레 황제의 푸른 눈이 제 앞에 밧줄로 묶여 있는 스페라도 후작과 엘리에게 닿았다.

"귀족 재판이 일어난 지 얼마나 됐다고 또 셀바토르 공녀를 죽이려고 하다니……."

피스토레 황제의 말에 스페라도 후작은 이를 꽉 깨물었다. 자신이 준비한 모든 변명은 이미 먹히지 않게 된 지 오래였다. 이제 남은 희망은 그분뿐이었다.

피스토레는 제 머리를 쓸어 넘기며 말을 이었다.

"마지막이네. 마지막 변론을 위한 시간을 줄 거야. 입을 놀릴 수 있는 건 이번 한 번뿐. 어디 말해 보게, 두 사람 모두."

그 말에 스페라도 후작과 엘리의 얼굴이 하얗게 질렸다. 마지막 변론이라니. 그건 곧 자신들의 고귀한 삶이 끝난다는 소리가 아닌가.

'침묵하고 버텨야 해.'

스페라도 후작은 입술을 꽉 깨물었다. 마지막 변론은 넉넉하게 주어진다. 심지어 일주일까지도 시간이 주어지곤 했다. 그만큼 신중에 신중을 기울여 말을 꺼내라는 뜻이었다. 여기서 조금만 삐끗하면 바로 나락이다.

후작은 바로 머리를 굴렸다. 이 상황에서는 어떻게 해야 할까.

궁지에 몰리자, 머리 한쪽에 박혀 있던 지식이 떠오르기 시작했다. 이렇게 두 사람이 같은 일로 한꺼번에 마지막 변론의 기회를 얻게 된다면, 서로가 침묵하면 되었다. 그렇게 한다면 넉넉하게 시간을 끌 수 있으리라.

'시간을 끌면 분명 그분께서…….'

일단 엘리에게 눈치를 보내 침묵하라고 해야겠다. 그렇게 스페라도 후작이 생각하는 순간 날카로운 외침이 제 옆에서 터져 나왔다.

"저, 저는 억울합니다, 황제 폐하! 저는 그저 아버지에게 이용당한 것뿐입니다!"

엘리의 외침에 스페라도 후작은 그대로 굳어 버렸다. 지금 자신이 무슨 소리를 들은 걸까.

"억울하다?"

피스토레 황제의 말에 엘리는 고개를 끄덕이더니 이내 눈물을 흘렸다.

"레슬리, 제 사랑스러운 동생에게 했던 것처럼 저 역시 아버지에게 갖은 학대를 당하면서 살았습니다. 밥을 굶는 것은 예삿일이었고, 늘 거친 옷을 입고 작은 다락방에서 몸을 구기며 자야 했지요."

엘리는 자신이 레슬리라도 된 듯 스페라도 후작의 학대를 줄줄 늘어놓기 시작했다.

"감자 한 알, 멀건 수프 한 접시가 제 하루 식사가 된 적도 있었습니다. 제가 조금이라도 실수를 하면 아버지, 아니 스페라도 후작은 저를 주먹으로 때렸고 발길질까지 서슴지 않았습니다……."

엘리의 증언은 생생함을 담고 있었다. 당연히 그녀가 당한 것은 아니었다. 그녀는 저 먼발치에서 달콤한 디저트를 먹으며 그걸 지켜보는 쪽이었다. 하지만 거짓에 진실을 섞자, 이야기가 점차 살아나기 시작했다.

"제가 살던 다락방은 너무도 더러웠습니다. 청소는 2주에 한 번, 시트는 제대로 빨아 주지도 않았지요. 덕분에 피부병에 걸린 적도 종종 있었습니다."

역시 레슬리의 이야기였다. 피부병에 걸려 붉어진 레슬리의 뺨을 부채로 치던 건 엘리였지만, 지금만큼은 자신이 그 피부병에 걸린 가련한 아이가 되었다.

그렇게 십여 분을 넘게 엘리는 레슬리가 되어 후작과 후작 부인의 모든 학대 사실을 늘어놓았다. 자신이 레슬리에게 했던 짓은 교묘하게 후작의 행동으로 만들었다. 엘리의 증언이 계속되면 계속될수록 후작의 얼굴은 점점 창백해져만 갔다.

그 모습을 보며 셀바토르 공작은 헛웃음을 흘렸다. 정말, 정말로 스페라도 후작가는 놀라운 집안이었다.

"레슬리가 귀족 재판으로 빠져나가자 모든 핍박은 저에게 향했습니다. 하지만 저는 동생이 행복해진 걸 진심으로 기꺼워하며 모든 고통을 이겨 냈습니다! 그런데 오늘 스페라도 후작은 반드시 레슬리를 죽여야 한다며 저를 이리로……. 흐으윽!"

더 지어낼 말이 없자 엘리는 울음을 터트렸다. 누가 봐도 거짓인 울음과 마지막 변론에 황제와 공작은 어이없는 눈길로 엘리를 바라보았다.

"엘리 데아른 스페라도 양."

황제가 제 이름을 부르자 진주 같은 눈물을 흘리며 황제를 바라보았다.

"최후의 변론은 되돌릴 수 없네. 영애가 후작에게 학대당했다는 사실은 정말인 건가?"

"신께 맹세하겠습니다!"

엘리는 다시 눈물을 터트리며 울부짖었다.

"저는 아렌도 황자님의 약혼녀, 그리고 고귀한 푸른 피의 사람입니다. 이런 제가 거짓을 말할 리가요! 부디 레슬리, 저의 사랑스러운 동생을 믿어 주셨듯 저를 믿어 주십시오, 피스토레 황제 폐하 그리고 셀바토르 공작님!"

"하!"

그 가증스러운 연기를 끝낸 것은 스페라도 후작이었다. 후작은 제 딸에게 제대로 배신당했다는 사실에 거품을 물고 엘리에게 달려들었다. 이미 그의 머릿속에서 침묵해야 한다는 사실은 사라진 지 오래였다.

"네, 네가 어떻게 나에게 이럴 수가 있어! 내가 너를 어떻게 키웠는데!"

"까아악! 사, 살려 주세요!"

호위로 서 있던 기사 셋이 달려들어 후작을 뜯어말려야 할 만큼, 후작은 거칠게 울부짖었다. 그리고 그게 스페라도 후작과 엘리의 최후의 변론이 되었다.

⚜

레슬리는 잠도 자지 않고 공작의 방에서 그녀를 기다렸다. 마델이 걱정스러운 눈길로 레슬리를 바라보았지만, 그녀도 레슬리의 행동을 이해하는지 말리지는 않았다. 대신 자신이 챙겨 왔다며 따뜻한 코코아를 진하게 타 레슬리에게 가져다주었다.

'스페라도 후작은, 엘리는 어떻게 됐을까.'

마델도 보낸 레슬리는 창가에 앉아 따뜻한 코코아 잔을 꼭 쥐었다. 최후의 변론 이야기가 나온 만큼, 스페라도 후작과 엘리는 이번엔 빠져나갈 수 없을 것이다.

제 동생을, 그리고 자신의 딸을 학대한 벌이 제대로 내려지기도 전에 이런 끔찍한 일을 벌인 데다가 황제까지 와 있는 상황이니, 이번만큼은 즉결 처분이 내려질 가능성도 컸다.

"이제 드디어 끝일까."

레슬리는 진득한 코코아 잔을 내려다보며 중얼거렸다. 이 일이 고귀한 푸른 피에, 제3대 후작가 그리고 르카디우스 제국이 건국될 때부터 황제를 모셔 온 스페라도 후작가의 끝이 될 수 있을까.

'가문 자체는 없어지지 않을 거야.'

레슬리는 괜스레 티스푼으로 코코아를 저었다.

건국 이래로 황실, 셀바토르 공작가 그리고 세 후작가는 미묘한 균형을 유지했다. 그리고 생긴 지 얼마 안 되는 아이테라 대공 가문은 그 균형을 적절하게 유지할 수 있도록 돕고 있었다. 그런데 후작가가 하나 사라지면?

레슬리는 고개를 저었다. 비록 황실과 셀바토르 공작가가 후작가 하나 없어진 틈을 타 균형을 깨트리겠다며 앞장서 움직이진 않겠지만, 위태로워질 가능성은 컸다. 거기다 비어 있는 후작가를 노리고 다른 가문들이 어떤 짓을 일으킬지도 몰랐다.

'아마도 지금의 황제 폐하는 이 균형을 최대한 유지하고 싶어 하실 거야.'

재판장에서 보고, 또 어머니에게서 들은 황제는 하나의 가문을 없애고 균형을 새로 만들 만큼 힘이 넘치는 사람이 아니었다. 물론 후작은 이번엔 물러날 수 없는 커다란 죄를 지었다. 벌은 피할 수 없지만,

가문은 존속된다.

'그러면 후작과 엘리를 평민으로 강등시키고 새 스페라도 후작을 뽑을 거야.'

레슬리는 코코아를 홀짝 마셨다. 마델이 가져다주었을 때는 뜨겁다고 생각될 정도였는데, 어느새 식어 있었다.

'하지만 스페라도 후작가는 대대로 아이가 귀한 가문이지.'

둘째와 셋째의 죽음이 이상할 정도로 많은 가문이니까. 레슬리는 피식 웃었다.

'그렇다면 그나마 후작의 자리에 오를 사람은 나랑……'

레슬리는 느리게 눈을 감았다 떴다. 테론 삼촌. 어쩌다 보니 단둘만 남았다. 제 핏줄을 죽이고 팔아넘긴 탓이었다. 레슬리는 자조 섞인 웃음을 흘렸다.

테론 삼촌도 그리고 자신도 스페라도 후작가에서 차별받고 죽을 뻔했는데 전세가 역전되었다. 가문의 번영을 위한답시고 밀색 머리와 에메랄드빛 눈동자를 가진 아이만 우대했던 가문의 사람들은 그 손으로 가문의 목을 조르는 결과를 낳았다.

그게 뭔가 우스워 작게 웃다가 레슬리는 컵에 조금 남은 코코아를 전부 한 번에 마셨다. 진득한 달콤함이 밀려왔다.

'테론 삼촌이 스페라도 후작이 되면 좋겠다.'

삼촌은 자상한 분이니 분명 스페라도 후작가를 바꿀지도 몰라. 하지만 하시려고 할까. 수도가 무섭다고 하셨는데.

결론이 나지 않는 고민으로 레슬리가 미간을 찌푸리고 있는데, 셀바토르 공작이 드디어 방으로 돌아왔다. 피곤한 얼굴의 공작은 창가 의자에 앉아 있는 제 딸을 보자마자 레슬리의 이름을 불렀다.

"레슬리?"

"어머니!"

레슬리는 의자에서 내려와 셀바토르 공작에게 다가갔다.

"결과가 궁금해서 날 기다리고 있었구나."

"네. 스페라도 후작은, 엘리는 어떻게 되었나요?"

그 말에 셀바토르 공작은 소파에 앉으며 작은 한숨을 흘렸다. 덩달아 그 옆에 앉은 레슬리도 긴장으로 침을 삼켰다.

"스페라도 후작은 성을 잃었단다. 평민으로 강등이지."

"……!"

자신의 예상이 맞았다. 그렇다면 그 뒤는 어떻게 되었을까.

"고귀한 푸른 피니 사형까지는 아니었지만, 남부 라즈튼에 갇힐 거란다."

라즈튼, 역사서에서 종종 등장하는 감옥 이름이었다. 바다보다 더 커다란 호수 한가운데에 있다고 했던가. 남부의 특성은 봄에도 동사자가 나올 정도의 엄청난 추위였는데, 그 추위에도 호수는 얼지 않는다고 했었다.

거기다 초대 르카디우스 황제가 마법사들에게 명령해, 마법사들은 죄수를 붙잡아 두는 마법을 감옥에 걸어 놓았다고 했다. 그래서 죄수들은 남부의 추위에 얼어 죽으면서도 탈출을 꿈꾸지 못했고, 라즈튼은 악명 아닌 악명을 떨치게 되었다.

'죽은 거나 다름없어.'

레슬리는 눈을 깜빡였다. 그런데 뭔가가 이상했다. 지금 셀바토르 공작은 오직 스페라도 후작의 이야기만 하고 있었다.

"어머니, 엘리는요?"

그 말에 셀바토르 공작은 거칠게 머리를 쓸어 올리며 눈을 찡그렸다.

"그 스페라도 영애는 수도에 남을 거란다."

"네?"

레슬리는 놀라 아직 들고 있던 코코아 컵을 떨어트렸다. 하지만 그런 걸 신경 쓸 겨를이 없었다. 엘리, 엘리가 왜?

"이미 아라벨라 후보 명단에 이름이 올랐으니까."

어이없는 이유였다.

최초의 사제들을 뽑기 위한 시험을 치르는 명단에 이미 엘리의 이름이 들어갔고, 그 일로 신전에서는 엘리의 처벌을 반대했다. 한 고위 사제는 황제의 앞에서 이렇게 주장했다.

'신께 그 이름이 모두 닿았습니다. 사고사나 병사 같은 일이 아니라, 사람의 손으로 후보 자격을 얻은 분의 시험을 막는 건 안 되는 일입니다. 부디 한 번만 재고해 주십시오.'

"그게 무슨……!"

말도 안 된다는 듯 레슬리가 눈을 크게 떴지만, 이내 말을 멈추었다. 그리고 침착하게 말을 이었다.

"만약 이번 1차 후보 시험에서 붙으면 엘리의 벌은 4년 뒤로 미뤄지겠네요."

1차 시험 뒤 마지막 2차 시험은 4년 후, 축제 전에 이뤄졌으니까.

"그렇겠지. 그래서 엘리의 벌은 일단 유예가 되었단다."

셀바토르 공작은 미안하다는 눈으로 레슬리를 바라보았다.

"미안하다. 이번엔 확실히 끝장내고 싶었는데……."

"아니에요. 어차피 엘리는 시험을 통과하지 못할 게 뻔하니까요."

레슬리는 웃으면서 고개를 저었다. 시험을 통과하지 못해 후보 자격을 유지하지 못하면 바로 엘리에게 벌이 내려진다. 그리고 레슬리는 엘리가 시험을 통과하지 못할 것을 알고 있었다. 그녀의 무지가 레슬리에게 도움이 될 것이다.

"저는 괜찮아요."

레슬리는 웃으면서 공작의 품에 폭 안겼다. 그리고 슬그머니 시선을 올려 셀바토르 공작을 바라보았다.

"그러면 어머니, 그…… 르아랑 엠로아는 어떻게 됐나요?"

두 번째 궁금증을 풀 생각이었다. 설마 어머니가 르아를 셀바토르 공작저에 둔 건 아니겠지? 만약 그렇다면 지금이라도 내쫓아야 한다고 말할 참이었다.

레슬리의 말에 공작은 은발을 쓰다듬으며 웃음을 흘렸다.

"그게 궁금했구나."

"저를 기억해 주십시오!"

자신을 르아라고 말한 여자는 셀바토르 공작과 사이레인의 앞에 납작 엎드렸다. 그러고서는 실실 웃음을 흘렸다. 그 모습을 보며 공작은 눈을 찡그렸다.

후작이 사활을 걸어 숨긴 진실을 제나가 뒤늦게 발견하여 급하게 레슬리가 있는 신레프 신전으로 가는 길이었다. 그런데 갑자기 셀바토르 기사들과 나타난 이 르아라는 여자가 스페라도 후작의 모든 계획을 털어놓았다.

후작과 엘리가 레슬리를 불에 태워 죽이려는 것, 그리고 셀바토르 공작가의 기사들을 막기 위해 수십이나 되는 사람들을 고용한 것. 그리고 결정적으로는.

"그 주변에 스페라도 후작과 엘리가 있을 겁니다. 반드시 불타 죽는 걸 봐야겠다고 이를 갈았거든요. 그 성격에 가장 목이 좋은 자리에서 구경하고 있을 게 분명합니다. 그런 인간들이니까요!"

그러더니 셀바토르 공작을 보며 눈을 빛냈다.

"저는 주인인 스페라도 후작을 배신했습니다. 이 르아는 더는 스페라도 후작가로 돌아갈 수가 없어요. 다아 레슬리 아가씨 때문이지요. 아가씨를 지키기 위해 안정된 생활과 봉급을 포기한 겁니다."

"셀바토르 공작가에서 받아 달라?"

사이레인의 말에 르아는 목이 떨어져라 고개를 끄덕거렸다.

"네, 네! 황실보다도 아름답다고 소문난 셀바토르 공작가에서 일할 수 있다면 더할 나위가 없을 겁니다."

그런 소문 따위 돌지 않는데도 르아는 입에 꿀을 바른 듯 술술 거짓된 칭찬을 늘어 두었다. 그러더니 눈을 가늘게 뜨면서 웃음을 흘렸다.

"르아는 스페라도 후작가에서 중간 크기의 방을 받았습니다. 웬만한 손님용 방만큼 되었죠. 거기다 늘 식사로 후작과 엘리가 먹는 음식을 먹었습니다. 질이 좋은 고기가 늘 이 르아의 식탁에 올라왔어요. 봉급으로는 일주일에 동전을……."

웬만한 가정교사보다 더 좋은 조건이었다. 너무도 속이 훤히 보이는 거짓이라 사이레인조차 헛웃음을 흘렸다.

"스페라도 후작이 인재를 못 알아보았군. 겨우 그런 대접을 그대에게 해 주다니."

공작의 말에 르아의 눈이 번쩍거렸다.

"그렇지요. 그렇지요! 후작이 이상했습니다. 이래 봬도 이 르아는 아이들을 아주 잘 돌보거든요. 완벽하게 말대꾸도 안 하고 착한 아이로 레슬리 이가씨를 기워 왔으니까요."

"그렇군. 하지만 이를 어쩐다. 얼마 전에 사용인을 새로 뽑아 자리가 없거든. 막 일하기 시작한 사람들을 그만두라고 할 수도 없고."

그러자 르아의 얼굴빛이 흙색으로 변하기 시작했다. 느긋이 그 모습을 내려다보던 공작은 다시 말을 이었다.

"하지만 별장에 자리가 하나 있네. 내가 아끼는 별장인데 관리인이 그만둬서 손이 부족해. 거기는 어떤가? 내가 내려가는 때만 신경을 써 주고, 나머지 때에는 그 별장을 자유롭게 이용해도 괜찮네."

"귀족 집안의 별장을 말입니까……?"

르아의 눈이 휘둥그레졌다. 별장이라고는 하나, 셀바토르 공작가의 별장이었다. 얼마나 크고 아름다울지 상상조차 가지 않았다. 거기다 그 별장을 마음대로 이용하라니. 자신은 방 두 개만 얻어도 성공이라 생각했는데……. 르아의 얼굴이 활짝 피어났다.

"그래, 어떤가? 당연히 봉급도 지금 말한 거의 2배를 지급해 주겠네. 내 딸을 살려 주었으니, 뭘 못 할까."

공작의 말에 르아는 정말로 환하게 웃었다. 사람이 저렇게 환하게 웃을 수 있는구나 신기함이 들 정도로 밝은 웃음이었다.

"네! 당연히 이 르아는 그렇게 하겠습니다!"

수도에 미련 따위 하나도 남지 않았다는 얼굴이었다.

레슬리는 눈을 깜빡였다. 공작의 결정이 이해가 가지 않는다는 얼굴이었다. 왜, 어머니는 그런 선택을 한 걸까. 여전히 공작은 머리를 쓰다듬으며 말을 이었다.

"그녀는 지금 히텐의 별장에 있단다."

"히텐이요?"

"몇 대 전 셀바토르 공작이 구매한 건데. 악취미적인 별장이지. 남부에 있고, 라즈튼과 가까워 죄수들의 울음소리가 늘 울려 퍼지거든. 마침 그 저택을 관리할 사람이 없어서 그 여자를 보냈지. 그녀 외에는 아무도 저택에 없으니, 귀신과 같이 사는 기분일 거야. 거기다 혼자니 저택을 빠져나올 수도 없어."

레슬리는 그 말에 웃음을 터트렸다. 거의 유배나 다름없었다. 특히 남부는 추위가 엄청나고 죄수들이 많아 외출조차 쉽지 않은 곳이었다. 르아는 추위를 많이 타고 무서운 걸 싫어했으니, 지금쯤 돌아가고 싶다고 울고 있겠지.

하지만 그 웃음은 오래가지 않았다.

"그리고 엠로아는 귀족 영애를 다치게 한 죄로 사형이 선고됐단다."

사형. 그 말에 레슬리는 입을 벙긋거렸다. 사형이라니. 레슬리가 안 된다고 말하기도 전에 공작이 먼저 말을 이었다.

"하지만 스페라도 후작이 한 짓과 도중에라도 마음을 바꿔서 너를 지키려고 한 것을 고려해, 이 나라에서의 추방으로 바뀌었단다."

"추방……."

그것 역시 끔찍한 벌이었지만, 사형보다는 나을 것이 분명했다.

"일단 아이가 나으면 옆 나라 시히카로 갈 예정이야. 작지만 따뜻하고 좋은 나라지."

시히카는 르카디우스의 동맹국 중 하나였다. 거기에 가면 귀족을 죽이려고 했다는 눈총을 받지 않을 것이 분명했다.

"감사합니다, 어머니."

레슬리의 인사에 공작은 고개를 저었다.

"우리 딸은 너무 착해서 자신을 죽이려고 했던 자도 이렇게 쉽게 용서를 하니, 어쩌면 좋을까."

공작의 투덜거림에 레슬리는 작게 웃다가 뒤늦은 감사의 인사를 전했다.

"저, 어머니. 구해 주러 와 주셔서 감사해요. 불 속에서 어머니가 나타났을 때, 정말정말 멋있었어요."

"그랬니?"

공작이 머리를 쓰다듬어 주는 것을 느끼며 레슬리는 방싯 웃었다. 부끄러우니, 꿈에도 나타난 건 비밀로 해야지.

"그리고 어머니, 부탁이 하나 있는데요. 그…… 오늘은 같이 자도 될까요? 악몽을 꿀까 무서워서……."

레슬리의 귀여운 부탁에 셀바토르 공작은 웃으면서 고개를 끄덕였다.

"되고말고."

"그런데 아버지는 어쩌죠. 침대가 작아서 다 못 잘 것 같아요."

레슬리의 걱정에 다시 공작은 크게 웃음을 터트렸다. 너무도 귀여운 부탁에 너무도 귀여운 걱정이었다.

"그건 걱정 말렴. 사이는 오늘 다른 방으로 보내 버리면 되니까."

어쩐지 사이레인이 불쌍해지는 밤이었다.

✤

불미스러운 사건이 일어난 후 최초의 사제를 뽑는 첫 시험이 시작되었다.

당연하지만, 엘리는 홀로 다른 방으로 들어가게 되었다. 벌써 소문이 퍼졌는지 그녀의 뒷모습에 비웃음이 날아와 꽂혔다. 모든 사람들이 자신을 보고 비웃고 손가락질하고 있었다.

'분명 내 꼴을 비웃는 거야.'

관리하지 못해 푸석해진 제 밀색 머리를, 홀쭉해진 뺨을 그리고 더러운 드레스를 비웃는 거라고 엘리는 확신했다. 그리고 드높았던 자신의 명예가 바닥에 떨어지자, 자신의 위치를 탐내던 다른 귀족들이 와서 헐뜯는 거라고. 엘리는 언제나 아름다웠고, 모든 사람의 머리 위에 있었으니까.

엘리는 몸을 떨었다. 그와 동시에 눈물이 턱을 타고 떨어졌다. 저절로 방금 전까지 갇혀 있던 지하 감옥이 떠올랐다. 그리고 거기에 찾아온 두 손님도.

"추, 추워."

지하 감옥에 갇힌 엘리는 몸을 웅크렸다. 그렇다고 해도 지하 감옥에서 올라오는 냉기를 전부 막지는 못했다. 거기다 하나의 촛불도 주지 않아 어둠 속에서 엘리는 떨고 있었다. 절로 이가 떨리고 눈물이 쏟아지기 시작했다.

"춥고 어두워……. 난로는 없어? 폭신한 깃털을 비단에 넣어서 만든 내 이불은? 최고급 모피로 만든 내 털 망토는 어디 있냔 말이야!"

끝은 처절한 울부짖음이었다. 엘리는 철창을 잡고 계속 울부짖었다.

"추워, 춥다고! 내 것들을 되돌려 줘!"

하지만 이 넓은 지하 감옥에는 그 울부짖음에 대답을 해 줄 이가 한 명도 없었다. 스페라도 후작은 서로의 목소리도 닿지 않게 다른 지하 감옥에 감금되었고, 경비는 그녀를 철저하게 무시했다.

"되돌려 줘. 내 걸 되돌려 줘……."

엘리는 바닥에 엎드려 울기 시작했다. 간신히 살아남을 기회를 얻었지만, 자신은 이 감옥에서 나서지 못했다. 거기다 자신은 1차 시험을 통과하지 못할 것이다. 이것만 믿고 신학도, 고어도 공부하지 않았는데, 어떻게 통과를 한단 말인가. 그리고 통과한다 해도 4년 동안 어떻게 버틸지 모든 것이 막막했다.

엘리는 바닥에 엎드려 계속 울었다. 약혼 파기는 당연했고, 스페라도 후작은 제 성을 잃고 평민이 되었다. 자신을 지켜 줄 이는 이제 아무도 없었다.

"울고 있네."

눈물을 뚝뚝 떨구느라고 엘리는 누군가가 왔다는 사실도 모르고 있었다. 고개를 들자 레슬리가 홀로 등불 하나를 들고 서 있었다.

"……너, 너!"

엘리는 레슬리에게 달려들었지만, 철창에 막혀 버렸고 머리채를 잡기 위해 내민 손은 레슬리에게 닿지 않았다. 엘리는 마치 짐승처럼 울부짖었다. 하지만 그 울부짖음은 금세 뚝 멈춰 버렸다. 레슬리는 천천히 엘리를 바라보며 입을 열었다.

"더러워. 냄새도 나고, 머리카락은 푸석푸석해. 손톱은 다 깨져 있네."

그 말에 엘리는 제 머리와 손톱을 내려다보았다. 레슬리의 말 그대로였다. 드레스에는 갖은 오물이 묻어 확실히 더럽고 냄새가 났다. 그러다 다시 레슬리에게 시선이 닿았다.

정성을 들여 관리한 덕에 빛나는 은발, 살이 올라 보기 좋아진 뺨. 라일락색 눈에는 반짝거림이 들어 있었다. 거기다 드레스는 엘리도 가져 보지 못한 최고급품이었다. 마치 어느 날 자신이 꿨던 꿈의 모습과 똑같아서 엘리는 몸을 떨었다. 그리고 부끄러움으로 순식간에 얼굴이 물들었다.

그 모습을 바라보던 레슬리가 덤덤하게 말을 이었다.

"고작 이런 게 부끄러워? 친동생을 죽이려고 했던 것보다, 그 오랜 시간 동안 나를 학대했던 것보다, 황제에게 거짓을 고한 것보다, 그런 게 너에겐 더 부끄러워?"

"닥쳐!"

엘리는 신경질적으로 제 머리카락을 쥐어뜯었다. 지푸라기 같은 머리카락이 우수수 바닥으로 떨어졌다.

"나에겐 아직 기회가 있어! 나가 봐, 나가서 내가 아라벨라가 되면 모든 죄가 사라질 거야!"

"아무도 그걸 약속하지 않았는데?"

레슬리의 말에 엘리는 입을 다물었다. 아라벨라가 된다고 살아남을 수 있는 건 아녔다. 황제도 사제도 그건 말해 주지 않았다. 레슬리는 덤덤하게 바닥에 주저앉은 엘리를 바라보았다.

"뭐, 열심히 해 봐. 네 무지로 1차 통과가 될지는 모르겠지만. 이제 나의 지식은 너의 지식이 아닌걸."

그리고 몸을 돌려 감옥을 빠져나갔다.

'레슬리, 레슬리, 그 짜증 나는 것!'

다 그년 때문이야. 그것 때문에 내가 손가락질을 받고, 이런 시험을 치르고……!

방으로 안내되고 자리에 앉은 엘리는 분노로 덜덜 떨었다. 자신만 다른 방으로 안내받고, 마치 죄인처럼 경비들의 삼엄한 시선을 받으며 시험을 봐야 했으니까.

'예전이었다면 이런 것 치르지 않아도 충분했을 텐데.'

막 받은 시험 종이를 내려다보며 엘리는 눈을 찡그렸다. 시험을 통과하지 못할 것이 당연했다. 스스로도 자신의 지식수준을 너무도 잘 알았으니까.

거기다 통과한다고 해도 어떻게 살게 될지 장담할 수 없었다. 가문은 없어졌고, 저택의 모든 물건은 빚을 진 은행과 다른 귀족들이 가지고 가 버렸다. 그 소식을 마지막 의리를 지킨 가신에게 들을 수 있었다.

'저도 이걸로 스페라도 후작가와의 인연을 끊고자 합니다.'

그 소식을 전해 준 한 자작은 그렇게 말하더니 엘리를 향해 작게 인사했다.

'안녕히 계시길. 3대 후작가의 영애였던, 엘리 양.'

혹여나 그녀가 자신에게 붙을까 재빠르게 쳐 낸 자작의 등을 보며 엘리는 눈물조차 흘리지 않았다. 그간 너무 울었기에 눈물이 나지 않아 멍하니 돌바닥만을 바라보았다. 왜 이렇게 되어 버렸을까.

'왜긴 왜야.'

다 그 괴물들과 레슬리 탓이지. 엘리는 입술을 까득 깨물었다. 피가 줄줄 흘렀지만, 더욱더 강하게 힘을 주었다.

'두고 봐.'

절대로 잊지 않아. 아버지를 그렇게 만든 너를, 어머니를 친정에 가게 만든 너를, 그리고 나를 이 꼴로 만든…… 레슬리!

그 지하 감옥에서 엘리는 이를 갈며 레슬리에 대한 증오를 키웠다. 밥을 먹는 것도, 잠을 자는 것도 잊었다.

선잠이 들 뻔하다가도 창살 밖에 레슬리가 서서 자신을 비웃는 꿈을 꾸고 비명 지르며 깨기를 반복했다.

서서히 엘리는 미쳐 가고 있었다. 그리고 엘리가 미치며 정신을 잃어 가는 만큼 레슬리에 대한 증오는 커져 갔다.

이젠 증오만이 남아 엘리를 움직이고 있었다.

그렇게 분노로 몸을 떨기만 할 뿐 시험 문제에는 손도 못 대고 있는데, 이상한 문제가 눈에 들어왔다. 고어도 신어도 아닌 제국어라서 엘리가 읽을 수가 있는 유일한 문제였다.

'뭐지 이거?'

마지막 종이에 작게 시험 질문이 아닌 다른 것이 쓰여 있었다.

그분께서 당신을 원하십니다. 엘리 양.

잠시 그 문장을 뚫어지라 바라보다가 엘리는 고개를 들어 주변을 살폈다. 그러자 눈이 맞은 한 사제가 살포시 웃었는데, 그녀의 눈은 얼음과도 같은 색이었다.

아, 재판장에서 봤던 그 고위 사제. 잠시 그녀를 바라보다 엘리는 덜덜 떨리는 손으로 문장 밑에 작게 답을 적어 내려갔다. 자신은 기회를 얻었다.

뭐든 하겠습니다.

그 모습을 보던 사제는 고개를 끄덕였다. 모든 것은 역시 그분의 뜻대로 돌아갈 것이다.

"통과했다고?"

셀바토르 공작저에서 공작은 편지를 받고 눈을 찡그렸다.

시험을 치르고 나서 일주일이 흘렀다. 편지에는 당연하게도 레슬리의 통과 사실이 적혀 있었고, 놀랍게도 엘리의 통과 사실 역시 적혀 있었다.

"그 무슨……."

"아마도 란다의 꽃이 수를 쓰지 않았나 싶습니다. 스페라도 후작도 사라졌으니, 제 밑에 두고 제대로 이용할 생각이지요."

제나의 말에 공작은 인상을 찌푸렸다. 그런데 거지 같은 소식은 거기서 멈추지 않았다.

"그리고 스페라도 후작이 라즈튼으로 가는 길목에서 도망쳤다고 합니다."

제나는 이제 공작의 얼굴을 제대로 보지도 못하고 있었다. 오싹거리는 감각에 몸을 작게 떨면서도 말을 이었다.

"호송 도중 일어난 지진으로 후작이 타고 있던 마차가 강에 빠졌다고 합니다. 나중에 마차를 다시 발견했는데……."

"도망쳤군."

하필 그때 지진이 일어나다니. 그리고 거기서 살아나다니.

"운이 좋은 것인지, 나쁜 것인지."

다행히도 후작이 사라진 곳은 차디찬 남부의 땅이었다. 봄에도 동사자가 나온다는 그곳. 거기서 후작은 살아남을 수 있을까.

"후작의 행방을 추격할 추격대를 뽑지. 그리고 혹시 모르니 대비를 해 두도록. 경비를 늘리고, 루엔티에게 말해서 저택 주변에 방어용 마법석을 깔아 두도록 해. 돈은 얼마가 들어도 괜찮으니까."

"네, 알겠습니다. 공작님."

"황실보다 더 안전하게 이 공작저를 꾸며야겠어."

그렇게 말하며 셀바토르 공작은 밖을 바라보았다. 창문을 열자, 맑은 웃음소리가 집무실로 흘러들어 왔다. 레슬리가 사이레인의 목마를 타고 즐겁게 웃고 있었다. 두 사람의 걱정 따위는 말끔하게 날려 버리는 맑은 웃음이었다.

그 모습을 보며 제나와 공작은 웃음을 흘렸다.

"봄이네요."

"그래, 봄이 왔어."

어느새 봄이 시작되는 시기였다. 그 후 경비가 늘고 몇몇 기사들이 레슬리의 호위로 뽑혔고 다행히도 공작과 제나의 걱정과는 다르게 아무 일도 일어나지 않았다.

그리고 레슬리는 공작저에서 열여섯 살의 봄을 맞이했다.

-11-

철퍽. 비가 내려 진흙길로 변해 버린 흙길을 한 무리의 기사들이 말을 몰고 지나갔다. 움직일 때마다 사방으로 진흙이 튀었다.

"대장! 성문이 보입니다!"

선두로 달리던 한 기사가 외치자 피곤으로 물들어 있던 모두의 얼굴에 화색이 돌았다.

"드디어!"

렘펠이 눈물까지 글썽이며 환호를 외쳤다.

정찰 임무를 받고 다른 지방으로 내려갔다 온 것까지는 좋은데, 하필 돌아오는 길에 폭우를 만나 전부 젖어 버렸다. 비는 빠르게 체온을 빼앗았고, 질척거리는 길은 말과 기사들을 지치게 했다. 그러다가 드디어, 르카디우스 수도에 도착한 것이다.

"일단 도착하면 쉬죠. 저는 목욕하고 싶어요. 벌써 며칠을 못 씻었더니 온몸에서 냄새가 나요. 비를 맞아서 그런지 더 고약해요."

한 기사가 맑은 목소리로 외쳤다. 그녀의 외침에는 간절함이 깃들어 있었다.

"저는 우리 딸이 보고 싶습니다. 저번에도 저보고 누구냐고 물었단 말이에요. 또 제 딸이 얼굴을 잊어버리면 올 거예요……."

"저는 잘래요. 자고 싶어요! 자게 해 주세요. 제발요……."

모두의 아우성이 울려 퍼지고, 한 기사가 자신의 옆에 달리던 남자를 향해 입을 열었다.

"신입, 너도 이야기해 봐."

"말해도 됩니까?"

갓 린체의 기사단에 배속된 남자는 주저주저하더니 얼굴을 발그스름하게 물들였다.

"저는 밥이랑 잠 둘 다 하겠습니다. 아, 목욕도요. 식사는 제대로 된 걸 하고 싶어요. 토마토 스튜도 괜찮은데 그것보다는 통통한 소시지를 불에다가 바로 구워서 술 한잔 하는 것도 괜찮겠네요. 베이컨도 바싹하게 굽고……."

신입의 말에 모두 따뜻한 식사를 떠올렸는지 꿀꺽하고 침을 삼켰다. 그와 동시에 다른 기사들이 한 사람을 지그시 바라보았다. 다들 2주를 넘는 임무와 빗길로 휴식이 간절했다.

"오늘은 쉬고 멀끔하게 내일부터 일하고 싶다……."

다른 사람의 두 배는 되어 보이는 덩치에 모포를 둘러쓴 남자는 잠시 침묵하더니 입을 열었다.

"안 돼."

베스라온의 말에 모두가 좌절했다. 심지어 신입은 눈물을 삼키려 입을 꾹 다물었다. 모두의 눈에 서러움이 깃들었다. 베스라온의 옆을 달리던 램펠이 외쳤다.

"아, 아니, 왜요? 우리는 이 빗길을 사흘을 넘게 달려왔습니다, 대장. 휴식이 필요하다고요."

"이 일은 황제 폐하께서 직접 명령하신 일. 황제 폐하께 보고를 올리는 게 먼저야. 휴식은 그 뒤다."

"대장! 우리 몰골로는 황실 안쪽에 들어가기도 전에 내쫓길 게 분명합니다."

마지막 말에 베스라온을 제외한 전원이 긍정했다. 제대로 자지도 먹지도 못하고 빗속을 달려 모두 엉망이었다. 수도의 거지가 이것보다 깔끔할 것이다. 분명 황실에 발을 내딛자마자 쫓겨나겠지.

"일단 들어가서 자고 씻고 먹고! 그리고 갑시다. 네?"

하지만 바로 베스라온은 고개를 저었다.

"안 돼. 보고가 먼저다."

그러자 렘펠이 뭔가를 더 말하려고 했는데, 바로 옆에 있는 다른 기사가 가볍게 그의 옆구리를 찔렀다.

"아우우. 갑자기 왜?"

렘펠이 주먹으로 찔린 옆구리를 매만지며 눈물진 얼굴로 동료를 바라보았다.

"저기 봐."

그러자 그가 턱짓으로 성문 쪽을 가리켰다. 렘펠은 눈을 찡그리다가 이내 환하게 웃더니 다시 베스라온을 보며 능글맞게 웃음을 흘렸다.

"대장. 정말로 바로 황궁으로 가실 건가요?"

"그래. 피곤한 건 알고 있다. 하지만 이 사항은⋯⋯."

말을 잇던 베스라온두 성문 앞에 서 있는 마차를 보고 입을 다물었다. 하얀 마차에 라일락색으로 셀바토르 공작가의 문양이 새겨진 마차.

"정말로 안 쉬실 건가요? 예?"

렘펠의 능글맞음이 더해졌다. 이젠 명백히 베스라온을 놀리고 있었다.

평소에 이랬다면 훈련이라는 명목으로 연무장 바닥을 구르겠지만, 지금은 괜찮았다. 마차에 타고 있는 저분이 자신을 구원해 주리라. 그걸 알았는지, 베스라온은 렘펠을 노려보기만 할 뿐 다른 제지를 가하지 않았다.

그러는 사이 마차가 서 있는 정문까지 점점 가까워졌고, 마차 안에 타고 있는 사람도 마차 문을 열고 밖으로 나왔다. 어여쁜 은발을 정성스럽게 땋아 올리고, 푸른 리본으로 장식한 소녀의 얼굴은 기사들을 보자마자 반가움으로 물들었다.

"베스라온 오라버니!"

기사들은 속력을 줄여 레슬리 근처에서 말을 멈췄다. 레슬리는 말에서 내려 자신 가까이 온 베스라온의 품에 덥석 안겼다.

"오라버니! 보고 싶었어요."

"이런, 옷이 더러운데……."

하지만 그러면서도 베스라온은 늘 하던 대로 레슬리를 들어 안았다.

"괜찮아요. 드레스는 나중에 세탁하면 되지만, 오라버니는 2주 동안 못 봤는걸요. 어서 보고 싶어서 마델이랑 같이 마중 나왔어요. 같이 저택으로 돌아가요. 오라버니."

레슬리가 마차 쪽으로 시선을 던지자, 마델이 웃으면서 허리를 숙였다.

"이런……."

베스라온은 레슬리의 말에 미간에 주름을 잡으며 곤란하다는 듯 앓는 소리를 냈다. 그 모습을 지켜보고 있던 렘펠이 옆 동료에게 작은 목소리로, 하지만 레슬리에게 확실히 닿을 만한 크기로 속삭였다.

"이런, 우리는 황실에 바로 가야 하는데. 그렇지 않니?"

"맞아, 맞아! 바로 황제 폐하께 보고를 올려야 하니까. 이번 사항은 아주 중대한 사항이라 우리는 쉴 수 없어."

마치 책을 읽듯 옆에 있는 기사와 대화를 나누자 베스라온이 바로 고개를 돌려 무서운 눈길을 보냈다. 하지만 이미 레슬리가 그 말을 들은 후였다.

"지금 바로 황실로 가셔야 해요?"

라일락색 눈동자가 순식간에 충격으로 물들었다. 베스라온이 다급하게 고개를 저었지만, 레슬리의 어깨가 이미 축 처진 뒤였다.

"하긴 오라버니는 매우 바쁘시니까……."

축 처진 목소리의 레슬리는 쓸쓸한 얼굴로 베스라온 품에서 내려왔다. 그게 충격이었는지, 베스라온의 눈동자가 조금씩 떨리기 시작했다.

"조금 쓸쓸하지만, 괜찮아요. 그럼 저는 먼저 저택으로……."

"아니!"

꽉 다문 잇새로 숨을 크게 흘리더니 베스라온이 미간에 주름을 잡고 고개를 끄덕였다.

"……모두 오늘은 쉬고 내일 아침 일찍 기사단으로 출근하도록."

그리고 드디어 고대하던 말이 베스라온의 입에서 떨어졌다. 모두 기뻐서 소리 없는 환호성을 질렀고 그건 레슬리 역시 마찬가지였다.

레슬리가 기뻐하며 베스라온의 팔에 매달리자, 다시 베스라온이 저의 귀여운 여동생을 보고 미소를 지었다. 그래, 저놈들을 연무장 바닥에 굴리는 건 며칠 후가 되어도 괜찮겠지.

베스라온이 무슨 무시무시한 생각을 하는지도 모른 채, 한 발짝 떨어진 곳에서 다른 기사들은 동경과 찬양의 눈빛으로 레슬리를 바라보았다. 레슬리 덕분에 오늘은 저택에서 편히 쉴 수 있을 것이다.

"역시 우리 여신님이야."

한 기사가 그렇게 말하자, 다른 기사들이 고개를 끄덕였다. 모두의 입에는 훈훈한 미소가 그려져 있었다.

깐깐하고 무뚝뚝한 성격의 베스라온은 하나뿐인 제 여동생 앞에서는 허물어졌다. 조금 강경하게 나가다가도 레슬리가 눈을 반짝이면서 두 손을 꼬옥 모으면 이내 고개를 끄덕였다. 덕분에 린체의 기사들뿐만 아니라 황실의 많은 이들이 이런 식으로 레슬리의 도움을 받았다.

베스라온이 종종 보통 사람의 기준을 잊고 자신의 기준에 맞춰 모두를 굴리거나 저택으로 돌아가지 않아 모두가 강제 야근을 하게 될 때마다 레슬리가 나타났다. 그리고 베스라온의 손을 잡고 저택으로 돌아갔다.

덕분에 황실에서는 은밀하게 레슬리를 여신님이라고 부르며 추종하는 사람들이 나타났다. 그중 가장 선두는 말할 것도 없이 린체의 기사단이었다.

'오늘도 여신님의 은총을 받아 살아갑니다.'

한 기사가 두 손을 모으고 훌쩍거렸다. 다른 기사들이 그러든 말든 베스라온은 레슬리의 손을 잡고 마차로 걸어갔고, 고개만 살짝 돌린 레슬리가 다른 기사들을 보며 손을 흔들었다. 그리고 긴 은빛 속눈썹 밑에서 라일락색 눈을 빛내며 살포시 웃어 보였다.

"일부러야……!"

자칭 레슬리 여신님의 첫 번째 신자인 렘펠이 입을 틀어막고 눈물을 흘리기 시작했다.

"일부러 우리를 구원해 주시기 위해서 여기까지 와 주신 거야."

모두가 고개를 끄덕이며 레슬리를 찬양하는 가운데, 신입은 레슬리의 뒷모습을 바라보며 작게 중얼거렸다.

"여신님……."

신입의 눈동자가 반짝거리기 시작했다.

"다녀왔습니다."

혹여나 베스라온이 도망갈까 봐 레슬리가 손을 꼭 잡고 위풍당당하게 저택으로 돌아오자, 맨 먼저 두 사람을 맞이한 사람은 제나였다.

"임무를 수행해서 돌아오셨군요."

제나가 손을 내밀자, 짝 소리가 나게 제나와 손바닥을 마주친 레슬리가 환하게 웃어 보였다.

"집사의 계략이었나."

베스라온이 비로 엉망이 된 겉옷을 벗어 하인에게 건네주며 말하자, 저 위쪽에서 대답이 들려왔다.

"내 계획이었단다."

청동빛 로브를 걸친 공작이 계단에서 천천히 내려오고 있었다.

"아무리 생각해도 바로 황실로 갈 것 같아서 말이지. 내가 오라고 하면 바쁘다고 거절할 테고. 덕분에 레슬리가 성문 밖까지 나갔구나."

셀바토르 공작의 말에 베스라온은 제 옆에 서 있는 레슬리를 내려다보더니, 일부러 상처받았다는 표정을 지었다.

"이런. 내가 보고 싶어서 마중 나온 게 아니라 어머니의 명령 때문이었구나. 레슬리."

아까의 작은 복수였다. 그 표정에 레슬리의 눈동자가 동그래지더니 온 힘을 다해 아니라고 외치기 시작했다.

"아니에요! 어머니 말씀도 있었지만. 제가 정말정말 오라버니가 보고 싶어서 간 거예요. 진짜예요! 믿어 주세요."

레슬리가 당황해하는 모습에 다들 작게 웃음을 터뜨렸다. 아무래도 막내딸은 놀리는 맛이 있었다.

"그래, 그래. 나도 보고 싶었단다."

베스라온이 웃으면서 머리를 쓰다듬자, 그제야 레슬리가 안도의 숨을 흘렸다.

"우리 예쁜 딸."

두 사람 가까이 걸어온 공작이 허리를 굽혀 레슬리의 뺨에 작게 키스하자, 간지럽다는 듯 레슬리가 어깨를 움츠리며 웃음을 머금었다.

"이 엄마가 네 첫째 오라버니와 할 말이 있단다. 잠시 네 오라버니를 좀 빌려주렴?"

"네, 어머니."

아쉽다는 듯 눈을 깜빡인 레슬리는 두 사람에게 인사하고 제 방으로 올라가려다 발걸음을 멈추었다. 그리고 아직 중앙 계단 쪽에 서 있는 셀바토르 공작과 베스라온을 바라보았다. 두 사람이 발걸음을 옮기면서 두런두런 흩뿌리는 말소리를 놓치지 않고 주워 담았다.

'후작의 이야기는 아닌 것 같네. 쉽게 잡힐 거라고 생각하지는 않았지만.'

레슬리의 라일락색 눈동자가 가늘어졌다.

도망갔다고 한 후작은 아직도 잡히지 않고 있었다. 가문의 명예와 자신의 안위만을 생각하던 남자다. 잡히면 이번엔 푸른 피라 해도 죽을 게 확실했으니 어떻게든 살아남으려고 숨을 죽이고 어딘가에 숨어 있겠지.

하지만 4년이 지났는데도 후작의 머리카락 하나 찾기 힘들 줄 몰랐다. 레슬리는 저도 모르게 드레스 자락을 쥐고 있는 손에 힘을 주었다.

"아가씨?"

레슬리를 뒤따라가던 마델이 고개를 갸웃거리자, 레슬리는 언제 후작을 떠올렸냐는 듯 아무렇지도 않은 얼굴로 마델을 바라보았다.

"아무것도 아니야, 가자."

기다리다 보면 그는 잡힐 테니까. 그러면 그때는 반드시 내 손으로……. 그렇게 생각하며 레슬리는 환하게 웃음을 머금었다.

'후작의 이야기가 아니라면, 오라버니와 어머니는 무슨 이야길 하시는 걸까.'

레슬리는 셀바토르 공작가의 인장이 새겨진 편지지에 답장을 쓰며 눈을 가늘게 떴다. 자신의 앞에 놓여 있는 검은 토끼 인형이 같이 고개를 갸웃거리는 느낌이 들었다. 그러면서도 답장을 쓰는 걸 멈추지 않았다. 몸을 조금 기울이자, 은발이 앞으로 쏟아졌다.

"아가씨, 머리를 묶어 드릴까요?"

레슬리가 시야를 가리는 머리카락을 귀 뒤로 넘기자, 꽃병에 꽃을 갈던 마델이 물었다.

"으음……. 아니야, 금방 다 쓸 것 같아."

거절 편지를 쓰고 나면 낮잠을 자야지. 레슬리가 고개를 젓자, 마델의 시선이 작은 원형 테이블 밑의 푸른 상자에 닿았다.

"시간이 좀 걸리실 것 같은데요."

그 말에 레슬리의 눈동자가 푸른 상자 안을 내려다보았다. 작은 상자라지만, 그 안에는 색색의 편지가 가득 들어 있었다. 아직도 저만큼이나 남았었나. 아까부터 답장을 쓰고 있었는데, 전혀 줄지 않았다. 레슬리는 입술을 삐죽 내밀었다.

"내용을 정해 놓고 똑같이 쓰면 실례겠지?"

"아무도 뭐라 할 사람은 없을 거예요. 거절 편지를 돌려 보진 않을 테니까요."

리본과 빗을 가져와 레슬리의 머리를 매만지며 마델이 말을 이었다.

"그나저나 이렇게 많은 편지를 받으시다니, 역시 우리 아가씨예요."

"거절이 귀찮기만 한걸."

4년 전, 공작의 말이 맞았다. 지금은 기억도 나지 않는 백작가의 장남을 선두로 줄줄이 청혼서와 초대 편지가 셀바토르 공작가로 날아왔다. 덕분에 레슬리는 예전부터 바라 왔던 편지를 잔뜩 쓸 수 있었다.

"티 파티, 시 낭독회, 피아노 연주회, 신어와 고어 해독 클럽……."

레슬리는 답장한 편지를 하나하나 반대편에 있는 크림색 상자에 집어넣었다.

"이건 또 청혼서……."

어머니께 보여 드려야겠다. 다른 초대는 그래도 레슬리의 선에서 거절할 수 있는 데 비해 청혼서는 가문 간의 일이라, 셀바토르 공작에게 보여 주고 있었다.

레슬리는 그걸 세 번째 상자에 집어넣었다. 그 안에는 이미 다섯 통이 넘는 편지가 들어 있었다. 마델이 슬쩍 상자 안을 들여다보면서 말을 꺼냈다.

"청혼서가 부쩍 늘었네요."

"아마 아직 보지 못한 거에 더 몇 통 섞여 있을 거야."

레슬리가 한숨 섞인 목소리로 말을 이었다.

"예전엔 이렇게 많지 않았는데……."

레슬리는 아무 편지나 집어 들고 페이퍼 나이프로 잡아 개봉하며 투덜거렸다. 그 말에 레슬리의 머리를 매만지며 마델이 옅게 웃었다.

"당연하지요. 이렇게 아름다워지셨는걸요. 우리 아가씨 머리카락은 별빛 같고, 눈은 그 어떤 꽃보다도 아름다운걸요."

그렇게 말하자, 레슬리의 뺨이 붉게 물들었다.

"……그렇게 말해 주는 건 마델과 공작저의 사람들뿐이야."

레슬리는 종종 마델이 이런 소리를 아무렇지 않게 하는 걸 부끄러워했다.

하지만 그래도 좋은 말이라 딱히 그녀를 제지하지는 않았다.

"아니에요!"

드물게 마델이 큰 소리를 냈다. 그러더니 은발이 별빛을 닮아 아름답다며 뽐내듯 손질했다. 덕분에 레슬리는 부끄러움에 편지를 쓰던 손을 멈춰야 했다.

하지만 마델의 말은 반쯤 사실이었다. 스페라도 후작가에 갇혀 있을 때보다는 훨씬 나아졌으니까. 매일 관리를 받은 것도 있지만, 잘 먹고 잘 자고 주변에서 사랑받은 것이 레슬리의 외관을 완전히 바꿔 버렸다.

예전엔 웃으려고 해도 잘 움직이지 않았던 입은 이제 유려한 곡선을 만들어 냈고, 눈에는 눈물보다는 반짝거림을 머금고 있는 날이 많았다.

'공작저에 와서는 눈물을 흘린 날이 거의 없었지.'

레슬리는 눈을 깜빡였다. 공작저에 와서는 스페라도 후작가의 일을 제외하고는 눈물을 흘릴 일이 없었다. 아니, 흘리면 안 됐다. 한 번 계단에서 넘어져 운 적이 있었는데, 다음 날 계단이 사라졌었다.

'아, 그거? 없앴어. 위험하잖아? 새 계단은 마법으로 움직이게 해 봤으니까 가만히 있어도 될 거야.'

루엔티는 자신의 마법을 연습하느라고 그랬다지만, 레슬리가 보기엔 절대 그 이유가 아니었다.

'인기가 좋아서 다행이라지만.'

자동으로 움직이는 계단은 사용인들에게 대인기를 끌었다. 아예 줄을 서서 이용할 정도였으니까.

다시 슬그머니 거울을 바라보았다가 레슬리는 입을 삐쭉 내밀었다. 아무리 바뀌었다 해도, 아쉬운 부분이 눈에 들어왔다.

'키는 크지 않았는걸.'

루엔티 오라버니도 스무 살을 넘고 나서도 훌쩍 컸는데!

셀바토르 공작가에서 같이 막내 연합을 이루던, 그 시절의 루엔티는 사라진 지 오래였다. 비록 베스라온보다는 못하지만 어느새 셀바토르 공작을 따라잡을 만큼 컸고, 레슬리는 홀로 '귀여운' 막내로 남겨졌다.

'귀엽다는 말보다는 멋있다는 말이 듣고 싶어.'

아직 열여섯 살밖에 되지 않았지만, 레슬리의 키는 또래보다도 작은 편이었다. 아무리 열심히 먹어도 체구도 자라지 않아서 바타가 자기 자신을 책망하며 눈물을 흘린 적도 있었다. 자신의 요리가 부족하다고 말이다. 그날 하루 레슬리는 마델과 울먹거리는 바타를 달래 주며 보냈었다.

'매일 우유도 마셨는데, 어머니의 반도 안 된다는 건 너무하잖아.'

이상은 어머니와 같은 키인데 현실은 그 반도 안 되어 보였다. 실제로는 반보다야 컸지만, 레슬리는 마뜩지 않았다. 열두 살의 자신은 열여섯쯤 되면 그래도 어깨까지는 크지 않을까, 하는 작은 희망이 있었는데, 희망과 실제의 차이란 너무도 슬픈 것이었다. 이래서 언제쯤 어머니처럼 멋지게 검을 차고 휘두르는 꿈을 이룰 것인지.

"휴우우."

레슬리는 테이블에 턱을 괴고 한숨을 내쉬었다.

"하나쯤은 참석해 보는 것도 나쁘지 않으실 거예요."

레슬리의 옆머리를 정성스럽게 땋아 옆으로 넘기면서 마델이 웃었다. 아마도 마델은 레슬리가 편지를 거절하는 일로 한숨을 쉬었다고 생각하는 듯 보였다.

오히려 그 말에 레슬리는 더 깊은 한숨을 내쉬었다. 맞다, 이것들이 있었지.

"다들 유명한 가문의 자제들인걸요."

"하지만……."

레슬리는 손에 잡히는 한 장의 편지를 들며 입을 삐죽 내밀었다.

> 안녕하세요, 셀바토르 공녀님.
>
> 혹시 저를 기억하시나요? 대기도회 때 셀바토르 공녀님을 뵈었었어요.
>
> 저는 셀바토르 공녀님 뒤의 뒤에 그리고 왼쪽으로 한 번, 다시 거기서 한 번 더 뒤에 그리고 그 옆에 앉아 있었거든요.
>
> 기도 중에 살짝 눈이 마주쳤는데, 부디 저를 기억해 주시고 이 편지를 반겨 주시길 바라고 있답니다.

'이런 걸 어떻게 기억하라는 거야.'

아직 레슬리는 정식으로 사교계에 데뷔하지 않았고, 가문 간의 교류도 없었다. 그나마 참여하는 거라고는 신년 축제와 대기도회 정도였다. 종종 황실을 드나들었으나, 늘 린체의 기사단에만 머물러서 기사단 외에 레슬리와 친분을 가진 이는 없었다.

그런 레슬리에게 초대 편지를 보내려면 작은 만남이라도 필요했기에, 다들 이런 식으로 레슬리에게 편지를 보내왔다.

대기도회에서 지금처럼 기억도 나지 않는 뒤뒤옆뒤옆 자리에 앉아 있었다고 말하는 건 양호했다. 자신도 레슬리가 들르는 가게를 다닌다고 그걸 친분으로 삼아 초대장을 보내는 사람도 있었으며, 심지어 어떤 사람은 번화가에 간 것을 빌미로 청혼서를 보내기도 했다.

'이러다간 같은 하늘 아래에서 숨 쉰다면서 초대장이나 청혼서를 보낼지도 모르겠어.'

레슬리의 한숨이 깊어졌다. 문제는 그뿐만이 아녔다.

편지가 들어 있던 편지 봉투를 집어 뒤집자, 회델리아 가문의 인장이 찍혀 있었다. 레슬리의 눈이 가늘어졌다. 회델리아 영애는 레슬리도 알고 있는 엘리의 친한 친구 중 한 명이었다. 하지만 지금은 엘리따윈 기억도 하지 못한다는 듯 자신에게 웃음꽃을 피우고 있었다.

레슬리는 다시 상자 속에서 편지를 하나 더 꺼내 들었다. 청혼서였다.

'거기다 이 남자는 엘리에게 청혼했던 사람이잖아.'

분명 엘리의 추종자 중 한 명이었다. 엘리는 데뷔탕트를 치르지 않았음에도 많은 가문과 교류하며 수많은 추종자를 거느렸는데, 지금 편지를 보내온 사람은 그중 한 명이었다. 그것도 엘리의 눈짓 한 번, 웃음 한 번에 가슴을 움켜잡던 이였다.

후회하고 있습니다.

그 말 한마디로 시작된 편지는 안쓰러울 정도로 구구절절이었다. 만일 자신이 그때로 되돌아간다면 사악한 엘리 따위에게 눈길조차 주지 않고 갇혀 있을 레슬리를 구해 내겠다며 다짐을 하는 내용이 적혀 있었다.

부디 저에게 단 한 번의 기회를 주십시오! 저는 이렇게 비참하게 후회하고 있습니다.

헛웃음이 절로 흘러나왔다. 다락방에 갇혀 구박을 당하던 '레슬리 스페라도'를 구하고 싶은 게 아니라 '미래의 셀바토르 공녀'를 구하고 싶은 마음이겠지.

뻔뻔해라. 레슬리는 편지를 상자 안에 집어넣었다.

둘 다 엘리와 친분을 나눌 때는 그녀에게 심장이라도 빼 줄 것처럼 굴었으면서. 그리고 스페라도 후작가의 명성에 기대 떨어지는 것들을 주워 먹었으면서. 이제 빌붙을 사람은 레슬리라는 소리였다.

저 편지에는 답장도 하지 말자. 그렇게 생각하며 다음 편지를 상자에서 집어 드는데, 누군가가 노크 소리와 함께 방 안으로 들어왔다.

"레슬리!"

이젠 어깨를 넘을 정도로 길어진 머리를 하나로 묶은 루엔티가 성큼성큼 레슬리의 방 안으로 들어왔다.

"오라버니."

후회하고 있다는 가식적인 편지들로 일그러졌던 레슬리의 얼굴이 환하게 물들었다.

"일은 다 끝나신 거예요?"

레슬리의 물음에 루엔티가 입꼬리를 올리며 씩 웃어 보였다.

"그래, 드디어 자유다!"

루엔티는 정말로 기쁜지, 두 팔을 활짝 벌리며 소리쳤다.

최근 마법사의 저택을 대표하는 '10인의 마법사'에 최연소로 이름을 올린 루엔티는 셀바토르 저택에 들어오지도 못할 정도로 바빴다. 거기다 본격적으로 셀바토르 공작령의 일을 손대면서 셀바토르 저택보다는 마법사의 저택과 공작령에 머무는 시간이 길어졌다. 레슬리로서는 쓸쓸하기 그지없는 일이었다.

그런 레슬리의 표정을 알아챈 루엔티가 씩 웃음을 머금었다.

"걱정하지 마, 이제 당분간은 저택에서 쉴 생각이니까. 마법사의 저택도, 공작령도 가지 않을 생각이야."

그러면서 레슬리의 머리를 쓰다듬던 루엔티의 눈에 편지 다발이 들어왔다.

"편지를 쓰고 있었어?"

"네, 티 파티 초대장이랑, 청혼서들이에요. 너무 많아서 조금 힘들어요."

"흐음. 청혼서는 이쪽?"

정확히 청혼서가 들어 있는 상자를 고른 루엔티가 빠른 속도로 여섯 장의 청혼서의 봉투를 읽어 내려갔다.

"아라바른 자작가, 레판 백작가……."

전부 읽었다는 듯 루엔티가 방긋 웃었다.

"폐기 처분."

그 말과 동시에 손에서 불길이 치솟더니 여섯 장이나 되는 편지가 순식간에 재가 되어 휘날렸다. 비록 불을 무서워하는 레슬리를 위해 몸을 돌리고 했다지만, 편지가 순식간에 잿더미가 되는 건 놀라운 모습이었다.

머리를 다 땋아 리본을 매 주던 마델과 편지를 쓰던 레슬리는 놀라 눈만 깜빡거렸다.

"어머니께 보여 드리지도 못했는데."

"아, 괜찮아. 내가 봤잖아? 다음엔 그냥 이름만 적어 두고 태워 버려. 알았지? 굳이 일일이 답장을 쓰기에는 네 시간과 글자가 아까워."

루엔티의 환한 미소에 어쩐지 무서워져 레슬리는 마델의 손을 꼭 잡았다.

'설마, 그간 답이 없었던 게…….'

아무리 청혼서에 거절을 했더라도 셀바토르 공작가와 인연을 맺을 기회를 쉽게 놓칠 사람들이 아녔다. 실제로도 티 파티나 낭독회 같은 경우에는 거절해도 다음을 기약하고 싶다며 다시 편지들을 보내곤 하였다. 그런데 묘하게 청혼서에는 편지가 돌아오지 않는다고 생각했는데…….

"……아가씨, 사실 제가 소문을 들었는데, 아라펜드 가문이 하던 사업이 망했다고 들었거든요."

아라펜드. 분명 몇 달 전 레슬리에게 청혼서를 보내왔던 가문이었다.

"그냥 망한 것도 아니라 완전 쫄딱! 망해서 야반도주했다고 하더라고요."

히끅, 작게 딸꾹질이 터졌다. 설마 지금 자신에게 청혼서를 보냈다고 한 가문을 망하게 만든 건가?

"그리고 파레볼 가문 역시 수도의 저택을 팔고 파레볼 영토로 내려간다고 하던데……."

파레볼 가문 역시 몇 달 전에 레슬리에게 청혼서를 보냈던 가문이었다. 설마, 설마. 서로가 맞잡은 손이 작게 떨렸다.

"설마 싫은데…… 두 가문 다 루엔티 도련님이……."

"레슬리."

갑자기 루엔티가 레슬리를 부르자, 놀란 마델이 히익 소리를 내며 입을 꾹 다물었다. 루엔티는 아직 제 손에 묻어 있는 재 가루를 탁탁 털어 내며 씩 웃었다.

"이런 거 신경 쓰지 마. 다음부터는 내가 말한 대로 하고, 알았지? 그나저나 형이 돌아왔다며. 제나가 알려 주던데."

명백히 말을 돌리는 루엔티를 보며 레슬리의 시선이 가늘어졌다. 다음부터는 그냥 혼자 거절 편지를 보내야겠다. 그들도 가문이 망하는 것보다야 거절 편지 한 통이 낫겠지.

"지금 막 돌아오셨어요. 어머니랑 이야기하러 집무실로 들어가셨어요."

"황제 폐하에게 안 들르고 바로? 신기하네."

루엔티는 대답하며 이번엔 초대장들을 빠르게 훑고 있었다. 설마 저것도 다 외우려는 건 아니겠지.

"제가 오라버니를 마중 나갔다 왔거든요."

말을 잇다가 레슬리는 눈을 깜빡였다. 루엔티라면 아까 자신의 물음에 답해 줄 수 있지 않을까?

"오라버니, 베스라온 오라버니는 무슨 일을 하고 온 걸까요?"

그 말에 루엔티는 레슬리 맞은편 의자에 털썩 앉으며 제 머리를 매만졌다.

"에타이의 움직임을 확인해 보고 온 거겠지. 분명."

에타이. 그 단어를 들은 레슬리의 눈매가 가늘어졌다.

1천 년이 넘는 시간 동안 르카디우스 제국에는 여러 번의 반란이 일어났는데, 부스러기처럼 남은 그 잔당들이 모이고 모여 에타이라는 이름을 만들어 냈다. 그리고 그 에타이는 오랜 시간 동안 변질하고 변질하여 이젠 저들이 반란을 일으켰던 이유도 잊어버린 채 맹렬하게 제국의 멸망만을 바라고 있었다.

제국 내부에서 생겨나고 자란 에타이는 늘 황실과 셀바토르 공작가의 골칫덩어리였다. 셀바토르 공작이 검을 들었을 때, 유일하게 해결하지 못한 일이 에타이에 관한 일이었을 정도였으니까.

루엔티는 편지 하나를 이리저리 살펴보며 눈을 찡그렸다.

"요즘 힘을 기른 모양이더라. 마법사의 저택도 그 일로 난리가 났으니까. 도대체 뭐가 에타이를 키우고 있는 건지."

'나도 에타이를 만나게 될까.'

셀바토르 공작에 이어 베스라온까지 에타이의 일을 맡아 하고 있었다. 그리고 루엔티도 마법사의 저택을 통해 에타이와 연관이 되어 있었으니, 레슬리도 그 일에 휘말릴 수도 있었다.

에타이를 상대하며 셀바토르의 이름을 드높이는 자신을 상상하자 눈이 반짝거렸다. 그래, 어머니만큼 키는 못 커도 그 정도는 할 수 있지 않을까!

"안 돼. 너까지 그놈들을 만나는 일은 없을 거야. 그전에 형과 내 선에서 다 해결될 거니까."

레슬리의 표정만 보고도 레슬리가 어떤 생각을 하는지 기가 막히게 읽어 낸 루엔티가 고개를 내저었다. 그 말에 레슬리가 입술을 삐죽 내밀었다.

"나도 셀바토르 공작가의 일원이에요, 오라버니."

"키부터 크고 이야기합시다, 막냇동생님."

키 이야기에 말문이 막혀 버렸다. 레슬리가 루엔티를 노려보자 루엔티가 덧니를 보이며 웃었다.

"그러니까 누가 남들 다 클 때 혼자 크지 말래?"

삐진 여동생이 자신을 방에서 쫓아내기 전에, 루엔티는 손에 들고 있던 편지를 툭 상자 안으로 내던졌다. 가득 쌓인 편지 위에 한 통의 편지가 더해졌고, 암녹색 시선이 거기에 닿았다.

"저렇게 많은 편지에 답하느라고 죽어 가는 너에게 미안하지만, 나도 전해 줄 편지가 한 통 있어."

그러더니 제 품에서 하얀 편지를 꺼내 레슬리에게 내밀었다. 투박한 종이에 써진 편지에는 신전의 문양이 찍혀 있었다.

"최초의 사제들 2차 시험에 관한 편지야. 읽어 봐 봐."

그 말에 레슬리는 다급하게 페이퍼 나이프로 편지를 개봉하고는 읽어 내려갔다.

레슬리 슈야 셀바토르 공녀님께.

최초의 사제를 뽑는 2차 시험이 정해졌습니다.

2차 시험은 북서부 시누스턴 신전에서 이루어질 예정이며 기간은 약 열흘입니다.

사용인을 데리고 올 수 없으며, 의복 역시 신전에서 제공합니다.

시험 중에는 포기할 수 있습니다.

'포기가 가능하다고?'

레슬리의 고개가 옆으로 기울었다. 사용인을 데리고 올 수 없다는 말과 의복을 지급한다는 말, 그리고 포기할 수 있다는 말이 마음에 걸렸다. 그런데 이어진 편지 뒷부분에 그 생각이 날아가 버렸다.

2차 시험을 통과하신 분들은 시험 후 열리는 아라벨라 축제에 '최초의 사제'와 '아라벨라'로서 참가하게 됩니다.

아라벨라 축제 마지막 날인 '축복의 날' 의식이 거행되니······.

"아라벨라 축제가 열리는구나······."

편지를 읽어 내려가던 레슬리의 눈동자가 반짝거리기 시작했다.

아라벨라의 축제는 최초의 사제들을 뽑는 시험이 있는 해에만 열리는 축제로, 르카디우스 제국에서 손꼽을 정도로 가장 커다란 축제 중 하나였다. 얼마나 크고 화려했으면 사람들 사이에서 '4년은 아라벨라 축제를 준비하기엔 짧은 시간이다.'라는 말이 돌 정도였다.

거기다 번화가에서 떨어진 스페라도 후작가 다락방에서도 아라벨라 축제의 불꽃을 볼 수 있어서 레슬리가 아주 어릴 적부터, 꼭 가 보고 싶었던 축제이기도 했다.

"꼭 가고 싶었는데 드디어······."

4년 전, 열두 살의 봄은 스페라도 후작가에 있었다. 하지만 지금 열여섯 살의 봄은 셀바토르 공작가에서 보내고 있었다. 자신은 이제 마음껏 축제의 거리를 돌아다닐 수 있었다. 그 사실에 왜 이리 눈물이 나는지.

거기다 자신은 최초의 사제 후보 중 한 명이었다. 예전엔 엘리조차 이루지 못했던 것이었다. 원하는 것을 하나 더 이뤄 냈다는 사실에 레슬리는 눈물진 얼굴로 웃어 보였다.

"기뻐?"

"네, 정말 기뻐요."

레슬리가 편지를 꼭 쥐며 웃었는데, 붉어진 눈가가 안쓰러워 보였다.

루엔티는 이를 까득 갈았다. 4년이었다. 길다고는 할 수 없지만, 짧다고도 할 수 없는 세월이었다. 4년을 공작저에서 지냈는데도, 스페라도 후작가의 흔적이 남았다. 잊고 있다가도 이렇게 예상치 못한 곳에서 그 상흔이 떠올랐다.

'겨우 축제인데.'

어떤 아이가 이런 축제 하나로 눈물을 글썽일 정도로 좋아한단 말인가. 아무리 아라벨라 축제가 4년 단위로 열리는 축제라지만, 이 축제에 참여하지 않은 사람은 수도에 없을 거라는 말이 돌 정도로 큰 축제였다. 막말로 수도 어느 거리를 걷기만 해도 축제가 열려 있었으니까.

짜증이 치솟아 루엔티는 제 머리를 헝클어트렸다. 이런 건 전설 속 아라벨라, 본인이 살아 돌아와도 완벽하게 치료하지 못하겠지.

'공작령에서 1년 내내 축제를 열게 할까.'

루엔티는 재빠르게 1년 내내 축제를 여는 방법을 짜냈다. 괴로운 기억을 덮을 정도로 즐겁게 해 주면 되는 것이 아니던가.

'다 좋은데, 공작령은 멀잖아?'

매끈한 미간에 주름이 잡혔다. 그래, 공작령은 왔다 갔다 하기가 힘드니, 수도의 거리 하나를 전부 매입해서 아라벨라 축제 때처럼 꾸며도 괜찮을 것 같다. 그러면 매일 그 거리를 보면서 즐거워하겠지?

눈을 반짝이며 입을 다물지 못하는 레슬리를 떠올리자 슬그머니 미소가 지어졌다. 수도 번화가 거리를 매입하려면 얼마의 금액이 들까, 루엔티의 머리가 빠르게 회전하기 시작했다.

"그럼 난 먼저 갈게. 식사 시간에 보자."

지금쯤이면 베스라온과 셀바토르 공작의 이야기가 다 끝났을 것이다. 루엔티는 두 사람에게 수도 거리 매입 건을 이야기하기 위해 자리를 떴다.

잠시 그 뒷모습을 보고 있다가 마델이 손을 뻗어 레슬리의 눈가를 정성스럽게 닦아 냈다.

"마델."

"네?"

마델을 바라보는 레슬리의 눈가가 다시 접혔다.

"2차 시험 통과하고 아라벨라 축제 때 같이 놀러 가자. 의식은 마지막 날 치러지니까 다른 날에는 축제를 즐겨도 괜찮다고 적혀 있어."

"저랑요?"

"응, 마델은 나랑 가장 친하잖아."

가족이랑도 놀러 가야지. 그리고 마델과 서올리랑 같이 가도 좋겠다. 제나의 손을 잡고도 갈 수 있겠지. 하르트 경이랑 레소 경이랑 반트 경 그리고 다른 기사들이랑……

레슬리는 손가락을 하나하나 접어 가며 같이 갈 사람들을 떠올렸다.

예전이었다면 아라벨라 축제를 구경하는 것은 상상도 못 할 일이었을 텐데. 거기에 같이 구경할 사람들도 생겼다. 그 사실이 너무도 즐거웠다.

'아라벨라의 축제는 긴 편이니까.'

콘라드 경에게도 말해 봐야겠다. 모두와 함께 가도 충분해. 그렇게 생각하며 레슬리는 다시 웃었다.

"그래요, 아가씨. 같이 가요."

마델은 고개를 끄덕였다. 그러고는 눈에 고여 버린 눈물을 떨구지 않기 위해 입을 꽉 다물었다.

"아가씨, 계속 답장을 쓰실 거면 시원한 레모네이드를 가져다 드릴까요? 설탕을 듬뿍 넣어서 가져올게요."

"응, 얼음도 넣어 줘."

레슬리가 고개를 끄덕이자, 마델은 금방 가져오겠다며 걸음을 옮겼다. 하지만 몇 걸음을 옮기기도 전에 아까 루엔티가 태워 버린 재 가루 때문에, 그리고 눈에 맺혀 버린 눈물 때문에 마델의 몸이 크게 휘청거렸다. 안 돼, 넘어진다! 마델은 눈을 질끈 감았다.

"어, 어어……?"

마델은 넘어질 걸 각오했지만, 넘어지지 않았다. 오히려 팔다리를 넓게 벌린 괴상한 자세로 서 있었다. 마치 무언가가 넘어지지 않게 제 발을 받쳐 준 듯한 느낌이 들었다.

'뭐지?'

마델은 주변을 둘러보았다. 제 발밑에는 재만 남아 있을 뿐 아무것도 없었다.

'이상하다, 분명 뭔가가 잡아 주는 기분이었는데…….'

"괜찮아, 마델?"

뒤에서 들려온 레슬리의 목소리에 퍼득 정신을 차린 마델은 빠르게 고개를 끄덕였다. 부끄러워서 어서 이 자리를 벗어나고 싶었다.

"네, 네! 저 주방에 다녀올게요. 잠시만요! 간식도 가지고 올게요!"

급하게 대답한 마델은 걸음을 옮겨 방을 빠져나갔다. 그 뒷모습을 보고 있다가 레슬리는 방긋 미소 지었다. 그리고 손을 움직여 다시 편지를 쓰기 시작하면서 무언가에게 말을 걸었다.

"고마워."

레슬리의 하얀 발밑에서 어둠이 일렁거렸다.

"마델은 조금 덜렁거려서 마음에 놓이지 않는단 말이야. 저번에도 한 번 넘어졌고 말이야."

레슬리의 키득거림에 어둠이 그렇다는 듯 다시 테이블 위로 슬그머니 올라오더니 토끼 인형을 툭 하고 건드렸다. 그러자 토끼 인형이 고개를 끄덕거렸다. 그 모습에 레슬리가 웃으며 어둠에게 말을 걸었다.

"축제 즐겁겠다. 그치?"

다시 토끼 인형이 고개를 끄덕였다.

"같이 놀러 가자. 맛있는 것도 먹고……."

분명 즐거울 거야. 첫 축제인걸. 행복한 상상을 하며 레슬리는 다시 답장을 쓰는 것에 집중했다. 마델이 가져다준 레모네이드를 마시면서 답장을 쓰고, 콘라드 경에게 같이 축제에 놀러 가자고 편지를 쓰자.

레슬리는 행복한 미래를 상상하며 웃음을 지었다.

⚜

"편지예요."

불퉁한 표정의 시녀는 엘리의 앞에 편지를 한 통 던지듯 내려놓았다. 생기를 잃은 에메랄드빛 눈동자가 편지에 닿았다.

"누가? 나에게?"

"그걸 제가 어찌 아나요? 편지가 왔으니, 편지가 왔다고 했지. 글도 읽을 줄 아는 분이 왜 이러실까."

시녀는 엘리를 깔보듯 툭툭 말을 던졌다. 거기다 그녀의 보랏빛 눈동자는 명백히 엘리를 깔보고 있었다. 그러더니 입술을 쭉 내밀고 편지 봉투를 바라보았다.

"하얗고 투박한 것이 신전에서 온 것 같네요. 뭐, 내용까지 읽어 드려야 하나요?"

한마디를 할까. 아니면 손을 올릴까. 엘리는 잠시 고민하다가 고개를 숙이는 쪽을 택했다. 사실, 과거의 엘리라면 몰랐을까 지금의 그녀에게는 선택의 권한 따위는 존재하지 않았다. 그저 고개를 숙이는 것만이 엘리가 할 수 있는 행동이었다.

"아니야. 내가 읽어 보도록 할게."

"겨우 그게 다인가요?"

시녀의 말에 엘리는 입술을 잘근 깨물었다.

"……가져다줘서 고마워."

결국, 그 소리가 엘리의 입에서 흘러나오고 말았다. 그 말에 시녀가 입술을 틀어 올리며 웃어 보였다.

"네에, 네에. 나처럼 착한 사람이 없다니까? 죄인에게 편지도 가져다주고. 아, 오늘 식사는 보리죽이에요. 알아서 가져다 드세요. 나는 이만 쉬러 갈 테니까."

까다로운 죄인을 모시는 건 피곤하다니까. 말을 덧붙이며 시녀는 늘어져라 하품을 하더니 그대로 방을 나갔다. 아마도 낮잠을 자러 갔겠지.

그 말은 아직 해가 중순인데도 시녀는 멋대로 일을 쉰다는 말이었다. 채찍질을 당해도 할 말이 없는 행동이었지만, 지금 엘리로서는 시녀에게 벌 줄 수 없었다. 시녀가 벌을 받으면 내일부터 그녀는 엘리에게 밥을 주지 않을 것이 분명했다.

엘리는 여태 과일 한 조각을 자르는 일조차 해 본 적이 없었다. 그런 그녀가 요리를 할 수 있을 리가 없었다.

엘리는 두 손을 꽉 쥐고 시녀의 발소리가 멀어지길 기다렸다. 그리고 발소리가 충분히 멀어지자마자 제 옆에 있는 베개를 거세게 집어 던졌다. 베개는 아무 소리도 내지 못하고 문에 맞아 툭 하고 떨어졌다. 엘리의 에메랄드빛 눈동자에서 눈물이 터져 나왔다.

"두고 봐. 내, 내가…… 원래의 위치를 되찾기만 하면 네년 따위……."

흐느낌이 강해졌지만, 누구도 그녀를 토닥여 주지 않았다.

예전 같았더라면 엘리가 눈물을 흘리는 그 순간부터 스페라도 후작가가 뒤집혔을 텐데. 아버지부터 어머니, 르아와 수많은 하녀와 하인들이 달려와 보석 같은 눈물을 멈추라고 자신을 달래 주었을 텐데. 자신이 원하는 건 모두 들어주겠다며, 사랑스러운 딸이라고 말해 줬을 텐데. 지금 그녀의 옆은 횅하기만 했다.

왜 이렇게 되었을까. 눈물을 흘리며 엘리는 몸을 웅크렸다. 엘리의 방은 봄에도 한기가 들 정도로 외지고 추운 곳이었다.

처음 이곳을 배정받았을 때, 엘리는 비명을 질렀다. 지금 그녀에게 이렇게 작고 추운 곳에서 지내라는 건가?

'정신 차리세요, 아가씨. 지금 아가씨는 처형대에 목이 걸려도 이상할 거 없는 죄인이에요. 그런데 방을 고른다고요? 꿈 깨세요.'

이어지는 시녀의 말에, 평소와 같은 생활을 할 수 있을 거라는 엘리의 생각은 깨져 나갔다. 비록 엘리에게 손을 올리는 이는 없었으나, 그것만 빼고는 평민과 같은 삶이었다. 그게 치욕스러울 정도로 부끄러웠다.

'태후 폐하만 만나면…… 그분만 만나면 될 거야.'

엘리는 자신을 다독거렸다. 자신의 손을 잡아 준 태후는 엘리가 이런 삶을 살고 있을 거라 생각하지 못한다고, 그렇게 굳게 믿었다. 메데이아만 만난다면 자신을 깔보는 저 시녀를 반드시 벌할 것이라며.

하지만 4년 동안 엘리는 메데이아를 찾아갈 기회를 얻지 못했고, 우연한 만남을 노렸지만 계속해서 실패했다. 메데이아는 자신을 잊어버린 듯 그 긴 기간 동안 단 한 번도 자신을 찾아와 주지 않았다.

그러기를 4년이었다. 메데이아를 만나려는 엘리의 노력은 뭉개지고 삶은 바닥으로 떨어져, 드높았던 자존심이 짓뭉개지기 충분한 시간이었다.

엘리는 이제 하루의 절반은 과거의 영광을 곱씹고, 나머지 절반은 눈물과 한탄으로 시간을 보냈다. 거기다 더욱더 엘리를 힘들게 한 것은…….

"아하하하."

맑은 웃음소리가 창문을 타고 들어와 엘리 방을 가득 메웠다. 몸을 웅크리고 눈물을 흘리고 있던 엘리는 몸을 움직여 창문을 열어 보았다. 햇볕이 따사롭게 비추는 정원 한가운데 아름다운 티 파티가 펼쳐져 있었다.

봄에 어울리게 갖은 꽃들이 피어 있었고, 그 한가운데에 새하얀 테이블이 자리 잡고 있었다. 그 위에는 꽃잎과 과일을 말린 것을 우린 값비싼 차와 그 차에 어울리는 음식들이 놓여 있었고, 그 테이블에 한 쌍의 연인이 앉아 이야기를 나누고 있었다.

마치 그림 같은 광경이었다. 그래. 지금 저 남자가 자신의 약혼자인 아렌도 황자가 아니었다면 정말로 아름다운 풍경일 텐데.

엘리는 창가에 올리고 있던 손에 힘을 주었다. 약해진 손톱이 부러지는 소리가 들렸지만, 신경 쓰지 않았다. 다시 눈에 눈물이 고이기 시작했다. 아까 뺨을 타고 흘렀던 눈물과는 다르게 분노가 섞인 눈물이었다.

"어떻게…… 내가 있는데……."

엘리는 입술을 잘근 깨물었다. 그러다가 아렌도와 눈이 마주쳤다. 눈이 마주치자마자 아렌도의 얼굴에 방금까지 떠올라 있던 환한 미소가 지워지고, 냉담한 시선이 돌아왔다.

"위에 무엇이 있나요?"

아렌도와 이야기를 나누던 여자가 아렌도의 표정을 바라보다 푸른 시선을 따라 고개를 들려고 했다.

하지만 그 전에 아렌도가 뺨을 잡고 자신을 보게 했다. 그러고는 예전에는 엘리에게만 보여 주던 달콤한 미소를 머금었다.

"아무것도, 아무것도 아닙니다. 그저 위에 눈길을 끄는 흉한 것이 있기에."

"어머나, 흉한 것이라니."

여자가 놀라 눈을 깜빡이자 아렌도의 입가에 걸린 미소가 짙어졌다.

"그러니 보지 마시기를. 흉한 것을 눈에 담은 이는 저 하나로 충분하니까요."

아렌도의 말에 두 사람의 얼굴에는 미소가 서렸다. 엘리는 더 그걸 보고 있을 수가 없었다.

"내가 있는데!"

차라리 약혼녀의 위치를 잃었다면 이렇게까지 슬프지 않았을 텐데.

엘리는 베개에 얼굴을 파묻고 엉엉 울기 시작했다. 귀를 긁는 듯한 외침이 연달아 터져 나왔다.

동시에 분노가 터져 올랐다. 자신의 잘못 따위는 존재하지 않는다고 굳게 믿는 엘리였기에, 분노는 엉뚱한 곳으로 흘렀다.

"너 따위 때문에 내가 이런 비루한 곳에서, 이런 거지 같은 곳에서!"

엘리의 분노는 남부에서 사라졌다는 아버지도, 친정에서 제 연락을 무시하고 있는 어머니도 그리고 제 앞에서 한눈을 팔고 있는 아렌도도 아닌 레슬리에게 향했다. 그 아이가 가장 약하고 만만했었으니까.

그렇게 엘리의 뒤틀린 원망은 점점 이상한 것으로 변질되었다. 오직 그녀를 이 방으로 배정한 단 한 사람 외에는 그 사실을 아무도 알지 못하고 있었다.

"두고 봐. 두고 보라고. 내가 반드시……. 내가 반드시……!"

흑흑. 말끝은 다시 울음이었다. 엘리는 그렇게 한참을 차디찬 방에서 홀로 울었다.

그런데 그때, 문이 달칵 열리며 한 여자가 들어왔다.

"아니, 이게 무슨……."

다정한 눈동자가 침대에 엎드려 울고 있는 엘리에게 닿았다. 4년간 엘리를 방치했던 메데이아였다. 갑자기 나타난 메데이아는 놀란 듯 눈을 깜빡거렸다. 그녀의 아름다운 얼굴이 놀람으로 그리고 죄책감으로 순식간에 물들었다.

"세상에, 이 꼴이 뭐니. 어떻게 스페라도 후작가의 영애를 이런 방에 배치해 두었지?"

메데이아의 목소리는 분노로 떨리고 있었다. 상황을 알 수 없어 엘리는 눈을 깜빡이더니, 이내 자세를 고쳐 앉았다.

엘리의 눈에서 눈물이 흘러내렸다. 엘리의 얼굴을 보자마자 메데이아는 다시 놀라 작게 신음을 흘렸다.

"스페라도 후작가의 보석이…… 이렇게 야위고 가냘파지다니……."

마치 명화가 손상됐다는 듯한 말이었다. 메데이아는 천천히 엘리에게 다가오더니 그녀를 끌어안았다. 메데이아가 입고 있는 부드러운 드레스의 감촉에, 엘리는 눈을 깜빡였다.

엘리는 상황을 알 수 없었다. 4년이었다. 4년간 자신은 방치되다시피 하고 있었다. 그런데 갑자기 찾아와서 왜 이러는 걸까.

"미안해요. 미안해, 스페라도 영애. 나는…… 이럴 생각이 아니었는데."

메데이아는 엘리를 꼭 끌어안으면서 거듭 사과했다. 그녀의 뺨을 타고 눈물 한 방울이 흘러내렸다.

"나는 내가 힘을 못 쓰니 스페라도 영애에게 가까이 가면 좋지 않을 거라 생각했어요. 나 같은 사람과 어울려 봤자 좋을 것이 없다고 생각했지요. 그래서 영애를 멀리했던 건데……. 내가 잘못 생각했어요. 미안해요, 영애."

그러면서 메데이아는 제 품에 안겨 있는 엘리의 머리를 쓰다듬었다.

"예산금을 넉넉히 책정하고 스페라도 영애가 부족함이 없이 살게 해 주라고 했었어요. 폐하께 부탁드렸지요. 그런데 어째서 이런……. 데뷔탕트도 제대로 챙겨 주라고 몇 번을 일렀거늘……."

"저, 정말인가요? 그런데 저는 왜 이런 곳에 있게 된 건가요?"

엘리는 다급히 물었다. 예산금이라니, 부족함이 없는 삶이라니! 자신은 여태 받아 본 적이 없는 것이었다.

지금 그녀에게 필요한 것은 따듯한 침대와 목욕물 그리고 제 입맛에 맞는 식사와 제 말에 고분고분한 하녀였다. 누군가가 그걸 되찾아 준다면, 엘리는 제 심장이라도 내어 줄 수 있을 것 같았다.

엘리의 말에 안쓰럽다는 듯, 메데이아는 동정 어린 눈빛으로 제 품에 안겨 있는 엘리를 바라보았다.

"내가 스페라도 영애에게 자주 못 온다는 사실을 알고 중간에 착복한 인간이 있는 모양이에요."

"착복……."

엘리는 잠시 눈을 동그랗게 떴다가 거칠게 소리 질렀다.

"저를 돌봐주는 시녀예요! 오늘도 저를 돌보지 않고 낮잠을 자러 갔어요! 거기다 식사는 보리죽 같은 걸 주지 않나. 제 옷을 보세요! 이렇게 늘 낡고 더러운 옷을 입고 있었습니다, 태후 폐하."

"세상에!"

그 말을 듣자마자 메데이아는 자신을 따라온 기사를 보면서 외쳤다.

"지금 당장 그 발칙한 것을 잡아 오도록! 내가 친히 그 죄를 묻겠다!"

메데이아의 말이 끝나기도 전에 방을 나간 기사들은 시녀를 끌고 돌아왔다.

"이, 이게 무슨 일인지……."

정말로 낮잠을 자고 있었는지 시녀의 눈은 졸음으로 가득 차 있었지만, 이내 메데이아를 보고 제정신으로 돌아왔다.

"태후 폐하, 왜 저를……?"

"닥쳐라!"

메데이아는 엘리를 제 품에 꼭 끌어안은 채 고함쳤다. 가녀린 몸 어디서 그런 힘이 있는 건지, 힘이 있는 목소리가 엘리의 방을 가득 채웠다.

"감히 스페라도 영애를 잘 돌보라는 내 명령을 무시하고 영애를 무시해?"

"네?"

시녀의 눈동자가 동그래졌다. 메데이아의 눈치를 보며 시녀는 입을 열었다.

"저는 그냥 태후 폐하께서 시키…… 아악!"

그녀의 말이 끝나기도 전에 기사 중 한 명이 그녀의 등을 짓밟았다. 기침이 터지며 시녀는 말을 멈췄다.

"보아하니 내가 그간 영애에게 내렸던 드레스와 보석들도 네가 다 중간에서 가로챈 것이 분명하구나!"

"저에게 보석과 드레스를 주셨나요?"

엘리가 메데이아의 품에 그녀를 바라보자 메데이아의 표정에는 다시 동정과 연민이 서렸다. 그녀는 조심스레 엘리의 뺨을 쓸며 고개를 끄덕였다.

"그럼요. 나는 늘 영애를 생각하고 있었답니다. 그래서 늘 드레스와 갖은 보석들을 영애에게 내렸지요. 특히 작년은 영애의 데뷔탕트가 있는 해였으니, 내가 신경을 더 썼었는데 이런 일이……."

"세상에나."

엘리의 눈동자가 동그래졌다. 그럼 지금 바닥에 엎드려 있는 저 시녀가 자신의 보석과 드레스를 가로챘다는 말인가?

"범인은 저것이로군요!"

엘리는 당당하게 아직도 기사의 발밑에서 움찔거리는 시녀를 내려다보았다. 시녀가 바닥을 기는 모습을 보자, 기분이 아주 좋아졌다. 엘리의 웃음에 생기가 돌기 시작했다.

"저것에게 엄벌을 주세요, 메데이아 태후 폐하!"

"그래, 그래야지요."

"아으……. 저는 억울…… 악!"

메데이아는 자상한 어머니처럼 엘리의 뺨을 쓸었고, 시녀는 뭔가를 더 말하려다가 다시 기사의 발에 짓밟혔다.

"저 도둑을 어떻게 벌을 줄지 직접 정해 보겠어요, 스페라도 영애?"

메데이아의 말에 엘리의 눈이 빛났다. 그러고 보니, 저 보랏빛 눈동자는 묘하게 레슬리를 떠오르게 했다.

"네. 제가 정할 수 있다면 영광이겠어요, 태후 폐하."

엘리의 말에 시녀의 눈동자에 공포가 깃들었다. 꼭 예전의 레슬리와 같은 눈이었다.

묘한 만족감이 들었다. 마치 과거로 돌아온 것 같았다. 자신이 스페라도 후작가의 보석으로, 그리고 레슬리는 다락방에서 쓸모없는 아이로 지내던 그때로 돌아온 기분이었다.

엘리는 고개를 치켜들고 당당하게 외쳤다.

"저것을 온종일 매질해 주세요. 매질 후에는 음식과 물을 창살 밖에 놓고 바라만 보게 해 주시고, 그렇게 일주일을 내리 굶겨 주세요."

엘리의 말은 멈추지 않았다. 그녀의 말이 길어지면 길어질수록 시녀의 안색은 물론 기사들의 얼굴도 창백하게 질려 갔다.

"그렇게 저 도둑을 죽여 주신다면 더없는 영광이겠어요, 태후 폐하."

"세상에."

메데이아는 그런 엘리를 보며 사랑스럽다는 웃음을 머금고는 그녀의 푸석푸석한 밀색 머리에 작게 키스했다.

"이렇게 영특한 영애라니. 좋아요, 내가 그리해 주겠어요. 나만 믿으세요, 스페라도 영애."

"태후 폐하……."

엘리는 감동했다는 듯 메데이아를 바라보았다.

"부디 엘리 양이라고 불러 주세요."

"어머나. 딸이 생긴 기분이야."

두 사람은 서로를 마주 보며 환하게 웃었다. 그 와중에 메데이아가 손짓하자, 기사 둘은 시녀를 이끌고 나왔다. 이 방을 벗어나면 죽는다는 걸 깨달은 시녀가 몸부림을 쳤지만, 두 사람의 힘을 이겨 내지 못했다.

시녀가 악을 지를까, 그녀의 입에는 천 조각이 매어졌다. 시녀는 그저 눈물만 흘릴 수 있게 되었다. 시녀를 끌고 나온 기사 둘은 작게 중얼거렸다.

"아니, 저걸 믿어?"

"그러니까 말이야."

4년간 한 번도 메데이아가 들여다보지 않았다는 건 말이 되지 않았다. 기기다 작년에는 중요한 데뷔탕트라고 했으면서도 메데이아는 그녀를 내버려 두지 않았던가.

일부러 내버려 두지 않는 이상은 4년을 엘리가 이렇게 지냈다는 걸 모를 리가 없었다. 그런데 그 간단한 걸 엘리는 알아채지 못하고 있었다.

거기다 결정적으로 시녀의 방에는 엘리에게 주어졌다는 드레스와 보석 따위 찾아볼 수도 없었다. 기사는 시녀를 내려다보았다. 그녀의 애처로운 눈빛에 저절로 한숨이 새어 나왔다.

분명 이 시녀도 메데이아의 명을 받아 엘리를 그렇게 대했을 것이 분명했다.

"미안합니다."

기사는 작게 사과했지만, 지하 감옥으로 그녀를 끌고 들어가는 걸음을 멈추지는 않았다.

⚜

메데이아가 자신의 궁으로 돌아오자, 그녀의 시녀인 이피엘이 반갑게 제 주인을 맞이했다.

"다녀오셨습니까. 스페라도 영애는 어땠나요? 길들이기 좋게, 그 성격이 많이 죽어 있던가요?"

메데이아의 겉옷을 받기 위해 이피엘이 손을 내밀었지만, 메데이아는 제 겉옷을 바닥에 떨어트렸다.

"태후 폐하?"

"버리렴. 더러운 것이 묻어서 더는 쓸 수가 없으니."

"그럼 불에 태우겠습니다."

이피엘이 허리를 숙여 옷을 주우려고 하자, 메데이아가 그녀의 손을 붙잡았다.

"네 손에 불결한 게 묻으면 안 되니, 다른 사람보고 불태우라고 하렴."

그 말에 이피엘의 눈동자가 겉옷에 나 있는 얼룩을 발견했다. 보나마나 완벽한 연극을 위해 엘리를 끌어안았던 것이 분명했다.

"네, 알겠습니다. 태후 폐하."

메데이아는 의자에 앉아 웃음을 흘렸다.

"그리고 입을 씻을 만한 걸 가져오렴. 냄새 나는 머리에 입을 맞췄더니, 입술이 더러워졌구나. 아, 아까 그 성질머리가 잘 죽었는지 물어봤었지?"

메데이아는 턱을 괴며 고개를 끄덕였다.

"아주 잘돼 있더구나. 4년을 내버려 둔 보람이 있었어."

"다행이네요."

이피엘은 빠르게 메데이아 앞에 그녀가 가장 좋아하는 와인을 내려놓으면서 웃음을 터트렸다.

"아렌도 황자와 약혼도 유지되고 있으니, 아라벨라가 되는 건 시간문제겠지요."

아무리 멍청해도 황실의 지지가 있고 나름 황자의 약혼녀 두 번째 시험은 통과하겠지. 그리고 그녀는 최초의 사제로 뽑힐 것이다.

거기까지 메데이아가 해 줬으면, 그다음은 엘리의 몫이었다. 최초의 사제 중 단 한 명만이 아라벨라가 될 수 있었으니, 아마 그녀는 살기 위해, 그리고 간신히 얻은 새 보호자의 마음을 잃지 않기 위해 발버둥을 칠 것이 분명했다.

흔히들 그런 일에는 초인적인 힘이 발휘된다고 하지 않던가. 모르시, 기적처럼 엘리가 아라벨라가 될지도.

"어머나, 그 셀바토르 영애가 있잖니. 아마 엘리 양은 무리일 게 분명하단다."

와인을 한 모금 마시며 메데이아는 눈웃음을 지었다. 그녀의 말에 이피엘의 눈동자가 다시 동그래졌다.

"네? 그럼 태후 폐하께서는 엘리 양에게 아무런 기대를 걸고 있지 않으신가요?"

"기대는 걸고 있지. 하지만 그건 아라벨라가 될 정도로 총명하지 못하잖니?"

"그럼…… 왜 아라벨라 자리로 그녀를 추천하신 건가요?"

이피엘의 물음에 메데이아는 제 손에 들린 와인을 돌렸다. 와인 잔에 동그란 파문이 일어났다.

"이용하기 편해서?"

적절한 가문의 위치, 어리석은 보호자, 그리고 마찬가지로 총명하지 못한 딸. 그 콧대를 눌러 주고 눈앞에 제 것을 찾아 줄 수 있다는 듯 먹이를 흔드니 바로 넘어오는 단순한 성격도 마음에 들었다.

"그리고 어차피 아라벨라가 누가 되든 상관없단다. 셀바토르는 그렇게 생각하지 않겠지만. 왜, 그녀는 완벽주의자잖니."

메데이아는 다시 와인 잔을 바라보았다. 그녀가 즐겨 마시는 이 와인은 유독 다른 와인보다 붉게 보여 마치 피 같아 보였다.

"신전의 가장 안쪽 문이 열리고, 그 안에서 에피알테스를 가져와 주기만 하면 나는 아라벨라 따위 그 누가 되도 상관없단다."

"에피알테스……."

잠시 메데이아의 말을 따라 읊조리던 이피엘이 그녀를 바라보았다.

"태후 폐하, 그런데 에피알테스는 악몽의 이름을 가로챌 정도로 강력한 전염병인데, 과연 손을 대는 사람이 무사할까요? 저는 조금 걱정이 되어서요."

그런 자신의 시녀가 귀엽다는 듯 메데이아는 환한 웃음을 머금었다.

"이피엘도 참. 무사할 리가 없잖니? 신학서에 따르면 신께서 직접 내려와 봉인했을 정도로 강력한 전염병인데."

"그럼 엘리 양은……."

"죽지 않을까?"

그 에피알테스에 손을 대고 그걸 메데이아가 원하는 곳까지 옮겨 오면 당연히 운반인은 숨을 거둘 것이다.

그래도 그녀에겐 행복한 삶이겠지. 귀하디귀한 아렌도의 약혼녀로 숨을 거둘 수 있게, 자신이 자비를 베풀어 줄 테니까.

그 전까지도 말만 잘 듣는다면 까탈스러운 고양이처럼 굴어도 예뻐해 줄 생각이 있었다. 외모도 그 정도면 그럭저럭 쓸 만하지 않던가. 데리고 다니기에 부끄러움은 없을 외모였으니까.

'그래, 에피알테스만 손에 넣으면.'

메데이아는 와인 잔을 쥐고 있는 손에 힘을 주었다. 강력한 무기의 에피알테스는 분명 아렌도가 황제가 되는 것을 도울 것이다.

'1황자라고 전부 황태자가 되는 건 아니니까.'

오히려 동생들에게 밀려 역사서 뒤로 사라진 1황자들이 얼마나 많았던가.

메데이아는 입술을 잘근 깨물었다. 확답이 필요했다. 가장 빛나는 자리를 아렌도에게 넘기겠다는 피스토레의 확답이 그녀에겐 절실했다. 그래서 아이테라 대공도 포섭하고 그녀 나름대로 움직였지만, 역시 가장 좋은 답은 에피알테스였다. 그것만 가져와서 제대로 다룰 수 있다면 최악이자 최고의 무기를 손에 넣는 거니까.

그러면 에피알테스는 아주 오랫동안, 자신이 죽고 사라져도 아렌도의 강력한 무기가 되어 주겠지.

메데이아는 잠시 르카디우스 역사에서 가장 강력한 황제로 남을 아렌도를 상상해 보았다. 저절로 가슴에서부터 미소가 퍼져 나갔다. 메데이아는 눈을 감고 본격적으로 상상을 음미했다.

"그럼 셀바토르 공작은 그걸 알고 있을까요? 하는 행동을 보면 제 양딸을 제법 아끼던데."

이피엘이 비어 버린 그녀의 와인 잔에 다시 와인을 따라 주며 물었다. 아직 눈을 감고 있는 그녀의 얼굴에 다시 미소가 번졌다.

"그녀는 이트바나 왕족이 아니니 모르고 있을 거야."

에피알테스를 다루는 법과 그것에 대한 자세한 기록은 이트바나에만 있던 기록이었다. 그 기록을 모두 외운 메데이아는 이트바나를 빠져나오는 날, 기록을 전부 태워 버렸다. 혹시나 자신이 빠트린 부분이 있을까, 왕궁 도서관 건물 자체에 불을 질렀다. 그리고 미련 없이 르카디우스 제국으로 향했다.

그러니 그 진실을 아는 사람은 세상에 오직 단 한사람, 메데이아뿐이었다. 곧 한 사람이 더 늘겠지만.

이피엘의 대답에 메데이아는 텅 빈 와인 잔을 테이블 위에 올려 두며 방긋 웃었다.

"그래서 내가 알려 주려고."

네 귀하디귀한 딸이 어떻게 될지 미리 알려 줘야지. 네가 마음의 준비를 할 수 있게 말이야.

"우리는 친구니까."

너는 어떤 선택을 할까? 그렇게 아끼는 양녀를 선택할까, 아니면 제국을 위험에 빠트릴까. 어떤 선택이 되든 즐거울 것이다. 고귀한 수호자께서 괴로워하실 테니까. 메데이아의 헤이즐넛색 눈동자가 빛을 내며 휘었다.

❦

셀바토르 공작은 자신의 앞에 놓인 편지를 바라보았다. 거대한 집무실 책상 한가운데에 놓인 편지는 아무런 특색도, 인장도 찍히지 않은 평범한 편지였다. 하지만 그 편지에 있는 내용은 심상치 않았다.

에피알테스에 접촉한 인간이 얼마나 끔찍하게 죽어 가는지 그 과정이 세세하게 쓰여 있는 편지의 끝은 간단한 말로 장식되어 있었다.

레슬리 슈야 셀바토르 공녀님의 편안한 죽음을 바랍니다.
—셀바토르의 오랜 벗으로부터.

"……망할 년이."

결국 공작의 입에서 거친 소리가 튀어나오고 말았다. 그 모습을 보고 있던 제나는 한숨을 내쉬었다. 평소라면 공작을 제지했겠지만, 지금만큼은 제나 역시 거친 소리를 내뱉고 싶었다.

"일단 사실 여부를 확인해 보죠. 정말로 봉인된 에피알테스에 접촉만 해도 편지의 내용처럼……."

제나는 자신의 말을 끝마치지 못했다. 셀바토르 공작이 손을 내저음으로써 그녀의 말을 막았기 때문이었다.

"그럴 필요 없네. 분명 진짜겠지."

이트바나에 에피알테스에 관한 자세한 기록이 남아 있었구나. 셀바토르는 제 머리를 쓸어 올리며 이를 갈았다.

'내가 흔들리는 걸 보고 싶어 하는 거야.'

자신이 흔들리고, 틈이 생기기를 기다리고 있는 것이 분명했다.

암녹색 눈동자가 매서워졌다. 란다의 꽃은, 아니 메데이아는 도대체 무슨 생각을 하고 있는 걸까.

자신이 나라를 판 것에 비하면 지금 얻은 권력은 부족하다는 걸까, 아니면 에피알테스를 손에 넣어 이 제국을 무너트리고 싶은 걸까. 그것도 아니라면 도대체 무슨 생각인지, 감을 잡을 수가 없었다.

'아렌도 황자를 황제로 내세우려고 했었지.'

공작의 눈매가 가늘어졌다. 왜 하필 아렌도 황자일까.

미간을 짚으며 공작은 상체를 뒤로 젖혀 의자 등받이에 기댔다. 피곤이 몰려들어 왔다. 이럴 때일수록 침착해야 한다는 걸 알지만, 제 딸의 목숨을 가지고 자신을 놀리고 있는 망할 것의 목을 꺾어 버리고 싶다는 마음이 계속해서 치솟았다.

'원래대로라면 흔들릴 일도 없는데.'

공작은 눈을 찡그렸다. 그녀의 머리카락이 창문 틈새로 들어온 바람에 흔들거렸다.

그래, 평소의 그녀라면 그다지 큰일은 아녔다. 자신의 손으로 신의 품으로 보낸 인간이 몇이던가.

제국과 작은 아이를 저울질해서 기우는 쪽을 선택하면 되었다. 늘 그렇게 살아왔으니까. 그 저울에는 자신의 목숨이 올라간 적도 있었지만, 셀바토르의 선택은 늘 한결같았다.

하지만 이번에는 선택하기가 쉽지 않았다. 제 양딸이, 레슬리가 너무도 예쁘고 사랑스러웠다.

'어머니, 이거 보세요. 꽃이 예뻐요!'

꽃을 작은 품 안에 가득 안고 웃던 레슬리를 떠올리자 다시 머리가 아파 왔다.

원래 계획대로 조금 총명한 고아원의 아이를 데려와 셀바토르의 이름을 쥐여 줬더라면. 그것도 아니라면, 그냥 가볍게 나는 너를 살리고, 너는 나를 돕고. 그런 계약관계로 남았더라면 좋았을까.

"나는…… 어떻게 해야……."

공작의 시름이 깊어졌다. 잠시 그 모습을 바라보던 제나가 조심스럽게 입을 열었다.

"그럼 공작님, 어떻게 할까요. 일단 레슬리 아가씨에게 알려서……."

"아니, 안 돼."

이제 겨우 제대로 웃게 되었는데, 이 일을 알면 앞으로 그 작은 얼굴에서 영영 미소를 보지 못할 수도 있었다.

"일단 다른 방법을 찾아보도록 하지."

셀바토르 공작은 눈을 천천히 떴다. 그래, 분명 다른 방법이 남아 있을 것이다. 다행히도 첫째 아들놈은 황실에서 일하니 황실 서고를 뒤지기에 좋았고. 둘째 놈은 얼마 전 10인의 마법사에 들었으니 마법사의 저택을 털어도 괜찮겠지.

'정 안 되면 피스토레 멱살을 한 번 더 잡고 황실 비밀 서고를 찾아보고.'

1천 년간의 기록이 모여 있다고 전해지는 황실 비밀 서고는 보물의 밭 같은 존재였다. 가문의 거의 모든 비밀이 모여 있었지만, 황제도 쉽게 볼 수 없었다. 그 서고에 드나들기 위해서는 황족과 귀족의 동의가 필요했다.

'아이테라 대공에게 부탁해 볼까.'

그가 동의해 준다면 번거롭게 몇 명이나 되는 다른 귀족들의 동의를 받으러 다니지 않아도 되었다. 일단 그에게도 부탁해 보자. 그도 레슬리 또래의 아이들이 둘이나 있으니까 분명 허락해 주겠지.

하지만 조금 걸리기는 했다. 그는 과거와 다르게 좀 변한 느낌이었다.

최근 아이테라 대공의 행보는 점점 이상해지고 있었다. 공작의 암녹색 눈이 가늘어졌다.

'스웰라 대공비가…… 최근 병을 앓고 있다고 했었나.'

셀바토르 공작은 손가락으로 톡톡 책상을 두드렸다. 4년 전부터 천천히 건강을 잃더니 결국 쓰러지고 말았다는 이야기를 최근에 들었다. 듣기로는 사제 몇이 달라붙어도 치유가 안 되는 지독한 병이라고 했다.

'신력으로도 모든 병과 상처를 치유할 수 있는 건 아니니까.'

두 사람은 사이가 유독 좋았으니, 역시 그 일인 건가?

잠시 고민하던 공작은 이내 고개를 저었다. 아무리 좋게 봐 주려고 해도, 대공이 변한 것은 오롯이 그 일 때문은 아니었다.

그는 뭔가를 숨기고 있었다. 다시 두통이 밀려오는 게 느껴져 미간을 짚는데, 제나가 입을 열었다.

"르카디우스 제국뿐만 아니라 타국의 기록도 찾아보도록 하지요. 연락이 닿아 있는 사람들은 많으니까요. 아마 테펜텔 님 정도면 쉽게 알려 주시지 않을까요."

"그래. 그녀에게 먼저 편지를 써야겠어. 제나, 내 편지지와 잉크를……."

공작이 제나에게 편지지를 부탁하려는데, 노크 소리가 울려 퍼졌다.

그리고 맑은 목소리가 그 뒤를 이었다.

"어머니, 저 잠시 들어가도 될까요?"

왜 하필 지금. 공작은 복잡한 마음을 편지와 함께 집무실 책상 서랍에 구겨 넣었다.

"들어오렴."

공작의 허락이 떨어짐과 동시에 레슬리가 문을 열고 쪼르륵 집무실로 들어왔다. 걸을 때마다 화사한 은발이 빛을 받아 반짝거렸다.

"어머니."

"그래, 우리 딸."

반기며 손을 벌리자, 배시시 웃더니 그 품에 폭 안겼다. 딸이라는 소리가 그렇게 좋은지 매일 들려줘도 레슬리는 매번 환하게 웃었다.

"무슨 일이니?"

제 품에 안긴 레슬리의 은발을 쓰다듬으며 묻자 레슬리가 눈동자를 반짝였다.

"얼마 안 있으면 저, 2차 시험을 치르러 신전에 가게 되잖아요."

"그렇지. 이제 2차 시험이 얼마 안 남았구나. 그게 걱정돼서 온 거니?"

"아뇨. 저택에서 열흘간 떨어져 있다는 게 슬프긴 하지만…… 걱정되지는 않아요. 저는 잘 통과해서 아라벨라가 될 거니까요."

그러고는 얼굴을 붉히며 셀바토르 공작을 바라보았다.

"저는 어머니 딸이잖아요."

그 말에 셀바토르 공작의 눈동자가 동그래졌다가 이내 웃음을 머금고 휘었다.

"그렇지. 내 딸이지."

셀바토르 공작은 그렇게 대답하면서 조심히, 아주 조심히 소중한 것을 매만지듯 레슬리의 머리카락을 쓰다듬었다.

"제가 찾아온 이유는요."

공작이 한껏 머리를 쓰다듬어 주고 나서야, 레슬리는 드디어 자신이 집무실로 찾아온 용건을 말했다.

"2차 시험이 끝난 후 아라벨라 축제가 열리잖아요."

무슨 부탁을 하려는 건지 입을 다물고 라일락빛 눈동자를 이리저리 굴렸다. 그러기를 잠시, 다시 셀바토르 공작과 시선을 맞춘 레슬리가 슬그머니 공작의 눈치를 보며 말을 꺼냈다.

"어머니랑 아버지랑 오라버니들과 같이 축제를 구경하고 싶은데 어려울까요?"

레슬리의 말에 공작은 옅은 미소를 머금었다. 워낙 셀바토르 공작가 자체가, 그리고 현 공작인 자신이 손님도 받지 않고 외출도 자주 하는 편이 아닌 데다 요 근래에는 다들 바빠 말하는 게 눈치가 보였던 모양이었다.

"그럼 되고말고."

"정말요?"

레슬리의 목소리가 한층 밝아졌다. 그것만으로도 레슬리가 들어오기 전까지 공작과 제나의 머리를 채우고 있던 고민이 한층 옅어지는 게 느껴졌다.

"그럼. 최초의 사제들은 에피알테스를 피하고자 가면을 쓰고 돌아다녔다는 말도 있으니까. 가면을 쓰고 다녀도 그렇게 이목이 쏠리지 않으니 구경하기 나쁘지 않을 거란다."

매년 이 시기마다 바빠, 결혼 후에는 제대로 축제에 참여해 본 적이 없지만, 가면을 바꾸고 옷도 평소에 입던 옷과 다른 옷을 입으면 자신이 껴도 위화감은 없을 것이 분명했다. 가면이 가장 큰 위화감을 만들어 내니까. 그것만 눈에 안 띄면 되겠지.

공작은 진지하게 고개를 끄덕였고, 제나는 뒤에서 미소 지으며 고개를 저었다. 하지만 레슬리는 이상한 곳에 정신이 팔린 모양이었다.

"가면을 써도 되나요? 가면을 써도 된다면, 저는 어머니랑 똑같은 가면이 쓰고 싶어요."

자신이 똑같은 가면을 쓴 것을 상상했는지 다시 뺨이 붉게 물들었다. 이 가면을 벗고 다른 가면을 쓸 생각이었던 공작은 눈을 깜빡였다.

"이 모양의 가면을 쓰고 싶니?"

"네! 그리고 옷도 어머니랑 똑같은 옷을 입고 싶어요. 암녹색 망토도 두르고 싶고……. 아, 허리춤에 검 매고 돌아다닐래요!"

레슬리는 종알거리며 제 소망을 늘어놓았다. 평소에 셀바토르 공작이 하는 그대로 입고 돌아다니고 싶다는 뜻이었다.

"그러면 너무 다른 사람들 눈에 띌 것 같구나."

셀바토르 공작의 말에 레슬리의 어깨가 갑자기 축 처졌다.

"안 된다면 어쩔 수 없지만……."

그러더니 힐끔 시선을 올려 공작과 눈을 마주치고는 다시 재빠르게 제 손을 바라보았다.

"그럼 저는 그냥 드레스를 입을게요. 아쉽지만 망토랑 검도 포기하고⋯⋯."

다시 힐끔 시선을 맞추더니 시선을 떨궜다.

"평범한 드레스랑 망토랑 해서 그냥 입어도 저는 괜찮아요."

공작과 제나가 대답이 없자, 제 머리끝을 매만지며 말끝을 흐렸다. 그러고는 공작을 한 번, 도와 달라는 듯 제나를 한 번 바라보았다.

그 모습을 보며 공작과 제나는 입을 틀어막고 웃었다. 4년간 가장 늘어난 것이 이런 애교라 해도 믿을 정도였다.

"평소와 같은 옷을 입고 가면을 쓴다면 바로 티가 날 테니, 다른 가면과 옷으로 맞춰 입을까?"

그 말에 단박에 레슬리의 얼굴이 환해졌다.

"가면은⋯⋯ 제작하도록 하지. 검은색으로 해서."

공작이 이것저것을 말할 때마다 레슬리는 고개가 떨어져라 끄덕였다. 어머니와 같은 옷을 입고 축제에 나간다는 게 벌써 꽤 기대되는 모양이었다.

저렇게도 좋을까. 제나는 뒤에서 따스해 보이는 모녀를 바라보았다. 이제 레슬리는 자신과도 축제에 가고 싶다며 눈을 빛내고 있었다.

"제나."

한참을 축제에 대해 떠들고서야 만족한 레슬리가 방긋 웃었다. 그 모습을 보고 셀바토르 공작이 제나를 바라보았다.

"레슬리를 방까지 데려다줘. 그리고 올 때⋯⋯."

"진하게 우린 차 한 잔과 가볍게 먹을 수 있는 햄 샌드위치 말씀이시죠? 알겠습니다."

제나가 방긋 웃자, 공작은 어쩔 수 없다는 듯 웃으며 말을 이었다.

"그리고……."

"오늘 야식은 안 됩니다. 어제도 늦게까지 일하셨으니까요."

"그거 말고도……."

"사이레인 님이 돌아오려면 일주일 정도 걸릴 듯싶습니다. 그러니 오늘은 부디 건강을 생각하셔서 일찍 잠자리에 들어 주시기 바랍니다."

제나의 말에 공작의 미간에 주름이 잡혔다. 하지만 얼굴에는 미소가 서려 있었다.

"잔소리는. 알았어. 오늘은 일찍 자도록 하지."

못 이기겠다는 듯 공작이 손을 들자, 그제야 제나도 생긋 웃어 보였다.

"네, 그럼 그렇게 알고 차를 올리도록 하겠습니다. 공작님."

레슬리는 두 사람의 대화를 듣고 눈을 깜빡이다가 제나와 함께 집무실을 나섰다. 집무실 문이 닫히자마자, 레슬리는 하녀에게 샌드위치 이야기를 하는 제나를 보며 물음을 던졌다.

"제나."

"네, 아가씨. 말씀하세요."

"제나는 얼마나 오랫동안 어머니와 지냈던 거야?"

급작스럽게 든 의문은 아녔다. 제나는 늘 셀바토르 공작 옆에 있었고, 그녀가 말하기도 전에 알아서 모든 일을 처리하곤 하였으니까.

그럴 때면 마치 서로가 서로의 마음을 다 알고 있는 것 같아 신기했었다. 그리고 제나가 얼마나 오랫동안 셀바토르 공작저에 있었는지 궁금해지곤 했었다.

레슬리의 물음에 제나가 살짝 미간을 좁혔다. 그리고 레슬리가 경악할 만한 답을 내놨다.

"40년을 조금 넘었을 거예요."

"40년이나……."

"네, 아가씨가 열 살도 되기 전에 제가 공작저에 들어왔으니까요. 제가 아가씨를 거의 키우다시피 했죠."

아가씨. 레슬리는 그게 자신을 뜻하는 게 아니라는 걸 알았다. 그런데도 쉽게 공작을 떠올리지는 못했다. 제나는 늘 공작에게 깍듯이 '공작님'이라고 불렀으니까.

"거기다 저는 처음부터 집사로 들어온 게 아니라, 하녀로 들어왔었답니다."

비밀을 말해 주듯 한쪽 눈을 깜빡이며 제나가 말을 잇자 레슬리의 눈동자가 더욱 동그래졌다.

"제나, 하녀 출신이었어?"

"네, 아셀라 아가씨 전담 하녀로 들어왔었지요. 그래요, 분명 들어올 때는 전담 하녀로 들어왔는데, 집사가 되어 버렸네요."

"그렇구나. 그런데 왜 집사를 선택했어? 하녀에서 집사가 된 사람은 거의 없잖아."

아직도 귓가에 들리는 생생한 목소리를 떠올리며 제나는 미소를 머금었다.

'뭐든 될 수 있지 않을까. 해 봐, 내가 밀어줄게.'

앳된 얼굴의 아셀라가 피 묻은 린체 기사단 제복을 벗으며 말했다.

'최대한 내 옆에 남아 있을 수 있는 거로 생각해 봐. 나는 네가 마음에 드니까.'

그리고 멍한 얼굴의 제나를 보고 씩 입꼬리를 올려 미소를 지었다.

271

'너도 내 옆에 있는 게 마음에 들잖아?'

끄응, 제나는 갑자기 앓는 소리를 내었다. 그리고 집사를 해 보라며 툭 던지듯 추천했었지. 좋은 머리에 꼼꼼한 성격도 잘 살릴 수 있고 돈도 벌 수 있는 좋은 직업이 아니냐고, 그 무엇보다도 제 옆에 계속 있을 수 있다며 꼬드겼었다.

아무리 생각해도 그 말에 코가 꿰었다. 자신이 집사 일에 관심을 보이고, 전 집사가 인계자 없이 슬슬 은퇴를 생각하고 있다는 걸 다 계산하고 던진 말이 분명했다.

여자는 집사가 된 관례가 없다는 말에 웃으며 '네가 처음이 되면 되겠네.' 하고 집사 일을 배울 수 있게 했으니까.

아가씨와 전 집사님이 짜고 일을 벌인 게 틀림없었다. 제나가 받았던 교육의 상태나 질은 상당히 오랫동안 준비해 온 것들이었으니까. 덫에 걸렸다는 걸 깨달았을 때는 이미 세월이 너무 많이 지난 후였다.

'아니, 내가 일부러 늦게 깨달은 걸지도.'

아가씨와 있으면 즐거운 건 사실이었고.

"제나?"

레슬리가 다시 고개를 갸웃거리자, 제나가 웃음을 머금었다.

"아가씨가 좋아서요. 좋아서 이 공작저에 남았네요."

그 말에 레슬리도 고개를 끄덕이며 얼굴을 붉혔다. 입가에는 환한 미소가 걸려 있었다.

"맞아, 나도 어머니가 좋아. 그래서 그런데."

잠시 우물쭈물하다가 레슬리는 제나의 귀에 속삭였다.

"어머니가 차랑 곁들여 드시는 걸 좋아하는 음식이 뭐가 있어? 나는 몇 개밖에 몰라서……. 몇 개만 더 알려 주면 안 돼? 내가 나중에 차랑 같이 직접 드리고 싶어."

셀바토르 공작을 놀라게 해 주겠다는 의지가 보이는 레슬리를 보며 제나는 옅게 웃었다.

"네, 2차 시험이 끝나고 나면, 제가 나중에 알려 드릴게요. 아가씨."

아가씨가 가져오면 분명 깜짝 놀라며 좋아하실 거예요. 그렇게 말하며 제나와 레슬리는 서로를 마주 보고 작게 웃었다.

❖

아라벨라 축제. 최초의 사제들이 세계를 돌아 다시 만났을 때 시작된 작은 축제는, 르카디우스 제국뿐만 아니라 다른 나라에서도 열리는 유서 깊은 축제였다.

처음엔 스무 명이 넘는 최초의 사제들 이름을 전부 따서 축제명을 지었으나, 오랜 세월이 흐르며 가장 대표급이었던 아라벨라가 축제의 이름을 대신했다.

본디 8년에 한 번 열리는 아라벨라 축제는, 르카디우스 제국에서만 4년 주기로 열렸다. 최초의 사제들 후보를 뽑는 것을 알리기 위해서였다. 그리고 첫 시험에 통과한 후보들은 아라벨라 축제에서 지위를 막론하고 영광스러운 자리에 오를 수 있는 권한이 주어졌다.

"영광스러운 자리."

레슬리는 제 머리의 리본을 고쳐 매며 눈을 깜빡였다. 서올리가 예쁘게 땋아서 묶어 준 리본이 나뭇가지에 걸리는 바람에 엉망진창으로 풀려 버리고 말았다.

'대충 묶어도 되겠지?'

레슬리는 그냥 자신이 할 수 있는 두 가지 머리 중 하나인 반묶음으로 머리를 다시 묶으며 말을 이었다.

"그럼 최초의 사제들과 아라벨라가 되면 그 자리에 오르게 되는 거군요."

레슬리의 물음에 그녀 대신 양산을 들고 있던 콘라드가 고개를 끄덕였다.

"그렇습니다. 2차 시험을 통과한 스무 명의 후보분들은 그 최초의 사제 자리에 올라 마지막 날 의식을 거행합니다."

그 말에 레슬리의 미간에 작은 주름이 잡혔다. 2차 시험. 편지지에는 신전으로 오라는 말만 적혀져 있었지.

"사실 2차 시험에 대한 통보를 받긴 했는데, 뭐가 나올지 모르겠어요. 보름 동안 도대체 뭘 하는 걸까요."

레슬리의 투덜거림에 콘라드는 봄바람 같은 부드러운 미소를 지으며 말을 이었다.

"사실 이번에는 저번 시험보다 많이 바뀐다고 들었습니다. 하지만 하나 확실한 것은, 최초의 사제님들이 보여 줬던 '헌신'을 볼 거라는 거지요."

"헌신이요?"

레슬리는 눈을 깜빡였다. 헌신이라니. 그런 걸로 시험을 볼 수 있단 말인가?

그 말에 조금은 진지해진 얼굴로 콘라드가 고개를 끄덕이더니 천천히 말을 이었다.

"네. 최초의 사제님들은 세계를 돌면서 사람들을 구원했지요. 그래서 이론적인 시험으로 이뤄졌던 1차와는 다르게 2차는 헌신을 봅니다."

레슬리는 콘라드에게서 시선을 떼지 못하고 고개를 끄덕였다.

"헌신이라면…… 점수처럼 눈에 보이는 게 아닌데, 그걸로 공정하게 평가할 수 있을까요?"

"1차 시험처럼 확실하게 수치화하기는 쉽지 않지만, 최초의 사제님

274

들을 뽑는 건 어렵지 않을 겁니다."

콘라드는 레슬리를 바라보며 조금 서글프게 웃음을 지었다.

"이번 2차 시험은 굉장히 힘들게 나올 거라고 들었거든요. 분명 포기자가 나올 겁니다."

그리고 콘라드는 미안하다는 듯 눈을 깜빡거렸다. 레슬리에게 2차 시험에 대한 정보를 전부 주지 못해 그런 듯 보여 레슬리는 괜찮다는 듯 웃어 주었다. 그러면서도 열심히 머리를 굴렸다.

'얼마나 심각하기에 아라벨라와 최초의 사제들이 되는 시험을 포기하는 걸까.'

그러고 보니, 편지에도 포기할 수 있다고 쓰여 있었지. 도대체 무슨 시험을 치르게 되는 걸까. 한참 고민에 빠져 있던 레슬리의 뺨에 봄바람이 닿았다가 흩어졌다.

"봄바람이 따듯하네요."

하얀 레이스에 푸른 리본이 달린 양산을 든 채, 콘라드가 맑게 웃었다. 지금 두 사람은 수도 외곽을 천천히 산책하고 있었다.

레슬리가 콘라드에게 신학을 배우지 않은 지 올해로 2년째가 되었다. 처음 셀바토르 공작가로 올 때만 해도 다른 과목에 비해 부족했던 신학은 어느새 사제들마저 혀를 내두를 정도가 되었다. 게다가 2차 후보 시험에는 이론적인 시험이 포함되지 않았기 때문에 이 이상 콘라드에게 가르침을 받을 명분이 사라져 버렸다.

하지만 두 사람은 종종 만나 산책을 하거나 식사를 하며 친분을 이어 오고 있었다.

그 이유 중 하나는 레슬리가 하나뿐인 제 친구와 계속 놀고 싶어 했기 때문이었고, 다른 이유는 마지막 수업 날 콘라드가 얼굴을 붉히며 레슬리를 잡았기 때문이었다.

"부끄럽지만, 레슬리 양. 저를 도와주시지 않겠습니까?"

콘라드의 말에 레슬리는 눈을 반짝이며 고개를 끄덕였다. 늘 도움만 받았던 자신이 다른 사람을 도울 수 있다는 생각에 레슬리는 조금 흥분했다.

"뭐든 말씀해 보세요, 콘라드 경! 제가 도울 수 있는 거라면 뭐든 할게요."

적극적인 레슬리의 태도에 콘라드는 부끄럽다는 듯 눈가를 붉혔다. 레슬리의 말에도 한참을 입만 달싹이던 콘라드는 시선을 바닥으로 내린 채 간신히 말을 꺼냈다.

"다른 게 아니라, 제가 그…… 여성분에게 닿으면 얼굴이 붉어지는 것 말입니다. 성기사단에만 있으면 괜찮다지만, 이제 저도 사교계 활동을 하게 될 테니……."

횡설수설하는 콘라드를 보며 레슬리는 감을 잡았다. 즉, 여성에게 닿아도 괜찮을 수 있게 그나마 괜찮은 자신이 도와 달라는 뜻 아닌가?

"그래서 레슬리 양이 조금 도움을 주실 수 없는지 여쭤 보고 싶습니다."

"도와 드려야지요!"

이어지는 콘라드의 말에 레슬리는 고개가 떨어져라 끄덕였다. 자신이 가장 잘하는, 고어를 해독해 주는 일을 예상했었는데, 그 예상이 빗나가 조금 슬프긴 했지만 이것도 나쁘지 않았다. 어쨌든 자신의 친구와 계속 만날 수 있는 거니까.

"제가 꼭 도와 드릴게요. 꼭이요!"

자기 일처럼 눈을 빛내는 레슬리를 보며 콘라드는 조금은 당황한 듯, 그리고 많이 기쁜 듯 웃음을 머금었다.

"네, 감사합니다. 부탁드리겠습니다, 레슬리 양."

그렇게 두 사람은 신학 수업 대신 번화가의 거리에서 디저트와 차를 마신다든가, 아니면 신전의 정원을 거닌다든가 하며 만남을 지속했다.

만남 자체는 유익한 것이었다. 콘라드는 아는 것이 많았고, 레슬리가 어떤 이야기를 좋아하는지, 무슨 일에 흥미를 느끼는지 정확히 알고 있어서 콘라드와의 만남이 기다려지기도 했다.

'거기다 디저트는 덤이고. 나만큼 단 걸 좋아하신다니까.'

콘라드가 알고 있는 디저트 가게 목록은 레슬리에게 있어서 보물 지도 같았다. 늘 콘라드와 함께 맛있는 걸 먹으러 돌아다니는 바람에 레슬리는 아직도 콘라드가 단것을 잘 못 먹는다는 사실을 알지 못했다.

다음엔 어떤 가게를 가게 될까. 조금은 즐겁게 콘라드를 바라보며 대화를 이어 나갔다.

"그럼 콘라드 경, 경도 최초의 사제들 후보 자리에 오르신 적이 있나요?"

예전부터 든 의문을 슬그머니 묻자, 콘라드가 웃음을 머금으며 고개를 저었다.

"아쉽게도 저는 최초의 사제들 후보에 오른 적이 없습니다. 일곱 살 때부터 테센트루아 기사단에 소속이 되었거든요."

"성기사단에 소속되면 후보에는 오를 수가 없는 거군요."

"네, 테센트루아에 소속된 몸이니까요. 저희는 축제 때나 아니면 시험 때 후보분들을 호위하는 데 집중합니다."

다시 두 사람은 걷기 시작했다. 리본을 다 묶은 레슬리가 이제 자신의 양산을 달라고 손을 뻗었지만, 웃음으로 대신한 콘라드가 계속 그녀의 양산을 들어 주었다.

레슬리는 그걸 보며 뺨을 부풀렸다. 4년 새 콘라드도 훌쩍 커 버린 탓에 쉽게 양산을 뺏을 수가 없었다. 처음 만났을 때는 따라잡을 만한 키 차이였는데, 순식간에……

'루엔티 오라버니랑 비슷하려나?'

레슬리는 눈을 가늘게 뜨며 두 사람을 가늠해 보았다. 저번에 두 사람이 만나는 걸 봤을 땐 엇비슷해 보였는데. 누가 더 크려나? 잠시 고개를 갸웃거리다 레슬리는 승자를 정했다. 역시 루엔티 오라버니겠지.

'그러고 보니, 4년이네.'

레슬리는 눈을 깜빡였다. 처음 콘라드를 만났을 때는 자신은 열두 살, 콘라드는 열다섯 살이었다.

'아직도 신전에서 처음 만났을 때가 생생한데.'

신전에서 넘어지는 자신을 부축해 주고 손수건을 준 콘라드를 만난 지 4년이 흘렀다. 4년 새 자신은 이름이 바뀌었고, 새 가족이 생겼다. 그리고 따스한 눈동자로 미소를 머금던 소년은 올해 열아홉 살이 되었다.

작년 콘라드의 성인식 때 축하 편지를 보낸 것을 떠올리며 레슬리는 입술을 삐죽 내밀었다.

'부럽다. 루엔티 오라버니나 콘라드 경이나 둘 다 4년 새 키가 엄청 큰 거네.'

자신은 벌써 키가 멈춘 것 같아 불안한데. 왜 안 자라는 걸까. 휴우우. 레슬리는 저도 모르게 한숨을 내쉬었다.

"레슬리 양, 혹시 피곤하신가요?"

"아, 아니에요."

키가 작아서 고민이라는 말을 할 수 없어 레슬리는 제 생각을 얼버무렸다.

"그냥, 축제 때 콘라드 경이 저를 호위해 주셨으면 좋겠다고 생각하고 있었어요."

레슬리는 생긋 웃으며 콘라드를 바라보았다. 비록 갑자기 나온 말이었지만, 거짓말은 아니었다. 아직도 레슬리는 낯선 사람이 조금 힘들었으니까. 무슨 이야기를 해야 할지, 어떤 주제로 말을 해야 할지 몰라 입을 자꾸만 다물게 된다.

이유는 두 가지였다. 하나는 엠로아의 사건으로 다른 사람을 쉽게 믿기 힘들어졌다는 것이고, 또 다른 하나는 사람들의 과도한 관심이었다.

지나칠 정도의 초대장이 그 대표적인 예시였다. 어쩌다 번화가나 신전에서 레슬리는 낯선 사람에게 붙들려 걸음을 멈춰야 할 때도 많았고, 무례할 정도로 레슬리에게 접촉하려는 사람도 많았다.

그런데 낯선 사람이 종일 호위를 이유로 자신에게 붙어 있다면 그 하루를 버티기가 너무 힘들 게 뻔했다. 아마 그날 하루는 아무것도 먹지 못하고 가시방석 위에 앉아 있는 것 같겠지.

"제가 말입니까?"

그 말에 레슬리를 마차로 이끌려던 콘라드의 눈이 동그래졌다.

"네, 콘라드 경이 해 주시면 정말 좋을 것 같아요. 다른 사람은 싫은 걸요."

레슬리의 말에 콘라드는 잠시 얼굴을 붉히다가 이내 고개를 끄덕였다. 황금색 눈동자가 쑥스러움과 미소를 머금고 살짝 휘었다.

"네, 저도 그렇게 됐으면 좋겠습니다."

콘라드의 말에 레슬리는 화답하듯 맑게 웃었다. 아직도 콘라드 경은 이 정도로 가까이 있어도 얼굴이 잘 붉어지는구나, 그렇게 생각하면서.

"다, 다녀오거라."

사이레인은 코를 훌쩍이며 레슬리를 바라보았다. 이른 아침이었지만, 공작저에 있는 단 한 명도 빠지지 않고 정문 앞에 서 있었다.

"다녀올게요."

레슬리는 그런 가족들과 공작저의 사람들을 바라보며 환하게 웃었다.

레슬리의 뒤에는 마델이 서 있었는데, 그녀의 손에는 가죽으로 만든 여행용 가방이 들려 있었다. 그리고 두 사람의 뒤에는 거대한 마차한 대와 하르트, 레소, 반트가 셀바토르 기사단의 제복을 입고 서 있었다.

"도대체 왜 사용인에 호위도 신전으로 못 들어가게 하는 건지."

"내 말이."

밤을 새운 듯 보이는 루엔티가 베스라온의 말을 받아쳤다.

지금 레슬리를 따라가는 마델은 신전까지는 들어가지 못했고 신전 밖에서 레슬리가 끝나기를 기다려야만 했다. 즉, 레슬리는 홀로 신전에 머물러야 했다.

그 일에 대해 사이레인이 몇 번 신전 쪽으로 편지를 보냈으나, 신전 쪽에서는 신의 시험이란 이유로 요청을 거절했다. 도끼를 들고 편지를 쓴 놈 모가지를 따 버리겠다며 날뛰는 사이레인을 레슬리와 제나가 진정시킨 적도 있었다.

"안 되겠다 싶으면 그냥 와. 알겠지? 뒷일은 이 오라버니들이 처리해 줄 테니까."

"아라벨라 따위 될 필요 없어."

루엔티가 레슬리 모자의 리본 끈을 다시 묶어 주며 말을 꺼내자, 베스라온이 뒤에서 고개를 끄덕이며 말을 이었다.

그 말에 레슬리는 작게 웃음을 터트렸다. 아라벨라 따위라니. 황족들도 탐내는 자리인데. 아마 아라벨라를 이렇게 말하는 건 셀바토르 공작가밖에 없을 것이다.

세 사람이 다정하게 서 있는 모습을 흐뭇하게 바라보던 사이레인은 뭔가 이상한 기색을 느끼고 자신의 옆을 바라보았다. 이럴 때면 나서서 레슬리를 안아 준다거나 토닥여 줄 공작이 미간에 주름을 잡은 채 움직이지 않고 있었다.

셀바토르 공작은 무언가를 고민하듯 제 입술을 깨문 채 팔을 손가락으로 톡톡 치고 있었다.

"여보?"

이상하다는 듯 사이레인이 셀바토르 공작을 부르자, 그제야 눈을 두어 번 깜빡이더니 레슬리에게 다가갔다.

"잘 다녀오렴. 너무 무리하지는 말고."

그리고 평소처럼 허리를 굽혀 레슬리를 꼭 안아 주었다. 볼에 작게 뽀뽀하자, 그게 너무도 좋아 레슬리는 환하게 웃음을 터트렸다.

"네, 어머니. 저 다녀올게요."

공작과 인사가 끝나고 나자 레슬리는 제나와 바타, 서올리, 아벤 그리고 다른 사람들에게도 한 명, 한 명 인사를 하고 나서야 마차에 올랐다.

"그럼 출발하겠습니다, 아가씨."

하르트의 말과 동시에 마차가 출발했다. 그러자 레슬리는 창문 밖으로 몸을 내밀더니 크게 소리쳤다.

"저 다녀올게요!"

그러고는 팔까지 내밀고 손을 흔들었다. 숙녀가 할 만한 행동은 아녔다. 분명 틸레이얼 선생님이 봤다면 기겁을 했겠지.

하지만 레슬리에게 있어서 보름이나 홀로 저택을 떠나 있는 건 상당히 큰 모험이라 용기가 필요했다. 거기다 이동 시간을 합치면 약 3주가 걸리는 대장정이었다.

사람들이 레슬리에게 손을 흔드는 게 보였다. 그런데 셀바토르 공작과 사이레인은 어두운 얼굴로 무언가를 말하고 있었다.

'두 분 다 내가 떠나는 게 싫으신 걸까.'

나도 싫은데. 공작저에 남아 있고 싶어. 사람들이 점차 멀어지자 레슬리는 자신도 모르게 몸을 조금 더 창문 밖으로 내밀었다.

"아가씨, 위험해요."

그런 레슬리를 마델이 말리자, 그제야 레슬리는 몸을 마차 안으로 집어넣었다. 그리고 그와 동시에 동그란 눈동자에 눈물이 고였다.

"마델, 나 보름…… 넘게 혼자 신전에 잘 있을 수 있을까."

번화가를 갈 때도, 티로스 별장에 갈 때도, 가족 중 누군가 한 명은 레슬리와 동행을 해 주었고, 그것도 아니라면 마델과 서올리가 레슬리의 곁을 지켜 주었다. 그런데 이번엔 보름 넘게 신전에 홀로 있어야만 했다.

공작저를 떠나, 그렇게 긴 시간을 홀로 있게 된 건 이번이 처음이었다. 시험보다도 그게 더 버티기가 힘들어 레슬리는 저도 모르게 눈물을 글썽거렸다.

마델이 눈을 깜빡이더니 옆에 앉아 레슬리를 꼭 안아 주었다.

"아가씨, 괜찮아요. 저희는 신전 바로 앞의 여관에서 아가씨 시험이 끝나길 기다릴 거예요. 아까 루엔티 도련님도 말씀하셨잖아요. 버티기 힘드시다면 그만두셔도 된대요."

마델의 말에 레슬리는 눈물을 닦으며 고개를 끄덕거렸다. 마델은 신전과 가장 가까운 여관에 방을 잡았고, 하르트와 다른 기사들은 전날 레슬리를 찾아와 약속해 주었다.

'매일 아침, 신전 입구에 있겠습니다. 들어가지는 못하지만 그래도 신전 입구에 있으면 저희가 보일 테지요.'

무서워하지 않도록, 그리고 위험하지 않도록 그렇게 해 주겠다며 하르트는 고개를 주억거렸다. 그 약속이 떠올라 레슬리는 코를 훌쩍였다.

"그리고 어둠이도 데려왔으니까요. 그리고 공작님과 사이레인 님, 큰 도련님과 작은 도련님이 써 준 편지도 있으니까⋯⋯."

레슬리가 토끼 인형을 어둠이라고 부르는 걸 본 마델과 서올리 그리고 다른 사용인들도 토끼 인형을 어둠이라고 부르기 시작했다. 지금 어둠이는 마델의 말 그대로 레슬리의 여행용 가방에 고이 모셔져 있었다.

"그렇지. 어둠이도 있지."

마델은 가방 속 토끼 인형을 말한 것인데, 레슬리는 다른 어둠이가 있다는 것도 깨달았다.

그래, 완전히 혼자는 아니구나. 거기다 가족들이 저를 걱정해 써 준 편지도 있었다. 그제야 레슬리는 눈물을 훔치며 밝게 웃었다. 마델이 조금 흐트러진 레슬리의 머리를 정리해 주며 환하게 웃었다.

"신전 근처에 맛집이 많대요. 아벤이 그 근처 출신이라 맛있는 집들을 알려 줬어요. 아가씨, 메추리구이 좋아하시죠? 시험이 끝나면 먹으러 가요. 제가 코코아도 챙겨 왔거든요. 코코아도 먹고⋯⋯."

끝없이 이어지는 마델이 조잘거림을 들으며 레슬리는 고개를 끄덕였다. 창문 밖에는 셀바토르 기사단 제복을 입은 하르트와 레소, 반트가 천천히 마차를 호위하며 말을 몰고 있었다.

그래, 완전한 혼자는 아니야. 조금, 용기가 났다.

-12-

"어서 오십시오, 셀바토르 공녀님."

공작저에서 시누스턴 신전까지는 일주일이 걸렸는데, 레슬리에게 이 기간은 그다지 길지 않았다. 시누스턴까지 가는 길이 아름다웠던 탓도 있지만, 신전에 가까워지면 가까워질수록 레슬리의 마음이 복잡해졌던 탓이었다.

마차가 신전에 도착하자마자 긴 갈색 머리를 단정하게 묶은 사제가 레슬리를 반겼다. 그녀의 얼굴에는 단정한 미소가 깃들어 있었다.

"앞으로 셀바토르 공녀님을 담당할 신의 종, 재클렌이라고 합니다."

"반가워요. 레슬리 슈야 셀바토르예요."

레슬리의 인사에 재클렌은 미소로 화답하더니 레슬리의 어깨 너머로 시선을 던졌다. 그녀의 시선 끝에는 마델과 셀바토르 공작가의 기사들이 닿아 있었다.

"편지에도 미리 말씀드렸다시피, 공녀님 외 다른 분들은 신전으로 들어올 수 없습니다."

그 말에 레슬리는 몸을 돌려 뒤에 있는 네 사람을 바라보았다. 이별의 시간이었고, 마델의 눈동자에 눈물이 글썽이기 시작했다.

"다녀올게. 여관에서 기다리고 있어 줘."

"네, 아가씨. 끝나고 나면 다시 맛있는 거 먹으러 가요…….끝나자마자 제가 제일 먼저 마중 나올게요."

"무슨 일이 생기면 사람을 보내세요. 바로 튀어나오겠습니다!"

"너무 긴장하지 마세요, 아가씨. 응원하고 있겠습니다."

마델과 반트, 레소가 차례대로 말을 꺼내며 레슬리를 다독였고, 하르트는 멋쩍다는 듯 머리를 긁적거리더니 천천히 말을 꺼냈다.

"아가씨는 잘 하실 겁니다. 셀바토르니까요."

"맞아, 나는 셀바토르지."

자신에게 말하듯 중얼거린 레슬리의 눈이 웃음을 머금었다.

그래, 자신은 셀바토르였다. 공작의 말을 빌리자면, 황제에게도 황족에게도 고개를 숙일 필요가 없는 가문. 그러니 시험 따위는 가뿐하게 해낼 수 있을 것이다.

"고마워요, 모두들."

그 말을 끝으로 사제가 신전 안으로 안내하겠다며 먼저 움직이기 시작했다. 사제의 뒤를 따라 레슬리는 떨어지지 않으려는 발을 옮겼다.

하나둘 시선이 떨어졌고, 하르트의 눈길이 신전으로 들어가는 레슬리의 모습에서 가장 늦게 떨어졌다. 혼자 레슬리를 두는 게 영 마음에 안 드는지 지나가는 사제를 한 명 잡고 뭔가를 말한 후에야 하르트는 마차 쪽으로 발걸음을 옮겼다.

레슬리가 잠시 몸을 돌려 그런 네 사람을 바라보자 재클렌 사제가 웃으며 레슬리에게 말을 걸었다.

"사용인분이나 기사님들하고 친하신 모양입니다."

"네, 같은 저택에서 사니까요. 다들 좋은 사람이라서 안 좋아하기가 힘들어요."

모두가 자신이 용기 내어 만든 소중한 사람들이었다. 레슬리는 진심을 담아 환하게 웃었다.

자신을 재클렌이라 소개한 사제는 레슬리와 함께 복도를 걸으며 말을 꺼냈다.

"여기서 규칙을 다시 한 번 더 알려 드리겠습니다, 공녀님. 시중을 드는 사람이 없으니 자잘한 모든 일은 스스로 해 주셔야 합니다. 식사는 저희가 만들어는 드리나, 가져가는 것 그리고 드시고 난 후 식기를 씻는 것도 모두 공녀님의 몫입니다. 그리고 옷 역시 저희가 지급해 드리는 옷이 있으니 그걸로 갈아입어 주십시오. 오후에는 잡다한 일을 하게 됩니다. 기도 시간은 하루 세 번입니다. 새벽 기도와 오후 기도 그리고 저녁 기도가 있지요. 빠지시면 안 됩니다."

그 말을 시작으로 사제는 몇 가지를 더 늘어놓았다. 기상 시간도 새벽에 가까운 시간이었고, 일과가 전부 정해져 있다는 말도 있었다.

일과를 들으며 레슬리는 눈을 깜빡였다. 생각보다 더욱 힘든 일정이었다. 사제가 지금 줄줄이 늘어놓고 있는 일과는 가장 강도 높게 그리고 혹독하게 스스로를 단련시킨다는 루렌 사제들의 것과 비슷하게 들렸다.

과연 이 시험을 귀하게 자란 귀족들이 이겨 낼 수 있을까.

'이래서 포기할 수 있다는 거구나.'

레슬리가 고개를 끄덕거리는 순간에도 재클렌은 계속해서 말을 이어갔다.

"같은 수험생끼리 불화가 일어나면 언제든 후보 자리에서 제명될 수 있습니다. 마지막으로, 시험을 포기하시려면 저에게 말씀해 주시면 됩니다. 저는 세 번째 모퉁이 방에서 지내고 있습니다. 명패에 제 이름이 쓰여 있으니 헷갈리시지 않을 겁니다."

사제의 말에 레슬리는 웃으며 고개를 끄덕였다. 포기라니, 그런 일 따위 일어나지 않을 것이다. 반드시 아라벨라가 돼서 계약을 바꿀 거니까.

레슬리가 무슨 생각을 하는지 모르는 재클렌 사제는 웃으며 그녀를 바라보았다.

"혹시 더 궁금하신 게 있다면 지금 말해 주십시오, 공녀님."

"무슨 일이 생기거나 궁금한 게 있으면 사제님께 말씀드리면 되나요?"

"네, 그렇습니다. 제가 공녀님을 담당할 테니까요. 시험을 전체적으로 담당하는 분은 따로 있으니 그분께 말해 주셔도 괜찮습니다."

그러더니 재클렌 사제는 막 지금 뭔가가 떠오른 듯 눈을 크게 뜨고 레슬리를 바라보았다.

"호위는 걱정하지 않으셔도 좋습니다. 개인 호위가 한 명이지만, 테센트루아 기사단 전체가 신전에 와 있으니까요. 그리고 특별히 공녀님의 호위에는 더욱 신경을 쓸 예정입니다."

콘라드가 했던 말과 똑같았다. 그 외에도 몇 가지 질문을 더 주고받다 보니 어느새 거대한 기도실 앞에 서 있었다. 재클렌 사제는 방긋 웃으며 레슬리를 바라보았다.

"이번에는 제대로 된 아라벨라를 뵐 수 있을 것 같아 기쁩니다."

제대로 된 아라벨라. 레슬리가 그 말에 이상함을 느끼기도 전에 사제가 기도실의 문을 열었고, 이미 도착해 기도실에 있던 모든 사람의 이목이 레슬리에게 집중되었다.

기도실에는 못해도 서른 명 이상의 사람들이 이미 자리를 잡고 앉아 있었다. 형형색색의 시선이 날아와 레슬리에게 박혔다.

자신을 바라보는 수십 쌍의 눈을 보며 레슬리는 침을 삼켰다. 그간 빠져서는 안 되는 중요한 행사에 얼굴을 내민 적은 있지만, 혼자는 아녔다. 그래서 이렇게 이목이 쏠린 건 이번이 처음이었다.

잠시 칼날 같은 시선들에 주눅이 들었지만, 이내 레슬리는 고개를 들고 당당하게 발걸음을 옮겼다.

'나는 셀바토르야.'

이 제국에서 다섯 번째로 높은 위치이자, 단 한 명뿐인 공녀. 그러니까 주눅 들 이유는 없었다. 레슬리가 걸음을 옮길 때마다 시선이, 그리고 작은 속닥임이 레슬리의 발걸음을 뒤따라갔다.

"어머나."

"셀바토르 공녀님."

"저번 사건으로 분명……."

"제가 분명 여기 오면 만날 수 있다고 했었죠."

"저번에 티 파티 초대장을 보냈는데……."

"이번에야말로 친분을 다져야 해요."

부러움과 시기, 질투, 한숨, 선망…… 여러 감정이 레슬리의 발밑을 맴돌았다. 하지만 다들 레슬리를 보며 수군거릴 뿐 그 누구도 용기 있게 앞으로 나서지 못했고, 이어지는 말에 레슬리는 그 이유를 깨달을 수 있었다.

"아라펜드 자작가와 파레볼 백작가가……."

아. 분명 며칠 전 마델과 떨며 들었던 가문이었다. 그렇구나.

청혼서를 보냈다는 이유로 몇 개의 가문을 그렇게 민들어 놨으니 사람들이 수군거리기만 하고 다가오지 못하는 게 이해가 갔다. 어쩐지 뒤에서 루에티가 사람들을 노려보는 기분이 들어 레슬리는 작게 키득거렸다.

그러던 중 수군거리는 사람들 사이로 한 사람과 눈이 마주쳤다. 에메랄드빛 눈동자, 엘리였다.

누군가의 눈에 들어올까 봐 가장 구석진 자리에 홀로 앉아 있던 그녀는 레슬리와 눈이 마주치자마자 고개를 휙 돌렸다. 그리고 작게 뭔가를 중얼거렸다. 분명 자신을 향한 욕과 저주겠지.

'스페라도 후작가가 망해서 아렌도 황자에게 몸을 의탁했다고 들었는데.'

레슬리는 눈을 가늘게 뜨며 엘리를 바라보았다. 마지막으로 본 게 4년 전 신레프 신전 지하 교도소에서였나. 신전 측에서는 엘리와 레슬리를 다른 방에서 시험을 보게 했으니까.

확실히 마음고생을 했는지, 황궁에서 4년을 지냈음에도 엘리의 얼굴은 그 지하 감옥에서 봤을 때와 별반 큰 차이가 없었다. 그렇다고 해서 동정할 마음은 들지 않았다. 저 꼴은 결국 스스로 만들어 낸 꼴이었으니까.

그때 레슬리의 시선을 따라 엘리를 발견한 한 남자가 자신의 옆에 앉은 남자에게 작게 속닥거리는 게 들렸다.

"이런, 과거의 영애 아니신가."

비웃음이 섞인 한마디에 엘리가 몸을 파르르 떨었다. 레슬리를 향했던 속살거림이 이제는 엘리에게 닿았고, 엘리는 레슬리처럼 그 속삭임을 이겨 내지 못했다. 입술을 깨물며 손에 뼈마디가 두드러질 정도로 제 손을 꽉 쥐었다.

그 모습을 보다가 레슬리는 다시 발을 움직였다.

그녀가 끼어들 필요가 없는 일이었다. 스페라도 후작가의 현 상태는 지금 엘리의 상태만큼이나 엉망이다. 가주인 스페라도 후작은 죄를 짓고 사라진 지 오래였고, 유일한 후계는 성인이 되었음에도 지은 죄가 있어 후작가가 아닌 황궁에 머물렀다.

그리고 유일하게 이 사태를 수습할 수 있는 데리엘 후작 부인은 모든 의무와 책임을 거부한 채 친정에서 나오지 않았다.

당연한 수순으로 황실에서는 유일하게 남은 스페라도 혈육 중 한 명인 테론을 후작 자리에 앉히려고 했다.

테론은 당연하게도 후작 자리를 거부했다. 수도에 머물러야 하는 것도, 자신을 학대했던 사람의 위치에 올라가는 것도 거부감이 든다고, 사이레인의 손을 잡고 간 레슬리에게 씁쓸하게 웃으며 그렇게 말했다. 레슬리를 배웅 나온 테론은 웃으며 마지막으로 덧붙였다.

'무엇보다도 나는 지금 내 직업과 내 아내가 너무도 마음에 들어서 잃을 생각이 없단다. 지금 이대로도 나는 행복하단다.'

환하게 웃는 모습을 보며 레슬리는 고개를 끄덕였다. 종종 놀러 오라는 말과 매번 보내 주는 선물이 고맙다는 말을 듣고 레슬리는 다시 수도로 올라왔었다.

'그래, 후작가 따위보다 삼촌이 행복하다는 게 중요하지.'

레슬리는 삼촌을 만나러 서부 탄광 지역을 갔을 때를 생각하며 미소지었다. 테론은 더러운 곳이라고 했지만, 자신이 생각하기에 그곳은 따뜻한 곳이었다.

그렇게 스페라도 후작의 자리는 비어 버렸다. 스페라도 후작 저택에는 노집사 한 명만이 남았고, 물론 그는 제대로 된 대리인이 아니었기에 할 수 있는 일에 한계가 있었다.

분명 스페라도 후작가는 이대로 두면 몇 년 내에 사라질 것이다. 후작가가 사라지면 귀족 간의 미묘한 균열이 생기겠지만, 자신이 신경 쓸 일이 아니었다. 거기다 레슬리는 스페라도 후작가의 몰락을 바라고 있었으니까.

'하지만 이렇게 망하는 걸 바란 건 아닌데…….'

후작도, 후작 부인도, 그리고 엘리도 누구 하나 제대로 된 처벌을 받지 않았다. 후작은 도망쳤고, 후작 부인은 자신도 피해자라며 친정에서 나올 생각을 하지 않았으며, 엘리의 벌은 뒤로 미뤄져 지금까지 형 집행을 끌고 있었다.

'일단 후작부터 찾아서……'

레슬리가 도망친 후작을 떠올리며 이를 가는데, 재클렌이 한 자리를 가리켰다.

"여기가 공녀님의 자리입니다. 기도 때 늘 이 자리에 앉으시면 됩니다."

재클렌 사제가 안내한 자리는 가장 앞줄, 상석이었다. 수도 신전이라면 황족들과 아이테라 대공가 그리고 셀바토르 공작가만 앉을 수 있는 자리.

레슬리가 주변을 슬그머니 둘러보니 다들 제 가문 위치에 맞는 자리를 안내받은 듯 보였다.

'……황실과 신전에서도 인정한 엘리의 위치가 저기로구나.'

자신은 가장 햇빛이 잘 드는 상석 그리고 엘리는 가장 빛이 들지 않는 어두운 구석 자리였다.

'그런데 이상하게 조용하네.'

분명 이런 상황에서 엘리가 소리를 안 지를 리가 없는데, 머리채를 잡으러 오지 않을 리가 없는데. 레슬리가 엘리의 위로 올라가는 걸 그 무엇보다도 못 견뎌 하던 그녀지 않던가. 거기다 그간 황궁에서 살면서 쌓인 울분을, 자신을 보면 이성을 잃고 풀러 올 줄 알았는데.

'4년 새 성격이 바뀌었나?'

그럴 리가 없다. 재판에서 진 상황에서도 다시 자신을 죽이려고 달려든 인간이었다.

잠시 고개를 갸웃거리다 레슬리는 아까 재클렌이 해 준 말을 떠올렸다. 후보끼리 싸우면 제명당할 수 있다는 말.

그제야 엘리가 자신에게 시비를 걸지 않은 게 이해가 되었다. 최초의 사제들 시험은 이제 엘리가 살아남을 수 있는 유일한 길이 되었으니까. 최대한 몸을 사리는 거겠지.

레슬리가 자리에 앉자마자 한 무리의 사제들이 안으로 들어왔다.

"안녕하십니까, 후보 여러분."

나긋나긋한 목소리로, 가장 앞에 서 있던 사제가 자신의 얼굴을 가리고 있던 로브를 벗었다. 그와 동시에 레슬리의 눈동자가 동그랗게 변했다. 검은 머리를 하나로 땋아 내리고, 얼음과도 같은 옅은 눈동자로 웃는 여자.

'실례하겠습니다. 어린 자매님.'

4년 전 귀족 재판에서 벌어졌던 일이 다시 눈앞에 펼쳐졌다. 저 사제가 자신의 손을 잡고 그 뒤로 무슨 일이 일어났더라. 그때 느꼈던 고통이 다시 몸을 타고 올라왔다. 레슬리는 저도 모르게 입술을 꽉 깨물고 몸을 떨었다.

"여러분들을 보름간 모시게 될 미천한 신의 종, 데비엔입니다."

그렇게 말하는 데비엔의 눈동자는 정확하게 레슬리에게 닿아 있었다. 데비엔의 얇은 입술에 미소가 떠올랐다.

"부디 잘 부탁드리겠습니다."

❖

"나, 나는 못 해! 더 견딜 수가 없어!"

한 남자가 소리를 지르더니 제 손에 들린 천을 바닥에 내팽개치고 문으로 달려 나갔다. 그러자 한 사제가 크게 한숨을 쉬더니 종이를 가져와 지금 달려간 남자의 이름을 찾아 선을 찌익 그었다.

"그레젠 가문의 케티턴, 닷샛날 포기."

그 중얼거림을 들으며 다들 문 쪽을 바라보았다. 나도 지금 달려 나갈까, 그렇게 생각하는 얼굴들이었다. 벌써 세 번째 포기자였고, 유혹은 하루하루 짙어지고 있었다.

"최초의 사제들은, 그리고 아라벨라는 무척이나 고귀한 자리입니다. 그래서 최초의 사제님들이 했던 고행의 아주 일부를 여러분들이 겪으며……."

사제는 후보들을 바라보며 격려하듯 말을 건넸지만 다들 그 이야기를 곱게 듣지 않았다.

"아라벨라가 얼마나 고귀하든 그게 내 알 게 뭐야. 저택으로 돌아가고 싶어."

처음엔 작게 울먹거리던 소녀는 갑자기 주저앉아 울기 시작했다. 안 그래도 피곤한 사람들의 귓가에 울음소리가 맴돌았다.

'피곤해.'

레슬리는 시선을 떨궜다. 사람들이 도망가고 울고 하는 이 난장판 속에서도 피로가 몰려와 눈이 저절로 끔뻑거렸다.

샛별이 뜨기 전에 일어나 새벽 기도를 올리고, 감자 한 알, 멀건 수프나 죽으로 배를 채우며 모든 잡일을 했다.

신전을 청소하는 일과 의복을 세탁하는 일은 아주 가벼운 일에 속했다. 신전의 축사를 청소하며 오물을 직접 치워야 했고 매일매일 신학서를 필사하고 그 책을 피난민과 신전을 오는 평민들에게 나눠 줘야 했다.

그나마 여기까지는 버틸 만했다. 우습게도 후작 부인과 르아가 레슬리에게 강요했던 생활과 비슷했으니까.

하지만 몇 가지 일이 더해지고, 거기에 분쟁 지역에서 생겨난 피난민을 돌보는 것이 더해졌다. 아이, 노인 그리고 분쟁 지역에서 도망치며 다친 환자들로 가득 찬 천막에 다녀오는 날에는 레슬리조차 저택으로 돌아가고 싶다는 마음이 불쑥불쑥 치솟았다.

'그 정도면 버틸 수 있는데.'

레슬리를 입술을 깨물었다. 자신에게는 더 큰 장벽이 있었으니까.

그런데, 어느새 뒤에서 나타난 데비엔이 레슬리의 어깨를 토닥이며 미소를 머금었다.

"피곤하신가 보군요, 셀바토르 공녀님. 이해합니다. 제 성력을 이겨 낼 수 없을 정도로 약한 몸이시니까요."

마치 그게 진실이 아니라는 걸 잘 알고 있다는 목소리는 은밀하게 파고들어 자꾸만 귀족 재판 때의 악몽을 일깨우려고 했다. 하지만 레슬리는 머리를 작게 흔들어 그걸 털어 버리고는 몸을 획 돌렸다.

어깨에 붙어 있던 데비엔의 손이 자리를 잃고 허공에 머물렀다. 그 상태로 데비엔과 시선을 맞춘 레슬리는 마치 더러운 것이 묻었다는 듯 툭툭, 제 어깨를 털면서 말을 꺼냈다.

"저는 괜찮습니다. 이제 제대로 된 가족을 만나서 많이 나아졌거든요."

그러면서 보란 듯이 생긋 웃어 보였다.

"그러고 보니 참 이상해요. 저는 그 전에도 성력으로 치료받은 적이 있었는데 왜 그때만 아팠을까."

눈을 두어 번 깜빡이면서 레슬리는 데비엔을 바라보았다.

"혹시 신력도 변질되나요?"

"……깜찍한 질문을 하시는군요."

신력이 변질되는 것은 신을 모시는 그 마음이 변질되었다는 뜻. 다른 사제들은 몰라도 고위 사제의 경우에는 지위를 박탈당할 정도로 위태로운 말이었다.

"몰라서 그랬던 것을. 부디 어여쁘게 봐주세요."

도발하기 위해 꺼낸 말이건만, 오히려 데비엔은 옅은 미소를 지었다. 그리고 가엾다는 얼굴로 레슬리를 내려다보았다.

"그래야지요. 그럼 부디 힘내 주시기 바랍니다."

"......?"

데비엔의 미소를 보며 레슬리는 미간을 좁혔다. 저 미소는 지금 데비엔이 자신에게 보여 줄 만한 미소가 아니었다. 동정심과 여유로움이 섞인 미소였으니까.

하지만 레슬리가 의문을 풀기도 전에 데비엔은 몸을 돌려 다른 사제에게 가서 무언가를 말하더니 그대로 자리를 빠져나갔다.

풀지 못한 의문을 가진 채 레슬리는 자신 일에 집중해야 했다. 다음 일은 병자들을 돌보는 일이었다.

"쿨럭!"

한 노인이 기침하자 침과 피가 섞여 사방으로 튀었다. 몸을 움직일 때마다 고름이 터져 나오는 사람도 있었다. 그러자 노인을 보고 있던 후보 중 한 명은 얼굴을 대놓고 찡그렸다.

"몸을 천천히 닦아 주셔야 합니다. 이분은 몸을 가누기 힘드시니까요."

사제의 재촉에 다시 손을 뻗었지만, 자신의 손에 더러운 것이 닿을까 꺼리는 얼굴이었다. 그 모습을 보며 한 사제가 한숨과 함께 무언가를 적기 시작했다.

지금 후보들과 사제들은 분쟁 지역에서 도망친 피난민들을 돌보고 있었는데, 처음 보는 끔찍한 모습에 첫날부터 포기하는 사람이 생길 정도였다.

사방에서 피가 튀었고, 병자들의 신음이 천막을 가득 메웠다. 거기다 제대로 씻지도 못한 사람들의 몸에서는 이상한 냄새가 풍겨서 늘 들어갈 때마다 다들 헛구역질을 하곤 하였다.

아이가 우는 소리, 배가 곯아 허덕이는 소리…….

귀족으로 태어나 먹는 것, 자는 것 그 무엇도 걱정해 본 적 없이 살던 후보들에게 이 모습들은 충격이었다. 그나마 신전 측에서는 쉬운 일들을 주었지만, 한평생 손에 걸레조차 들어 본 적이 없는 귀족 집안의 자제들이 남에게 헌신한다는 건 쉬운 일이 아녔다.

"토할 것 같아."

빗자루를 들고 있던 한 후보가 입술을 꽉 깨물었다. 그녀의 얼굴은 창백하게 질려 있었는데, 쌓여 있던 오물을 치우느라고 그런 듯 보였다.

한 천막에서는 수십의 피난민이 지냈고, 후보자들은 그 천막 안을 쓸고 닦으며 구호물자를 나르고 다친 사람에게 약을 배분했다. 간간이는 자신들의 식사도 거른 채 피난민들의 식사를 먼저 챙기기도 하였다.

제대로 자지도 먹지도 못한 상태에서 이런 노동을 매일 하다 보니 다들 정신이 조금씩 나가기 시작했다. 그러다 오늘 한 후보가 자리를 박차고 도망 나간 것이다.

"이제 세 분이 가셨으니…… 슬슬 본격적으로 시작이려나."

사제는 머리를 긁적이며 작게 말을 흘렸고 그 말은 후보들을 부추기기에 충분했다. 사제의 말이 예언이라도 된 듯 일주일 내에 여섯 명이 넘는 포기자가 나왔다.

⚜

불만과 피로가 알게 모르게 쌓이고 있었다. 고귀한 푸른 피, 태어날 때부터 모든 것이 완벽했던 그들은 여기에 있으면서 점점 허물어지고 있었다.

누군가 항의를 할라치면 사제들은 '이 일은 모두 최초의 사제님들이 겪었던 일입니다. 부디 헌신을 보여 주시기 바랍니다.'라고 말하며 불만을 무시했다. 쉴 시간이 없이 몰아치는 일과가 더욱 그들을 무너트렸다.

다들 어딘가에 불만을 표출하고 싶어 했고, 그 상태에서 엘리는 꽤 좋은 먹잇감이었다.

"저희 형이 최초의 사제들 출신인데, 듣자 하니 이번 시험이 과할 정도로 어려워졌다고 하더라고요!"

간신히 신전으로 되돌아온 후보들은 식사를 할 수 있게 되었다. 하지만 그 식사란 오늘도 무얼 넣어 끓인 것인지 모를 멀건 죽 한 그릇이었다. 물론 종일 굶었던 사람들에게는 그 죽 한 그릇조차 너무도 소중한 것이었다. 그러던 중 한 후보가 자신의 앞에 있는 사람에게 말을 거는 척 크게 소리친 것이다.

"1차 시험에서 제 동생을 죽이려고 했던 사람이 있다며! 그 사람 때문에 자격 미달인 게 아니냐는 말들이 많이 나왔다고 하던데."

남자의 목소리가 높아지면 높아질수록 사람들의 시선이 구석진 자리에서 홀로 멀건 죽을 먹는 엘리에게 비수처럼 내리꽂혔다.

"그래서 신전 측에서는 이런 고강도를 준비할 수밖에 없었다고 합니다. 늘 보던 시험 방식을 단 한 사람 때문에 바꾼 거지요. 그 사람 때문에 이게 무슨 일인지."

남자가 한 번 입을 열면 열 때마다 남자 주변에 앉은 사람들은 키득거렸고, 다른 이들의 시선은 더욱 차갑게 엘리에게 쏟아졌다.

"그게 누군지 궁금하지 않으십니까?"

결국 엘리는 죽을 다 먹지도 못한 채 몸을 벌떡 일으켰다. 그러더니 무시무시한 눈빛으로 남자를 한 번, 그리고 다른 구석에서 앉아 있던 레슬리를 한 번 쏘아보더니 그대로 자신의 방으로 나갔다. 엘리의 눈가에 눈물이 조금 맺힌 것도 같았다.

"어머나."

레슬리의 동의도 없이 멋대로 근처에 모여 앉은 한 소녀가 손으로 입을 가리며 웃었다.

"저거 봐요. 얼마나 뻔뻔한지."

"맞아요. 재판에서 져 놓고, 또 살인하려다가 걸렸는데도 아주 뻔뻔하게 후보 자격으로 여기에 나섰네요."

"저는 저분이 최초의 사제가 된다면 아버님 이름을 빌려서라도 정식으로 항의할 생각이 있어요."

"저도 마찬가지입니다. 정말 부끄러움을 모르는 인간이더군요."

거기까지 말한 사람들은 동시에 레슬리를 바라보았다. 그리고 미소를 머금고는 레슬리에게 말을 걸었다.

"셀바토르 공녀님께서는 너무 걱정하지 마십시오. 저희는 절대 저런 자와 공녀님을 같이 있도록 두지 않겠습니다."

남자의 말에 옆에 앉아 있던 사람들이 고개를 끄덕이며 맞장구를 쳤다. 마치 자신들이 레슬리 옆에 붙어 레슬리를 지켜 주겠다는 듯 들렸다.

"그러니 부디 아라벨라가 되거든 저희를 잊지 말아 주세요."

한 여자가 두 손을 모으고 레슬리를 바라보며 방긋 웃었다. 그 여자를 시작으로 다들 레슬리에게 말 한 마디를 더 걸기 위해 애를 쓰기 시작했다.

"공녀님. 저는 공녀님을 위해서라면 뭐든 할 수 있어요! 제가 대신 그릇을 씻어 드릴 테니 편히 쉬시는 건 어떠신가요?"

"저 역시 마찬가지입니다. 원하신다면 방문 앞에서 제가 보초를 서 드리지요. 그건 어떠십니까, 공녀님?"

'어떻게든 인연을 만들어 보겠다는 얄팍한 수작들이지.'

필사적인 말과 행동에서, 4년 전 들었던 사이레인의 말이 떠올랐다. 첫 청혼서를 받았을 때, 무서워하는 레슬리를 위해 사이레인이 제 손에 들려 있던 도끼를 내던지고 한 말이었다.

하인들이 아무도 없는 공작저 뒤뜰에 떨어진 도끼를 들고 오자, 그 도끼에 묻은 흙을 털어 내며 사이레인은 말을 이었다.

'너무 대놓고 그러면 짜증 난단 말이지. 고기를 얻어먹으려는 승냥이 떼도 그렇게 오진 않아.'

'왜 어머니나 아버지가 손님을 잘 안 받는지 알겠어.'

친해져서 셀바토르 공작가의 후광을 어떻게든 입고 싶다는 필사적인 몸부림을 보자, 입안에 들어 있던 죽이 씁쓸하게 느껴졌다. 거기다 분명히 이 사람들은 엘리가 제자리에서 빛나고 있었을 때, 그녀에게 붙었던 사람들이겠지.

"셀바토르 공녀님, 그러니까 저는……."

"아뇨."

레슬리가 아무 말도 없자, 한 여자가 레슬리를 다시 불렀다. 그녀의 말에 죽을 먹던 레슬리는 스푼을 내려 두고 제 주변을 둘러싸고 있는 사람들을 바라보았다.

"저는 괜찮아요. 제 일은 제가 하겠습니다."

사이레인은 레슬리에게 사람을 보는 눈을 기르라고 충고해 주었다. 하지만 그 충고를 되새길 것도 없이 이 사람들은 아녔다.

"먼저 일어나 보겠습니다. 좋은 밤 되시길."

레슬리는 몸을 일으켜 그릇을 씻는 곳으로 향했다. 거기서 일을 마친 후 식당을 나섰다.

　속이 답답했다. 이런 상황에서 자신은 다른 사람을 쉽게 믿을 수 있을까.

　'또 배신당하면…….'

　엠로아의 얼굴이 눈앞에서 아른거려 레슬리는 눈을 찡그렸다.

　'다들 보고 싶다.'

　어머니가 보고 싶어. 달려가서 품에 안기면 꼭 끌어안고 머리를 쓰다듬어 주실 텐데.

　레슬리는 코를 훌쩍였다. 아버지가 있었다면 용병이었을 적 겪었던 멋진 무용담을 들려주셨을 테고, 베스라온 오라버니가 있었다면 자신과 같이 정원을 거닐어 줬을 것이고, 루엔티 오라버니는 책을 읽어 줬을 것이다.

　'가족이 보고 싶어.'

　레슬리가 뚝 하고 떨어진 눈물을 재빠르게 닦아 냈다. 누군가를 이렇게 그리워할 수 있는 거구나.

　예전에는 절대 알 수 없었던 감정이었다.

　'괜찮아. 내일 아침에 신전 앞에 마델이랑 경들이 계셔 주실 테니까.'

　레슬리는 코를 훌쩍이며 자신을 토닥였다. 신전으로 올 때, 레슬리에게 하르트는 하나를 약속했다. 매일 아침 신전 문 앞에 서 있겠다는 약속이었고, 마델과 하르트, 레소와 반트는 매일 아침 신전 앞에 나타났다.

　다행히도 레슬리가 배정받은 방은 신전 정문이 잘 보이는 자리라, 일어나면 레슬리는 사람들과 작게 손 인사를 할 수 있었다.

　거기다 어둠이도 있었다. 나갈 때 작게 '다녀올게.' 인사하면 어둠이는 귀엽게 손을 흔들어 주었다. 그래, 괜찮아. 다시 한 번 자신을 다독

301

이는데, 한 남자가 레슬리를 불렀다.

"공녀님."

자신의 호위 기사로 지명받은 테센트루아의 성기사 렌티우스였다. 짧은 금발머리에 푸른 눈의 렌티우스는 테센트루아 기사단장이었는데, 4년 전 레슬리를 데리러 왔던 기사 중 한 명이었다.

"아, 렌티우스 경. 저는 오늘 필사는 하지 않을 거예요."

레슬리는 혹여나 운 것이 들통날까, 미리 자신의 뒤를 따라온 렌티우스에게 언질을 주었다. 늘 레슬리는 식사 후에 신학서를 보관하고 있는 서재에서 필사하다가 밤늦게 잠이 들었으니까.

그 말에 렌티우스라고 불린 성기사는 웃으며 고개를 끄덕였다.

"그거 반가운 소리군요. 공녀님은 조금 쉬셔도 괜찮으니까요. 단연 후보 중에서 가장 열심히 하시고 계십니다."

사람 좋아 보이는 인상의 기사는 레슬리의 뒤를 따라 천천히 레슬리가 방까지 돌아갈 수 있게 도와주었다. 방문이 닫히기 전 렌티우스는 레슬리를 보며 씨익 웃었다.

"그리고 공녀님. 내일모레부터는 셀바토르 공작님과 기사단장 하르트 경의 요청으로 공녀님의 호위가 한 명 더 늘어납니다."

"제 호위가요?"

레슬리가 눈을 깜빡이며 묻자 렌티우스는 다시 예의 그 사람 좋아 보이는 미소를 지으며 고개를 끄덕였다.

"네, 놀라시지 않게 미리 말씀드리는 겁니다."

렌티우스의 말에 레슬리는 눈을 깜박였다. 누굴까, 누가 오기에 렌티우스 경이 그렇게 말하는 걸까. 궁금해서 다시 경에게 물어봤지만, 경은 이런 건 공녀님이 깜짝 놀라야 즐거운 거라며 답을 피하기만 했다.

그렇게 하룻밤이 흘렀다.

'하르트 경이랑 조금 느낌이 비슷한 것 같아.'

레슬리는 천막을 청소하는 손을 부지런히 놀리면서 생각을 멈추지 않았다.

'콘라드 경이면 좋겠다.'

하지만 그럴 일은 없겠지. 레슬리는 입을 삐죽 내밀었다.

그도 그럴 것이 콘라드는 다른 신전에 가게 되었노라고, 레슬리가 공작저를 출발하기 전에 편지를 보내왔었다. 미안하단 말로 시작된 그 편지가 왜 이리도 가슴 아프던지.

작게 한숨 쉬며 이번에 새로 보급된 모포를 까는데, 갑자기 무언가가 레슬리의 치맛자락을 잡아당겼다.

"이봐요, 아가씨."

기운이 빠져 작게 들리는 목소리. 고개를 돌리니 아파 보이는 얼굴의 한 아주머니가 레슬리를 보며 웃고 있었다.

"있잖아요, 아가씨. 내가 얼핏 듣기로는 아가씨가 그 셀바토르 공작가의 딸이라는데, 진짜인가요?"

그 말에 레슬리는 눈을 깜빡거렸다. 피난민들과 환자들에게 레슬리나 다른 후보들의 신분은 알려지지 않았다. 그저 사제 후보들로 전해졌을 뿐이다. 듣기로는 로렌의 사제들뿐만 아니라 사제 후보들도 피난민을 돌본다고 하였다.

하지만 피난민들도 귀와 눈이 없는 것은 아니기에 그들이 평범한 후보가 아니라는 건 어렴풋이 눈치채고 있었다.

'그렇다고 해도 이렇게 직접 가문의 이름을 언급당할 정도는 아닐 텐데.'

설마 귀족 재판으로 퍼진 소문에 내 모습이 섞여 있었던 걸까. 레슬리는 괜스레 제 은발 머리를 매만졌다. 르카디우스 제국에서 은발은 상당히 드문 것이었으니까. 이 은발로 알아본 거라면 할 말이 없었다.

레슬리가 대답 없이 놀란 듯 여자를 바라만 보고 있는데, 뒤에서 슬금슬금 다른 사람들이 나와 여자와 함께 레슬리를 바라보았다. 무언가를 바라듯 눈을 빛내는 사람들. 마치 식당에서 말도 없이 제 옆에 앉아 눈을 빛내던 사람들이 자연스럽게 떠올랐다.

"그래서 아가씨, 아가씨가 셀바토르 공작님의 공녀신가요?"

레슬리가 침묵하자, 여자는 레슬리의 치맛자락을 잡아당기며 슬그머니 답을 재촉했다. 그 모습을 뒤에서 보고 있던 렌티우스가 나서려고 했지만, 레슬리가 먼저 고개를 끄덕였다.

어차피 지금 레슬리가 알려 주지 않아도, 흘려진 사람들의 말을 주워듣다 보면 레슬리가 셀바토르가의 공녀라는 걸 알 수 있을 테니까.

"맞아요. 내가 셀바토르 공작가의 공녀예요."

그리고 할 말이 있으면 말해 보라는 듯 여자를 바라보았다.

아까까지만 해도 고통으로 일그러져 있던 얼굴이 순식간에 펴지면서 맑은 웃음이 떠올랐다.

"세상에, 맞구나! 아가씨가 정말 그 셀바토르 공녀님이시군요."

주변에 몰려든 사람들도 눈을 빛내며 작게 환호하기 시작했다. 그중에는 눈물을 글썽이는 사람도 있었다.

'뭐지?'

레슬리는 그 사람들을 보며 당황해 눈을 깜빡거렸다. 도대체 저들이 무엇을 원하는지 알 수가 없었다. 다른 귀족의 자제들처럼 셀바토르의 명성 밑에서 부스러기를 주워 먹고자 몰려오는 것으로 보이진 않았다.

"나에게 원하는 게 있나요?"

레슬리의 물음에 몰려든 사람들이 고개를 끄덕였다. 그중 가장 나이 많아 보이는 노파가 레슬리의 손을 꼭 잡고 환하게 웃었다.

"네, 있습니다. 공녀님, 부디 셀바토르 공작님에게 감사하다고 전해 주세요."

예상했던 것과는 전혀 다른 대답이었다. 노파의 말에, 몰려든 몇몇 사람들이 같은 생각이라는 듯 고개를 끄덕였다.

"……어머니께요?"

"어머니라."

그 단어가 신기하다는 듯 아직 레슬리의 손을 잡은 노파는 이가 빠진 웃음을 흘렸다. 이상한 웃음은 아녔다. 그저 신기하다는 듯, 세월이 빠르다는 듯 많은 의미를 담은 웃음이었다.

"그분이 이젠 그렇게 불리는군요. 네에, 부탁드립니다, 공녀님. 셀바토르 공작님께 감사하다고 전해 주세요."

그리고 천천히 레슬리가 궁금해하던 것을 이야기하기 시작했다.

"저희는 비투펠 지역의 사람들입니다. 에타이가 공격했던 지역 중 하나지요."

비투펠. 레슬리는 그 말을 듣고 눈을 깜빡거렸다. 역사서에도 실려 있는 지역의 이름으로 에타이가 가장 먼저, 그리고 가장 많이 공격한 지역이기도 했다. 르카디우스 제국에서도 손꼽힐 정도로 풍요로웠지만, 그 영주인 비투펠 백작의 기사단이 강한 편이 아니라 에타이의 주 공격 대상이 된 것이었다.

'어머니가 멋있었지.'

레슬리는 뺨을 붉혔다. 그런 에타이가 비투펠 지역 쪽에 시선도 못 돌리게 된 이유는 현 셀바토르 공작, 아셀라 벤칸 셀바토르 때문이었다.

린체의 기사단장이었던 그녀가 비투펠 지역에서 몇 번이나 에타이를 토벌했고, 마지막 토벌에서 에타이의 부두목을 잡아 직접 목을 베는 것으로 마무리 지었다.

그걸 역사서에서 읽고 몇 번이나 환호를 질렀던지. 그길로 집무실로 들어가 서류를 보던 셀바토르 공작에게 역사서를 보여 주며 눈을 빛냈었다. 그러고는 마침 옆에 있었던 사이레인에게서 몇 번이고, 몇 번이고 공작의 활약상에 대해 들었다.

사이레인은 마치 셀바토르 공작의 업적이 자신의 업적인 것처럼 당당하게 자랑했고, 그때마다 레슬리는 손뼉을 치며 환호를 보냈다.

격한 레슬리와 사이레인의 반응에 집무실에서 서류를 보던 셀바토르 공작은 부끄러움에 고개를 숙였고, 제나는 그런 셀바토르 공작을 보며 웃었다. 때마침 집무실로 들어온 베스라온과 루엔티는 상황을 몰라 고개를 갸웃거렸었다.

'아, 설마.'

"그때, 비투펠 생존자분들인가요?"

레슬리의 말에 노파를 비롯한 다른 사람들이 고개를 끄덕였다.

"맞습니다, 공녀님. 저희는 그때 공작님 덕분에 목숨을 건진 사람들입니다."

노파는 웃으며 레슬리의 손을 꽉 잡더니 눈물이 맺힌 얼굴로 웃었다.

"전 그때 다섯 살 난 아들이 있었지요. 뒤에서 에타이 놈들이 검을 휘두를 때, 꼼짝없이 죽는구나 했었습니다. 때마침 셀바토르 공작님이 나타나 주지 않으셨다면 아마 저놈과 저는 그때 죽었을 겁니다."

그러면서 노파는 고개를 돌려 시선을 뒤로 던졌다. 시선 끝에는 이제 얼굴에 주름이 지기 시작하는 남자와 작은 아이들이 있었다. 남자는 레슬리와 눈을 마주치자마자 멋쩍은 듯 웃더니 이내 고개를 숙이며 입을 열었다.

"저희 모자를 살려 주시고 공작님은 바로 다른 사람들을 구하기 위해 자리를 뜨셨습니다. 그래서 감사 인사가 늦었습니다. 부디 공작님께 감사하다고 전해 주십시오, 공녀님."

"저 역시도 공작님 덕분에 산 목숨입니다."

맨 처음 레슬리를 붙잡았던 아주머니가 웃으며 말을 꺼냈다.

"저는 그때 납치되어 노예로 팔려 갈 뻔한 것을 공작님이 구해 주셨지요. 정말 감사드립니다."

"저와 제 동생 역시……."

"그때 우리 가족이 셀바토르 공작님 덕분에……."

몰려 있던 사람들이 너나 할 것 없이 입을 열고 고개를 숙이기 시작했다. 레슬리는 그 모습을 보며 당황해 눈을 깜빡거렸다.

뒤에 서 있던 렌티우스 역시 마찬가지였다. 친구인 하르트가 아무도 접근시키지 말아 달라고 했다는 부탁을 사제가 전해 주었다. 하지만, 이런 경우는 막으면 안 되는 거겠지.

"아."

레슬리는 어찌해야 할 바를 모르고 눈을 깜빡거리다 이내 고개를 끄덕였다.

"네, 돌아가면 어머니께 꼭 말씀드릴게요. 여러분이 감사해한다고……."

어쩐지 눈물이 날 것 같아 레슬리는 코를 훌쩍거렸다.

괴물이라 불리는 어머니였다. 가면 밑에는 비늘이 돋아 있다는 흉흉한 소문도 돌았지만 이렇게 알아주는 사람도 있었다.

레슬리의 말에 사람들은 환하게 웃었다.

잠시 사람들을 바라보다가 레슬리는 한 가지 의문을 던졌다.

"그런데 여기는 비투펠 지역에서 한참 떨어진 곳인데 왜……."

레슬리의 말에 가장 먼저 레슬리에게 말을 걸었던 아주머니가 조금은 쓸쓸하게 미소 지으며 대답을 피했다.

"공녀님."

뒤에서 렌티우스가 조금 난처한 듯 작게 속삭였다.

"비투펠 백작은 에타이가 사라지자마자 영토를 다시 세우겠다며 무리한 세금을 거뒀습니다. 저분들은 그때 이곳으로 이주해 온 분들이에요."

다행히도 시누스턴 자작은 좋은 사람이었다. 이주민을 잘 받아 주었고, 그들이 정착할 수 있게 도왔다. 하지만 다시 이곳마저 분쟁 지역의 여파가 퍼졌고, 간신히 뿌리를 내린 이주민들은 피난민이 되었다.

"그런……."

레슬리는 눈을 찡그렸다. 간신히 일어선 자들에게 세금을 무리하게 걷었다고? 그리고 지금 상황을 보아하니, 그 세금이 정말 영토를 바로 세운 데 쓰인 것으로 보이진 않았다.

'누가 괴물인 거야.'

잠시 입술을 깨물다 레슬리는 이내 고개를 끄덕였다.

"알았어요. 어머니께 반드시 제가 감사 인사를 전해 드릴게요."

그리고 이들을 도와줄 방법을 찾아보자. 그렇게 생각하며 레슬리는 환하게 웃었다.

감사 인사를 전하는 사람들 사이에서 환하게 웃는 레슬리의 모습은 누가 봐도 훈훈한 것이었다. 단 한 사람을 제외하고는.

'뭐 하는 짓거리들람.'

엘리는 제가 맡은 환자의 상처를 천으로 힘줘 닦으며 눈을 찡그렸다. 환자가 아파서 비명을 질렀지만, 손에 들어간 힘은 약해지지 않았다.

'가증스럽긴.'

에메랄드빛 눈동자가 가늘어졌다. 지금 저건 연극을 하는 거야. 모든 사람이 보라는 듯이. 엘리의 눈동자가 주변을 훑었다.

레슬리는 사람들을 보느라고 모르고 있었지만, 몇몇 후보들은 레슬리를 보며 선망의 눈빛을 보냈다. 울컥, 짜증이 밀려 들어와 엘리는 이를 갈았다.

4년 만에 마주친 레슬리는 아름다워졌다. 스페라도 후작가에서 늘 맞아 구부정했던 자세는 이미 사라진 지 오래였고, 사랑을 듬뿍 받은 덕분에 신전에서 지급한 투박한 원피스를 입고 있어도 빛이 났다. 자신과 너무도 비교되는 모습이었다.

엘리는 얼굴을 있는 대로 일그러트리다 이내 고개를 젓고는 미소를 머금었다.

'어차피 저 모습은 오래 못 가지.'

메데이아가 엘리를 거둬들인 후로 엘리는 꽤 많은 것을 알게 되었다.

예를 들자면 레슬리가 '계약'으로 공작저에 들어갔다는 것 같은, 엘리에게 있어선 아주 기분 좋은 소식들을 말이다. 계약에는 무릇 끝이 있기 마련 아닌가?

"너는 고귀한 피지."

메데이아는 정성스럽게 엘리의 밀색 머리를 빗겨 주며 말을 이었다.

"거기다 아름다워. 왜 스페라도 후작이 늘 황궁에서 네 자랑을 하고 다녔는지, 나는 너를 보고 이해할 수 있었단다. 여신이 와도 너에겐 부족할 거야."

"정말 그럴까요?"

엘리는 메데이아를 보며 부끄럽다는 듯 웃어 보였고, 메데이아의 입가에 걸린 미소가 짙어졌다.

"그럼. 나는 차별은 당연하다 생각하고 있단다. 너같이 아름답고 똑똑한 아이와 다른 아이를 어떻게 비교하겠니. 특히 거짓으로 사람들을 속이고 다니는 그 아이랑 말이다."

전부 엘리가 듣고 싶었던 말이었다. 메데이아는 그 뒤로도 손수 엘리의 머리에 꽃을 달아 주며 계속해서 엘리의 마음을 충족시켜 줬다. 거기다 레슬리가 셀바토르 공작과 계약 관계라는 것도.

"만일 네가 셀바토르 공작을 방해하고 그 아이를 다시 나락으로 떨어트린다면."

꽃이 떨어지지 않게 리본으로 고정해 주며 메데이아는 웃었다. 그녀의 헤이즐넛색 눈동자가 즐거움으로 가득 차 있었다.

"나와 황후, 아이테라 대공비와 셀바토르 공작을 제외하고 이 제국에서 가장 고귀한 여인은 네가 될 거란다. 아니, 아니지. 너는 아렌도 황자와 결혼할 테니 세 번째로 고귀한 여인이구나."

그 말에 엘리의 심장이 쿵쿵 뛰기 시작했다. 저를 내버려 두고 바람 피운 아렌도는 꼴도 보기 싫었지만, 그는 황태자에 가장 가까운 남자였다. 그와 결혼한다면 자신은 이 넓디넓은 르카디우스 제국에서 세 번째로 귀한 자리였고, 만일 아렌도가 황제가 된다면…….

"황후!"

엘리는 얼굴을 붉히며 웃었다. 황후, 황후. 매일 파티를 벌이고, 매일 새 드레스를 사고, 그렇게 사치와 향락에 빠져 있어도 아무도 자신에게 아무도 뭐라 하지 못할 것이다. 몸에 전율이 돋기 시작했다.

"그래, 너는 황후가 될 거란다. 이렇게 모진 시련이 너에게 주어지는 것도 신께서 너를 마지막 시험에 들게 하시는 거야. 마치 전설 속 영웅들이 그랬던 것처럼 말이야."

메데이아는 그런 엘리를 보며 뺨을 쓰다듬었다. 그리고 귓가에 대고 작게 속살거렸다.

"그러니 아렌도를 황제로 만들 수 있게, 이 어머니를 도와주렴. 내 딸아."

그때 생각을 떠올리자마자 엘리는 아주 흡족해졌다. 저 가증스러운 레슬리를 관대하게 넘겨 줄 수 있을 정도였다.

'그래, 난 황후가 될 몸이야. 저건 이제 바닥으로 떨어질 거고.'

그때 아렌도 황자에게 말해서 저것을 자신의 시녀로 두게 하자. 저것의 원래 자리로 돌려놓는 거야. 고귀한 셀바토르 공작가의 공녀가 아닌, 평생 자신 옆에서 벗어날 수 없는 그런 시녀로.

실수했을 때 어떻게 벌을 줄까. 아버지가 그랬던 것처럼 말채찍을 휘두를까.

그런 즐거운 생각을 하고 있는데 누군가가 엘리의 팔목을 잡았다. 상상에서 억지로 끌려 나온 엘리는 다시 있는 대로 얼굴을 구기며 자신의 손을 잡은 남자를 바라보았고 그대로 굳어 버렸다.

"에, 엘리……."

초췌하고 더럽고 병색이 얼굴에 완연한 남자는, 라즈튼으로 가는 길목에서 사라졌다던 스페라도 후작이었다.

더러워, 징그러워. 엘리는 자신이 보급품에서 몰래 가져온 빵과 수프를 허겁지겁 먹는 스페라도 후작을, 얼굴을 찡그리며 바라보았다.

갑자기 제 팔을 잡아서 얼마나 놀랐던가. 천만다행으로 자신을 감시하는 담당 사제 두 명이 데비엔 고위 사제에게 불려가 자리를 비웠기에 망정이지, 아니었다면 큰일이 벌어질 뻔했다.

'하마터면 최초의 사제 후보 자리를 박탈당할 뻔했잖아!'

내게는 이제 이것밖에 없는데! 엘리는 화난 눈으로 후작을 쏘아보았다.

그래도 천성이 착하고 자비로운 자신은, 배가 고프다고 제 손을 덥석 잡는 아버지를 모른 척할 수 없어, 천막 밖 구석진 곳으로 끌고 나와 보급품을 가져다주었다. 나름 넉넉히 가져왔다고 생각했는데 빵은 순식간에 사라졌다.

'예전엔 저런 분이 아니었는데.'

우아하고 기품 있게 식사를 하던 사람이 아니었던가. 늘 최고급이 아니면 입에 대지 않았고, 식후에는 값비싼 와인을 곁들여 먹지 않았었나? 그런데 저 흉한 꼴은 뭐야. 거지도 저렇게 먹지는 않겠어.

"커, 컥!"

한참을 허겁지겁 먹다가 목에 막힌 것인지 스페라도 후작은 제 가슴을 치며 컥컥거렸다. 그 모습에 엘리의 얼굴은 더욱 구겨졌다.

"여기요."

가까이 가면 악취가 너무도 심해서 엘리는 최대한 떨어진 곳에서 팔만 쭉 뻗어 후작에게 물을 건넸다.

후작은 그 물을 급하게 들이켜다가 그것마저 사레가 들렸는지 물을 사방으로 뿜었다. 안 그래도 더럽던, 후작이 두르고 있던 모포는 빵가루가 섞인 물로 더욱 더러워졌다. 젖어서 그런지 후작의 몸에서 풍기는 악취가 더욱 강해졌다.

"후우……."

엘리가 다시 가져다준 물 한 컵을 한 번에 들이켜고 나서야 스페라도 후작은 살 것 같다는 듯 숨을 내쉬었다.

엘리는 그제야 아버지의 얼굴을 찬찬히 살폈다. 얼굴 안색은 죽어가는 병자와도 같은 보랏빛을 띠고 있었고, 살은 쭉 빠져 안쓰러워 보일 정도였다. 거기다 애지중지 길러오던 수염은 사라졌다.

'저건 또 뭐람.'

엘리의 시선이 스페라도 후작의 한 손에 닿았다. 얼기설기 둘러진 낡은 붕대 사이로 보이는 상처는 얼핏 봐도 심각해 보였다. 아주 오랫동안 방치된 듯 보였다.

"엘리."

죽어 가는 목소리로, 스페라도 후작은 제 딸을 불렀고 엘리는 덤덤한 눈으로 자신의 아버지를 바라보았다.

"넌 황궁에서 지냈다지."

"네, 황궁에서 지냈죠."

엘리의 퉁명스러운 대답에 스페라도 후작의 푸른 눈에 노기가 깃들었다. 후작은 몸을 벌떡 일으키더니 엘리에게 다가갔다. 후작이 손을 뻗자 엘리는 저도 모르게 한 발짝 뒤로 물러섰다.

"나, 나는 그 라즈튼에 가지 않기 위해 그 남부에서 끔찍한 그 추, 추위를 견뎠는데 너는 그 따듯한 곳에서…… 크억!"

하지만 앙상하게 야윈 손은 엘리의 목에 닿지 못했다. 그 전에 후작은 크게 기침하며 바닥으로 쓰러졌다. 가슴을 잡고 뒹구는 꼴이 병을 앓고 있는 듯 보였다. 간신히 도망치긴 했지만, 남부의 강렬한 추위는 스페라도 후작의 몸을 철저하게 망가트린 모양이었다.

혹여나 불결한 게 제 몸에 튈까 봐 엘리는 뒤로 몸을 젖혔다. 그리고 머리를 굴리기 시작했다. 어쩌지?

'그냥 모르는 척할 걸 그랬나?'

그래도 아버지라고 구석으로 데려와 밥을 먹이긴 했는데, 이제 어찌할 바를 몰랐다. 자신의 목을 조르려던 사람을 그냥 데리고 있을 수는 없고. 어쩌지?

손가락을 잘근 물다가 엘리는 환하게 웃었다. 메데이아가 해 준 말이 떠올랐기 때문이었다.

'쓸 만한 사람은 미리 주워 두는 게 좋답니다.'

분명 꽃이 화사하게 핀 온실에서 자신의 머리를 빗겨 주며 메데이아는 그렇게 말했었다. 어디에 어떤 사람이 쓰일지 모르니, 자세히 살펴다 괜찮으면 손을 내밀고 주우라고.

'그래. 거기다 아버지기도 하잖아?'

이곳에 버리고 가기도 마음에 걸렸다.

결정을 내린 엘리는 작게 미소 지었다. 어쩜 이렇게 나는 마음마저 고운지.

아직도 쓰러져서 가슴을 부여잡고 있는 스페라도 후작을 보며 엘리는 몸을 숙여 말을 걸었다.

"아버지. 저도 어쩔 수 없었답니다. 저는 후보에 자격이 올라가서 간신히 살아남았다는 걸 아버지도 알잖아요."

엘리는 혹여나 다시 후작이 손을 뻗어 제 목을 조를까 봐, 조금 떨어진 거리에서 천천히 이야기를 시작했다.

"황실에서 저도 정말 비루하게 지냈어요. 우리 후작가에서 레슬리 그것이 지냈던 것보다 더욱 초라하게요! 그래서 아버지를 찾고 싶었지만, 찾을 수가 없었어요."

엘리가 눈물을 훌쩍이며 후작을 바라보자, 후작의 눈에 조금 빛이 돌아왔다.

4년 전 신레프 신전에서 엘리에게 배신을 당했지만, 그 일은 후작의 머릿속 가장 구석으로 밀려나고 있었다. 지금 그에게 가장 절실한 것은 쉬고, 먹고 잘 수 있는 따듯한 곳이었으니까.

몇 년을 길바닥에서 자고 생활한 후작의 몸은 엉망진창이 되어 갔다.

일주일을 내리 굶다가 결국 쓰레기통을 뒤져 누군가 먹다 남긴 빵 쪼가리를 주워 먹을 때, 후작의 자존심은 깨져 사라졌다. 대신, 다른 것이 남았다.

스페라도 후작이 가지고 태어나고 그의 아버지가 더 부추겼으며 이번 일로 더 짙어진 무언가, 아주 진득한 것이 심장 한가운데에 자리 잡았다.

"그래도 이렇게 만났네요. 신이 아버지를 도우신 게 틀림없어요! 그런고로 제가 이제 아버지가 지낼 곳을 마련해 드릴게요."

스페라도 후작을 보며 엘리는 웃었다.

"네가 나를?"

"네, 그럼요. 이래 봬도 아버지, 저는 얼마 전 메데이아 태후님의 온실에 출입하기 시작했어요. 그분이 저를 어여쁘게 봐 주신 거라고요. 얼마 전엔 저를 딸이라고 불렀다니까요."

엘리는 살짝 뺨을 붉히며 고개를 기울였다. 원래 제 아름다움을 이제 조금씩 찾기 시작한 엘리의 눈동자가 반짝거렸다. 그와 동시에 엘리는 다 안다는 듯 제 아버지를 내려다보았다.

"이제 아셨죠? 태후께서 저를 얼마나 아끼시는지 말이에요. 그러니 그분의 이름을 조금만 빌리면 아버지가 지낼 곳 정도는 금방 찾을 수 있을 거예요. 따뜻한 밥과 잠자리를 얻을 수 있다고요. 거기서 몸을 회복하고 천천히 후작의 위치를 되찾아 봐요. 제가 황후가 되면 아버지를 도울게요."

"후작의 자리를 말이냐?"

"맞아요. 그 멍청한 것들이 후작의 자리를 거부했어요. 저는 황실에 묶인 몸이고요. 그래서 지금 후작 위는 비어 있어요. 우리가 살던 그 아름다운 저택은 황폐화되어 가고 있다고요, 아버지."

엘리는 작게 속살거렸다.

"거긴 원래 아버지 자리잖아요. 안 그래요?"

엘리의 그 모습을 보며 후작은 속으로 웃음을 삼켰다.

과연 제 딸이었다. 분명 후에 다시 자신을 배신할 제 딸이었다. 하지만 후작은 엘리의 제안을 거부하지 않았다.

"그래, 그러자꾸나."

그리고 생존 본능이 강한 두 사람은 은연중에 알고 있었다. 이번이 마지막 기회라는 것을. 이번에도 낳아 준 은혜를 모르는 저 레슬리에 게, 그리고 괴물 셀바토르 공작에게 진다면 두 사람은 완전히 파멸할 거라는 걸, 아주 잘 알고 있었다.

❖

"누가 온다고요?"

오늘 일과를 마치고 방으로 돌아가던 레슬리는 눈을 깜빡거렸다. 레슬리의 물음에 담당 사제인 재클렌이 뺨을 긁적이며 말했다.

"마지막 날에 황족분께서 오신다고 합니다. 그분이 아라벨라를 선 정하는 의식에 도움을 드릴 겁니다."

"아라벨라를 선정하는 의식이 따로 있나요?"

아라벨라 축제의 마지막 날인 축복의 날 말고도 다른 의식이 있던 가? 레슬리가 머릿속을 뒤지는데 재클렌이 웃으며 그 물음을 해소해 주었다.

"이미 선정된 아라벨라에게 그분이 브로치를 내려 주시는 겁니다. 신권과 황권이 조화하는 모습을 보여 주는 거지요."

"그렇군요."

레슬리는 고개를 끄덕였다. 브로치는 에피알테스를 봉인했다는 아 라벨라의 브로치를 따서 만든 걸까. 잠시 그런 생각을 하고 있다가 마 지막으로 재클렌에게 질문을 던졌다.

"그럼 오시는 건 어느 분이 오시나요?"

아렌도는 아니었으면 좋겠다. 레슬리는 그렇게 생각했다.

이유는 모르겠지만, 아렌도는 약혼을 파기하지 않았다. 셀바토르 공작도 그것이 궁금해서 직접 피스토레 황제에게 물었다고 했다.

316

'아렌도가 스페라도 영애를 너무 사랑하더군.'

그것이 셀바토르 공작이 황제를 만나고 나서 한 말이었다. 약혼을 파기하는 게 당연한데, 지금 자신이 약혼녀를 내팽개치면 갈 곳도 없다며 아렌도가 황제를 막았다고 했다. 대신 황후가 아니라 황비에 올리겠다고 그렇게 약속했다고 했다.

아무리 아라벨라가 되고 그 피가 고귀한 푸른 피라 해도 제 친동생을 불에 넣어 죽이려 한 죄는 무거웠다. 그것도 벌이 내려지는 도중 다시 시도한 끔찍한 짓이라 피스토레 황제의 심기를 거스르기 충분했다.

하지만 아렌도는 황제를 저지했고, 제 아들을 끔찍이도 사랑하던 피스토레는 아들의 소원을 들어주고 말았다.

'그런 거에 비해 엘리는 조용하단 말이야.'

레슬리는 눈을 찡그렸다. 마치 제가 황후가 되지 못한다는 걸 모르는 사람 같았다. 그래서 시험 첫날 만났을 때 더더욱 신기했었다.

'너 때문에 황후가 되지 못했다고, 그렇게 달려들 줄 알았는데.'

아렌도 황자가 다른 여성들과 놀아난다는 소문이 있던데 그걸 보고 반포기한 걸까.

레슬리가 고민에 빠져 있는데, 재클렌이 레슬리의 말에 대답함으로써 레슬리가 엘리의 생각에서 벗어날 수 있게 도왔다.

"아직 정해지지 않으신 것 같더군요. 하지만 두 황자분은 아닌 듯 보였습니다."

아니구나. 레슬리는 작게 숨을 흘리고는 이내 그 주제에 관해 관심을 떨쳐 버렸다. 하루 종일 익숙하지 않은 노동에 시달린 몸이 비명을 지르고 있었기 때문이다.

어서 잠을 자기 위해 사제에게 인사를 한 후 몸을 돌려 천천히 방으로 걸어갔다. 그런데 자신의 뒤를 따라와야 할 렌티우스가 걸음을 멈추고 레슬리를 보며 웃었다.

"공녀님, 죄송하지만 잠시 자리를 비우겠습니다. 나갔다 와야 할 것 같습니다."

"이 시간에요?"

이미 밖은 어둠과 별빛 그리고 흐릿한 달빛만 남아 있는 상태였고 신전의 특성상 마을과는 조금 떨어져 있었다. 그래서 지금 신전을 나가 봤자 밤의 숲에서 길을 잃을 뿐이었다.

"어제 말씀드렸던 호위가 지금 도착한다고 전보가 와서요. 마중이라도 나가 봐야 할 것 같습니다."

맞다. 호위가 온다고 했었지. 누가 될까, 잠시 고민하다 레슬리는 이내 고개를 끄덕였다.

"네, 다녀오세요. 저는 그럼 곧장 방으로 갈게요."

"자리를 비워 죄송합니다. 공녀님, 일단 그럼 방까지 모셔다 드리겠습니다."

그 말에 레슬리는 손을 저었다.

"괜찮아요. 어차피 신전 안이고, 내 방은 바로 저 모퉁이만 돌면 되니까. 그리고 다른 사제님에게 같이 가 달라고 할게요."

"아, 그럼 안심이지요. 금방 돌아오겠습니다."

고개를 꾸벅 숙인 렌티우스는 몸을 돌려 신전 밖으로 향했다.

사방은 이미 칠흑 같은 어둠이었으나, 신전에는 드문드문 켜 둔 등불이 있어 정문만큼은 환하게 빛났고, 얼마 지나지 않아 그 정문으로 대여섯 명의 테센트루아 성기사단이 도착했다.

조금은 차가워진 밤바람에 짙은 회색빛 머리가 흩날렸다.

"왔냐!"

샛별도 뜨지 않은, 하루 중 가장 어두울 때에 말을 탄 사람들이 신전으로 우르르 쏟아져 들어왔다. 그 사람들을 렌티우스가 웃으며 맞이했다.

"순찰은?"

렌티우스의 말에 한 기사가 고개를 끄덕이며 입을 열었다.

"혹시 몰라 분쟁 지역 경계까지 돌고 왔지만, 이상한 부분은 없었습니다."

보고 사항을 말하는 그는 하얀색과 검은색이 어우러진 테센트루아 성기사단 제복을 입고 있었다.

"그래. 잘됐구면."

혹시 모를 불상사를 대비해, 될 수 있으면 많은 테센트루아 성기사단이 신전에 머무르기로 했고, 수도에 있는 신전에선 추가 병력을 보낼 예정이었다. 거기다 다른 신전에 머무르던 테센트루아 기사가 시누스턴 신전으로 오게 되었다.

"으아. 그냥 신전을 바로 오게 해 주지 왜 순찰을 하게 합니까."

"이왕 말 타고 오는 길에 보고 오라 한 거지. 근처잖아?"

피곤하다는 듯한 기사가 투덜거리자 렌티우스는 호쾌하게 웃어 던지고는, 바람에 반쯤 벗겨진 로브를 홀로 다시 뒤집어쓰고 있는 기사를 바라보았다. 그 남자가 말에서 내리자 렌티우스는 살며시 가까이 다가가더니 이내 음험한 미소를 흘렸다.

"나에게 감사하거라. 내가 그 공녀님을 직접 맡았고, 너를 이리로 불러 줬으니까."

그 말에 남자는 작게 웃음 지었다.

"감사합니다, 선배님."

어딘가 부끄러운 듯 그러면서도 숨길 수 없는 들뜸이 그대로 묻어난 목소리였다.

"거봐. 이렇게 좋아하면서. 뭐, 루엔티 님으로 인연이 조금 있을 뿐이라고?"

렌티우스는 그런 남자가 귀여운지 목에 팔을 걸고 웃었다. 어두운 후드 밑에서 끙 하고 앓는 소리가 났다.

"호위는 너로 해 놨으니까 가서 옆에 좀 있어. 아는 사람 하나 없이 마음 못 붙이고 있는 게 안쓰럽더라. 다른 후보들은 슬금슬금 눈치 보며 쉬던데 홀로 너무 무리하고 말이야."

"……그럴 일이 있었지요."

그 말에 렌티우스도 같이 고개를 끄덕였다.

그도 4년 전 신레프 신전에 있던 남자였다. 셀바토르 공녀를 호위하기 위해 말을 몰아 '리아 식당'으로 향했던 렌티우스는 그 끔찍한 광경을 전부 목격했다. 그리고 신전에서 모든 사건의 이유를 전부 알게 되었다.

"아버지가 제 친딸을 죽이려고 불을 지른 거라고?"

"네, 그것도 그 공녀님이 유일하게 마음을 줬던 사람의 아이를 납치해 협박했더군요."

"미친 거 아냐!"

어느 친부모가, 친자매가 자신의 어린 딸을 그렇게 죽이려 든단 말인가. 렌티우스는 경악에 질렸다.

그도 레슬리보다 조금 더 어린 딸이 두 명이나 있었다. 자신은 그 딸이 생채기 하나라도 나면 그렇게 가슴이 아프던데.

"스페라도 후작은 미친놈이었구먼. 아니 그냥 미친놈도 아니라."

잠시 큼큼하고 목을 가다듬더니 렌티우스는 발작하듯 소리 질렀다. 그 자리에 있던 모두의 이목이 렌티우스에게 집중되었다.

"희대의 미친놈이다아아!"

머리까지 쥐어뜯으며 렌티우스가 소리를 질렀다. 중후한 목소리가 조용한 식사 시간을 깨트렸다.

평소라면 다들 시끄럽다고 핀잔을 주었을 텐데, 테센트루아 성기사단의 사람들은 이번에는 렌티우스에게 공감했다.

그때부터 테센트루아 기사단장 렌티우스와 몇몇 성기사는 레슬리에게 신경을 쓰고 있었고, 그 덕에 지금 콘라드는 레슬리의 호위로 신전에 올 수 있었다.

"잘 왔다, 잘 왔어. 먼 거리를 이동하느라 고생했을 텐데 일단 오늘은 가서 쉬고 내일 아침에 가자고!"

어깨동무하며 웃는 렌티우스를 보며 콘라드는 나지막이 웃었다.

이건, 뭘까. 환상일까?

레슬리는 눈을 깜빡였다. 샛별이 뜨기 전에 간신히 눈을 뜬 레슬리는 하품하며 세숫물을 가져오기 위해 방문을 열었다. 그리고 그대로 멈췄다.

아니, 아직도 꿈속일지도.

어제 꿈에서 가족들과 마델, 서올리, 바타에 이어 콘라드까지 줄줄이 나오는 꿈을 꿨다. 그 꿈이 아직도 이어지는 걸지도 몰랐다. 그래서 꿈의 파편이 따라와 이런 걸 만들어 낸 것 같았다.

"안녕하십니까, 레슬리 양."

한껏 자신을 이리저리 살펴보는 레슬리를 바라본 후에야 콘라드는 웃음을 머금었다. 콘라드가 입을 열고 인사하자, 꿈이라고 철석같이 믿고 있던 레슬리의 눈동자가 동그래졌다.

"정말 콘라드 경이에요?"

"네, 콘라드입니다."

레슬리의 볼이 붉어지더니 이내 환한 미소로 자신을 반겼다. 아까까지는 졸음으로 가득 차 있던 라일락빛 눈동자에서 반짝거림이 떠오르기 시작했다.

낯선 사람을 불편해하는 레슬리가 아는 사람을 만나 반기는 것뿐이라는 걸 아는데도 콘라드의 얼굴에 미소가 걸렸다.

"오늘부터 레슬리 슈야 셀바토르 공녀님의 호위를 맡게 된 콘라드 아페 아이테라입니다."

정중한 기사의 인사였다.

생각해 보니 늘 선생과 친구로서 만났지, 이렇게 호위를 맡아 만난 적은 없었다. 신기한 마음에 레슬리는 웃음을 흘렸다.

정중하게 자신에게 인사하는 콘라드를 보며 레슬리도 무릎을 살짝 굽히며 인사했다.

"저 역시도 잘 부탁드려요, 콘라드 경."

그리고 두 사람은 서로를 마주 보며 웃었다.

그 모습을 뒤쪽에서 바라보던 렌티우스는 입꼬리를 올리며 웃었다.

저 은발의 공녀님도 홀로 있는 모습에 걱정되었고, 콘라드 역시 근래에 안 좋은 일들이 많아 걱정되었는데. 둘 다 웃는 모습을 보니 다행인 듯싶었다. 이럴 줄 알았다면 시험 종료를 며칠 남긴 지금이 아니라 조금 더 일찍 부를걸.

'소중한 분이야.'

이 신전에 오기 전 하르트가 자신을 불러내 술을 먹이면서 한 말이었다. 오랜만에 친구 놈이 불러 웬일로 술을 사 주려나 싶었더니 청탁이었다.

렌티우스는 샐쭉한 눈으로 하르트를 바라보았지만, 하르트는 그런 것 따위 신경 쓰지 않는다는 듯 말을 이으면서 렌티우스가 가장 좋아하는 안주를 슬그머니 그쪽으로 내밀었다.

'우리 아가씨를 잘 부탁하네. 나는 신전 안으로는 들어갈 수 없으니까.'

그런 친구 놈의 모습은 상당히 오랜만이었다. 잠시 저 둘 사이에 끼어도 되는 것일까 고민했지만 렌티우스는 환하게 웃으며 사이에 끼어들었다.

"자, 이제 갑시다. 늦으면 안 되니까요."

렌티우스의 재촉하에 레슬리는 늘 하던 대로 보급품을 받아 피난민의 천막으로 향했다. 혹시 몰라 어제 너무 소문을 퍼트리지 말아 달라 했더니, 정말로 그 약속을 충실히 이행한 것인지 어제 몰려든 사람들이 있는 천막 외에는 아무도 레슬리가 셀바토르라는 걸 모르는 듯 보였다.

사실 이제는 알아도 상관없긴 했다. 시험은 이제 고작 나흘 정도가 남았을 뿐이었다. 거기다 이미 포기자가 상당해 얼추 최초의 사제들 수 정도의 후보자들만 남아 있었다.

문제는 이제 아라벨라가 되는 것.

재클렌에게 듣기로 아라벨라가 되려면 그간의 사제들 평가와 지켜보던 성기사들의 평가, 그리고 시련을 버텨 낸 태도 등이 중요했다.

그런데 그중 가장 중요한 게 하나 더 있었다. 바로 각 후보들의 추천이었다. 각 후보는 아라벨라가 될 만한 다른 후보들을 추천해야 한다며 오늘 아침 재클렌이 말을 전했다.

'재클렌 사제님이 오늘 말한 거라면 분명 다른 후보들도 이제 추천이 필요하다는 걸 알았을 거야.'

그래, 오늘 아침.

레슬리는 주변을 살폈다. 확연하게 몇몇 후보들의 행동이 바뀌어 있었다.

"제가 하도록 하지요. 이리 주세요, 이런 건 제가 하는 게 어울립니다."

"아니에요! 제가 돕겠습니다. 어제까지는 손목이 시큰거려 돕지 못했으나 오늘은 아주 상태가 좋습니다."

후보들이 가장 꺼렸던, 환자를 병간호하는 일도 서로 하고, 서로 돕겠다며 일을 가져오고 있었다.

'저번부터나 저렇게 하지.'

레슬리는 한숨을 쉬며 피가 묻은 옷가지와 이불들을 모아둔 곳으로 향했다. 오늘 레슬리의 담당은 이 산더미 같은 빨래를 강가에서 빨아 오는 일이었다. 그 뒤로도 할 일이 이어졌지만, 가장 큰 일은 이거였다.

피. 첫날, 이 피가 묻은 옷가지들을 뜨거운 물에 넣어 버린 후보생이 있었다. 그가 그런 일을 벌인 이유는 간단했다. 피가 고인 물에 자신의 손을 담그고 싶지 않다는 이유에서였다. 그리고 아무리 생각해 봐도 차가운 물보다는 뜨거운 물에서 피와 오물이 잘 빠질 거라고.

바보 같은 짓이었다. 피가 묻은 옷은 뜨거운 물에 빨면 안 되었으니까.

레슬리는 지금 수북이 쌓여 있는 빨래들을 보며 눈을 깜빡였다. 유일하게 물을 길어 올릴 수 있는 우물가에서 빨기엔 양이 너무 많았다. 어제 빨래 당번이 포기하고 저택으로 돌아간 것인지, 아니면 하기 싫다는 이유로 미뤄 둔 것인지, 처음 봤을 때보다 배로 양이 늘어 있었다.

그때, 콘라드가 뒤에서 나지막이 말을 걸었다.

"이 근처에 흐름이 빠르지 않은 강이 있습니다. 수영하기에도, 그리고 빨래를 하기에도 나쁘지 않은 곳입니다. 그곳으로 안내해 드릴까요?"

"그래도 괜찮나요?"

레슬리가 슬며시 물었다. 사제들과 성기사들은 후보의 일을 도와주지 못하게 돼 있었다. 물건을 나르는 정도의 일은 괜찮다고 했지만, 강을 안내해 주는 것도 괜찮으려나?

레슬리가 고개를 갸웃거리자 콘라드가 낮게 웃으며 눈을 휘었다.

"이 정도는 문제가 없을 겁니다. 그저 빨래하기 좋은 곳을 안내해 드리는 건데요."

그 말에 레슬리가 고개를 끄덕이자, 콘라드는 빨래가 가득 담긴 바구니를 들기 시작했다. 분명 빨래가 가득 담겨 무거울 텐데도 콘라드의 모습을 보면 마치 바구니 안에 아무것도 없는 듯했다.

이럴 때가 아니지. 잠시 신기하게 쳐다보던 레슬리가 마지막 하나를 들려고 하자 가볍게 만류하더니 이내 전부 자신이 들어 버렸다.

"무거워요, 콘라드 경."

"이 정도는 괜찮습니다. 그다지 무겁지 않은걸요."

놀란 레슬리가 만류해 보았지만, 그저 생긋 웃더니 그대로 발걸음을 옮겼다.

잠시 레슬리는 그 뒷모습을 바라보다가 렌터우스와 함께 콘라드의 뒤를 따라 걸었다.

'익숙해 보이시네.'

레슬리는 자연스럽게 숨겨진 샛길을 찾아 걷는 콘라드를 보며 눈을 깜빡였다. 예전에 여기에 와 보신 적이 있던 걸까.

"보통 테센트루아 성기사단의 수습이 되면 이 신전에서 모여 생활을 합니다."

그런 레슬리의 생각을 기가 막히게 읽은 것인지, 레슬리의 뒤를 따라오던 렌티우스가 웃으며 말을 꺼냈다.

"지금 후보분들께서 겪는 것과 비슷한 생활을 하지요. 샛별이 뜨기 전 일어나 새벽 기도를 올리고, 그 뒤에 아침 훈련을 합니다."

아침 훈련? 레슬리는 입을 벌리고 렌티우스를 바라보았다. 자신도 지금 이렇게 힘든데 거기에 아침 훈련이 포함되는 걸까?

"아침 훈련 후에는 간단한 식사를 하고 사제분들과 함께 피난민들과 환자들을 돌보는 일을 합니다. 그 후에는 다시 훈련하고, 마음을 가다듬기 위한 필사와 기도를 올리지요."

후보들도 상당히 빡빡한 생활을 하고 있었다고 생각했는데, 테센트루아 성기사단의 수습 기사들은 더 힘든 생활을 하는 모양이었다.

"아시다시피 우리 기사단은 신의 검. 그래서 지위와 피를 막론하고 능력이 있는 자들을 받아들이지요. 그래서 더욱 강한 수습 기간을 거치곤 합니다. 고위 사제가 되기 위한 루렌의 사제들 못지않은 시련을 거치는 겁니다."

그 말을 들으며 레슬리는 작게 웃었다. 테센트루아 성기사단, 신의 검이라고 불리는 자들과 고위 사제들이 거치는 혹독한 훈련 일부를, 굶어 본 적도, 제 손으로 빨래를 해 본 적도 없는 이들에게 쥐어 준 거였으니까.

분명 다른 귀족들은 전에 열렸던 시험을 생각하고 이 자리에 왔을 것이고 그건 엘리 역시 마찬가지였을 게 분명했다. 하지만 시험 내용은 크게 바뀌었고, 포기자가 속출했다.

'아, 설마.'

레슬리는 눈을 깜빡였다. 설마, 엘리가 못 해도 최초의 사제들에 들어갈 수 있게 이렇게 한 걸까?

엘리는 시험을 통과하지 못 할게 뻔했다. 그러니 일부러 강한 시험으로 포기자를 속출시키면…….

'마지막 20번째에 엘리가 들어갈 수도 있겠어.'

실제로 대대로 최초의 사제나 아라벨라를 배출했던 집안의 자제들이 도망가고 없었다. 집에서 내려오는 시험 정보만 믿고 왔다가 생각보다 더 심한 시험에 도망간 이들이었다.

그렇게 반드시 최초의 사제가 될 거라 생각했던 강력한 후보들이 줄지어 이탈하면서, 수준 미달이던 엘리에게까지 기회가 오고 있었다.

하지만 이내 레슬리는 고개를 저었다.

자신이 알고 있는 엘리는 인내심이 강한 사람이 아니었으니까.

그렇지만 아직까지 남아 있는 엘리는 레슬리를 불안하게 만들었다.

레슬리가 눈을 찡그리며 생각을 정리하는 사이 렌티우스는 슬그머니 주변을 살펴보았다. 그 역시도 이곳에서 수습 기간을 보냈기에 강이 가까워져 오고 있다는 걸 알고 있었다. 실제로도 햇빛에 빛나는 강이 나무 사이로 조금씩 보이기 시작했다.

"혹시 모를 사태를 대비해 저는 주변을 경계하고 있겠습니다."

강이 조금 더 가까워지자, 렌티우스는 걸음을 멈춰 섰다. 그 모습에 콘라드가 당황한 듯 렌티우스를 바라보았지만, 레슬리가 먼저 고개를 끄덕였다.

"아, 선배님…….."

콘라드가 무어라 말하기도 전에 렌티우스는 씩 웃더니 그대로 풀숲으로 사라졌다. 레슬리가 콘라드를 바라보자 그는 작게 한숨을 내쉬었다.

"사실 빨래를 돕게 하려고 했는데 말이죠. 선배는 꽤 빨래를 잘하시거든요. 저번에 제가 도와 드린 걸 핑계로 시키려고 했더니…….."

그러면서 어쩔 수 없다는 듯 콘라드는 미소 지었다.

"여전히 감은 좋으시군."

327

쳇. 작게 말꼬리가 따라붙었다. 어쩐지 아쉬워하는 얼굴의 콘라드를 보고 레슬리는 작게 웃음을 터트렸다.

콘라드는 적당한 위치에 빨래 바구니를 내려놓으며 옆에 작은 주머니도 내려 두었다. 레슬리는 그런 콘라드를 보며 말을 이었다.

"그렇지만 콘라드 경이 그렇게 말하는 건 처음 보는걸요."

레슬리는 환하게 웃으며 손가락으로 제 입꼬리를 올렸다. 그려진 미소가 완성되었다.

"매일 이렇게 사람 좋은 미소만 흘리시고."

그 말에 콘라드가 조금은 샐쭉한 표정으로 말을 이었다.

"저도 화내고 울기도 합니다."

"그렇구나."

레슬리는 다시 웃으며 옷가지를 강물에 담갔다. 그런데 콘라드 역시 빨래를 도우려는 듯 제복 재킷과 망토를 벗고는 강으로 들어왔다. 레슬리가 눈을 동그랗게 뜨고 바라보자, 시선을 마주치며 씩 웃었다.

"저를 도와주셔도 되는 건가요?"

안 될 텐데.

레슬리는 아까 말한 렌티우스의 이야기도 콘라드의 농담으로 알고 있었다. 거기다 강도 찾아 주고 빨래 바구니도 들어 주지 않았던가.

이미 과분하게 도움을 받았다고 생각하는데 콘라드가 방금 벗은 하얀 제복 재킷을 바라보며 혼잣말하듯 중얼거리기 시작했다.

"한 선배가 채근하는 바람에 어제 분쟁 지역을 밤새 정찰하고 바로 신전으로 달려왔더니 제복이 엉망이 되어 버렸습니다."

확실히, 늘 깔끔하게 입고 다니던 콘라드의 제복에는 흙과 먼지가 묻어 있었다. 하얀 제복이라 그런지 뚜렷하게 눈에 얼룩이 들어왔다.

첨벙! 콘라드는 그대로 제 제복을 강물에 담갔다. 그리고 예의 그 미소를 흘렸다.

"그러니 제 제복을 세탁하는 김에 다른 옷 세탁을 조금 도와주는 건 괜찮을 겁니다."

억지였다. 하지만 어쩐지 즐거운 억지라 레슬리는 웃음을 터트렸다. 신전에 와서 오랜만에 웃는 것 같은 기분이 들었다.

"그렇군요."

"네, 그렇지요."

제 제복은 세탁하는 듯 마는 듯하더니, 콘라드는 본격적으로 피와 고름이 묻은 환자들의 옷가지를 익숙하게 빨기 시작했다. 레슬리 역시 옆에 자리를 잡고 모포를 빨기 시작했다.

'차가워.'

아무리 봄이 되었다지만, 강물은 순식간에 손이 얼 정도로 차가웠다. 레슬리는 말없이 손에 든 모포를 빨기 시작했다. 잠시 침묵이 흐르고 슬그머니 레슬리가 말을 꺼냈다.

"그런데 콘라드 경."

어서 말해 보라는 듯 황금빛 시선이 닿았다.

"콘라드 경은 어쩌다 루엔티 오라버니와 친해진 거예요?"

전에 철학자 나히로키아에 대해 이야기하다가 친해졌다는 말은 들었지만 자세한 내막이 궁금했다. 성기사와 마법사. 어찌 보면 이질적인 존재니까.

신전과 마법사의 저택은 사이가 좋은 편도, 나쁜 편도 아니었다. 신력과 마력이 서로 반발하는 것을 이유로 처음에는 강하게 부딪쳤다지만 이제는 적도 아군도 아닌 미지근한 상태로 남아 버렸다. 계속해서 머리를 잡고 싸울 수는 없는 거니까.

시간이 흐를수록 서먹함이 줄어들긴 했지만, 아무래도 태생적으로 서로는 잘 맞지 않는 듯 보였다.

"신전과 마법사의 저택 토론회에서 만났습니다. 뭐, 몇 번 만나지 않고 금방 무산되었지만요."

"토론회요?"

"네, 그나마 서로의 지식은 인정하고 있으니 그 지식을 섞음으로써 친밀함을 높여 보자는 생각이었는데……."

콘라드는 고개를 저으며 지금 막 집어 든 옷가지를 강물에 넣었다.

"망했죠."

어딘가 시원해 보이는 웃음이었다.

"어린 사람이 껴 있으면 그나마 분위기가 좋아질 거라고 저는 늘 강제 참석이었거든요. 그리고 아마 루엔티 님도 비슷할 겁니다."

오라버니가 남의 말을 듣는단 말이야? 레슬리의 눈동자가 동그래졌다.

레슬리가 아는 루엔티는 그 누구의 말도 듣지 않는 무법자였다. 어떨 때는 10인의 마법사의 말도 듣지 않아 마법사의 저택에서 온 마법사가 곤란한 얼굴로 루엔티 앞에서 우는 것도 목격했었다. 다리를 붙들며 울었지만, 루엔티는 당당하게 그를 무시하고 레슬리를 보고 방긋 웃었었다.

'간식 먹으러 가자, 레슬리.'

'아, 안 돼! 제발, 셀바토르. 10인의 마법사님들의 말은 들어야지! 아니면 너도 나도 끝이라고!'

처절한 외침에 귀찮다는 듯 다리를 털어 낸 루엔티는 짜증이 섞인 얼굴로 그 마법사를 내려다보았다.

'그것보단 내 동생과 노는 게 더 중요해.'

그리고 그대로 몸을 돌려 자신에게 왔었지. 그때 생각에 레슬리는 작게 웃었다. 단, 어머니인 셀바토르 공작의 앞이라면 어느 상황에서나 제외였다. 루엔티 오라버니도 어머니는 무서워하니까.

레슬리는 눈을 깜빡이며 계속해 보라는 듯 콘라드를 바라보았다. 익숙하게 팔을 걷고 옷가지에서 물을 짜낸 콘라드가 바구니 속에 방금 빤 옷을 넣으며 말을 이었다.

"그때만 해도 10인의 마법사 중 절반 이상이 나서면 루엔티 님도 말은 들었습니다."

제대로 듣는 것이 아니어서 문제였지만. 그렇게 콘라드는 덧붙였다.

"그렇게 억지로 끌려 나가 몇 번 얼굴을 마주치다 보니 동질감이 생기더군요."

그렇게 미약하게 생긴 동질감으로 말 몇 마디를 섞다 보니 서로 나히로키아를 좋아한다는 사실을 알게 되었다.

콘라드는 솔직히 나히로키아를 언급하는 루엔티를 보고 놀랐었다. 그의 주변에서도 나히로키아를 배우는 사람은 없었으니까. 거의 모든 사람이 그 철학자를 싫어하다 못해 증오했다. 하지만 그 이름을 듣자마자 루엔티의 암녹색 눈동자가 안경 너머에서 빛났다.

'너, 좋은 녀석이구나? 아니! 똑똑한 녀석이야! 그래, 멍청한 것들은 나히로키아에 대해 알지 못한다고!'

다른 사람이 들으면 경악하고 큰일 날 만한 소리를 마구잡이로 내뱉더니 다시 루엔티의 시선이 콘라드에게 박혔다. 그가 정말로 기분 좋은 웃음을 지을 때만 보인다는 덧니가 입술이 말려 올라가며 드러났다.

'너, 나랑 친하게 지내자.'

"아하하하—"

결국 레슬리는 강물에 주저앉을 정도로 크게 폭소를 터트렸다. 자신 때도 그러더니만, 루엔티는 생각보다 쉬운 사람일지도 몰랐다.

"하지만 그뿐만은 아닐 겁니다. 나히로키아에 대해 관심을 가지는 사람이 르카디우스 제국에 못해도 몇 백 명은 있을 테니까요."

콘라드는 끝난 빨래를 다시 빨래 바구니에 집어넣으며 작게 한숨을 흘렸다.

"결국 그분과 친해지려면 그분과 동등하게 토론할 만한 지식과 능력은 기본인 겁니다. 물론 나히로키아도 말이죠."

"맞아요. 오라버니는 늘 그래요."

레슬리는 다시 환하게 웃었다. 그러다 콘라드의 바구니에 눈길이 닿았다. 자신은 이제 겨우 몇 개를 세탁했는데, 콘라드의 빨래 바구니는 이미 세탁을 마친 옷가지와 모포들로 가득했다.

"벌써 저만큼을 다 하신 거예요?"

"이래 봬도 테센트루아 수습 기간을 버틴 몸입니다."

그러면서 콘라드는 씩 웃음을 머금었다.

"요리도 제법 잘할 수 있습니다. 늘 야영 때 제가 식사 당번을 맡았거든요. 제대로 된 음식이라기보단 야영식에 가깝지만요."

"저도 핫케이크를 만들어 본 적이 있어요."

예전에 바타, 마델, 서올리와 함께 만들어 보았었다. 프라이팬에 버터를 녹이고 밀가루와 설탕, 달걀을 섞은 반죽을 조심스레 흘려 놓으면 치이익 좋은 소리를 내며 맛있는 냄새가 풍겼었지.

거기에 마델이 가져온 달콤한 메이플 시럽과 바타가 만들어 둔 과일 설탕 조림을 올리고, 서올리가 가져온 꽃으로 장식해 맛있게 넷이서 나눠 먹었던 기억이 있었다. 비록 조금 밀가루 맛이 나긴 했지만, 행복한 맛이었다.

그 후로도 종종 열심히 만들어 가족들에게도 제나에게도 그리고 기사단에도 나눠 줬었다. 다들 맛있게 먹어 줬었지.

'아버지는…… 조금 곤란했지만.'

첫 핫케이크를 받은 사이레인은 그걸 먹지 않고 방에 그대로 모셔 둔 것이다. 마치 성물처럼 가장 좋은 자리에 모셔 놨던 핫케이크는 따듯한 봄날의 햇빛을 받아 빠르게 부패하였고, 결국 공작의 손에 의해 버려졌다.

다시 슬픈 곰이 울부짖었던 그때를 생각하며 레슬리는 키득거렸다.

"다 끝났습니다."

그러는 사이 콘라드가 마지막 빨래에서 물기를 쭉 짜내더니 바구니에 던져 넣었다.

"감사해요, 콘라드 경."

레슬리가 혼자 했더라면 오전 내내 해도 못 끝낼 정도의 양이었는데, 순식간에 빨래가 사라져 버렸다.

'마법사 같아.'

빨래의 마법사. 이건 아닌가. 청결함의 마법사……? 뭔가 성기사단에 이상한 칭호를 붙이는 것 같아 레슬리가 속으로 미안해할 때, 콘라드가 제 검은 망토를 바닥에 펼쳤다.

"경, 그러면 망토가 더러워질 텐데요."

"강이 바로 앞에 있으니 빨면 되지요."

그렇게 말하며 콘라드는 그 위에 털썩 주저앉았다.

"레슬리 양도 앉으세요. 빨리 끝냈으니 쉴 시간이 충분할 겁니다."

콘라드가 웃음을 머금었다. 레슬리는 선뜻 앉지 못하고 머뭇거렸다. 쉬어도 되는 걸까. 잠시 양심이 찔렸다. 하지만 요즈음 계속 자지도 먹지도 쉬지도 못했던지라 슬그머니 망토 위에 앉았다.

'미안해요.'

가서 더 열심히 일할게요. 그렇게 생각하며 두 손을 꼭 모았다.

잠시 양심을 팔아 만든 휴식은 달콤했다. 따뜻한 봄 햇살 밑에 앉으니 젖었던 옷자락이 마르면서 노곤함이 몰려들어 왔다.

하암. 레슬리는 작게 하품하다가 고개를 돌려 옆을 바라보았다. 콘라드는 자신과 조금 떨어진 망토 끝에서 앉아 나무에 머리를 기대고 있었다. 햇빛을 만끽하듯 눈을 감은 채 콘라드는 말을 이었다.

"이렇게라도 쉬지 않으면 죽을 것 같거든요. 그래서 이런 식으로 몰래몰래 쉬는 것 정도는 다들 용인해 줍니다."

사실 레슬리만 몰랐을 뿐, 엘리조차 이런 식으로 제 휴식 시간을 챙기고 있었다.

"마침 선배님이 망도 봐 주시니 잠시 쉬다 가도록 할까요."

그러더니 아까 빨래 바구니 옆에 놓아둔 작은 주머니를 가져와 레슬리에게 내밀었다.

"받으세요."

레슬리는 콘라드가 준 작은 주머니를 열어 보았다. 안에는 색색의 사탕과 비스킷이 들어 있었다. 하지만 제대로 상자에 넣어온 게 아니어서인지 비스킷은 깨졌고 사탕에는 비스킷 가루가 묻어 있었다.

"아……."

콘라드가 부끄러운지 눈을 두어 번 깜빡이다가 수줍게 웃었다.

"이 근처에서는 단 걸 팔지 않아서 다른 곳에서 사 오다 보니 그렇게 됐네요."

솔직히, 반가웠다. 달콤한 디저트와 차 그리고 사탕과 초콜릿. 어린아이 입맛이라는 생각이 들긴 했지만 어쩔 수가 없었다. 정말로 좋았으니까.

그런데 왜 지금 이걸 자신에게 주는지 알 수가 없어 콘라드를 바라보자, 콘라드가 조금은 졸음기가 섞인 목소리로 웃으며 말했다.

"레슬리 양은 단것을 좋아하시니까요."

레슬리는 주머니 속 사탕과 비스킷을 보며 눈을 깜빡였다. 왜인지 깨지고 뭉개진 색색의 비스킷과 사탕들이 수도의 가장 비싼 디저트 가게 사탕들보다 더 예쁘게 보였다.

"감사합니다, 콘라드 경."

레슬리는 얼굴을 붉히며 웃음을 머금었다. 그리고 콘라드를 한 번, 주머니 속을 한 번 보았다가 조심스레 사탕 하나를 입에 물었다.

가장 먼저 레슬리가 느낀 맛은 시나몬이었다. 아마도 부서진 비스킷이겠지.

뒤이어 쏟아지는 사탕의 달콤함에 레슬리는 저도 모르게 환하게 웃었다. 오랜만에 맛보는 달콤함이었다. 신전에서는 이런 음식을 주지 않으니까. 다른 후보들은 몰래몰래 음식을 숨겨 놓고 먹었지만, 레슬리는 그걸 알지 못했다.

잠시 단맛을 즐기다가 레슬리는 자신을 뿌듯한 얼굴로 바라보는 콘라드에게 사탕 하나를 내밀었고 눈을 마주치며 웃었다.

"콘라드 경도 단 걸 좋아하시니까요."

입속에 들어 있는 동그란 사탕 때문에 발음이 조금 뭉개졌다. 그러면서 콘라드가 거부하기 전에 닿지 않게 조심히 콘라드의 손에 사탕 하나를 내려놓았다.

자신의 눈 색을 닮은 노란 레몬 사탕을 잠시 바라보던 콘라드가 작게 웃었다.

"감사합니다."

콘라드가 준 걸 나눠 준 것뿐인데 되레 감사 인사를 들은 게 멋쩍어 레슬리는 입안에서 사탕을 굴리며 강가를 바라보았다.

"그러고 보니⋯⋯."

콘라드 역시 말없이 강물을 바라보다가 레슬리를 바라보았다. 레몬 사탕 때문인지 한쪽 볼이 볼록 튀어나와 있었다.

"그분이 이상한 행동을 하지는 않으셨습니까?"

"그분이요?"

"스페라도 영애 말입니다. 이제 그 성으로 불러도 되는지는 모르겠지만⋯⋯. 이름을 불러 드리고 싶지는 않아서요."

엘리를 언급하는 콘라드의 매끈한 미간에 주름이 잡히고 눈이 찡그려졌다. 어지간히도 엘리가 싫은 모양이었다.

"생각보다 조용히 있더라고요. 저는 절 보자마자 저에게 손가락질 할 줄 알았는데."

손가락질은 레슬리가 예상한 엘리의 행동 중에서 가장 얌전한 일이었다. 하지만 엘리는 노려보기만 할 뿐 레슬리의 근처에도 오지 않았다.

"그렇군요. 다행입니다."

입안에 든 사탕을 굴리며 콘라드가 고개를 끄덕였다. 사탕 때문에 볼록 튀어나온 콘라드의 볼을 보다가 레슬리가 말을 이었다.

"저⋯⋯ 혹시 후작의 이야기는 들려온 게 있나요?"

"아쉽지만, 저번에 분쟁 지역으로 스스로 들어간 이후로는 흔적이 발견되지 않고 있습니다."

콘라드는 정말 미안한지 말끝을 흐렸다. 예전에 답답한 심정에 콘라드에게 마음을 털어놓았더니, 레슬리를 돕겠다고 말했었고 그 뒤로 이렇게 자신이 나름 추적하며 그 소식을 레슬리에게 알려 주고 있었다.

"괜찮아요. 경 혼자서 해 주시는걸요."

레슬리는 웃으며 고개를 저었다. 콘라드가 혼자 추적을 하는지라 들려오는 소식은 변변치 않았다. 그래도 이렇게 자신을 위해 노력해 주는 사람이 있다는 것 자체에 레슬리는 기뻤다.

"콘라드 경이 이렇게 애써 주시는 것만 해도 정말 기뻐요!"

"그렇습니까. 다행이네요."

레슬리의 말에 위안을 받은 듯, 콘라드가 눈을 휘며 얼굴을 붉혔다.

때마침 살랑살랑 불어오는 바람에 흐트러지는 제 은발을 귀 뒤로 넘기며, 레슬리는 말없이 강을 바라보면서 눈을 깜빡거렸다.

'후작 부인은 뭘 하는 걸까.'

스페라도 후작과 엘리를 떠올리다 보니 자연스럽게 후작 부인의 생각도 떠올랐다. 스페라도 후작 부인은 지금 친정 르게인 자작가의 영토에서 나오지 않고 있다고 들었다.

'생각보다 그 저택에서 안 나오고 오래 버티고 있단 말이지.'

스페라도 후작 부인의 친정인 르게인 자작가는 유복하지 못한 가문이었다. 가지고 있는 땅이 나쁜 편은 아니었지만, 워낙 작은 데다가 특산품은 가을 한철에나 잡을 수 있는 물고기였다. 그 외에는 평범하게 밀과 약간의 과실로 수확을 얻는 작고 평범한 영토. 그리고 르게인 자작 역시 자신이 가지고 있는 영토만큼 평범한 사람이었다.

'역사 수업을 할 때 본 적이 있어.'

후작 부인이 데뷔탕트를 치르기 몇 년 전에 큰 가뭄이 덮쳤고, 특히 르게인 자작가가 있는 북서부가 가장 큰 피해를 보았었다. 역사서에 기록될 정도였으니 아주 지독한 가뭄이었겠지.

강이 마르니 그나마 가장 큰 수익을 내던 물고기의 어획량이 점점 떨어졌을 것이다. 천만다행으로 가뭄이 바로 해소되긴 했지만 줄어든 물고기가 갑자기 불어나지는 않았을 테고 말이다.

그럴 때 치러진 스페라도 후작가와의 약혼과 결혼. 그렇게 르게인 자작가는 자연스럽게 스페라도 후작가의 재력에 기대게 되었고, 스페라도 후작가는 수도와 가까운 르게인 자작가의 영토를 잘 활용해 먹었다.

'그래서 스페라도 후작가가 쓰러지면 재산을 회수하러 분명 영토에서 나올 줄 알았는데.'

후작 부인에게도 벌이 주어졌다고는 하지만 후작에 비교해 미미한 벌이었다. 그녀가 받은 벌은 약간의 벌금과 근신 정도였으니까.

명예를 중요시하던 때라면 그것마저 큰 벌이겠지만, 후작 부인은 이제 깎일 명예 따위 가지고 있지 않았다.

게다가 귀족 재판에서 황제가 내린 벌은 스페라도 후작에게 몰려 있었고, 오히려 후작 부인은 재판에서 안쓰러운 사람으로 비쳤었다.

'운이 좋았지.'

그 상황으로 봐서 적당히 시간이 흐르면 스페라도 후작 부인이 스페라도 후작가의 남은 재산을 가지러 나올 거라고 생각했었다.

셀바토르 공작가에서 요구한 배상금과 그간의 빚이 있지만, 그건 저택을 팔고 영토를 팔면 해결될 일이었다. 스페라도 후작가의 영토는 다섯 손가락 안에 들 정도로 아주 비옥한 영토였으니까.

그러면 남는 건 거의 다 후작 부인의 것이 될 텐데.

'왜?'

까득, 소리를 내며 입에 물고 있던 사탕이 반으로 갈라졌다.

"레슬리 양?"

그 목소리에 레슬리는 지금 콘라드와 같이 앉아 있다는 사실을 깨달았다. 스페라도 후작 부인의 생각에 너무 몰두해 버린 듯싶었다.

생각에서 벗어나 고개를 돌리자, 걱정스러운 듯 자신을 바라보는 황금색 눈동자가 있었다. 마지막으로 수도 외곽을 산책할 때도 이랬었는데.

레슬리는 뺨을 붉히다가 잠시 눈을 또르륵 굴리고는 이내 고개를 젓고는 콘라드를 향해 환하게 웃었다.

"아니, 아무것도 아니에요."

하지만 아무것도 아니라는 레슬리의 말에도 콘라드의 안색은 나아지지 않았다. 아마 엘리가 자신에게 무슨 짓을 저질렀다고 오해한 모양이었다.

"안 되겠습니다."

갑자기 콘라드가 무언가를 결심한 듯 몸을 일으켰다.

"지금 당장 담당 사제에게 가서 그분에 대해 따져야겠어요. 어떻게 그런 짓을 한 사람을 같은 시험장에 둘 수 있는지."

아직 어린 느낌이 나는 목소리에는 노기가 깃들어 있었다.

지금 당장 피난민의 숙소로 돌아가려는 콘라드를 보며 레슬리는 조심스레 옷자락을 잡아 만류했다. 그리고 시선을 마주치는 황금빛 눈동자를 보며 괜찮다는 듯 웃었다.

"저는 괜찮아요, 콘라드 경. 이미 저희 가문에서 수차례 항의한걸요. 거기다 황제 폐하께서도 어찌 못 하신 일이니까요."

황권과 신권은 나뉘어 있다. 평소에 신전에서는 죄인의 처분이나 정치에 신경을 쓰지 않았지만, 자신들이 나서야 하는 때를 지나치는 적은 없었다. 특히 최초의 사제들을 뽑는 일의 경우에는 강한 목소리를 내었고, 그럴 때면 황실도 한발 뒤로 물러서야 했다.

이번 엘리의 일이 아주 좋은 예시가 되었다. 살인미수의 범죄자임에도, 이미 그 이름이 신에게 닿았다는 이유로 엘리는 목숨을 부지할 수 있었으니까. 역사서에서도 이렇게 황권과 신권이 부딪치는 바람에 운 좋게 목숨을 부지한 사람들이 몇 있었다.

거기다 이번 엘리의 일은 이미 신전에서 용인하고 황제의 승인을 받은 일이었다. 그걸 콘라드가 뒤집기에는 무리였다.

레슬리의 말에 콘라드는 작게 한숨 쉬며 도로 자리에 앉았다. 그러나 아직도 마뜩잖은지 미간에 깊게 자리한 주름은 가실 줄을 몰랐다.

"거기다 신전 측에서도 엘리를 지켜보고 있으니까요."

레슬리의 말대로 엘리는 이미 신전에서 지켜보고 있는 사람이었다.

엘리에게는 처음부터 두 명의 담당 사제가 붙었는데, 혼자 있을 수 없도록 늘 누군가를 동행시켰다. 거기다 그녀는 유명 인사였기에, 어딜 가든 시선 세례가 쏟아졌다. 덕분에 원하든 원치 않든 엘리의 일거수일투족은 레슬리의 귀에 들려왔다.

레슬리의 말에 상황을 이해했다는 듯 콘라드가 고개를 끄덕였다.

"다행이네요. 그래도 혹여나 무슨 일이 있다면 저에게 말해 주세요."

"네, 꼭 말씀드릴게요."

레슬리가 환하게 웃으며 고개를 끄덕이자, 그제야 마음이 놓인 듯 콘라드가 몸을 일으켰다.

"슬슬 갈까요? 천막으로 돌아가지 않으면 이제 티가 날 겁니다."

그 말에 레슬리는 아쉽다는 듯 한숨을 흘렸다. 달콤한 휴식은 입안의 사탕만큼이나 빠르게 사라졌다. 입을 삐죽 내민 채 레슬리가 몸을 일으키자, 올 때와 똑같이 세탁 바구니를 전부 든 콘라드가 천천히 레슬리의 앞을 걸었다.

"조심하세요. 샛길이라 돌멩이나 나무뿌리가 많으니까요."

조심하라고 앞에 선 거구나. 레슬리가 감사하다는 의미로 웃자, 콘라드가 조금 부끄럽다는 듯 시선을 돌렸다.

"아, 콘라드."

숲길을 벗어나자마자, 주변을 살핀다던 렌티우스랑 마주할 수 있었다.

'뭐지?'

레슬리는 눈을 깜빡였다. 하필 렌티우스 쪽에서 해가 비추고 있어

제대로 보지 못했지만, 얼핏 보인 렌티우스의 얼굴은 어두워 보였다.

"셀바토르 공녀님, 죄송하지만 잠시 이놈이랑 이야길 해도 될까요?"

착각이었나 싶을 정도로 평소와 똑같은 밝은 미소로 다가온 렌티우스가 콘라드를 가리켰다. 레슬리가 고개를 끄덕이자마자, 빨래 바구니를 원래 자리에 조심스레 내려놓은 콘라드를 끌고 숲속으로 사라졌다.

"선배님!"

콘라드가 소리쳤지만, 렌티우스는 고개를 저었다.

"안 돼. 저긴 사람 보는 눈도 많은데 도와 드리면 안 되지."

"하지만……."

콘라드가 불퉁한 얼굴로 렌티우스를 바라보자, 그 모습이 귀엽다는 듯 흑발에 가까운 짙은 회색빛 머리를 마구잡이로 헝클어트렸다.

마치 막냇동생에게 하는 행동에 콘라드가 안간힘을 쓰고 빠져나오려고 했지만, 기사단장인 렌티우스는 오히려 크게 웃으며 콘라드의 목에 두르고 있는 팔에 더 힘을 주었다. 그런 렌티우스의 팔을 콘라드가 다급히 두드렸다.

항복을 외치려나 했는데, 오히려 감사 인사가 들려왔다.

"그나저나 감사합니다, 선배님. 저를 이리로 불러 주셔서요."

콘라드가 말쑥한 얼굴로 웃고 있었다. 헝클어진 머리가 내려오자 더 어려 보였다. 그 모습을 보며 렌티우스는 씩 웃었다.

"알면 나에게 잘 하도록 해라!"

그리고 다시 목에 팔을 걸어 마구잡이로 콘라드의 머리를 헝클어트렸다. 확실히 셀바토르 공녀를 자신이 호위하겠다고 해서 위에서 잔소리 좀 듣고, 이놈을 여기로 부른다고 고생 좀 했지만, 그래도 그는 콘라드에게 약했다.

갓 일곱 살이었을 때 테센트루아 성기사단 수습으로 들어온 콘라드

의 직속 선배가 되어 기초적인 것부터 가르친 게 그였다. 그렇게 10년
을 붙어 있다 보니 렌티우스는 종종 콘라드를 제 막냇동생처럼 생각하
곤 했다.

렌티우스는 제가 헝클어뜨린 머리를 원래대로 돌려놓겠다는 듯 쓰
다듬어 주었고, 콘라드는 짧게 앓는 소리를 흘렸다.

한참을 그러다가 렌티우스는 제 품에서 편지 한 통을 꺼내 콘라드에
게 내밀었다.

"아이테라 대공가에서 편지가 왔더군. 동생분이 보낸 것 같던데."

"프리트가요?"

콘라드는 그 말에 편지를 받아 봉투를 살폈다. 렌티우스의 말대로
프리트 카른 아이테라의 이름이 적혀 있었다. 왜? 분명 얼마 전 저택
을 떠날 때까지만 해도 별문제가 없었는데.

"읽어 봐도 됩니까?"

원래 임무 중에는 편지를 받을 수 없었다. 안의 내용이 정신을 흩트
릴 수 있었기에 휴식 시간이나 잠자리에 들기 전에나 편지를 읽어 볼
수 있었다.

"그래, 뜯어 봐라. 뭔가 급박해 보이는 편지라 건네주는 거야."

렌티우스의 허락이 떨어지자마자 콘라드는 편지를 뜯었고, 그대로
굳어 버렸다.

형, 어머니가 많이 안 좋으셔.

편지의 첫 문장은 그렇게 시작되고 있었다. 콘라드는 심각한 얼굴
로 편지를 읽어 내려갔다.

"무슨 일이 있는 거냐?"

렌티우스의 물음에 콘라드는 고개를 젓고는 편지를 접어 제 품속에

집어넣으며 힘없는 미소를 흘렸다.

"어머니에 관한 거예요."

"아, 아아……."

렌티우스가 멋쩍게 머리를 긁적거렸다. 4년 전부터 아이테라 대공비의 건강이 안 좋아졌다는 사실은 누구나 다 알고 있었으니까.

"신력으로도 차도가 없다고 했었지."

"네, 덕분에 루엔티 님께 도움을 많이 받았지요."

무슨 병인지 알려지지도 않은 병은 천천히 그리고 확실하게 스웰라 대공비의 건강을 갉아 갔다. 고위 사제들까지 달려와 그녀에게 신력을 쏟아부었으나, 아무런 효과가 없었다. 신력 역시 만능은 아니었으니까.

콘라드가 루엔티를 통해 얻은 약들로 잠시 차도를 보이다가도 대공비는 다시 쓰러지기를 반복했다.

그와 동시에 아이테라 대공 역시 서서히 이상해져서, 그런 분위기 속에서 아직 어린 프리트는 불안해하는 모습을 자주 보였다. 아카데미를 다니고 있긴 했지만, 저택에 돌아올 때마다 형인 콘라드가 없으면 불안감을 보이며 그를 찾곤 했다. 오늘 편지도 그런 편지였다.

아카데미에서 돌아온다는 말은 듣지 못했었는데.

'아니지, 내가 먼저 챙겨야 했는데.'

어머니의 상태를 알리며 언제 돌아오냐고 묻는 편지를 떠올리며 콘라드는 입술을 깨물었다.

형이 보고 싶어. 시험이 어서 끝났으면 좋겠다. 아버지는 여전히 무서워서 말을 걸기도 힘들어.

콘라드는 눈을 꽉 감았다. 그런 콘라드를 보며 렌티우스는 안타깝다는 듯 눈을 찡그리며 머리를 긁적였다.

"정 버티기 어려워 보이면 친척 집에 당분간 있게 하는 건 어때?"

지금 프리트를 불안하게 하는 건 흉흉한 집안 분위기니까. 그 말에 콘라드는 고개를 끄덕였다.

"네, 그것도 생각하고 있습니다. 아카데미 근처에 이모님이 계시거든요."

이모님 댁은 아이테라 대공비가 쓰러지기 전과 똑같은, 따스한 분위기였다. 거기서라면 프리트도 불안해하지 않고 잘 지낼 수 있겠지. 몸이 두 개였으면 좋으련만. 콘라드는 작게 숨을 흘렸다.

콘라드의 말에 렌티우스는 다시 말없이 머리를 헝클어트렸다. 장난처럼 보이지만, 나름 렌티우스가 위로하는 방법의 하나였다.

"괜찮아. 다 잘될 거다!"

그러면서 억세게 제 머리를 흩트렸다. 간신히 정리한 잿빛 머리가 다시 엉망진창이 되었다. 그러기를 한참, 렌티우스의 팔에서 빠져나온 콘라드가 옅게 웃었다.

"네, 전부 잘될 겁니다."

❦

왜 이리 소란스러운 거지? 이피엘은 눈을 찡그리고 정원 한편을 바라보았다. 메데이아의 온실이 있는 정원은 황궁에서도 구석진 곳이었다. 목적이 있는 사람이 아니면 실수라도 들르기 어려운 곳.

그런데 그 정원 한편에서 시끄러운 소리가 들리고 있었다. 여기는 늘 조용해야 하는데.

잦은 두통으로 고생하는 제 주인을 떠올리며 이피엘은 입술을 깨물었다. 그러다 이내 멈췄던 걸음을 옮겨 다시 온실로 향했다. 정원에는 경비가 서 있으니, 알아서 정리해 주겠지.

하지만 그건 이피엘의 단순한 생각이었다는 걸 알려 주듯 여기저기에서 소리가 터져 나왔다.

"아, 안 됩니다. 이곳은 메데이아 태후 폐하의 개인 정원입니다!"

"부디 물러나 주십시오!"

'누가 감히 초대도 없이 태후 폐하의 정원에 온 거야?'

이피엘의 눈동자가 당황함으로 물들었지만, 이내 가라앉았다. 이곳은 제 주인이 아끼는 곳으로 아무나 발을 들일 수 없는 곳이었다. 자신이 가서 직접 쫓아내야겠다.

그렇게 생각하는 순간 뒤에서 목소리가 들려왔다.

"내버려 두렴. 이피엘."

"태, 태후 폐하?"

온실에 있어야 할 제 주인이 꽃송이를 들고 서 있었다.

"친구가 찾아오는구나."

메데이아는 기쁘다는 듯 눈을 휘며 웃었다. 그녀의 눈동자가 이른 햇빛을 받아 반짝거렸다.

"친구……요?"

이피엘의 질문에 대답하듯 한 여자가 나타났다. 웬만한 남자들도 대적하지 못할 정도로 큰 키에 위압감이 넘치는 여자.

그 여자의 주변에는 그녀를 막지도 못하고 대응하지도 못해, 쩔쩔매는 경비들과 기사들의 모습이 보였다. 일부는 그녀의 위압감에 눌린 것인지 고개를 숙이고 눈을 질끈 감고 몸을 잘게 떨고 있었다.

저도 모르게 이피엘은 뒤로 한 걸음 물러섰다. 그녀를 처음 보는 건 아니나 이렇게 가까이에서, 그리고 화가 난 그녀를 본 건 처음이었다. 하얀 가면 밑에서 보이는, 차갑고 무기질적인 암녹색 눈동자는 늪지대를 떠오르게 해, 이피엘은 작게 몸을 떨었다.

"어머나."

그런데 메데이아는 아무렇지도 않다는 듯 방긋 웃더니 이피엘의 앞에 섰다. 메데이아가 그녀를 가리자, 이피엘은 살 것 같아 작게 숨을 몰아쉬었다. 웃음을 머금은 메데이아는 천천히 그녀의 이름을 부르기 시작했다.

"아셀라, 벤칸 셀바토르 공작."

그러자 셀바토르 공작의 얼굴에 미소가 떠올랐다. 하지만 어딘가 섬뜩한 미소라, 분위기는 더욱 차갑게 가라앉았다. 그래, 마치 사냥감을 발견한 포식자가 만족스럽게 웃는 것 같았다.

"이런."

셀바토르 공작은 느긋하게 그리고 천천히 입을 뗐다.

"아무도 막는 자가 없어 여기까지 흘러오고 말았군요. 부디 무례를 용서해 주시길, 메데이아 태후 폐하."

그러더니 가볍게 예를 취했다. 황족에게 하는 인사라고 하기에는 너무도 가벼운 인사였지만, 아무도 그녀에게 뭐라 하지 못했다. 황제조차 그녀에게 고개를 숙이라 강요하지 못했으니까.

"그렇군요."

메데이아는 가볍게 고개를 끄덕이더니 셀바토르 공작을 바라보았다.

"경비를 부실하게 세운 내 탓이지요. 그래도 이왕 이렇게 온 것, 내 온실에서 차를 즐기지 않겠나요?"

그러면서 자신이 들고 있는 꽃들을 사랑스럽게 내려다보았다.

"마침 꽃들이 참 아름답게 피었답니다."

연보랏빛을 띠는 꽃은 메데이아의 말 그대로 아름답게 피어 있었다. 그걸 소중한 듯 매만지며 메데이아는 다시 셀바토르 공작을 바라보았다.

"어떤가요, 공작. 바쁜 건 알지만 부디 날 위해 시간을 내줄 수 있나요?"

"그럼요. 기꺼이 내 드려야지요."

그 모습을 보고 있던 이피엘의 얼굴이 하얗게 질렸다. 이렇게 제 주인과 저 여자를 같은 곳에 두어도 되는 걸까.

"태후 폐……."

"이피엘."

이피엘이 메데이아를 말리기도 전에 그녀가 먼저 입을 열었다.

"셀바토르 공작께서 좋아하는 차와 다과를 가지고 온실로 오렴."

이 이상 말하지 말라는 메데이아의 표정에 이피엘은 고개를 숙였다.

"네, 알겠습니다, 태후 폐하. 저, 그럼 호위는……."

"괜찮단다. 제국의 가장 고귀한 수호자가 여기 계시는데, 그 누가 나를 해칠 수가 있겠니."

그러면서 메데이아는 셀바토르 공작을 바라보았다.

"안 그러니, 이피엘?"

시선은 이피엘을 향했지만, 말의 내용은 명백히 셀바토르 공작을 향해 있었다. 셀바토르 공작의 입술이 뒤틀려 올라갔다.

"태후 폐하의 말씀이 옳으시지. 내가 있으니 편하게 자리를 비워도 좋네."

공작마저 그렇게 말하자, 이피엘은 불안해하면서 자리를 떴다. 경비마저 제자리로 돌아가고, 넓고 한적한 정원에는 메데이아와 셀바토르 단둘이 남았다. 잠시 제 품 안의 연보랏빛 꽃을 물끄러미 바라보다가 메데이아가 먼저 말을 꺼냈다.

"그래서 왜 여기 온 건가요, 셀바토르 공작? 공작도 알고 있겠지만, 이 정원은 내가 아끼는 정원이라 초대장이 없으면 오지 못하는 곳이랍니다."

"이유, 이유라……."

잠시 셀바토르 공작은 손가락으로 제 팔을 톡톡 두드리더니 이내 미소를 머금었다.

"사실은 초대장을 받아서 왔습니다, 태후 폐하."

보는 순간 불태워 버리고 싶었던 편지를 초대장이라 말하며 셀바토르 공작은 메데이아를 바라보았다.

메데이아는 놀랍다는 듯 눈을 두어 번 깜빡이더니 이내 고개를 저었다.

"어머나, 초대장이라? 무슨 소린지 모르겠네요, 셀바토르 공작."

그러더니 셀바토르 공작에게 미소를 흘렸다. 선황마저도 홀린 그 미소는 여전히 아름다웠고, 여전히 위험했다. 그러고는 마치 그 초대장의 내용을 상상하려는 듯 눈을 감고 입을 열었다.

"하지만 공작을 움직이게 한 초대장인 걸 보니, 분명 귀중한 말이 쓰여 있었겠지요? 제 경험상 그런 편지에는 거짓이 쓰여 있지 않으니 믿는 게 좋을 거예요. 마음의 정리를 할 수 있게 말이죠."

네 양딸이 죽을 수 있다는 걸 미리 상기해 두라는 말은 입안에서 사라졌지만, 셀바토르 공작은 똑똑히 그 말을 들었다. 도발적인 메데이아의 말에 암녹색 눈동자가 흔들리는 것 같더니 이내 평정을 되찾았다.

'좀 더 흔들려 줘도 좋으련만.'

조금 아쉽긴 했지만, 메데이아는 꽃잎을 매만지며 미련을 떨쳐 버렸다. 한껏 독이 오른 이 여자의 앞에서 틈을 보였다간 머리부터 산 채로 씹어 먹힌다는 걸 잘 알고 있었으니까. 그녀가 제 머리를 쓸어 올리자, 얼굴의 절반을 덮는 하얀 가면이 잘 보였다.

"그렇겠지요. 하지만 정말 무시무시한 말이 쓰여 있어서 말입니다.

누군가의 죽음에 대해 적혀 있더군요. 저 말고도 다른 이도 마음의 준비를 해야 할 듯싶어서 말입니다.”

엘리의 죽음에 메데이아도 마음의 준비를 하라는 의미였다. 메데이아는 정말로 아무렇지도 않은 얼굴로 고개를 끄덕였다.

“음, 하지만 공작. 생각보다 공작이 생각하는 그 '다른 이'는 아무렇지 않을 수 있답니다.”

엘리가 에피알테스를 옮기다가 죽든 말든 신경 쓰지 않는다는 선언에 공작의 눈이 가늘어졌고 메데이아는 정말 별것 아니라는 고개를 끄덕였다.

“하지만 뭐 어떤가요. 누군가가 거둔 목숨의 값은 거둔 사람에게 있는데. 안 그렇다고 생각하나요, 공작?”

그 말에 셀바토르 공작의 얼굴이 사정없이 구겨졌다. 메데이아의 발언이 정말로 마음에 들지 않은 듯 보였다.

“그리고 벌을 받아야 할 사람이면 더더욱 그 목숨값이 귀하지는 않겠지요.”

메데이아는 생긋 웃었다. 이번 그녀의 말에는 스페라도 후작도 포함되어 있었다.

여자가 남자의 소유물이었던 시절이 그립다 외치면서 필요하면 여자인 자신에게 머리를 조아리러 오는 남자. 메데이아는 처음부터 그 남자가 싫었다. 그리고 제가 잘난 줄 알고 실력도 쌓지 않은 채로 콧대를 들고 다니는 엘리도 역시 마음에 들지 않았다.

하지만 그와 반대되게 그들이 가지고 있는 명성과 비옥한 땅은 마음에 들었다. 스페라도 후작은 마음에 안 들었지만 제 입맛대로 이용하기 편하고, 그들이 가지고 있는 건 탐이 났다.

그래서 처음엔 적당히 결혼시킨 후 스페라도 후작이 여태 벌였던 일을 폭로할 생각이었다. 그러면 자연스럽게 황궁에서 엘리의 입지는 줄고, 후작은 막대한 벌금을 물게 될 테니까. 여태 쌓여 있던 빚을 갚기 위해 영토를 매각할 게 분명했고, 그녀는 그 영토를 값싸게 사 들이면 되는 일이었다.

그런데 갑자기, 그녀의 완벽한 계획에 스페라도 후작가의 차녀가 튀어나왔다. 어떻게 그런 존재감을 숨기고 있었는지, 셀바토르 공작가를 전부 사로잡은 그녀는 메데이아가 계획한 것을 차근히 망치기 시작했다.

일이 망가질까 후작을 지원했더니 후작은 귀족 재판에서 져 버렸고, 오히려 일은 예상치 못하게 메데이아가 원하는 쪽으로 풀려 갔다.

메데이아는 덕분에 레슬리가 밉게 보이지 않았다. 되레 예뻐 보였지. 그러니 셀바토르 공작에 대한 우정과 그 양녀에 대한 약간의 호감으로 에피알테스의 정보를 흘려 준 것이다. 물론 그 외에도 다른 이유가 있었지만, 그 감정이 셀바토르 공작에게 편지를 보내도록 도운 건 사실이었다.

웃음을 머금은 메데이아를 보며 셀바토르 공작은 다시 머리를 쓸어 올렸다.

"그러고 보니, 아렌도 황자님이 약혼할 때 메데이아 태후 폐하께서 조언을 해 주셨다고 하더군요. 스페라도 양을 약혼녀로 고르라고 말입니다."

그건 아니었다. 하지만 어느 정도 짐작을 하고 한 말이었고, 메데이아는 그것마저 모른 척 시치미를 떼지 않았다. 셀바토르의 말에 메데이아는 부끄럽다는 듯 입가를 손으로 가렸다.

"맞아요, 그 정도로 아렌도에게 잘 어울리는 영애는 없을 테니까요. 공작도 그렇게 생각하지 않나요?"

그 물음에 셀바토르 공작은 답이 없었다. 잘 어울린다는 건 황자의 약혼녀를 말하는 게 아니라는 걸 바로 알 수 있었다.

메데이아는 미간에 주름을 잡은 채 자신을 노려보는 여자를 웃으며 바라보았다. 고귀한 여자. 처음 봤을 때부터 그렇게 생각했다.

메데이아가 태어난 이트바나는 슬프게도 여성의 몸으로는 왕위에 오를 수 없는 나라였다.

아버지와 어머니의 사랑을 받지 못했던 건 아니었지만, 부모님은 딸을 위해 유구한 전통을 바꿀 사람은 아니었다. 그래서 외동이었던 메데이아는 누군가와 결혼해 남편에게 이트바나의 왕위를 건네줘야 했다. 그 남편은 왕족의 피가 전혀 섞이지 않았음에도 진짜 왕족인 그녀를 제치고 왕위에 오르게 되는 것이었다.

싫었다.

메데이아는 어릴 적부터 그걸 끔찍하게 여겼다. 왕족은 자신인데, 왜 왕위는 자신의 것이 아닐까.

위로 올라가고 싶었다.

왕위보다 더욱 위로. 누구든 나를 내려다보지 못할 그런 자리로. 그런데 그런 자리가 있을까?

그런 메데이아가 결혼할 나이에, 르카디우스 제국과의 마찰이 일어났고 이트바나는 급속도로 허물어져 갔다. 겉보기에는 아직도 버틸 만해 보였으나, 오래된 전쟁으로 안은 곪을 대로 곪은 상태였다.

매일 매시간 싸움이 일어났고 아버지는 점점 쇠약해지다가 결국 어머니와 함께 숨을 거두었다.

나란히 놓인 부모님의 관을 보며 메데이아는 직감했다. 이제 자신은 저 천박한 승자들의 손에 트로피처럼 쥐어져 이 곪아 버린 나라의 여왕이 되리라.

그날 밤. 메데이아는 아버지와 어머니의 무덤에 작별 인사를 남기고 르카디우스 제국으로 떠났다. 제 나라를 떠나 낯선 제국을 찾은 것이었다.

그리고 선대 황제와 혼인하게 되는 날, 처음 셀바토르 공작을 보았다. 검은 린체 기사단의 제복을 입고 전 셀바토르 공작 옆에서 당당하게 서 있는 아셀라를 보자마자 메데이아는 옅게 웃었다.

동질감. 그건 처음 느껴보는 감정이었다.

그녀는 자신의 이상을 그리고 자신의 방법을 긍정해 줄 사람이었으며, 메데이아가 꿈꾸던 완벽한 모습이었다. 본능적으로 알 수 있었다. 그래서 친해지고 싶었다.

그리고 동시에 너무도 그녀가 싫었다. 셀바토르 공작의 앞에서는 자신이 비틀려 보였으니까. 분명 그녀가 더 높은데, 이상하게 셀바토르 공작이 자신보다 위에 있다는 생각을 지울 수가 없어 불쾌했다.

잠시 메데이아를 바라보던 셀바토르 공작이 입을 열었다.

"그렇군요. 제가 엉뚱한 초대장을 받고 태후 폐하를 귀찮게 해 드린 것 같습니다."

"어머, 아니에요. 와 줘서 나는 기쁘답니다."

셀바토르 공작은 잠시 능청스럽게 웃는 메데이아를 바라보다가 입을 열었다.

"그런데 태후 폐하. 왜 그 초대장이 저에게 왔는지 저는 잘 모르겠더군요. 혹시 지혜를 빌려 주실 수 있으십니까."

"음…… 꼭 공작에게 알려 주고 싶어서가 아닐까요?"

메데이아는 기품 있게 웃으며 대답했다. 셀바토르 공작의 눈가가 가늘어졌다.

"초대장을 보낸 사람은 아마도 공작을 친구라고 생각하고 있을 거예요. 그래서 초대장을 보낸 거지요."

메데이아의 말에 공작은 대놓고 얼굴을 찡그렸다.

"태후 폐하. 나는 누군가가 나를 보며 뭐라고 부르든 상관하지 않습니다. 친구든, 뭐든 좋을 대로 부르라고 내버려 두는 편이지요."

그건 사실이었다. 제 주제를 알지 못하고 날뛰는 것들은 감히 공작의 이름을 멋대로 부른 죄를 톡톡히 치렀으니까. 그래서 호칭 따윈 셀바토르 공작에게 중요한 게 아녔다.

가면 밑에서 암녹색 눈동자가 번뜩였다.

"내 딸만 건드리지 않는다면 말입니다."

"이런, 초대장을 보낸 이에게 경고하러 오셨군요. 꽤 셀바토르 공녀님을 사랑하시나 봅니다."

"맞습니다. 저는 그 아이의 어머니니까요. 위협이 될 만한 거라면 뭐든 치워 줄 생각입니다."

셀바토르 공작의 말에 메데이아는 작게 웃음을 터트렸다. 계약으로 맺어진 사이라는 걸 잘 아는데 사랑, 사랑이라.

메데이아가 웃든 말든 셀바토르 공작이 한 걸음 내딛자마자 순식간에 거리가 좁혀졌다.

"초대장을 보낸 이가 누구인지, 그리고 왜 아렌도 황자를 아끼는지 알 수는 없지만 나는 한마디를 그녀에게 전해 주고 싶습니다, 태후 폐하."

이제 셀바토르는 메데이아를 향한 적개심을 감추지 않고 드러냈다.

바로 코앞에서 시선이 마주치자 메데이아는 저도 모르게 꽃을 들고 있는 손에 힘을 주었다. 저절로 몸이 떨렸지만, 이내 평정을 되찾고 셀바토르 공작을 바라보았다. 하지만 아직 잘게 떨리는 눈가가 그녀의 현 감정을 대변했다.

그 모습을 보고 셀바토르 공작이 입술을 뒤틀며 웃었다.

"나를 적으로 두지 마세요. 이 제국에서 나를 이길 자는 없으니까."

낮고 조곤조곤한 목소리는 마치 날씨 이야기를 하는 것 같았지만, 내용은 듣는 이를 소름 끼치게 하기 충분했다.

자칫하면 반역으로 몰아갈 수 있는 말을 서슴없이 한 셀바토르 공작은 더는 말을 섞기 싫다는 듯 몸을 돌려 정원을 빠져나갔다.

"저런 무례한……!"

발작하듯 터져 나오는 말은 메데이아의 입에서 나온 말이 아니었다. 트레이에 차를 가져온 이피엘의 입에서 나온 말이었다. 이피엘의 얼굴은 마치 자신이 모욕당한 듯 붉게 물들어 있었다.

"저 무례한 자를 그대로 두실 건가요?"

"그대로 둬야지."

하지만 이피엘과 다르게 메데이아는 덤덤했다. 오히려 그녀에게서 그런 말을 들은 게 기뻐 보이기까지 했다.

"저건 반역이나 다름없는 말입니다. 다른 이도 아니라 황족에게 협박이라니요."

"이미 황제의 멱살을 잡고 다니는 사람에게 반역이라는 말이 어울리기는 하니."

그러면서 메데이아는 아직도 들고 있는 꽃을 바라보았다. 아쉬웠다. 선물로 주고 싶었는데.

"그나저나 이피엘."

아직도 분한지 얼굴을 찡그린 채 거친 숨을 내뱉는 이피엘을 다독이며 메데이아는 미소 지었다.

"슬슬 가 보도록 하자꾸나."

못 준 선물은 본인에게 주면 되니까. 분명 좋아하겠지.

저번 신년 축제에서 봤을 때는 아름다운 은발을 꽃으로 장식했는데 그게 꽤 잘 어울렸었다. 그때 생각을 하며 메데이아는 옅게 웃으며 자신의 온실 쪽으로 몸을 돌렸다.

-13-

"공작님."

메데이아의 정원을 벗어나자, 마차 앞에서 불안한 듯 서서 제나가 셀바토르 공작을 기다리고 있었다.

"저택으로 돌아가지."

셀바토르 공작은 거칠게 장갑을 벗으며 얼굴을 찡그렸다. 방금 메데이아와의 대화가 썩 즐겁지 않았다.

'친구. 친구라.'

그렇게 자신을 부를 만한 인간은 몇 없는데. 장갑을 제나에게 건네주며 공작은 눈을 가늘게 떴다. 무엇보다 메데이아와 셀바토르 공작은 사적으로 말을 섞어 본 일이 없었다.

"후우."

공작은 한숨 쉬며 머리를 쓸어 올렸다. 저런 부류를 셀바토르 공작은 잘 알고 있었다. 자신의 얼굴에 상처를 낸 그 부하도 저런 사람이었으니까.

오래전에 입은 상처가 욱신거리는 듯해 공작은 가면을 손으로 쓸었다.

"……공작님?"

뭔가가 이상하다는 듯 제나가 묻자 공작은 고개를 젓고는 제나를 바라보았다.

"테펜텔에게서 답장은 왔나?"

"아직 도착하지 않았습니다."

"거기에 답이 있으면 좋으련만……."

공작은 다시 머리를 쓸어 올렸다. 르카디우스 다음으로 기록이 잘 보존된 나라니까, 무언가 실마리 정도는 찾을 수 있겠지.

답답한 마음에 절로 한숨이 흘러나오는데, 멀리서 누군가가 그녀를 불렀다.

"셀바토르 공작!"

메데이아에게 가는 길인지 피스토레 황제가 근엄하게 걸어오고 있었다. 그 모습을 보며 공작은 황제를 향해 눈을 흘겼다.

'마차나 탈 것이지.'

그러면 대충 인사나 건네고 저택으로 갈 수 있는데. 정면으로 마주친 탓에 꼼짝없이 발목이 잡히고 말았다.

잠시 농땡이를 칠 수 있다는 생각에 들뜬 황제는 환하게 웃으며 셀바토르 공작을 잡았다.

"오랜만이네, 공작."

"네, 신년회 이후로 처음 뵙는 거니까요."

"그런데 여기는 무슨 일인가?"

"길을 잃었습니다."

얼굴색 하나 변하지 않고 거짓을 내뱉은 셀바토르 공작을 보며 황제는 눈을 가늘게 떴다.

마치 '네가 길을 잃어?'라고 묻는 듯한 눈빛에 공작이 말없이 황제를 바라보자 피스토레의 푸른 눈동자가 슬그머니 바닥으로 향했다. 그래도 제 위엄을 찾겠다는 듯 다시 황제는 고개를 들고 공작을 바라보았다.

"조금 있으면 곧 2차 시험이 끝나겠군."

"그렇지요. 이제 곧 있으면 시험이 끝날 겁니다."

"그렇지. 아, 셀바토르 공작. 내가 그 이야길 했던가?"

피스토레 황제는 시종과 기사들이 충분히 떨어져 있는 걸 확인하고 작게 말을 흘렸다.

"이번 시험 발표는 메데이아가 하게 될 거야. 원래는 아르트엘이 가려고 했는데, 메데이아가 자신이 가겠다고 하더군."

아르트엘 레폰 르카디우스는 제1황자 아렌도와 제2황자 콘스텐의 어머니로 르카디우스 제국의 황후였다.

"아르트엘 대신 메데이아인가……."

"무언가를 꾸미고 있는 게 분명해. 아르트엘이 요즘 많은 일을 하고 있어서 몸에 무리가 갈 거라고, 그렇게 말하면서 설득시켰다더군."

메데이아 태후는 황제와 공작을 제외한 이들에게는 순박하고 연약한 이로 비쳤으니, 아르트엘이 메데이아의 조언을 듣는 건 무리가 아니었다.

피스토레는 작게 숨을 내쉬었다. 도대체 무슨 생각인지 메데이아가 원하는 미래를 읽을 수가 없었다.

"피스토레."

그런 황제에게 이번엔 셀바토르 공작이 나지막이 말을 흘렸다.

"오다 보니 황실 호수 중 하나에 란다의 꽃이 피어 있더군."

"응?"

갑자기 튀어나오는 꽃 이야기에 피스토레 황제는 눈을 크게 떴다.

"구석에 작게 피어 있을 때는 별문제가 없지만, 일단 퍼지기 시작하면 걷잡을 수가 없어."

셸바토르는 피스토레를 보며 웃었다.

"그러니까 란다의 꽃이 호수를 집어삼키기 전에 슬슬 그걸 처리하도록 하자고."

❧

'얼마나 여기에 더 머물러야 하지?'

피곤함에 절은 몸을 간신히 일으킨 레슬리는 작게 하품했다.

신전의 침대는 얇은 이불을 하나 깐 것뿐이라 자고 일어나면 몸이 배기기 일쑤였다. 그러다 보니 자연스럽게 저택의 폭신한 침대와 자꾸 비교하게 되었다.

거기다 여기는 자신을 깨우러 와 주는 마델도, 지나가다 인사하는 셸바토르가의 사용인들도, 두 오라버니와 제나 그리고 아버지와 어머니……. 그 누구도 있지 않았다.

어제는 꿈속에서 셸바토르 공작저로 돌아갔다. 저택의 문을 열자 모두가 자신을 반겨 주었다. 그래서 그런지 오늘 아침부터 눈물이 뚝뚝 흘렀다. 제 볼에 남은 눈물 자국을 소매로 거칠게 닦아 내며 레슬리는 훌쩍였다.

'어서 돌아가고 싶다.'

이틀 전 콘라드가 호위로 붙으면서 그리움이 조금 덜해지긴 했지만, 완전히 없어진 건 아녔다.

레슬리는 판자를 얼기설기 엮어 만든 듯한 책상에 올려져 있는 달력을 괜스레 뒤적였다.

'며칠만 더 참으면 돼.'

작게 숨을 내쉰 레슬리는 허리까지 오는 제 은발을 하나로 묶고 새벽 기도를 갈 준비를 하였다. 자꾸만 하품이 새어 나왔다. 이러다간 새벽 기도 때 조는 게 아닐까?

레슬리는 차가운 물을 얼굴에 뿌리며 고개를 거칠게 저었다. 그녀의 자리는 맨 앞자리니 그녀가 졸면 모두가 그녀를 볼 수 있었다.

"렌티우스 경, 콘라드 경."

문을 열자마자, 깔끔한 테센트루아 성기사단 제복을 차려입은 두 사람이 서 있었다. 분명 어제 저보다 늦게 방에 들어가는 것 같았는데, 언제 일어난 걸까.

"좋은 아침입니다. 공녀님."

"잘 주무셨나요?"

두 사람에 인사에 레슬리는 옅게 웃었다.

"네, 두 분 다 좋은 아침이에요."

간단한 인사 후 레슬리는 기도실로 발걸음을 옮겼다. 렌티우스와 콘라드는 무언가를 이야기하는 듯 레슬리의 뒤를 따랐고, 레슬리는 연달아 작게 하품했다. 어제 꿈을 꾸고 나서 눈물을 흘린 탓인지 자꾸만 눈이 감겨 왔다.

어떻게든 눈을 떠 보려고 눈가를 꾹꾹 누르는데, 갑자기 뒤에서 소리가 들려왔다.

"공녀님! 앞에!"

아? 레슬리가 상황을 파악하기도 전에 한 사람과 부딪쳤다.

"꺄악!"

레슬리는 크게 휘청거리긴 했지만, 다행히도 넘어지지 않았다. 그리고 그건 상대방도 마찬가지인 모양이었다. 어깨 쪽에 미약한 통증이 몰려왔다.

"죄송합니다. 괜찮으신가요?"

자신과 부딪친 한 소녀가 안절부절못하는 얼굴로 자신을 바라보고 있었다.

"제가 앞을 제대로 못 봐서…… 죄송합니다, 공녀님."

틸레이얼 부인을 떠올리게 하는 분홍 머리를 하나로 묶은 소녀의 푸른 눈에는 눈물이 고여 있었다.

얼굴도 창백하게 질린 것이 자신이 대형 사고를 쳤다고 생각하는 모양이었다.

"나는 괜찮아요."

레슬리는 옅게 웃었다. 아프긴 했지만, 그건 상대방도 마찬가지일 것이었고 자신도 잘못한 게 있었다.

피곤했다지만 잠시 눈을 감고 걸었으니, 충분히 부딪칠 만했다.

"하지만……."

"정말로 괜찮으니 나는 신경 쓰지 마세요."

"감사합니다, 공녀님."

다시 한 번 괜찮다고 말하며 웃자, 소녀는 머뭇거리더니 고개를 꾸벅 숙이고는 재빠르게 레슬리 옆을 지나갔다. 감사할 건 없는데. 자신도 그녀도 잘못했으니, 서로 미안하다고 해야 하는데.

'그나저나 정말 틸레이얼 선생님과 닮았네.'

고양이를 떠올리게 하는 입매나 동그란 눈, 그리고 무엇보다 몽실몽실해 보이는 분홍 머리가 2년 전 틸레이얼 영토로 돌아간 선생님을 떠오르게 했다.

'솜사탕 먹고 싶다.'

솜사탕을 떠올리자, 순식간에 머리카락인 줄 알았던 흑역사가 떠올라 레슬리는 얼굴을 붉혔다. 왜 이놈의 부끄러운 기억은 사라지지 않고 시간이 흐르면 흐를수록 더욱 진해지는지.

부끄러운 기억을 떨어트리려고 잠시 고개를 숙인 채 발을 동동 구르는데 콘라드가 조심스럽게 말을 걸었다.

"레슬리 양, 괜찮으신가요?"

"그, 그럼요! 저는 괜찮아요. 어서 가죠!"

그리고 붉어진 얼굴을 감추려고 씩씩하게 앞으로 걸었다. 손과 발이 동시에 앞으로 나가는 레슬리를 두 사람이 걱정스럽게 바라보는 걸 모르는 채.

그리고 지금 부딪친 소녀와 또 마주칠 거라는 것을 예상하지 못한 채, 혼자 씩씩하게 걸어 나갔다.

⚜

"아."

레슬리는 눈을 깜빡였다.

"아, 안녕하세요."

오늘 새벽에 부딪힌 소녀가 자신의 앞에 있었다. 두 사람이 서로를 바라보며 눈을 동그랗게 뜨고 있을 때, 사제가 큰 목소리로 외쳤다.

"오늘은 이 건물을 청소할 예정입니다. 지금 같이 있는 두 분이서 행동해 주시면 됩니다!"

그 말에 다시 시선이 부딪쳤다. 레슬리의 짝이 된 소녀의 얼굴이 붉게 달아올랐다가 하얗게 질렸다가 푸르게 변했다. 찰나의 순간에 얼굴색이 변하는 게 너무도 신기해 레슬리가 살짝 웃자, 소녀의 얼굴이 다시 붉어졌다.

"오늘 잘 부탁드려요."

"아, 네, 네! 저 역시도 잘 부탁드려요, 공녀님."

격한 인사 뒤에 다시 침묵이 돌았다. 레슬리는 살짝 소녀를 바라보았다. 아무리 봐도 역시 틸레이얼 부인이 떠올랐고 그 이유 하나로 조금 호감이 가기 시작했다.

"저, 이름이 어떻게 되나 여쭤 봐도 될까요?"

레슬리의 조심스러운 말에 소녀는 고개를 끄덕이더니 조심스레 자신을 소개했다.

"저는 에펜타니 백작가의 셀리스 튜더 에펜타니예요."

에펜타니. 레슬리는 기억을 차근히 찾아보았다. 하지만 아무리 뒤져 봐도 에펜타니 가문에 대한 정보는 부족했다. 지방의 가문일까. 틸레이얼 선생님도 수도에 거주하지 않는 귀족이니까.

"저는 레슬리 슈야 셀바토르예요. 잘 부탁해요, 에펜타니 양."

레슬리가 웃으며 자신을 소개하자 푸른 눈동자가 반짝거림으로 가득 찼다. 그러고는 레슬리를 보며 수줍게 웃음 지었다.

'어쩐지 나쁜 사람 같아 보이진 않는데.'

하지만 막 믿을 수는 없지. 엠로아의 일도 있었으니까. 거기다 다른 사람들처럼 셀바토르 공작가의 명성을 노리고 저렇게 하는 건지도 몰랐다.

'그래, 쉽게 믿으면 안 돼.'

"자, 다들 움직여 주시기 바랍니다. 이 건물은 추후 신자분들과 피난민분들을 위한 병동으로 쓰일 예정이니 꼼꼼히 부탁드리겠습니다!"

사제의 재촉에 피곤한 후보들이 사방으로 흩어졌다.

레슬리와 셀리스는 걸레와 빗자루를 들고 두 사람이 담당하게 된 방으로 들어갔다. 오랫동안 쓰지 않았다는 말이 정말인지, 방 안은 처참해 보였다. 가구도 낡아서 다 버려야 하는 것들이었고, 벽에 달린 등을 매달고 있는 줄은 너무 낡아 툭 하고 떨어질 듯 위태했다.

밤에 오면 무섭겠다. 그런 생각을 하며 레슬리는 큰 쓰레기들을 먼저 치우기 시작했다.

"그런데 셀바토르 공녀님."

한참을 바닥을 쓸다가 셀리스가 옆에서 레슬리에게 말을 걸었다.

"저, 혹시…… 슈엘라 언니를 아시나요?"

그 물음에 레슬리의 눈이 동그래졌다. 슈엘라는 틸레이얼 선생님의 이름이었으니까.

"역시 틸레이얼 선생님과 친척이신가요?"

레슬리의 물음에 셀리스는 다시 얼굴을 붉히며 고개를 끄덕였다.

"친척 언니예요. 분홍 머리가 많이 닮았다고 이야길 많이 들었어요. 그리고 언니에게서 공녀님 이야기도 많이 들어서 그런지 공녀님이 친근하게 느껴져요."

부끄럽다는 듯 배시시 웃더니 바닥을 내려다보고 이내 말을 이었다.

"그래서 사실은 첫날부터 인사를 드리고 싶었는데, 용기가 안 나더라고요. 그런데 아까 부딪치고 오늘 이렇게 같이 일하게 돼서 너무 기뻐요."

그 말에 레슬리는 셀리스의 눈동자를 바라보았다. 조금씩 셀리스가 좋게 보였다. 레슬리가 바라보는 시선의 의미를 아는지 모르는지 셀리스는 웃으며 말을 이었다.

"그리고 그…… 사실 공녀님이랑도 좀 친해지고 싶었어요. 사실 제가 궁금한 게 있어서……."

아, 역시. 레슬리는 작게 자조적인 웃음을 흘렸다.

조금이라도 호감을 보이기 힘든 이유가 여기에 또 있었다. 레슬리가 친절하게 대해 주면 다들 어머니가 가진 권력이나 두 오라버니에게 관심을 보였다.

이번엔 오라버니들 쪽이려나. 레슬리는 볼을 붉히는 셀리스를 덤덤한 눈으로 바라보았다.

"어떤 거 말씀이신가요? 두 오라버니에 대한 거라면 제가 도움을 드릴 수 있는 게 없어요."

"아니, 저는 그 두 분에 대한 게 아니라……."

부끄럽다는 듯 잠시 얼굴을 붉히던 셀리스가 조심스레 물었다.

"셀바토르 공작님이요. 저는 실제로 뵌 적이 없어서 그런데 정말 남자분들만큼 키가 크신가요?"

"어머니……요?"

셀바토르 공작의 이야기에 셀리스의 눈동자가 이젠 번쩍거리기 시작했다.

"네! 사실 제가 가장 존경하는 분이에요! 도대체 어떤 분이시기에 역사서에서 그렇게 극찬하는 것인지 찾아보다가 완전히 반했어요!"

그러면서 셀리스는 자신이 알고 있는 셀바토르 공작에 대한 정보를 늘어놨다.

"정말 남들은 두 손으로 들기도 버겁다는 거대한 검을 한 손으로 휘두르시나요? 공녀님은 공작님께서 마법을 쓰시는 걸 보신 적이 있으시죠? 어떤가요? 얼마나 멋있나요! 한 번만 공작님을 뵙고 싶어요! 아아, 얼마나 멋질까……."

셀바토르 공작의 모습을 상상했는지, 셀리스가 두 손을 꼭 잡고 몸을 파르르 떨었다.

레슬리는 놀라 눈을 깜빡이면서도 셀리스의 눈동자를 바라보았다. 혹시 거짓을 말하는 건 아닐까, 자신을 속이려는 건 아닐까. 그런 의구심을 가지고 푸른 눈동자를 바라보았지만, 그 눈에는 진심만이 담겨있었다.

"정말로 셀바토르 공작님이 혼란의 시대 때 검 한 번으로 여섯이나 되는 적을 물리쳤나요? 한 번 사람들이 바라보면 굳어 버린다는데 그것도 정말인가요? 네, 네? 공녀님, 제발 대답해 주세요!"

셀리스 튜더 에펜타니는 레슬리 못지않은 셀바토르 공작의 아주 열렬한 추종자였고, 그건 레슬리 역시 마찬가지였다.

좋아하는 게 같다는 건 그리고 그걸 좋아하는 사람을 찾기 힘들다는 건 순식간에 두 사람을 친근하게 만들었다. 루엔티와 레슬리가 그러했듯.

"어머니는요……!"

레슬리가 이야기할 때마다 셀리스의 얼굴에 홍조가 떠올랐다.

"얼마나 멋지신지 몰라요! 그냥 서 계시기만 해도 명화 같아요!"

레슬리가 당당하게 외칠 때마다 작은 환호성이 울려 퍼졌다.

"셀바토르 공작가의 기사들이 명성을 크게 얻고 있다는 건 알고 계시죠? 그런데 그 경들을 한 손으로 이기는 게 제 어머니세요!"

레슬리가 당당하게 뽐내자 셀리스가 가슴께를 움켜쥐고 쓰러지는 행동을 보였다. 그 모습은 마치 레슬리가 움직일 때마다 '내, 내 딸 귀여워!'를 외치며 쓰러지던 사이레인의 모습과 비슷해 보였다.

"사실 저는 이런 것도 있어요."

셀리스는 제 품을 뒤지더니 펜던트 하나를 꺼냈다. 안쪽에 초상화를 넣을 수 있게 만들어진 펜던트에는 셀바토르 공작의 얼굴이 들어 있었다. 어딘가 심하게 많이 늠름해 보이는 어머니의 모습에 레슬리는 눈을 반짝거렸다.

"제가 직접 그렸어요!"

뿌듯한 얼굴로 웃는 셀리스는 마치 나히로키아의 책을 자랑하던 루엔티의 표정을 닮아 있었다.

한참을 자랑하던 셀리스는 펜던트를 다시 자신의 주머니에 넣으며 씁쓸하게 말을 이었다.

"그런데 공작님의 초상화는 구하기가 어렵고, 실제로 뵌 분은 그보다 더 드물어서 역사서를 읽고 상상으로 그렸어요."

아아, 그래서 젊을 적 모습에 과도하게 늠름하신 거구나.

365

레슬리는 다시 한 번, 몬스터도 맨손으로 때려잡을 듯한 늠름한 어머니의 초상화를 바라보았다. 마치 전설 속 영웅 같은 공작을 보며 레슬리는 고개를 끄덕였다.

"그렇지만 많이 닮았어요. 정말 잘 그리시네요."

레슬리의 말에 셀리스는 다시 얼굴을 붉혔다.

"부끄럽지만 공녀님이 그렇게 말해 주시니 자신감이 생기네요."

"정말 잘 그리시는걸요. 복도에 어머니가 젊으셨을 적 초상화가 걸려 있는데 그거랑 비슷했어요. 저는 그림에 소질이 없어서요. 에펜타니 양이 부러워요."

레슬리는 자수나 그림에 약했다. 그림은 자꾸만 덧칠하다 종이가 구멍 나기 일쑤였고, 자수는 간신히 손수건 귀퉁이에 이름과 가문의 문양을 넣을 정도였다.

귀족 여성의 기본적인 소양인 것들이었지만, 그건 자신에게 흠이 되지 않는다는 걸 잘 알고 있었다. 셀바토르 공작저의 모두가 그렇게 말해 줬으니까.

돌아가면 다시 그림을 연습해 볼까. 그런 레슬리의 생각을 정확히 읽었는지 셀리스는 레슬리에게 약속하듯 속삭였다.

"사실 이건 그다지 어려운 게 아니에요. 방법이 있는데……."

그러더니 주저하며 시선을 맞췄다.

"나중에 제가 알려…… 드려도 될까요? 물론! 공녀님께서 괜찮다고 하시면요!"

셀리스의 말에 레슬리는 잠시 머뭇거렸다. 친교를 하자는 뜻인데.

'믿어도 되는 걸까.'

믿어도 괜찮을 사람인데, 엠로아의 사건이 자꾸만 떠올랐다.

하지만 이내 고개를 젓고 웃어 보였다. 다른 사람도 아니라 어머니를 좋아하는 사람이었다. 그러면 믿을 만하지 않을까. 레슬리는 용기를 내 보기로 했다.

"좋아요. 나중에 알려 주세요."

조심스러운 말에 레슬리는 고개를 끄덕였다. 그러고는 얼굴을 붉혔다.

"그리고…… 부디 레슬리라 불러 주세요, 에펜타니 양."

레슬리의 말에 셀리스의 동그란 눈동자에 눈물이 고였다. 그리고 레슬리가 혹여나 말을 바꿀까 격하게 고개를 끄덕였다.

"저, 저도 셀리스……라고 불러 주세요! 레슬리 양……."

"네, 셀리스 양."

서로의 이름을 부르자 어쩐지 즐거워져 두 사람은 시선을 마주치며 작게 웃었다.

청소하는 동안에도 조잘조잘 작은 이야기가 끊임없이 흘러나왔다. 레슬리는 그게 너무도 즐거웠다.

생각해 보면 셀리스는 제 나이 또래의 첫 동성 친구였다.

'콘라드 경이 있긴 하지만 경은 남자인걸.'

거기다 가까이 가기만 해도 얼굴이 붉어져서 레슬리는 조금 조심스럽게 콘라드를 대하고 있었다.

셀리스는 지금 에펜타니 가문과 그 영토에 관해 한참 이야기하고 있었다. 에펜타니 영토는 수도와 멀리 떨어져 있는 곳으로, 수도에서 영토까지 가는 길이 엉망이라며 덧붙였다.

"그래도 물이 좋아서 귀한 약초들이 많이 나는 편이에요. 그래서 저희 가문은 약초학에 능통하지요. 부끄럽지만 저도 약초를 다루는 데 조금 자신이 있어요. 그래서 크면 가문의 일을 물려받을까 생각 중이에요."

얼굴을 붉히며 말하는 셀리스를 보며 레슬리도 배시시 웃었다.

"훌륭한 가문이네요."

"네에, 하지만 좀 한미한 가문이라…… 사실 그래서 후보 명단에 이름이 올랐을 때 조금 많이 놀랐어요. 증조할머님이 후보에 오른 후에는 전혀 없었거든요."

증조할머니라니. 놀란 레슬리가 눈을 깜빡이는데 셀리스는 단호하고 결연한 표정으로 말을 이었다.

"그래서 좀 많이 놀라고 걱정도 되긴 했지만, 이왕 뽑힌 거 열심히 해서 아라벨라는 아니더라고 최초의 사제들에 뽑히고 싶어요! 최초의 사제들에 뽑히면 황실에서 각 가문에 약간의 포상금을 내려 주기도 하고, 사람들이 관심을 주니까요!"

포상금을 받으면 영토로 오는 길을 정비하고 싶다고, 그러면 상인들도 더 많이 오면서 약초값이 오를 거라며 셀리스는 희망찬 얼굴로 외쳤다.

"셀리스 양은 꼭 될 거예요!"

그러자 청소하던 손을 잠시 멈추고 셀리스가 부끄럽다는 듯 빨간 뺨을 움직여 웃었다.

"네, 꼭 이루고 싶은 꿈이에요. 영토에 볼거리가 늘어나면 우리 영토에도 들러 주시겠어요, 레슬리 양? 그…… 친구로서 말이에요."

그 말에 레슬리는 기쁘게 고개를 끄덕였다. 그리고 이제는 그 의미를 잘 알고 있는 새끼손가락을 내밀었다.

"네, 그럼요. 약속할게요!"

이런저런 이야기를 나누면서도 손을 쉬지 않았던 덕에, 두 사람이 맡은 구역은 순식간에 깨끗해졌다.

"다 됐다!"

레슬리는 모아 둔 쓰레기를 작은 바구니에 담으며 마지막 정리를 하는 셀리스를 바라보았다.

"깨끗해졌네요."

레슬리와 셀리스는 자신들이 이뤄 낸 업적을 보며 작게 웃었다.

처음 봤을 때는 이걸 언제 치우나 싶을 정도로 더러웠었는데, 이젠 바닥을 굴러다녀도 될 정도로 깨끗해졌다.

"그런데 침대나 다른 가구들은 무리더라도 등은 꼭 교체하는 게 나을 것 같아요."

셀리스는 불안한 눈으로 벽에 달린 등을 바라보았다. 워낙 오랫동안 쓰지 않던 곳이라 그런지 이곳저곳이 심하게 낡아 있었다.

"이거 자칫하다간 떨어져서 사람이 다치겠어요."

셀리스의 말에 레슬리 역시 동의했다. 초만 올리는 형태의 등이 아니라 유리까지 끼워진 등이었기에, 맞으면 크게 다칠게 분명했다.

"담당 사제님께 말하면 될 거예요. 일단 쓰레기부터 치우도록 하죠."

레슬리의 말에 셀리스가 고개를 끄덕였고 청소하면서 나온 엄청난 양의 쓰레기를 일단 구석에 쌓아 두었다. 그걸 바라본 셀리스가 레슬리를 보며 말을 꺼냈다.

"제가 가지고 갈게요. 레슬리 양은 저쪽을 맡아 주시겠어요?"

셀리스는 쌓아 둔 쓰레기를 신전 측에서 나눠 준 곳에 담기 시작했고, 레슬리 역시 셀리스가 가리킨 방향에 있는 쓰레기를 정돈하기 시작했다. 그때, 이상한 소리가 울려 퍼졌다.

'이게 무슨 소리지?'

마지막 정리에 한창 집중하고 있는데, 귓가에 들려오는 괴상한 소리에 레슬리는 소리 나는 쪽으로 고개를 돌렸다. 그러자 미친 듯 흔들리는 등이 눈에 들어왔다.

바람일까. 하지만 바람이라고 하기에는 오늘 날씨는 바람 한 점 없는 선선한 날씨였다. 도대체 무슨 일일까.

더는 그걸 따질 시간은 없었다. 흔들리는 등은 곧 떨어질 것이고,

등 밑에는 쓰레기를 정리하고 있는 셀리스가 있었으니까. 유일하게 등을 고정하고 있는 가는 줄이 금방이라도 끊어질 듯 위태해 보였다.

"셀리스 양!"

레슬리의 목소리에 셀리스가 레슬리를 바라보기도 전에, 위태롭게 흔들리던 등이 정확히 셀리스의 머리 위로 떨어졌다. 챙그랑!

"꺄악!"

요란한 소리를 내며 유리가 깨지고 놀란 셀리스가 몸을 움츠렸다.

"괜찮아요?"

"세, 세상에……."

등이 셀리스를 덮치기 직전 레슬리가 먼저 움직여 셀리스를 자신 쪽으로 끌어당겼다. 급박한 상황에 너무 강하게 끌어당겼는지 둘 다 바닥에 넘어져 버렸다. 그리고 바로 셀리스의 발아래에, 처참하게 깨진 등이 굴러다녔다.

"저, 저는 괜찮은데, 레슬리 양은……."

"저도 괜찮아요."

놀란 듯 제 가슴을 쓸어내리며 셀리스는 바로 옆에 떨어진 등을 한 번, 그리고 원래 등이 달려 있던 자리를 한 번 바라보았다.

"위험하다 하자마자 등이 떨어졌네요. 다치진 않았나요?"

어딘가 침착해 보이는 레슬리와 다르게 셀리스는 많이 놀란 듯 눈을 동그랗게 뜨고 고개를 끄덕였다.

"감사해요. 덕분에 다치지 않았어요."

혹여나 머리에 맞았을 자신을 상상했는지 셀리스의 얼굴이 하얗게 질려 있었다.

"운이 좋았을 뿐이에요. 그래도 셀리스 양, 너무 놀란 것 같은데 혹시 모르니 사제님께 다녀오세요. 나머지는 내가 할게요."

"그럼 죄송하지만 잠시만…… 자리를 비울게요."

같이 가 주겠다는 레슬리의 말에 괜찮다며 고개를 저은 셀리스는 비틀거리는 발걸음으로 방을 나섰다.

"무언가 이상했지."

레슬리는 깨진 등을 발로 툭툭 쳤다. 그러다 누가 근처에 있을까 주변을 돌아보았다.

콘라드와 렌티우스 그리고 셀리스의 기사는 사제의 부름으로 잠시 자리를 비운 상태였다. 하지만 방에서 얼마 떨어지지 않은 곳이라 소리가 난다면 금방 이리로 달려올 것이 분명했다.

다행히 창밖으로도 아무도 지나가지 않았다. 창밖으로 고개를 내밀어 주변을 다 살핀 후에야 레슬리는 작게 안도의 숨을 흘렸다. 그리고 제 발밑을 바라보며 작게 속삭였다.

"그래도 네 덕분에 아무도 다치지 않았어. 고마워."

레슬리가 위험하다 소리치며 셀리스를 끌어당기는 순간, 발밑에서 올라온 어둠이 등을 쳐 낸 것이다. 무의식적으로 한 행동이었지만 아무도 못 봤으니 괜찮겠지.

작게 속삭이듯 건네지는 감사 인사에 어둠이 발에서 기쁘다는 듯 일렁거렸다.

이제 강대한 어둠을 마음대로 다룰 수 있는 레슬리에게 이런 등은 전혀 위험이 되지 않았다.

잠시 웃는 얼굴로 어둠을 내려다보던 레슬리는 이내 조심스레 파편을 바구니에 넣기 시작했다.

얼마 안 돼 콘라드가 방으로 들어왔다.

"레슬리 양."

달려온 것인지 작게 숨을 헐떡거리던 콘라드가 동그래진 황금빛 눈동자를 레슬리에게 맞췄다.

"큰 소리가 나서 달려온 건데……."

371

그러더니 레슬리가 줍고 있는 유리 조각과 등을 발견하고는 가까이 다가와 레슬리를 살폈다.

"등이 떨어진 겁니까? 다치신 곳은요?"

다급해 보이는 콘라드의 모습에 레슬리는 작게 웃었다.

"괜찮아요. 진정하세요, 경. 셀리스 양이 조금 놀라 사제님을 찾아가긴 했지만, 저는 조금도 다치지 않았어요."

"그렇습니까⋯⋯. 다행이네요."

다행이라는 듯 안도의 숨을 내쉰 콘라드는 레슬리의 옆에 앉아 깨진 유리 파편을 줍기 시작했다.

"이건 제가 하겠습니다. 파편에 손이라도 베이면 안 되니까요."

"그래도 저도 도울게요."

레슬리는 당황함을 감추기 위해 콘라드의 옆에 앉아 파편을 줍기 시작했다.

"크게 떨어진 것 같은데 두 분 다 다치지 않아 다행입니다."

레슬리는 조금 어색한 웃음을 흘렸다.

아직 어둠에 관한 이야기는 셀바토르 공작저의 사람들밖에 모르는 비밀이었다. 스페라도 후작과 엘리가 알고는 있었지만, 그들은 그 정보를 팔아넘길 곳도 없었다.

"네, 신께서 도우신 것 같아요."

어딘가 평소와는 다른 레슬리의 대답에, 유리 파편을 모아 둔 청소용 바구니를 들며 콘라드가 고개를 끄덕였다.

"그렇군요. 신께서 도우신 모양이에요. 레슬리 양."

"흐음."

그리고 조금 멀리 떨어진 곳에서 한 여자가 고개를 갸웃거리며 웃고 있었다.

"잠시 장난을 좀 친 건데, 재밌는 걸 봤네."

마치 얼음과도 같은 눈으로 멀찍이 떨어져서 레슬리를 주시하던 데비엔의 입가가 미소를 머금었다.

"아하, 그래. 스페라도, 스페라도의 힘이구나."

알겠다는 듯 데비엔의 고개가 위아래로 움직였다. 스페라도 가문의 힘은 유명했으니까.

조금 있으면 그분이 오실 텐데 마침 좋은 선물이 되겠다. 그렇게 생각을 하다가 생각이 흘러흘러 엘리에게 닿았다.

'스페라도 가문은 유달리 밀색 머리에 에메랄드빛 눈을 가진 아이들을 아꼈지.'

워낙 목소리가 컸던 스페라도 후작이라 귀족들도, 그리고 사제들도 그 사실을 알고 있었다. 그의 자랑은 황궁에서도, 심지어 기도를 올리기 위해 온 신전에서도 멈추지 않았으니까.

'엘리 양도 가지고 있으려나. 그러면 꽤나 즐거울 텐데.'

잠시 고개를 갸웃거리다 데비엔은 고개를 내밀고 창밖을 살피는 레슬리를 피해 웃으며 걸음을 옮겼다.

✤

"투이나 약초 말씀이신가요?"

셀리스는 지금 제 앞에 있는 고위 사제를 보며 눈을 동그랗게 떴다. 모든 일과를 마치고, 간신히 방으로 들어가려는 셀리스를 담당 사제는 어느 방으로 이끌었다. 그리고 갑자기 투이나 약초에 대해 듣게 되었다.

"네. 에펜타니 가문은 약 제조로 유명한 가문이니, 혹시 에펜타니 후보님은 알고 계실까 해서요."

데비엔의 말에 셀리스는 고개를 끄덕였다. 투이나는 귀한 편이었지만, 에펜타니 영토에서는 어렵지 않게 구할 수 있었기에 어릴 적부터 자주 접해 오던 약초였다.

"잘 알고 있지만 갑자기 그건 왜 여쭤 보시는 건지……."

셀리스는 뒷말을 흐렸다. 이 고위 사제는 어딘가가 무서웠다. 저 눈이 얼음같이 차가워서 그럴까.

"지금 피난민이 이 신전으로 더 몰리고 있답니다. 특히 요 며칠 새 부쩍 늘었지요."

데비엔은 씁쓸한 어조로 말을 이었다. 그건 사실이었다. 분쟁 지역에서는 늘 크고 작은 소란이 일어났다. 특히 이 시누스턴 신전 근처에 있는 분쟁 지역에서는 몬스터까지 나타났고, 때문에 사람들은 몬스터를 피해 점점 시누스턴 신전으로 이동해 왔다. 거기다 며칠 전 일어난 큰 산사태로 다친 사람들이 대거 신전으로 이동해 왔고, 그건 셀리스도 알고 있는 사실이었다.

"그런데 피난민분들에게 제공할 약이 바닥을 보입니다. 어서 새 약을 지급해야 하는지라 약초를 거래하는 상단을 기다릴 수가 없어요."

데비엔의 말에 알겠다는 듯 셀리스는 고개를 끄덕였다.

"그래서 저에게 투이나 약초를 이야기를 하신 거군요."

투이나 약초는 보통 풀과 구별하기가 힘들었다. 거기다 한 독초와 똑같이 생겨서 실력이 부족한 몇몇 사람들은 독초를 약초라고 착각해 환자를 죽음으로 몰아넣는 일이 빈번하게 일어났다. 투이나 약초와 그 독초의 아주 미묘한 차이는 투이나 약초를 다뤄 본 자만이 알고 있었다.

데비엔은 걱정스러운 얼굴로 작게 한숨을 쉬었다.

"네, 그렇습니다. 다행히도 이 근방에 투이나 약초가 자란다고 하더군요. 많이는 아니겠지만 그래도 고비를 넘길 정도라고 합니다. 문제는 그걸 채집해 주실 분이라……. 자칫하면 독초와 섞일 수 있으니까요. 그나마 그걸 구별할 수 있는 사제님들은 치료 때문에 손을 뗄 수 없는 상황입니다. 그래서 에펜타니 후보님께 그걸 부탁드리고 싶어요."

데비엔의 간곡한 말에도 셸리스의 고개는 쉽게 움직이지 않았다. 셸리스는 뭔가 걸리는 게 있다는 듯 주저하더니 말을 꺼냈다.

"하지만 지금 말씀하신 숲에는 사나운 산짐승도 나온다고 들었어요."

그러자 데비엔은 환하게 웃으며 셸리스의 어깨를 토닥였다.

"걱정하지 마십시오. 이 근방 숲에서 나오는 짐승들은 테센트루아 성기사단과 시누스턴 기사단이 꾸준히 사냥하고 있으니까요. 그리고 만약 그 부분이 걱정되신다면 호위를 더 붙여 드리도록 하겠습니다."

"제가 알기로는 테센트루아 성기사님들은 이미 전부 호위를 맡고 계시다고……."

조심스러운 셸리스의 말에 데비엔이 웃으며 대답했다.

"네, 하지만 시누스턴 영주님께서 기사단을 추가로 보내 주셨습니다. 그러니 호위는 걱정하지 않으셔도 좋아요."

그러고는 어딘가 따스한 웃음을 머금고 셸리스를 바라보았다.

"이번 일은 신전에 아주 중요한 일입니다. 에펜타니 후보님밖에 할 수 없는 일이에요. 후보님도 피난민들을 보셔서 알겠지만, 그들에게 제때 약이 돌아가지 않으면 목숨이 위험해집니다."

"그런……."

"약초만 제대로 가지고 와 주신다면 그날은 다른 일정 없이 방에서 쉬셔도 괜찮습니다. 제가 그렇게 해 드리지요."

이어지는 데비엔의 말에 셸리스의 눈동자가 반짝였다. 휴식. 그건 셀리스에게 너무도 간절한 단어였다.

자신밖에 할 수 없는, 중요한 일이라는 말과 휴식이란 말에 결국 셀리스는 고개를 끄덕였다. 그리고 슬며시 데비엔을 보며 말을 꺼냈다.

"저…… 그러면 혹시 다른 분을 데려가도 괜찮을까요?"

셀리스를 바라보는 차가운 눈동자가 즐겁다는 듯 반짝거렸다.

"네, 원하시는 후보생이 있다면 데려가셔도 좋습니다, 에펜타니 후보님."

⚜

'가고 싶지 않았는데.'

짐수레 같은 마차에 몸을 실은 레슬리는 눈을 찡그렸다. 갑자기 야밤에 쳐들어온 셀리스는 눈을 빛내며 자신과 약초를 캐러 가자고 했다. 귀한 약초니까, 자신을 옆에서 돕기만 해 달라고 셀리스는 팔을 잡고 간절히 말했다.

'보니까 숲 외곽 지역에 피어 있더라고요! 독초인 줄 알고 사람들이 손을 대지 않은 모양이에요. 그건 제가 할 테니 레슬리 양도 같이 가요. 일이 끝나면 하루 푹 쉬게 해 주신다고 했어요!'

첫 동성 친구가 눈을 빛내며 부탁하는 데다가 휴식이라는 말, 그리고 담당 사제인 재클렌마저 간곡히 부탁하기에 결국 고개를 끄덕이고 말았다.

거기다 이 숲은 비록 신전과는 조금 떨어진 곳이지만, 테센트루아 성기사단과 시누스틴 영토의 기사들이 매일 순찰하는 곳이었다.

'콘라드 경에 렌티우스 경도 같이 가 주시니까.'

레슬리가 옆을 바라보자, 눈이 마주친 콘라드가 괜찮다는 듯 웃었다.

　호위는 총 여섯 명이었다. 원래 레슬리와 셀리스를 호위하는 세 명의 테센트루아 성기사와 추가로 붙은 시누스턴 기사 세 명으로 이루어졌다.

　거기에 레슬리와 셀리스를 돕기 위한 수습 사제 둘까지 따라와 생각보다 많은 인원이 숲속으로 들어가고 있었다.

　"레슬리 양."

　잠시 숲속 풍경을 바라보는데 셀리스가 슬그머니 레슬리의 옷자락을 잡았다. 고개를 돌리고 시선을 맞추자 어딘가 불안하고 걱정에 찬 얼굴로 애써 웃으며 저를 보고 있었다.

　"같이 와 주셔서 정말 고마워요. 그…… 불편하거나 그런 일 없이 저 혼자 다 할 테니까….."

　셀리스는 내켜 하지 않는 레슬리의 기색을 알아차린 듯 고개를 숙이며 말을 이었다. 그 말에 레슬리는 눈을 동그랗게 뜨고 고개를 저었다.

　"아니, 아니에요! 그냥 쉴 때 푹 자야지, 그런 생각을 하고 있었어요. 오히려 오랜만에 신전을 나오니까 기분이 좋네요."

　레슬리가 환하게 웃자 셀리스의 얼굴이 한결 밝아졌다.

　"다행이다. 저는 제가 억지로 레슬리 양을 끌고 온 줄 알고 너무 걱정했어요."

　가슴을 쓸어내리며 안도의 숨을 흘리는 셀리스를 보며 레슬리는 아니라고 대답하며 고개를 저었다.

　"제가 약초랑 독초 구분법을 알려 드릴게요. 조금 어렵긴 하지만, 레슬리 양은 금방 구분하실 수 있으실 거예요."

　셀리스가 조금 들뜬 목소리로 대화를 이어 나갔다. 그러기를 잠시, 이내 마차가 멈춰 섰다.

"후보님들, 약초꾼에게 듣기로는 이 근방이라고 합니다."

마차에서 두 사람이 내릴 수 있게 도운 수습 사제는 맑은 얼굴로 웃었다.

"그럼 잘 부탁드리겠습니다."

후보의 말에 주변을 둘러보며 셀리스가 천천히 걷기 시작했다. 평소와는 다르게 번뜩이는 눈동자와 진지한 표정 때문에 평소 셀리스의 얼굴과 전혀 달라 보였다.

"아, 찾았어요! 세상에 이렇게 많을 줄이야!"

근방에 투이나 약초가 있다는 말은 사실이었는지, 셀리스는 손쉽게 산비탈 근처에 나 있는 약초들을 찾아냈다. 상기된 얼굴로 셀리스는 주변을 바라보았다.

"독초와 섞여 자랐군요. 그래서 다들 손을 대지 않은 것 같아요. 현명한 선택이에요."

"이게 약초인가요?"

레슬리는 셀리스가 가리키는 풀을 보고 고개를 갸웃거렸다. 아무리 봐도 그냥 흔하게 볼 수 있는 풀 같아 보였다.

"네. 이게 바로 투이나 약초고요, 이건 케튼 독초예요. 그냥 보기에는 똑같아 보이지만 여기랑 여기를 보면 미묘하게 달라요. 보세요. 미묘하게 투이나 약초가 더 날카로운 잎사귀를 가지고 있어요. 거기다 색도 투이나 약초가 조금 더 옅은 편이고…….."

신난 듯 셀리스는 약초와 독초를 들고 설명하기 시작했다. 하지만 레슬리의 눈에는 똑같아 보였다. 여기와 저기가 다르다는데, 도대체 어디가 다른 걸까.

저택에서 베스라온과 하던 다른 그림 찾기를 떠올리며 눈을 찡그려 보았지만, 전혀 다른 점을 찾을 수가 없었다.

다행인 점은 콘라드와 렌티우스 역시 레슬리와 같은 표정이었고,

셸리스의 호위인 다른 테센트루아 성기사는 아예 넋을 놔 버린 표정이었다는 것이다.

"그러니까 주변에서 이 약초를 캐서 저에게 주세요! 모르겠다 싶으면 그냥 전부 뽑아서 저에게 주시면 제가 골라내도록 할게요."

셸리스의 말에 일행들이 안도의 숨을 흘리며 사방으로 흩어졌다. 레슬리는 슬쩍 산비탈 아래를 내려다보았다.

'이거 위험하겠는데.'

밑에는 강이 흐르고 있었는데, 유속은 빨라 보이진 않았지만 그래도 가까이 가고 싶진 않았다. 레슬리는 혹여나 위험할까, 멀찍이 떨어진 곳에 자리를 잡고 약초를 캐기 시작했다.

이건 독초일까, 약초일까. 레슬리는 제 두 손에 들린 풀을 무섭게 바라보았다.

풀에 입이 달려 독초면 독초라고, 약초면 약초라고 스스로 말해 줬으면 좋겠다. 셸리스에게 물어볼까.

슬그머니 고개를 돌리자 다른 사람들이 가져온 바구니에서 무서운 속도로 독초만을 골라내는 셸리스가 보였다. 그러면서 다 골라내면 옆에 핀 꽃으로 뭔가를 만들고 있었다.

셸리스 양에게 맡기면 되겠다. 그렇게 생각하며 레슬리는 고개를 끄덕였다. 주변을 살피니, 다들 진지한 얼굴로 땅에 쪼그리고 앉아 약초를 캐고 있었다.

고개를 들자 맑은 하늘이 보였다. 부드러운 봄바람이 뺨을 스치고 들어갔고, 나뭇잎 사이로 쏟아지는 햇볕은 따스했다.

여유롭다. 레슬리는 눈을 깜빡였다. 데비엔이 무슨 일을 저지르는 건 아닐까 잔뜩 긴장하고 있었는데, 몸의 긴장이 서서히 풀렸다.

거기다 이번 일은 완전히 생뚱맞은 일도 아니었다. 약이 다 떨어져 가는 건 사실이었다. 레슬리의 담당 사제인 재클렌이 피난민들에게 배

급되는 약을 담당하고 있었기에 레슬리 역시 그 사실을 알고 있었다.

'내가 너무 날카롭게 생각했나 봐.'

독초인지 약초인지 모를 풀을 뜯며 레슬리는 눈을 깜빡였다. 이제 마지막 날이 이틀 정도 남은 상황이었다. 서서히 후보 가족들이 신전 주변으로 몰리고 있는 상황.

"역시……."

"역시?"

갑작스럽게 레슬리의 머리 위로 그림자가 드리워졌다. 놀라 고개를 들자 셀리스가 고개를 갸웃거리고 있었다.

"레슬리 양, 그거 독초예요."

결국 셀리스는 레슬리 옆에 앉아 약초를 골라내는 걸 도와주었다.

"레슬리 양."

"네?"

"그…… 고마워요. 갑자기 가자고 해서 난감했을 텐데."

아니라고 다시 말하기도 전에 셀리스가 꽃으로 만든 반지를 내밀었다. 하얗고 작은 꽃송이로 만든 꽃반지는 레슬리도 처음 보는 것이었다.

"한번 만들어 봤어요. 좋아하실지는 모르겠지만……."

하얀 꽃의 줄기를 반으로 갈라 어설프게나마 만든 반지는 레슬리의 손가락보다 조금 컸다. 하지만 레슬리의 눈에는 그게 너무도 예뻐 보였다.

"아니에요. 정말 마음에 들어요."

레슬리가 환하게 웃자, 완전히 마음을 놓은 셀리스도 웃으며 고개를 끄덕였다. 그런 두 사람을 바라보는 렌티우스가 씩 웃으며 콘라드의 옆구리를 찔렀다. 그러자 콘라드는 웃으면서 잘못 뜯었던 잡풀들을 그대로 렌티우스 머리 위에 올려 주었다.

레슬리는 잠시 반지와 셀리스를 번갈아 보다 볼을 붉혔다.

"그런데 이건 어떻게 만드는 건지 알려 주실 수 있나요?"

종종 별장에 놀러 가 꽃다발을 만들며 논 적은 있었지만, 이렇게 꽃으로 뭔가를 만든 걸 보는 건 처음이었다.

"그럼요! 제가 알려 드릴게요. 이 꽃이 반지를 만들기 좋아요. 몇 송이 더 있으면 팔찌도 되고, 화관도 만들 수 있어요. 목걸이도요!"

셀리스의 말에 레슬리의 눈동자가 동그래졌다. 꽃으로 팔찌에 목걸이에, 화관까지 만들 수 있다고? 레슬리는 잠시 제 꽃반지를 바라보았다. 지금 배워 놓으면 공작저로 돌아가 모두에게 만들어 줄 수 있지 않을까.

레슬리는 꽃반지를 낀 공작과 꽃목걸이를 하는 사이레인, 그리고 팔찌를 낀 베스라온과 화관을 쓴 루엔티를 연이어 상상해 보았다.

'잘 어울리겠다.'

분명 어머니는 웃으면서 머리를 쓰다듬어 주실 것이고 아버지는 감동받아 우실 거야. 늘 그러니까. 베스라온 오라버니도 잘 쓰겠다고 말하며 아껴 줄 것이다. 그리고 루엔티 오라버니도 투덜거리면서 써 주겠지.

모두를 상상하면서 레슬리는 환하게 웃었다.

"셀리스 양, 혹시 만드는 법 가르쳐 줄 수 있나요?"

셀리스가 고개를 끄덕였다. 마침 휴식을 취할 시간이라, 두 사람은 주변 들꽃을 엮어 반지와 팔찌를 만들기 시작했다.

"그러니까 여기는 이렇게 해서……."

반지는 쉽게 만들었는데, 팔찌는 생각보다 어려워 레슬리는 자꾸만 실패하고 말았다.

꽃을 따라 조금씩 자리를 옮기다 보니 어느새 나무가 우거진 곳까지 오게 되었다.

셀리스와 레슬리의 모습을 본 한 시누스턴 기사가 약초에서 눈을 떼고 두 사람을 바라보며 외쳤다.

"후보님들, 너무 나무가 무성한 곳으로 붙으시면 안 됩니다. 산짐승이 숨어 있을 수 있어요. 특히 분쟁 지역에 산사태가 나서 이쪽으로 이동해 왔을 가능성이 큽니다."

그 말에 셀리스의 얼굴에서 미소가 지워졌다.

"산짐승이래요."

셀리스가 겁을 먹은 듯 주변을 돌아보았고, 레슬리 역시 조금 겁이 나기 시작했다. 레슬리가 여태 만난 산짐승은 토끼와 사슴 같은 무해한 동물이 다였다. 그래서 그런지 아까와는 다르게 풍경이 어딘가 어두워 보였다.

나무가 우거진 곳 초입이건만 셀리스는 불안한 듯 레슬리의 손을 잡아당겼다.

"레슬리 양, 일단 우리 들판 쪽으로 돌아가서……. 까악!"

그때 무언가가 풀숲에서 튀어나왔다. 무언가 작은 형체가 갑자기 풀숲에서 튀어나오자, 놀란 셀리스가 비명을 지르며 한쪽으로 달리기 시작했다.

마치 겁을 잔뜩 집어먹은 말이 흥분해 달리는 것처럼 레슬리의 손을 잡고 한참을 달리던 셀리스는 돌부리에 걸려 큰 소리를 내며 넘어졌다. 그리고 그건 영문도 모르고 셀리스에게 끌려가던 레슬리도 마찬가지였다.

"다들 괜찮으십니까?"

놀란 렌티우스가 달려오자 레슬리는 고개를 끄덕였다. 실제로 큰 소리를 내며 넘어지긴 했지만, 셀리스와 레슬리는 무릎이 조금 까진 것 외에는 크게 다친 곳이 없었다.

"아까 그 산짐승은 뭐였나요?"

아직도 놀라 제정신을 못 차리는 셀리스를 토닥이며 레슬리가 묻자, 콘라드가 멋쩍은 얼굴로 자신의 손에 들린 토끼를 보여 주었다. 놀란 듯 눈이 동그래진 갈색 토끼가 코를 벌름거리고 있었다.

토끼를 보자마자 레슬리와 셀리스는 작게 웃음을 터트렸다. 토끼한 마리에 이렇게 겁을 먹을 줄이야.

"죄, 죄송해요. 제가 너무 놀라서……. 어릴 적에 늑대를 만난 적이 있거든요."

아직 바닥에 주저앉아 있는 셀리스가 부끄럽다는 듯 몸을 일으키고, 레슬리는 손을 뻗어 셀리스가 일어날 수 있게 도와주었다.

그리고 그때, 갑자기 발밑이 무너져 내렸다.

⚜

'이게 어떻게 된 일이지.'

강에 빠져 흠뻑 젖어 버린 몸이 덜덜 떨렸다. 몸을 타고 올라오는 한기에 레슬리는 제 팔을 세게 문질렀다. 하지만 그런다고 한기를 없앨 수는 없었다. 거울을 보지 않아도 지금 자신의 안색이 나쁠 거라고 충분히 예상할 수 있었다.

갑자기, 정말 말 그대로 땅이 주저앉았다. 그리고 그 위에 있던 셀리스와 레슬리는 산비탈을 굴러 강에 빠져 버렸다.

유속이 빠르지는 않았지만, 그래도 강이었다. 비명도, 도와 달라는 외침도 그리고 공포도, 무정한 강은 그대로 삼켜 버렸다. 숨을 쉬고 싶어 입을 벌리면 차가운 강물이 쏟아져 들어왔고, 레슬리는 고통 속에서 한참을 버둥거렸다.

그때 셀리스가 눈에 들어왔다. 이미 산비탈을 구를 때 기절한 듯 축처져 있는 셀리스는 이리저리 부딪히며 빠르게 흘러가고 있었다.

'안 돼!'

레슬리는 간신히 손을 뻗어 그녀의 팔을 잡는 데 성공했다. 점점 창백해지는 셀리스를 보며 레슬리는 그녀의 팔목을 잡은 손에 힘을 주었다.

'빠, 빠져나가야 해.'

이대로 있다간 자신도 분명 정신을 놓을 게 분명했다. 어서, 움직여줘. 어서! 그리고 그 간절함에 화답하듯 어둠이 폭발하듯 터져 나갔고, 레슬리와 셀리스의 몸이 공중에 붕 떴다. 레슬리는 급히 숨을 들이켰다.

하지만 그건 찰나였고, 둘은 곧 차가운 강물 속에 박혔다.

다시 폐부에 차가운 물이 차오르기 시작했다.

"쿨럭!"

레슬리는 간신히, 정말 간신히 강기슭으로 기어 나올 수 있었다. 그나마 강 한가운데가 아니라 강기슭과 가까운 곳에 떨어진 덕이었다. 그리고 어둠의 도움을 받아 기절한 셀리스까지 강에서 이끌어 나왔다.

나오자마자 기침이 연달아 터졌다. 폐가 찢어져 나갈 것 같은데도 계속 터지는 기침에 레슬리는 배를 움켜쥐고 자갈 위에 누웠다.

그러기를 한참. 기침이 멈추고 레슬리는 비틀거리며 몸을 일으켰다.

미리 베스라온 오라버니에게서 수영을 배워 두길 잘했다. 루엔티 오라버니랑 어둠이를 다루는 걸 훈련해 두길 잘했어.

실제로 어둠은 물속에서 평소보다는 느린 움직임을 보였다. 조금 더 지체했더라면 익사했을지도 모르는 일이었다. 그렇게 생각하며 레슬리는 몸을 떨었다.

"세, 셀리스 양."

자신의 옆에는 셀리스가 누워 있었고, 산기슭에서 굴러떨어질 때 다친 듯한 상처가 온몸에 나 있었다. 하지만 그것보다 심각해 보이는 건 그녀의 얼굴이었다. 하얗게, 그리고 푸르게 질린 얼굴은 셀리스가 금방이라도 숨을 거둘 것처럼 보였다.

"셀리스 양, 정신 차려 봐요."

레슬리는 덜덜 떠는 손으로 셀리스를 흔들었다. 하지만 셀리스의 꼭 닫힌 눈은 움직일 생각을 하지 않았다. 그저 얼굴이 점점 더 하얗게 변하고, 몸은 차가워질 뿐이었다.

어쩌지. 어쩌지. 눈물이 떨어질 것 같았다.

"도움을……."

누가 자신을 도와줄 사람이 없을까. 주변을 둘러보는데, 이상한 소리가 들려왔다.

"크르르르."

숲 안쪽에서 들려오는 낮은 울림. 레슬리가 고개를 돌리자, 으슥한 곳에서 늑대가 천천히 두 사람을 향해 오고 있었다. 짙은 회색의 늑대는 제 영역을 침범한 레슬리와 셀리스를 향해 이빨을 드러내며 위협하고 있었다.

레슬리는 작게 숨을 헐떡였다. 강에 빠졌다가 간신히 살아나오니, 이젠 기다렸다는 듯 늑대가 나타났다.

비록 레슬리는 이번에 늑대를 처음 보았지만, 저 늑대가 보통 늑대보다 크다는 걸 확신할 수 있었다. 한 마리, 두 마리……. 다섯 마리의 늑대가 숲의 그림자에서 빠져나왔다.

금방이라도 작은 목덜미를 물어뜯을 듯 으르렁거리는 늑대들은 레슬리가 겁먹은 걸 아는지, 쉽사리 덤비지 않았다.

'이, 이럴 땐 어떻게 해야 한다 그랬지.'

사이레인이, 그리고 베스라온이 위험한 상황에서의 행동을 많이 이야기해 주었지만, 막상 그런 상황이 닥치니 아무것도 생각나지 않았다.

"가까이 다가오지 마!"

레슬리는 강가에 있는 돌을 집어 던졌다. 여유롭게 피한 늑대들이 점점 한 발짝씩 포위망을 좁혀 왔다. 레슬리가 계속해서 작은 돌을 집어 던졌지만, 마치 그런 레슬리를 비웃기라도 하듯 늑대들은 더욱 가까이 다가왔다.

그리고 레슬리가 굳어 있는 사이 늑대 한 마리가 천천히 빙 돌아 레슬리의 뒤로 다가왔고.

"안 돼!"

기절한 셀리스의 옷자락을 물고 그녀를 질질 끌고 가기 시작했다. 빠르게 셀리스가 숲의 그림자 속으로 끌려들어 갔다.

"셀리스!"

레슬리가 셀리스의 팔목을 잡자, 남은 네 마리의 늑대가 무섭게 이빨을 드러내며 위협하더니 전부 레슬리에게 덤벼들었다.

팔을 물리고 고통이 찾아왔다. 몸 여기저기가 날카로운 발톱에 긁혔다. 그런 와중에도 레슬리는 셀리스의 팔을 놓지 않았다.

기절해 반항이 없는 셀리스를 끌고 가고, 그런 셀리스에게 정신을 판 레슬리를 손쉽게 사냥할 생각인 듯했다. 자연의 이치로는 맞는 일이었다.

"깨깽!"

하지만 그건 동물들이나 평범한 사람들에게나 통할 법칙이었고, 레슬리는 예외였다. 그녀는 그 누구도 넘보지 못할 어둠의 힘을 가지고 있었으니까.

다가오던 늑대 중 한 마리가 공중에 들렸다가 처참하게 바닥으로 내쳐졌다. 뼈가 부서지는 끔찍한 소리가 울려 퍼지며 그 늑대는 그대로 숨을 거두었다.

어둠은 거기서 멈추지 않았다. 몸을 부풀리더니 아직도 레슬리 주변을 어슬렁거리는 두 마리를 먹어 치웠다. 어둠에 먹힌 두 마리의 늑대들이 울부짖었으나 그 소리마저 어둠에 먹혔다.

레슬리는 이 광경이 실감 나지 않았다. 늑대들이 하나둘씩 사라지고, 죽었다. 너무도 현실감 없는 풍경에 오히려 머리가 식기 시작했다.

"크르릉."

아직 한 마리가 더 남아 있었다. 다른 늑대의 두 배는 되어 보이는 늑대는 대장인 듯 신중하게 레슬리의 주변을 맴돌았다.

'물이······.'

젖은 앞머리에서 떨어진 물 한 방울이 둥근 이마를 타고 떨어져 레슬리의 눈동자를 가린 순간, 늑대는 순식간에 레슬리 앞에 도달했다. 강철조차 뜯을 정도로 거대한 이빨이 레슬리의 머리에 닿기 일보 직전이었다.

하지만 늑대는 제 부하들의 복수를 하지 못했다. 우드득. 입을 벌린 채 그대로 어둠에 몸이 꿰뚫렸고, 엄청난 양의 피가 사방으로 뿜어져 나갔다. 그리고 그 피는 고스란히 레슬리의 위로 흩뿌려졌다.

차가운 몸 위로 뜨거운 피를 뒤집어쓴 레슬리는 잠시 피범벅이 된 제 몸을 한 번, 그리고 쓰러진 거대한 늑대를 한 번 바라보다가 숲의 그림자 쪽으로 고개를 돌렸다.

"놔."

아직 셀리스의 옷자락을 물고 있는 늑대가 공포로 얼어붙었다.

"셀리스를 놔."

레슬리가 한 발 다가가자, 늑대가 멀리 물러섰다. 착 가라앉은 귀가, 그리고 다리 사이로 들어간 꼬리가, 거대한 늑대가 작은 소녀에게 겁을 먹고 있다는 사실을 여실하게 보여 주었다.

"끄으응."

레슬리가 한 발 더 다가가자 늑대는 그대로 셀리스를 놓고 빠르게 숲의 그림자 속으로 사라졌다.

잠시 레슬리는 주변을 둘러보았다. 두 마리의 늑대 사체와 피로 엉망인 광경. 레슬리는 혹여나 셀리스가 깨어나 늑대들의 사체를 볼까, 셀리스를 끌고 강 위쪽으로 걸어갔다.

한참을 걷다가 늑대들의 사체가 있는 장소에서 먼 곳, 그리고 안전해 보이는 곳에서 걸음을 멈췄다.

셀리스를 조심스럽게 눕혀 놓고는 레슬리는 그대로 강으로 걸어 들어갔다. 레슬리가 강물에 들어가자마자, 푸른 강물은 피로 붉게 물들었다. 물을 끼얹고 손을 연달아 씻어 보았지만, 주변을 가득 메운 붉은 피는 점점 더 짙어졌다.

눈물이, 터져 흐르기 시작했다. 무슨 짓을 저지른 걸까.

"아니야, 이게 맞았어."

만약 늑대들을 죽이지 않았더라면, 자신과 셀리스는 늑대 무리의 한 끼 식사가 되었을 것이 뻔했다. 그러니 죽이는 것이 맞았다.

하지만 자신의 힘으로 생명이 으스러져 버린 느낌은 달가운 것이 아니었다. 체온이 피와 함께 강물을 타고 사라져 가는 데도, 레슬리는 계속 강에 손을 담갔다.

"피는…… 차가운 물에 빨면 순식간에 빠지는데……."

왜 이렇게 핏빛이 옅어지지 않을까. 왜 계속해서 피가 흐르는 것 같을까. 레슬리의 작은 몸이 천천히 허물어지기 시작했다.

"왜 나는……."

남들은 평생에 한 번 겪을 만한 이런 일이 왜 내게는 계속해서 일어나는 걸까. 나름 조심한다고 해도, 어느새 또 휩쓸렸다. 막아 보려 해도 언제나 같은 결말이었다. 그리고 주변 사람도 항상 함께 휩쓸렸다.

엠로아의 사건이 떠오르며 간신히 멈췄던 눈물이 다시 떨어지기 시작했다.

"흐윽."

부정적인 생각을 멈추려고 했으나 물밀듯 아픈 기억들이 쏟아져 내렸다. 질식할 것 같다. 레슬리는 숨을 헐떡였다.

"아, 찾았네요."

그런데 어디선가 목소리가 들려왔다. 레슬리는 놀라 주변을 돌아보았다.

레슬리가 떠내려 왔을 법한 강기슭 위쪽에서 한 여자가 천천히 걸어오고 있었다. 움직이기 편하게 가벼운 옷차림을 한 여자는 강물 속에서 굳어 있는 레슬리를 보며 웃음을 머금었다.

"괜찮은가요?"

그리고 레슬리를 훑었다. 그녀의 고개가 옆으로 기울었다.

"안 괜찮아 보이지만요. 아, 여기 에펜타니 후보님도 계시는군요."

데비엔은 강가에 누워 있는 셀리스에게 가까이 다가갔다.

"셀리스 양에게 다가가지 마!"

레슬리의 외침과 동시에 셀리스의 뒤에 놓여 있던 거대한 바위가 깨져 나갔다. 데비엔의 눈동자가 놀라움으로 가득 찼다. 하지만 그건 순간이었다. 그녀는 다시 차가워진 눈동자를 휘며 아직도 강에 들어가 있는 레슬리를 바라보았다.

"저는 그저 에펜타니 후보님을 치료하고 싶을 뿐입니다. 그리고 공녀님도 몸이 더 차가워지기 전에 나오시는 게 좋을 것 같네요."

레슬리는 경계의 눈빛을 풀지 않았다. 저 여자는 위험한 여자였다. 재판에서 자신이 무슨 일을 당했던가.

레슬리는 급하게 강가로 걸어 올라갔다. 하지만 레슬리가 셀리스에게 도달하기도 전에 데비엔이 빠르게 셀리스에게 손을 뻗었다. 순식간에 어둠이 발치에서 뻗어 나가 정확히 데비엔의 목을 노렸다. 데비엔은 예상했다는 듯 옅게 웃었다.

어둠은 정확히 그녀의 목에 닿기 전에 멈춰 섰다.

"아직 사람은 못 죽이시는군요, 공녀님?"

레슬리는 그 말에 흠칫 굳어 버렸고, 어둠은 서서히 레슬리 쪽으로 되돌아갔다.

마치 자신이 지금 무슨 일을 경험했는지 알고 있는 듯한 말투.

그런 그녀가 귀엽다는 듯 웃으며 데비엔은 말을 이었다.

"그런 건 경험하지 않는 게 좋을 겁니다. 진심으로 해 드리는 충고예요. 썩 좋은 기분이 아닐 테니까요."

데비엔은 레슬리가 다시 어둠을 움직이기 전에 손을 뻗어 셀리스의 이마를 짚었다. 황금빛으로 시야가 물들고, 순식간에 셀리스의 안색이 훨씬 나아졌다. 푸르게 변하던 안색은 원래의 색으로 돌아왔고, 뺨에는 혈색이 돌기 시작했다.

레슬리가 멍하니 그 모습을 바라보자, 데비엔은 놀라운 일은 아니라는 목소리로 말을 이었다.

"이래 봬도 고위 사제랍니다. 공녀님은…… 제게 치료받는 건 원치 않으시겠죠?"

그러고는 천천히 레슬리 쪽으로 걸어 들어왔다.

"이왕 충고를 해 드린 김에 하나 더 해 드릴까요."

아직도 레슬리의 발밑에서 어둠이 일렁거리는 것을 상관하지 않는 듯 천천히 레슬리에게 걸어왔다. 가까운 거리까지 다가온 데비엔이 살포시 웃었다.

"셀바토르 공작을 너무 믿지 마시길."

"뭐……?"

"그녀는 잔혹한 여자니까요. 그녀가 혼란의 시대 때 얼마나 많은 이를 희생시키고 죽였는지 알고 계십니까."

데비엔의 주름진 입가에 걸린 미소는 어딘가 슬퍼 보이기도 그리고 화나 보이기도 했다.

"그녀는 대의를 위해서라면 누가 죽든 상관하지 않을 겁니다. 그래요. 이 제국의 안녕을 위해서라면 그녀는 당신이 죽는 것도 감안할 분이죠."

"어머니는 그런 분이 아니야!"

레슬리는 감정에 받쳐 소리 질렀다. 어디서 그런 힘이 남아 있었는지 스스로도 알 수 없었다.

"어머니는 상냥하시고 강하신 분이야! 재판에서 증거를 조작하는 당신 따위가 감히 그런 말을 할 분이 아니라고!"

그 울부짖음에 데비엔은 하얀 이를 보이며 웃더니 상냥하고 부드러운 목소리로 말을 이었다.

"증거 조작은 아이테라 공자도 했지요."

데비엔은 손을 뻗어 레슬리의 뺨을 매만졌다. 마치 할머니가 어린 손녀를 쓰다듬는 듯 조심스럽고 상냥한 손길이었다.

"저는 그저 공녀님을 생각해 하나의 충고를 하는 겁니다. 진심으로 말이죠."

"진심……."

"네, 사실 공녀께서는 모르고 있지 않으셨나요? 왜 셀바토르 공작이 그대를 아라벨라로 만들려고 하는지, 그리고 그 뒤에 무엇이 있는지. 그 뒤를 공작님이 말씀해 주신 적 있으신가요?"

"……."

"없나 보군요."

그 말에 레슬리의 눈동자가 흔들렸다. 아까와 다른 의미로 발밑이 꺼지는 듯한 느낌이 났다. 불쾌하고, 거부하고 싶은 감각이 스멀스멀 몸을 타고 올라왔다. 그리고 이 느낌은 레슬리가 한 번 겪었던 감각이었다.

'스페라도 후작가와 엠로아…….'

사랑받고 싶었던 가족이 자신을 불구덩이에 넣었을 때, 그리고 그런 어두운 과거에서 자신에게 유일하게 손을 내밀었던 사람이 자신을 죽이려고 했을 때 느꼈던 감각. 배신이었다. 그런 레슬리의 머릿속을 꿰뚫어 보기라도 하듯 데비엔은 낮은 웃음소리를 흘렸다.

이렇게 흔들면 될 일이었다. 친가족에게 몇 번이나 죽을 뻔하고, 그나마 믿었던 이에게 배신당한 이 소녀는 이제 배신당할까 봐 제 몸을 움츠리고 있을 게 분명했다.

그러니 그 아주 작은 틈을 헤집어 놓으면 아무리 견고한 관계라도 조금이나마 흔들릴 것이고, 그 흔들림은 자신의 주인에게 승리를 가져다주리라.

"가엾은 공녀님. 쓰레기들을 피해 도망친 곳이 자신을 이용하려는 괴물의 소굴이라니. 그간 달콤한 꿈은 꾸셨나요?"

데비엔은 레슬리가 무너져 내리리라 생각했다. 무언가를 처음 죽여 괴로워하는 이때 아픈 기억을 헤집어 놓으면 누구라도 무너져 내릴 것이다. 울면서 아파하고, 괴로워하다 흔들릴 것이다.

그런데 무언가가 조금 이상했다. 천천히 고개를 든 레슬리의 눈동자는 흔들리지 않고, 오히려 덤덤하게 가라앉아 있었다.

"나는, 당신의 말 따위는 믿지 않아요."

배신. 그건 레슬리에게 있어 큰 상처 중 하나였다. 행동거지는 조심스러워졌으며, 선뜻 남의 호의를 쉽게 믿기가 힘들어졌다.

그런 배신에서 레슬리가 하나 확실하게 배운 것이 있었다. 바로 셀바토르 공작저의 사람들을 의심하지 않는다는 것.

엠로아의 사건에서 가장 나쁜 사람은 스페라도 후작이었지만, 셀바토르 공작저의 사람들을 믿지 않은 자신 때문에 초기에 가볍게 끝날 일이 커졌다.

"나는 다시는 셀바토르 공작저의 사람들을 의심하지 않기로 했어요."

만약 자신이 셀바토르 공작저의 사람들을 믿었다면 어떤 결과가 나왔을까.

'적어도 나를 호위한 레소 경과 반트 경이 아버지에게 혼나지는 않았겠지.'

그걸 생각하며 레슬리는 자조적인 웃음을 흘렸다. 레슬리는 고개를 들고 아직도 자신을 신기한 눈으로 바라보는 데비엔과 시선을 맞췄다.

"나는 한 번의 실수를 했고, 같은 실수를 반복하지 않을 거예요. 그러니까, 당신들의 장단에 맞춰 흔들리지 않을 거야."

그리고 오히려 데비엔이 지금 나타난 것이 레슬리에게 도움이 되고 있었다. 그녀와 대치하고 있는 이 상황에서 적어도 셀리스는 데리고 빠져나가야 한다는 생각 덕분에 아까까지 머리를 덮고 있던 부정적인 생각들이 뒤로 물러나기 시작했다.

데비엔의 눈동자가 동그래지더니 이내 휘며 반짝였다.

"생각보다 더 강한 믿음을 가지고 있으시군요."

"셀바토르 공작님은 내 어머니니까."

레슬리의 단호한 대답에 데비엔은 작게 웃음을 터트리더니 고개를 끄덕였다.

"어머니, 어머니라. 그렇죠, 그분은 공녀님의 어머니시죠."

자신이 졌다는 듯 두 손을 살짝 올린 데비엔이 쓰러져 있는 셀리스 쪽으로 걸어가더니 그녀의 상태를 확인하고는 레슬리를 바라보았다.

"하지만 충고는 진심이었답니다. 부디 마음속에 새겨 주시길."

"거짓말쟁이에, 후작의 끄나풀인 당신의 말 따위 믿지 않아. 나는, 나를 구해 준 내 어머니와 내 가족들을 믿어."

레슬리가 그렇게 대답할 줄 알았다는 듯 데비엔은 고개를 끄덕이더니 몸을 일으켰다.

"그렇게 간절하게 믿고 싶으면 믿으세요, 공녀님. 당신의 최후가 더욱 선명하게 그려지네요. 만약 제 말의 증거가 필요하다면 그녀의 오랜 친구가 보낸 편지를 찾아 읽어 보세요. 당신이라면 공작저 집무실 출입 정도는 손쉽겠지요."

그러고는 레슬리가 걸어왔던 쪽을 바라보았다. 무언가를 가늠하듯 그녀의 눈동자가 잠시 가늘어졌다.

"금방 공녀님이 믿을 만한 분이 올 겁니다. 그분께 에펜타니 후보님의 상태를 다시 봐 달라고 하세요."

이제 사라질 때가 되었다는 듯 데비엔은 숲속으로 걸어가다가 걸음을 멈추더니 몸을 돌려 레슬리를 바라보았다.

"아, 그리고 저는 스페라도 후작 따위의 밑에 있지 않습니다. 어떤 오해를 받든 상관은 없지만 그건 좀 불쾌하군요."

그는 너무 멍청하잖아요? 그렇게 말하며 데비엔은 손을 살랑 흔들고는 숲속으로 사라졌다.

데비엔 말의 일부는 진실이었다. 그녀가 사라지고 얼마 되지 않아 발소리가 들려왔고 레슬리의 이름을 부르는 목소리가 닿았으니까.

"레슬리 양!"

곧 콘라드가 레슬리를 찾아냈다. 어떻게 움직인 것인지, 상처투성이에 늘 깔끔하던 하얀 제복은 핏물로 붉게 얼룩져 있었다. 거친 숨을 몰아쉬며 레슬리에게 다가오는 콘라드의 손에는 빛나는 마법석이 들려 있었다.

"콘라드 경."

레슬리는 제 옆으로 다가오는 콘라드를 바라보았다. 어떻게 데비엔도 그렇고 콘라드까지, 이렇게 자신을 이리 빨리 찾아낸 걸까.

레슬리의 상태를 훑어보는 콘라드의 얼굴이 점점 굳어졌다. 산기슭을 구를 때 생긴 상처와 늑대가 날카로운 발톱으로 할퀸 상처에서 피가 계속 흐르고 있었다.

말없이 다가온 콘라드는 레슬리의 손을 잡고 마치 기도하듯 제 이마에 손을 가져다 대었다. 평소보다 더 강한 힘이 손을 타고 흘러 레슬리의 몸을 감싸 안았다.

멍도, 상처도 순식간에 아물었다. 거기다 물에 빠져 버둥거리고, 급작스럽게 어둠을 움직이느라고 피로해졌던 몸이 한결 가벼워짐과 동시에 활력이 돌기 시작했다.

신력을 너무 쓰는 게 아닐까. 그런 걱정이 저절로 들 정도였다. 아까 셀리스를 치료할 때 데비엔이 쏟았던 것보다 더 강한 힘이었다.

하지만 콘라드는 괜찮다는 듯 고개를 들고 웃어 보이더니 빠르게 제 망토를 벗어 레슬리의 몸에 걸쳐 주었다.

"늦게 와서 미안해요. 산사태가 일어나 산짐승들이 날뛰면서 이리로 오는 바람에 너무 늦어 버렸어요."

콘라드의 몸에 묻은 피는 전부 짐승의 피였나 보다. 그나저나, 산사태라고?

"산사태……였나요?"

레슬리의 상태를 황급히 살피던 콘라드가 고개를 끄덕였다.

"분쟁 지역에서 연이어 벌어진 산사태가 이 근방까지 영향을 미친 모양이었습니다. 하지만 설마 그렇게 무너질 줄이야……."

그 말에 레슬리는 눈을 깜빡였다. 지금 이 숲이 분쟁 지역과 가깝다고는 하지만, 거리가 있는 편이었다. 거기다 데비엔도 왔다 가지 않았던가.

그런 레슬리의 눈빛을 읽었는지 콘라드가 말을 덧붙였다.

"수습 사제님들과 시누스턴 기사님 몇 분이 신전으로 급히 가셨으니, 곧 자세한 조사를 위해 사람이 파견될 겁니다."

레슬리는 고개를 끄덕였다. 정말 산사태든, 아니면 지금 나타난 데비엔이나 언제나 자신을 위험에 빠트리고 싶었던 엘리의 장난이든, 곧 밝혀질 것이다.

'엘리는 그간 저지른 짓이 있으니까.'

또 모르지. 어딘가 불을 준비해 놓고 자신을 거기에 떨어트리려 했던 걸지도. 거기다 데비엔과 엘리는 같은 편이 아니던가.

레슬리는 잠시 고개를 끄덕이다가 다시 콘라드의 손을 잡았다.

"콘라드 경, 에펜타니 양을 봐 주실 수 있나요?"

데비엔이 무슨 짓을 저질렀을까, 확인이 필요했다. 레슬리의 말에 셀리스를 살펴본 콘라드가 고개를 갸웃거렸다.

"이미 신력으로 치료가 된 것 같군요. 누가 다녀갔습니까?"

"데비엔 사제가 왔다 갔어요."

레슬리는 덮고 있는 망토를 꼭 쥐며 눈을 찡그렸다.

"저는 그래서 그녀가 제 발밑을 무너트렸다고 생각하고 있었어요."

그 말에 콘라드가 진지해진 얼굴로 고개를 끄덕였다. 그리고 뭔가를 작게 중얼거렸다.

"그런데 콘라드 경, 경은 어떻게 제가 있는 곳을 이렇게 빨리 찾아냈나요……?"

레슬리의 물음에 콘라드는 제 옷 속에서 아직도 빛을 내고 있는 마법석을 꺼내 레슬리에게 보여 주었다.

"루엔티 님이 혹시 모를 때를 대비해 저에게 맡긴 것입니다. 위급 상황 시 레슬리 양의 위치를 알려 주는 것이지요."

"오라버니가 주셨군요."

그러더니 원래 있던 자리라는 듯 손수건에 마법석을 감싸고는 제 안주머니에 넣었다. 마법석을 감싼 손수건은 아주 오래전 레슬리가 선물로 준 것이었다.

"레슬리 양, 사실은 저는 다른 곳을 먼저 들렀다 왔습니다. 그래서 조금 늦어 버렸지요."

마법석이 처음 가리킨 곳으로 렌티우스와 달려왔을 때, 두 사람은 굳어 버렸다.

두 명의 소녀를 찾기 위해 갔는데, 발견한 것은 거대한 늑대 시체와 숲의 그림자까지 끌려갔던 흔적뿐이었다. 죽은 것은 두 마리. 하지만 콘라드는 땅 위에 흩어진 발자국으로 다섯 마리의 늑대가 이 자리에 있었다는 걸 어렵지 않게 알 수 있었다.

렌티우스는 천천히 주변을 돌아보며 얼굴을 찡그렸다.

"도대체…… 뭐가 이놈들을 공격한 거지?"

흔적은 다섯, 도망간 수는 하나. 하지만 두 마리는 없고, 두 마리는 처참하게 죽어 있었다. 한 마리는 거인이 집어 던진 것처럼 척추가 끊어져 있었고, 나머지 한 마리는 무언가에 관통당했다.

"이 정도 크기의 늑대라면 적어도 기사 서넛이 같이 공격을 해야 할 텐데."

하지만 주변에 있는 사람의 흔적이라곤 레슬리와 셀리스의 흔적밖에 없었다. 렌티우스는 찢겨진 레슬리의 옷자락을 주워 들며 눈을 찡그렸다.

늑대의 사체를 심각하게 바라보고 있던 콘라드가 나지막이 렌티우스를 불렀다.

"선배님, 괜찮으시다면 돌아가서 사람을 불러와 주시겠습니까. 그리고 이 일은 부디 비밀로 해 주십시오."

그리고 콘라드는 어딘가 슬픈 눈으로 웃었다.

"부탁드리겠습니다."

"선배님은 입은 무거운 편이지요. 그 하르트 경도 친하게 지내는 분이니 믿을 만할 겁니다."

레슬리의 눈동자가 떨리기 시작했다. 어둠을 쓰는 건 셀바토르 공작가의 몇 사람들만 알고 있는 사실이었다. 혹시 모를 불이익을 고려해 셀바토르 공작은 그 사실을 알고 있는 모두에게 함구령을 내렸고, 거기엔 레슬리 본인도 포함되어 있었다. 콘라드는 레슬리의 표정을 보고 조금 섧게 웃었다.

"저에게 뭔가를 감추고 계시는군요."

늘 다정한 목소리였는데, 이번엔 슬픔이 묻어 있었다.

"그게……."

레슬리가 뭔가를 말하기도 전에 콘라드가 먼저 말을 이었다.

"괜찮습니다. 숨길 만한 것이니 숨기신 것이겠지요. 일단 신전으로 돌아가……."

"콘라드 경!"

콘라드가 몸을 돌리기도 전에 레슬리가 절박한 표정으로 콘라드의 팔을 잡았다. 그리고 입술을 한 번 깨물고 작게 말을 흘렸다.

"돌아가서, 돌아가서 다 말해 드릴게요."

레슬리의 대답에 황금빛 눈동자가 동그래졌다가 곧 살짝 휘며 웃음을 머금었다.

"네, 기다리고 있겠습니다."

❧

최초의 사제를 뽑는 2차 시험은 중지되었다. 어찌 보면 당연한 결과였다. 후보들은 전부 귀족이었고, 그런 후보 중 두 명이 산사태로 큰 위험에 처했다. 후보들과 가족들의 항의가 빗발쳤고, 신전에서는 어쩔

398

수 없이 시험 중단을 발표했다.

하지만 다들 저택으로 돌아가지 못하고 신전에 머물러야 했다. 시험 종료일이 사흘 정도 남은 때에 벌어진 일이라 발표 날에 맞춰 신전으로 오는 후보의 가족들과 엇갈리지 않기 위함이었다. 그리고 그 무엇보다 아직 최초의 사제들에 대한 발표가 나지 않은 상황이었다.

"얼마나 기다려야 하려나."

레슬리는 무릎을 끌어안고 중얼거렸다. 강에서 돌아온 지 하루가 넘었다. 그사이 콘라드는 조사를 위해 자리를 비웠고, 셀리스는 방에서 휴식을 취하고 있었다.

그나마 다행인 점은 시험이 중지됨과 동시에 신전에서 후보생들에게 제대로 된 방을 지급해 준 것과 신전 안으로 들어올 수 없게 했던 사용인과 호위들의 출입 역시 허락해 준 것이었다.

"아가씨!"

마델이 웃으며 방문을 열고 들어왔다. 마델의 손에 들린 쟁반에는 포타주 수프와 샐러드 그리고 하얀 빵과 잼, 거기에 신전에서는 구할 수 없는 햄까지 올려져 있었다. 아마도 신전 밖 마을 상점에서 마델이 따로 사 온 듯 보였다. 마델은 테이블 위에 음식을 정성스럽게 올리며 레슬리를 불렀다.

"어서 드셔야 몸 상태가 나아지실 거예요."

이미 콘라드의 신력으로 몸은 다 나은 상태였지만, 마델은 레슬리가 걱정되는지 음식을 가득가득 받아 왔다. 레슬리가 먹기에 조금 많은 양이었지만 레슬리는 매끼 식사 때마다 접시를 전부 비웠다. 신전에 들어온 날, 마델이 레슬리를 보고 눈물을 터트린 탓이었다.

'아, 아가씨. 제가 옆에 있어야 했는데…….'

399

소식을 들은 마델은 다급히 레슬리에게 달려왔고, 레슬리를 본 순간 그녀를 끌어안고 눈물을 흘렸다.

마델의 눈물을 처음 본 레슬리는 당황하며 마델을 토닥였다.

'마델 울지 마. 응? 나는 괜찮으니까 울지 마.'
'그, 그럼 제가 부탁하는 거 하나만 들어주세요. 아가씨이⋯⋯.'
'응, 응! 그럴게. 그러니까 울지 마, 마델.'

마델이 요구한 건 별것 아녔다. 충분히 잠을 자고, 가져온 음식을 전부 먹으며, 너무 걱정하지 말 것. 단순하지만 어찌 보면 부탁이었고, 레슬리는 그걸 충실히 이행했다.

"맛있다."

레슬리가 흰 빵을 따듯한 수프에 적셔 먹으며 미소를 흘리자 마델 역시 흡족한 듯 웃었다.

"그런데 공작님은 언제쯤 도착하실까요."

간신히 전부 비운 접시를 즐겁게 치우며 마델이 고개를 기울였다. 셀바토르 공작 역시 다른 귀족들처럼 시험 종료일에 맞춰 신전으로 오는 중이었다.

"이제 곧 도착하시지 않을까."

언제쯤 오시려나, 빨리 오셨으면 좋겠다. 그렇게 생각하며 물을 마시는데, 노크 소리가 방 안에 울려 퍼졌다.

"잠시 실례하겠습니다, 공녀님."

문을 열고 들어온 건 피곤해 보이는 얼굴의 재클렌이었다. 늘 단정하게 묶고 있던 갈색 머리는 헝클어져 있었고, 눈에는 짙은 눈 그늘이 져 있었다. 재클렌은 제 눈을 벅벅 문지르며 용건을 말했다.

"지금 최초의 사제와 아라벨라에 대한 발표가 열립니다. 부디 기도

실로 이동해 주시기 바랍니다."

다른 후보에게 마저 알리기 위해 재클렌이 방을 떠나자 레슬리는 바로 채비를 마쳤다. 그리고 마델과 함께 복도로 나왔고 셀리스와 마주쳤다.

이제 완전히 나은 얼굴의 셀리스는 복도에 서 있었다. 레슬리를 기다리고 있었던 모양이었다.

"레슬리 양. 드디어 발표가 난다고 해요. 우리 가족은 오늘 도착한다고 했으니, 이제 집에 돌아갈 수 있어요."

집 이야기를 하는 셀리스의 푸른 눈에는 눈물이 가득 고여 있었고 레슬리는 그런 셀리스에게 자신의 손수건을 내밀었다.

셀리스의 손수건은 여기 온 첫날 환자의 붕대 대용으로 사용했다고 들었다. 나중에서야 붕대가 있다는 사실을 알았다며, 셀리스는 얼굴을 붉혔다.

레슬리의 손수건을 받아 든 셀리스는 눈물을 훔치며 환하게 웃었다.

"가, 감사해요. 돌아간다고 생각하니 너무 좋네요. 레슬리 양도 그렇지요?"

"그럼요. 저도 가족이 어서 보고 싶어요."

레슬리도 진심으로 말하며 고개를 끄덕였다. 어느새 레슬리의 눈에도 조금 눈물이 고여 있었다. 잠시 둘은 눈물진 얼굴로 서로를 바라보며 웃었다.

"레슬리 양, 조금 이따가 제가 우리 가족을 소개해 드릴게요. 저희 오라버니도 오면⋯⋯. 좀 피하고 싶긴 하지만, 그래도요."

오라버니의 이야기에 셀리스가 입을 쭉 내밀며 속닥거리자 레슬리는 고개를 끄덕였고 화답하듯 작게 속삭였다.

"저희 어머니도 소개해 드릴게요. 오늘 오신다고 했거든요."

레슬리의 말에 셀리스의 눈이 다시 동그래졌다.

"제, 제가 셀바토르 공작가의 사람들을 소개받아도 괜찮을까요?"

정말 놀란 듯 셀리스는 작게 숨을 헐떡이고 있었다.

"그럼요! 셀리스 양은 제 친구니까요."

그 말에 감동한 것인지, 아니면 우상 숭배를 하듯 좋아하는 셀바토르 공작을 실제로 만나게 돼서인지, 다시 셀리스의 푸른 눈동자에서 눈물이 뚝뚝 떨어지기 시작했다. 어쩔 수 없다는 얼굴로 레슬리가 다시 손수건으로 셀리스의 얼굴을 닦아 주자, 셀리스가 코를 훌쩍거렸다.

"맞다, 레슬리 양. 저는 조금 이따가 아라벨라의 자리에 레슬리 양을 추천할 생각이에요."

"저를요?"

아라벨라가 되려면 추천이 필요하다고 했지만, 레슬리는 그 차이를 점수로 메꿀 생각이었다.

추천 이야기가 나오자마자 후보들의 태도는 순식간에 바뀌었고, 심지어 추천을 거래하자는 후보들도 나왔다.

솔직히, 추천에 대해 처음 들었을 때 레슬리는 그 사이에 끼어야 할지 진지하게 고민했다.

자신은 아라벨라가 되어야 했으니까.

하지만 추천 제도가 있다는 말에 어제까지는 얼굴을 찡그리며 화를 내던 후보생은 환한 미소를 짓고, 대충 옷을 수선하던 후보생은 옷에 화려한 자수까지 놓아 주며, 피난민에게 죽을 먹여 주는 사람까지 생겨나자 회의감이 들었다.

그렇게 확확 바뀌는 후보생들의 태도에 피난민들과 사제들 그리고 기사들은 물론 다른 후보들까지 눈을 찡그렸다. 추천을 얻으려다가 오히려 다른 이들에게 반감을 사기에 딱 좋은 행동이었다.

그리고 레슬리가 아무리 행동을 바꿔 보려고 해도 몸이 저절로 멈추었다. 이 방법은 아니었다.

한참을 고민하다가 레슬리는 원래의 태도를 고수하기로 했고, 대신 추천의 차이를 메꿀 방법을 찾아보았다. 분명 방법이 있을 것이다.

'추천이 필요하다고는 했지만, 그게 꼭 필요하다고 언급하지는 않았으니까.'

간신히 알아낸 것이 후보들의 행동에 매겨지는 점수였다. 재클렌은 점수로 후보 추천의 역전이 가능하다고 레슬리에게 말해 주었다. 하지만 그 점수를 얻는 방법을 알려 주지 않아, 레슬리는 더 열심히 자신에게 주어진 일에 몰두했다.

그렇게 갈 길을 정해 놨었는데.

놀라 눈을 깜빡이는 레슬리를 보며 셀리스는 눈물을 훔쳐 내며 작게 웃었다.

"그…… 저랑 친하게 지내 주셔서나 공작님을 소개해 주셔서 그런 건 아니에요."

부끄럽다는 듯 얼굴을 붉히며 셀리스가 말을 이었다.

"사실은 레슬리 양에게 말을 걸기 전부터 추천해 드리고 싶었어요. 늘 열심히 하셨으니까요. 거기다 며칠 전에는 제 목숨을 구해 주셨잖아요."

그리고 맑은 웃음을 흘렸다. 주근깨가 있는 뺨이 그리고 얇은 입술이 미소를 머금었다.

"저는 이 후보 중에는 레슬리 양만큼 아라벨라 자리에 어울리는 사람은 없다고 생각해요."

❧

빠르게 왔다고 생각했는데, 이미 안에는 대다수 후보가 앉아 있었다. 기도실 안은 후보생과 사제 그리고 호위를 맡은 기사들만 출입할 수 있었기에 마델은 다른 후보들의 사용인들과 옆방에서 기다리기로 했다. 레슬리는 제 자리로 걸어가며 기도실을 훑었다.

'많이 기권한 줄 알았는데.'

생각보다 많은 수가 남아 있었다. 어서 집에 돌아가고 싶다고 눈물을 터트리는 후보부터 계속 담당 사제에게 항의하는 후보 그리고 다 체념한 듯 앉아 있는 후보까지, 다양했다. 엘리 역시 그 사이에 앉아 멍하니 천장을 바라보고 있었다.

'도대체 무슨 사이인 걸까.'

레슬리는 눈을 찌푸렸다. 데비엔이 마지막으로 자신에게 했던 말이 귓가에 들려왔다. 후작과 자신은 아무런 관계가 없다는 말, 그건 진짜일까?

'됐어. 어차피 2차 시험에 붙어서 최초의 사제가 되겠지.'

아렌도 황자의 힘이 있으니까. 분명 엘리는 그렇게 되겠지. 그렇지만 이제 엘리가 무슨 일을 하든 자신을 쉽게 제압할 수 없을 거란 확신이 들었다.

레슬리를 포함한 모든 후보가 자리에 앉자, 피곤해 보이는 사제들 사이에 서 있던 데비엔이 앞으로 나왔다. 다른 사람들과 다르게 그녀는 평소와 똑같은 얼굴로 후보들을 바라보았다.

"모여 주셔서 감사합니다. 최근 불미스러운 일이 일어났고, 시험은 중지되었습니다. 하지만 저희는 그간 여러분이 보여 준 희생과 헌신으로 최초의 사제들을 뽑아 신께 그 이름을 올렸습니다."

아직은 조용히 자신을 바라보는 후보들을 보며 생긋 웃은 데비엔은 말을 이어 갔다.

"지금부터 총 20분의 이름이 불릴 겁니다."

데비엔의 말에 벽 쪽에 서 있던 재클렌이 명단을 가져와 크게 소리쳤다.

"먼저, 레슬리 슈야 셀바토르!"

가장 먼저 레슬리의 이름이 호명되었다. 됐다. 레슬리는 작게 주먹을 쥐었다. 아라벨라로 가는 첫 관문은 통과했다.

"그리고 셀리스 튜더 에펜타니!"

몇몇의 이름이 불리고, 셀리스의 이름이 불렸다. 레슬리가 고개를 돌려 뒤를 바라보자, 뒤에 앉은 셀리스가 다시 눈물을 터트리는 게 보였다.

줄줄이 사람들의 이름이 불렸고 그때마다 후보들 사이에서는 희비가 엇갈렸다.

"마지막으로는 엘리 데아른 스페라도!"

엘리의 이름이 울려 퍼지자, 웅성거림이 기도실 전체를 뒤엎었다. 호위로 들어와 있는 성기사들조차 눈을 찡그리며 이유를 알 수 없다는 눈으로 서로를 바라보았다.

"이의가 있습니다!"

호명이 끝나자마자 한 남자가 벌떡 일어나 엘리를 노려보았다.

"어떻게 저런 범죄자가 최초의 사제 자리에 오를 수가 있습니까!"

남자의 말에 동의하듯 호명되지 못한 이들이 소리치기 시작했다.

"거기다 제대로 시험이 이뤄지지도 않았습니다. 공정하게 평가되었다는 사실을 어떻게 증명하실 겁니까!"

웅성거림이 점점 강해졌다. 외치는 자들의 눈은 엘리가 떨어지면 자신들이 붙을 거란 희망을 품고 있었다.

재클렌이 난처한 얼굴로 데비엔을 바라보자, 옅은 미소를 머금은 데비엔이 소리 없이 걸어 이의를 제기한 남자 앞에 섰다.

"평가는 공정하게 이뤄졌습니다."

어딘가 사람을 억누르는 듯한 분위기에 남자는 다시 튀어나오려던 말을 삼켰다.

"담당 사제들뿐만 아니라, 호위로 따라붙은 기사분들 그리고 피난민들에, 신전에 기도하러 온 신도들까지 평가에 참여해 주셨지요."

데비엔의 말에 후보 몇몇이 앓는 소리를 흘리며 슬그머니 시선을 돌렸다. 그간 사제들만이 평가하는 줄 알았더니만 숨겨진 평가자가 더 있었다.

"그분들은 자신 나름대로 후보생 여러분들의 행동을 평가하고 최초의 사제가 되실 분을 추천했습니다."

이어지는 데비엔의 말에 레슬리는 작게 입을 벌렸다.

"지금 이 말로, 떨어지신 분들은 자신이 왜 떨어졌는지를 알 수 있으실 겁니다."

그러더니 데비엔은 남자의 어깨의 손을 올리더니 조금씩 그 손에 힘을 주었다.

"그러니 부디 신의 결정에 따라 주시길."

어깨를 누르는 힘이 강한 힘은 아닐 텐데도 남자는 얼굴을 굳힌 채 순순히 자리에 앉았고, 후보들 한가운데에서 데비엔이 생긋 웃었다.

"시간을 잡아먹었군요. 그다음은 여러분에게서 아라벨라의 추천을 받겠습니다. 자유롭게 자신이 원하는 분을 추천해 주시면 됩니다. 이 추천은 다른 추천보다 높은 점수가 매겨집니다."

하지만 데비엔의 말에 쉽게 손을 드는 사람은 없었다. 다들 슬그머니 서로의 눈치를 볼 뿐이었다. 여기서 자신이 누군가를 추천해 자신이 아니라 다른 사람이 아라벨라가 되면 어쩌지, 그런 눈치였다.

떨어진 이들은 자신이 되지도 못할 것, 아무도 추천하지 않겠다는 심보로 팔짱을 끼고 데비엔을 노려보고 있었다.

"저요!"

그런데 누군가가 손을 번쩍 들었다. 새벽에 한 번, 그리고 지금 또

한 번 눈물을 펑펑 쏟아 얼굴과 눈가가 붉어질 대로 붉어진 셀리스였다.

"저, 저는 레슬리 슈야 셀바토르 공녀님을 추천합니다! 공녀님은 다른 분보다 더 열심히 시험을 치르셨어요. 아라벨라가 되기에 가장 적합한 분이라고 생각합니다!"

"레슬리 슈야 셀바토르 공녀님 말씀이시군요."

데비엔은 알겠다는 듯 고개를 끄덕이더니, 주위를 둘러보았다.

"누구 다른 분 중에는 셀바토르 공녀님을 추천하실 분이 없나요?"

잠시 다시 침묵이 흐르는데, 누군가가 구석진 자리에서 손을 들었다.

"저 역시도 레슬리 슈야 셀바토르 공녀님을 추천합니다. 공녀님은 보름이라는 짧지 않은 기간 동안 충분한 모범을 보이셨습니다."

레슬리는 그 추천을 들으며 경악했다. 추천의 내용이 이상한 게 아니였다. 그저 자신을 추천한 사람이 이상했을 뿐.

밀색 머리를 땋아 단정하게 정리한 엘리가 웃으며 레슬리를 추천하고 있었다.

"공녀님이야말로 아라벨라 자리에 어울리는 분입니다. 다들 그렇게 생각하시지요?"

엘리의 말에 한순간에 기도실이 놀람과 경악 그리고 침묵으로 물들었다. 추천을 마친 엘리는 다른 사람이 놀라든 말든 자리에 앉았다. 그러고는 제 머리를 매만지며 작게 말을 흘렸다.

"이미 아라벨라는 결정된 것 같네."

작지만, 엘리가 만든 침묵으로 남들이 듣기엔 충분한 목소리. 후보들의 눈이 요동치기 시작했다.

"저, 저도 셀바토르 공녀님을 추천합니다. 공녀님은 그간 모든 일을 앞서 하셨으니 아라벨라의 자격이 충분합니다!"

갑자기 침묵을 깬 건, 엘리 근처에 앉아 있던 한 후보생이었다.

레슬리가 당황해 후보생을 바라보았다. 그간 자신과 말 한 마디 섞지 않은 사람이었다.

시선이 마주치자 그는 잘 부탁한다는 얼굴로 어색하게 웃었다.

'아.'

그 표정에 레슬리는 현 상황을 이해할 수 있었다. 자신은 두 개의 추천을 받았고 엘리의 말대로 거의 아라벨라에 확정되었다. 그러니 나머지 후보들은 지금에서라도 자신을 추천함으로 얻을 수 있는 걸 얻고자 하는 것이었다.

아라벨라는 드높은 명예를 가진 자리였으니까, 옆에 붙어 있는 걸로도 많은 것을 얻을 수 있을 것이다. 거기다 자신은 셀바토르였다.

연이은 추천이 거대한 기도실을 가득 메웠다.

"저 역시도 레슬리 슈야 셀바토르 공녀님을 아라벨라 자리에 추천합니다!"

"셀바토르 공녀님 외에는 아라벨라가 될 만한 분이 없다고 오래전부터……."

"진정하세요, 여러분."

휘몰아치는 추천을 가라앉힌 것은 데비엔이었다. 아직 후보들 가운데에 앉아 있던 그녀가 웃자, 너도나도 손을 들고 있던 후보들은 슬그머니 손을 내리고 제자리에 앉았다.

"이제 아라벨라는 정해진 것 같으니……."

"브로치를 건네면 되겠군요."

어디선가 흘러들어온 목소리에 데비엔이 입을 다물었다. 신도들이 드나드는 문이 아닌, 사제들이 다니는 통로 쪽에서 사근사근한 목소리가 들려왔다.

모두의 시선이 거기로 향했고 데비엔은 못 말리겠다는 듯 살포시 웃으며 고개를 저었다.

"누구지?"

레슬리의 옆에 서 있던 재클렌이 통로를 바라보며 눈을 찡그렸다.

'어디서 들어 본 목소리인데.'

그건 레슬리도 마찬가지였다. 어디선가 들어 본 듯한 목소리는 기억이 날 듯 말 듯 레슬리의 애를 태웠다. 어디서 들었더라.

"제가 너무 늦은 건 아니지요?"

통로에서 모습을 드러낸 건 연하늘빛 머리카락을 늘어트린, 한 중년 여성이었다. 헤이즐넛색 눈동자를 빛내며 웃는 여성은 레슬리도 아는 사람이었다. 고작 몇 번 마주친 사람이었지만, 잊을 수 없는 사람이었으니까.

"메데이아 태후 폐하."

데비엔이 먼저 고개를 숙이자, 기도실에 모여 있던 사람 전부 그녀에게 예를 취했고 그건 레슬리 역시 마찬가지였다. 그녀는 레슬리보다 지위가 높은 단 네 사람 중 한 명이었으니까.

"편하게들 있어도 좋아요."

메데이아는 놀란 후보들을 보며 살포시 웃었다. 그러자 슬금슬금 눈치를 보던 후보들이 자신의 자리에 앉았다.

"나는 여기에 황후 대신 여러분들에게 브로치를 달아 주러 왔습니다."

브로치. 최초의 사제들과 아라벨라가 된 사람들에게는 최초의 사제들이 쓰던 물건의 모양을 따서 만든 것을 징표로 내려 주었다. 이번엔 아라벨라가 썼다고 전해지는 브로치인 모양이었다.

메데이아의 말에 한 사제가 붉은 벨벳에 싸인 고급스러워 보이는 나무 상자를 그녀에게 내밀었다.

그 안에는 청동으로 만들어지고 자색 보석이 박혀 있는 브로치가 들어 있었다.

브로치에는 푸른 리본이 달려 있었는데, 단 하나에는 황금색 리본이 달려 있었다. 그 브로치를 메데이아가 집어 들자 어느새 옆에 온 재클렌이 레슬리에게 작게 속삭였다.

"앞으로 나가 보세요, 공녀님."

재클렌의 재촉에 레슬리는 몸을 일으켜 천천히 걸어가 메데이아의 앞에 섰다.

'좀 불편하단 말이야.'

신년회 때만 보는 사이였지만, 이상하게 레슬리는 메데이아가 불편했다. 황제 폐하는 오히려 편안했었는데.

'후작과 관련이 있는 것도 아닌데 왜일까.'

후작과 관련이 있는 사람은 메데이아가 태후 폐하가 아니라 데비엔 고위 사제인데. 그런 레슬리의 생각을 아는지 모르는지, 메데이아는 생긋 웃으며 레슬리의 가슴 쪽에 천천히 브로치를 달아 주었다.

"원래는 영광스러운 자리에 오른 것을 축하하면서 정식으로 브로치를 달아 줘야 하는데, 상황이 상황인지라 이렇게 주게 되네요. 용서하세요, 공녀."

메데이아의 말에 레슬리는 눈을 깜빡이며 대답했다.

"아닙니다. 모두가 태후 폐하의 심정을 이해할 겁니다."

"그렇군요. 몸은 좀 괜찮은가요? 끔찍한 일을 당했다고 들었답니다."

"염려해 주신 덕분에 크게 다치지 않았습니다. 감사합니다."

레슬리는 메데이아의 계속된 물음에 땀을 흘렸다. 그녀는 레슬리에게 너무도 관심이 많았고, 거기다 공작에게도 관심을 보였다.

"어머니께 말씀드려 행사에 종종 나와 주세요. 나는 공작님을 친구처럼 생각하고 있으니까."

"어머니를요?"

"그렇답니다. 우리는 비슷한 동년배니까요. 관심이 갈 수밖에요."

그러더니 자신이 가지고 온 연보랏빛 꽃 한 송이를 브로치 사이에 끼워 달아 주었다. 풍성한 겹꽃 때문에 브로치가 조금 가려졌지만, 메데이아는 만족스럽게 웃었다. 그리고 레슬리가 몸을 돌려 모두를 바라보게 하고는 목소리를 키웠다.

"최초의 사제들이 된 여러분, 그리고 간발의 차이로 명단에 이름을 올리지 못한 분들. 모두가 갑작스럽게 어려워진 시험에 고생했습니다. 거기다 시험의 끝은 어설펐지요."

레슬리의 어깨에 손을 올리고 메데이아는 후보들을 바라보았다.

"나는 이곳에 남아 있는 모두가 찬사를 받아 마땅하다고 생각해요. 그래서 나는 여러분들을 축복하기 위해, 그리고 사죄의 마음을 담아 황궁에서 작은 파티를 열 예정입니다."

그리고 강조하듯 목소리를 조금 더 높였다.

"이 일은 황제 폐하도 승낙한 일이랍니다."

메데이아의 말에 후보생 전원의 얼굴에 환호가 깃들었다. 권력을 가지고 있지 못한 태후 혼자의 초대라면 갈지 말지 고민이 되겠지만, 황제마저 허락한 자리라면 거부할 이유가 없었다.

후보생들이 즐거워하며 작게 떠드는 걸 보며 메데이아는 아직 제 손에 잡혀 있는 레슬리를 바라보았다.

"그러니 꼭 와 주시길 바랍니다."

레슬리를 바라보는 메데이아의 눈동자가 엷게 휘었다.

"도대체 이게 어찌 된 일이야."

신전을 향해 나아가는 마차 안에서 말을 꺼낸 사람은 사이레인이었다. 사이레인은 우악스러운 손길로 제 머리를 연신 넘기면서 이를 갈았다.

"도대체 신전 새끼들은 어떻게 행동하기에 남의 귀한 딸을 데려가서……. 뭐, 산사태?"

신전의 편지는, 공작이 읽을 틈도 없이 사이레인의 손에서 산산이 찢어졌다. 사이레인은 도끼만 제 손에 들려 있다면 이딴 시험을 고안해 낸 놈의 목을 지금 즉시 쳐 버리겠다는 듯 몸을 덜덜 떨었다.

"여보."

그러다 사이레인은 고개를 들고 자신의 아내를 바라보았다.

"여보, 레슬리에게 아라벨라를 포기하게 하면 안 돼?"

"……."

하지만 셀바토르 공작은 답 없이 그저 창밖을 바라보고 있었다. 그 모습에 사이레인은 다시 제 머리를 쓸어 올리며 고개를 푹 숙였다. 대답이 들리지 않았지만, 분명히 들었다.

'안 돼.'

사이레인은 자신의 아내가 어떤 사람인지 잘 알고 있었다. 그리고 그 선택이 옳을 거라는 것도. 옳지 않다면 아내가 그렇게 만들 거라는 것도 잘 알고 있었다.

'하지만 레슬리는 우리 딸인데…….'

그 아이를 귀하게 키우고 싶었다. 조금의 위험도 없이 귀하게 키우다가 원하는 일을 고르면 그 길로 보내 주고 싶었다. 제 마음대로 되지 않은 앞길에 사이레인은 다시 한숨을 크게 흘렸다.

"사이."

나지막이 부르는 제 애칭에 사이레인이 고개를 들자, 공작이 섧게 웃고 있었다.

"지금 막 결정했어."

사이레인의 고개가 옆으로 기울자 공작은 버릇대로 제 팔을 손가락으로 톡톡 두드리더니 말을 이었다.

"레슬리에게 전부 말할 거야."

원래 셀바토르 공작은 한 명의 아이를 입양해, 아라벨라를 만든 후 메데이아의 속셈을 저지할 생각이었다.

그때까지는 메데이아가 무엇을 노리고 있는지, 그리고 그 뒤에 어떤 일이 벌어질지는 전혀 몰랐다. 그랬더라면 아무리 절박한 상황이었더라도 저렇게 사랑스러운 아이를 데려오지 않았을 테니까. 도와주고 적당한 부모를 찾아 주었겠지.

그저 메데이아를 저지하기 위해서는 아라벨라를 만들어야 한다는 것만, 그것만 알고 있었다.

'지금 생각하면 꽃이 일부러 말을 흘린 것 같지만.'

작게 한숨 쉰 공작이 제 남편을 보며 말을 이었다.

"레슬리에게 다 말해서, 그 아이가 하고 싶지 않다면 포기할 수 있게 도와줄 거야."

싫다고 하면, 무섭다고 하면 빠져나올 수 있도록 도와주자. 그렇게 생각하며 공작은 다시 섧게 웃었다.

그런 자신의 아내를 보며 사이레인은 놀란 듯 말을 흘렸다.

"그…… 에피인가 뭔가 하는 전염병은 어쩌게?"

"무슨 수가 생기겠지. 목숨값을 치르고 자원하는 사람을 어떻게든 의식에 집어넣든가. 그것도 아니면 아직 테펜텔에게서 편지가 오지 않았으니 그걸 기대해 봐도 되겠지."

그것도 아니면 루엔티를 믿는 수밖에 없었다. 같이 오지 못한 루엔티는 벌써 스무 날이 넘게 마법사의 저택에 틀어박혀 방법을 찾고 있다고 했다.

하지만 가능성은 희박했다. 이미 사라져 버린 이트바나 외에는 에피알테스에 관해 제대로 된 기록을 남긴 나라가 없었다.

"여보."

사이레인은 몸을 움직여 셀바토르 공작의 옆에 앉았다. 그리고 어딘가 지쳐 보이는 제 아내를 위로하듯 토닥였다.

"걱정하지 마, 나도 있잖아. 내가 얼마나 강한지 여보야도 알지? 정 안 되면 내가 신전 문을 뚫을게."

기억나지. 셀바토르 공작은 옅게 웃으며 고개를 끄덕였다. 혼란의 시대 때 마주친 제 남편은 얼마나 강했던가. 테펜텔 역시 사이레인에게 지고 말았다는 소식에 흥미를 느꼈으니까. 얼마나 강한지 모를 리가 없지.

"든든하네."

"그치? 내가 좀 강하잖아. 여보야만큼은 아니지만."

사이레인은 제 아내를 보며 씩 웃었다.

"그래."

셀바토르 공작도 제대로 정신을 차린 모양이었다. 그녀는 제 긴 검은 머리를 하나로 묶더니 방법을 찾는 듯 다시 팔을 톡톡 두드리기 시작했다.

그사이 사이레인은 창밖을 바라보았다. 시누스턴 신전의 끝머리가 보이고 있었다.

"마델, 어서."

동그란 스툴 위에 앉은 레슬리는 발을 동동 구르며 마델을 재촉했다.

“잠시만요, 아가씨. 다 되어 가요.”

마델은 레슬리의 은빛 머리를 세심하게 땋아 리본으로 꾸미고 있었다. 그러는 동안 방 안에서 호위를 서고 있던 레소가 창밖을 보다 입을 열었다.

“아, 이제 들어와도 되는 시간인가 봅니다. 마차가 하나씩 들어오네요.”

레소의 말에 레슬리의 발 움직임이 격해졌다.

“마델, 아직이야?”

“잠시만요……. 다 됐어요!”

마델이 레슬리의 몸에서 손을 떼자마자 레슬리는 튕기듯 일어나 문쪽으로 달려갔다.

“아가씨! 브로치요! 아라벨라의 브로치! 이걸 잊으시면 안 되죠.”

마델은 정성스럽게 레슬리의 가슴팍에 브로치를 달아 주었다. 그리고 레슬리는 신전 입구를 향해 뛰어갔다.

기나긴 복도를 지나 신전 입구로 달리자, 이미 신전 입구는 가족들을 만난 후보들로 가득했다. 레슬리는 사람들 사이에서 서 있는 셀바토르 공작을 찾아냈다. 고작 스무 날 정도를 못 봤을 뿐인데 벌써 눈물이 나려고 하고 있었다.

“어머니!”

걸음을 늦춰 조용히 공작에게 다가간 레슬리가 장난치듯, 그리고 조금은 즐겁게 셀바토르 공작에게 안겼다.

“왔구나.”

공작은 조금 놀란 듯 눈을 크게 떴다가 오랜만에 제 품으로 돌아온 레슬리를 꼭 안아 주며 등을 토닥였다. 레슬리는 어리광 부리듯 그 품에 안겨 볼을 비비다가 자신을 바라보는 사제와 눈이 마주쳤다.

공작과 이야기 중이었던 것으로 보이는 사제는 레슬리에게도 낯이

익었다. 그리고 그 뒤에는 몇몇 사제들이 서 있었다.

'재정을…… 담당하시던 분이었나.'

늘 어지럽게 늘어진 양피지를 펼쳐 두고 끙끙거리던 것이 떠올랐다. 아쉽지만 공작의 품에서 빠져나온 레슬리는 살짝 무릎을 굽혔다.

"아…… 죄송해요. 말씀을 나누는 중인지 모르고 제가 실례를 했네요."

"아닙니다, 공녀님. 이야기는 이미 끝난 것을요."

어딘가 피곤해 보이는 사제는 괜찮다는 듯 손을 내저으며 웃었다. 뒤에 서 있던 사제들도 마찬가지로 고개를 끄덕였다.

"그럼 공작님, 기부 건은 어떻게 되는지 여쭤 봐도 되겠습니까? 기부가 여기서 끊기면 피난민들이나 분쟁 지역을 도우러 사제들을 보내기가 힘들어집니다."

기부금? 예의가 아니라는 걸 알고는 있지만, 떨어지고 싶지 않은 레슬리가 공작의 옆에 붙어 눈을 깜빡였다. 셀바토르 공작은 그런 제 딸의 머리를 쓰다듬으면서 낮게 말을 흘렸다.

"지금 나를 협박하는 건가?"

차갑게 가라앉은 암녹색 눈동자가 레슬리에게서 떨어져 사제에게 닿자, 사제는 두 손을 저으며 강하게 부정했다.

"아니! 아니, 그건 절대 아닙니다, 공작님. 그저 안타까운 마음에 말씀을 올리는 거지요."

어딘가 비굴해 보이는 모습이었지만, 그의 말은 진실이었다.

셀바토르 공작가는 수도에 있는 중앙 신전을 포함, 분쟁 지역 근처에 있는 신전에 막대한 기부금을 내고 있었다. 그리고 그 기부금을 받은 곳에는 시누스턴 신전도 포함되어 있었다.

다른 귀족들과 기도를 올리러 온 평민들이 내는 기부금도 있지만, 셀바토르 공작가가 내는 기부금에는 비할 바가 못 되었다. 그게 걱정되어 사제는 공작이 왔다는 소리를 듣자마자 뛰쳐나온 것이었다.

공작은 레슬리의 머리를 계속 쓰다듬으며 말을 이었다.

"내 요구는 무시당했고, 내 딸은 위험에 처했지. 시험에 공정한 것은 좋지만 후보를 위험에 처하게 하는 건 다른 의미이지 않은가?"

"그, 그렇지요."

사제는 이제 연신 흐르는 땀을 닦고 있었다.

"그런데 기부금은 그대로 달라?"

"……그 일에 대해선 드릴 말씀이 없습니다. 하지만 저희는 공녀님의 안전에 최선을 다했습니다. 다른 이들도 아니라 테센트루아 기사단장님과 성기사님이 호위를 맡아 주시지 않으셨습니까. 거기다가 시누스턴 기사님들도 호위로 따라가셨지요."

"헛소리를!"

뒤쪽에서 하르트와 이야기를 하던 사이레인이 그 말을 용케 듣고 앞으로 나섰다. 잔뜩 열 받은 것인지, 청록색 눈동자가 번뜩이며 가련해 보이는 사제를 잡아먹을 듯 응시했다.

힉. 작게 소리를 내며 사제가 숨을 삼켰고, 그건 뒤에 서 있던 다른 사제들도 마찬가지였다. 슬금슬금 한 발씩 뒤로 물러나다 보니 한 사제 홀로 사이레인에게 맞서게 되었다. 안 그래도 거대한 사이레인의 몸이 연약해 보이는 사제에 비교되어 더욱 커 보였다.

"신전에서는 최선을 다한 결과가 강에 빠트리는 것인가!"

사이레인의 낮은 목소리가 신전 정문을 가득 메웠다. 모든 사람이 이야기를 나누다가 사이레인을 보고 슬금슬금 뒤로 몸을 물렸다. 한 아이가 신전에 곰이 나타났다고 외치는 소리가 들려왔다.

"아……닙니다. 사이레인 님, 부디 진정을……."

"진정을 원하면 이런 일 따위는 일어나지 않게 했어야지!"

이젠 사제는 기절할 듯 하얗게 질려 있었다.

"사이."

보다 못한 공작이 앞으로 나서면서 자신의 남편을 말리자, 사이레인은 아직 제 할 말을 다 못 했다는 듯 사제를 무섭게 응시하면서도 뒤로 물러났다.

"일단 기부금 건은 생각을 더 해 보도록 하지."

"감사합니다, 공작님. 부디 너그럽게 생각해 주시길 빌겠습니다."

"감사는 무슨……."

사이레인이 투덜거렸지만, 공작이 한 번 바라보자 입을 삐죽 내밀더니 공작의 뒤로 물러나 아예 하르트 쪽으로 몸을 돌렸다. 사제들이 신전으로 돌아가자마자 레슬리는 다시 공작의 품에 쏙 안겼다.

"네가 오기 전에 이야기를 끝내려고 했는데 늦어 버렸구나."

미안하다는 듯 어깨를 토닥이는 자신의 어머니를 보며 레슬리는 괜찮다는 듯 고개를 저었다. 그리고 눈물진 눈으로 웃어 보였다.

"보고 싶었어요. 어머니."

"그래, 나도 보고 싶었단다."

셀바토르 공작의 말에 어쩐지 집으로 돌아왔다는 생각이 들어 옅게 웃었다. 공작의 눈이 레슬리의 가슴 쪽에 달린 브로치에 닿았다.

"아라벨라가 됐구나."

"네!"

레슬리는 공작이 잘 볼 수 있게 한 발자국 떨어져 제 브로치를 가리키며 환하게 웃어 보였다.

하고 싶은 이야기가 많았다. 마차를 타고 가는 길에 어머니께 말해서 같은 방을 써야지. 종일 이야기하고 밤새 이야기해도 하고 싶은 말이 끊이지 않을 것 같았다.

"역시 우리 딸이야. 이 아버지는 네가 뭐든 해낼 수 있을 거라 믿었단다."

아까까지 사제를 무섭게 노려보던 청록색 눈에 순식간에 눈물이 고이더니 이윽고 코를 훌쩍거리기 시작했다. 아까와 같은 사람이라는 게 믿기지 않을 정도였다. 다른 귀족들이 놀라 작은 숨을 흘리는 게 느껴졌다.

하르트가 슬그머니 사이레인에게 제 손수건을 내밀었고 순식간에 손수건은 눈물범벅이 되었다.

"정말 잘했구나."

공작은 웃으면서 레슬리의 머리를 조심스레 쓰다듬었다.

"네가 자랑스럽단다, 내 딸아."

그래, 이 말이 듣고 싶었다. 레슬리는 가슴 한편이 찌르르 울리는 것을 느꼈다. 눈물이 다시 흐르는 것을 손수 훔쳐 준 공작이 레슬리를 안아 들었다.

"이제 집으로 가자꾸나. 너무 오래 떠나 있었어. 제나는 물론이고 네 두 오라버니도 시름시름 앓고 있단다. 몇 날 며칠을 여기 오고 싶다고 얼마나 조르던지. 일이 있어서 늦게 출발했으니 가는 길목에서 마주칠 수 있겠군. 아니, 확실히 마주칠 거야."

기뻐라. 레슬리는 그렇게 대답하며 옅게 웃어 보였다. 그 모습을 보고 있던 사이레인이 안타까운 듯 발을 동동 구르다가 제 팔을 벌렸다.

"레, 레슬리. 아버지에게도 와 주렴."

레슬리가 웃으며 팔을 벌리자, 사이레인은 레슬리를 번쩍 안아 들었다. 눈물 흔적이 남은 얼굴에서 작은 웃음이 터져 나왔다.

"우리 예쁜 딸! 도대체 며칠이나 이 귀여운 얼굴을 못 봤던 건지."

사이레인은 레슬리의 뺨에 제 얼굴을 부비며 울먹거렸다. 수염 때문에 조금 따가웠지만 오랜만에 보는 아버지였다.

"많이 힘들었지? 어서 가자꾸나. 작은 파티를 열 거야. 미리 준비해 놓으라고 하고 나왔거든."

사이레인은 그 뒤로도 얼마나 준비했는지 크게 떠들면서 마차로 걸음을 옮겼다. 레슬리의 짐을 챙겨 나온 마델과 레소, 반트가 그 뒤를 따랐다.

셀바토르 공작가의 마부가 마차를 출발시킬 준비를 하자, 레슬리는 다급히 사이레인의 옷자락을 잡았다.

"어머니, 아버지! 잠시만요. 잠시만 기다려 주세요."

"무슨 일이니?"

사이레인이 발걸음을 멈추자 레슬리는 사방을 돌아보았다. 거대한 사이레인이 레슬리를 안아 들고 있는 탓에 신전 입구를 가득 메운 사람들을 둘러보기는 편했다.

"저, 친구를 사귀었어요. 그래서 소개해 드리고 싶은데…….."

"친구? 설마 남자는 아니지, 레슬리?"

"아니에요. 셀리스 튜더 에펜타니 양이에요. 자수와 그림 그리는 걸 좋아하고……. 아, 저기 있다. 셀리스 양!"

레슬리가 크게 소리치자, 자신의 가족과 이야기를 나누던 셀리스가 고개를 돌려 레슬리와 시선을 맞추었다.

"레슬리 양."

사이레인은 레슬리를 바닥에 내려놓으면서 가까이 다가온 셀리스와 시선을 맞추고는 씩 웃었다. 레슬리의 친구란 말에 잘 보이려고 나름 환하고 무해한 웃음을 지은 사이레인이었다. 거기다 지금 그는 레슬리가 사귄 새 친구가 남자가 아니라는 사실에 무척이나 만족스러운 상태였다.

"안녕, 나는 레슬리의 아버지란다."

하지만 셀리스는 시선을 맞추지 못하고 덜덜 떨면서 바닥을 내려다보았다.

"아, 안녕하세요. 저는…… 에펜타니 백작가의 장녀 셀리스 튜더 에

420

펜타니예요…….”

간신히 자기소개 하는 목소리마저 가여울 정도로 떨리고 있었다. 공작의 남편인 만큼 예를 취해야 했지만, 셀리스는 그것도 잊어버린 듯 굳어 있었다.

셀바토르 공작의 열광적인 팬인 그녀는 이미 사이레인에 대해 알고 있었지만, 종종 지식과 실제의 경험은 큰 차이가 나곤 했다.

특히 사이레인의 얼굴이 그러했다. 번뜩이는 청록색 눈동자, 우락부락한 덩치에 2미터에 가까운 키. 거기에 얼굴엔 상처까지.

더해서 사이레인이 오늘 입은 옷은 마치 사신 같은 검은 옷이었다. 모든 게 다 더해지고 나니 확실히, 무서워 보일 만했다.

'나도 처음엔 아버지를 무서워했었지.'

놀라서 베스라온의 뒤로 숨었던 기억이 떠올랐다. 안 되겠다, 내가 나서야지. 레슬리가 셀리스에게 다가갔다.

“셀리스 양. 우리 아버지는 무서운 분이 아니에요.”

손을 꼭 잡고 셀리스를 다독였다.

“아버지는요, 음…….”

뭐라고 해야 셀리스가 진정할까. 레슬리는 열심히 머리를 굴리기 시작했다.

멋지신 분? 이건 어머니랑 겹치니까 다른 말은 없을까. 조져 버린다? 이건 쓰면 안 되는 말이잖아. 셀리스 양까지 물들일 수는 없어. 아니면 강한 분? 용병이지만 혼란의 시대 때 열심히 활약한 전쟁 영웅?

한참을 고민하다가 갑자기 떠오른 단어에 레슬리는 환하게 웃으며 셀리스를 바라보았다.

“아버지는 귀여운 분이세요!”

그 말에 셀리스의 눈동자마저 양옆으로 덜덜 떨리기 시작했다.

“귀, 귀여운 분이요?”

421

"네에, 아버지는 귀여운 분이에요!"

셀리스의 눈동자가 다시 사이레인을 향했다. 반트, 레소와 이야기를 나누다가 셀리스와 레슬리의 대화를 제대로 듣지 못한 사이레인이 씩 하고 웃어 보였다.

"그렇군……요."

셀리스는 다시 눈을 바닥으로 내리며 대답했다. 아직도 목소리는 덜덜 떨리고 있었다. 레슬리는 당황해 눈을 또르륵 굴렸다. 왜 이 말에도 여전히 무서워하는 걸까. 아버지는 귀여운 분인데.

'일단 주의를 다른 곳으로 돌려야겠다.'

그때 레슬리의 시선에 공작이 들어왔다. 됐다! 이거야! 레슬리는 시선을 밑으로 내린 셀리스를 잡고 셀바토르 공작의 앞에 섰다.

"셀리스 양, 이분은 저희 어머니세요! 어머니, 제 친구 셀리스 양이에요."

"세, 셀바토르 공작님……. 실물……. 시, 실물……."

하지만 그 뒤로는 아무런 말이 들려오지 않았다. 그저 셀리스의 팔을 잡은 손이 무거워졌을 뿐.

"……?"

레슬리가 고개를 돌리자, 괴상한 신음을 흘리며 기절한 셀리스가 눈에 들어왔다.

-14-

이것은 꿈일까. 스페라도 후작가의 늙은 집사 로윈은 눈을 깜빡였다.

4년 전 겨울은 아직도 늙은 그의 눈꺼풀 안쪽에 달라붙어 있었다. 작은 아가씨가 살길을 찾아 도망가고 그 작은 발걸음은 큰 태풍이 되어 스페라도 후작가를 덮쳤다.

주인이 사라지고 마님은 스페라도 후작가를 버렸다. 후계였던 큰 아가씨 역시 죄인이 되어 버려 저택으로 돌아오지 못했다.

르카디우스 제국이 세워질 때부터 황제의 옆을 지켰던 스페라도 가문은 순식간에 무너져 내렸다. 주인이 없는 저택은 사라지기 마련인지라 대대로 스페라도 가문을 모셔 오던 로윈은 이 저택을 지키기 위해 최선을 다했다.

그러기를 4년, 드디어 로윈의 희망이 현실이 되었다.

"로윈."

"마님……."

거의 4년 만에 돌아온 마님을 보며 로윈은 눈물을 글썽거렸다. 스페라도 후작 부인은 그런 로원의 어깨를 토닥이며 말을 이었다.

"그간 자리를 비워 미안하네. 자네도 알다시피, 나는 이런 일에 무지하지 않나. 거기다 사람들의 시선이 무서워 도망치고 말았네."

긴 속눈썹 밑에서 라일락색 눈동자가 눈물을 머금고 파르르 떨렸다.

"자네도 알다시피 사람들의 시선이라는 게 얼마나 두렵던가. 그리고 이 저택은 그 무시무시한 사람의 기억이 서려 있던 곳이라 나에게는 용기가 필요했어……."

은근슬쩍 후작의 탓으로 넘기는 말과 그간 로원의 간절한 편지에 한 번도 답을 해 주지 않은 후작 부인의 모습이 조금 씁쓸했지만, 로원은 고개를 숙였다.

"아닙니다, 아닙니다. 돌아와 주셔서 감사합니다, 마님."

"그래, 그렇게 생각해 줘서 고맙군."

스페라도 후작 부인은 이해해 줘서 고맙다는 듯 생긋 웃음을 머금었다. 르게인 자작저에서 머무르며 그녀의 드레스와 장신구는 조금 초라해졌지만, 미모만큼은 아직도 화사하게 빛나고 있었다.

"그럼 물러가서 쉬게. 그간 고생이 많았어. 휴가도 괜찮겠지. 그 사달이 나고 나서 4년간 제대로 쉬어 본 적이 없지 않을 텐가."

자신이 없어도 될까. 하지만 4년간 제대로 자지도 못했던 로원은 그 말이 굉장히 달콤하게 들렸다.

"그래도 되겠습니까?"

"그럼. 휴가를 주지. 그간 맘 편히 가족을 보기도 힘들었겠지. 집에 다녀오는 것은 어떤가?"

후작 부인은 제품에서 작은 주머니를 꺼내 로원의 손에 들려 주었다. 주머니 안에는 상당한 양의 동전이 들어 있었다.

"마님, 이건……."

"수고비네. 물론 그간 제대로 주지 못했던 월급도 차차 지급할 거야. 일단 이걸로 가족을 보고 푹 쉬고 오게나. 그리고 다녀오면 나를 도와주게. 스페라도 후작가를 일으켜야지."

로윈은 후작 부인의 말에 고개를 끄덕였다. 그의 주름진 눈가에 눈물이 맺혀 있었다.

"그렇게 하겠습니다. 그런데, 마님."

로윈의 시선이 데리엘 너머에 닿았다. 그녀의 뒤에는 같은 복장을 한 사람들이 서 있었는데, 몇몇은 후드를 뒤집어쓰고 있었다.

"뒤에 있는 사람들은 누구입니까?"

후작 부인이 고개를 돌려 사람들을 바라보았다.

"우리 친정에서 데려온 하인들이네. 일손이 부족할 것 같아서. 빠르게 오느라고 몇은 행색이 엉망이기에 후드를 쓰게 했지."

어림잡아도 십 수 명은 될 듯한 사람들을 보며 로윈이 웃음을 머금었다. 안 그래도 손이 부족하던 참이었다. 이 정도의 일손이라면 그간 밀려 왔던 저택 보수를 해도 괜찮을 듯했다.

"르게인 자작님이 힘을 써 주셨군요. 저 정도의 인력을 보내려면 돈이 꽤 들었을 텐데."

로윈의 말에 조금 당황한 듯 후작 부인이 고개를 끄덕였다.

"그, 그렇지. 아버님과 오라버니께서 힘을 좀 써 주셨지. 거기다 이 사람들을 통솔할 인재도 보내 주셨네."

"정말 다행입니다. 다행이에요, 마님."

"자, 내가 마차를 준비해 뒀네. 푹 쉬고 오게, 로윈."

로윈은 어딘지 서두르는 후작 부인이 이상하다고 생각은 했으나, 오랜만에 휴식을 받았다는 마음에 간단히 짐을 꾸려 저택을 나섰다.

로윈이 마차를 타고 저택을 떠나는 걸 창가에서 지켜보던 후작 부인은 드디어 안도의 숨을 흘렸다.

"하아. 드디어 갔네요. 그런데 왜 로윈을 쫓아내야 한다고 했던 거예요?"

고개를 돌리자, 후드를 뒤집어쓰고 있던 남자가 방을 둘러보고 있었다. 헝클어진 밀색 머리와 죽어 가는 얼굴빛에서 푸른 눈만은 형형색색으로 빛나고 있었다. 스페라도 후작이 자신의 집으로 돌아왔다.

"나의 그리운 저택……."

후작은 아내의 말을 듣는 듯 마는 듯 하면서 저택을 둘러보기에 여념이 없었다.

"여보, 내 말 듣고 있어요?"

"듣고 있어!"

날카롭게 소리 지른 후작은 거친 숨을 내쉬며 자신의 방이었던 곳을 훑었다.

엉망이었다. 아름답던 자신의 초상화는 벽에서 떨어져 바닥을 뒹굴고 있었고, 우아한 은촛대는 사라졌다. 벽면을 장식하던 황금 잎사귀마저 긁어서 팔았는지 흉측한 상처만 남아 있었다.

후작은 마치 자신의 심장에 상처가 난 듯 비통해 보이는 표정으로 흠을 매만졌다.

"이렇게 오랫동안 이 저택에 그놈이 남아 있던 이유가 뭐겠어. 분명 도둑질이야. 그런데 그놈 앞에 내가 나타나 봐. 분명 그 정보를 값비싼 값에 팔아넘길 게 분명해."

후작은 눈을 이리저리 굴리며 불안한 듯 이를 부딪쳤다. 듣기 싫은 소리가 방 안에 울려 퍼졌다.

지금까지 저택이 다른 귀족들 손에 갈가리 찢겨 넘어가지 않은 게 로윈이 그간 애쓴 덕분이었지만, 후작에게는 로윈의 충성심마저 자신좋을 대로 해석되었다.

"이것 봐! 이걸 보라고!"

후작은 엉망이 되어 버린 집을 가리켰다. 화려하고 우아하던 저택은 귀신이 나올 것처럼 음침해졌고, 텅 비어 버렸다.

"여기 걸려 있던 거장의 그림은 어디로 갔지? 장인이 만든 가구들은? 황금으로 만들었던 동상은! 전부 어디 갔냔 말이야! 우리 저택은 르카디우스 제국이 세워질 때부터 존재했던, 유서 깊은 저택인데, 지금은 꼭 폐가 같잖아!"

스페라도 후작의 외침을 듣고 있던 후작 부인이 귀가 아프다는 듯 제 귀를 막고 소리를 질렀다.

"당연하잖아요! 당신이 자리를 비우고 얼마나 시간이 지났는지 알아요? 로윈이 아니었다면 이 저택이 통째로 날아갔을 거라고요!"

날카롭게 소리치며 후작 부인은 눈을 찡그렸다.

'이러려고 여기에 온 거야?'

신경질적으로 손끝을 잘근잘근 씹으며 후작 부인은 창밖을 바라보았다. 자신이 돌아왔다는 소문이 벌써 수도 전역에 퍼진 것 같았다. 분명 다들 그녀를 즐겁게 물어뜯고 있겠지. 상냥한 웃음을 짓고, 동정 섞인 목소리 밑에 조소와 비난을 깔 것이다.

모든 수도의 사람들이 자신 이야기를 하는 듯해, 데리엘은 창가에서 물러나면서 신경질적으로 커튼을 내렸다.

스페라도 후작은 그런 아내를 보며 작게 이를 갈았다. 그간 자리를 비웠다고 아내는 자신을 깔보고 있는 게 분명했다. 간신히 도착한 르게인 자작가에서 자신을 4년 만에 처음 마주한 데리엘의 표정이 어땠던가.

'차라리 괴물을 봐도 저보단 고운 얼굴로 봤겠어.'

후작은 이를 갈다가 몸을 돌려 개인 서재로 들어갔다.

서재 역시 엉망이었다. 흑단 나무로 장인이 정성스럽게 만든 책상은 흔적조차 남기지 않고 사라졌고, 서재를 가득 메운 값비싼 책들 역시 팔려 나가 책장의 절반 이상이 비어 있었다.

오래도록 청소를 하지 않은 것인지, 그나마 남아 있는 소파와 의자에는 하얀 천이 덮여 있었다. 후작은 신경질적으로 천을 치웠다가 거세게 이는 먼지에 손사래를 치며 쿨럭거렸다.

'그건 무사하겠지?'

그걸 위해서 여기에 온 건데.

후작이 주변을 둘러보다가 슬그머니 책꽂이에 달린 장식을 밀자 책꽂이의 한 칸이 소리도 없이 비밀스러운 공간을 드러냈다.

전 스페라도 후작이 그의 사랑스러운 아들을 위해 만들어 준 이 공간은 아버지와 자신만의 비밀이었다. 전 스페라도 후작이 사망한 이후로는 아무도 모르는 자신만의 비밀 공간이 되었고, 늘 후작은 이 안에 자신이 가장 중요하게 여기는 것을 숨겼다.

후작은 바로 손을 뻗어 안쪽에 있는 상자를 꺼냈다. 나무 상자 안에 있는 것은 낡디낡은 수첩 하나와 이상하게 끊어진 사슬이었다. 있다. 후작은 사슬과 수첩을 바라보며 회심의 미소를 지었다.

잘 도착하셨나요?

사랑하는 이와 눈물 나는 재회를 하셨으리라 생각해요. 제가 편지를 보내는 건 다름이 아니라 스페라도 후작가에는 특별한 힘이 있다고 들어서입니다.

모두에게 악몽 같은 거대한 힘이라지만, 오랜 주인이 그 힘을 다루지 못할 리가 없다고 나는 믿는답니다. 부디 그 비밀스러운 방법을 내게도 알려 주기 바라요.

그럼 수도에 올라오시는 날을 기대하겠습니다.

-당신의 친구로부터.

르게인 자작가에서 돌아오니 후작의 방에 놓여 있던 편지였다. 후작은 그걸 누가 보냈는지 쉽게 알 수 있었다.

오랜 주인. 그녀는 힘의 주인이 아니라 오랜 주인이라고 말했다.

그건 초대 스페라도 후작부터 지금의 가주인 자신까지 가리키는 말이었다. 힘을 가진 아이들이 커서 가주가 되기 전까지 그들을 다루는 건 대대로 가주들이었으니까.

'힘을 다루는 법.'

후작은 4년 전 레슬리의 팔찌를 만들고 남은 사슬을 펼쳐 보았다. 처음보다 조금 짧아지긴 했지만, 레슬리 정도의 아이는 충분히 묶어 둘 수 있을 것 같아 보였다. 들키지 않겠다고 사슬을 부숴 팔찌에 넣지만 않았더라면 더 길었을 텐데.

후작은 안타까운 눈으로 쯧, 하고 혀를 차고는 사슬을 도로 상자 안에 넣고 이번엔 수첩을 꺼냈다. 낡고 낡아 조심히 보지 않으면 곧 부스러질 수첩의 표면을 쓸다가 후작은 문득 수첩을 펼쳐 들었다.

[여섯 번째 실험. 두 명의 은발 아이가 죽어 갔지만, 이렇다 할 결과가 없었다. 애통하다.]

[약간의 어둠을 얻었지만, 힘이 너무도 약하다. 적어도 사람을 공격할 정도가 되어야 하는데. 왜 이렇게 약한 걸까.]

[불이 역시 가장 좋은 방법이었다. 정자를 만들어 첫 제물을 바친 불을 보호하기로 했다.]

[실험을 거듭하는데 점점 불이 검은색으로 변하는 것 같다. 다른 이들은 기분 탓이라고 했지만 뭔가 꺼림칙하다.]

'불이 점점 검은색으로 변했다고?'

후작은 눈을 찡그렸다. 자신이 기억하던 제물의 불은 처음부터 지옥의 불처럼 짙은 검은빛을 띠고 있었다.

후작은 기록을 읽다가 아무 생각 없이 맨 마지막 장을 펼쳐 보았다. 여태까지는 필요한 부분만 찾아 읽고 바로 닫아 버렸지만, 오늘은 왜

인지 갑자기 마지막 장을 읽고 싶었다.

공간 하나 없이 빽빽하게 기록된 다른 장과는 다르게 맨 마지막 장에는 단 한 줄만 적혀 있었다.

[우리가 크나큰 실수를 했다.]

"크나큰 실수를 했다?"

"저, 저기…… 후작님."

후작이 눈을 찡그리는데 누군가 갑자기 그를 불렀다. 놀라 벌떡 일어나 자신을 부른 이를 바라보자 한 하녀가 서재 입구 쪽에서 자신을 보며 머뭇거리고 있었다. 아내를 따라온 르게인 자작가의 하녀 중 한 명인 그녀는 후작의 호통에 몸을 움찔하더니 조심스레 말을 이었다.

"그…… 황실에서 기사분들이 오신다고 합니다. 어서 피하시라고 알려 드리러 왔어요."

"뭐, 뭐?"

왜 하필 이럴 때 온단 말인가.

지금 그는 도망자 신세라 황실 기사단과 마주쳐 봤자 좋을 일이 없었다. 후작은 하녀를 내보내고 다시 자신의 비밀 공간에 수첩과 사슬을 집어넣은 뒤 허둥지둥 서재를 나왔다.

후작이 자리를 뜨고 텅 빈 개인 서재에 누군가가 조용히, 발소리를 죽이며 들어왔다. 아까 후작을 부르러 온 하녀는 주변을 돌아보더니 후작이 한 대로 장신구를 잡아당겨 숨겨진 공간을 찾아내었다.

"사슬과 수첩……. 주인님께 알려 드려야겠네."

상자 안과 창밖에 앉아 있는 갈색 얼룩무늬 새를 번갈아 바라보며 그녀는 나지막이 중얼거렸다.

바로 공작저로 돌아가기에는 먼 거리라 공작가 사람들은 하룻밤을 여관에서 머무르기로 했다. 몰려든 귀족들 때문에 방이 있을까 레슬리는 걱정했지만, 그건 기우였다. 셀바토르 공작이 모습을 드러내자마자 여관 주인은 민첩한 몸놀림으로 여관의 가장 위층을 통으로 내주었다.

"어머니."

식사가 끝난 후, 레슬리는 조심스레 공작이 머무르는 방문을 열었다. 침대에 들기 전까지 서류를 보고 있던 셀바토르 공작이 레슬리를 보며 미소 지었다.

"왔구나."

레슬리를 보자마자 자신이 보던 서류를 옆으로 치우며 옆자리 의자를 빼 주었다. 탁자 위에는 땅콩과 초콜릿이 듬뿍 박힌 쿠키가 놓여 있었는데, 자신을 위해 미리 준비해 둔 것인지 공작은 쿠키가 가득 담긴 그릇을 레슬리 쪽으로 밀었다.

"저, 그런데 무슨 일로 부르신 건가요?"

마침 할 이야기가 있어서 잘됐지만. 작은 연분홍 리본이 달린 모슬린 잠옷을 입은 레슬리는 의자에 앉아 쿠키를 하나 집어 들고 오물거렸다.

진득한 초콜릿과 고소한 땅콩이 입안 가득 씹히자, 저절로 기분이 좋아졌다. 콘라드가 준 사탕과 비스킷 이후로 먹는 첫 쿠키였다.

조금씩 먹다가 어느새 크게 쿠키를 덥석 베어 먹는 레슬리를 귀엽다는 듯 바라보면서 공작은 차 한 잔을 따라 앞에 놓아 주었다. 그리고 조심스러운 손길로 뺨을 쓸었다.

"기껏 살을 찌웠더니 이렇게 홀쭉해져서는."

고작 스무 날을 조금 넘게 신전에 머물렀을 뿐인데 레슬리의 뺨은 홀쭉해져 있었다. 그건 공작과 사이레인에게는 다른 무엇보다 심각한 일이었다.

그러기를 한참, 공작은 안쓰러운 눈으로 레슬리를 바라보기만 할 뿐 쉽게 입을 열지 못했다.

"레슬리."

"네, 어머니."

레슬리가 침묵을 더 버티지 못하고 먼저 말을 걸어야 하나 진지하게 고민하고 있던 차에 공작이 드디어 말문을 열었다. 하지만 이내 다시 입을 다물고 눈을 찡그렸다.

"어머니, 제가 먼저 말씀드려도 될까요?"

무슨 일인지는 모르겠지만, 아무래도 자신이 먼저 말문을 터야 할 듯 보였다.

"그래, 먼저 말해 보렴."

공작이 허락하자 레슬리는 잠시 제 컵을 톡톡 손가락으로 두드렸다.

"저…… 어머니."

레슬리는 슬그머니 눈치를 보며 말을 시작했다. 셀바토르 공작이 어서 말해 보라는 듯 레슬리를 바라보았다.

"그게…… 데비엔 고위 사제에게 제힘을 들키고 말았어요. 그리고 콘라드 경에게도요."

그 말을 간신히 내뱉고 레슬리는 고개를 푹 숙였다.

그간 레슬리는 공작의 말에 따라 충실하게 제힘을 숨겨 오고 있었다. 셀바토르 공작저에서도 레슬리가 어둠의 힘을 가지고 있는 걸 아는 사람은 공작과 사이레인, 베스라온과 루엔티 그리고 제나와 하르트가 전부였다.

셀바토르 공작은 레슬리의 힘을 감추고자 했다. 남들에게 알려지면 비장의 패로 쓰기 힘들었으니까.

거기다 황실이 이용할 가능성도 배제할 수 없었다. 피스토레가 반대하더라도 다수의 귀족이 항의하면 어떻게 될지 몰랐다.

그랬는데 하필이면 데비엔에게 들키고 말았다. 레슬리는 죄송스러운 마음에 고개를 숙였다.

"괜찮단다."

그리고 예상한 대답이 돌아왔다. 어머니라면 분명 저렇게 말해 주실 줄 알았다. 괜찮다고, 네 잘못은 없다고. 그래서 더더욱 가슴 한편이 욱신거렸다.

"하지만……."

"정말 괜찮단다. 어차피 조금 더 있었으면 알려질 사실이었어."

"알려질 사실이었다니요?"

공작은 옅게 웃으며 질문의 답을 질문으로 대신했다.

"데비엔의 주인이 누군지 아니?"

공작의 질문에 레슬리는 조용히 고개를 저었다.

"후작은 아니라고 했어요."

"그래, 그렇지. 그녀의 주인은 황족 중에 숨어 있단다."

황족……. 누굴까. 레슬리는 눈을 찡그렸다.

르카디우스 제국에서 황족은 귀한 편이었다. 황제들은 늘 황후 한 명만을 자신의 아내로 두었고, 그 밑에선 '반드시'라고 해도 좋을 정도로 한 명의 아이만이 태어났다. 두 명의 아이를 둔 황제는 손에 꼽을 정도로 적었다.

그래서 선선대 황제가 황위를 잇지 못한 아들에게 대공의 지위를 내릴 때도, 약간의 혼란이 일어났다. 르카디우스 제국에서는 대공이라는 위치는 처음이었고, 때문에 셀바토르 공작가에 비해 어떤 권한을 더 내려야 할지를 정하지 못했다.

셀바토르 공작가는 이미 르카디우스 황실보다 더 오랫동안 존재했

으며 각 전쟁 때마다 가장 큰 공을 세웠던 특별한 가문이었으니까. 그
보다 더 많은 권한을 주기에는 셀바토르 공작가의 눈치가 보였고, 그
렇다고 완전히 똑같은 권한을 주기에는 제 아들이 신경 쓰였다.

고심 끝에 선선대 황제는 아이테라에게 셀바토르 공작가와 비슷한
권한을 주되, 호칭만은 대공으로 정하였다.

"일단…… 황제 폐하는 아닐 것 같아요."

레슬리는 한참 만에 대답 하나를 내놨다. 공작은 남은 차를 홀짝이
며 되물었다.

"왜 그렇게 생각했니?"

"만약 황제 폐하가 데비엔과 손을 잡았다면, 어머니께 멱살을 잡혔
을 테니까요."

이젠 레슬리의 입에도 붙어 버린 관용구였다. 다른 말도 많이 붙었
지만, 그건 셀바토르 공작 앞에서는 할 수 없는 말이었다.

"그래, 맞아. 피스토레는 그런 사람이 아니지."

그녀의 오랜 친구는 자신이 믿는 몇 사람에게 감정을 숨기지 않는
이였고, 그 안에는 셀바토르 공작이 들어 있었다. 그가 데비엔의 진짜
주인이었다면 분명 어디선가 묘하게 티가 났을 것이다.

그리고 그는 스페라도 후작가의 제물 사건을 전혀 모르고 있었다.
지난 4년은 그 사실을 확신하기에 충분한 시간이었다.

'알았다면 뒤집어엎었겠지.'

제 두 아들을 끔찍이도 좋아하는 황제였다. 황제 자리에 오르기 전
에도 길거리에서 아이만 보면 늘 먹거리를 쥐여 줄 정도로 어린아이들
을 귀여워하기도 했다.

특히 어릴 적엔 자주 아팠던 아렌도 황자를 안아 들고 회의에 참석
했던 일은 아직도 이야깃거리로 사람들의 입에 오르내렸다. 만일 알고
있었다면 반드시 자기 아들에게 말해 주었을 것이다.

434

‘100년. 거의 100년 전이었지. 마지막 어둠술사가 나온 게.’

기록에는 어둠술사라 하기에도 부끄러울 정도로 그 위력이 약하다고 적혀 있었다. 그 말은 제물을 바치지 않고 그 아이가 타고난 힘만을 이용했다는 뜻이었다.

"황제는 데비엔의 주인이 아니란다."

공작의 말에 레슬리는 고개를 끄덕였지만, 쉽게 누구라고 말할 수가 없었다. 잘못 말하면 황족 모독죄인 데다가 황제와 황후는 르카디우스 제국의 황족답지 않게 나름 순수한 분들이었다. 두 명의 황자가 가장 의심스러웠으나, 레슬리는 이내 고개를 저었다.

"누군지 잘 모르겠어요."

그 말에 공작은 웃으면서 레슬리를 바라보았다.

"메데이아 태후란다."

"네?"

레슬리의 눈이 순식간에 동그래졌다. 메데이아 태후라면 바로 어제 만났던 사람이 아닌가. 그런 사람이 데비엔의 주인이라고?

"이유는 잘 모르겠다만, 그녀는 예전부터 아렌도 황자를 제국의 주인으로 삼고 싶어 했었지."

그녀는 제 아들뻘 되는 나이의 아렌도를 알뜰하게 챙겼다. 물론 2황자인 콘스텐도 챙기긴 했으나 1황자인 아렌도에 비교하면 초라한 보살핌이었다.

레슬리는 공작의 말에 놀란 듯 눈을 깜빡거렸다.

"그럼 메데이아 태후 폐하…… 아니, 메데이아가 제 힘에 대해 알게 된 건가요?"

"그렇지. 그리고 너도 알다시피 이미 엘리가 그 밑으로 들어가 있어. 그러니 힘에 관한 건 어차피 곧 알려질 사실이었단다."

그렇구나. 하긴 엘리에게는 레슬리가 힘을 가지고 있다는 사실을 더 숨길 이유가 없었다. 오히려 제 새로운 보호자에게 잘 보이기 위해 뭐든 먼저 털어놓았을지도 모르는 일이었다.

잠시 레슬리를 보고 있던 공작이 이번엔 먼저 물었다.

"그 일 때문이니? 강에서 늑대를 만난 일?"

비어 버린 레슬리의 찻잔에 꽃향기 나는 차가 가득 찼다. 자신이 좋아하는 차라 두 번째 잔도 달갑게 받은 레슬리가 고개를 끄덕였다.

"네, 늑대를…… 만났어요. 셀리스 양을 끌고 가려고 했고, 저를 잡아먹으려고 해서 몸을 지키려고 했어요."

레슬리는 그때 상황을 떠올리며 눈을 찡그렸다.

거대한 늑대들의 한 끼 식사가 될 뻔한 그때, 어둠이 먼저 움직여 주었다. 자신의 몸에 쏟아져 내린 피를 생각하면 아직도 몸이 잘게 떨렸다. 데비엔을 상대하느라고, 그리고 콘라드에게 어둠을 들켰던 충격에 잠시 뒤로 밀어 두었던 낯선 감정들이 몸을 타고 기어오르기 시작했다.

하지만 레슬리는 일부러 환하게 웃으며 셀바토르 공작을 바라보았다. 자신은 열여섯 살이나 되었고, 이 일은 이제 낯선 일이 되지 않을 것이니까. 스페라도 후작을 떠올리며 레슬리는 작게 주먹을 쥐었다.

공작은 손가락으로 테이블을 톡톡 두드리며 무언가를 중얼거렸다.

"시누스턴 신전 숲에서 거대 늑대……."

갑작스러운 산사태에, 숲 안쪽에서만 살던 거대 늑대가 왜. 공작의 암녹색 눈이 가늘어졌다.

"어머니?"

셀바토르 공작의 표정이 이상해지자 레슬리가 조심스레 공작을 불렀다.

"아니, 아무것도 아니란다. 그래서 그 늑대들을 처리하다가 데비엔에게 들킨 거구나. 그리고 콘라드에게도."

"네, 죄송해요……."

"죄송할 건 없지. 신전 측에서 제대로 호위를 못 한 탓인데."

산사태라니, 그것마저도 일부러 일어난 일인 게 분명했다. 분쟁 지역과 아무리 가까운 지역이라고는 하나 산사태의 영향을 받을 정도는 아녔다. 그랬더라면 바로 신전에서 사람들을 대피시켰을 것이다. 약자를 데리고 있는 신전은 늘 그런 위험에 민감했으니까.

"레슬리, 너는 괜찮은 거니?"

"그럼요! 당연하지요. 저는 괜찮아요, 어머니."

레슬리는 찻잔을 만지작거리며 셀바토르 공작과 시선을 맞추지도 않고 고개를 끄덕였다.

"처음에는 조금 무섭고 거부감도 들었었는데…… 이젠 괜찮아졌어요."

레슬리의 감정 상태는 엉망진창이었다. 처음으로 무언가를 죽였다는 죄책감과 몸을 지키기 위해서는 어쩔 수 없었다는 자기 합리화, 늑대가 달려들어 할퀴었을 때 느꼈던 아픔, 피가 사방으로 튀었을 때 느꼈던 공포. 하지만 그 감정은 항상 하나의 결론으로 귀결되었다.

'후작과 엘리도 저렇게 만들 건데, 늑대 따위에게 흔들리면 안 돼.'

레슬리는 손에 든 찻잔을 꽉 쥐었다.

그래, 자신은 괜찮았다. 아니, 반드시 괜찮아져야 했다. 스페라도 후작가의 사람들의 끝을 간절히 바라던 건, 다른 사람도 아닌 자신이 아니던가.

그 사람들 숨통을 끊어 놓을 수 있는 기회가 왔을 때, 레슬리는 주저하지 말아야 한다는 걸 아주 잘 알고 있었다.

아니면 4년 전처럼 후작과 엘리는 어떻게든 살아남을 게 뻔했으니까.

레슬리는 어지러운 속을 들키지 않으려고 일부러 눈을 마주치고 환하게 웃어 보였다. 그런 레슬리의 속을 파악한 것인지 셀바토르 공작의 눈이 가늘어졌다.

잠시 침묵하던 공작은 이내 레슬리를 보며 팔을 벌렸다. 자동으로 그 품에 안기자 공작이 레슬리의 등을 토닥였다.

"미안하구나."

갑자기 들려온 공작의 말에 레슬리가 눈을 크게 떴다. 갑자기 왜 사과를 하시는 걸까.

"네가 그런 일을 겪게 해서 미안해. 무언가를 죽이는 건 달가운 감정이 아니지. 그리고 익숙해져야 할 일도 아니란다."

낮고 부드러운 공작의 목소리를 들으며 레슬리는 그 품에서 눈을 깜빡거렸다.

"나는 네가 그 감정을 몰랐으면 했는데…….."

그 말끝에 작은 한숨이 걸려 나왔다. 품 안에 있어 얼굴이 보이지 않았지만, 왜인지 지금 어떤 표정을 짓고 있는지 알 것 같았다.

"어머니, 저는 괜찮아요. 각오하고 있던 일이고…… 이럴 때를 대비해서 어둠을 배운 거잖아요."

"그래, 그렇지. 그래도 나는 네가 그걸 평생 모르는 삶을 살게 하고 싶었단다."

결코 달가운 감각이 아니었을 것이다. 그래서 알게 하고 싶지 않았다. 특히나 이 아이처럼 여리고, 또 복수하고 싶어 하는 아이는 더더욱 그 감정을 알지 못하게 숨기고 싶었다. 셀바토르 공작도, 레슬리도 잠시 할 말을 고르는 듯 침묵했다.

'나는 정말로 괜찮은데.'

레슬리는 다시 한 번 더 찻잔을 꼭 잡았다. 그러고 보니, 어머니는 자신에게 힘을 넘겨준 작은 손들에 대해 잘 모르시지. 4년 전에도 그들이 원하는 건 복수가 아니라고 말씀하시지 않았던가.

잠시 생각을 정리하다가 레슬리는 공작이 걱정하지 않게 고개를 끄덕였다. 그러고는 시선만 살짝 들어, 공작의 품속에서 그녀를 바라보았다.

"어머니, 저 콘라드 경에게 제 힘에 대해 말해도 될까요?"

레슬리의 말에 무언가를 생각하듯 눈을 가늘게 뜬 공작은 이내 고개를 끄덕였다.

"말해도 괜찮단다. 그는 믿을 만하니까."

제 딸을 노리는 게 마음에 안 들기는 하지만, 그 정도로 믿을 만한 이를 찾는 건 힘들었다. 문제는 그 아버지인 아이테라 공작이었지.

"대신 아무에게도 말하지 않겠다고 맹세해 달라 말하렴."

그 말에 레슬리는 고개를 작게 끄덕였다. 그런 자신의 딸이 귀여워 머리를 쓰다듬으며 시선을 맞추자 레슬리가 눈을 사르르 접으며 밝게 웃어 보였다.

"레슬리."

조금은 헝클어진 머리를 귀 뒤로 넘겨 정리해 주며, 공작은 말을 이었다.

"아라벨라 자리를 포기해도 괜찮단다."

"이런. 조사가 길어질 것 같네."

렌티우스는 하늘에서 떨어지는 빗줄기를 보며 눈을 찡그렸다.

후보들이 떠나자마자 하늘은 그 빈자리를 대신하겠다는 듯 강한 폭우를 쏟아 냈다. 덕분에 다들 조사를 멈추고 급하게 친 천막 속에서 비를 피하고 있었다.

"얼마나 걸릴까요."

콘라드는 그런 비를 원망스럽다는 듯 바라보았다.

안 그래도 셀바토르 공녀를 제대로 호위하지 못했다는 이유로 문책을 당하느라 제대로 된 배웅도 하지 못했다. 레슬리에게는 조사 때문이라고 둘러대긴 했지만, 사실은 문책 때문이었다.

조사 결과라도 어서 보내 주고 싶은 마음에 조사에 참여했는데, 하늘이 도와주지 않았다.

"시간도 시간이지만, 이런 상태면 대부분의 흔적이 쓸려 나가겠지."

렌티우스는 푹 젖어 버린 제 머리를 마구잡이로 털어 내며 밖을 바라보았다. 그러더니 콘라드를 보고 말을 이었다.

"일단 너는 저택으로 돌아가라."

"네?"

"동생이 기다리지 않냐. 가서 동생 좀 달래 줘. 안 그래도 그것 때문에 초조했었지?"

큰 솥뚜껑 같은 손으로 콘라드의 등을 철썩 치며 렌티우스가 씩 웃었다.

"여긴 내가 남아 있으마. 뭔가 알게 되면 바로 알려 줄 테니까, 마음 놓고 수도로 돌아가."

"선배님도 할 일이 많으시잖아요."

다른 사람도 아니라 테센트루아 성기사단의 기사단장이었다. 호위를 맡아 주러 여기까지 온 것만 해도 그가 상당히 무리했다는 걸 콘라드는 잘 알고 있었다.

"여기 오기 전에 일 대부분을 처리하고 왔어. 뭐 그래도 안 되면 개인 휴가 좀 쓰고 그러지 뭐."

"휴가를 쓰시다니요……."

평소에도 아이들과 놀아 줄 시간도 부족하다며 투덜거리던 렌티우스였다.

"괜찮아. 괜찮아. 애들이랑 아내님은 나중에 시간 날 때 같이 소풍 가 주면 될 것 같고……. 거기다 거대 늑대가 숲 안쪽에서 튀어나왔는데 가만히 있을 수가 없잖아."

렌티우스의 눈이 가늘어졌다.

거대 늑대는 다른 늑대들에 비해 그 몸집이 몇 배나 더 커서 양이나 염소를 한 번에 물어 죽이곤 했었다. 거기다 늘 대여섯 마리씩 무리를 지어 다니기 때문에 한 마리라도 발견된다면 반드시 무리를 전부 죽여야 했다. 아니면 사람이 먹힐지도 모르는 일이었으니까.

"보통은 숲 안쪽에서 생활하는 놈들인데 왜 튀어나온 거지."

"산사태 때문이겠죠."

콘라드는 작게 혀를 찼다. 산사태가 일어나 거대 늑대들을 자극했고, 덕분에 레슬리와 셀리스가 공격당했다.

'의심 가는 사람이 없는 건 아니지만.'

데비엔 고위 사제. 콘라드는 당장이라도 상부에 이 일을 보고하고 싶었지만, 그럴 수가 없었다. 고위 사제의 영향력은 실로 어마어마한 것이었으니까. 거기다 신전은 황실과 귀족들의 압박이 먹히지 않는 또 다른 세계였다.

답답함에 콘라드는 얼굴을 일그러트리며 크게 숨을 내쉬었다.

그런데 그때, 흠뻑 젖었다는 말로는 표현하기 힘들 정도로 푹 젖은 사제가 천막 안으로 뛰어 들어왔다.

"허어억."

사제는 가냘픈 신음을 흘리며 몸을 덜덜 떨었다.

"이런, 괜찮으십니까?"

렌티우스가 커다란 천을 덮어 주며 천막 가운데에 있는 불가로 사제를 안내했다.

"비, 빗줄기가 이렇게 아픈 것인지는 몰랐네요."

불 앞에 앉은 사제는 손을 내밀면서 내일 분명 온몸에 멍이 들어 있을 거라고 말을 덧붙였다.

"그런데 무슨 일로 나갔다 오신 겁니까?"

콘라드가 불 위의 주전자에서 따뜻한 물을 따라 사제에게 건네주며 묻자, 사제는 작게 웃으며 컵을 받아 들었다.

"그게, 아까 신경 쓰이는 게 있어서 말입니다."

"신경 쓰이는 게 있다니요?"

"아까 제가 이곳에 도착하자마자 한 분을 치료해 드리지 않았습니까."

안 그래도 지반이 약해진 탓에 한 사람이 레슬리와 셀리스처럼 산기슭을 굴러 강에 빠질 뻔했었다.

다행히도 구해 냈지만, 온몸에 자잘한 상처가 생겼고 다친 사람을 치료했던 게 이 사제였다.

"치료를 위해서 신력을 사용하는데 뭔가가 이상하더라고요. 미묘한 거슬림이었습니다. 제가 그런 쪽으로는 신전에서 가장 예민하거든요. 다시 확인해 보기도 전에 비가 쏟아졌지만……. 뭐 하여튼 그걸 확인하고 왔습니다."

사제의 말에 렌티우스와 콘라드의 눈가가 가늘어졌다. 아직 사제가 무슨 말을 하는 건지 잘 이해가 되지 않는다는 얼굴이었다.

"편지를 써야겠어요. 마법사의 저택에 도움을 구하는 편지 말입니다."

"마법사를 불러 처리할 생각입니까? 우리의 힘으로도 충분히 가능할 텐데요."

렌티우스가 얼굴을 찡그렸다. 신전에 마법사를 부르려면 이래저래 절차가 까다로웠다. 신전 측에서도 달가워하지 않았고, 그건 마법사의 저택도 같은 입장이었다.

"확인차 마법사가 꼭 필요합니다."

그걸 가장 잘 알고 있음에도 사제는 고개를 끄덕이며 몸을 말리기 위해 조금 더 불 앞으로 다가갔다. 그리고 사뭇 진지해진 얼굴로 말을 이었다.

"아까 신력을 사용했을 때, 반발 반응이 있었습니다. 그래서 조금 시간을 두고 다시 신력을 사용하니 미묘하게 반발 반응이 있더군요."

"신력에 반발 반응이 있었다는 말은……."

사제는 고개를 끄덕였다.

"네, 평범한 산사태가 아닙니다. 저건 마법으로 사고를 일으킨 거예요."

중간에 자신을 마중 나온 베스라온과 루엔티를 만나 셀바토르 공작저로 돌아온 지 며칠이 지났다. 하지만 레슬리는 어쩐지 즐겁지가 않았다.

테이블 위에 엎드린 채 작게 한숨 쉬며 눈을 깜빡였다. 오늘도 제나가 화병에 새 꽃을 꽂아 주었지만, 그것마저 즐겁지 않았다.

'아라벨라를 포기해도 된다니.'

하나의 목표를 위해 달려왔는데 그 목표를 손에 넣은 순간 포기해도 된다는 말을 듣자 기분이 조금 이상했다.

'그럼 계약은 어떻게 되는 걸까.'

레슬리는 괜스레 꽃잎 한 장을 따서 빙글빙글 돌려보았다.

4년 동안 자신을 충분히 아껴 주고, 사랑해 주었다는 걸 의심하는 건 아니었다. 넘어졌다는 이유로 원래 계단은 사라지고 자동으로 움직이는 계단이 나타나지를 않나, 저택 한 층을 다 내준다고 하더니, 저번

생일 때는 레슬리가 자주 가던 디저트 가게를 선물로 받았다.

거기서 멈추지 않았지. 베스라온은 길가에 있는 모든 가게를 인수해 레슬리가 좋아하는 가게로 바꾸자고 제안했고, 사이레인을 그럴 바에 아예 거리 하나를 통째로 사들이자고 주장했다. 그리고 루엔티는 그 말에 반박했고.

'역시 루엔티 오라버니야!'

하지만 그렇게 루엔티를 반긴 레슬리의 환호와는 다른 의견이 튀어나왔다. 축제를 잊지 말라는 반박이었다. 종합하자면 거리를 전부 사서 축제를 좋아하는 레슬리를 위해 365일 축제를 열자는 말이었다.

그때 일을 생각하며 레슬리는 작게 키득거렸다. 그 일은 2차 시험을 치르러 가기 전에 일어난 일이었다. 그러니 가족들의 사랑을 의심할 마음 따윈 추호도 없었다.

'하지만 계약이라는 말이 너무 걸려.'

그런 단어는 가족 사이에 쓰이지 않으니까. 전혀 관련 없는 남남끼리 쓰는 단어니까. 손가락 걸기를 알았으면 좋았을 텐데.

레슬리는 4년 전 제 무지함을 탓했다. 계약이라고 말하지 말고 손가락 걸기를 했더라면, 조금 친근한 느낌이었을까.

그런 생각을 하다가 이내 고개를 저어 헛된 생각을 털어 버렸다.

'……위험할 수 있단다. 나는 네가 그런 위험에 빠지는 걸 원치 않아. 그러니 생각해 보고 말해 주렴.'

레슬리는 공작의 한마디를 떠올리며 꽃잎을 잘근잘근 깨물었다. 그 말 한마디를 하는데도 셀바토르 공작은 그녀답지 않게 한참을 뜸 들였었다.

"분명 뭔가 더 할 말씀이 있던 것으로 보이셨는데."

도대체 무슨 말을 하려다가 직전에 멈추신 걸까. 어머니가 속에 삼킨 그 말이 뭘까. 답답한 마음에 테이블을 두드리는 손길이 거세졌다.

"레슬리."

"베스라온 오라버니."

오늘은 쉬는 날인지 편한 갈색 튜닉을 입고 있는 베스라온이 레슬리에게 다가왔다.

"허락도 없이 들어와서 미안하다. 음, 방문이 열려 있어서."

아까 레슬리가 들어오면서 제대로 문을 닫지 않은 모양이었다. 몸을 벌떡 일으켜 자세를 제대로 잡고 앉은 레슬리가 베스라온을 보며 웃었다.

"괜찮아요. 어서 들어오세요. 차 드시겠어요?"

그러고는 종을 울려 마델에게 차를 부탁했다. 마델이 차를 가지러 간 사이 베스라온이 레슬리를 보며 먼저 말문을 열었다.

"무슨 걱정이 있는 듯해서 말이다. 집으로 돌아왔는데 제대로 웃지도 않고 밥도 먹질 않았지. 거기다 늘 방에서 혼자 밥을 먹고. 파티도 거절하고 말이야."

사이레인과 바타가 야심차게 준비한 환영 파티마저 레슬리는 고개를 저었다. 그런 모습에 무뚝뚝하던 베스라온마저 제 동생이 걱정된 모양이었다.

"어머니랑 무슨 일이 있던 거니?"

최대한 상냥한 목소리로, 최대한 나긋나긋하게 묻는 베스라온을 보며 레슬리는 옅게 웃었다. 그리고 손가락을 꼼지락거리다가 말을 꺼냈다.

안 그래도 누군가에게 털어놓고 싶은 심정이었다. 레슬리는 공작이 자신에게 한 말과 자기 생각을 서투르게 전부 털어놓았다. 베스라온의 눈동자가 커다래지더니 이내 웃음을 머금었다.

"어머니가 정말 너를 아끼시는구나. 알고는 있었지만, 말을 아끼실 줄은 몰랐어."

"저에게 아라벨라를 포기하라 하셨는데도요? 거기다 제대로 이유를 설명해 주시지도 않았어요."

레슬리의 뚱한 대답에 아직 웃음기가 가시지 않은 목소리로 베스라온이 대답했다.

"어머니는 기본적으로 말을 아끼시는 성격이 아니시지. 자신의 행동에 제약을 받는 것을 싫어하시고."

레슬리는 고개를 끄덕였다. 확실히 어머니는 그런 분이었다. 말을 많이 하시는 편은 아니었지만, 필요한 말을 아낀 적은 없었다. 그게 어떤 결과를 불러오든 간에 그녀는 늘 거리낌 없이 의사를 표시했었다. 필요하다면, 전쟁터라고는 하나 사람들이 보는 앞에서 황제의 멱살을 잡을 정도였으니까.

"그런 어머니가 혹시나 네가 다칠까 봐 말을 아낀 거지."

베스라온은 조금이나마 어머니의 심정이 이해가 갔다. 안전에 심혈을 기울이는데도 레슬리에게는 사건 사고가 잇달아 일어났다. 그리고 그 아이가 앞으로 걸어갈 길은 위험했다. 그러니 지금만이라도 상처받지 않았으면 하는 마음이었을 것이다.

"그렇지만 저는 어머니가 다 말씀해 주셨으면 좋겠어요."

잠시 베스라온의 이야기를 듣고 있다가 레슬리는 발을 동동 굴렀다.

"제 일인데 저에게만 알려 주지 않는 건 불공평해요. 거기다 이제 저도 다 컸는걸요. 매일매일 훈련해서 체력도 많이 붙었어요. 저는 어머니랑 약속을 했으니 그 약속을 지키고 싶어요."

열여섯 살이 되었고, 이제 연무장을 5바퀴나 돌아도 숨이 차지 않았다. 매일 바타가 해 주는 밥을 남김없이 먹어 키도 자랐으며, 하르트에게서 검을 배워 검술도 조금이나마 할 수 있게 되었다.

지식 역시 크게 성장했다. 가장 약했던 신학은 사제들도 놀랄 정도였고, 가장 잘했던 고어는 자신이 아카데미를 다녔다면 늘 수석을 차지했을 거라 확신할 수 있을 정도였다.

"그러니 저도 어머니께 도움이 되고 싶단 말이에요!"

갑자기 튀어나온 큰 목소리에 레슬리는 놀라 작게 딸꾹질을 터트렸다.

"그럼 조금 있다가 올라가서 다시 이야기해 보렴. 분명 어머니는 너에게 약하니 다 말해 주실 거란다."

이 저택에서 레슬리에게 약하지 않은 사람을 찾기는 힘들었으니 다들 레슬리의 편이 되어 줄 것이다. 베스라온의 말에 레슬리는 작게 고개를 끄덕였다.

"그럼 조금 이따가 같이 가 주시면 안 돼요, 오라버니?"

"그래, 같이 가 주마. 손가락도 걸어 줄까?"

그러자 레슬리는 환하게 웃으며 자신의 손을 내밀었다. 이제 레슬리도 제법 커서 베스라온과 약속할 때 평범한 사람들처럼 새끼손가락을 걸 수 있었다. 그래도 워낙 손 크기가 차이가 크게 나서 조금 우스꽝스러운 꼴이었지만.

"죄송해요, 아가씨."

너무 늦게 들어온 마델이 조심스레 문을 열며 찻주전자와 두 개의 찻잔을 가지고 들어왔다. 파란 레이스 위에 분홍 리본이 예쁘게 그려진, 레슬리 전용 찻잔이 베스라온 앞에 놓였다. 베스라온은 레슬리의 손 크기에 맞춰서 나온 작은 찻잔을 제 커다란 손으로 조심스레 들었다.

"손님이 오셨더라고요. 그래서 조금 주방에서 늦게 나왔어요."

"손님?"

마델의 말에 드물게 베스라온이 되물었다.

"네, 도련님. 지금 제나 집사님께서 손님을 3층 응접실로 안내하라고 들으셨다고 하셨습니다."

손님도 드문데 3층 응접실의 문이 열렸다. 귀중한 손님을 받을 때만 열린다는 셀바토르 공작가 3층 응접실의 마지막 손님은 열두 살의 레슬리였었다.

"어머니가 3층 응접실을 여셨어?"

레슬리가 놀라 크게 묻자 마델이 고개를 끄덕이며 말을 이었다.

"네, 근데 그 손님들…… 르카디우스 제국의 복식이 아니었어요. 거기다 다들 후드를 눌러쓰고 계셔서 얼굴도 안 보이는지라 전 조금 무섭더라고요. 공용어도 아니었고……."

마델은 조금 불안해 보였다.

르카디우스 제국에서는 타국인을 자주 볼 수가 없었다. 그나마 가장 많이 보는 타국인은 옆 나라인 시히카와 스엘팅턴 사람들 정도였다. 하지만 시히카와 스엘팅턴의 사람들은 르카디우스 사람들과 생김새도 닮았고 비슷한 문화를 공유하는 데다가, 공용어를 사용해 거부감이 없는 편이었다.

후드를 눌러써 얼굴도 보이지 않는 머나먼 타국의 손님. 레슬리는 알 수 없는 일에 눈을 동그랗게 뜨고 깜빡거렸다.

"손님이라니."

그 베스라온조차 적잖게 당황한 듯 보였다.

그건 레슬리 역시 마찬가지였다. 그동안 이 저택에서 살면서 가장 귀하다고 여긴 것은 유명한 화가의 그림도, 보석도, 귀한 고서도 아닌 손님이었다. 보통 귀족들 사이에선 흔하디흔한 편지조차 꼭 필요한 몇 통만 드나들었을 뿐이다.

레슬리가 크고 나서는 그녀를 초대하기 위한 편지가 많아졌지만,

그건 최근의 일일 뿐이었다.

'누가 온다는 이야기를 들은 적이 있었던가.'

베스라온은 눈을 가늘게 뜨고 기억을 헤집었지만 이내 고개를 저었다. 자신은 아무 말도 듣지 못했다. 어머니나 아버지가 다른 사람도 아닌 자신에게 손님의 이야기를 빠트렸을 리는 없으니, 지금 온 손님은 초대를 받지 않고 온 손님이라는 뜻이었다.

그걸 증명하듯 밖은 갑작스러운 손님들을 맞이하는 사용인들의 분주한 움직임으로 소란스러웠다.

"오라버니."

레슬리가 동그래진 눈으로 베스라온을 바라보자 그는 몸을 일으켰다.

"손님이 왔는데 앉아 있을 수는 없지."

"저도 갈래요."

레슬리는 몸을 일으켜 로비로 향하는 베스라온의 뒤를 따랐다. 중앙 계단 쪽으로 가면 갈수록 와자지껄한 소리가 더욱 커졌고 바쁘게 움직이는 사용인들이 많아졌다.

"오라버니, 손님이라니 누구일까요?"

"글쎄, 나도 짐작 가는 바가 없구나."

그러더니 제 겉옷을 벗어 레슬리에게 입혀 주었다. 베스라온에게는 상체에 딱 맞는 편한 실내복이 레슬리에게는 원피스만큼 헐렁해, 발목을 덮었다.

레슬리는 왜 베스라온이 자신에게 겉옷을 입혀 주는지 밑을 바라보았다가 이유를 깨달았다.

다른 귀족들은 집에서도 깔끔하게 차려입고 있었다지만, 셀바토르 공작저에서는 다들 자신이 원하는 옷을 입었다. 셀바토르 공작은 답답한 걸 싫어해 늘 가벼운 옷을 입고 있었고, 사이레인과 베스라온은 튜닉을 주로 입었다.

레슬리 역시 귀족의 실내복이라 하기에는 얇은 원피스를 즐겨 입는 편이었다. 그래서 혹시 몰라 베스라온이 제 겉옷을 입혀 준 것이다.

"아, 가서 갈아입고……."

레슬리가 당황하며 제 옷을 내려다보았다. 말을 채 잇기도 전에 루엔티의 목소리가 들려왔다.

"어서 오십시오. 먼 거리를 오느라 수고가 많으셨습니다."

그나마 늘 집에서도 깔끔하게 차려입고 다니던 루엔티가 먼저 급작스러운 손님을 맞은 모양이었다. 옆에는 제나가 서 있었다.

"부디 저를 따라오시길."

그런데 두 사람이 말하는 언어가 이상했다. 르카디우스 제국어가 아닌 다른 언어. 어디더라, 어디서 이 언어에 대해 들었더라. 기억해 내기도 전에 레슬리와 베스라온은 중앙 계단에 도착했고, 레슬리는 그 자리에서 공작저의 로비를 내려다보았다.

셀바토르 공작저의 저택은 마치 성처럼 가운데가 뚫려 있는 상태라 중앙 복도까지만 나오면 로비를 내려다볼 수 있었다. 덕분에 레슬리는 위험하다고 말리는 베스라온의 목소리를 들으며 난간에 붙어 몸을 쭉 뺐다.

"쉬실 수 있게 방을 청소해 두었습니다."

제나 역시 손님들을 따라온 사용인들을 맞이하느라 정신이 없어 보였다.

이 오랜만에 맞이한 손님들에게는 특이한 점이 몇 가지가 있었는데, 얼굴조차 보이지 않게 옷을 꼭꼭 싸매고 있다는 것과 르카디우스 제국에서는 볼 수 없는 독특한 옷을 뒤집어쓰고 있다는 점이었다.

'마델이 말한 그대로네.'

잠시 레슬리는 손님들이 이야기하는 소리를 듣고 있다가 드디어 저

언어가 어느 나라에서 사용하는 말인지 기억해 냈다.

예전에 루엔티와 서재에서 공부할 때 지도를 펴 놓고 각 나라의 이야기를 했던 적이 있었다. 그 나라의 문화와 언어 그리고 통용되는 화폐와 역사까지. 루엔티는 자신이 할 수 있는 언어라면 예시로 몇 문장을 들려주기도 했었다.

많은 나라의 언어를 들었지만, 그중에서도 아롬벨의 언어를 똑똑히 기억한 이유는 저 통통 튀는 듯한 독특한 발음 때문이었다. 르카디우스 제국어는, 특히 수도의 사람들이 쓰는 말은 노래하듯 부드럽게 흘러가지만, 아롬벨의 언어는 마치 북을 튕기는 듯한 즐거운 억양이 있었다.

"공용어가 아니에요! 저건 아롬벨의 언어 같은데…….."

레슬리가 난간에서 떨어지지 않고 놀라움에 오히려 몸을 더 빼자, 작게 한숨 쉰 베스라온이 레슬리를 만류했다.

하지만 그건 신경 쓰지 않는 듯 동그래진 눈으로 레슬리가 종알종알 말을 이었다.

"아롬벨의 사람들일까요? 아롬벨의 사람들을 책에서 본 적이 있어요. 우리랑 다르다고 적혀 있었는데, 피부색이 우리랑 다르다고 했어요. 생김새랑 문화도 전혀 다르다고…….."

말을 잇던 레슬리가 입을 다물었다. 아까부터 동그랬던 눈이 더욱 동그래지며 이젠 입까지 벌어지고 있었다. 거기다 주변을 지나가던 사용인들 역시 놀라 눈을 깜빡이고 있었다.

베스라온이 레슬리의 시선을 따라 고개를 돌리자, 손님들이 하나둘 후드를 벗고 있었다. 그 후드 아래에서 보인 그들의 피부는 마치 밤과 같이 검은빛을 띠고 있었다.

피부가 검은색이라니. 레슬리는 눈을 깜빡거렸다.

셀바토르 공작가의 기사들처럼 태양에 피부가 그을린 것도 아니고 테론 삼촌처럼 석탄이 묻은 것도 아니었다. 마치 밤하늘을 한 가닥 빌려 와 몸에 두른 것 같은 느낌이었는데, 눈은 피부색과는 다르게 굉장히 밝은색이었다.

레슬리가 놀라 숨을 헐떡이며 베스라온에게 매달렸다. 머리로는 이러면 안 된다는 걸 알지만, 처음 보는 광경에 몸이 멋대로 움직였다.

"쉬이, 괜찮아."

베스라온은 그런 레슬리의 등을 토닥이며 지금 모자를 벗은 이를 빤히 바라보았다. 레슬리 역시 그 사람에게 시선을 고정했다.

"아룸벨 사람들의 피부색은 우리보다 더욱 짙은 편이지. 그 외에는 다른 점은 없단다."

"그, 그렇군요."

레슬리는 고개를 끄덕이고 놀란 마음을 진정시키려는 듯 숨을 작게 내쉬었다. 어느 정도 시간이 지나자 놀란 마음이 가라앉았다. 베스라온은 처음 본 손님들이 놀랍지도 않은지, 침착하게 레슬리의 마음이 가라앉는 걸 도왔다. 놀람이 가라앉고 시간이 조금 더 지나자 이젠 부끄러움이 밀려오기 시작했다.

'사람마다 다 다른 법이라고 했는데.'

자신도 은발이라는 이유로 스페라도 후작가에서 그런 상황을 겪었으면서 피부색이 다르다고 처음 본 손님들을 무서워하다니. 레슬리가 볼을 붉히며 고개를 떨구자, 베스라온이 웃으면서 머리를 쓰다듬어 줬다.

"처음 봤으니까 놀라는 것도 무리가 아니지."

그 말에 레슬리는 시선을 살짝 돌려 베스라온의 암녹색 눈동자와 눈을 맞췄다.

"오라버니도 이렇게 놀라셨어요?"

레슬리의 조심스러운 목소리에 베스라온은 시선을 돌리면서 말을 이었다.

"루엔티 놈도 처음 저 손님들을 봤을 때 놀라서 굳어 버린 적이 있단다."

자신의 이야기는 빼고 루엔티의 이야기로 넘어가는 걸 보니 저 손님들을 처음 봤을 적 베스라온도 놀랐던 모양이다.

레슬리는 작게 키득거리며 웃었다. 그러고는 이제 내려 달라고 말하려는데, 베스라온의 시선이 누군가에게 집중되어 있다는 걸 깨달았다.

베스라온을 따라 고개를 돌리자, 거기에는 가장 마지막에 모자를 벗은 사람이 서 있었다.

고동색 머리는 목덜미가 보일 정도로 짧았고 머리에는 황금색 구슬에 술이 달린 장식을 걸고 있었다. 옅은 갈색 눈동자는 얼마나 옅은지 햇빛이 닿으면 분명 다른 색으로 보일 것 같았다. 키는 작지만 몸은 기사 못지않게 우락부락했고, 이곳저곳에는 상처가 가득했다.

"저분은……."

잠시 중얼거리던 베스라온은 알겠다는 듯 미소를 머금었다. 그리고 그와 동시에 레슬리와 베스라온이 바라보고 있던 사람이 중앙 계단 쪽을 보며 크게 외쳤다.

"아셀라 셀바토르! 내 친구!"

중년 여성의 목소리였다. 레슬리는 눈을 깜빡거렸다. 그녀의 입에서 흘러나온 말은 유창한 공용어였다.

"도대체 무슨 일이기에 제대로 말해 주질 않아서 내가 여기까지 오게 만드는 거야?"

그녀의 시선 끝에는 미소 지으며 걸어오는 셀바토르 공작이 있었다.

"편지 한 장 보냈다고 답장 대신 본인이 올지 몰랐군. 불청객이나 다름없어."

불청객이라고 손님을 타박했으나 공작의 목소리에는 숨길 수 없는 반가움이 물들어 있었다.

"언제나 손님은 폭풍처럼 와야 즐거운 법이지!"

그러면서 그녀는 셀바토르 공작을 덥석 끌어안고 그녀의 등을 팡팡 쳤다.

"그건 자네에게만 그런 게 아닌가, 테펜텔."

테펜텔이라 불린 여자는 셀바토르 공작의 타박에도 즐거운 듯 크게 웃었다.

"늙으면 키가 좀 작아질 줄 알았더니만 여전히 크군. 날 위해 좀 작아지는 게 어떤가, 아셀라?"

"헛소리를. 그런데 왜 자꾸 남의 축복의 이름은 빼먹는 거야?"

"르카디우스 제국놈들 이름은 너무 길어. 이름 길이에 따라 고귀함이 정해지나? 짧게 해도 괜찮은데 말이야!"

테펜텔은 크게 웃으며 자신의 친구를 바라보았고 그사이 베스라온과 레슬리는 로비에 도착했다.

"이게 누구야. 베스라온!"

"오랜만에 뵙습니다, 테펜텔 님."

레슬리를 안아 들고 있는 베스라온이 정중하게 고개를 숙였다.

"날 보고 이제 어버버하진 않는군. 처음 봤을 때는 엄청나게 놀란 듯 말을 더듬더니만. 루엔티 놈도 이젠 의젓해 보여서 꽤 놀랐지."

테펜텔은 히죽히죽 웃으며 고개를 숙이고 헛기침하는 베스라온과 모른 척 아예 고개를 돌리고 딴청을 피우는 루엔티를 번갈아 바라보았다.

레슬리는 그 말에 작게 키득거렸다. 오라버니들도 만만찮게 놀란 모양이었다.

"그런데…… 결혼했었나, 베스라온? 그 아이는 네 딸?"

마지막으로 테펜텔의 시선이 아직도 베스라온의 품에 안겨 있는 레슬리에게 닿았다.

"이렇게 큰 손녀가 있는데도 나에게 말도 안 해 줬던 거야? 이건 배신이야, 아셀라! 말했더라면 어마어마한 선물을 보내 줬을 텐데!"

"배신은 무슨."

혼자 느끼는 배신감에 테펜텔이 몸부림치자, 셀바토르 공작은 그녀를 가볍게 비웃어 넘기며 베스라온의 품에서 레슬리를 데리고 왔다. 그리고 보란 듯 안아 들고는 옅은 미소를 머금으며 테펜텔을 바라보았다.

"내 딸이야."

"뭐?"

테펜텔의 눈동자가 레슬리가 처음 그녀를 봤을 때만큼 커졌다.

"내 딸."

공작이 다시 말하자, 아까까지 호쾌했던 모습이 순식간에 사라졌다. 파랗게 질린 얼굴로 도리질하기 시작했다.

"거, 거짓말하지 마! 이렇게 귀여운 아이가 네 딸일 리가 없어!"

"정말이야. 내 딸이네. 못 믿겠으면 제나에게 물어보든가."

그 말에 제발 아니라고 말해 달라는 듯 간절한 눈동자로 테펜텔이 뒤를 돌아보았다. 테펜텔이 데려온 사람들에게 방을 배정하고 있던 제나가 그 시선에 웃으며 고개를 끄덕였다.

"저희 아가씨랍니다."

마치 '너희 집엔 레슬리 없지? 부럽지?' 이런 의미가 섞인 목소리였다.

테펜텔은 믿을 수 없다는 눈으로 제나를 한 번, 레슬리를 한 번 그리고 마지막으로 셀바토르 공작을 바라보았다. 그러고는 비틀거리는 걸음걸이로 셀바토르 공작에게 다가가더니, 손을 내밀어 레슬리를 번쩍 들었다.

엉겁결에 손님의 손에 번쩍 들린 레슬리는 당황해 굳어 버렸다. 그리고 그제야 테펜텔의 얼굴을 자세히 살펴볼 수 있었다.

르카디우스 제국인보다 더욱 깊고 진한 눈매였다. 그리고 그 피부 덕에 몰랐지만, 눈매에는 주름이 있었다. 어머니와 비슷한 나이신 걸까.

레슬리가 고개를 갸웃거리기도 전에 테펜텔이 몸을 부르르 떨었다.

"어떻게 아셀라에게서 이런 딸이 태어난 거지?"

레슬리를 뚫어져라 바라보더니 거기서 멈추지 않고 신난 듯 레슬리를 빙글빙글 돌리기까지 했다. 마치 할머니가 갓 태어난 손녀가 너무 귀여워 어찌할 줄 모르는 움직임이었지만, 생각보다 그 움직임이 격하다는 게 문제였다.

"우리 아들이랑 결혼시킬래, 아셀라? 가장 아끼는 셋째 아들놈을 줄게."

"싫어."

단호한 거절에 다시 레슬리를 바라보더니, 더욱 간절한 목소리로 말을 이었다.

"처, 첫째 놈도 줄게! 남편이 둘인 거라고! 거기다 내 영토도 줄게!"

"싫다고."

공작은 작게 한숨 쉬더니 레슬리를 빼앗아 왔고 아직도 테펜텔의 외침에 머리가 핑글핑글 도는 레슬리를 토닥였다.

"귀엽지?"

자랑스러운 목소리에 테펜텔은 고개가 떨어져라 끄덕였다. 레슬리는 다시 테펜텔에게 넘어갈까 다급하게 어머니의 목을 꼭 끌어안았다. 그런 레슬리를 보며 낮게 웃던 공작이 테펜텔을 바라보았다.

"피스토레도 똑같은 소리를 하더군. 다들 우리 딸이 퍽 탐나는 모양이야."

456

"피스토레!"

자신에게 황실의 혼담이 왔었다는 사실에 레슬리가 놀라기도 전에 테펜텔이 크게 머리를 흔들었다.

"그 운 좋고 손 빠른 놈!"

"남 황제의 이름을 막 불러 대면 안 되지."

"여긴 셀바토르 공작저가 아닌가."

테펜텔은 호쾌하게 웃었다. 그녀가 웃을 때마다 짧은 머리에 달린 황금색 구슬 장식이 흔들거렸다.

"어, 어머니. 저분은……."

간신히 진정된 레슬리가 셀바토르 공작의 품에서 고개를 들고 묻자, 테펜텔이 잊어버리고 있었다는 듯 고개를 끄덕였다.

"나는 테펜텔 덴. 아롬벨의 사람이며 바덴의 영주란다."

그러고는 시원시원한 웃음을 지었다.

"네 어머니의 친구이자 전우지. 앞으로 종종 보게 될지도 모르니 잘 부탁한다."

말을 마친 테펜텔은 레슬리에게 손을 내밀었다. 투박하고 거친 것이, 사이레인과 공작을 떠올리게 하는 손이었다.

"레슬리 슈야 셀바토르입니다. 잘 부탁드려요……."

레슬리가 머뭇거리면서 무릎을 굽히려고 하자 테펜텔은 고개를 젓더니 다시 손을 내밀었다.

악수라니. 그건 레슬리에게는 익숙하지 않은 인사 방법이었지만, 손님을 무시할 수는 없는 노릇이라 조심스레 손을 뻗어 잡았다. 거칠거칠하지만 따스한 감촉이 밀려옴과 동시에 레슬리의 몸이 크게 요동쳤다.

"반가워, 아셀라의 딸. 레슬리 슈야 셀바토르라고? 아셀라보다 그미들 네임인지 축복의 이름인지 하는 이름이 낫구먼. 그런데 왜 르카

457

디우스 제국 놈들은 이름을 두세 개씩 붙이는지 모르겠어!"

레슬리의 작은 몸이 정처 없이 흔들렸다. 테펜텔의 기준으로는 그다지 세게 흔든 것이 아니었으나, 레슬리에게는 태풍과도 같았다.

다시 눈앞이 핑글핑글 돌기 시작했고, 그런 레슬리를 구원한 건 다른 사람도 아닌 사이레인이었다.

"남의 딸에게 무슨 짓거리야!"

어디를 다녀왔는지 망토까지 두른 사이레인이 레슬리를 번쩍 안아 들었다. 베스라온에게, 셀바토르 공작에게 그리고 마지막은 사이레인에게 들린 레슬리는 널찍한 어깨에 매달려 숨을 정리했다.

"사이레인! 이 운 좋은 두 번째 남자!"

테펜텔은 다시 호쾌하게 웃으며 사이레인을 바라보았다.

"아셀라를 네가 데리고 갈지 어떻게 알았겠나. 아니지, 아셀라가 너를 데리고 갈지 전혀 몰랐던 거지."

"우리 아내님 안목이 좀 높지."

"나는 당연히 아셀라는 결혼하지 않고 혼자 살 거라 생각했어! 아니면 그 피스토레 놈하고 결혼하든가. 아니지, 피스토레 정도로는 아셀라를 감당하기가 힘들지."

"우리 아내님이 좀 대단하지. 그러니 어울리는 사람은 나뿐이야!"

말이 뒤죽박죽 엇나가는 듯하면서도 어설프게 이어지고 있었다. 이 어지러운 대화에 끼지 못하는 건 다행히도 레슬리뿐이 아니었다.

"헛소리들은 그만하고."

셀바토르 공작이 나서 두 사람의 대화를 막았다. 그리고 사이레인에게서 레슬리를 데려왔다.

"응접실로 가자고! 제나, 나는 늘 마시던 술로! 출출하니 간단한 먹거리도 부탁해!"

테펜텔은 웃으면서 크게 외치더니 제나와 공작이 안내하기도 전에

성큼성큼 중앙 계단 쪽으로 걸음을 옮겼다. 셀바토르 공작의 옆을 지나칠 때, 테펜텔의 걸음이 조금 느려졌다.

"선물을 가져왔어, 아셀라."

테펜텔이 웃음기가 서린 목소리로 작게 속삭였다.

✤

타국의 손님은 3층의 응접실이 아니라 셀바토르 공작의 집무실로 안내되었다. 그녀가 셀바토르 공작에게 말한 마지막 한마디 때문이었다.

"좋은 집무실이네."

테펜텔은 집무실 한가운데에 놓인 긴 소파에 털썩 주저앉으며 주변을 돌아보았다. 셀바토르 공작의 집무실에는 쓸모없는 물건 하나 없이 깔끔하며 무미건조했다. 딱 집무실 주인의 성격을 그대로 나타내고 있었다.

하지만 어딘가 부드러운 분위기도 흘러나오고 있었다. 예를 들자면 책상 한편에 놓여 있는, 주인이 떨어트린 듯 보이는 연분홍색 리본이라든가, 셀바토르 공작가의 인간들에게는 작을 게 분명한 폭신한 1인용 소파가 그걸 여실하게 드러냈다.

테펜텔은 낮게 웃다가 자신의 맞은편에 앉은 셀바토르 공작을 바라보았다.

"그래서 누구 딸이야?"

제나가 자신의 앞에 차가운 음료를 놓기가 무섭게 그걸 전부 들이켠 테펜텔은 살 것 같다고 외치며 얼음이 가득 든 음료 잔을 내려놓았다.

"정말로 네 딸일 리가 없어. 냄새가 안 닮았잖아."

그러면서 자신의 코를 톡톡 쳤다. 테펜텔의 그 말에 사이레인은 자신의 몫으로 나온 낮은 도수의 술을 마시다가 테이블 위에 쾅 소리가 나게 술잔을 내려놓더니, 무시무시한 눈으로 테펜텔을 바라보았다.

"레슬리는 우리 부부 딸이야. 다시 한 번 그딴 소리를 지껄이면 이 저택에서 쫓아 버릴 줄 알아, 테펜텔."

사이레인의 경고에 테펜텔은 졌다는 듯 손을 들어 보이더니 작게 투덜거렸다.

"베스라온과 루엔티한테는 안 그랬던 놈이."

"그놈들하고 우리 딸이 똑같나!"

"베스와 엔티가 불쌍해."

눈을 찡그리던 테펜텔은 이내 제 품을 뒤져 두꺼운 양피지 묶음을 테이블 위에 올려두고는 쓱 셀바토르 공작 쪽으로 밀었다.

"자, 부탁한 에피알테스에 관한 자료야."

그러고는 마침 제나가 자신이 좋아하는 슈크림 빵과 함께 가져온 두 번째 잔을 반쯤 들이켰다.

"부탁이니 다른 곳에 보이지 마. 이제 전설 취급을 받아 아무도 믿지 않는다고는 해도 귀한 자료니까. 여기서 보고 바로 나에게 돌려줘, 아셀라."

테펜텔의 입안에서 얼음이 아작아작 소리를 내며 부서졌다. 그런데도 답답한지 테펜텔은 연거푸 찬물을 들이켰다.

"약속하지."

공작은 손을 내밀어 양피지를 묶고 있는 붉은 끈을 잡아당겼다. 아롬벨의 고어로 쓰여 있는 기록은 생각보다 더 오래되었는지, 양피지 이곳저곳이 낡아 있었다. 손대기만 해도 바스러질 것 같은 기록을 셀바토르 공작은 조심스레 한 장, 한 장 넘기기 시작했다.

"휴, 내가 우리 영토의 비밀까지 털어 너에게 줄 줄이야. 이놈의 비싼 목숨값……."

테펜텔을 투덜거리며 제 목을 매만졌다. 그녀의 목에는 옅은 상처가 나 있었다.

"정 걱정되면 여기로 오지? 내가 자리 하나 정돈 만들어 줄 수 있어."

셀바토르 공작은 담담하게 웃으며 양피지를 읽어 내려갔다. 공작의 제안에 테펜텔은 눈을 동그랗게 뜨더니 도리질 쳤다.

"싫어! 여기 인간들은 나만 보면 손가락질하기 바쁘단 말이야. 피부가 검은 것 외에는 다 똑같은 인간인데."

"그런 놈들 손가락 하나둘 잘라 주면 금방 못 하게 될걸?"

도와줄까? 사이레인은 제나가 가지고 온 빵을 하나 덥석 물며 아무렇지도 않게 답했다. 그 말에 테펜텔은 잠시 상상하더니 빵을 하나 삼키고는 대답했다.

"됐어. 르카디우스 놈들 전부를 잘라야 할지도 몰라. 그나저나 레슬리라니 이름은 이쁘네. 레슬리 슈야 셀바토르."

테펜텔이 동그란 빵을 하나 더 입에 집어넣으면서 레슬리의 이름을 다시 입안에서 우물거리다가 제 손에 들린 빵을 바라보았다.

"슈……? 슈크림!"

그러더니 제 손에 들린 빵을 꾹 눌러 보았다. 웃기지도 않는 말장난을 치고선 저 혼자 웃는 테펜텔을 가볍게 무시한 사이레인이 고개를 끄덕였다.

"우리 레슬리가 좀 이쁘지."

"완벽한 아내 바보, 딸 바보구먼. 전쟁터에서는 용병 왕이라 불렸던 인간을 찾아볼 수가 없어. 하긴 아셀라랑 결혼했으면 그 정도는 돼야지."

그 말이 마치 당연한 자랑거리라도 되는 양 사이레인은 뿌듯하게 고개를 끄덕이다가 무언가가 생각난 듯 미간에 주름을 잡았다.

"잠깐, 바텔은 어딨지? 같이 안 온 거야?"

사이레인의 물음에 빵을 하나 더 집어 먹으며 테펜텔이 태연하게 답했다.

"이르게도 물어보는군. 바텔은 영토에 머무르기로 했어. 우리 부부가 전부 자리를 비우면 안 좋으니까."

"오랜만에 바텔이랑 한잔하고 싶었는데. 몸은 허약한 샌님이 술은 잘 마셔서 좋았단 말이야."

"한 번 더 남의 남편을 샌님이라고 부르면 챙겨온 술을 주지 않을 줄 알아, 사이레인. 학자라는 좋은 단어를 내버려 두고 왜 그렇게 부르는지 모르겠어."

"술을 가져왔나? 그슨의 술이야?"

"그래, 너랑 아셀라가 특히 좋아하던 그슨의 술이야. 밤에 다 같이 한잔하자고. 피스토레도 끼면 좋을 텐데 말이야."

테펜텔은 소파 등받이에 몸을 기대면서 살며시 웃었다. 어설픈 르카디우스 차기 황제와 완벽한 소공작과 제 용병단을 해체하고 온 용병왕, 그리고 가난한 영토를 부흥시키기 위해 용병으로 참여한 타국의 영주.

어찌 보면 우스운 조합이었지만 그때는 참담한 상황과는 역설적이게도, 그들에게는 나름 즐거운 나날이었다.

"피스토레는 어떻게 지내나 몰라. 감 하나만은 묘하게 좋은 놈이었지."

전쟁에는 어울리지 않던 사람이었다. 유약한 감성에 사람이 죽어가는 전쟁터에서 매일 눈물을 흘리다가 탈진해 쓰러지려고 한 적도 있었다.

그런 피스토레가 혼란의 나날 때 살아남을 수 있던 두 가지 이유 중 하나는 그의 곁을 지킨 셀바토르 공작이었고 다른 하나는 유별하게 뛰어난 감이었다.

그가 불안하다 외치는 곳에는 반드시라고 해도 좋을 정도로 함정이나 적들이 있었고, 안전하다 느끼는 길에는 그 무엇도 없었다. 그런 피스토레의 감은 다른 선택에도 적용되었다.

처음엔 테펜텔 역시 그 이야기를 믿지 않았지만, 몇 번 그 광경을 목격하고 나니 신기가 든 게 아니냐 말하면서도 피스토레의 감을 믿게 되었다.

"르카디우스 제국 황제들의 능력이 그 감이 아니냐고 몇 번이나 의심했다니까."

테펜텔의 말에 사이레인과 묵묵히 양피지를 읽어 내리던 셀바토르 공작마저 고개를 끄덕였다.

"아, 황태자는 정해졌나?"

그녀가 막 생각났다는 듯 등받이에 기댔던 몸을 앞으로 기울이며 눈을 빛냈다.

"아직 그 첫째랑 둘째 중 황태자는 정해지지 않은 거지?"

"그래."

테펜텔의 물음에 공작은 양피지를 바라보며 고개를 끄덕였다.

"하지만 곧 정해질 것 같더군."

피스토레도 자신도 어느 정도 나이를 먹었다. 공작인 자신이면 몰라도 한 나라의 황제가 아직 후계가 없다는 건 위험한 일이었다.

그래서 최근 피스토레는 한층 더 힘겨워하고 있었다. 자신의 두 아이를 모두 좋아하는 데다가 마음도 유약한 놈이니 더욱 고르기가 힘들겠지.

"사적인 감정이 섞이는 거 아니야?"

테펜텔의 질문에 공작이 작게 고개를 저었다.

"그러지는 않을 거야. 그래도 황제니까."

그걸 구분시키기 위해 선대 황제가 황태자였던 피스토레를 전쟁터로 내몰았던 것이었다.

"흐음."

타국의 일이라는 걸 알았기에 테펜텔은 궁금해하면서도 더는 황태자의 일에 관해 묻지 않았다. 나중에 정해지면 알려지겠지. 그렇게 덧붙이는 테펜텔을 보며 사이레인이 씩 웃었다.

"이 나라로 오라니까?"

"이상한 놈이 황태자가 되면 차라리 너희가 우리 쪽으로 오지? 괜찮은 영토 하나는 마련해 주지."

테펜텔이 사이레인을 보며 손가락을 까딱거리자 사이레인의 표정이 썩어들어 가기 시작했다.

잠시 사이레인과 테펜텔이 투닥거리는 사이, 셀바토르 공작은 양피지를 완독했다. 양이 많은 편은 아니었지만, 아롬벨의 고어로 쓰여 있어 읽는 데 시간이 조금 지체되었다.

"테펜텔."

제나가 가져다준 네 번째 음료를 들이켜다가 말하라는 듯 테펜텔이 시선을 맞췄다.

"이게 다인가? 치료법은 적혀 있지 않은 건가?"

불만족스러운 셀바토르 공작의 목소리에 테펜텔은 고개를 끄덕였다.

"치료법 따위가 적혀 있으면 '악몽'이란 이름이 붙지 않았겠지."

에피알테스, 본래는 '악몽'을 뜻하는 단어였다. 하지만 끝없이 이어지던 전염병을 악몽처럼 여긴 사람들은 그걸 에피알테스라고 부르기 시작했다. 시간이 지나면 지날수록 전염병이 빠르게 퍼짐과 동시에 에피알테스라는 이름도 퍼져 나갔다.

결국 에피알테스는 제 본래 뜻이었던 '악몽'을 잃어버렸고, '악몽'은 다른 단어로 대체되었다.

"악몽이라는 이름을 뺏어 올 정도로 강한 병이었으니까."

테펜텔은 어깨를 한 번 으쓱해 보이더니 말을 덧붙였다.

"이래 봬도 있는 자료, 없는 자료 다 털어 왔다고. 너니까 보여 주는 거야, 아셀라. 너에게 진 빚이 많으니까 말이야."

"이런."

테펜텔의 말을 들으며 셀바토르 공작은 관자놀이를 꾹 눌렀다.

"이게 마지막이었는데."

레슬리가 2차 시험을 치르는 동안 공작은 거대한 황실의 서고에서 책들과 기록을 읽었고, 루엔티는 마법사의 저택을 뒤졌다. 베스라온 역시 셀바토르 공작가의 도움을 주는 사제와 함께 신전의 서고에서 에피알테스의 자료를 찾아보았다. 하지만 충분하지 않았다.

에피알테스는 이미 전설이 되어 버린 이름이었고, 르카디우스 제국은 악몽에 대해 제대로 된 자료를 기록해 두지 않았다. 그나마 있던 기록도 무관심 속에 방치되어 읽기가 힘들 정도였다. 그래서 그녀는 내심 테펜텔이 가져올 자료에 기대하고 있었다.

'적어도 방어하는 법이라도 적혀 있으면 좋으련만.'

사실 테펜텔에게 물었던 치료법 따윈 바라지도 않았다. 그래도 한 번쯤은 막아 내거나, 그 위력을 약화할 방법이 있지 않을까 기대했었다.

속상한 마음에 눈을 찡그리며 작게 숨을 흘리자 테펜텔이 슈크림이 가득 든 빵을 입에 물고 눈치를 보더니 조심스레 말을 흘렸다.

"어……. 이트바나 쪽에는 좀 더 기록이 있을지도 모르지. 비록 성은 다 불탔다지만 오랫동안 남아 있던 기록이니 누군가는 기억하지 않을까?"

"그럴 리가."

공작은 씁쓸하게 웃었다.

기록의 파편이나 기억하는 자를 남길 정도로 메데이아는 어리석지 않았다. 에피알테스의 기록을 기억하는 자, 그리고 그 사람을 기억하는 자까지 철저하게 손을 썼을 것이 분명했다.

'도대체 뭘 원하는 건지.'

다시 작은 숨이 흘러 집무실 책상 위로 퍼졌다. 아렌도를 황위에 올리고, 에피알테스를 손에 넣고. 그리고…… 그리고 그 뒤엔? 분명 그 너머를 보고 있는데, 셀바토르 공작의 눈에는 그게 잘 보이지 않았다.

아렌도를 황위에 올려 그 권력을 나눠 갖기에는 그는 적합한 인물이 아녔다. 아렌도는 르카디우스 제국 황족의 핏줄답게 욕심이 많았고, 집착 역시 뛰어났다. 그 성격은 불같던 선대 황제의 성격을 쏙 빼닮았다.

'애당초 피스토레가 유별났던 거였지만.'

아렌도와 선대 황제가 그간의 르카디우스 황제들을 닮았고 피스토레가 별종이었다. 오죽했으면 선대 황제가 귀한 황실의 핏줄을 전쟁터로 내몰았을까. 그리고 피스토레의 둘째인 콘스텐 역시 그런 아버지의 성격을 꽤 닮아 있었다.

'메데이아는 어디를 보고 있는 건지.'

"맞다. 아셀라."

그런 셀바토르의 눈치를 살살 살피던 테펜텔이 제 품에서 무언가를 꺼내 그녀에게 건넸다.

"바텔이 전해 주라더군. 네 편지를 받고 나름 자신도 이것저것 알아본 모양이야. 음, 무슨 실마리라도 있지 않을까? 너도 알지만, 바텔은 똑똑하니까."

하지만 테펜텔도 셀바토르 공작도 알고 있었다. 바텔의 기록은 원하는 답을 주지 못할 거라는 걸. 몇 개의 나라에 남아 있는 기록도, 마법사의 저택도 그리고 신전도 이렇다 할 답을 내놓지 못했다.

그럼에도 셀바토르 공작은 희망을 놓지 않고 바텔이 작성한 기록을 살펴보았다. 그리고 이내 미소 지었다.

"이걸 먼저 건네줬어야지, 테펜텔."

⚜

집무실 문이 닫힌 지 한참이 지났다. 그리고 공작저 집무실의 문 안쪽과 똑같이, 밖의 상황도 밝은 편은 아니었다.

레슬리는 얼굴을 찌푸리고 있었다. 아라벨라가 돼서 돌아왔더니, 갑자기 그걸 그만두라고 말하고는, 후로는 이렇다 할 말씀도 없었다.

물어보고 싶어도 공작님의 얼굴이 어두워 말도 못 꺼내고 있었는데, 용기를 내 물어볼 마음이 생기니 손님이 들이닥쳤고 해가 저무는데도 나올 생각을 하고 있지 않았다.

'재판 때도 이랬지.'

그때는 집무실에 쳐들어가 대답을 들을 수 있었는데.

레슬리는 눈을 찡그리며 차가운 테이블 위에 기대 뺨을 대었다. 그럴 리가 없다는 걸 알면서도 어머니가 자신의 대답을 피하고 있다는 생각이 자꾸 들었다.

레슬리는 입술을 잘근잘근 씹으며 눈을 찡그렸다. 공작의 반응으로 테펜텔이 갑자기 찾아온 폭풍 같은 손님이라는 걸 충분히 알고 있는데도 마구잡이로 감정이 날뛰었다.

'답답해.'

레슬리는 눈을 깜빡였다. 어서 달려가 이야기하고 털어 버리고 싶은데. 그리고 여태 어머니와 못 나눈 이야기를 나누고, 자랑하고 맛있는 걸 먹고, 정원을 산책하고 싶은데.

'내가 이렇게 인내심이 없는 사람이었나.'

레슬리는 괜스레 힘주어 검은 토끼 인형을 꽈악 끌어안았다. 그러고도 답답함이 풀리지 않아 테이블에 이마를 쿵 하고 박았다.

"레슬리."

아니, 박으려고 했다. 레슬리의 이마는 테이블에서 조금 떨어진 위치에서 뚝 하고 멈췄다.

"뭐 하는 거야."

언제 온 것인지 루엔티가 문 앞에 서 있었다.

루엔티는 노크도 없이 성큼성큼 레슬리의 세 번째 방에 들어오더니 제 손을 테이블과 레슬리의 이마 사이에 넣었다. 그리고 천천히 이마를 올려 주었다. 마법의 힘은 사라졌는지 작은 머리는 순순히 루엔티의 손길에 따라 원위치로 돌아갔다.

레슬리가 불퉁한 얼굴로 루엔티를 바라보자, 루엔티는 웃으며 제 안경을 벗어 테이블 위에 올려두었다.

"우리 막내님이 화가 나셨다고 들었는데."

이미 베스라온에게 들은 것이 있을 텐데도, 루엔티는 아무것도 모르겠다는 듯 능청스럽게 굴면서 레슬리의 옆에 앉았다. 그러더니 자연스럽게 레슬리의 간식으로 나온 마들렌을 가져다 한 입 베어 물었다.

"어머니와 싸웠다면서?"

"제가요?"

자신이 언제 어머니와 싸웠단 말인가? 약간의 마찰이 있을 뿐이었지.

"저는 어머니랑 큰 소리를 낸 적도, 나쁜 말을 한 적도 없는걸요."

레슬리는 루엔티를 바라보며 외쳤다.

"그리고 싸움이라는 건 사이가 나쁜 사람들끼리 하는 거잖아요? 저는 어머니랑 사이가 나쁘지 않아요."

사이가 나쁜 사람들끼리 언성이 오고 가야 싸움이 아니던가. 레슬리가 눈을 동그랗게 뜨고 루엔티를 바라보자 루엔티는 입술 한쪽을 끌어 올리며 웃었다.

"싸운 거지."

레슬리의 몫으로 나온 차까지 자신이 홀짝 마시며 말을 이었다.

"둘 다 말도 안 해. 집안 분위기는 쌀쌀해져 가. 고함이 오가고 주먹질을 해야만 싸운 건 아니지. 말을 하지 않고 서로 얼굴을 보지 않으려 해도 싸운 거야. 그리고 사이가 좋은 사람들끼리도 싸운다?"

놀랍지? 그렇게 말하며 루엔티는 마들렌을 하나 더 집어 먹었다. 레슬리의 간식을 뺏어 먹는 버릇은 없었으나, 손님들을 맞이하느라고 지친 모양이었다. 이 저택에서 아롬벨의 언어를 아는 사람은 몇 명 없었으니까.

마들렌을 전부 집어 먹는 루엔티를 보며 레슬리는 눈을 밑으로 살며시 내렸다.

"싸운다니……."

"그건 나쁜 게 아니야, 레슬리."

그사이 마델이 마들렌과 갖은 디저트를 가져와 테이블 위에 올려두었고, 서올리는 따뜻한 코코아 두 잔을 가져왔다. 두 사람 나름대로 레슬리의 기분을 풀어 주기 위해서 좋아하는 음식들로 가져온 듯 보였다.

루엔티는 다시 손을 뻗어 마들렌 하나를 입속에 넣었다.

"오히려 좋은 거지."

좋다니? 레슬리의 눈이 다른 의미로 동그래졌다.

"우리 집이 특이한 거였지. 그간 불화라 불릴 만한 게 거의 일어나지 않았으니까."

공작과 사이레인, 그리고 베스라온과 루엔티면 몰라도 이 공작저에서 그 누구든 레슬리와 불화를 일으키지 않았다. 작은 마찰은 조금씩 일어났으나 금방 해결되어 싸움이라 하기도 민망할 정도였다.

레슬리는 자신이 잘못하면 금방 인정할 줄 알았고, 부족한 점은 빠르게 습득했으니까.

'한 번 터질 때가 됐지.'

루엔티는 마델이 가져온 바구니에서 사과 한 알을 꺼내 입에 물었다. 통으로 가져온 걸 보니 이건 자신의 몫이었다.

싸움이 없는 평화로운 상태, 그게 말이 되는 상황이던가. 같이 사는 이상 부딪치는 건 당연했다.

거기다 레슬리는 열여섯 살이었다. 떼 좀 쓰고, 자기가 하고 싶은 일에 고집도 부릴 나이. 자신은 어른스럽다며 스스로 생각하며 행동하고 있지만 평생 그럴 수는 없는 노릇이었다.

'차라리 지금 터진 게 더 낫지.'

만일 위험한 상황이었다면 손쓸 수도 없이 사이가 갈라졌을 것이다. 쉽게 갈라질 사이는 아니라지만, 지금 레슬리와 공작가를 노리는 인간은 보통이 아니었다. 스페라도 후작가만 해도 거듭 실패했으면서도 끊임없이 레슬리를 불에 넣어 죽이려고 하지 않았던가.

루엔티는 다시 사과를 한 입 더 베어 물었다. 물론 레슬리가 어머니와 처음으로 갈등을 일으킬 줄은 몰랐다. 레슬리는 어머니라면 죽고 못 살았고, 그건 셀바토르 공작인 어머니 역시 마찬가지였다.

'싸우게 되면 나랑 먼저 부딪칠 줄 알았더니.'

루엔티는 다 먹은 사과를 테이블 위 접시에 올려 두며 말을 이었다.

"한 번 싸우고 나면 속이 좀 시원해져. 관계도 돈독해지지."

레슬리는 그 말을 믿지 않는 눈치였다. 라일락색 눈동자가 불안한 기색을 머금고 이리저리 움직였다.

"오늘 저녁에 틈을 벌어 줄게. 가서 어머니한테 다 말해 봐."

470

조금이나마 레슬리의 눈빛이 밝아졌고 작게 고개가 끄덕여졌다. 집어 든 스콘을 다 먹은 루엔티가 손을 탁탁 털더니 제 머리끈을 풀고는 빙글 돌아 레슬리에게 등을 보이고 앉았다.

"자, 가지고 놀아."

레슬리는 긴 루엔티의 머리를 빗어 내리고 땋아 리본과 핀으로 장식하는 걸 좋아했다. 다른 사람들에 비해 유달리 루엔티의 머릿결이 좋았던 탓이다. 하지만 루엔티가 딱히 좋아하는 눈치가 아니었기에 슬슬 그만뒀던 것을 오늘 오랜만에 허락해 준 것이었다.

레슬리의 눈동자가 조금 더 빛나기 시작했지만, 쉽게 손을 뻗지 않았다. 그러나 유혹을 이기지 못하고 이내 루엔티의 머리를 잡았다.

조심스레 붉은색을 입은 주홍빛 머리를 땋아 내리기 시작했다.

그러기를 한참, 루엔티의 모든 머리가 가닥가닥 땋아지고 끝에는 리본과 꽃이 달렸다. 거울을 통해 제 꼴을 멍하니 바라보다가 루엔티가 다시 안경을 집어 들었다.

"기분 좀 나아졌어?"

제 동생의 머리를 쓰다듬으며 묻자, 레슬리가 웃으며 고개를 끄덕였다.

"걱정하지 마, 무슨 일이 있더라도 어머니는 너를 싫어하지 않아. 공작저의 모두가 그럴 거야."

루엔티는 몸을 일으키고는 안경을 쓴 뒤 옷매무새를 정리했다. 누군가가 테펜텔의 일행을 대접해야 하는데 자신이 오랫동안 자리를 비웠기에 제나가 상당히 고생하고 있을 게 뻔했다.

"일단 나는 갈 테니까 무슨 일이 있으면 마델에게 말해서……."

루엔티가 다시 레슬리의 머리를 쓰다듬는데, 누군가가 가볍게 노크하더니 조심스레 방문을 열었다.

"아, 여기 있구나."

471

베스라온이었다. 셀바토르 기사단의 일로 하르트에게 다녀온 그의 손에는 작은 철제 상자가 들려 있었다.

"형, 그건 뭐야?"

루엔티는 눈을 찡그렸지만, 반대로 레슬리는 눈을 빛냈다.

솜사탕이었다. 잊으려야 잊을 수가 없는 상자가 아니던가.

마지막에 봤을 때보다 더 알록달록해진 철제 상자를 보고 레슬리는 몸을 일으켜 베스라온에게 다가갔다. 베스라온은 그런 레슬리가 귀엽다는 듯 머리를 쓰다듬다가 번쩍 안아 들었다.

"우리 막내 주려고 가져왔지. 상인에게 말해서 가져오느라고 시간이 좀 걸렸구나. 기분이 풀렸으면 좋겠다."

상자를 받아 든 레슬리는 웃으며 고개를 끄덕였다.

"뭐야, 난 머리도 내줬는데!"

아직도 치렁치렁하게 리본이 달린 제 머리를 만지작거리면서 루엔티가 툴툴거렸다. 머리까지 내어 주며 달래 주었더니 형이 가져온 솜사탕 하나에 역전된 것이 달갑지 않았다.

잠시 그렇게 제 머리에 달린 리본을 풀다가 루엔티가 암녹색 눈동자를 빛냈다.

"레슬리. 솜사탕을 만들어 줄까?"

"만들 수 있어요?"

레슬리의 물음에 루엔티가 자랑스럽게 고개를 끄덕였다.

"그럼, 이 오라버니가 못 할 게 뭐가 있어."

일단 당당하게 외친 후 루엔티는 눈을 굴렸다. 분명 저 솜사탕을 만들 수 있는 기계가 있을 것이다.

정확히는 모르지만, 도면…… 같은 건 없지만 마법사의 저택 놈들을 뒤지면 뭔가 나오겠지. 타국 출신도 있으니까. 없으면 털어서 만들게 하면 되는 거고.

요리…… 같은 건 잘 못 하지만, 주문으로 가동 정도는 할 수 있으니 충분하지.

약간의 확신을 가진 후 루엔티는 다시 외쳤다.

"이 오라버니만 믿어!"

루엔티의 당당한 외침에 레슬리는 철제 상자를 들고 환하게 웃었고, 그런 레슬리를 보며 베스라온은 잘됐다며 머리를 다시 쓰다듬어 주었다.

"솜사탕이 잔뜩 생기면요."

레슬리는 제 손에 있는 철제 상자 열며 말을 이었다.

"셀리스 양이랑 나눠 먹고 싶어요."

"셀리스 양?"

"신전에서 사귄 제 친구예요. 틸레이얼 선생님의 친척이래요."

셀리스에 대해 조잘조잘 떠들며 이제 기분이 완전히 나아진 레슬리는 솜사탕을 꺼냈다. 처음 봤을 때와는 조금 다르게 뭉게구름 같은 솜사탕이 아니라 네모난 모양의 솜사탕이 상자에서 나왔다.

"아, 레슬리."

잠시 솜사탕을 바라보던 루엔티가 환하게 웃었다.

"그거 알아? 솜사탕은 코코아에 찍어 먹으면 더 맛있어."

루엔티의 말에 레슬리가 눈을 가늘게 떴다. 예전에도 루엔티 말을 믿었다가 골탕을 먹은 일이 한두 번이 아니었기 때문이었다.

저번에 사 온 선물 상자 뚜껑을 열자마자 인형이 확 하고 튀어나오지 않나, 타국에서 사 왔다는 귀하디귀한 과자는 알고 보니 정밀하게 만들어진 모형이지 않나. 그 뒤에 진짜 과자와 인형을 선물 받았다지만, 의심의 깊어지는 걸 막을 수는 없었다.

"이걸요?"

"그래!"

루엔티는 레슬리를 보면서 정말 순수하게, 환한 웃음을 다시 머금었다. 오히려 그게 레슬리의 의심을 사고 있다는 걸 모르는 모양이었다. 하지만 루엔티의 언변은 요 몇 년 사이 더욱 성장했고, 여기서 빛을 발휘하고 있었다.

"봐 봐, 수프에 빵을 적셔 먹으면 더 맛있지 않아? 가끔 차에 쿠키를 적셔 먹기도 하지. 이번 솜사탕은 그걸 위해서 좀 단단해진 거야."

그 말에 레슬리는 괜스레 자신이 들고 있는 솜사탕을 바라보았다. 확실히 단단해지고 네모나게 변한 것이 그럴 만해 보였다. 집어 먹기 편하도록 나름 개량된 것이었으나, 루엔티의 장난으로 순식간에 찍어 먹기 편하게 변한 것이 되었다.

"하지만 입안에 넣으면 사르르 녹는걸요. 게다가 찍어 먹는다는 말은 들어 본 적이 없는데."

"그건 입안에 넣어서 그런 거지!"

베스라온이 루엔티를 바라보았지만, 제 형의 눈길을 슬며시 피하며 말을 이었다.

"코코아는 잠시 버틸 수 있어. 그리고 찍어 먹으면 솜사탕이 많이 달아져서 다들 잘 안 하는 거야. 하지만 우리 막내님은 단 걸 좋아하지."

그리고 웃으며 턱짓으로 반 정도 남은 코코아를 가리켰다.

정말일까, 아닐까. 레슬리는 제 손에 들린 솜사탕을 바라보다가 코코아를 바라보았다. 단것과 단것. 맛있는 것과 맛있게 만나는 거니까…… 더 맛있어지지 않을까.

'그래, 루엔티 오라버니를 믿어 보자.'

잠시 고민하다 레슬리는 두 눈을 꼭 감고 코코아에 솜사탕을 담갔다. 그리고 이어지는 참극. 눈사람 쿠키의 참극이 더 잔혹하게 재현되었다. 눈을 뜨기도 전에 솜사탕은 사라졌고, 레슬리는 그대로 굳어 버렸다.

그리고 크게 웃는 제 남동생을 보며 베스라온이 옅게 미소 지었다.

"훈련장으로 따라와라, 루엔티."

❦

아.

레슬리는 눈을 깜빡였다.

'잠들었나?'

몸을 벌떡 일으키자, 폭신한 이불이 밑으로 떨어졌다. 주변을 둘러보자 자신의 침실이었고 창에서는 달빛이 들어오고 있었다. 신전 시험에서 받은 피로와 여행의 여독이 풀려 있지 않은 상태에서 루엔티의 조언과 장난에 긴장이 완전히 풀려 잠에 든 모양이었다.

지금 이야기를 하는 건 무리겠지. 그렇게 생각하며 레슬리는 다시 베개에 얼굴을 묻었다. 어서 잠에 다시 들 생각이었다. 그리고 아침이 오면 부모님과 이야기를 나눠 보자.

그런데 발소리가 들려왔다.

'누구지?'

누굴까. 이 야심한 밤에 자신의 방에 들어올 사람은 누구일까. 나쁜 사람은 아닐 것이다.

4년 전부터 셀바토르 공작저의 경비는 황실 못지않았다. 루엔티가 가져온 엄청난 양의 마법석이 정원과 저택 구석구석에 놓였고, 조금이라도 의심스러운 자들은 공작저를 떠났다. 그 때문에 일손이 확 줄어 버려 한동안 제나가 고생했지만.

게다가 지금은 셀바토르 공작과 사이레인, 베스라온에 루엔티도 저택에 있었고, 급작스러운 손님들로 오히려 경비가 강화된 상황이었다.

그러니 분명 지금 들어온 자는 자신을 해칠 만한 자는 아닐 것이다. 하지만 침대 밑에 숨어 있던 어둠을 조금씩 움직일 준비를 했다.

레슬리는 다가오는 기척을 느끼며 침을 삼켰다.

"자는군. 깨지 않게 조심해."

사이레인의 목소리였다. 밖으로 튀어 나가려던 어둠이 다시 침대 밑, 어둠 속으로 사라졌고, 레슬리는 당황해 눈을 꼭 감았다.

"제나에게 듣기로는 그대로 소파에서 잠이 들었다는군. 많이 피곤했나 보지."

혹시라도 레슬리가 깰까 사이레인은 조심스레 손을 뻗어, 투박한 손으로 레슬리의 머리를 쓰다듬었다.

"뺨이 홀쭉해진 것 좀 봐. 좀 더 잘 먹어야 하는데."

조심하는 것치고는 사이레인은 아예 침대 옆에 자리를 잡고 레슬리를 바라보았다.

"여보, 테펜텔에게 말해서 아룸벨에서 좋은 음식들을 좀 알려 달라고 하는 건 어떨까? 아니지, 아예 괜찮은 요리사들을 보내 달라고 하자고."

"바타가 울걸."

뒤이어 들려오는 목소리에 레슬리는 심장이 두근두근 뛰는 것을 느꼈다. 아까부터 사이레인이 누군가와 대화하고 있다는 걸 알았지만 눈을 감고 있어서 몰랐는데, 셀바토르 공작이 같이 들어온 모양이었다.

누군가의 시선이 느껴졌다. 그리고 뒤이어 뺨을 쓰는 조심스러운 손길도.

"정말 홀쭉해졌군."

"망할 신전 놈들. 이 작은 애를 일 시킬 게 뭐가 있다고."

안아 들고 소중히 다뤄 줘도 부족한 아이인데! 사이레인의 투덜거림에 셀바토르 공작도 동의하는지 그를 말리는 말은 들려오지 않았다.

476

대신 뺨을 쓰다듬는 손길이 더욱 섬세해졌을 뿐이다.

"그런데 여보야."

레슬리는 그 손길이 좋아 더욱 눈을 꽉 감고 열심히 자는 연기를 했다. 몸을 살짝 뒤척이기도 하고, 코를 골기도 했다. 어색한 연기에 오히려 일어나 있다는 걸 들킬 뻔했지만, 사이레인이 공작에게 말을 걸어 준 덕분에 공작을 속여 넘길 수 있었다.

"왜 레슬리에게 말을 하지 않은 거야. 분명 다 이야기하겠다고, 나와 마차에서 약속했잖아."

평소의 사이레인과는 다르게 어딘가 아내를 못마땅해하는 기색이 깃들어 있었다.

"아무것도 모른 채, 아라벨라를 포기하라 하니 애가 축 처져서는 끙끙 앓았잖아."

"……."

공작은 그녀답지 않게 침묵했다. 계속해서 레슬리의 머리를 쓰다듬었을 뿐이다.

"하지만……."

한참 만에 공작이 목소리를 내었다. 목소리는 무겁게 가라앉아 있었고, 어딘가 아직도 망설이는 기색이 물씬 느껴졌다.

"아셀라, 여보."

사이레인이 다시 나지막이 공작의 이름을 불렀다.

"당신이 스스로 말했지? 레슬리는 강한 아이라고."

"그랬었지."

"그렇지. 강한 아이야. 당신이 뭘 걱정하는지 알고 있어. 내가 레슬리에게 말할 때 옆에 있어 줄게. 이야기를 듣고 레슬리가 화를 내거나 이 저택을 떠나게 되는 선택을 하더라도 내가 당신 옆에 있을 거야."

떠난다고? 내가? 다른 사람도 아닌 어머니와 아버지께 화를 낸다는

477

것도 믿기지 않는데, 자신이 이 저택을 떠난다니.

심장이 쿵쾅쿵쾅 큰 소리를 내며 뛰기 시작했다. 왜 자신이 그런 끔찍한 선택을 할 거라고 생각했던 걸까?

"그래……. 고마워."

잠시 세 사람 사이에 침묵이 감돌았다. 그리고 그 침묵을 깬 건 사이레인이었다. 목을 다듬듯 큼, 작게 헛기침을 한 사이레인이 입을 열었다.

"자는 애를 깨울까 무섭네. 일단 가서 내일 다시……."

가시는 건가? 안 돼! 무슨 일이 있더라도 오늘 이야기를 끝내야겠다는 생각이 강하게 들었다. 도대체 이 일로 며칠을 앓았던가. 자는 척하고 있었다는 부끄러움도 잊은 채, 레슬리는 몸을 벌떡 일으켰다.

"저 안 자요!"

크게 외치고는 혹여나 두 사람이 가 버릴까, 제 얼굴을 쓰다듬던 공작의 손을 덥석 잡았다. 정말로 레슬리가 자고 있었다고 생각했는지 아니면 이렇게 불시에 몸을 일으키지 않을 거라고 생각했는지, 공작과 사이레인의 눈이 커졌다.

"자다 깬 거니, 레슬리?"

"어머니랑 아버지 때문은 아니에요. 목이 말라서……."

레슬리는 공작이 떠날까 봐 그녀의 팔을 꼭 안고 눈을 깜빡였다. 엉겁결에 팔을 레슬리에게 붙잡힌 셀바토르 공작은 침대에 걸터앉았다. 그러자 사이레인 역시 의자를 가져와 자리 잡았다. 레슬리의 몸에 조금 크게 만들어진 의자는 사이레인에게는 너무도 작아 보였다.

"이야기를 들었구나."

공작이 나지막이 묻자, 레슬리는 잠시 머뭇거리다 고개를 끄덕였다.

"도대체 저에게 뭘 숨기시는 건지…… 말해 주세요, 어머니."

말하기 전까지는 못 나간다는 듯 팔을 더욱 꼭 끌어안았다.

공작은 레슬리의 눈을 한 번 바라보더니 고개를 돌려 제 뒤에 앉아 있는 사이레인을 바라보았다. 그리고 작게 눈을 찡그리더니 제 속에 담긴 이야기를 간신히 풀어 두기 시작했다.

이야기가 길어질수록 레슬리의 눈동자가 커다래졌다. 놀라야 할 곳이 한두 곳이 아니었다.

셀바토르 공작이 여자아이를 찾던 이유가 오직 메데이아를 방해하고 견제하기 위함이었으며, 아라벨라가 되는 일은 견제의 연장선이었다. 거기까지는 레슬리도 크게 놀라지 않았다. 자신은 계약으로 들어온 관계가 아니던가. 메데이아의 이야기는 전에도 들어서 그런지 거기까지는, 그래, 거기까지는 크게 놀라지 않을 수 있었다.

하지만 문제는 그다음이었다. 아라벨라가 되어 다뤄야 하는 것이 에피알테스라는 점에서 레슬리는 저도 모르게 안고 있던 셀바토르 공작의 팔을 떨어트렸다.

에피알테스라니. 그 이름은 전설이 되고, 신화가 되어 까마득하게 느껴지는 이름이었지만, 역사서에서는 아직도 그 참혹함에 대해 상세히 다루고 있었다. 레슬리는 역사서에서 읽고 콘라드와 나눴던 대화를 떠올리며 몸을 작게 떨었다.

"그리고 스페라도 후작이 수도로 돌아온 모양이더구나."

후작이? 레슬리는 그대로 굳어 버렸다.

"혹시 몰라 후작 부인의 친정인 르게인 자작가에 사람을 심어 두었지. 그리고 어제 그녀에게서 연락이 왔단다. 도착한 건 며칠 되었는데 그간 경계가 삼엄해 조금 늦은 모양이더구나."

"후작이 수도에……."

살아 있었구나. 역시 살아 있었어.

"그녀가 보내 준 편지에는 사슬과 고어로 된 수첩 이야기가 나왔단다."

사이레인이 공작을 거들었다. 고어로 된 수첩은 처음 듣는 이야기였지만 사슬은 짐작 가는 바가 있었다.

"팔찌로군요."

엠로아가 자신에게 주었던 팔찌는 아직도 레슬리의 옷장 가장 안쪽에 보관되어 있었다. 마델은 불길하다며 내버리고 싶어 했지만, 레슬리가 만류했던 팔찌 안에는 잘게 부서진 사슬 조각이 들어 있었다.

'그걸 아가씨의 수프에 넣어서 먹게 하라고 했어요. 어떻게든 몸속에 집어넣어야 한다고 했는데……. 차마 그럴 순 없어서 팔찌를 만들어서 그 안에…….'

르카디우스 제국을 떠나기 전 레슬리를 찾아온 엠로아가 해 준 말이었다. 아직도 죄책감을 떨치지 못한 그녀의 뒤에는 엠로아를 쏙 빼닮은 작은 여자아이가 심상치 않은 분위기에 몸을 움츠리고 있었다.

레슬리는 그 아이를 한 번, 그리고 미안함에 눈물을 뚝뚝 흘리는 엠로아를 한 번 바라보고 고개를 끄덕였다.

'그때 빵 맛있게 먹었어. 잘 가, 엠로아.'

"그래, 네 힘을 막아 내는 사슬일 테지."

공작은 고개를 끄덕였다. 그리고 조심스레 팔을 뻗어 레슬리를 안았다.

"레슬리, 내 딸아. 너는 죽는 걸 두려워하지."

모두가 그렇겠지만, 레슬리는 특히 그 의지가 강했다. 그래서 불 속에서도 살아남았고, 절벽에서 떨어져서도 살아남았다.

셀바토르 공작은 그런 아이에게 자신의 힘을 위협할 수 있는 사슬과 후작이 여전히 존재하며, 신화에서나 나올 법한 에피알테스의 속으로 들어가 달라는 말을 할 수가 없었다. 살기 위해 자신을 찾아온 아이를 죽이러 내보낸다니. 그토록 잔인한 일이 어디에 있을까.

레슬리를 안고 있는 공작의 손에 힘이 들어갔다.

"그래서 나는 부끄럽게도 주저하고 입을 다물었단다."

레슬리는 세상에서 가장 안전하다고 생각되는 품에서 작게 숨을 내몰아 쉬다가 품에 꼭 안겼다.

"저는요. 괜찮아요, 어머니. 죽는다는 것도 에피알테스도 무섭긴 하지만……."

거기까지 말한 레슬리는 품에서 고개를 들고 어머니와 시선을 맞췄다.

"어머니가 저를 지켜 주실 테니까요."

공작을 보며 환하게 웃은 레슬리는 다시 어머니의 품에 꼭 안겼다.

온몸에 퍼지는 따스한 온기에 레슬리는 생긋 웃었다. 공작이 자신을 이렇게 걱정해서 그녀답지 않게 말을 아꼈다는 것이 내심 감동이었다.

"그리고 이 일은 제가 아니면 할 수 없잖아요."

자신은 아라벨라가 되었고, 이유는 모르겠지만 메데이아는 적이었다. 그런 그녀의 계획을 막을 수 있는 사람은 지금 단 한 사람, 자신뿐이었다.

"그러니 제가 할게요. 어머니, 어머니는 저를 지켜 주세요."

공작은 머뭇거리다가 레슬리의 등을 쓸었다. 얼굴이 보이지는 않지만, 어머니가 옅게 웃고 있을 거라는 걸, 아버지는 뒤에서 눈물을 흘리고 있을 거라는 걸 레슬리는 잘 알고 있었다.

'후작…….'

어머니와의 계약도 있고, 복수를 하고 싶은 후작도 돌아왔다. 에피알테스가 무섭긴 했지만, 물러날 이유 따윈 존재하지 않았다. 레슬리는 따스한 품에 안겨 웃음을 머금었다.

⚜

"카리우."

피곤한 얼굴의 피스토레가 자신의 친척을 맞이했다.

"하늘의 주인을······."

무릎을 굽히는 제 친척을 보자마자, 피스토레는 몸을 벌떡 일으켜 그를 만류하였다. 황제의 무릎 위에 있던 서류들이 우수수 발밑으로 떨어졌다.

"그러지 말게. 그러지 마, 카리우. 자네가 그러면 홀로 자네를 응접실에서 맞이한 보람이 없지 않나."

"하지만······."

"부디, 내가 단 하나뿐인 혈육을 만나는 데 피곤함을 느끼지 않게 해 주게."

피스토레는 진심을 담아 아이테라 대공의 손을 잡았다. 대공은 황금색 눈동자로 잠시 바닥을 내려 보다가 피스토레의 눈동자를 바라보았다.

"그럼, 피스토레 형님."

아이테라 대공의 말에 그제야 피스토레는 눈 그늘이 짙어진 얼굴로 환하게 웃었다.

"그래, 그래. 카리우, 내 동생! 자, 앉자고. 내가 동생이 좋아하는 와인을 마련해 놨지."

피스토레는 웃으면서 제 친척 동생의 손을 잡고 소파로 이끌었고 아이테라 대공의 잔에 넘치도록 그가 좋아하는 와인을 따라 주었다.

"감사합니다, 형님."

대공이 옅은 미소를 머금으며 인사하자 피스토레는 기쁜 듯 웃었다.

피스토레는 진심으로 자신의 친척 동생을 좋아하고 있었다. 단 하나뿐이라고 해도 좋을 정도의 친척이었고, 어릴 때부터 같이 자라 온 사이였다. 그리고 아이테라 대공, 카리우 곤 아이테라는 진실로 자신에게 충성을 다하는 신하였다.

그런 제 동생에게 요즘 연달아 나쁜 일이 일어나고 있었다.

4년 전 무역선 침몰 사건을 시작으로 스웰라 대공비가 앓기 시작했고, 피스토레는 그 일로 몇 번이나 제 동생을 위로해 주었다.

하지만 불운은 사라지지 않았고, 그 여파는 여실하게 제 동생을 잡아먹고 있었다. 그래서 피스토레는 더욱 가엾은 제 동생을 진심으로 위로하고 있었다.

"오늘 부른 건 다른 일이 아니야."

셀바토르 공작 다음으로 믿고 있는 그에게 피스토레는 아낌없이 제 와인을 나눠 주었다.

"드디어 결정했거든."

"무엇을 말입니까, 형님?"

형님. 듣기 좋은 울림이었다. 피스토레는 웃으며 말을 이었다.

"황태자 건 말이야."

아이테라는 그 말에 고개를 끄덕였다.

"드디어 결정하셨군요."

"그래, 드디어…… 결정했지."

포도주를 마시는 피스토레의 얼굴이 다시 어두워졌다. 어딘가 속 시원해하면서도 또 어딘가 걱정과 불안이 남아 있었다.

"제 의견을 구하시는 걸로 보이진 않군요."

"미안하지만 이번엔 내 독단으로 결정했네. 그래야 할 문제기도 했고."

"형님이 미안해하실 이유가 뭐가 있습니까. 저는 형님이 어떤 선택을 하시더라도 그 결정을 지지할 겁니다."

듣고 싶었던 말에 피스토레는 살짝 웃으며 와인을 들이켰다.

황태자의 문제는 오랫동안 해결하지 못했던 문제였다. 야욕이 넘치는 첫째 아렌도와 그에 비하면 유약하다고 평가받는 콘스텐. 둘 중 한 자는 황제가 될 것이고, 다른 한 자는 적당한 직책을 받아 계승권을 잃고 자기 일을 찾아갈 게 뻔했다.

사실, 이렇게 오래 고민할 문제는 아니었다. 아렌도는 자신이 황제의 자리에 오르고 싶어 영민하게 머리를 굴렸고, 콘스텐은 아렌도에 비해서는 그 욕심을 드러내지 않고 있었다.

"아렌도는 황제 자리에 오르지 못하면 그 분을 이기지 못할 테지만, 콘스텐은 그 감정을 잘 다루겠지."

어느새 비어 버린 제 잔을 만지작거리며 피스토레가 낮은 목소리로 말을 이었다.

"그리고 아렌도는 잘할 거야. 욕심이 있고, 야망이 있고, 무엇보다 그걸 뒷받침할 실력이 있지."

지금 이 순간에도 아렌도는 착실하게 제 편을 늘려 가고 있었다. 메데이아가 도왔다고는 하지만 그의 의지가 없었다면 이렇게 빠르게 결집할 수 없었다.

"피스토레 형님."

자신을 나지막이 부르는 아이테라를 보며 피스토레는 씩 웃더니 빈 잔을 소리 나게 내려놓았다.

"그래서 나는 콘스텐을 황태자로 선택할 거네."

"그렇군요."

당연한 대답이 돌아오지 않았다. 하지만 아이테라는 놀라지 않고 덤덤하게 빈 잔에 와인을 따라 주었다.

"아렌도는 잘할 거야. 잘하겠지. 하지만 그게 문제네. 혼돈의 시대가 끝난 지 얼마나 되었지? 20년을 조금 넘었지. 베스라온이 혼돈의 시대가 끝난 후 태어난 아이였으니 말이네."

선대 황제서부터 시작한 혼란의 시대는 피스토레가 황위를 물려받고 나서야 완전히 그 끝을 맺었다.

"전쟁의 끝자락에 태어난 아이들은 어른이 되었고, 이제 겨우 전쟁을 모르는 아이들이 태어나고 있어."

평화로운 세상에서 태어난 아이들에게 계속 그 평화를 물려주고 싶었다. 그리고 그 아이들의 아이들에게도, 계속해서 혼란의 시대 따윈 모르게 해 주고 싶었다. 마땅히 황제는 그래야 할 자가 아니던가. 제 머리를 쓸어 올리며 피스토레는 고개를 저었다.

"그래서 안 돼. 그래서 아렌도는 안 된다고."

욕심이 많고 야욕이 많았다. 아렌도는 명예를, 제국 너머의 땅을 그리고 역사를 탐낼 것이 분명했다. 거기다 분명 강력한 힘을 위해 황실은 손을 대지 않을 마법사의 저택과 신전까지 힘으로 억누르려고 할 게 뻔했다. 간신히 피스토레가 맞춰 놓은 균형은 산산조각이 날 것이다.

오롯이 르카디우스 황실만 본다면, 아렌도의 통치는 나쁜 결과는 아니었다. 역사서에 아렌도는 강력한 황제이자, 가장 넓은 영토를 지배한 황제로 기록될 것이다. 하지만 그 시야를 평민들에게까지로 넓힌다면 아렌도는 적당한 황제가 아니었다.

고민 끝에 피스토레는 평화를 지킬 자의 손을 들었다.

"피스토레 형님."

아이테라는 주름진 제 형님의 손을 토닥였다.

"……수고하셨습니다."

제 두 아이를 사랑하는 아버지가 제국의 황제로서 힘든 결정을 내렸다는 걸 아이테라도 잘 알고 있었다. 지금 그가 얼마나 흔들리고 있을

지도 그리고 얼마나 약해졌는지도 아주 잘 알고 있었다.

"다른 이들이 뭐라고 하던 저는 형님의 결정을 지지할 겁니다."

"말만으로도 고맙네, 동생."

섭게 웃은 피스토레가 자신의 손을 단단히 잡아 준 동생의 손을 바라보았다.

"이 일은 저만 알고 있는 겁니까?"

"그래, 아직 셀바토르에게도 말을 안 했어. 부르려고 했더니만, 오랜만에 셀바토르 공작저에 손님이 찾아왔다더군."

하필이면 그도 알고 있는 오랜 친구였다. 테펜텔에게는 황태자의 일에 대해 고민을 털어 두지는 못하겠지만, 술 정도는 같이 마실 수 있을 것이다. 그슨의 술이 맛있었는데. 피스토레는 웃으며 말을 이었다.

"일단 비밀로 해 주게. 메데이아 태후가 최초의 사제들 시험이 엉망이 된 걸 위로하는 기념으로 파티를 연다고 했으니. 그 후에 발표할 생각이야."

"파티요. 저도 들었습니다. 후보들을 위한 파티를 여신다고 하셨지요."

잔을 가볍게 부딪친 후 아이테라는 포도주를 들이켰다.

"형님."

피스토레가 어서 말해 보라는 듯 제 동생을 바라보았다.

"축복의 날 때, 발표하시는 건 어떻습니까?"

"축복의 날 때?"

"예, 파티는 며칠 남지 않았으니. 지금은 너무 이르지 않습니까."

아이테라의 말에 피스토레가 눈을 찡그렸다.

"하지만 너무 오래 기다리게 했네. 콘스텐이 태어났을 때부터 말이 나왔던 것을 지금 와서야 결정했으니……."

"그렇게 오랫동안 신중히 결정한 일이니, 발표에도 공을 들이셔야지요."

아이테라는 제 잔을 비운 후 고민에 빠진 피스토레를 보며 옅게 웃어 보였다.

"콘스텐 황자님께도 마음의 준비를 할 시간을 주셔야 하지 않겠습니까. 파티 때면 이제 막 돌아온 직후일 텐데, 너무 혼란스러워하실 겁니다."

그런가. 피스토레가 고민에 빠지기 시작했다. 아이테라는 다시 제 형님의 손을 잡으며 낮게 속삭였다.

"거기다 황태자를 정하는 중요한 일, 공을 들여서 화려하지는 않더라도 정성스러운 무대를 준비하면 그 말에 더욱 무게가 실리지 않겠습니까. 콘스텐 황자님, 아니 황태자의 위엄을 보여야지요."

"하긴."

아들의 이름이 들리자, 피스토레는 고개를 끄덕였다.

"그렇지. 그래. 내가 성급했군. 황태자를 정하는 자리인데 공을 들여야지. 그런데 축복의 날 때 발표를 해도 괜찮을까. 신전의 양해도 구해야 하는데."

축복의 날은 신전에서 가장 중요하게 여기는 행사였다.

"형님도 걱정이 많으십니다. 신전도 황실의 은혜 아래 그 발을 머물고 있으니 좋은 날의 시간 한 가닥 정도는 빌려 주겠지요."

아이테라는 웃으면서 고개를 끄덕였다.

"거기다 축복의 날이면 신께서도 머무를 때. 분명 황태자의 앞길에 축복이 가득할 겁니다."

"그래."

피스토레는 아까보다 더욱 밝아진 얼굴로 고개를 끄덕였다.

"동생의 의견을 귀담아들어서 그러도록 하지."

487

❧

"저런."

메데이아는 작게 한숨을 내쉬었다. 혹시나 했더니, 역시 황제는 아렌도를 황태자의 자리에 올리지 않았다.

"예상은 했지만……."

후우. 다시 한숨이 저절로 흘러나왔다. 피스토레가 다른 황제들과 비슷한 성격이었다면 자신이 이런 일을 벌이지 않아도 되었을 것이다. 오히려 열렬하게 피스토레의 결정을 돕고 귀족들을 모으는 데 집중했겠지.

문제는 피스토레가 르카디우스 역사상 가장 유별난 황제라는 점과 이상할 정도로 뛰어난 감을 가졌다는 데 있었다.

"적어도 레글루스가 살아 있었더라면……. 아니, 그의 성격을 조금이라도 닮았더라면."

죽어 버린 남편을 이리도 그리워하게 될 줄은 몰랐다. 메데이아는 일어나지 않은 상상에 계속 한숨을 내쉬었다.

"태후 폐하."

이피엘이 걱정스럽게 그녀를 바라보자, 메데이아는 애써 밝게 웃어 보였다.

"괜찮단다. 이피엘. 언제 내 길이 쉬웠던 적이 있었니."

그러면서 일부러 더 손을 빠르게 놀려 꺾어 낸 꽃들을 예쁘게, 손수 리본으로 묶어 내려갔다.

"그래, 언제나 내 길은 가시덤불로 가득 찼지."

다른 이의 길은 처음부터 꽃과 햇살로 가득 찬 길이었다면 자신의 길은 가시덤불과 어둠으로 찬 길이었다. 첫 시작부터가 글러 먹은 것이다.

결국, 메데이아는 깊은숨을 내쉬더니 마음을 심란하게 만든 편지를 난로에 불태웠다. 편지는 순식간에 재가 되어 사라졌다.

"아렌도 황자님께 이 사실을 알려야 하는 게 아닐까요, 태후 폐하?"

이피엘의 물음에 메데이아는 잠시 미간을 찡그리더니 이내 고개를 저었다.

"일단 아이테라 대공이 시간을 벌어 줬으니 생각을 해 보자꾸나."

그리고 쓸 만한 정보를 준 아이테라 대공에게도 선물을 보내야겠지. 스웰라 대공비는 자신의 자비로 오랜만에 햇빛을 받으며 산책을 하고 식사를 할 수 있을 것이다.

"꺅, 메데이아 태후 폐하!"

갑작스러운 이피엘의 외침이 온실을 뒤덮었다. 메데이아의 하얀 손에 핏방울이 맺히더니 이내 연하늘빛의 고급스러운 테이블보를 붉게 물들이기 시작했다. 다른 생각으로 머리가 가득 차 버린 탓에 실수해 버렸다.

"의사, 의사를!"

이피엘이 다급하게 외치자, 온실 밖을 지키고 있던 하녀들이 우르르 몰려나가고 이피엘은 제 치맛자락으로 급하게 메데이아의 피를 닦아 내었다. 모두가 요란스러운 가운데, 메데이아는 홀로 조용히 제 손을 바라보았다.

"됐다. 너무 소란스럽게 굴지 말렴, 이피엘."

"하지만⋯⋯."

"어차피 아렌도가 완벽한 황제가 되기 전까지는 늘 이런 상태가 될 테니, 벌써 소란스럽게 굴 필요가 없단다."

아렌도는 황제가 되어야 했다. 르카디우스 제국 역사상 가장 강력한 황제가 되어서 자신의 소원을 이뤄 줘야 했다. 그때까지 자신의 손은 늘 이런 상태겠지.

메데이아는 피로 붉게 물든 제 손을 바라보며 옅게 미소 지었다.

✤

　파티의 일정은 생각보다 더 빠르게 진행되었다. 레슬리는 파티 자체에 큰 관심을 기울이지 않았지만, 다른 사람들의 생각은 달랐다.
　후보들을 위한 파티였지만 다른 귀족들도 초청을 받았고, 무엇보다 데뷔탕트를 치르지 않은 사람들마저 초대를 받았기에 어린 영식과 영애들의 기대감은 엄청났다. 데뷔탕트를 치르지 않은 사람들이 참석할 수 있는 파티는 무척이나 제한적이었기에 메데이아가 연 파티는 그들에게 단비 같은 존재였다.
　레슬리는 지금 햇빛이 잘 드는 정원 의자에 앉아 편지 더미에서 편지를 골라내고 있었다. 아라벨라가 되어 축하한다는 편지와 파티에 파트너로 같이 가고 싶다는 수많은 편지를 걸러 내고 나니 레슬리의 앞에는 세 통의 편지가 남았다.
　연분홍빛 꽃잎으로 장식된 편지는 에펜타니가에서 온 것이었고, 다른 두 통은 가게에서 흔히 구할 수 있는 하얀색 편지였다.
　레슬리는 그중에서 먼저 셀리스의 편지를 집어 들어 읽기 시작했다. 한 줄, 한 줄 편지를 읽을 때마다 저절로 웃음이 새어 나왔다.

　저는 파티가 너무 기대돼요, 레슬리 양.
　부끄럽지만 저는 아직 우리 가문의 작은 파티를 제외하고는 그 어떤 파티에도 참석해 본 적이 없었거든요. 레슬리 양도 아시다시피 우리 영토에는 손님이 찾아오기가 힘들어 큰 파티가 열린 적이 없었어요.
　오라버니를 졸라서 다른 가문의 파티에 참석해 보고 싶었는데, 어리다고 무시당했죠. 그런 오라버니가 이번엔 저를 부러워하고 있으니 이 얼마나 기쁜 일인가요!

분명 황궁은 엄청나게 아름다운 곳이겠죠? 책에서 본 대로 모든 궁마다 금이 덧입혀졌을까요?

아니라면 답장에 작게 아니라고 적어 주세요. 가서 실망하지 않게 마음의 준비를 단단히 하고 싶어요. 그리고 오라버니도 놀리고 싶고요! 오라버니도 저랑 똑같이 금칠했다고 알고 있거든요.

아니라고 말해 줘야겠다. 웃으면서 레슬리는 뒷장을 읽어 내리기 시작했다. 아르롱 드레스를 샀다는 셀리스는 흥분 상태였다.

모든 것이 완벽해요! 그런데 문제는 제 파트너가 오라버니라는 것과 파티 때 머무를 여관이랍니다. 오라버니가 파트너라니, 울고 싶어요.

우리 가문은 수도에 타운하우스를 가지고 있지 않아서 머무를 만한 여관을 찾고 있어요. 원래 축제 때 늘 잡는 여관이 있었는데, 제가 최초의 사제 후보가 되어서 이번에는 예약하지 않았거든요.

레슬리 양도 아시다시피 후보에 이름을 올리기만 해도 타운하우스가 없는 가문의 사람들은 황실에서 머무를 수 있잖아요? 그런데 황실에서 정해 준 기간보다 조금 이르게 올라가게 되어서 며칠 묵을 여관을 찾고 있어요.

황실에서 지내도 되지 않겠냐는 말은 하지 말아 주세요, 내 친구! 황실에 한번 들어가면 쉽게 나올 수 없다고 하더라고요. 저는 거리 구경이 즐겁답니다.

그래서 저는 요즘 고민이 많아요. 좋은 여관을 잡을 수 있게 기도해 주세요.

읽기만 해도 셀리스의 조잘거림이 들려오는 편지를 읽다가 레슬리는 눈을 깜빡였다.

"타운하우스, 여관."

모든 귀족은 수도에 저택을 가지고 있지 않았다. 당연하게도 수도에 머무르는 중앙 귀족보다는 각 영토에 저택을 가지고 있는 귀족의 수가 월등히 많았다.

그들 중 몇은 수도에 타운하우스를 가지고 있었고, 나머지는 볼일이 있을 때마다 여관을 잡곤 하였다. 에펜타니 가문은 아무래도 후자쪽인 듯 보였다.

"여관이라……."

레슬리는 테이블 위에 편지를 올려 두며 중얼거렸다.

지금 파티로 귀족들의 행렬이 몰리면서 빈 여관은 없을 것이다. 아니, 축제를 위해 괜찮은 여관은 다들 그 전부터 잡아 놨겠지.

'어머니께 말씀드려 볼까.'

레슬리는 고개를 들어 거대한 공작저의 4층을 바라보았다. 공작저는 쓰지 않는 방도 많았고 레슬리의 방만 해도 네 개나 되었다. 에펜타니 백작가의 사람들이 와서 지내기엔 나쁘지 않겠지. 결정을 내린 레슬리는 고개를 끄덕였다.

'어머니께 말해 보자.'

그리고 다음 편지를 집어 들었다.

하얀 편지 중 하나는 테론에게서 온 편지였다. 편지 중간중간에는 석탄가루가 묻어 있었는데, 그걸 털어 내려다 실패했는지 오히려 지문 자국이 생겨 있었다.

아라벨라가 되었다니 정말 축하한단다, 레슬리. 내 아내도 너무 기뻐하고 있어.

다음에 놀러 오면 저번에 맛있다고 말해 준 파이를 만들어 주겠다고 벌써 사과를 보고 있단다. 미리 만들어 두면 안 될 텐데 기쁜 걸 주체하지 못하는 모양이야.

레슬리 사랑스러운 조카야, 너는 나의 자랑이란다.

아라벨라가 되었다고 편지를 보냈더니, 테론도 기쁨을 주체하지 못하는 모양이었다. 다음에 한번 놀러 가야겠다. 두 분이 좋아하는 음식들을 사서 가야지. 레슬리는 그렇게 다짐하며 작게 웃었다.

마지막 편지는 흔히 가게에서 살 수 있는 평범한 편지로, 조금 구겨져 있었고 급하게 썼는지 글씨도 조금 흘려져 있었다. 내용 역시 길지 않았다.

아직 손이 비어 있다면 제 꽃을 받아 주세요, 레슬리 양.

아직도 시누스턴 신전에 머무르고 있는 콘라드의 편지였다.

'돌아오실 수 있는 건가?'

생각보다 산사태의 여파가 컸던 모양인지 신전의 피난민들과 부상자들은 좀 더 안전한 곳으로 피하게 되었다. 그리고 콘라드는 사람들의 이동과 산사태의 상황을 파악하기 위해 레슬리가 두 번째 시험을 치렀던 시누스턴 신전에 남게 되었다.

그래서 파티에는 참석하지 못할 수도 있다고 편지를 보냈었는데, 오늘 온 편지를 보니 상황이 나아져 참석이 가능한 듯 보였다.

'뭐라고 답장을 쓰지?'

레슬리는 미간을 살짝 좁히고 눈을 찡그렸다. 꽃을 받아 달라는 말은 파트너로 참석하고 싶다는 말이었지만, 쉽게 고개를 끄덕일 수가 없었다. 레슬리에게는 두 명의 오라버니가 있었으니까.

'베스라온 오라버니도, 루엔티 오라버니도 날 위해서 시간을 내주신다고 했는데.'

셀리스는 오라버니가 파트너가 되어 울상을 짓는 모양이었지만, 레슬리에게는 오라버니와 함께 파트너가 되는 건 기쁜 일이었다. 최근 들어 더더욱 바빠지던 두 사람이었으니까.

잠시 고민하던 레슬리는 이내 답을 내렸다.

'죄송하지만 거절해야겠다. 어차피 파트너가 없다고 파티에 참석을

못 하는 것도 아니니까 가서 뵈면 되겠지.'

레슬리는 테이블 위에 올려놨던 편지 3통을 집어 들었다. 여기는 펜
도 잉크도 없으니 들어가서 답장을 쓸 예정이었다. 그런 레슬리를 루
엔티가 불러 세웠다.

"레슬리. 방으로 들어가려고?"

레슬리의 의자 맞은편에 앉은 루엔티는 피곤한 얼굴로 제 머리를 헝
클어트리더니, 씩 웃어 보였다.

"오라버니랑 이야기 좀 하다 가자."

"싫어요."

레슬리는 입을 삐쭉 내밀고 고개를 저었다. 얼마 전 솜사탕 사건 때
문에 아직도 루엔티를 보면 자동으로 눈이 가늘어지고 입이 튀어나왔
다.

"에이, 그러지 말고. 우리 막내님 어서 앉아."

자신의 잘못을 아는 루엔티가 웃으면서 벌떡 일어나 레슬리의 의자
를 빼 주었다. 레슬리가 의심스럽게 노려보자, 이번엔 정말 아무 일도
저지르지 않을 거라는 듯 두 손을 들어 보이기까지 했다.

"무슨 일인데요?"

결국, 원래 자리에 앉은 레슬리가 물었다.

"콘라드 녀석에게서 온 편지 읽었지? 이번 파티 파트너가 되고 싶다
고 말이야."

그걸 루엔티가 어떻게 알고 있는 걸까.

'콘라드 경이 나랑 오라버니께 두 통을 보낸 걸까?'

레슬리가 고개를 끄덕이자 루엔티가 작게 한숨 쉬며 의자 등받이에
몸을 기댔다.

"그거 허락해서 콘라드 녀석이랑 같이 다니도록 해. 형은 파티에 가
지만, 나는 시누스턴 신전 쪽으로 다녀올 거야."

루엔티는 반쯤 남은 레슬리의 아이스티를 들이켜고는 몸을 숙여 작게 속삭였다.

"너도 알고 있겠지만, 이번 일은 산사태가 아니야. 그리고 콘라드 녀석이 계속 확인한 결과 이번 일은 마법사가 개입된 걸로 확인되었어."

마법사가 개입했다니? 레슬리는 놀라 루엔티를 바라보았다. 루엔티는 짜증과 피곤함 그리고 화난 감정이 뒤섞인 오묘한 표정으로 눈을 찡그리고 있었다.

"예민한 상황이라 거듭해서 확인했고, 이제 확실해졌어. 누군가가, 그것도 마법사가 너를 노리고 있는 거야."

처음에 마법의 힘으로 두 후보가 위험에 빠졌다는 신전 측의 편지를 받고 마법사의 저택은 뒤집혔었다. 신전 측에서 자신들에게 누명을 뒤집어씌우기 위한 모함이라는 것과, 일을 냉정하게 확인하자는 사람들로 나뉘어 최근 마법사의 저택은 조용할 틈이 없었다. 마법사 몇이 그 사실을 확인하기 위해 파견되었고 바로 어제, 결과가 나왔다. 마법사의 짓이 확실했다.

"내가 직접 가서 확인하기로 했어."

루엔티는 피곤하다는 얼굴로 웃으며 레슬리의 머리를 쓰다듬었다.

"그러니 당분간은 어머니와 콘라드 옆에 붙어 있어. 두 사람은 불시에 마법이 일어나도 막을 수 있으니까."

베스라온과 사이레인이 약하다는 건 아니었지만, 불시에 일어나는 기습에 한 사람을 데리고 움직일 만한 사람은 마력과 신력 그리고 체력을 전부 가지고 있는 공작과 콘라드였다.

레슬리의 어둠을 의심하는 건 아니지만, 최대한 그 힘을 쓰지 않게 하고 싶다는 공작의 말에 루엔티도 동의했다.

"이번에 너를 지키지 못한 일로 콘라드 녀석 풀이 많이 죽었어. 그러니까 이번엔 믿어도 될 거야."

콘라드의 상태는 풀이 많이 죽었다는 귀여운 말로 포장될 정도는 아니었지만, 루엔티는 그렇게 말하고는 몸을 일으켰다.

"오라버니. 오늘 바로 가시는 거예요?"

"그래, 일찍 끝내고 올게."

레슬리는 그 말에 입술을 살짝 깨물었다.

그 귀여운 모습을 보며 루엔티는 작게 웃었다. 거의 막 신전에서 돌아온 막내랑 놀아 주지도 못하고 또 일하러 가야 했다. 이 얼마나 불행한 일인지!

하지만 한편으로는 어서 시누스턴 신전으로 가고 싶었다.

'어느 놈인지는 모르겠지만.'

곱게 죽지는 못할 것이다. 감히 누구를 건든 것인지 확실하게 알려 줘야지.

암녹색 눈동자가 무겁게 가라앉았으나, 이내 웃음을 머금었다.

"올 때 솜사탕 사 올 테니까 화 풀고 기다려 줘, 알았지?"

루엔티는 환하게 웃으며 고개를 끄덕이는 레슬리의 은발을 마구잡이로 헝클어트렸다. 루엔티의 손 밑에서 걱정 따윈 묻어나지 않는, 작은 웃음이 터져 나왔다.

-다음 권에서 계속